Wh. Stokes, E. Windisch

Irische Texte

Zweite Serie 2. Heft

Wh. Stokes, E. Windisch

Irische Texte
Zweite Serie 2. Heft

ISBN/EAN: 9783743342514

Hergestellt in Europa, USA, Kanada, Australien, Japan

Cover: Foto ©Andreas Hilbeck / pixelio.de

Manufactured and distributed by brebook publishing software (www.brebook.com)

Wh. Stokes, E. Windisch

Irische Texte

IRISCHE TEXTE

MIT ÜBERSETZUNGEN UND WÖRTERBUCH

HERAUSGEGEBEN

VON

WH. STOKES UND E. WINDISCH

ZWEITE SERIE. 2. HEFT

LEIPZIG

VERLAG VON S. HIRZEL

1887.

Inhalt.

Berichtigungen.

Zu lesen S. 10, lin. 34 serrda. — S. 12, lin. 36 in[id]. — Text der Alexandersage lin. 65 ina. — lin. 82 Araibia. — lin. 91 Affraicc. — lin. 107 his Émath. — lin. 159 *Alaxandir Dairius.* — lin. 190 'ga dáthai cosnam. — lin. 204 'ga dathái cosnam. — lin. 259 do thlachtaib. — lin. 331 Aru*niusda.* — lin. 584 e*t*arsuidigthe. K. M.

Zum 1. Heft.

Die meisten der folgenden Verbesserungen stammen aus einer brieflichen Mittheilung des Herrn Prof. Thurneysen. S. 163, lin. 23 (Gl. 96) zu lesen inessorg (dagegen mit der Negation ni insorg), Th. — ibid. lin. 37 (Gl. 109), gemeint ist das spätlat. saurus „subrufus", „flavus" (Ducange), franz. saure, Th. — S. 170. Dass nn und d in den Reimwörtern sich entsprechen, ist nicht unerhört, s. Ber. d. K. Sächs. Ges. d. W. 1884, S. 236 (Ein mittelirisches Kunstgedicht). — S. 177, lin. 99 zu lesen Coincul*aind.* — S. 183, lin. 233. Auch die Namen gehören in das metrische System hinein, dessen Theile durch Allitteration verbunden sind. — S. 189, lin. 4 z. l. „Wir wollen auf sie (nämlich auf Cuchulinn und seine Begleiter) warten", vgl. arneut expecto Z.[2] 428, Th. — S. 191, lin. 7 u. 12 für „Osten" z. l. „Süden". — ibid. lin. 8 z. l. Er berichtet dies der Medb, Th. — S. 196, lin. 3 z. l. zwischen Welle und Klippe, Th. — S. 203, lin. 2 vielleicht zu übersetzen: zu einer Schaar mit ihren Rossen über der Ebene. — ibid. lin. 12 z. l. am Meere. Nach Thurneysen würde cath in dieser und in den folgenden Zeilen die Bedeutung Schlachthaufen haben. — S. 208, lin. 7. Da ba Copula ist, so ist wohl zu übersetzen: Friede, Schlaf war eine Spur, die nicht gross (?) war, Th. — Nach H. d'Arbois de Jubainville, Rev. Crit. 1886, No. 15, p. 286 fg., bezeichnet indell lin. 98 ff. das amentum des Speers, und lin. 136 „attirail de mer", oder „l'ensemble des objets nécessaires à la navigation".

Einleitung.

In dem sogenannten Lebar Brecc, einer irischen Sammel-
handschrift aus dem Ende des 14. Jahrhunderts, befindet sich
von pag. 205ª bis 213ª eine Bearbeitung der Geschichte Philipps von Macedonien und Alexanders des Grossen. O'Curry
hat diesen Text in seinen Lectures mehrfach erwähnt und theilt
On the Manners and Customs II p. 330 einen Abschnitt (§ 45
meiner Einteilung) aus demselben in Uebersetzung mit. Sullivan bemerkt dazu, dass O'Curry kurz vor seinem Tode eine
Uebersetzung des ganzen Textes angefertigt habe. Seit 1876
liegt das Lebar Brecc im Facsimile von der Royal Irish Academy, Dublin, veröffentlicht vor. Hier findet sich auch in
der Einleitung eine kurze sehr mangelhafte Inhaltsangabe des
Alexanderfragments. Sonst ist mir über dasselbe irgend welche
Literatur nicht bekannt geworden, abgesehen von den gelegent-
lichen Citaten einzelner Stellen aus demselben, wie sie sich zu
sprachlichen Zwecken namentlich bei Stokes finden.[1]

Wie Sullivan a. a. O. mittheilt, existirt eine „vollständige,
aber nicht so gute" Handschrift unseres Textes im Book of
Ballymote, ebenfalls aus dem Ende des 14. Jahrhunderts. Leider habe ich diese Handschrift bei der vorliegenden Arbeit
nicht benutzen können.

Ein Teil des Textes, der Briefwechsel zwischen Alexander
und dem Brahmanenkönige Dindimus, findet sich in einer

---

[1] S. z. B. Rev. Celt. IV. p. 245: tesmolta. Fél. Ind. s. v. crothaim.
Tog. Tr. Ind. s. v. airbe, cáladphort, díchonderclech, fianglais, liburn,
luthbasach, margrét, tarmairt.

Handschrift der Bodleian Library, Oxford, Rawlinson B. 512
bezeichnet, fol. 99ᵃ — 100ᵇ (nach einer modernen Bleistiftpagi-
nirung) wieder. Diese Handschrift, etwa im 14. Jahrh. geschrieben, habe ich selbst collationirt. Was ihr Verhältniss zu
LBr. betrifft, so möchte ich, ehe das Book of Ballymote nicht
verglichen werden kann, kein Urteil wagen. So viel sich indessen auf den ersten Blick ergibt, bietet Rawl. entschieden im
Allgemeinen eine reinere Form und knappere Fassung als LBr.
und mag so einer gemeinsamen Quelle näher stehen. Da aber
der Text des LBr., wie der Abschreiber selbst in einer Rand-
notiz auf pag. 211 angibt,[1] aus dem Lebar Bercháin na Clúana
geflossen ist, einer verloren gegangenen Handschrift, von der
wir weiter nichts wissen, so wird es zunächst gelten festzu-
stellen, ob auch der Text des Book of Ballymote auf diese
Quelle zurückgehen kann.

Von sonstigen Bearbeitungen der Alexandersage oder einzelner Teile derselben in der irischen Literatur, ist mir nur
das folgende Wenige bekannt geworden. In dem zur Ashburnham Collection gehörenden Stowe MS. No. 992, einer vellum-
handschrift aus dem 14. oder 15. Jahrh., befindet sich von fol.
1—25 der sogenannte Cath Catharda, eine freie Uebertragung
des Bellum Civile.[2] In der Einleitung dazu heisst es nach
Aufzählung der Perserkönige: 'Cétri gasraidhi Greg immoro
Alexandair mac Pilib. Airdrí in domhain uile eisein d'Easpaín
aníar co hInnia sair 7 o Ethoib anes co sleibh Rifi fothuaid.
Is le Alaxandair sen ro foided coblach for in muir tenthidhi

---

[1] Die Notiz lautet: agaid belltaine indíu . hi Cluain Sostai Berchaín
dam ann oc scribend derid na staire (. i. Alaxandir) for tus a linbar
Berchaín na Cluana. „Die Nacht des ersten Mai heute. In Clúain Sostai Berchaín schreibe ich hier zunächst das Ende der Historie (von
Alexander) aus dem Buche Berchán's von Clúain ab.“

[2] Bruchstücke desselben Textes enthalten ausser den bei Jubainville, Catalogue p. 58, angeführten Handschriften 7½ Folioblätter eines
mit XLVI bezeichneten aus dem 14. Jahrh. stammenden MS. der Advocates' Library, Edinburgh, sowie der 1633 geschriebene Band No. 984
der Ashburnham Collection.

do fis in mesraighi deiscertaigh, ar nir leor leis fis in mes-
raighthi tuaiscertaigh nama. I cind a da bliadna déc ro triall
Alaxandair indsaigidh. Tri bliadna trichat immoro a aeis inn
uair ros marb neim isin Babiloin. Pilib dana ri dedenach na
n-Greg.' Die hier erwähnte Entsendung einer Flotte auf das
feurige Meer, um den südlichen Umfang der Erde zu erkunden,
weiss ich auf keine sichere Quelle zurückzuführen.

Natürlich findet sich Alexander auch in allen Weltchro-
niken und synchronistischen Gedichten der irischen Gelehrten
erwähnt, die meistens nach Hieronymus gearbeitet sind, und
war denselben so bekannt, dass er z. B. in Gilla Coemain's
Gedicht LL. p. 131a einfach als mac Pilip aufgeführt wird.
Im Cogad Gaedel re Gallaib p. 204, 4 wird Brian Borome, der
berühmte Befreier Irlands vom dänischen Joche, ein zweiter
Alexander genannt: 'rob é an t-Alaxandar taile talcair tanaiste
ar treoir' etc.

Als ein letzter Ausläufer der Alexandersage auf keltischem
Boden mag hier ein Gedicht stehen, welches sich in dem 1512
geschriebenen Buche des Dean of Lismore (p. 84 in M'Lauch-
lan's Ausgabe), sowie auf dem Britischen Museum in einer Egerton 127 bezeichneten Handschrift aus dem vorigen Jahrh. befindet. Es enthält die Betrachtungen von vier an Alexanders
Grabe stehenden Männern, deren Grundton merkwürdig mit
dem Schluss der Historia de Preliis übereinstimmt. Namentlich vergleiche man die vierte Strophe mit den Worten: Heri
totus non sufficiebat ei mundus, hodie quattuor solae telae suf-
ficiunt ei ulnae. S. Liebrecht, Otia Imperialia, p. 87 Anm. 20.

Das Gedicht findet sich zweimal in der Egerton Handschrift, auf p. 90 und 103, und lautet dort:

Ceathrar do bhi ar naighan fhir,
feart[1] Alaxandair uaibhrigh:[2]
ro chausat briathra con bhreicc
os cionn na flatha a Fhinnghreicc.

---

[1] fear p. 103.
[2] „Alexander the Great is always called 'Uaibhreach' in Gaelic."
Nicolson, Gaelic Proverbs p. 165.

1*

Einleitung.

Adubhairt an chétfher dhíobh:
„Do bhaththar anaen 'mun rígh
fir na talmhan — truagh a n-dál —
ge ata aniugh 'na aonarán.“

„Do bhi anaen Rígh an domhain duinn
'na mharcach ar talmhuin truim:
cidh ó in talamh ata aniugh
'na mharcach ar a mhuin-siumh.“

„Do bhi“ ar san tres úghdar glic
„in bhith anaen ag mac Philib:
aniugh aigí nocha n-fhuil
acht seacht ttroigh do thalmhuin.“

„Alaxandar muirnchach már,
do bhrondadh airget is ór:
aniugh“ ar san cethramhadh fer
„ag so an t-ór is ní [í]uil sin.“

Comhrádh na n-úghdar do b'fír
a ttimcheall uaighi in áirdrígh:
nior ionann is baothghlór ban
ar chansatar in cethrar. Cethrar 7c.

Uebersetzung.

Vier Männer standen auf dem Grabe eines Mannes.
Es war das Grab Alexanders des Stolzen.
Sie sangen Worte ohne Lüge
Ueber dem Herrscher im schönen Griechenlande.

Es sprach der Erste von ihnen:
„Vereinigt waren um den König
Die Männer der Erde — traurig ihre Versammlung, —
Während er heute mit sich allein ist.“

„Es war allein der König der dunklen Welt
Zu Ross auf der schweren Erde,
Während heute die Erde
Auf seinem Rücken reitet.“

„Es besass“ sagte der dritte weise Dichter,
„Der Sohn Philipps die Welt.
Heute besitzt er nichts
Als sieben Fuss Erde!“

„Alexander, der freigebige, grosse,
Er spendete Silber und Gold:
Heute," sagte der vierte Mann,
„Ist hier das Gold, und nichts ist es."

Das Gespräch der Dichter war wahr
Um das Grab des Grosskönigs.
Nicht war es törichtes Weibergerede
Was die Viere sangen.

Was das mutmassliche Alter der irischen Bearbeitung betrifft, so scheint zunächst die oben erwähnte Notiz des Abschreibers einen Anhalt zu bieten. Das Lebar Berchain na Clúana, dem unser Text entnommen ist, führt seinen Namen nämlich nach dem in der irischen Kirchengeschichte berühmten Heiligen Berchán von Clúain Sosta, dem heutigen Clonsast in King's County, dessen floruit die kirchliche Tradition um 690 ansetzt. Vgl. O'Curry, Lectures on the MS. Materials of Ancient Irish History p. 412. Es ist indessen nicht anzunehmen, dass der heil. Berchán das nach ihm benannte Buch geschrieben hat oder dass es sonst irgendwie auf ihn oder in seine Zeit zurück geht, so dass wir gezwungen sein würden, unserem Texte ein so hohes Alter zuzuschreiben. Der heil. Berchán ist nämlich einer von den vielen berühmten Männern des alten Irland, deren Namen auf manches übertragen wurden, was in eine weit spätere Zeit gehört. Wie ihm als dem primfáith nime ocus talman[1] „dem Erzpropheten Himmels und der Erden", ein spätes Geschlecht offenbar gefälschte Prophezeiungen zuschreibt (s. Todd, Cogad Gaedel re Gallaib p. 8, und O'Curry a. a. O. und p. 421), so dürfen wir auch in unserem Falle getrost annehmen, dass man einer Handschrift durch Vorsetzung eines berühmten Namens aus alter Zeit besonderen Wert hat verleihen wollen, eine Praxis, der wir bei literarischen Werken aller Art in der irischen Literatur häufig begegnen. S. z. B. Stokes, On the Calendar of Oengus, p. 6.

---

[1] Dies ist auch die stehende Benennung des Schweinehirten Marbán im Imtheacht na Tromdhaimhe (Oss. Soc. V.).

So wäre also die Sprache des Textes das Einzige, was uns eine annähernde Altersbestimmung gewähren könnte. Aber hier lässt sich wie bei den meisten mittelirischen Texten nur so viel sagen, dass die zahlreich erhaltenen alten Formen auf eine Entstehungszeit hindeuten, in welcher dieselben noch in lebendigem Gebrauch waren, d. h. auf die Uebergangsperiode, in welcher das Altirische zum Mittelirischen wurde, also etwa das elfte Jahrhundert.

Dem Gebrauche Stokes' folgend stelle ich hier die bemerkenswertesten alten Formen unseres Textes zusammen.

Der Artikel zeigt im Gen. Sg. fem. noch die Form ina (altir. inna): ina hAissia 37; im Nom. Pl. masc. in: in Maicedoin 10, 53, 55, in arocuil, in luic 43; im Nom. Acc. Sg. neutr. a n- : a ní 71, a ní sin 59, 64. donaib im Dat. Pl.; donaib talmannaib 70 Rawl., woraus LBr. doinib talmantaib gemacht hat; ebenso isnaib. Bemerkenswert ist das zweimalige Vorkommen eines falschen ecliptischen n nach dem Dat. Pl. (i tirib n-aincoil 3, und fri slogaib n-Eorpai 19). tria áithe hile (12) zeigt ein Adj. der u-Decl. im Fem., wo es in die i-Decl. übergetreten ist.

Das pron. infix. findet sich durchaus im Gebrauch. 1. Sg. adamcómmaicc 58. 3. Sg. rotfeithset 47. rusgeoguin 59. rustairmisc 56. dosfairtestar (zu foriuth) 59. conusmarb 40. rongeoguin 59. ronanacht 59. ronbris 7. rombia 59. 1. Pl. nontirgnat 68. atancomnaic 59 Rawl. norforgnat 68 (norfognat Rawl.). 2. Pl. noforcraindfit 19. dobarcoilletsom 67. dobargnísi 71. Hier mögen auch die seltenen Bildungen atbar dásachtaig fen 70 (atabar Rawl.) und ni for n-adaltraig 72 Rawl. (nit adaltraig LBr.) erwähnt sein. Weitere Belege für dieselben giebt neuerdings Stokes im Index zum Saltair na Rann s. v. bar. 3. Pl. dosfanic 56. dosfáirthedar (zu tarraid) 56. rostinoil 7. nistá 72. dosnaircellsat, dosnecat 55. dosnancatar 56. rotuscroith rotusloitt 80. rotusdíbda 38. rotustuillset 30.

Das relativum infixum findet sich 37: in tan donarfaid.

Von Verbalformen im Activ sind beachtenswert: aderait 3. pl. praes. 41. conatarthet 77, eine Präsensbildung zu tarraid, vgl. dosnárthet ocht fichit oss n-allaid and LU. 57ᵃ, 9. In bertaid 45 ist an die 3. Pl. rel. berte die Endung der 3. Pl. abs. gefügt worden. atfesum 42 steht für atfét-sum.

Vom t-Pract. finden sich: atbath 6. cracht 15. arrogart 39. forcongart 49. fororcongart 50. dorossat 75. dorosait 69. ronanacht 69. ros geltatar 50. dochomortatar 11. 23. 52. contubertatar 13. doruachtatar 12.

Das t-Fut. ist durch berdait 18 und mérdaid 19 vertreten. s-Pract. und Perf. finden sich häufig.

Im Passivum lassen sich zu den bei Stokes Tog. Tr. p. XIII. gesammelten 3. Pl. Pract. hinzufügen: ro dammnaid, ro slechtaid 22. ro failgid 2. ro tescait 2. ro cummaid 16. ro tuarcbaid 22. ro hecrait 45. Hierher gehören auch, vom reduplicirten Stamme gebildet, ron sefnait 15, ro sefnait 51. Ro inficirt nicht nur in diesen Formen, sondern überhaupt beim Passivum in unserem Texte nicht. Ich stelle sämmtliche Beispiele zusammen: ro closa 1. ro hoirdned 4. ro tarclunnad 5. inarhurnaisced 5. ro ferad 6. 28. ro cóirigead 11. ro tuarcbad 16. ro cúmdacht 43. ro himraided 58. ro tairberead 29. ro foilgead 32. ro hellachtai 11. ro clos 21. ro cúmdaiged 26. ro tairchellta, ro saitea, ro hadaintea, ro seinntea 52. ro hainmniged 60. ro suidiged 76. Nichtinficirung des ro (desgleichen do und no) beim Passiv findet sich ebenso in allen guten mittelirischen Handschriften beobachtet und zeigt sich auch schon im Altirischen in vielen, vielleicht in den meisten Fällen, z. B. ro comalnither Wb. 26ᵃ. ro predchad Wb. 27ᵈ. ro foilsiged Wb. 13ᵈ. ro cload Wb. 3ᵇ. ro fásiged Wb. 15ᵃ. ro cet Ml. 2ᵇ. ro ceta Ml. 30ᵃ, 9. ro fess Wb. 23ᵇ. ru fes Wb. 33ᶜ. ro fóitea Wb. 27ᵏ. 9ᵈ. ro comalnada Ml. 44ᵈ. Ebenso Fél. Ap. 8. nirhacrad, Ep. 369 corhicthar, s. Ind. s. v. h. Stokes' Bemerkung dazu „this has no warrant in O. Irish" ist daher nicht richtig; es findet sich auch geradezu prosthetisches h in rohucad neben rucad Sg. 174ᵃ.

Das Praet. Pass. ist vielfach belegt: hitcós 14. ro clos 21. doratad 56. ro laad 59. ros cumrecht 31. ro cúmdacht 43 neben ro cúmdaiged 26. dorónta 43. foracbaithea 56. ro di-

baigthca 11. atcessa 2, u. s. w. Für conrothacht 50 ist conrotacht zu lesen, vgl. is leis conróttacht dún Culi Sibrilli LL.
19ᵃ, 2. is leis conrotacht .i. ro gniad mur nalinni LL. 311ᵇ,
und siehe Tog. Tr. Ind. s. v. Hierher gehört auch die Ana-
logiebildung fétas 56. Vgl. LU. 51ᵃ, 1: ro tócbad iarom corp
ind rig fó thrí i n-arda conná fétais a techt. Ebensolche
Bildungen sind: bás, concas, dechas, feimdes, tancas.

Zu bemerken sind auch die Infinitive dénad 45 und telcun 2 (O'R.'s teilgean).

Der Anfang des Textes ist durch den Ausfall eines Blattes
verloren gegangen. Desgleichen fehlt zwischen pag. 210 und
211 ein Blatt. Sonstige Lücken, welche sich nachweisen lassen,
sind durch die Nachlässigkeit des Abschreibers entstanden. Im
Wesentlichen haben wir jedoch eine vollständige Erzählung, die
mit Philipps Kämpfen gegen die Athener anhebt und mit
Alexanders Tode abschliesst.

Als Hauptquelle ergibt sich zunächst die Historia des Orosius im 3. Buch cap. 12—23, von dem irischen Bearbeiter
selbst mehrmals (23. 41. 77.) citirt. Die Darstellung des Orosius bildet die Grundlage der ganzen Bearbeitung; episoden-
artig in dieselbe eingelegt sind an den passenden Stellen die
Uebersetzungen zweier seit dem 9. Jahrhundert viel gelesener
selbständiger Stücke aus der Alexandersage: der Brief Alexanders an Aristoteles über die Wunder Indiens (42—60) und
der Briefwechsel zwischen Alexander und dem Brahmanenkönige Dindimus (61—74). Vgl. Zacher, Pseudocallisthenes
p. 106 und 107. Dazu kommen die ebenso eingeschobenen
Erzählungen vom Traumgesichte Alexanders zu Dium (8) und
von seinem Zuge nach Jerusalem (34--37), welche aus Josephus, Antiq. Iud. XI. 8 stammen. Als Quellen sind ferner noch
erwähnt Eusebius (42), dessen Benutzung sich hauptsächlich in
den Königslisten zeigt, und Priscianus, der Uebersetzer der
Periegesis des Dionys (33). Diesem Letzteren ist auch die
Sage von der wunderbaren Quelle bei der Stadt Debritae entnommen (27).

Ausser diesen Quellen, deren unmittelbare Benutzung und richtige Verwertung zeigt, dass der irische Verfasser ein Mann von umfassender Bildung und vor allem zu seiner Arbeit gut vorbereitet war, standen demselben auf den verschiedensten wissenschaftlichen Gebieten genaue Kenntnisse zur Seite, welche er in zahlreichen Zusätzen und Erklärungen zu den benutzten Autoren anzubringen gewusst hat. Besonders mag hier die gründliche Bibelkenntniss des Iren erwähnt werden, nach welcher wir auch wol einen Geistlichen in ihm vermuten dürfen. Von ihr legen Zeugniss ab das Citat aus den Psalmen (75), die häufige Anführung biblischer Localitäten und Völker (z. B. der Ebene Sincar, der Stadt Hamath 76, der Edomäer[1] und Chaldäer 10), die Erwähnung des Behemoth (33) nach Iob 40, 15, obwohl er aus dem dort nur als Pflanzenfresser geschilderten Tiere (Nilpferd?) ein wildes Raubtier macht; die ausführliche Schilderung der Hohenpriestertracht (8) nach Exod. 28. Nicht weniger beschlagen zeigt der Ire sich in der Geschichte und Geographie des Altertums. Ueberall aber verrät sich die speciell irische Bildung und Anschauung. Die so oft erwähnte Ebene Sincar (mag Senair) z. B. galt den irischen Gelehrten als die Stätte, wo zuerst die gülische Sprache geredet wurde, indem Góedel Glass, der Stammvater der Goedelen, sie aus den 72 Sprachen der Welt bildete. S. LL. p. 2. Bei der Beschreibung der Hohenpriestertracht erzählt der Ire freilich von den vier Buchstaben, welche der Priester auf einer Tafel trug, aber statt יהוה nennt er sie ADAM und erklärt dies genau wie der Saltair na Rann v. 1053—1056 (vgl. die Note von Stokes dazu) und die Prosaauflösung desselben LBr. 111ᵃ.

Unter den Gesandten, welche aus allen Enden der Welt zu Octavian kommen, lässt der Ire, ohne dass Orosius etwas davon hätte, auch solche aus Tor Breogain auftreten (83). Dieses ist der irische Name einer Stadt Brigantium oder Bri-

---

[1] Slóig Edómain. Vgl. Jadomdu Goid.[2] p. 20.

[2] Dieselbe Deutung des Namens Adam findet sich auch bei Symphosius Amalarius De Ecclesiast. Offic. I. 7 (Migne, Patrologia CV. p. 104).

gantia in Nordspanien, berühmt in der irischen Geschichte als der Ort, von dem aus an einem Winterabende Ith mac Bregoin zuerst Irland erblickte. [1]

Es ist sogar wahrscheinlich, dass hin und wieder geradezu irische Quellen (natürlich selbst wieder Uebersetzungen und Ueberarbeitungen) vorgelegen haben, eine Annahme, zu der Manches aus der damaligen irischen Literatur berechtigt. [2] Bei der Liste der Perserkönige (17) weist uns z. B. der seltsame Name Hoceraius darauf hin. Er folgt nämlich fast sogleich auf Nabgadón und legt so die Vermutung nahe, dass er aus dem zweiten Teile des Namens Nebucadnezar gebildet sei. Diese Vermutung könnte in der Namensform Nabcodonocrous bei Zimmer, Keltische Studien I. p. 14 eine Bestätigung finden, wenn nicht das MS. nach einer Mitteilung von Stokes in Wirklichkeit Nabcodonozor hätte. [3] Bemerkenswert ist, wie sich vielfach für fremde Eigennamen specielle irische Formen gebildet haben. Zu der Form Campaséis (17) für Cambyses stimmt

---

[1] Bai mac maith ic Brath .i. Bregon, 'ca n-dernad Brigantia ainm na cathrach. A Tur Bregoin immoro atchess hEriu fescur lathi gemreta. Atoscondaire Ith mac Bregoin. LL. p. 3b.

[2] Was z. B. die geographischen Ausführungen in unserem Texte anlangt, so finden sich ganz ähnliche in einem LL. p. 135 aufgezeichneten Lehrgedicht des Mac Cosse, eines fer légind zu Ross Ailithir, wieder, welches nach Pomponius Mela gearbeitet ist und offenbar zum Memoriren in Schulen bestimmt war. So vgl. man die Notiz über die Serer (45) mit Mac Cosse's Versen (LL. p. 135b):

'Isind airther sin (eet gal)
atát Serdai co sírblad,
fobith atá fidbad and
do nach ingnad inn oland'.

Die Serer finden sich übrigens auch im Tochmarc Emere, dessen älteste Version uns im LU. vorliegt, erwähnt. Es heisst dort, Stowe MS. 992 fol. 84a 1, von Cuchulaind's Sichelwagen: 'is e sin in tres la do indled in carpat serrda ra Coinculaind 7 is aire atberthai serréa de .i. ona serraib iarrnaidi bitis a n-indill as, no dana is ona Serrdaib frith a bunadus ar tus'.

[3] An den entsprechenden Stellen in den LBr.noten zum Félire findet sich Nábcudon Nasor (p. CLVII.) und einfach Nabcudon (p. LXXVI.), wie in Gilla Coemain's Gedicht LL. p. 131a, 11 und 14.

Cambasses mac Cir LL. p. 144ᵃ, 8. Ródain für die Insel Rhodos kommt auch Goid. 2 p. 98 vor. Unerklärt bleiben mir dagegen Tecthir für Tyrus (26), während es §. 9 Tuir genannt wird und *Protolomeus Nactusamréu* (26) für einen der Ptolemäer. Aus dem Dens tyrannus der Epistola ad Aristotelem hat der Ire Distriánus gemacht (56). Hier sei mir die Bemerkung gestattet, dass bei den oft sehr seltsamen und nicht immer durch lautlichen Vorgang zu erklärenden Entstellungen fremder Eigennamen eine Art Volksetymologie ihre Rolle gespielt zu haben scheint. So findet sich Tog. Tr. 829 Ulcalegón für Ucalegon, wie wenn von ulcha Bart, für Nimrod Nebrúad LL. 143ᵃ, für Laertes Luaithlirta LL. 143ᵇ (dagegen im Stowe MS. 992 fol. 59ᵇ: Merugud Iuliux mic Leirtis), für Taglath Phallasar Teglach Fallasar LL. 144ᵃ, für Anchises Anaichis Stowe 992, fol. 60ᵃ. 2, für Ecbyrht Ichtbrichtan Fól. Dec. 8, für Heinricus Oenric Chron. Scot. 1021, für Conrad Cuana ibid. 1036.

Nachdem ich so die Quellen, aus denen der irische Bearbeiter geschöpft hat, angezeigt habe, wird es richtig sein, darauf hinzuweisen, dass er weder den Pseudocallisthenes in irgend einer Bearbeitung noch Curtius gekannt hat. Er erwähnt sie nirgends und bis auf eine Ausnahme finde ich keine Spur ihrer Benutzung. Diese Ausnahme ist die Erwähnung der Stadt Alexandria apud Porum (60), wo Orosius (III. 19) Nicaea nennt. Keine der oben angeführten Quellen bietet diesen Namen; dagegen hat ihn der Pseudocallisthenes III. 63 (Jul. Valerius III. 35). Hier meine ich jedoch, dass der Ire eine derartige Einzelheit wol einer Glosse in dem von ihm benutzten Exemplar des Orosius verdankt haben mag.

Es bleiben ausserdem noch einige Fälle, in denen man vergebens nach einer Quelle sucht. Wer z. B. die griechischen Dichter (filid na n-Gréc) sind, von deren Bemerkung über die Trefflichkeit thessalischer Reiterkunst er § 20 berichtet, weiss ich nicht zu sagen.[1] Ferner bleibt mir unerfindlich, woher die

[1] Bemerkenswert ist, dass auch das oben erwähnte geographische

ausführliche Erzählung vom Zweikampfe zwischen Alexander
und Porus (59) stammt, namentlich aber der dort erwähnte
thessalische Reitersmann Amirad, dessen Name an den bei
Oros. III. 19 erwähnten König Ambira erinnert. Ebenso wenig
weiss ich den § 33 genannten Scythenkönig Auntem (Antemus?) unterzubringen.

Bei der Liste der Strategen und der unter sie verteilten
Völkerschaften (76), welche nach Orosius III. 23 gemacht ist,
hat der Ire die meisten Namen bis zur Unkenntlichkeit ent-
stellt; Nearchus wird bei ihm zu Marcus, Eumenes zu Hiuben-
cus, Lysimachus zu Lessimamus, aus dem Pelasgi macht er sich
einen Feldherrn Ballassus und aus den Worten seiner Vorlage:
'stipatoribus regis satellitibusque Cassander filius Antipatri prae-
ficitur' die drei Feldherrn Stipator, Saulités und Cassandora zurecht.

Die Wiedergabe des lateinischen Textes ist im Grossen
und Ganzen eine sehr correcte zu nennen, doch kommen einzelne Fehler und Missverständnisse vor, an denen vielleicht
mehr ein corrupter Text als das mangelnde Verständniss des
Iren Schuld gewesen sein mag. Von interessanten Versehen
bemerke ich folgende: § 53 ist das latein. humidus ('immensa
vis cerastarum humidorumque serpentium') mit dem irischen hu-
maide „chern" übersetzt. § 55 ist columna mit columba ver-
wechselt, obwohl das Irische beide Wörter als entlehnt kennt:
coloman und colum. § 6 hat der Uebersetzer in der Stelle des
Orosius III. 14 'cum ad ludos magnifice adparatos inter duos
Alexandros filium generumque contenderet' das 'inter duos Alexandros' zu 'ludos' gezogen und sich daraus einen ritterlichen
Zweikampf zwischen den beiden Alexandern zurecht gemacht.
§ 26 hat er die Worte des Orosius III. 16: 'Tyrum urbem anti-
quissimam et florentissimam fiducia Carthaginiensium sibi cogna-
torum obsistentem oppressit et cepit' gänzlich missverstanden.

Vereinzelt lassen sich auch absichtliche Abweichungen des

Lehrgedicht des Mac Cosse von der guten macedonischen (statt thessalischen) Reiterei spricht. Es heisst dort LL. p. 136ª von Macedonien:
tír i fail immad n-gal n-glass,
tír in' maithmarcachass.

irischen Bearbeiters von seiner Vorlage nachweisen. So lässt
er z. B. § 82 die Gesandten nicht wie Orosius VI. 21 nach
Spanien, sondern nach Rom zu Augustus kommen, als dem
Mittelpuncte seiner Macht. Derartige Abweichungen erklären
sich aus dem offenbaren Bestreben des Iren, seinen Lesern den
fremden Stoff möglichst mundgerecht zu machen. Dieses Bestreben zeigt sich vor allem darin, dass er wolbekannte ein-
heimische Bezeichnungen auf fremde Verhältnisse überträgt.
Hier ist wol das schlagendste Beispiel, dass sich sogar die sogenannten Fenier in unserem Texte erwähnt finden, nämlich
im Munde Alexanders für die Krieger des Darius (19). Dagegen hüte man sich, wie es geschehen ist, in dem 'célide'
§ 69 die Culdeer finden zu wollen. 'célide' heisst 'Besuch' (doluid Medb for ceilidhe a crich Laigen LL. 379ᵇ. co ro facem
celidi lat-su LU. 21ᵃ, 1. úair nách anaí célidi lim ibid. 9. is
maith limm célide lib-si TBF. p. 142, 28) und 'aes célide' übersetzt das 'advenae' der Vorlage (Bissacus' Ausgabe p. 98). Dann
aber lehnt er sich in seinen Schilderungen ganz und gar an den
traditionellen Stil der irischen Heldensage an, dessen Haupt-
eigentümlichkeit eine Art feiner Detailmalerei ist. So vergleiche man die Darstellung von der Ermordung des Kalli-
sthenes (42) mit der lateinischen Vorlage; ferner was er von
Persepolis zu erzählen weiss (33), oder Stellen wie § 39, wo
Orosius III. 18 weiter nichts hat als: 'Post haec Parthorum
pugnam adgressus quos diu obnitentes delevit propemodum an-
tequam vicit', während der Ire erstens hinzufügt, was er von
den Parthern sonst noch weiss, dann aber ihren Vernichtungs-
kampf bis ins Einzelne weiter ausmalt. Vor allem sind es die
Schlachtschilderungen, welche meist nach wenigen andeutenden
Worten des Orosius ausgeführt und ganz im stereotypen irischen
Stil gehalten sind. S. §§ 1. 2. 11. So geben auch die Worte
des Orosius III. 16: 'populos discurrentes principes variis inci-
tamentis acuerent' zu zwei langen Reden der beiden Heerführer
Gelegenheit. Diese Reden stimmen in ihrer Disposition und
manchmal wörtlich mit denen des Achilles und Priamus im Togail Troi 1611 ff., sowie mit der des Laomedon ebendaselbst

581 ff. überein.[1] Könnte es hier aber zweifelhaft bleiben, ob unser Autor wirklich aus der irischen Version der Trojasage entlehnt hat, so gibt uns eine andere Uebereinstimmung Gewissheit darüber. In einer bisher unbekannten Handschrift des Togail Troi, der vollständigsten, welche ich kenne, dem Edinburger Codex XV., heisst es auf p. 29: 'Ro tuáislaicthea claidbi órduirn imfaebuir a trúailib dronaib derscaichtib. Ro laindrigestar in t-aer co hadbol do lasraig na cloedem cumtachda 7 na laighen lethanglas na m-boccoide m-breccheímnech fa túagmilaib coemaib cumtachtaib 7 na sciath sgeubolgach. Ro tairberta sceobana bocóde a lamaib laech londguinech co n-gercorránaib aithib iarnaidib. Atcessa and sin srotha fola forderge a hinadhaib slegh 7 saiget a corpaib curadh 7 caemoclach. Ro thuitset gleíre láech londguinech' u. s. w. Es kann kein Zweifel sein, dass wir es hier mit der Vorlage von l. 12 ff. unseres Textes zu thun haben. Fraglich mag es allerdings bleiben, ob der Autor selbst oder etwa ein späterer Umarbeiter oder Abschreiber der Urheber dieser Entlehnungen gewesen ist.

Wie die irische Poesie ihre chevilles, so hat die irische Prosa ihre stereotypen Wendungen und Redensarten, welche wie Sprichwörter bei passender Gelegenheit immer wieder verwendet werden. Einige der gewöhnlichsten sind folgende:

§ 12: deich cét in cech míle. Vgl. LU. 17ᵃ, 12: deich cét m-bliadan in cach míle.

§ 24: at lia a mairb 7 a n-irgabaig oldáit a m-bíí. Vgl. FB. 5: bit lia ar mairb oldáte ar m-bí. ibid. 21. Ir. Texte Oss. I. 8: roptar lia a m-mairb inna m-beo. Ebenso LU. 88ᵇ. 90ᵃ. 102ᵇ.

___

[1] Ganz in gleicher Weise schildern die Angreifenden (Alexander und Achilles) ihre Lage: die grossen Nachteile einer Niederlage (mad foraib maideas Al. mád foraib chlóithir Ach.), die Schwierigkeit und Gefahr eines Rückzuges, und die glänzenden Vorteile eines Sieges (mad remaib immoro bus rácu romadmai Al. mad remaib immoro bas róen Ach.). Ebenso schildern die Angegriffenen (Darius und Priamus) die vielen Vorteile ihrer Lage, ihren bisher unbefleckten Ruhm, ihre Verpflichtung diesen zu wahren und die Ihrigen zu schützen, zuletzt die schrecklichen Folgen einer Niederlage (mád foraib immoro mébas Dar. mad foraib máis immoro Priam.).

ib. is tromsceo accais 7 duabais 7 neime. Vgl. Tog. Tr. 1496:
is trom in sceo 7 int ancél, in neim 7 in dúabais 7 inn éciall.

§ 28: roptar lire renna nime ac. Vgl. Rev. Celt. III. p. 177:
comtar lir gainem mara 7 renna nime etc. Aehnlich LU. 89ª. 90ᵇ.

§ 12: co m-bátar búind fri medi 7 médi fri bundaib doib.
§ 28: buind fri médi 7 médi fri bunnu. Vgl. LU. p. 80ᵇ, 15:
co torchratár bond fri bond 7 méde fri méde. ib. 18: bond ᵥ
trír fri méde trír. O'Dav. p. 83: ut est sal fri sal, fonn fri fonn.

§ 28: ferr tra la Persa a m-bás oltás a m-bethu fó mebail. Vgl. Tog. Tr. 638: ba ferr leo a m-bús ic cosnam a
n-enig andás a fácbáil i m-bethaid fo mebail 7 fó mélacht.
TE. 12 Eg. ba ferr leis éc andá bethu.

§ 28: doráegu cid in rignía ronertmar .i. Dair fessin a
bás sech a bethaid. Vgl. LL. 147ª, 52: is é in tecosc cóir
tecoscim dom síl, conid ferr a mochbás indás rothlas ríg.

Auch an einem äusseren Schmuck der Rede mangelt es
der Darstellung unseres Bearbeiters nicht. Das Princip der
Alliteration ist in reichstem Masse verwandt worden. Es veranlasst oft eine gewaltige Häufung von Attributen, deren feine
Bedeutungsschattirungen im Deutschen kaum wiederzugeben sind.
Vgl. Stokes, Tog. Tr. Pref. p. IV. Solche unserem Gefühle wider-
strebende Häufung findet sich auch, wo ein Adjectiv oder Substantiv erst mit einem Substantiv in Composition tritt und dann
noch einmal als adjectivisches oder substantivisches Attribut
wiederholt wird. Vgl. dubfoscud dub dorchaidi Tog. Tr. 1373.
in mórsochraiti móir sin Tog. Tr. 1305. ro gab a chatheir-
red catha. Tog. Tr. 1591.

Durch Wiederholung derselben Anfangsworte werden mehrere Sätze zu einem harmonischen Ganzen verbunden. So werden § 29 die gewaltigen Folgen der Schlacht bei Issus in acht
Sätzen zusammengefasst, von denen die vier ersten mit 'isin
cath sa', die andern vier mit 'is e in cath sa' anheben. § 11
sind acht Sätze hinter einander durch mór c. gen. eingeleitet
und so verbunden; § 13 und 26 in derselben Weise drei,
§ 30 neun.

Text und Uebersetzung.

Oros. III. 12. .... airechaib 7 cathmiledaib oc imguin i *n*-airenach in
chatha cechtardai. Ro closa degurlabrada deigecnaide oc nertad 7 oc gressacht na slóg sin. Batar amais ana *imm*glicca
co laignib lethanglassaib hic *imm*thriall in chatha sin. Ba co
5 *m*-brig 7 bruth 7 borrfad 7 baraind dobertsat in cath sin. Ba
cruaid coscar 7 comergi na slog sin. Ro thrégdaisset and sin
saigde sithremra semnechai a sechnachaib slóg saercheneoil.
Ro silscat craisechai cruaide crólinnte a corpaib caemchland.
Conuargabthar hidnai arda[1] áigthide uas sciathcaraib cae-
10 maib cómdaingnib na curad comthaile comthrén. Ro batar tré-
rinde tairberta[2] rindruadai rogérai tre chorpchnessaib caemaib

---

.... Fürsten und Kriegsleuten beim Dreinhauen im Vor-
dertreffen auf beiden Seiten. Da vernahm man die tüchtigen
Reden tapferer und weiser Männer, die Heere stärkend und
anfeuernd. Da waren hurtige gewandte Krieger mit breiten
blauen Lanzen beim Anrücken dieses Heeres. Mit Kraft und
Wut und Zorn und Grimm schlugen sie diese Schlacht. Rauh
war der Siegeskampf und das Ringen dieser Heere. Da bohr-
ten sie Pfeile, stark und festgefügt, in die Leiber vornehmer
Schaaren. Da versäeten sie Speere, harte Todesboten, in die
Körper adliger Männer. Es wurden emporgehoben hohe fürchterliche Waffen über die schönen festen Schildränder der gleich-
starken gleichtapferen Helden. Da fuhren Dreizacke .... rot-
spitzige, gewaltig scharfe, durch die Haut der schönen schmucken

---

[1] Vgl. atrullai di rennaib gai 7 di ardéssaib claideb. Tog. Tr. 563.
[2] cha von späterer Hand unter der Zeile hinzugefügt; darüber
tairbtecha.

cumdachtai. Batar tuaslaicthe clóidib órduirnd imm fáebraib
íuntlaisi a truaillib rédib roderscaichib. Ro batar cathbairr
chaemai chomthailce uas cendaib na curad sin. Ro londraig-
scat in t-áer éradbul do thaidlig na cloidem cumdachtaige 7 na 15
laigean lainderdai 7 na sciath scellbolgach 7 na m-boccóited
m-brecc m-béimnech tre chnessaib caínib cúmdachtaib. Tuctha
tria nert curad cómramach sceíth sceobána 7 boccoíde brecbuide
a lamaib laech londguinech co n-gérchobradaib [7] crandaib.

2. Atcessa and sin siride folai fordergi a hindaib laígen 20
lethanglas, a hindaib cholg ñ-dét n-géramnas, a hindaib cloideb
cruaidgér corcardai. Ro failgid and sin curpa curatai encisge-
lai itir dá hirgail aigthide. Ro tescait errid ilardai and sin
immon múirnn moir Maicedóndai. Co torchratar cúimlengaig
na caemchurad iar cómrumaib cróda comurlabrai, iar n-airbert- 25
nugud n-airm, iar clesrad cloidib, iar telcun sciath, iar n-etir-

---

Leiber. Da waren Schwerter mit goldenen Heften und eingelegten Schneiden ihrer glatten kunstvollen Scheiden entblösst.
Schöne feste Helme sassen auf den Häuptern dieser Helden. Sie
machten die weite Luft erglänzen von dem Wiederschein der
kunstvoll gearbeiteten Schwerter und der funkelnden Lanzen,
der runden Schilde und der bunten Schildbuckeln zum Stossen,
wie sie durch die schönen schmucken Leiber geschlagen wurden. Es wurden durch die Kraft der streitbaren Helden die
hellweissen Schilde und die buntgelben Schildbuckeln aus den
Händen mordkühner Helden mit scharfen Rändern und Lanzen
gerissen.

2. Da sah man Ströme tiefroten Blutes von den Spitzen brei-
ter blauer Lanzen, von den Spitzen scharfrauher Schwerter mit
Griffen von Elfenbein, von den Spitzen hartscharfer purpur-
gefärbter Degen. Da wurden weisshäutige Heldenleiber zwischen zwei fürchterlichen Schlachtreihen niedergeworfen. Zahlreiche Wagenstreiter wurden da niedergehauen rings um die
grosse macedonische Heeresschaar. Und es fielen die streitbaren Helden nach heftigem Wechselredekampf und Waffen-
schütteln, nach Schwertesspiel und Schildeswurf, nach Verstüm-

immdibe chorp, iar fuilred a haltaib, iar n-gabail a nirt, iar n-erchrai a m-bríg, iar n-dorchugud a rosc, iar n-gabail for a cetfadaib.

30   3. Ro bris *dino* ria Pilip fadeoid in cath sai for lucht na Grégi 7 *for* Aithinenstu. Cia ro mebatar ilchatha fria Pilip tre dúire 7 fostain 7 febdacht,[1] is e in t-icht mor deidenach sai ro scar iltuatha na n-Grec fria sáire 7 a sochraite 7 triasargabhsat[2] Maicedondai cumachtai n-dearmair foraib 7 *for* il-
35 tuathaib in domain archenai. Imrulai iarom Pilip na hiltuathai sin na n-Grec hi tirib aineoil[3] 7 ni arlaic sochaide dib ina tírib fessin. Ni lamdais Grec 7 Aithinstu *dino* faillsiugud a n-immnid ina n-dochraite, ina n-dogaillsi *fria* díumus na Maicedondai, arna ro erchoitige don fechtnaige[4] Maicedondai

---

melung der Leiber und Bluten aus Wunden, nachdem ihre Stärke von ihnen genommen, ihre Kräfte geschwunden, ihre Augen dunkel geworden, ihre Sinne ihnen entrissen waren.

    3. Zuletzt wurde dann diese Schlacht von Philipp über das Griechenvolk und die Athener gewonnen. Obschon viele Schlachten von Philipp durch Härte und . . . . und Ueberlegenheit gewonnen worden waren, so ist dies (doch) das letzte grosse Volk, welches viele Griechenstämme ihrer Freiheit und Herrlichkeit[5] beraubte und durch welches die Macedonier eine gewaltige Macht über sie und über viele Völker der Welt ausserdem gewannen. Darauf schickte Philipp diese vielen Völker der Griechen in fremde Länder und liess nicht viele von ihnen in ihren eigenen Ländern. Die Griechen aber und Athener wagten es nicht, ihr Drangsal in ihrer Schmach und Trauer dem Hochmut der Macedonier gegenüber zu zeigen, damit es das macedonische Glück nicht trübe, das Seufzen und Stöhnen der vielen Völker,

---

    [1] 7 febdacht am Rande.
    [2] Dazu am Rande: *no agas as trit rogabsat Maicedondai.*
    [3] naineoil Fcs.   [4] fechtnaide Fcs.
    [5] Stokes übersetzt sochraite an ähnlichen Stellen fälschlich mit 'army', z. B. Tog. Tr. 929: collud saire 7 sochraite 7 saerbratha. Es ist hier das Gegenteil von dochraite, z. B. fó mam daire 7 docraite. 30.

eistecht fri cnedai ocus osnadu na n-iltuath bitís fo smacht 7 40
dáire ocaib.

4. Ros tairmchell iarom Pilip dá chét míle do thraigthechaib
7 cóic míle déac marcach cénmotha na hairbe mora Maicedondai 7 marcslóig eli do echtrandaib. Ro hoirdned trí toisig for
a slógaib fria láim (.i. Parmenion 7 Amintái 7 Atalir a n-an- 45
munda side) do thecht doib do chosnum ríge na hAissia móire
7 do saigid Dair moir maic Arsabíí trénrig in talman 7 ard-
chend in chatha Persecdai.

5. Ba hí innsiu aimmser i n-arhurnaisced a ingen-sum Philip (.i. Cleopra a hainmm) do Alaxandir Eperdai. 7 bráthair 50
mathar side dia mac-sum .i. don Alaxandir mor Maicedondai.
Forfuacrad dino o Philip úradach 7 airmitniugud na huasal-
baindse sin 7 a denum uada-som fén co forbrigach foruallach
amal is deach ro tarclumad cech flead baindsecdai riam remi
sin. Is and sin atbert araile laech fri Pilip frisin rígnia hil- 55

---

welche durch sie unter Botmässigkeit und Knechtschaft waren,
zu hören.

4. Philipp musterte darauf 200,000 Fusskämpfer und 15,000
Reiter ausser der grossen Phalanx der Macedonier und dem
sonstigen ausländischen Reitervolk. Drei Feldherren wurden
über die Heeresschaaren an seine Seite gesetzt, Parmenion und
Amyntas und Attalus mit Namen, um hinzuziehen und die
Königsherrschaft von Grossasien zu erobern und Darius den
Grossen, Sohn des Arsamus, den starken König der Erde und
das Oberhaupt des persischen Heeres, anzugreifen.

5. Dies war die Zeit, zu welcher Philipps Tochter Cleopatra
mit Alexander dem Epiroten verlobt wurde. Dieser war Mutter-
bruder seines Sohnes, nämlich des grossen Alexander von Macedonien. Philipp ordnete Festlichkeit (?) und Feier dieser grossen
Hochzeit an, und dass sie von ihm selbst so hochherrlich und
stolz begangen werden solle, wie je zuvor ein Hochzeitsfest am
Besten gefeiert worden war. Da geschah es, dass einer von den
Kriegern zu Philipp, dem Königshelden, am Tage seiner Ermordung sagte: „Welches Ende und welcher Tod ist der beste,

laa riana marbad: „Cia sa hoiged 7 bás as deach a n-imm-
théid rig?" „Ni *hansa*" ol Pilip. „Is í ém oiged as deachu
dothaed [p. 205ᵇ:] rig .i. bás dian cen chuimleng cuirp, cen
dochraite riá anmain, iar m-buadaib 7 coscraib fri cocrichaib
60 a namut hi taitneam 7 i taidliugud acnuaire 7 inócbalai cen
immthomud a báis."

6. Ro ferad iarom acnach baindscedai la Pilip iarnabarach,
co tarla cúimleng it*ir* na dá *Alaxandir* .i. a mac-sum 7 a
chliamain. Ro bói Pilip oc a foraiccsin isin rigṡuide ar-raibe 7
65 tuirt mor do maithib *Grég* 7 Maicedoine i͡ na thinchell co
dluith. Dolluid iarom Paus*ánus* .i. laech sochineoil do Mai-
cedontaib atacoemnacair 7 dombert gaeí on oschaill co'raile do
Pilip. Ar ni bói immchoimet fair an inbuid forcoemnacair in
chuimleng Al*a*xainderdai. 7 atbath iar sin Pilip don bás do-
70 raegu fessin.

     7. Ro gab *Alaxandir* mac Pilip rige fo ch*é*toir. Ron bris

---

der einem König widerfährt?" „Nicht schwer," antwortete Philipp. „Das fürwahr ist der beste Tod, der einem Könige zu-
stösst, nämlich ein rascher Tod ohne Kampf des Körpers, ohne
Schmach der Seele, nach Siegen und Triumphen über die Länder seiner Feinde, in Glanz und Herrlichkeit des Augenblicks
und des Ruhmes, ohne dass ihm der Tod droht."

     6. Darauf am andern Morgen wurde das Hochzeitsfest von
Philipp begangen, und ein Zweikampf ward zwischen den beiden Alexandern veranstaltet, nämlich seinem Sohne und seinem
Eidam. Philipp schaute ihnen von seinem Königssitze zu und
eine Menge edler Griechen und Macedonier stand dicht ge-
drängt um ihn herum. Da kam Pausanias, der ein vornehmer
macedonischer Krieger war, und sandte einen Speer von einer
Achsel Philipps bis zur andern. Denn es war keine Leibwache
bei ihm zur Zeit, da der Kampf der beiden Alexander statt-
fand. Und so starb denn Philipp den Tod, den er selbst sich
gewählt hatte.

     7. Sofort ergriff Alexander, der Sohn Philipps, die Königs-
herrschaft. Er gewann eine Schlacht über die Athener, er ver-

cath for Aithcnstu, ro dílccand tríathu Tiabandai, ro thoirbir
slógu Achía, ro thuairc trcoit Tesaldai, ros lommairg Lirccdai,
ros tuindsetar Tragdai fo nirt bríg a chumachta 7 ros tinoil
iar tain do dul i n-Aissia do chosnum rigc in domain fri 75
Persaib.

8. Is cd forfuair do Alaxandir in luathtinol sa do dénum,
ar bíth in aislingthe atchondairc isin catraig Maiccdondai dianad ainmm Dihó .i. in uasal ñ-dia do thidecht chuicc cosin
crrcad n-airmaidnech n-Áróndai .i. a chochall sircedai srcb- 80
naidc cona chluicínib derrscaithcchaib don ór derg thaitncmach
tíre araibía ina immthimchcll, cona formnaidiu lán di cech
cenól leag lógmar .i. imm saiffr imm lunaind imm crisdall imm
adamaint im thonzión [sic] imm chruan imm glain imm charr-
mocul, cona forbrut bruinnte Indccdai, cona mínd chaem chom- 85
thailc chumdachtaide, cona thunig n-glais, cona lénid lánchail
língil, cona laind cctherliterdai ina láim. 7 batar he annandai

nichtetc die thebanischen Fürsten, er warf die Heere Achaias
nieder, er schlug die thessalischen Schaaren, er vertilgtc die
Illyrier, er brachte die Thracier unter die Macht und Gewalt
seiner Herrschaft und versammelte sie darauf, um nach Asien
zu ziehen, den Persern die Weltherrschaft zu entreissen.

8. Dies ist es, was Alexander bewog, eine so schleunige Versammlung zu veranstalten; wegen des Traumgesichts nämlich,
welches er in der macedonischen Stadt Dium sah, wie nämlich
der höchste Gott auf ihn zu kam mit ehrwürdiger Aaronischer
Gewandung, nämlich seiner Hauptbedeckung aus Seide und Atlas, ringsum mit kunstreichen Glöcklein von rotglänzendem
Golde aus dem Lande Arabien besetzt, mit seinem Schulter-
mantel voll von jeder Art edler Steine, so Sapphir, als ..., als
Krystall, als Diamant, als Topas, als Rubin, als Glas, als Kar-
funkel, mit seinem indischen Leibmantel, mit seinem schönen
festen kunstvollen Diadem, mit seiner blauen Tunica, seinem
feinen linnenweissen Hemde, mit seiner vierbuchstabigen Tafel
in der Hand. Und zwar waren die Namen dieser vier Buch-
staben folgende: Anatolien d. i. der Osten, Dysis d. i. der Sü-

na ceithre litre sin, Anatáile .i. in t-airrther, Disic .i. in deiscert, Artoc .i. in tuaiscert, Misimbria .i. in t-iarthar. 7 at-
90 ber*t* iar sin guth na [*sic*] dee: „Fuabair in t-airth*er* .i. Aissia,
tairberfi in deiscert .i. Affraice, failgebe in t-iarth*ar* .i. Eoraip,
ba cumachtach in tuaisceirt .i. Scethia. 7 bat cuma*ch*tach in
talman fon sámla sin 7 biat-sa as do leth na coemsat do ná-
maid ní duit.“

95   9. Luid Alax*andir* fo ch*é*toir *iarom* tar muir Thorren. *Cethir fichit* ar *chét* long libernecdai batar fri himmochor a slóg.
7 ber*id* lais an ba deach do slógu na hEorpa uile .i. maithe
na míled Maicedóndai 7 trommthuir na *Tragdai* 7 airig na
n-Aithecdai 7 uaisle na n-Aithenstu 7 ṭuirc na Tessaldai 7
100 ardriga Eoldai 7 slóg thíre Moxsia 7 in slóg is lóri rucad la
rig riam .i. Goith 7 Dalmáit 7 Dardain 7 Istria 7 Retia 7
Panunia. 7 am*al* rancatar isin purt dar muir, gabsat calad-

---

den, Arktos d. i. der Norden, Messembria d. i. der Westen,
Und es sprach darauf die Stimme des Gottes: „Zieh wider den
Osten, d. h. Asien; du sollst den Süden bezwingen, d. h. Africa;
du sollst den Westen unterwerfen, d. h. Europa; du sollst mächtig sein über den Norden, d. h. Scythien. Und so wirst du
die Erde beherrschen und wirst davon kommen, da deine Feinde
nichts gegen dich vermögen werden.“

9. Sofort begab sich nun Alexander über das tyrrhenische
Meer. 180 Liburnen dienten zum Uebersetzen seines Heeres.
Und er führt mit sich was das Beste war von den Heeren ganz
Europas, nämlich die Edelsten der macedonischen Krieger und
die Grossherren (?) der Thracier und die Fürsten der Aethieer
und die Vornehmsten der Athener und die Könige der Thes-
salier und die äolischen Grosskönige und die Heere aus dem
Lande Moesia und die tüchtigste Schaar, die je von einem
Könige gewonnen wurde, nämlich die Gothen und Dalmaten
und Dardaner, und Istrien und Rhätien und Pannonien. Und
wie sie über das Meer in den Hafen gekommen waren, nahmen
sie die Hafenstädte im Umkreis der Hauptstadt, welche Ephesus heisst, und darauf zogen die Heere nach dem Olymp über

purta a n-immlib na hardchat*rach* dianad ainmm Effis, 7 luid-
set *iarom* na slóig 'sin Oilimp dar sruth *m*-Bachal i m-Medon-
daib 7 al-lám deass f*ri* sliab Caisp 7 a clí fri Licia, a ma- 105
chaire na Siria do antuaith dar sruth Orién (is e theit tre lár
na cat*rach* hIsémath), dar sruth Mender al-lám deass f*ri* Faen-
detaib, a clí fri Capadóic, dar sliss desce*irt* slebi Lauain, al-
lám deass f*ri* Tuir 7 fria Sidóin 7 f*ri*a hAraib, dar muigib
Caldeor*um* dar sruth n-Etisfer dar deisc*ert* muige Senair co 110
Bocdagdai co cathair nirt 7 immp*ir*echtai na P*er*s 7 Dair moir
m*a*ic Arsabíí ardrig na P*er*s.

10. Ba doig t*ra* la Dair ríg na P*er*s co m-ba leis imp*ir*echt
7 enrige in domain an inbuid sin. Tanic-sium co *sé cétaib*
míle fer n-armach i n-agaid Al*axand*ir cona slogu do chur 115
chatha friu. 7 ros congr*ad* lérthinol iar sin hó Dair for cech
leath co m-ba hi uimir a slog uile intí sin .i. Dair moir, *cóic*

---

den Fluss Pactolus im Lande der Maeonier, ihre Rechte gegen
das caspische Gebirge, ihre Linke gegen Lycien; aus der syri-
schen Ebene von Norden her über den Fluss Orontes, der durch
die Mitte der Stadt Hamath fliesst, über den Meanderstrom, ihre
Rechte gegen Phönicien, ihre Linke gegen Kappadocien, über
die südliche Seite des Libanongebirges, ihre Rechte gegen Tyrus und Sidon und Arabien, durch die Ebenen der Chaldäer,
über den Fluss Euphrat durch den südlichen Teil der Ebene
Sincar nach Ecbatana, dem Sitze der Macht und Herrschaft
der Perser und Darius des Grossen, des Sohnes Arsamus, Grosskönigs der Perser.

10. Es däuchte den Darius, den König der Perser, dass die
Königsmacht und Alleinherrschaft über die Welt zu dieser Zeit
bei ihm stünde. Er kam mit 600,000 Bewaffneten gegen Alexander und seine Heere gezogen, ihnen eine Schlacht anzubieten.
Und es ward alsbald eine eifrige Musterung auf allen Seiten
von Darius angeordnet, und die Zahl seiner gesammten Schaaren
war folgende, nämlich die Darius des Grossen: 15,000 Mann
zu Fuss und 7000 Mann zu Pferde und 180 Schiffe zum Angriff und zur Unterstützung des grossen Heeres gegen Alexan-

mili ar *deich* [p. 206ᵃ:] míle *traigthech* 7 *secht* míle marcach
7 *cethir fichit* ar *chét* long do thacur 7 d' foirithin in mor-
120 chatha do Maicedondaib 7 do Alaxandir. Ro batar mar aen fri
Dair mile ardrig na Siria 7 peruincie,[1] ro batar Meda 7 Persa
7 Pairthe 7 airdrig na hArabi 7 Eigeptacdai 7 Etheopacdai 7
sloig Edómain 7 Asardái 7 Callacdai 7 sloig Messapotamia 7
araile hilltuatha erimdha. Batar *dino* i farrad Alaxandir .i.
125 in Maicedoin 7 na *Trachdai* 7 na hEoldai 7 Aithenstu 7 Te-
saldu 7 na sloig hitcuadamar ria sund.

    11. Ro cóirigead na catha cródai cómgharga do díb lethib
iar sin. Mor laech lúthbasach doroching in roind sin ho díb
lethib. Mor n-drong n-dhermáir n-dána n-diumsach ro dechta
130 and hi m-buaili báis. Mor n-aithe n-dhermárai dorochratar
hir-raenu romádmai in dú sin. Mor n-drong n-dhánai n-dheig-
fear n-dhánamail ro hellachtai and i n-urd ellaig in chathai

---

der und gegen die Macedonier. Es waren auf Seiten des Darius 1000 Grosskönige Syriens und der Provinz, es waren Meder und Perser und Parther und die Grosskönige Arabiens und
Aegypter und Aethiopier und edomitische und assyrische und
chaldäische und mesopotamische Schaaren und viele andere
Völker in grosser Anzahl. Bei Alexander dagegen waren die
Macedonier und Thracier und Aeoler und Athener und Thes-
saler und die Truppen, welche wir hierzuvor genannt haben.
    11. Die tapferen gleichgrimmen Heere wurden nun auf bei-
den Seiten geordnet. Viel handstarke Krieger stiessen da von
beiden Seiten her auf einander. Viele ungeheure kühne stolze
Mengen erblickte man dort im Gehäge des Todes. Viele gewaltige Schlachtreihen fielen daselbst auf den Pfaden der Vernichtung. Grosse mutige Mengen kühner Helden trafen dort bei
der feindlichen Begegnung der beiden todbringenden Heere zusammen. Viele krauslockige behelmte schöngeschmückte Häupter hieben die hartscharfen purpurgefärbten Schwerter ab,
nachdem sie vergeblich bald hier bald dort Gnade gesucht

---

[1] leg. Provinciae.

crólindtig *cechtardai*. Mor ccand caistrillsech cathbarrthaige
cumdachtaige dochomortatar claidib cruaidgérai chorcardai iar
feímead a síd día siú ocus anall dino [?]. Mor ségaind saerbésach 135
ro dibaigthea and hi cechtar do díb lethib. Mor n-gealchorp
cúmdachtaige ros ledraigset láigne lethanghlassai in dú sin.
Mor n-eirriud n-cramnas dorochratar for hinchuib in ardrig
Persecdai in dú sin it*ir* slóg n-Eorpai 7 Aff*r*aice 7 Aissia.

12. Ní lugai t*r*a ron bris in cath sai for Dair cona *Persaib* 140
tria áithe hile *Alaxandir* oldás tré nert chathai 7 gaiscid na
slóg batar 'na chaemthecht. Ba fotai ém in immguin himm-
batar Maicedóin fria *Persaib* iarna tuarcain *for* tús i n-hellach
in mórchathai Maice*dondai*, co m-bátar búind fri médi 7 médi
fri bondaib doib. Doruachtatar fuile fodbrondai na míled Mai- 145
cedondai in dú sin i n-diaid *Pers* iar soud hir-raenaib romadmai. Nonbur ar *chét* do marcslóg *Alaxandir* 7 nonbur t*r*aig-
thech namá dofuit o *Alaxandir* hi frithguin in chatha Persec-

---

hatten. Viele stattliche stolzgeartete Helden wurden da auf
beiden Seiten vernichtet. Breite bläuliche Lanzen zerrissen da
viele schmucke weisse Leiber. Mancher grimme Wagenstreiter
fiel daselbst in der Verteidigung des persischen Grosskönigs
sowol von den Heeren Europas als von denen Afrikas und
Asiens.

12. Nicht weniger durch den Scharfsinn Alexanders als
durch die Kriegstüchtigkeit und Tapferkeit seiner Truppen wurden Darius und seine Perser in dieser Schlacht besiegt. Lange
fürwahr dauerte das Morden der Macedonier gegen die Perser, nachdem diese zuerst im Zusammentreffen mit dem grossen
Heere der Macedonier geschlagen waren, so dass Fusssohlen an
Nacken und Nacken an Fusssohlen lagen. Das Blut reichte
da den macedonischen Kriegern bis an die Knöchel, da sie den
Persern in ihrer Flucht auf den Pfaden der Vernichtung nach-
setzten. Hundert und neun Mann von Alexanders Reiterei und
neun Fusskämpfer, das war Alles, was auf Alexanders Seite
beim Widerstand des Perserheeres fiel. 400,000 Bewaffnete
und zehnhundert in jedem Tausend und fünfmal zwanzig in

dai . Coithri *cét* míle fer n-armach 7 *deich cét* in coch *míle* 7
150 *cóic fichit* in coch *chét* iss *ed* dorochair ho Persaib isin chath
*chét*na.

13. Luid Alaxandir aithle in choscair sin iar taispenad na
n-ótgud 7 iar n-aiream na fódb, iar tellach na scor, iar teclomad *sét* [1] 7 armm, co rus gaib immon cathraig diarbo ainmm
155 Gordiana 7 dianad ainmm Saraifir indorsai. Mor slat 7 sínte 7
esoirene ro búi *for* a lár. Mor n-óir 7 argait 7 géamm lógmar
7 édaige cecha datha contubertatar esti. Mor do dainib sacraib
sochenclaib ro marbad *for* a lár 7 tucad a m-broit esti.

14. Conid iar sin hitcós do Alaxandir: Dairius oc a thinol
160 chathai dó. Conid aire sin dochuaid Alaxandir i n-uide fotai
i n-aenló .i. *cóic cét* staide tar sliab Tauir co ranic Tarsum.
7 luid *iarom* iar scís moir isiu sruth dianad ainmm Cidnus

---

jedem Hundert, das ist, was auf Seite der Perser in derselben
Schlacht fiel.

13. Nach diesem Siege ging Alexander, nachdem er die Gewänder hatte zur Schau stellen, die Rüstungen zählen, die Zelte
aufnehmen und Schätze und Waffen hatte sammeln lassen, und
belagerte die Stadt Gordium, welche jetzt Sardes heisst. Grosses
Rauben und Plündern und Morden fand auf ihrem Boden statt.
Viel Gold und Silber und Edelsteine und Gewänder von jeder
Farbe schleppten sie aus ihr fort. Viele edle hochgeborene
Männer wurden in ihr getödtet und aus ihr fort in Gefangenschaft geführt.

14. Darauf wurde Alexander gemeldet, dass Darius ein Heer
gegen ihn sammle. Und er zog deshalb in einem langen Tage-
marsch, nämlich 500 Stadien, über das Taurusgebirge nach
Tarsus. Und er begab sich darauf nach grosser Ermattung in
den Fluss, der Cydnus heisst, einen sehr kalten Strom, und
es fehlte wenig, dass die Sehnen seines Körpers sich in demselben zusammenzogen, so dass der Tod ihm davon drohte.
Das aber ist es was Alexander veranlasste, diesen Marsch zu

---

[1] .s. i. saiget Fes.

(abaud rofuar esside) co m-ba suaill na ro chasaisscat féthi a
cuirp indte, conus falmastair héc de. Is ead im*moro* foruair
do *Alaxandir* in t-uide sea do denum, arna ragbad Dair[1] co- 165
nair chuimgi 7 doirthe na Frigia fair. Is he lín tanic Dair
don chath thána*ise* . i. *trí chét* [míle] marcach. Ros la hi socht
mor menmain *Alaxandir* in slog do athtinol do Dhair chuige
fri hathchathugud.

15. Atbert *Alaxandir iarum fria*[2] muinntir: „Roptar lia a 170
múinnter Dair riam oldait mo muindter-sai 7 rón brisem-ni cath
foraib." Ron sefnait stuice 7 orgáin 7 cuirnd chathaige and
iarum co n-eracht na sloig co'raile. Tucthai orrigai[3] aille eram-
rai ann a n-immchumdach in chatha cechtardai. Ron batar
and errid srólltai sirecdai co n-immdenam di ór 7 argat 7 di 175
némaind 7 di gémmaib cecha dathai 7 di chenel cecha dathai

---

machen, damit Darius nämlich nicht den Engpass und die
von Phrygien gegen ihn einnähme. Das ist die Zahl, mit welcher Darius zur zweiten Schlacht heranrückte, nämlich an Reitern 300 [000]. Alexander verfiel in tiefes Schweigen darüber, dass Darius ein Heer zu erneutem Kampfe wider ihn
sammelte.

Darauf sprach Alexander zu seinen Leuten: „Die Leute
des Darius waren das Mal zuvor zahlreicher als meine Leute,
und wir haben den Sieg über sie gewonnen." Darnach liess
man Trompeten und Pfeifen und Schlachthörner ertönen und
die Heere erhoben sich gegen einander. Da waren schöne
wundervolle Kleider zum Schmucke der beiden Heere angelegt
worden. Da waren Gewänder von Atlas und Seide mit Ver-
brämung von Gold und Silber und Perlen und Gemmen jeder Farbe und jeder Art Farbe von Edelsteinen. Da waren

---

[1] foruair Al*axandir* do Dair in t-uide sea arna ragbad Fes Die
Stelle ist so unverständlich und gewiss vom Abschreiber verdorben,
dessen Unaufmerksamkeit an dieser Stelle auch durch die Lücke hinter
marcach bezeugt wird.
[2] friaa Fes.
[3] leg. erradai?

lcag lógmar. Ron batar and luirechai immdai indeltai 7 cathbairr aille forordai inm chennaib na curad comrumach.

16. Ro tuarcbad claidib 7 caemscóith 7 gaci gormmglassai
180 sithrémra şim- [p. 206ᵇ] necha 7 sithlạta cruaide cóicrinde 7
*nói*rinde 7 saigde cruaidgérai cetharcochracha cúmdachtaigi di
ór 7 argat. Co tạidlead in t-áer uaistib dia laindread na n-
arm n-ilbrecc n-examail i n-uair a n-dibraicthe forsna cathbarraib comthuaircnidib. Ro cummaid comsmachtai foraib *iar-*
185 *um* ar tideacht na slóg co'raile, ạr bíth co ro gressid 7 co ro
forcanad cach díb a múinntear.

17. Atbert iar*um* Dair fria múinntir: „Is nár dúib cen chal-
mai do dénum" ol se „a firu na hAissia. Ad luathai bar n-
groige,[1] adt immdai bár n-dhagairmm, ad calmai bar curaid, ad
190 treoin bar fir. Ruidleas díb in tír 'g-ádathai cosnam 7 is
Persa bar leath 7 tachraid forcóill 7 airem daib scanchassai 7

---

viele festgeschnallte Harnische und schöne ganz goldene Helme
um die Häupter der streitbaren Helden.

16. Es wurden Schwerter und schöne Schilde erhoben
und blaugrüne sehr feste nägelbeschlagene Lanzen und harte
fünf- und neunspitzige Wurfgeschosse und hartscharfe Pfeile,
vierkantig, mit Gold und Silber verziert. Es erglänzte die
Luft über ihnen von dem Scheine der vielbunten mannigfachen
Waffen, da sie über den festgeschmiedeten Helmen geschwungen
wurden. Darauf wurden gegenseitige Schmähreden erhoben, als
die Schaaren gegen einander anrückten, weil jeder von ihnen
seine Leute ermutigte und ermahnte.

17. Es redete Darius zu seinen Leuten: „Es ist euch eine
Schande ohne Mut zu handeln," sagte er, „ihr Männer Asiens.
Eure Rosse sind geschwind, zahlreich eure guten Waffen, tapfer
eure Helden, stark eure Mannen. Euch gehört das Land, welches ihr im Begriffe steht zu verteidigen. Persien ist euer, davon geben euch Zeugniss und Bericht die alten Ueberlieferun-
gen und Erzählungen eures Volkes und eurer Fürsten vor euch.
Es steht euch die Königsmacht und Alleinherrschaft über die

---

[1] groide Fcs. Ebenso l. 254.

senscelai bar múinntire 7 bar ceand remaib. Toich díb imm-
pírdacht 7 énrige in talman. Batar ruirthig bar ríg, batar
treóin a tóisig, batar goethai a comairlid, batar londgairg al-
láith gaile, batar airrechtaig a n-airrig 7 a n-dhaigfir, batar 195
sáthaig a slóig. O ro búi Cir mac Dair (is he ros togail Ba-
bilóin 7 ros gab ardrigi in domain for tús díb) ni dechaid
fainde nó énirte foraib cusindíu. Ros athrigsatar ardrig immdai remaib imm chosnam rígi díb. Ros fallnatar rigi ruirthe-
chai, ros failgetar belgi 7 mendudai 7 críchdoirsi a námut dia 200
reir. Cir mac Dáir for tús 7 a mac iarom .i. Campascis mac
Cir, Nabgadón 7 Hostosbés 7 Hoceraius 7 Longimánus 7 Dairius a mac .i. Xerxes 7 Anaxerxes mac Hothíi. Soethar athar
7 seanathar dúib inní 'g-adathái cosnam. Tucsat hilar cathai
7 hirgaile for hilar flaithe 7 rig 7 toisech na rig sin remaib. 205
Ros togailseat cathrachai 7 hilchenelai fón uile doman. Ro

Erde zu. Eure Könige waren freigebig, ihre Feldherren tapfer,
ihre Räte weise, mutigkühn ihre tapferen Krieger, ihre Fürsten
und Helden   , ihre Heeresschaaren gesättigt. Seit den
Zeiten des Cyrus, Sohnes des Darius (er ist es, der Babylon zerstört und die Königsherrschaft über die Welt zuerst bei euch er-
griffen hat), ist Schwäche und Kraftlosigkeit nicht über euch gekommen bis heute. Sie entthronten viele Grosskönige vor euch,
indem sie ihnen die Herrschaft entrissen, sie beherrschten
Königreiche, sie zerstörten die Strassen und Wohnsitze und
Grenztore ihrer Feinde nach ihrem Belieben. Cyrus, der Sohn
des Darius, zuerst und sein Sohn darnach, nämlich Cambyses,
Sohn des Cyrus, Nebucadnezar und Hystaspes und Hoceraius und
Longimanus und Darius, sein Sohn, nämlich Xerxes und Arta-
xerxes, der Sohn des Hothius. Es ist die Arbeit eurer Väter und
Grossväter, die ihr jetzt zu verteidigen im Begriffe steht. Sie
gewannen eine Menge Schlachten und Kämpfe über viele Fürsten und Könige und die Feldherren dieser Könige vor euch.
Sie vernichteten Städte und viele Völker durch die ganze Welt
hin. Ihre Obersten und ihre Verwalter und ihre Steuerein-
nehmer waren bei allen Stämmen und Völkern der Erde. Zins

batar a n-airig 7 a rechtaire 7 a cistoibgeoire fo chendaḍa-
chaib 7 tuathaib in talman. Tuctha císai 7 dligedai o feraib
domain do rigu na *Pers.*

210   18. Cosnaid bar rige fri hechtrandaib. Bid andam lib beith
fó chís do rig eli iar m-beith do chách fo bar cís 7 fó bar
n-dliged cose. Mád foraib immoro mébas, *tr*aethfaither bar
cat*r*achai, saethraigfit bar saerchlanda, daerfaithar bar mná,
bar mec, bar n-ingenai iarna m-breith a n-gabalaib 7 a n-dae-
215 raib. Berdait echt*r*aind bar n-ór 7 bar n-argat, bar séoit, bar
máine, bar n-almai, bar i-indile, mad foraib mébus." Ba dí-
máin *dino* do Dhair a fo*r*cedul; ár húi comairle na n-dee [*sic*]
n-dhéinmech 7 a thoicthe féin oc brisscad fair. *G*ressacht Dair
for a m*u*intir inn sin.

220   19. Atbert *dino* Al*a*x*and*ir *fr*ia Maicedondaib tré senc*h*us a
cur*a*d reimthechtach 7 fri slogaib Eorpai [1] archénai: „Cia thri-

und Tribut wurden erhoben von den Männern der Welt für
die Könige der Perser.

     19. Verteidigt euer Königreich gegen Fremdlinge! Es wird
etwas Seltenes für euch sein, einem fremden Könige zinspflich-
tig zu sein, nachdem bisher Alle unter eurem Zins und eurem
Tribut gestanden haben. Wenn ihr aber geschlagen werdet,
so werden eure Städte überwältigt werden, so werden sie eure
Adelsgeschlechter knechten, eure Weiber, eure Söhne, eure Töchter werden entehrt werden, nachdem man sie in Gefangenschaft
und Knechtschaft geworfen hat. Es werden Fremdlinge euer
Gold und Silber, eure Schätze und Reichthümer, eure Heerden
und euer Vieh davon schleppen, wenn ihr geschlagen werdet."
Umsonst war diese Ermahnung des Darius; denn es war der
Ratschluss der feindseligen Götter und seines eigenen Schick-
sals, dass er besiegt werden sollte. Das war die Ermahnung
des Darius an die Seinigen.

     Alexander dagegen sprach zu seinen Macedoniern, indem
er von ihren vormaligen Helden erzählte, und zu den übrigen
Heeresschaaren Europas: „Wenn ihr es auch versucht zu fliehen,"

---

[1] neorpai Fcs. Vgl. § 3: bitirib naineoil.

alltai teichead" ol se „ni *focus* díb bar n-dín. Is cian co bar
ferandaib. Bid uaite bar n-airchisechtai, bidt ile bar námait.
Fúrfait bar cuirp coin iar cónghalaib umaib. Uallfaid fidba-
daig uas bar sílechaib. No forcraindfid cthaide ána áerdai. 225
Taethsad a n-écaib iar rigregaib rodúraib. Fodémat uacht 7
gortai 7 immad cecha himnmid ria n-daerbásaib eitchib anaeb-
daib ilib, mad foraib maideas. Mad remaib *immoro* bus ráen
romadmai, roindfithí fúdbai feinded fo srethaib óir 7 argait 7
geámm n-ilbrecc n-éxam*ail* 7 leag lógmar. Immroindfithí iar 220
fúdbu na feindead sin edgudai srolldai sirecdai, bruidfithí a cat*ra*-
chai 7 a cendadachu. Bud for bar comus a cathcharpait co feirt-
sib 7 múinntendaib óir 7 argaid. Fogébthái cuarsciathu áille in-

sagte er, „ihr habt keinen Schutz in der Nähe. Es ist weit
bis zu euren Ländern. Wenige werden sein, die Erbarmen mit
euch haben werden, zahlreich dagegen eure Feinde. Hunde
werden eure Körper   , nachdem sie sich darum gestritten
haben. Sie werden Holz auf eure Racepferden laden. Glän-
zende Vögel der Luft werden euch   . Sie werden in Todespein geraten nach harten Qualen. Kälte und
Hunger und eine Fülle jeglicher Drangsal werden sie erdulden
vor vielen schimpflichen grässlichen hässlichen Todesqualen,
wenn ihr euch besiegen lasst. Wenn ihr dagegen eine ver-
nichtende Niederlage vor euch anrichtet, so würdet ihr die
Rüstungen der Kriegshelden unter Haufen von Gold und Silber und vielbunten Gemmen mancher Art und kostbaren Ge-
steinen unter euch verteilen. Nach den Rüstungen der Kriegshelden würdet ihr Gewänder von Atlas und Seide unter euch
verteilen und ihre Städte und Völkerschaften in Knechtschaft
bringen. Dann würden ihre Kriegswagen mit Stangen und Jo-
chen von Gold und Silber in eurer Gewalt sein. Ihr würdet
schöne wunderbare runde Schilde erlangen durch den Verlust
ihrer schönhäuptigen schmucken Söhne. Ihr würdet ihre schönen
ausgezeichneten Frauen und Jungfrauen unter eure Gewalt bringen.   viele Völker und viele Stämme der
Männer der Erde, wenn Niederlage und Vernichtung vor euch

gantu co n-esbaid a *maccu* cendaille cúmdachtaige. Tairberfithí
235 a mná 7 a n-ingena áille examhla fo bar fogail. Ni con fogail
hilltuathai 7 hilaicme fear talman, mad remaib bus raen 7 *bus*
ruathar. Rossia clú 7 erd*raccus* bar n-gaiscid co huru in talman. Mérdaid bar scelai co deiriud betha, mát coscrach on
chath sa." Aithesc Ala*xandir* ind sin.
240   [p. 207ᵃ] 20. Is and sin *tra* ro eirgetar Meadai 7 Persai 7
Pairthi indscuchad do na slogaib nertmaraib náimdémlaib ailib,
co n-dernsat m-buailid m-bodbdai do šondaigib sciath n-illda-
thach n-exam*ail* dianeehtar chatha. Dobidgsat al-lámu luathés-
caide da saigetbolcaib, co ros laiscat a saithe saiged sithremur
245 séimneach frisin múirnd moir Maicedondai. Ro frithscat iarom
laith gaile na n-G*ré*g in elta ádbul erimndai sin na saiget fó
chrislaigib a sciath scellbolcach. Ro la*tr*aigseat curu imm na
cathaib cechtardai marcšlog mordrong in phopail P*er*scedai 7
dírmandai aigthide na tuath Tesaldai. Atrímead filid na n-G*ré*g
250 comtís aenchuirp do na marcachaib Tesaldaib fria n-echaib ar
deine 7 athlaime a marcachais.

---

einhergeht. Der Ruhm und der Glanz eurer Tapferkeit wird
bis an die Grenzen der Erde gelangen. Die Erzählungen von
euch werden bis an das Ende der Welt dauern, wenn ihr sieg-
reich aus dieser Schlacht hervorgeht." Das war die Anrede
Alexanders.

    20. Jetzt erhoben sich die Meder und Perser und Parther
und rückten gegen die starken Feindesschaaren an, und sie machten ein furchtbares Gehäge aus den Mauern der vielfarbigen
mannigfachen Schilde aussen um die Schlachtreihe herum. Sie
sandten ihre unermüdlichen Hände nach ihren Köchern und
schickten einen Schwarm von starken festgefügten Pfeilen gegen
den grossen macedonischen Heereshaufen. Die tapferen Grie-
chenhelden begegneten diesem furchtbaren zahlreichen Schwarm
von Pfeilen unter den Rändern ihrer hohlen Schilde. Die gross-
haufige Reiterschaar des Perservolkes und die fürchterlichen
Schwärme der thessalischen Völker umkreisten die beiden
Schlachthaufen. Es erzählen die Sänger der Griechen, dass

21. Ro batar cuirp churatai chncisgelai erdracca ilerecht-
naigthe for echaib ánaib ardchendaib. Ro snigseat sruaman-
dai snédi saerfolai dar curpu grinde gelgabarghroige 7 cech
dath bís for echaib. Aráide ró cloiseat dírmand na tuath 255
Tesaldai forsin marcsluag Persecdai. Ros cómraicseat na sloíg
diáirmide imm na rigu cechtardai iar tain. Beag na ros
bris in talum fó a cossaib 7 na ros lass in t-aer uaistib do
hilghemaib 7 do theachtaib cecha dathai 7 do na guthbuin-
dedaib órdaib 7 argait 7 do na sciathaib comthinoltaib ho 260
gemaib carrmogail 7 do na gáib cómgaibthib. Condrecait a
n-aenthuarcain and sin. Sochaide forfuirim a buille hi ceand
araile in dú sin. Dollotar iar sin láith gaile 7 errid 7 cathmilid itir na cathaib don t-slog chechtardai. Doradsat a n-
esimul 7 a cáinduthracht for beolu ar-rig, comtís corcardai 265

---

die thessalischen Reiter éin Körper gewesen seien mit ihren
Rossen wegen der Geschwindigkeit und Geschicklichkeit ihrer
Reiterkunst.

21. Es waren weisshäutige herrliche Heldenleiber mit vielen
Wunden bedeckt auf den glänzenden hochhäuptigen Rossen.
Feine Ströme edlen Blutes rieselten über die schönen Körper der Schimmel und all der andersfarbigen Rosse.[1] Indessen warfen die Schwärme der thessalischen Völker die persische Reiterschaar über den Haufen. Es trafen darauf die
zahllosen Schaaren um die beiden Könige zusammen. Fast barst
die Erde unter ihren Füssen und entflammte die Luft über
ihnen von den vielen Edelsteinen und Gewändern jeglicher
Farbe und von den goldenen und silbernen Trompeten und von
den Schilden, welche mit Karfunkelsteinen besetzt waren, und
von den festgefügten Lanzen. Da treffen sie in einem Zusam-
menschlagen auf einander. Mancher erteilte da seine Schläge
dem andern aufs Haupt. Darauf gingen tapfere Streiter und
Wagenkämpfer und Kriegsleute zwischen die Schlachtreihen der
beiden Heere. Sie zeigten ihre Ergebenheit und ihr Wolwollen
vor den Augen ihrer Könige, bis die Schilde der Helden von

[1] Wörtlich: und jede Farbe, welche auf Rossen ist.

3

scéith na curad don chrú chrólindtig. Ro clos ţelguḅai tromm
tóethinach tró nert n-immforrain na curad cómramach cétna 7
ros taeṫsat cuirp na caemchurad sin do chloidmib feochraib
faebrachaib in dú sin.

270   22. Ro dammnaid 7 ro sḷechtaid saermilid and sin. Ro
ţuarcbaid trommgressa for sciathaib 7 ḅoccoitib and sin a lámaib laech ḷaimthenach. Ro foilgead popul Persecdai do lámaib
na n-gormlaech n-Grégdai an inbuid sin. Ro faillsig cách a
nert, a brig, a chumachtai [1] for bélaib a cínd 7 a tigernad. Ros
275 nertsat rig 7 oirig 7 ánraid, ţuire 7 taisig 7 trebaind in cath
sin do díb lethib. Acht nirba tarba tra do Dhair a gressacht
for a múinntir. Ro mebaid fair 7 for a slogaib na hAissia
co torchradar a n-airdrigu uili isin chath sin. Térnai Dair
dino iarna guin.

280   23. Ro gaibthea la hAlaxandir amal ro geall dia ţorgaib i

---

dem todbringenden Blute purpurn gefärbt waren. Man vernahm schweres leises Gestöhn durch die Kraft des Ansturms
derselben streitbaren Helden und die Leiber der schönen Helden fielen daselbst von den wilden schneidigen Schwertern.

   22. Da wurden edle Krieger gefesselt und geschlagen. Da
wurden wuchtige Angriffe auf Schilde und Schildbuckel aus den
Händen gewandter Krieger gemacht. Da wurde das Perservolk
von den Händen der ruhmreichen Griechenkrieger zu Boden geworfen. Ein Jeder zeigte seine Kraft, seine Stärke, seine Macht
vor den Augen seines Oberhauptes und seiner Herren. Könige
und Fürsten und Kriegsherren, Prinzen und Feldherren und
Tribunen feuerten den Kampf von beiden Seiten an. Aber
nichts nützte es dem Darius, dass er seine Leute antrieb. Er
und seine asiatischen Schaaren wurden geschlagen und alle ihre
Grosskönige fielen in der Schlacht. Darius aber entkam mit
einer Wunde.

   23. Sie wurden von Alexander geschlagen, wie er es seinen
Fürsten in Dium, der macedonischen Hauptstadt, versprochen

[1] chumachai Fcs.

n-Dio ciunn [1] Maicedondai. Dorónad slóig mhina 7 búidne be-
cai do morślogaib na hAissia 7 na Pers 7 sluaig Eorpa [2] oc a
slaide. Nis bui ead na ossad for a n-esorcain sin. Docomor-
tatar aigthe aille oícthigernd hir-raenaib in rómadma sin. Dorochratar *trí chét* airig and 7 *cethir fichit* míle fear n-armach 285
do thraigthechaib atfét Órus do thuitim and. Deich míle *tra*
do marcachaib 7 *dá fichit míle* do augathaigib. Ba sí ann dígbail slóig Aissia 7 Pers. Is ead dino adfet in fear *cétna* .i.
Órus *tricha* ar *chét* do traigthechaib 7 *cét cóica* marcach, ba
sí ind sin dígbail sloig Alaxandir. 290

24. Ro siachtadar *tra* aendháine asin máidm sin dochum na
scor 7 longport na Pers dú a m-ba Dair, a sruithe 7 a scan-
oire 7 a rigna rochaema 7 mec 7 ingena na Pers. Imchomar-
car scéla díb. „Nís fileat scéla maithe línd," ol siat *acht* tairnic flaithes Pers co bráth. Ro laad ár a ríg 7 a rothaiseach. 295
At lia a mairb 7 a n-irgabaig oldáit a m-bíí. Ni gaibeat fir

---

hatte. Es wurden winzige Schaaren und kleine Häuflein aus
den grossen Heeren Asiens und Persiens gemacht und die Heere
Europas vernichteten sie. Da gab es keine Frist, keine Gnade
bei diesem ihren Dreinhauen. Sie zerhieben die schönen Ge-
sichter der Jungherren auf den Pfaden dieser gewaltigen Vernichtung. Es fielen 300 Fürsten, und 80,000 Bewaffnete von
den Fusstruppen sind dort gefallen, wie Orosius berichtet hat;
ferner 10,000 Reiter und 40,000 Gefangene. Das war der Verlust des asiatischen und persischen Heeres. Dies aber ist, was
derselbe Mann, Orosius nämlich, berichtet hat, 130 Fusskämpfer
und 150 Reiter, das war der Verlust in Alexanders Heere.

24. Es entkamen aber einige Leute aus dieser Niederlage
nach den Zelten und dem Lager der Perser, wo Darius mit den
Weisen und Aeltesten und den wunderschönen Königinnen und
den Söhnen und Töchtern der Perser sich befand. Man be-
fragte sie um Botschaft. „Keine gute Botschaft ist es, die wir
bringen," sagten sie, „sondern zu Ende ist es mit der Herr-

---

[1] indiociun Fcs.   [2] neorpa Fcs.

thalman fri hAlax*andir*. Is tromsceo ac̜cais 7 duabais 7 neime
for cech n-aen dia tic fris; ar [p. 207 ᵇ:] ata a dhía mar aen
fris. Is immdai s̜ond tuairgne irgaile 7 cathluan cathaise 7
300 airig ardchathai 7 airsid ¹ immbualtai 7 laech londgarg ina fiad-
naise. Rícsa do *slo*gaib in domain marc̜slóg na tuaithe Tesaldai cenmothá mormúirnd na míl̜ead Maicedondai. Beac a esbaid na a dígbail hi frecur na hi frithguin isna díb cathaib
si, 7 a míadamlatai 7 a inocbala oc lethad fón m-bith."
305   25. Ní con tarnic dóib deiread a m-briathar do rád, in tan
con faccutar dírmandai diairmide na marcach Tesaldai 7 na
míled Maicedónda oc dirgad chucca for a slicht. Ron bui gol
7 mairg 7 crith 7 iachtad and sin frisna scoraib sin na *Pers*.

---

schaft der Perser auf ewig. ² Ihre Könige und Feldherren sind
unterlegen; ihre Toten und Gefangenen sind mehr als ihre
Lebendigen. Die Männer der Erde vermögen nichts wider
Alexander. Eine schwere Fülle von Leid und Unglück und
Verderben ist auf Jedem, wenn er gegen ihn zieht; denn sein
Gott ist mit ihm. Zahlreich sind die Schlachtreihen zermalmen-
den Keulen und die Kampflichter (?)   und
die Führer der stolzen Kriegsschaar und die Veteranen des
Dreinschlagens und die grimmigkühnen Kriegshelden in seiner
Gegenwart. Vor den Heeren der Welt zeichnet sich aus die
Reiterschaar des thessalischen Volkes, ohne den grossen Heereshaufen der macedonischen Truppen. Gering ist sein Verlust
oder seine Einbusse beim Widerstand oder Widerstreit in diesen
beiden Schlachten, und seine Herrlichkeit und sein Ruhm reicht
über die Welt".

25. Noch hatten sie ihre Worte nicht zu Ende geredet,
als sie die zahllosen Schwärme der thessalischen Reiter und
der macedonischen Krieger in ihrer Verfolgung gerade auf sich
zukommen sahen. Da entstand Jammern und Wehgeschrei und
Zittern und Heulen in den Zelten der Perser; der eine in
Kummer und Jammer über seine Freunde und seine Familie,

---

¹ airsig Fᴇꜱ.   ² Wörtlich: bis zum jüngsten Gericht.

Áill fri cumaid 7 cáinead a carut 7 a muindtire, aill clo fri
teichead 7 tindénus. Ni ba tarba tra in teiched sin 7 in gol- 310
mairg. Ros timchell tra druing díchonndircleach na n-dírmand
Tesaldai 7 na marcach Maicedondai iat. Ro gabad tra rigan
in airdrig 7 a mathair 7 a síur 7 a dí ingin leo. Batar immdai saerchlanda ann i n-aurgabalaib. Batar hile aigthe áille
óicthigearnda and fó daire 7 dogaillsi. Ba himmdai sruith- 315
šcanoir saercheneoil hi forcumal ann in tan sin. Ro batar mee
7 ingena saerchland socheneoil hi longport na n-Grég fó daire
7 dím[i]ad an inbaid sin.

26. Targaid iar sin Dair leath a rigi 7 a flaithemnais do
Alaxandir dar ceand a broite 7 a duine gabalai, 7 ni tucad 320
dó. Targaid dino ar a mathair 7 ar a mnái 7 ar a šiair 7
ar a dí íngein intšaindrud, 7 nis fuair. „Moo lium uile" ol
Alaxandir. Mor n-oir 7 n-argait 7 leag lógmar 7 gémm n-ill-

---

der andere in Flucht und Hast. Aber dieses Fliehen und
Wehklagen nützte nichts. Die erbarmungslosen Schaaren der
thessalischen Schwärme und der macedonischen Reiter umzin-
gelten sie. Da wurde die Königin des Grosskönigs und seine
Mutter und seine Schwester und seine zwei Töchter von ihnen
gefangen genommen. Mancher hochgeborene Mann geriet da
in Gefangenschaft. Manches schöne jungherrliche Gesicht war
da unter Knechtschaft und Betrübniss. Zahlreiche vornehme
Greise kamen da zu dieser Zeit in Sklaverei. Söhne und Töchter adliger hochgeborener Geschlechter waren da in dem Lager
der Griechen in Knechtschaft und Entehrung.

26. Darius bietet darauf dem Alexander die Hälfte seines
Königreichs und seiner Herrschaft für seine gefangenen Leute
an, aber es wurde ihm nicht gewährt. Er bietet dann (dasselbe) für seine Mutter und seine Gattin und seine Schwester
und seine beiden Töchter besonders, aber er erhielt sie nicht.
„Das ganze ist mir mehr wert," sagte Alexander. Eine Menge
Goldes und Silbers und Edelsteine und vielfarbiger Gemmen
nahm Alexander daselbst in den Zelten und dem Lager der
Perser fort. Viele schöngeschmückte Gewänder nahmen sie mit

dhathach ros gat Alaxandir in dú sin i scoraib 7 i longport
325 na Pers. Mor n-eirriud caem cúmdaigthe dombertsat leo. Mor
do lestraib óir 7 argait tucsat laich luathfasaig o na scoraib rígdaib [1] sin Dair. On uair tra na fuair Dair aissiuc a
múinntire ho Alaxandir forfuacair in treas cath fair. 7 faidis
Alaxandir colléic in prímthaiseach . i . Parmenión do airichill
330 7 do airitin for in coblach Perseeda. Luid Alaxandir fessin
isin Moab n-gainemdai no isin Ioib qui unius est [?] co fuair
tairmease in chatha. Sochaide tra forsa ra gaib sogaill a nirt
7 a cumachtai. Ron basaig na rigu 7 na taisechu tancatar
ina agaid. Ro thogail Teethir 7 Sidoín 7 Cartaceín, 7 ni ros
335 cabair freisciusa cairdine na n-Aithenstu, ciarba huadib a bunadus. Ro airg Sicil 7 Ródain 7 inis hEíg 7 Eígipt 7 dorat
maelteined tar hilltuathaib Aissia. Conad and sin ro garad
chuige sacart hídaltaige [2] in Ióib grianda dia acallaim. Nad-
bert-side ina epistil fris acht ní bud maith leis. Ar is demin

sich. Viele goldene und silberne Gefässe nahmen die hand-
schnellen Krieger aus den königlichen Zelten des Darius. Als
nun Darius die Auslieferung der Seinigen nicht von Alexander erlangte, verkündete er den dritten Kampf gegen ihn. Und
es schickte Alexander alsbald den obersten Feldherrn Parmenion, die persische Flotte anzugreifen und wegzunehmen. Alexander selbst begab sich nach dem sandigen Moab oder zum
Juppiter   Gar viele ergriff
seiner Macht und Gewalt. Er tötete die Könige und Feldherren, welche gegen ihn zogen. Er zerstörte Tyrus und Sidon
und Carthago, und nichts half ihnen das Hoffen auf die Freundschaft der Athener, obschon ihr Ursprung von ihnen herrührte.
Er verwüstete Sicilien und Rhodus und die Insel Aegina(?) [3]
und Aegypten und   über viele
Völker Asiens. Dann wurde der Priester des Tempels des
Sonnen-Juppiter zu einer Unterredung zu ihm berufen. Dieser sagte ihm in seinem Briefe nichts als was ihm gefallen

---

[1] rigaib Fcs.   [2] hídaltaig Fcs.
[3] Vgl. Céssair ar hur mara hEíg. LL. p. 135[b].

la hAl*axandir* feíu a ímthechta. Conid and sin ro cúmdaiged 340
la hAl*axandir* .i. Alaxandria cíuitas i n-Eígeptacdaib srotha
Níuil. Is esti-side tuargaibseat na hairdríg oirmitneeha oirdnige diarbó hainmm P*rotolomeus* .i. P*rotolomeus* ainmm cech
fir díb i n-diad araile .i. P*rotolomeus* Fisicon, P*rotolomeus*
Al*axander*, P*rotolomeus* Nactusamrén, P*rotolomeus* Diuítiu*s*, P*ro*- 345
tolome*us* P*ilopator*, Cleopatra, P*rotolomeus* Dionisius.

27. Ro búi Al*axandir* blia*dain* lan oc sruth Michuil icon Prisc. Perieg. v. 202 sqq.
chathraig dianid ainm Débritai hi fail in tobair ingnáith dianad
aiste óigread in cech lo 7 fiuchas ar theas in cech óidche. Tanic
remi iar sin hi cómdáil in chatha Perseedai .i. in tress cath. Oros. III. 17.
Ic Tarsum Silia ro ferad in cath sa. Isin chath déidenach [1] sa
trá ro searad Pers [2] fria rigi in domain. Tanic d*ino* Dair mór
don leith ele dochúm in chatha sin .i. *cethri* mílc tr*a*igthech 7
cét mílc marcach ba he sin a líu.

---

würde. Denn Alexander selbst war sich über seine Züge klar.
Da wurde die Stadt Alexandria in Aegypten am Flusse Nil
von Alexander gebaut. Aus dieser erhoben sich die erlauch-
ten würdevollen Grosskönige, welche Ptolemäus hiessen, d. h.
Ptolemäus war der Name eines Jeden von ihnen nach einander,
nämlich Ptolemäus Physcon, Ptolemäus Alexander, Ptolemäus
Nactusamren (?), Ptolemäus Divitius, Ptolemäus Philadelphus,
Cleopatra, Ptolemäus Dionysius.

27. Alexander blieb ein volles Jahr am Flusse Nuchul bei
der Stadt, welche Debritae heisst, in der Nähe der wunderbaren
Quelle, deren Natur es ist, jeden Tag zu Eis zu werden und
die jede Nacht vor Hitze siedet. Darauf rückte er vorwärts,
das persische Heer zu treffen. Das war die dritte Schlacht,
die bei Tarsus in Cilicien geschlagen wurde. In dieser letzten
Schlacht wurde Persien seiner Herrschaft über die Welt be-
raubt. Darius der Grosse kam von der andern Seite zu dieser
Schlacht gezogen, 4000 Fusstruppen und 100,000 Reiter, das
war seine Zahl.

---

[1] déigenach Fcs.   [2] *Persa* mit punctum delens unter dem a Fcs.

355   28. Ro ferad in cath sin co trén 7 co calma. Ba teand
[p. 208ª:] tuargain tuag *for* trenferaib na Pers, amal *trascraid*
slóig do chein réid rossa do thuagaib rogéra, *no amal* tim-
saigit oíc athluma ccat*ra for* carrcib co cáemluc*ht* cruaid, is
ámla*id* sin fo*r* rúidbith*er* mordruing na Maic*edondai* tuatha de-
360 roili na P*ers.* Ferr *tra* la Persa a m-bás oltás a m-bethu fó
mebail. Doráegu cid in rignía ronertmar .i. Dair fessin a bás
sech a be*t*haid.   Ar rop*tar* lire renna nime 7 gainem mara 7
duille feda buind *fri* médi 7 médi *fri* bunnu do Persu 7 fuilt
dia cennaib ac a tamnad.
365   29. Isin cath sa *tra* dorochair uile br*í*ge 7 cumac*hta* na
hAissia. Isin cath sa tra ro tairberca̠d Persa fó mam dáiro 7
docraite. Isin cath sa ro gabsat Maic*edondai* menma 7 miadam-
lac*ht* al-los a nirt 7 nir*t* a rig .i. Alax*andir.* Isin cath sa
rop*tar* císaig fir beth*a* do Alax*andir* cusin forind oirtheraig.

---

    28. Diese Schlacht wurde tapfer uud mutig geschlagen.
Fest fielen die Axthiebe auf die persischen Tapferen, wie Schaaren mit gewaltig scharfen Aexten von weitem
Wälder fällen, oder wie geschickte Jünglinge Vieh auf den
Felsen zusammentreiben   so hieben die
grossen Haufen der Macedonier die schwachen Völker der Per-
ser nieder. Die Perser aber wollten lieber sterben als in
Schande leben. Auch der starke Königsheld, Darius selber, zog
den Tod dem Leben vor. Denn zahlreicher als die Sterne des
Himmels und der Sand des Meeres und die Blätter des Waldes
waren die Sohlen an den Nacken und die Nacken an den
Sohlen der Perser, und die Haare abgeschnitten von ihren
Köpfen.
    29. In dieser Schlacht fiel die ganze Stärke und Macht
Asiens. In dieser Schlacht wurde Persien unter das Joch der
Knechtschaft und Schmach gezwungen. In dieser Schlacht ergriff
Stolz und Uebermuth die Macedonier ob ihrer eigenen Kraft und
der Kraft ihres Königs Alexander. In dieser Schlacht wurden
die Männer der Welt Alexander tributpflichtig bis zu den Leu-
ten des Ostens. Dies ist die Schlacht, welche Furcht vor Alex-

Is e in cath sa forácaib uamun Alaxandir for in uile doman. 370
Is e in cath sa tra tall frescisin sacri 7 somemua ón uli thuathaib hoirrtherachaib. Is e in cath sa dorat cech síd ó cride
7 ó menmain do Alaxandir. Is e in cath sa ro thimsaig
techta fer talman do buidechus 7 do bennachad Alaxandir as
cech aird iar maidmm remi for Dhair cona Persu 7 iarna dí- 375
bert iarom.

30. Trí laa trichat do Alaxandir cona slog ic róind in fúidb
7 in díbaid Persecda. Ba deithbir ciamad fota no bethí ic á
roind, fo bíth ro díbad sochaide impu. Ba mor rig ronertmar
7 toisech 7 trebund rodus tinoil tria iumforran for náimtib 380
nertmara. Ba mor tuath 7 connadach rotus tuillsot fo chísaib
7 bés 7 dán 7 dliged dóib. Mor cath comnart 7 dúine ú-dain-
gen ros croithset fria tuilled. Mor cintach cumrechtach 7 cim-
bidi 7 carcrach ro ícsat pianu fri bliadna [?] a sainti 7 a said-
briugthe a scanchatraig na Pers. Mor machtad 7 cnead ros 385

---

auder über der ganzen Welt zurückliess. Dies ist die Schlacht,
welche allen Völkern des Ostens die Hoffnung auf Freiheit und
Freude abschnitt. Dies ist die Schlacht, welche Alexander jeg-
liche Ruhe im Herzen und im Sinne gewährte. Dies ist die
Schlacht, welche Abgesandte von den Männern der Erde aus
allen Gegenden zusammenbrachte, Alexander Dank und Segens-
gruss zu bringen nach der Niederlage des Darius mit seinen
Persern vor ihm und nach seiner Vertreibung darauf.

30. Drei und dreissig Tage verweilte Alexander mit seinem Heere beim Verteilen der Rüstungen und der persischen
Beute. Das war natürlich, obgleich sie so lange bei der Verteilung waren, da eine grosse Menge um sie herum vernichtet
war. Viele starke Könige und Feldherren und Tribunen hatte
er durch seinen Sieg über die starken Feinde versammelt. Viele
Völker und Stämme hatten sie unter Zins gebracht und Steuer
und Botmässigkeit und Tribut von ihnen erhoben. Viele starke
Heere und feste Burgen hatten sie zerstört, um ihn (den Tribut) einzuernten. Mancher Schuldige, Gefesselte und Gefangene
und Eingekerkerte verbüsste Strafen   für seine Hab-

laiset *cumrechtaige* na Pers oc imaicsin na *sét* somáinech sin
ic a comroind dia náinutib. Mor ú-*guba* 7 n-dérfadaig dorigen-
sat bauntr*ach*ta na Pers ic décsin fúidb 7 díb*aid* a rig 7 a rofer
ic a cómroind. Mor l*á*m*ch*omart 7 l*á*imglés n-exam*ail* fógensat
390 cum*ala* 7 athi*g* na Pers fr*ia* n-da*mn*ad. Mor n-gol 7 mairg 7
ú-d*e*rchainte dorónsat a n-élotb*aig* Pers ro bat*a*r i n-aillib 7
slebtib 7 dromaib 7 dítbreba. Mor m-b*orr*f*ad* 7 br*í*g*e* ro lin-
sat *muintir* Alax*andir* fri comroind na *sét* somainech. Mor
n-all*a*id 7 inoebalai ros gab Alax*andir* féu oc fégud ú *muintir*e.
395 Mor do ratbugud 7 m*a*chtad 7 motbug*ud* dorónsat rigdruing
na mil*ed* M*aicedondai* 7 forflathi fer n-Grég bat*a*r i fail Alax-
andir oc imfacsin na *sét* sin. Ba deithbir ón, ár bat*ar* scoit
áille inganta ann i cathrach*aib*[1] for aird.

---

sucht und seinen Reichtum aus der alten Perserstadt. Grosses
Staunen und Seufzen begannen die Gefesselten der Perser, da
sie sahen, wie diese reichen Schätze von den Feinden verteilt
wurden. Grosses Seufzen und Weinen erhoben die Weiber der
Perser, da sie die Verteilung der Rüstungen und der Beute
ihres Königs und ihrer Edlen mit ansahen. Grosses Hände-
schlagen und vielfaches Händeringen begannen die Sclavinnen
und Lehnsleute der Perser, da sie gebunden wurden. Gross
war das Jammern und Klagen und die Verzweiflung der persischen Flüchtlinge, welche auf Felsen und Bergen und Berges-
rücken und in Einöden waren. Grosser Stolz und Hochmut
erfüllte die Leute Alexanders bei der Verteilung der reichen
Schätze. Grosser Stolz und Uebermut ergriff Alexander selbst
beim Anblick seiner Leute; und die Königsschaaren der macedonischen Truppen und die Griechenfürsten, welche in Alexanders Umgebung waren beim Anschauen dieser Schätze, betrach-
teten sie und erstaunten und verwunderten sich höchlich. Das
war natürlich, denn es waren schöne wunderbare Schätze, welche
dort in den Städten zur Schau lagen.

[1] catach Fes.

31. Atcuas do Alaxandir tra in rí do élúd .i. Dair 7 a beith
i cúimrigib ordnige i fail a muintire fen. Forcongart Alaxan- 400
dir for marcachu[1] Tesalta ara tiastáis colleíc for tograimm
Dair. Lotar iarom 7 luid Alaxandir fessin ina n-diaid. Ba
haire tra ros cumrecht Dair la muintir, fo dáig Dair ic techt
isin cath .i. do chómlúd in chatha co calma. O ra mebaid
for a slog-som tra, ro éla co ilcrechtnaigthi, co m-búi a aenur 405
oc dércháined menman amal mnái. Co ruesat na drúing The-
salda fair, con facsat fó ghonaib 7 cueda 7 crólinnte. Foránic
Alaxandir intí sin Dair a aenur fó ilcrechtaib for a śligid[2] oc
imthinfise a anála 7 o techt a báis. Atbert Alaxandir iarom
fria muintir ara m-bertais Dair dia ádnaccul co pelait na rig 410
Perseoda. Troíge 7 airchiseccht foruair do Alaxandir inní sin.
Máthair Dair 7 a mnái 7 a dí ingin ni rus leíc Alaxandir
uadh fén.

---

31. Es wurde Alexander gemeldet, dass der König Darius
entflohen sei und dass er sich bei seinen eigenen Leuten in
ehrenvollen Fesseln befinde. Da befahl Alexander den thessalischen Reitern sofort zur Verfolgung des Darius auszurücken.
Sie gingen alsbald und Alexander selbst folgte ihnen. Darius
aber war deswegen von den Seinigen gefesselt worden, weil er
sich in die Schlacht begeben wollte, um den Kampf mutig zu
betreiben. Als aber sein Heer geschlagen war, floh er mit
vielen Wunden, bis er allein war und wie ein Weib in Verzweiflung geriet. Die thessalischen Schaaren holten ihn ein
und erblickten ihn unter Verletzungen und Wunden und dem
Tode nahe. Alexander selbst fand den Darius allein unter
zahlreichen Wunden auf seinem Wege, seinen Atem aus-
hauchend und nachdem sein Tod schon gekommen war. Darauf befahl Alexander den Darius zur Bestattung in den Palast
der Perserkönige zu schaffen. Mitleid und Erbarmen veranlassten Alexander dazu. Die Mutter des Darius und seine Gattin und seine beiden Töchter liess Alexander nicht von sich.

---

[1] marcali Fcs. [2] śligib Fcs.

32. Ros gab Alaxandir iarom rigi catrach Pers ar ćein.
Persipolis tra a hainm-side. Ba si sin cathair doróisce do śaid-
415 brius fer talman an inbaid sin. Ba cell chendadach 7 ba cómrar
thaisceda sét somainech in talman hí. Ba muime ordan 7 al-
trama do thíraib 7 do thuathaib na hAissia hi. Ba hesti no
sáraigthea cách 7 ni ro sáraiged si ó ncoch fri ré secht n-déac
ríg Persecda co tanic Alaxandir. Cuic cét déc míle do dáinib
420 iss ed doríme do thuitimm do Persaib frisna teora bliadna céin
ro bás ie ellach 7 ie tinol 7 ic cur na tri cath sa doruirmi-
sium sund.

33. Ro indrustar Alaxandir iar sin in Siria uli 7 ro
thogail ilchatracha. Ro fásaig Ciliciamm, ro thairbir Capadóie,
425 ro trascair slóig innsi Ródain, ro fudbaig aittrebtaig slébi Túir.
Dorat firu tuaiscirt in talman fó chís 7 bés 7 dliged do. Ba

---

32. Darauf ergriff Alexander mit Gewalt die Königsherrschaft über die Hauptstadt der Perser, Persepolis mit Namen.
Dies war die Stadt, welche zu jener Zeit durch den Reichtum der
Männer der Erde hervorragte. Sie war eine Zelle der Völker und
eine Schatzkammer der reichen Schätze der Erde. Sie war die
Amme der Würde und der Ernährung für die Länder und Völker Asiens. Von ihr aus wurden Alle beschädigt und sie selber
wurde von Niemand beschädigt in einem Zeitraum von 17 persischen Königen, bis Alexander kam. 1500,000 Menschen, so
viel, berichtet er [scil. Orosius], seien von den Persern in den
drei Jahren gefallen, während sie die drei Schlachten vereinigten
und zusammenbrachten und schlugen, welche er hier erzählt hat.
33. Darauf verheerte Alexander ganz Syrien und zerstörte
viele Städte. Er verwüstete Cilicien, er unterjochte Cappadocien, er warf die Heere der Insel Rhodus zu Boden, er plün-
derte die Bewohner des Taurusgebirges. Er brachte die Männer
des Nordens der Erde unter Zins und Steuer und Botmässigkeit. Das wurde diesen gar schwer. Selten waren sie in Knechtschaft gewesen. Ihre Schaaren waren tatenreich, bis Alexander
kam. Er besiegte Antemus, den König von Scythien, in einer
Schlacht. Er schlug die Hyrcanier, er bekriegte die Marder,

hannam leo in ní sin. Nibtar monci a fógnam. Batar dénmig a n-druing co tanic Alaxandir. Ron bris cath for Anntem rig na Scethia. Ro airg Ircándu, ro indri Damandros attat fri slebi Cúcaist atuaid. Conid ann sin tanic in cú aigthige cho Alaxandir, amal atfét Prescén insin Pergiscís Prescen [p. 208ᵇ:] Prisc. Perieg. v. 708 seq. 7 is don choin sin is ainmm Bemóth, ocus is i proind in chon sin coch lathi .i. aittrebthaige na slebti itir míl 7 ceatra 7 duine. Figuir firdíles in chon sin diabul dianad ingeilt druing díumsaig díchonnaircella in betha. Is é in cú sin ro marb in 435 blédmaind 7 in elefint ro bui i fiadnaise Alaxandir, 7 ni dechaid Alaxandir isna crichaib borétaib illeth fri téchtmuir ar omun in chon sin.

34. Tanic sin doridisi 7 tanic i tír Israel for amus Ierusalem. Hiothás ba huasalsacart tempuil Solaim 7 na catrach 440 Ierussolimite .i. Ierusalem an inbuid sin ro bui Alaxandir ic na hindrib sin in domain. Tancatar oirchinnig 7 daigfir 7 tóisig mac n-Israel 7 mordruing in phopuil Israelda dia chomairle i n-dóchumm in uasalsacairt sin .i. Iothás. At-

---

welche nördlich vom Kaukasusgebirge wohnen. Dort war es, wo der fürchterliche Hund Alexander begegnete, wie Priscian in der Periegesis des Priscian erzählt hat, und dieser Hund heisst Bemoth und das ist die Malzeit dieses Hundes jeden Tag, die Bewohner des Gebirges so wilde Tiere wie Vieh wie Menschen. Das wahre Bild dieses Hundes ist der Teufel, dem die übermütigen unbarmherzigen Schaaren der Welt zur Speise dienen. Dies ist der Hund, welcher das Ungeheuer und den Elephanten tötete, den Alexander bei sich hatte. Und Alexander ging nicht weiter in die nördlichen Gebiete aus Furcht vor diesem Hunde.

34. Er kehrte wieder um und zog in das Land Israel, um Jerusalem anzugreifen. Jaddus war Hoherpriester des Tempels Salomo und der Stadt Jerusalem zu der Zeit, da Alexander auf diesem Eroberungszuge durch die Welt war. Es kamen die Edelsten und Vornehmsten und die Ersten der Söhne Israel und grosse Mengen des israelitischen Volkes zur Be-

445 bertsatar: „Ba coir dún" ol siat „techta úann fri himachor ar
sídha 7 ar caínduthrachta 7 ar córa co hAlaxandir. Ar ni
maith altát na catracha on dechaid gan a reir dó." Atbert
Iothás: „Ba córa dún" ol se „immochor ar sídha 7 ar cáindu-
thrachta fri ar n̄-dia fesin. Ar is e connic bríg 7 barand 7
450 borrfad do thairnem 7 do trascrad. Is e connic ind uli dúl
aieside 7 nemaieside do airitin 7 do imfulang." Iar sin tra
dorónad tredan 7 tromáinte leo 7 ro gadatar a n̄-dia Israelda
do chommorad.

       35. Is ann sin docechaing Alaxandir co m-bruth ríg 7
455 borrfad for mágrédib mac n-Israel do saigid na primchatrach
Ierusalem. Bagaid co hamnus fria. Dolluidset maic Israel 7
dolluid Iothás isin erred uasal Áronda 7 popul na catrach
uli immaille fris, co m-bátar for taeb na catrach atuaid i fail
slebi Sioín. Ba cáin cúmdachta in reimm rotnuc popul Is-

---

ratung vor diesen Hohenpriester, Jaddus nämlich. Sie sprachen: „Es ist zweckmässig für uns," sagten sie, „Boten zu
entsenden, um Alexander unsere Friedfertigkeit und unser Wolwollen und unsere gute Gesinnung darzubringen. Denn nicht
gut sind die Städte daran, von denen er, ohne dass sie ihm
willfährig waren, weggezogen ist." Es sprach Jaddus: „Es ist
zweckmässiger für uns," sagte er, „unsere Friedfertigkeit und
unser Wolwollen unserem Gotte selbst darzubringen. Denn er
ist es, welcher Macht und Stolz und Zorn zu erniedrigen und
zu stürzen vermag. Er vermag es, alle Wesen, sichtbare und
unsichtbare, zu halten und zu tragen." Darauf ward denn
eine dreitägige Fastzeit und grosses Fasten von ihnen veranstaltet und sie baten ihren Gott, die Israeliten zu verherr-
lichen.

       35. Da zog Alexander mit königlichem Zorn und Grimm
über die Ebenen der Kinder Israel, um die Hauptstadt Jerusalem anzugreifen. Er droht gewaltig gegen sie. Die Kinder Israel und Jaddus in der stolzen Aaronischen Gewandung
und das ganze Volk der Stadt mit ihm zogen aus, bis sie an
der nördlichen Seite der Stadt waren in der Nähe des Zion-

rael ann sin. Bá sruith soairmitnech in sacrphop*ul* ruc in 460
réim[1] sin i n-agaid a m-bídba*d* 7 a námut. Bui Iothás in
t-uasalsaca*rt* co*na* crred airmitne*ch* Áronda uasalchordam*ail* ina
thimchell i cennphort 7 i n-airenach mac n-Israel. Ro sá-
maigset suide senaid iarom i fail a catrach.

36. Tic Alaxan*dir* ina toichim iar sin. Bat*ar* ríg 7 toisig 7 465
tigernadu i tóchim na sliged sin. Bat*ar* hile errid áille isin s*ligid*
sin ar aen frisin rig fri hAlaxan*dir* do ásgnám Ieru*salem*. Ba-
t*ar* orghanaig 7 cornaire 7 cuslendaig 7 stocaire 7 fidlirig[2] 7
fetanaig resin slog sin. Bat*ar* closamnaig fri clesaib 7 lúth-
lóimendaib resna toraib rigda sin. Imos cuirset cró sciatr*ach* 470
do sciath*aib* órda 7 airgide fo ghemaib carrmocail 7 fo grin-
nib leag logmar impu diane*ch*tair in t-sloig sin. Mor fer fer*r*da
dodecha*id* iarsna réib [?] rigda sin. Ba hádbul t*ra* foresi 7
frithaileam na n-dróng sin for muigib mac n-Israel. Bat*ar*

---

bergos. Schön und prächtig war der Zug, den das Volk Israel
da bildete. Erhaben und verehrungswürdig war das edle Volk,
welches diesen Zug seinen Schädigern und Feinden entgegen
zog. Jaddus der Hohepriester mit seinem ehrwürdigen Aaronischen erhaben-kunstvollen Gewande um sich befand sich an
der Spitze und in der Front der Kinder Israel. Darauf setzten
sie sich nach Art eines Senats in der Nähe ihrer Stadt.

36. Alsbald kam Alexander auf seinem Marsche daher. Es
waren Könige und Feldherren und Fürsten in dem Zuge auf
jenem Wege. Es waren viele schöne Wagenhelden auf jenem
Wege zugleich mit König Alexander, um Jerusalem zu stürmen.
Es waren Pfeifer und Hornisten und Bläser und Trompeter und
Geiger und Flötenspieler bei dem Heereszuge. Es waren da
Gaukler mit Kunststücken und Kraftsprüngen bei jenen königlichen Schaaren. Sie bildeten unter sich einen Schildhag von
goldenen und silbernen Schilden mit Karfunkelsteinen und Haufen von Edelsteinen aussen um den Heereszug herum. Eine
Menge tüchtiger Männer schritt hinter diesen königlichen

---

[1] rém Fcs.　　[2] fíglirig Fcs.

475 áidbli *tra* fon sámla sin ina n-aentóchimm .i. slóig Aisia 7
Eorpa 7 Afraice. Ba *curata* 7 ba haigthide in gné doral⁰
forsin rig i tóchimm na catrach. Batar ann sin oíg erluma
fri forba gním cuilech. Batar *tra* laich luthbasaig *fri* tregdad
sechnach saerchlanda. Batar ócbaid erluma airrechtacha *fri*
480 slait 7 sined 7 esorcain in dú sin.

　　37. In tan *tra* ro chomfaicsigestar Alax*andir* do senad
ergua airmitnech Ier*u*salem, atconnaire taitneam in étguda Áronda
bá chosmaili*us* in errid bui imm Cr*is*t [1] in tan donarfaid dósom
ria síu anall. Ro chómscuir a menmain, ro lá gra*in* 7 gairbthen
485 dia gnúis. Ro chennsaig [2] a cride 7 a menma fri foraithmet
na físi 7 na taidbsen donárfaid in coimdi dó isin catraig
Maicedondai dia n-ainmm Dihó la décsain in uasalsac*uirt* craib-
dig cusin tlacht n-alaind n-Áronda imme. Atbert fris Parme-

---

einher. Furchtbar war der Anblick und die Erwartung dieser Schaaren auf den Ebenen der Kinder Israel. Furchtbar waren sie solcher Art auf ihrem vereinigten Marsche, die
Heere Asiens und Europas und Africas. Heldenhaft und fürch-
terlich war die Gestalt des Königs auf dem Marsche wider die
Stadt. Es waren da Jünglinge bereit schändliche Taten zu
vollbringen. Da waren starkfäustige Krieger (bereit) edelge-
borene Leiber zu durchbohren. Da waren junge Gesellen bereit [und] anreizend zu rauben und zu plündern und zu morden
an jener Statt.

　　37. Da sich nun Alexander der erhabenen ehrwürdigen
Versammlung von Jerusalem näherte, erblickte er den Glanz
der Aaronischen Gewandung ähnlich dem Kleide, welches Christus trug, als er ihm damals erschien. Er liess seinen Stolz
fahren, Entsetzen und Furcht packten sein Gesicht. Sein Herz
und sein Sinn wurden milde bei Erinnerung der Vision und
der Erscheinung, in welcher der Herr ihm in der macedonischen
Stadt, deren Name Dium ist, erschienen war, beim Anblick des

---

[1] Ebenso erscheint Christus dem Moses und Gideon in der irischen
Version des Alten Testaments, LBr. p. 115 ff.
[2] chennsaid Fcs.

níou 7 araile a chomthaisig, cíd *foruair* dó in cúmsceng*ud* gnée siu.
Ar ba hed no bítís na toisig siu *dugrés* oc imcaisin gnúisi in ríg. 490
Is iarom itcuaid dóib iu fís tarfaid [1] dia dó i cosmailius in tlachta
búi im Iotbás 7 in *nert* a [2] ro *nert* dia dó im gabail rigi ina
hAissia 7 in cumachtu ro gab tria *forcongra* in choimded. 7 ni
ro fet-som assin *tra* a dochumm Icr*usalem*. Ro seinntea stuicc
7 orgháin sída leo *iarom* 7 ro adr*us*tar-som in coimdi *co n*-uma- 495
loít moir 7 *co n*-inísli. 7 asb*eir* Alax*andir* fr*ia* m*uintir* uli adr*ad*
don aeúdin. Ba caemchlód n-adartha ann sin. Ba se t*ra* a bés
Alax*andir* co a bás *iarom* caemchlód n-adartha in cech cat[h]-
*r*aig, ar comad a bés-som [3] no beth iu cech cat[h]*r*aig dia císi.
Ni ro indseuch *tra* Alax*andir* isin cat[h]*r*aig sin Icr*usalem*. 500
Atb*er*t Iotbás iarom *fri* pop*ul* n-Israel .i. na gnímu doróna
Alax*andir* isin adr*ad* sin.

———

gläubigen Hohenpriesters mit der schönen Aaronischen Gewandung. Es fragten ihn Parmenion und andere, seine Mitfeld-
herren, was diese Bewegung seines Wesens bewirkt habe. Denn
die Feldherren beobachteten fortwährend das Gesicht des Königs. Darauf erzählte er ihnen von der Vision, in welcher
Gott ihm in Aehnlichkeit der Tracht, welche Jaddus trug, erschienen war, und wie Gott ihm die Kraft gekräftigt habe zur
Erlangung der Königsherrschaft von Asien, und welche Macht
er auf Befehl des Herrn erlangt habe. Und er vermochte es
nicht, weiter gegen Jerusalem zu ziehen. Darauf liessen sie die
Trompeten und Pfeifen des Friedens ertönen, und er betete den
Herrn an mit grosser Dehmut und Unterwürfigkeit. Und Alexander befahl all seinen Leuten, den einigen Gott anzubeten.
Das war eine Veränderung der Anbetung. Es war eine Gewohnheit Alexanders bis hernach zu seinem Tode, in jeder
Stadt die Anbetung zu ändern, damit es seine Gewohnheit sei,
welche in jeder Stadt nach ihm blieb. Alexander rückte also
nicht in diese Stadt Jerusalem ein. Jaddus erzählte darnach

---

[1] Zur Construction vgl. co tarfaid doib deilb inna morindócbala
bias fair il-lou bratha. LBr. 107 ͣ.   [2] n*er*ta Fcs.
[3] bésom Fcs.

38. Iar sin tra ro chathaig Alaxandir fri Parthi .i. cenél
garg feochair sin i cathaib. It e Parthi ind sin ata andsam
505 isin domun oc sáigded 7 oc díbracad. Ro chlói-sium iarom
Alaxandir 7 rotus díbda co mór, co n-dorcratar leis a n-daigfir,
a curaid, a cathmilid. Conar facaib díb acht a m-búi a m-bronn-
aib [p. 209ᵃ] a m-ban 7 cech ní narb ingníma dib a n-in-
buid in chatha. Ar ro chathaigset i farrud Pers for tús 7 a
510 n-aenur iar sin fa déoid. Tanic tra Alestris .i. rigan na cichloiscthi (ainmm ele di .i. Minothá) do chomthusmed clainni
fri hAlaxandir. Dóig lé, comad garg a cenél 7 clann Alaxandir. Ba socraid in bánnscal tanic ann sin. Tri chét ban do
chasbanntracht calma na cichloiscthi is e al-lín isin dail sin.
520 Ni súnd tra dlegar a faisnés scéla in bánntrachta sa.¹

39. Ros innraidset tra ocus ro chloiset Ircánós 7 híber-

dem Volke Israel die Dinge, welche Alexander bei jener Anbetung verrichtet hatte.

38. Darauf kämpfte Alexander gegen die Parther, einen
Stamm, rauh und wild im Kampfe. Diese Parther sind die
besten in der Welt im Pfeilschiessen und Speerwerfen. Alexander besiegte sie alsbald und vertilgte sie gewaltig, so dass
ihre Edlen, ihre Helden, ihre Kriegsleute durch ihn fielen. Nichts
liess er von ihnen übrig als was in den Leibern ihrer Weiber
war und Alles, was noch nicht tatfähig war zur Zeit des Kampfes.
Denn sie hatten Anfangs in Gemeinschaft mit den Persern ge-
kämpft und dann zuletzt allein. Es kam darauf Thalestris, die
Königin der Amazonen (mit anderem Namen Minothaea), um
Kinder mit Alexander zu zeugen. Denn sie glaubte, dass Alexanders Geschlecht und Nachkommenschaft tapfer werden würde.
Schön war das Weib, welches dorthin kam. 300 Weiber der
lockigen kühnen Frauenschaar der Amazonen, das war ihre
Anzahl bei jener Zusammenkunft. Es ist aber hier nicht ge-
boten, Geschichten von dieser Weiberschaar zu erzählen.

39. Sie überfielen und besiegten ferner die Hyrcanier und

¹ Dieser Satz steht im Fcs. hinter dem folgenden.

gitás 7 Parabánós 7 Sapiós 7 araile cenéla fil i taeb slebi Cúcaist atuaid. Do thairbir dino Alaxandir Crasmos 7 Dactos, cenél nemthairberta cósin anall, fó chumachta. Ro siacht in catraig dia n-ainmm Nisam 7 ro siacht na slebti Dídalta 7 ro 525 siacht Copilísa cusin rigain. Conid he tindsera Alaxandir di in ferann sin. Ro thogail carraic n̄-dermáir forfémdid Hercoil do thogail, fo bíth arrogart talamchumscugud dímor de. Derrscuchud do Alaxandir in gním sin do dénum sech Hercoil.

40. Ro marb Alaxandir sochaide do thaisechaib 7 do 530 dégdáinib a cheniuil fesin. Dorochair leis Aminntus, mac sethar a máthar 7 mac athar a lesmáthar. Dorochair Parmenion 7 Filatos 7 Atolius 7 Arcilaus 7 Pansanias; dorochair leis dino Acolitus brigaesta. Ar aebert, ba dáglaech Pilip in tan bui-sium oc derrscugud gaiscid do Pilip a taig leanda 535 Alaxandir. „In dóig,“ ol Alaxandir „bá cutramugud gaiscid duit-si frim-sa 7 nach fíu lat cutramugud fri Pilib?“ Imsai

---

Euergeten und Parapamener und Adaspier und andere Stämme, welche nördlich am Caucasusgebirge wohnen. Alexander unterjochte ferner die Chorasmer und die Daher, einen bis dahin unbezwungenen Völkerstamm. Er gelangte zu der Stadt, deren Name Nyssa ist, und zum Dädalischen Gebirge und kam nach Copilissa zur Königin. Und als Mitgift erhielt Alexander das Land von ihr. Er zerstörte einen ungeheuren Felsblock, den Hercules nicht hatte zerstören können, da ein gewaltiges Erdbeben ihn daran hinderte. Es war eine Auszeichnung für Alexander, diese Tat dem Hercules voraus zu tun.

40. Alexander tötete viele Feldherren und edle Männer seines eigenen Geschlechtes. Amyntas fiel durch ihn, der Sohn der Schwester seiner Mutter und der Sohn des Vaters seiner Stiefmutter. Es fielen Parmenion und Philotas und Attalus und Eurylochus und Pausanias; es fiel auch der hochbejahrte Clitus durch ihn. Denn dieser sagte, dass Philipp ein tapferer Held gewesen sei, indem er Philipps Tapferkeit in der Trinkhalle Alexanders rühmte. „Scheint es dir,“ sagte Alexander, „dass du einen Vergleich der Tapferkeit mit mir anstellen kannst,

4*

Alaxandir fris la sodain 7 ataig lám fó a gái fair, *conus* marb
fo *ché*toir, *gara* héilued 7 *gura* coirbed in fuil ass isna lestraib
540 a m-bui do liud 7 do bíud íuntib 7 foraib isin imscíug rígda.
41. Doróna gníma cuilecha aile .i. Callistius fellsom 7 fer
cóm[f]richn*ama* 7 comalta do Alaxandir fén a scoil Ar*us*totail
co m-búi i comaite*cht* Alaxandir for a slogud. Agallaim dé 7
ad*rad* dé dobertís ann *for* Alaxan*dir* fo head no bítis *for* cind
545 Alaxandir in cech loc dó ic abélugud fris. *Co n-*erbert dino
Calisti*us* in fellsom fr*isna* taisechu Maice*donda* bata*r* ina farrud: „Ni chredim socr*aít*" ol se „lá Plait 7 Ar*us*total a n-dogniam-ne. Ar is acndia aderait-side do beith ann. Is cómrurgu
dúinne *tra* acallaim dé do thab*air*t do Alaxan*dir*, *acht* is acal-
550 lam rig 7 tigerna 7 immp*ir* chum*a*cht*a*ig 7 fír oirdnide[1] do
dia is cóir do thab*air*t dó." Ba himarcide *tra* lasna taisechu
Maice*donda* in ní sin 7 ros caemchl*a*iset iar sin acallaim 7
bennach*ad* do Alaxandir. Ro ráth*a*ig Alaxandir in ní sin/7 ba

---

und hältst es nicht für angemessen, (mich) mit Philipp zu vergleichen?" Damit wandte Alexander sich gegen ihn und tat
die Hand unter seinen Speer (und sandte ihn) auf ihn, so dass
er ihn auf der Stelle tötete, und sein Blut befleckte und be-
sudelte in den Gefässen, was sich von Trank und Speise in
ihnen und auf ihnen im königlichen Gemache befand.

41. Er verübte andere schändliche Taten. Es war nämlich Callisthenes der Philosoph und Studiengenosse und Pflegebruder Alexanders selbst aus der Schule des Aristoteles in der
Begleitschaft Alexanders auf seinem Zuge. Sie pflegten aber
damals dem Alexander Anrede und Verehrung eines Gottes zu
erweisen und schmeichelten ihm so oft sie vor ihn kamen, an
jedem Orte. Da sprach nun der Philosoph Callisthenes zu den
macedonischen Feldherren, die in seiner Gesellschaft waren:
„Ich glaube," sagte er, „Plato und Aristoteles würden nicht
billigen, was wir tun. Denn sie sagen, es gibt (nur) Einen
Gott. Daher ist es ein Irrtum unsererseits, Alexander göttliche

---

[1] oirdnige Fcs.

docrád mór dó. Is *ed* dorímed .i. Ioseppus 7 Iosebius 7 Órus
o Alaxandir, guras marb Alaxandir a chomalta triasan fochaind 555
sin. Hit cat sin tra na scéla atcuaid Iothás don phopul Israelda iar n-adrad do Alaxandir 7 iar soud nadib dó.

    42. Doríntha tra sund scela Alaxandir o aimsir inotachta
co haimsir a chatha fri Poir 7 atfesum tra tóscéla a catha [1]
fri Poir (.i. ri na hIndia) isin epistil ro scríb Alaxandir dia 560
oite .i. do Arustotul. Iss *ed* atríme Alaxandir ina epistil. A
mí Mái ro bris Alaxandir cath for Dhair ri na Pers oc in
abaind i n-oirther in betha 7 i forcend mís Íuil ro bris cath
for Poir rí na hIndia. Ba mor tra a t[h]inol in catha sin .i.
secht mile déc marcach cenmothat búidne traigthechai, cethir 565
chét cethirriad sernta srethnaigt[h]i co serraib iarnaidib [2] estib

Epist. ad
Aristotelem

Anrede zu erweisen, sondern Anrede eines Königs und Herrn
und mächtigen Imperators und eines von Gott hochgestellten
Mannes gebührt es sich ihm zu Teil werden zu lassen." Das
leuchtete den macedonischen Heerführern ein, und sie änderten
darauf Anrede und Gruss Alexander gegenüber. Alexander bemerkte es mit Erstaunen und empfand es als eine grosse Schmach.
Dies ist, was Josephus und Eusebius und Orosius von Alexander berichten, dass er seinen Pflegebruder aus solchem Anlass
tötete. Dies sind die Geschichten, welche Jaddus dem israelitischen Volke erzählte, nachdem Alexander angebetet hatte und
wieder von ihnen gegangen war.

    42. Es sind hier nunmehr die Abenteuer Alexanders von
der Zeit seiner Ankunft bis zur Zeit seines Kampfes gegen Porus erzählt worden, und Alexander hat den Bericht ihres
Kampfes gegen Porus, den König von Indien, in dem Briefe
gegeben, welchen er an seinen Erzieher Aristoteles geschrieben
hat. So berichtet Alexander in seinem Briefe. Im Monat Mai
besiegte Alexander Darius, den König der Perser, in der Schlacht
an dem Flusse im Osten der Welt, und am Ende des Monats

---

[1] cata Fcs.
[2] iarnaigib Fcs.

do *letrad* 7 athcummaa in t-śloig náimdemail 7 *sé cét* elefinnte *cona* cathc[h]liathaib *foraib* lán d' ócaib *co n*-armaib. It é side *combidgtais* in cath dia anuas 7 nos dailtís 7 nos doirtitís in
570 cath dia anuas. Cia ba mór *tra* a airmbert in catha sin, ciaptar linmara a sloig, ciaptar *triuin* a thaisig, ciaptar londa a laith gaile, ciaptar mormcmmnaig[1] a mílid, ciaptar ruirthig a rig, ro bris Alaxandir forru col-luath tria febus chélli ocus tria nertchomairle na muintire Maicedondai. Ro gabad ann sin
575 airberta in catha. Ro gabad ann na sé cét elefinnte.

43. Iar sin tra ro siacht in slóg cusin cat[h]raig rigda a m-búi tégdais Poir. Ba suaichnid suidiugud na tegdaisi sin .i. ecthir chét columa órda oc a fulang cona condp[h]artib órda foraib. Lanna órda fria anaill uli oc díten in tige. Ordlach i
580 tiget cech lainde díb ár medon in tige conice a uachtar, co m-ba

---

Juli schlug er Porus, den König von Indien, in der Schlacht. Gross war sein Aufgebot zu dieser Schlacht, nämlich 17,000 Reiter ausser den Schaaren der Fusstruppen, 400 vierspännige Sensenwagen mit eisernen Sensen aus ihnen zum Zerhacken und Vernichten des feindlichen Heeres, und 600 Elefanten mit ihren Kriegshürden auf ihnen voll von jungen Kriegern mit Waffen. Diese beschossen die Schlachtreihe von oben her und säten und streuten von oben her in den Kampf. Wie gross aber auch die Zurüstung dieses Heeres war, wie zahlreich ihre Schaaren, wie stark auch ihre Führer, wie kühn ihre Helden, wie mutig ihre Kriegsleute, wie freigebig ihre Könige waren, Alexander besiegte sie bald durch die Ueberlegenheit seines Geistes und durch den kräftigen Rat der macedonischen Mannen. Da wurden die Rüstzeuge des Kampfes genommen. Da wurden die 600 Elefanten gefangen genommen.

43. Darnach kam das Heer zu der Königsstadt, wo der Palast des Porus war. Die Anlage dieses Palastes war herrlich. 400 goldene Säulen nämlich trugen ihn mit ihren goldenen Kapitälern. Goldene Platten waren überall an der einen Seite das Haus

[1] mormcmnaig Fcs.

haiged óir uli lais ár medon. Búi dino fuath fincmna di or 7 di
arg*at* it*ir* na turib orda *cona* n-dullib óir, *cona* papib cristall
(.i. cen*él* leag [p. 209ᵇ:] lógmar sin 7 do óigred di*no* forcu-
maing in c*r*istall do denum). Ro bat*ar* and lignite eti*r*suidigtbe,
cen*él* leag logmar co taitnem teined fair .i. cen*él* d*er*g sin da-
raignib śuiges[1] bruga etromma chucu .i. íngne, aille di*no* dath
crufa]nda. Ro batar samrainde im brechtr*a*d in chúmtaig ar
chena. Cen*él* leg logmar inn sin co taitnem n-d*er*rscaigthi. Ro
cúmd*acht* dino in imscing 7 in arocuil 7 in luic rigda ar chena
o mairgretaib 7 o nemannaib .i. gemma d*er*rscaigt[h]i in sin uli
7 cen*él* lógmar *cona* elscud 7 ruidiud tened leo. Do chnámaib
elefhmte *tra* dorónta na doi*r*si 7 na hircholla co srethaib óir
7 arg*ait* foraib. Do ébui*r*nn 7 d' aebind br*icc* 7 do chuibrisc
dorónta na tige fothraicthi[2] 7 is dib ro dlúta na drumchla 7

---

zu decken. Jede von diesen Platten war einen Zoll dick in
der Mitte des Hauses bis an sein Dach, so dass es in der
Mitte Alles ein Anblick von Gold war. Es war ferner ein Ge-
bilde von goldenen und silbernen Weinreben zwischen den goldenen Pfeilern mit ihren Blättern von Gold, mit ihren Zweigen
von Krystall (eine Art Edelstein, und man kann den Krystall
aus Eis machen). Es waren da Lychniten zwischen gesetzt, eine
Art Edelstein mit Feuerglanz, eine rote Art, welche leichte
Gegenstände an sich saugt, nämlich Nägel, andere aber von
Kupferfarbe. Da waren ausserdem Smaragde zur Buntfärbung
des Zierrats, eine Art Edelstein mit ausgezeichnetem Glanz. Ferner waren das Schlafgemach und die Privatgemächer und die
übrigen Zimmer des Königs mit Perlen und Edelsteinen ge-
schmückt; alles dies sind nämlich ausgezeichnete Gemmen und
eine kostbare Sorte mit heissem rotem Feuerglanz. Von Ele-
fantenknochen aber waren die Türen und Pfosten gemacht mit
Einlagen von Gold und Silber darauf. Von Elfenbein und bun-
tem Ebenholz und von Cypressenholz waren die Badehäuser
gemacht und eben daraus waren die Deckbalken und Gefüge

---

[1] śuiges Fcs.   [2] fochraicthi Fcs.

595 na cúimce thuas. Bat*ar* t*ra* corthi cu*m*dach*t*a mora di ór isin
tegdais sin co rinnib 7 delbú 7 fuathu íngantu. Bat*ar* t*ra* elta
én anaichnid fólúthis t*rí*a lúth it*ir* na pelatib. G̲u̲l̲b̲a̲i̲n̲ 7 ingne
órda leo, muince do némannaib im a m-bráigtib. Mor do lest*ra*ib
c*u*mdaig[th]ib di ór 7 a*r*ga*t* frith isin tégdais sin Poir *co n̲-g*e̲m̲-
600 maib c*r*istall. Batar u̲ati lestair a*r*ga*it* ann oldát lestair ói*r*.

     44. Nirba l[eór] la hAla*x*and*ir* an i̲m̲e̲r̲c̲i̲ ádbul sin do
thab*air*t fó a ch*u*mach*t*a fesin, *co n-*dech*ai*d isin India medon-
aig, co riacht doirsi Caisp. Ro gab failte dermáir i suidiu oc
inaicsin na tíred toirthech sin *co*na s̲o̲i̲n̲m̲ige 7 *co*na f̲e̲c̲h̲t̲n̲áigi
605 l̲é̲ir. Atb*er*t-som fr*iu* tec*h*t do t̲h̲afond Poir. Atb*er*tsat *fr*is in
f̲ir̲ Chaipita 7 a ch*a*rait 7 a choicéli 7 a chomarlig ár chena,
comad iar sligthib rígda 7 iar rótaib rédib no t̲h̲e̲s̲s̲a̲d̲, résiu
a̲t̲r̲u̲l̲l̲a̲d̲ i n-díthrebaib imechtrachaib in domain. Ros ob *di*no
Ala*x*and*ir* in ní sin, *ach*t techt co h̲a̲i̲r̲e̲c̲h̲end for cind Phoir a

---

oben zusammengefügt. Es waren grosse kunstvolle Pfeiler von
Gold in dem Palaste mit Spitzen und wunderbaren Gestalten
und Figuren. Da waren Schwärme von seltsamen Vögeln, welche
lustig zwischen den Palästen herum flogen. Goldene Schnäbel
und Krallen hatten sie, Ketten von Perlen um ihren Hals. Eine
Menge kunstvoller Gefässe von Gold und Silber mit Krystall-
steinen wurde in diesem Palaste des Porus gefunden. Gefässe
von Silber waren dort weniger als Gefässe von Gold.

     44. Es genügte Alexander nicht, diese ungeheure *L*
unter seine Gewalt zu bringen, sondern er zog in das innere
Indien und gelangte an die caspischen Tore. Hier empfand
er grosse Freude beim Anblick der fruchtbaren Länder mit
ihrem Wolstand und ihrem fleissigen Gedeihen. Er befahl
ihnen zu gehen, um Porus zu verfolgen. Die caspischen Männer und seine Freunde und Genossen und Ratgeber desgleichen sagten ihm, dass er ihn auf königlichen Strassen und
ebenen Wegen erreichen würde, ehe er in die äussersten
Wüsteneien der Welt entkäme. Alexander aber wies dies zurück und sagte, dass er bestimmt gegen Porus in die äussersten Wüsteneien der Welt ziehen wolle. Darauf versprach Alex-

ṅ-dithrebaib imec*htrach*a*ib* in domain. Iar sin do*a*irg Alaxan- 610
dir lóg don *choicait for cét* táisech do dénad i*mmth*u*is* do co
tír na m-Bacthrianda .i. co tír na Scrrda. Is iat-side dogniat
étaige doib don bruachoirbir bís *for* duillib na crand.

45. Ba mor *tra* slógad Alax*andir* an inbuid sin. *Cóica*
for *dib cétaib mile* do traigthechaib 7 *tricha* míle marcach 7 615
deich cét elefinnte oc immedain óir 7 *argait* doib 7 *cethir chét*
cethi*r*riad 7 *dá chét* cairpthech 7 *fiche cét* do mulaib 7 *cóica*
do chasriandaib .i. araile anmannaib bertaid aire 7 *cóic cét*
cámall 7 *fiche* do suimedaib 7 malla 7 dama 7 asana 7 echaib
ar chena fria himochor chruithnechta. Ba dírime na halma 620
batar ann *fri* tímthirecht feola do na slogaib. Ialla órda *tra*
no bítis fria groigib na n-elefint 7 na cámall 7 na mul 7 na
n-ech rigda in tan ba himarcaide. Ro rindad [7] ro hecrait airm

---

ander 150 Führern Lohn, wenn sie ihn in das Land der Bactrer, d. h. in das Land der Serer, führten. Diese sind es,
welche sich aus dem   [1] Kleider machen, welches auf
den Blättern der Bäume sich befindet.

45. Gross war der Heereszug Alexanders zu dieser Zeit.
250,000 Fusstruppen und 30,000 Reiter und 1000 Elefanten,
welche ihnen Gold und Silber schleppten, und 400 Viergespanne
und 200 Wagenkämpfer und 2000 Maulesel und 50 castrenses,
d. h. eine Art Tiere, welche Lasten tragen, und 500 Kameele
und 20 Saumtiere und Büffel und Ochsen und Esel und Pferde
ausserdem zum Fortschaffen des Getreides. Zahllos waren
die Heerden, welche da waren, um das Heer mit Fleisch zu
versehen. Goldene Riemen waren an den Heerden der Elefanten und Kameele und Maultiere und der königlichen Pferde,
da dies tunlich war. Die Waffen und Helme des Heeres waren
von Alexander mit rotem Golde und Edelsteinen versehen und
ausgestattet worden. Auf diese Weise waren auch die Trom-

---

[1] O'Curry (Manners and Customs II p. 330) übersetzt: „a people
vho manufactured for themselves clothes from the moss which grew
upon the leaves of trees.“

7 cathbairr na slóg la hAlaxandir do dergór 7 do ghemmaib
625 lógmaraib. Ro cumdaiged lais tra fon indus sin na guthbuinde
cona ceolanaib ordaib. Ciamad adaig[1] no immthigitis in slog
sin, ba solas doib dia n-erredaib 7 dia n-arcumdaigib di ór 7
di argat, di na gemmaib leag lógmar amal bid rig cech fer.

46. Mor tra in uaill 7 in dímolta 7 in t-allad 7 in inochail
630 ro gab Alaxandir ic forcsin na slog sin. Ba deithbir son, uair
ni bui do bréic in betha freenaire cosmailius na miadamlata
doriduaic dia do Alaxandir amal atfiadat libair colais. Batar
rechtmara na rig rergaiter remi isna cathaib sin. Batar triuin
a taísig, batar fégi a fellsaim,[2] batar gaetha a comarlig, ba-
635 tar croda a curaid, batar cumlengaig a cathmílid, batar airrechtaig imámnais a n-airrig, batar rémnig a riglaich, batar
ána a n-óclaich, batar caema cluichechaire a n-gille, ba étrocht
airmitnech[3] a n-ardrig . i . Alaxandir.

---

peten von ihm mit ihren goldenen Glöckchen geziert worden.
Wenn es auch in der Nacht war, dass dieses Heer einherzog,
so hatten sie doch Licht von ihren Kleidern und von ihren
Schmucksachen von Gold und von Silber, von den kostbaren
Edelsteinen, als wenn ein jeder Mann ein König gewesen wäre.

46. Gross aber war der Uebermut und die Ueberhebung
und der Stolz und das Ruhmgefühl, welches Alexander beim
Anblick dieser Heeresschaaren ergriff. Das war natürlich, denn
nicht gab es im Trug dieser Welt einen ähnlichen Glanz wie
den, welchen Gott Alexander verliehen hatte, wie die Urkun-
den erzählen. Die Könige, welche in diesen Kämpfen vor ihm
commandiert hatten, waren rechtmässige, ihre Feldherren waren
stark, scharfsinnig ihre Philosophen, weise ihre Räte, tapfer
ihre Helden, streitbar ihre Kriegsleute, 　　　　　gewaltig
ihre Obersten, 　　　　　ihre Königshelden, glänzend ihre
jungen Krieger, schön und spielgewandt ihre Burschen, glanz-
voll und verehrungswürdig ihr Grosskönig Alexander.

[1] adaid Fcs.　　　[2] fellsaillsaim Fcs.
[3] airmitnechai Fcs.

47. *Acht* ní gnath co menic nach saigthech cen sírdecair.
Ár dosfárraid araill do dhóinmigi asin t-sóinmigi moir sin *for* 640
a fecht .i. *cóica* éolach bat*ar* rempu, *co* rucsat il-luc nat[h]*r*achda
erchoitige biastam*ail* i n-gaincam thirímm cen *usce* ind it*ir*
bud inóla. Ros gab t*ra* híta romor in slógu *for* a reium[1] 7
ba gabud doib. Is ann sin *tra* tuc Zéfer*us* cathmílid am*ra*
do Grégaib lán a chathbarr do *usce* co hAl*a*x*andir*, 7 cérba 645
hítadach féu, ní thesta ní de. Ro gab iar*om* Al*a*x*andir* in
usce 7 ba hítmar he. Rotfeithset *tra* na slóig Al*a*x*andir* 7
dáilis dóib iar*om* *for* lár ina fiadnaise uli in t-us*ce*. Ro beread
cách díb am*al* ro saiged a bass 7 a mór fái. Co tarut n*er*t
mór don t-slóg in ní sin. Ro molad cáinduthr*ach*t in míled .i. 650
Zeferus ann sin do Al*a*x*andir* 7 tuc Al*a*x*andir* ascada móra
iar sin don mílid, *co* m-ba buidech de iar*om*.

---

47. Aber nicht oft pflegt es zu geschehen, dass ein Er-
oberer ohne beständigen Wechsel ist. Denn es betraf ihn etwas
Unglückliches nach diesem grossen Glücke auf seinem Marsche.
Fünfzig Führer, welche vor ihnen waren, brachten sie an einen
schlangenerfüllten gefährlichen Ort voll wilder Tiere in trocke-
nem Sande ohne irgend welches Wasser, das trinkbar gewesen
wäre. Da fasste gewaltiger Durst das Heer auf seinem Marsche,
und sie waren in Gefahr. Da war es, dass Zephirus, ein ruhm-
reicher griechischer Kriegsmann, seinen Helm voll Wassers zu
Alexander brachte, und obgleich er selbst durstig war, fehlte
doch nichts daran. Alexander nahm das Wasser und er war
durstig. Das Heer aber beobachtete Alexander, und er schüt-
tete ihnen alsbald das Wasser auf den Boden vor Aller Augen.
Da tat Jeder von ihnen, wie er heran kam, seine Hand und
seinen Finger hinein. Dieser Umstand gab dem Heere grossen
Mut. Die wolwollende Gesinnung des Kriegsmannes Zephirus
wurde da von Alexander belobt, und Alexander gab dem Krieger hernach grosse Geschenke, so dass er ihm fortan deswegen
dankbar war.

[1] re*m*im Fcs.

48. In tan batar isin morítaid sin oc imdecht *confacutar* sruth *for* a cínd. Ba [p. 210ᵃ:] hadbul leo a mét. Curcais
655 ard immbc síu 7 anall. Tri *fichit* traiged i fot cech bocsibne dib. Remithᵢr re homnai n-gíuis *cech* hae díb. Ni ro scabad dino in sruth sin ní dia n-ítaid, cia no scoirset oca. Serbi oltás dorbsáile *muride* hé, hirchoitigi 7 néimnechu oltás áthaba.

49. Lotar iarom la taeb in t-srotha sin la hítaid máir 7
660 tirmthataid dóib, *co* n-epilset araile díb don ítaid sin. Foruirmitís araile díb a tengtha dar slesa a cloideb 7 a laigen do indarbud hítad díb. Asrubartatar araile díb do hól ncich narbá dliged dóib .i. immáillsi 7 súga na n-arm n-airlechdu nemi coisecartha do hól. *C*onid ann sin *forcongart Alaxandir* iarom
665 *forsna* miledu bat*ar* immbe, ara n-gabtáis uli a n-armu *for*aib 7 bertais la sodain *friu* imdecht dóib, ciaptar scíth 7 ciaptar ítmair. Faitches t*ra* foruair do Alaxandir in ní sin.

50. *Co* n-accutar *tra* ic imdecht dóib la taeb in t-srotha

---

48. Während sie in diesem grossen Durste auf dem Marsche waren, erblickten sie einen Fluss vor sich. Seine Grösse schien ihnen ungeheuer. Hohes Röhricht stand rings um ihn hüben und drüben. 60 Fuss in die Länge war jedes biegsame Schilfrohr. Dicker als ein Fichtenstamm (?) war jedes einzelne von ihnen. Aber dieser Fluss vertrieb nichts von ihrem Durst, obwol sie an ihm Halt machten. Bitterer als salziges Meergras war er, schädlicher und giftiger als Niesswurz.

49. Sie zogen nun den Fluss entlang in grossem Durste und grosser Trockenheit, so dass einige an diesem Durste starben. Etliche von ihnen legten ihre Zungen über die Seiten ihrer Schwerter und ihrer Lanzen, um ihren Durst zu vertreiben. Andere von ihnen rieten zu trinken, was nicht Recht war, nämlich Urin und die Säfte der vergifteten (?) geweihten Waffen zu trinken. Da befahl Alexander den Soldaten, welche um ihn waren, alle ihre Waffen auf sich zu nehmen, und sich darauf zum Weitermarsch anzuschicken, obgleich sie müde und durstig waren. Die Vorsicht veranlasste Alexander dazu.

50. Da sahen sie auf dem Marsche längs desselben Flusses

cétna im trath nóna cathair chaemcúnudachta a n-inis immcdón
in t-srotha. Do na curcaisib móra bátar immón sruth _conro-_ 670
tacht[1] in cat[h]_r_aig sin. Airigset t_r_a daíne lethlómnach_t_a isin
índsi 7 ní thardsat aithesc doib, ce _r_us tiarfachsat díb, cia bali
a m-bói us_ce_ somblasta dóib dia hól; _acht_ ros geltatar il-lo-
caib derrite uadib cen aithesc doib. Fororcongart t_r_a intí
Al_ax_an_d_ir _for_ a m_úi_ntir a saithe saiged do chur foraib isin 675
índsi. Dorígned _dino_ in ní sin 7 ni ros lá cor díb-sium sin.
Fororcongart Al_ax_an_d_ir iarom ara snáigtis _dá chét_ do na míledu Maic_ed_on_d_ai docúm na hindsi. Lot_ar_ iarom 7 in tan ran-
cut_ar_ cethrumthi in t-srotha dosfáirthedar cich uscide. Moo
oldát elefinnti ce_ch_ ac díb. Dosnaircellsat leo in _dá chét_ mí- 680
led isna saebchuthib dia n-ithe. Ro gáirset na slóig G_r_égda
t_r_ia ghol 7 urégium oc aicsin a carut a n-gábud 7 nat caem-
nacair a cobair. Ro fergaig Al_ax_an_d_ir la sodain frisua heol-

---

um die neunte Stunde eine schöngebaute Stadt auf einer Insel
in der Mitte des Flusses. Aus dem grossen Schilfrohr, welches
um den Fluss herum wuchs, war diese Stadt gebaut. Sie be-
merkten halbnackte Menschen auf der Insel, und nicht gaben
sie ihnen Antwort, obgleich sie dieselben fragten, wo es süsses
Wasser für sie zu trinken gäbe; sondern sie versteckten sich
vor ihnen an verborgenen Orten ohne ihnen Antwort zu geben.
Da befahl Alexander seinen Leuten, einen Pfeilhagel gegen sie
auf die Insel zu entsenden. Das geschah, aber nicht einer von
diesen traf. Da befahl Alexander 200 macedonischen Soldaten,
nach der Insel zu schwimmen. Sie gingen, und als sie ein
Viertel des Flusses erreicht hatten, überfielen sie Wasserpferde.
Grösser als Elefanten sind war jedes von diesen. Sie zogen
die 200 Soldaten mit sich in die Strudeltiefen, um sie zu fressen.
Die Schaaren der Griechen schrieen mit Jammern und Klagen beim Anblick ihrer Freunde in Gefahr, aber es war unmöglich ihnen zu helfen. Da ergrimmte Alexander gegen die
Führer, die sie führten, und befahl, dass hundert von den

[1] conrothacht Fcs.

ch*u* bat*ar* oc imth*ú*s d*ó*ib 7 atb*er*t curthar *cét* do na heol-
685 ch*aib* bat*ar* oc imth*ús* doib isin sruth.   7 ba lía t*r*a fo *déc*
do na hech*aib* us*cide* ina ṅ-dail sin dia n-ithe.   Bec nar mer-
blig in sruth dib am*al* f*ó*t seng*áṅ*.

      51. Ro sefnait stui*çe* imdech*t*a iar sin don t-s̓l*ó*g.   *Co n-*
acutar uadib iar t*r*ill .i. n*ó*ethi beca cruinde *co n-*d*á*inib ind-
690 tib *for* in sruth imm baile ele. Asb*er*tsit[1] side [don t-] slóg loch
us*ci* s*ó*mmblasta *for* a cind i *focus* doib 7 is do sin ron ucsat a
n-colaig ro bat*ar* remib.   Dosf*ú*irth*e*tar in oidche sin .i. leomain m*ó*ra mongacha 7 p*ar*thi 7 tígridi 7 l̤inair.   Iarnabarach
t*r*a imm t*r*ath n*ó*na, is ann ranc*at*ar in loch n-ucut 7 b*á* iar
695 sacthar mor doib.   Imchellta in loch uli o s̓enchaillig ars*an*ta.
Míle stati a thom*us* in locha *for* cech leath, *cóic ṡichet* t*r*a
fot na scor immon loch for cech leth bacuairt.

      52. Samaigset *for* brú in locha sin.   Docomortat*ar* iarom

---

Führern, die sie geführt hatten, in den Fluss geworfen würden.
Und zehnmal mehr von den Wasserpferden waren da zusammen-
gekommen, sie zu fressen. Fast wimmelte der Fluss von ihnen
wie ein Rasen von Ameisen.

      51. Darauf wurden die Trompeten zum Marsche für das
Heer geblasen. Da sahen sie nach einer Weile kleine runde
Böte mit Menschen darin auf dem Flusse an einem andern Orte.
Diese sagten den Truppen, dass ein See süssen Wassers vor
ihnen in der Nähe sei, und zu diesem nahmen sie ihre Führer,
welche vorauf gingen. In dieser Nacht überfielen sie grosse
mähnenbedeckte Löwen und Pardel und Tiger und Luchse. Am
andern Tage aber um die neunte Stunde kamen sie an den
See und zwar nach grosser Anstrengung. Der See war ganz
von Urwald umgeben. 1000 Stadien war das Maas des Sees
nach jeder Richtung, 25 aber war die Länge des Lagers um
den See nach jeder Richtung ringsum.

      52. Sie lagerten am Ufer dieses Sees. Darauf hieben sie
den Wald um den See ab, um an das Wasser zu gelangen und

---

[1] astbertsit Fcs.

in fidbaid immon loch do saigid in usci 7 do daingniugud na
scor. Ro tairchellta na groige ¹ 7 na halma immedón na scor. 700
Ro saitea na pupla immpa immacuairt. Ro hadaintea cóic cét
déc do brcoaib tencd im na scoraib anechtair. Ro hadaintea
ann fiche ar chét sútrall n-óir do fursannad na scor. Ro scinn-
tea stuicc leo fri tímtharig longthi. Tarraid toirmesc in longad sin tra .i. scorpíon Indecda dorala for a iarcómla a m- 705
boi ina sesum oc airmbertad in chaithme.

53. Tancatar tra ceraisti umaide for a slicht-side 7 na-
t[h]racha co n-dathaib brechtnaigib forra, araile derga, araile
duba, araile gelai, araile cosmaile co n-néim n-óir. Ro phe-
traigset in tír n-uli do phetragugud 7 do súg nat[h]rachda. Ro 710
suidigset in Maicedondai 7 óic na Gréci ar chena la forngaire
n-Alaxandir sciathchro na sciath 7 na m-bocóti for a cind.
Ro saigtis tra cona fochestaib tar na sciathaib 7 tar na bocó-
tib anuas ocus foscerditís dia fianglasib isna teudtib. Da uair
tra ro bádus isin comcathugud sin co n-dhechsatar uli for 715
nefní a n-doruaraid ² do nat[h]rachaib beca 7 mora.

---

das Lager zu befestigen. Die Pferde und die Heerden wurden
in der Mitte des Lagers eingehegt. Die Zelte wurden rings um
sie herum aufgestellt. 1500 Feuer wurden draussen um das
Lager herum angezündet. Es wurden daselbst 120 Leuchten
von Gold angezündet, das Lager zu erhellen. Die Trompeten
wurden geblasen zur Bereitung der Malzeit. Es betraf aber
eine Störung diese Malzeit, ein indischer Scorpion nämlich kam
an die Hintertür, wo er stand, und verschüttete das Essen.

53. Nach diesen kamen dann eherne Horntiere und Schlangen mit mannichfachen Farben, einige rot, einige schwarz, einige
weiss, einige ähnlich wie Goldesglanz. Sie machten die ganze
Gegend ertönen von Gezisch (?) und von Schlangengeifer. Die
Macedonier und die jungen Männer von Griechenland bildeten
auf Alexanders Befehl einen Schildhag von den Schilden und
Schildbuckeln vor sich. Sie griffen sie mit ihren Speeren über

---

¹ groide Fcs.　　² doruaraig Fcs.

54. Tancatar *for* slichtlorg a setchi isin tresuair na haidche .i. nat[h]*racha* Indecda. Dá chend *for* indala forind díb,
a *tri* lásin *forind* ele. Is *ed* dorígue Alax*andir* ina epistil,
720 comdar casa 7 comdar remra iat am*al* cholamna 7 comdar sía
oldait colúmna. Dofuarcatís in talum oc airbertugud in cha-
thaigthi, co fargabtís *turrscar* 7 landgar a nemi *for* in talmain.
Nochdait *tra* a fiacla am*al* choín *fri* lurg. Confogabsat dino
a m-bruinde os talm*ain* oc airichill in [p. 210ᵇ:] chomraic. No
725 dergdáis a súile am*al* óible tened. Ba dofulachta don t-slóg
uli tromthinfed a m-brénanál. No bertatís a tengtha ina cendaib *fri* hathcumma in t-slóig. Is *ed* dorochair isin cath sa do
slog Alax*andir* lasna nat[h]*rachaib* .i. trichai mogaid 7 *fiche*
m*í*led. Uair cómlán *tra* dóib icon cath sin.

730   55. Dosfancatar iar sin partlaig mora co croicnib dobur-

---

die Schilde und Buckel von oben her an und warfen sie von
ihren Heldenbrüsten in die Feuer. Zwei Stunden kämpften sie
so zusammen, bis Alles vertilgt war, was von kleinen und grossen
Schlangen gekommen war.

54. Hinter ihren Genossinnen her kamen in der dritten
Stunde der Nacht indische Schlangen. Zwei Köpfe hatten einige
von ihnen, andere ihrer drei. Das ist was Alexander in seinem Briefe schrieb, dass sie gewunden und dick waren wie
Säulen und dass sie länger waren als Säulen. Sie schlugen die
Erde beim Kampfesschütteln und liessen Schleim und Schaum
ihres Giftes auf dem Boden zurück. Sie entblössten ihre Zähne
wie Hunde auf der Fährte. Sie hoben ihre Brüste hoch über
den Boden beim Beginnen des Kampfes. Ihre Augen waren
rot wie Feuerfunken. Unerträglich für das ganze Heer war
der schwere Hauch ihres stinkenden Atems. Sie schüttelten
ihre Zungen in ihren Köpfen zum Verderben des Heeres. Dies
ist, was in jenem Kampfe von Alexanders Heere durch die
Schlangen fiel, nämlich 30 Knechte und 20 Kriegsleute. Eine
volle Stunde kämpften sie so.

55. Darauf kamen grosse Krebse über sie mit Häuten von
Wasserschlangen härter als Panzer. Sie nahmen keine Spitzen

nathrach impu cruadi oldait luirechа. Ni gaibtis renda. Ro
laitea iar siu dremma mora dib forsna tenntib. Isin *cóiccad*
uair na haidche *tra*, in tan ro gabsat *for* ceill cúmsanud 7 .cod-
lad, dosfecait leomain gela 7 círmonga foraib ina sesam oc airbertnugud na slóg 7 for díchlannad in chatha[1] amal toraind 735
no saignén. Ros laiseat in *Maccdondai* a ṅ-gó 7 a sáigde 7 a
slega forru, co torchratar dremma móra díb. Dosfancatar iarom
isin *sessed* uair na haidche tuirc all*ta* 7 lingthi 7 tigridi. Ba
tigither fál fidbaide. Dodechatar chucu *co n*-graíu móir 7
sésselbi. Dosneeat iar sin eoíu .i. iatlauna móra coméit co- 740
lumnai. Fiacla leo am*al* fiacla duine. Is do na fiaclaib sin
no chnaetís taebu na míled 7 na curad.

56. Dosfanic iar sin béist íngnad. Dist*riánus* a hainmm,
moo oltás elefint, ceand beac dub fu*r*ri. Ni rus tairmisc dul
tarsna tenntib. Dorochair lee *tricha* fer n-armach i n-oirenach 745
in chatha M*ai*ce*dondai*. Ro malart dias *for cóicait* dib la so-

an. Da wurden grosse Mengen von ihnen auf die Feuer geworfen. In der fünften Stunde der Nacht, als sie ruhen und
schlafen wollten, kamen weisse Löwen über sie mit aufrecht-
stehenden Kammmähnen, welche die Schaaren erschütterten und
das Heer verwüsteten wie Donner oder Blitz. Die Macedonier
sandten ihre Speere und Pfeile und Spiesse gegen sie, so dass
grosse Haufen von ihnen fielen. Darauf in der sechsten Stunde
der Nacht kamen wilde Eber und Luchse und Tiger gegen sie.
Sie waren dicker als ein Holzzaun. Sie kamen auf sie los mit
grosser Schrecklichkeit und Geschrei. Darauf kamen Vögel über
sie, nämlich grosse Fledermäuse, so gross wie Säulen. Sie hatten
Zähne wie Menschenzähne. Mit diesen Zähnen zernagten sie die
Seiten der Krieger und Helden.

56. Darauf kam ein wunderbares Tier, Distrianus genannt,
grösser als ein Elefant, mit einem kleinen schwarzen Kopfe.
Es scheute sich nicht, durch die Feuer zu gehen. Durch dasselbe fielen 30 Bewaffnete in der Front des macedonischen

---

[1] dúichlannad Fcs. An leg. oc airbertnugud in chatha 7 for díchlannad na slóg?

dain. Iarom doratad dróng do gháeib 7 slegaib tréthi, *co n-*
apad de. Dosnancatar iar tain lochaid Indecda 7 ethaite aer-
dha, medith*ir* sinnchu iat. Ro márbtais na cet[h]*ri* fo *chét*oir 7
750 na g*r*oige 7 na halma a*r* chena 7 ní fétas ní dóib. Dosfan-
cat*ar* iar sin fiaich aidchide[1] gar ré matain. *Acht* ní *d*ernsat
séin urchoit na *fr*ithorgain dóib, *acht* tucsat iasc dóib. Caera
immda isin loch *co*nuatar. Tanic iarom matanṡol*us* doib ar
sodain. Ro brised iar sin cossa 7 láma in *cóic*at eolach. Do-
755 ruaraid-sium 7 forácbaithea ann sin *for* cind na piast dia n-
ithe colleíc. It e in sin t*ra* scéla in locha sin c*us*a ránic
Alax*andir*.

57. Lot*ar* iar sin co tír na m-Bacthrianda. Fuarat*ar* failte
móir isin tír torthig sin. *Fiche* lathi doib iar sin i ñ-deaithe
760 oc airledru 7 oc urt*ri*all chatha *fri* Poir. *Secht* lá dóib iarom,
co rancat*ar* maigen a m-boi Poir. *Acht* ba *fri* luad síd 7 córa

---

Treffens. 52 Mann von ihnen verwundete es. Darauf aber
wurde eine Menge Lanzen und Spiesse durch dasselbe geschleu-
dert, so dass es davon starb. Darauf kamen indische Mäuse
und Gevögel der Luft, grösser als Füchse, über sie. Sie töteten
sofort das Vieh und die Pferde und die Heerden dazu und
man vermochte nichts gegen sie. Darauf kamen Nachtraben,
kurz vor Morgen. Doch fügten diese ihnen weder Schaden noch
Verlust zu, sondern fingen sich einen Fisch. Viele Schafe (?)
waren in dem See, die sie frassen. Darauf erschien ihnen das
Morgenlicht. Da wurden den 50 Führern Füsse und Hände
gebrochen. Sie blieben liegen und wurden dort gelassen vor den
wilden Tieren, um alsbald gefressen zu werden. Das sind die
Abenteuer von dem See, an welchen Alexander gelangte.

57. Darauf kamen sie nach dem Lande der Bactrianer.
Sie fanden grosse Freude in diesem fruchtbaren Lande. Zwanzig Tage blieben sie darauf in Musse　　　　　und rüsteten
den Kampf gegen Porus. Sieben Tage darauf kamen sie an
den Ort, wo Porus war. Aber er war zu Frieden und Vertrag

---

[1] áichide Fcs.

7 cairdine na *secht*maine sin 7 ni *fri* hairbertnugud catha. Isin ámsir sin *tra* no bíd Poir oc athchomarc Al*ax*a*ndir* do na mfledu no bítis it*ir* na slógu 7 ídlacib 7 cendadaib. *Conid* aire sin *tra* ro gab Al*ax*a*ndir* erriud ṅ-díṅdim do erredaib a 765 mfled imme 7 ro lá de a t[h]l*acht* rigda 7 téit iarom co m-búi a n-dor*us* pupla Poir.

58. Ro ráthaig Poir iar*um* 7 ro iarfaig[1] cúich hé. As-bert-som ba do m*uintir* Al*ax*a*ndir* dó. Ro iarfaig[1] Poir de-sium iar*um* aicnead n-Al*ax*a*ndir* 7 cid dogníd 7 cid bud maith 770 dó 7 cid a aes 7 in ba só he oldás Poir. Atbert Al*ax*a*ndir* fria Poir la sodain: „Gorthi am*al* tírda co mór *fri* tenid am*al* cech senóir," ol se. Faelid Poir la sodain de sin, ar ba head ro himraided leó an inbuid sin cómrag ar gala enfir doib a ṅ-dis .i. Poir 7 Al*ax*a*ndir*. Ba deimin[2] la Poir *tra* no bris- 775 fed *for*sin senfer sin, ar ba hoclaech-som fessin. Asbert dino

und Freundschaft für diese Woche geneigt, und nicht zu Kampfes-beginnen. In dieser Zeit nun fragte Porus die Soldaten, welche zwischen den Heeren waren, und die Boten und Verkäufer häu-fig nach Alexander. Deshalb nahm Alexander ein unschein-bares Gewand von den Gewändern seiner Soldaten und tat seine königliche Kleidung ab und ging alsdann und kam vor das Zelt des Porus.

58. Porus bemerkte ihn alsbald und fragte ihn, wer er sei. Er antwortete, er sei einer von Alexanders Leuten. Po-rus fragte ihn darauf nach dem Wesen Alexanders und was er treibe und was er gerne hätte und was sein Alter sei und ob er jünger sei als Porus. Darauf antwortete Alexander dem Porus: „Er muss wie Backsteine gewaltig am Feuer gewärmt werden gleich einem alten Manne." Darüber freute sich Porus, denn es wurde damals ein Zweikampf zwischen ihnen Beiden geplant, nämlich zwischen Porus und Alexander. Da war es nun dem Porus klar, dass er diesen Alten besiegen werde, denn er selbst war ein junger Held. Weiter fragte Porus ihn: „Was

---

[1] iarfaid Fcs.   [2] deim Ms.

Poir *fris*: „Cid lat? na décha aes dún iar sam*ail*?" „Gan a fis
dám-sa," ol A*laxandir* „mílid díndim dia míledaib adamcóm-
naicc. Nidam comarlid ¹ dó, ni fedar a airess na a aes na cia
780 mét m-blia*dna* is slán ² dó."

59. Scribthar la Poir isin uair sin eips*til* co m-bágaib 7
tómthaib ³ 7 ironaib innti, 7 atbert fri hA*laxandir* rom bia lóg
lais, dia roiss*ed* uad co hAlaxandir in eips*til*. Ro thingéll Alax-
andir co mór co roiss*ed* lais, 7 nir ba andsam dó a ní sin.
785 Dolluid A*laxandir* iarom i n-airlégund a eips*tle* 7 iarna légud
(ro fócrad o Phoir for Alaxandir cómrag dá marcach doib a
n-dís): „No raigeb tra," ol Alaxandir „ár dorinde úrdálta
dímm." *Condrecat* iar sin cómrac dessi *for* echaib. Iss *ed*
doróine Alaxandir, ó *rus* geoguin Poir, dosfairtestar *iarom* Ami-

---

meinst du? ist nicht unser Alter das gleiche?" „Das weiss ich
nicht," sagte Alexander, „ich bin ein unbedeutender Soldat von
seinen Soldaten. Ich bin keiner von seinen Ratgebern, ich kenne
weder seine Geschichte noch sein Alter noch welche Anzahl
von Jahren er zurückgelegt hat."

59. Zur selbigen Stunde ward von Porus ein Brief geschrieben mit Drohungen und Einschüchterungen und Spott
darin, und er sagte zu Alexander, er solle eine Belohnung erhalten, wenn der Brief von ihm an Alexander gelange. Alexander versprach nachdrücklich, dass er durch ihn hingelangen
werde, und das war nichts Schweres für ihn. Darauf ging
Alexander fort indem er seinen Brief las, und nachdem er
ihn gelesen, (Alexander wurde von Porus zu einem Zweikampf
zu Pferde aufgefordert) sagte Alexander: „Ich werde es annehmen, denn er hat es mir unumgänglich gemacht." Darauf treffen sie zum Zweikampf zu Pferde zusammen. Dies
ist, was Alexander tat, als Porus ihn verwundet hatte, es kam
ihm darauf Amirad, ein Bursche Alexanders, ein thessalischer

---

¹ comarlíg Fes.
² Vgl. án tan raptar slána da bliadain Tog. Tr. 747.
³ cómthaib Fes.

rad .i. gilla Al*axandir* .i. in marcach Tesalda 7 ron geoguin 790
intí Poir 7 ron an*acht* Al*axandir* iarna guin a n-inchosc a
choscair. 7 ro laad ár scéithecda isin cath sin.

60. Iar sin t*ra* ro giall intí Poir do Al*axandir* ann sin 7
ro failllsigestar a histadu uli do Al*axandir* 7 dorat asccada
mora dó 7 dia m*uintir*. Ba cara ann sin do Maic*edontaib* intí 795
ba náma doib remi. Ro chumdaig Al*axandir* iarom da chath*raig* isin tír sin .i. Alaxandria Ap*órus* 7 Al*axandria* Buice-
fáile eq*ui* .i. Buicefális ainmm in eich ro marbad fái-sium, o
ra hainmnig*ed* in chath*air* sin. Doróglastar Al*axandir* iarom
Adresta 7 Catinós 7 Gangaritás. Mor t*ra* in uaill 7 800

61. [p. 211ᵃ:] Is *ed* t*ra* dorimth*er* isind epis*til*[1] Al*axandir*,
cein ro búi[2] Al*axandir* a nirt, comoralta epis*tle* etorru 7 Dindim, rí na m-Bragma*nda*.[3] O ro chuala Al*axandir* scela a
comairberta[4] bith 7[5] ro bo díbrethi aichne lais, *con*id and

_____

Reitersmann, zu Hilfe und verwundete Porus und rettete Alexander nach seiner Verwundung zum Zeichen seines Sieges. Und
es wurde eine   Niederlage in diesem Kampfe ange-
richtet.

60. Darauf huldigte Porus dem Alexander und öffnete ihm
all seine ⟋ und gab ihm und seinen Leuten grosse ⟍
Geschenke. Da ward derjenige den Macedoniern ein Freund,
der zuvor ihr Feind gewesen war. Darnach baute Alexander
zwei Städte in diesem Lande, Alexandria apud Porum und Alexandria Bucephali equi (Bucephalus war nämlich der Name des
Pferdes, welches unter ihm getötet worden war, nach dem diese
Stadt genannt wurde). Darauf vernichtete Alexander die Adraster
und Catiner und Gangariten. Gross war der Stolz und . . . .

61. Folgendes wird in dem Briefe Alexanders erzählt,
dass so lange Alexander mächtig war, Briefe zwischen ihm und
Dindimus, dem Könige der Brahmanen, hin und her gingen.
Da Alexander Berichte von ihrer Lebensweise gehört hatte
und er (nur) mangelhafte Kenntnis (davon) besass, da wurde

_____

[1] indeipst*il* R.   [2] cein bói R.   [3] inna mbragmanda R.   [4] chom-
airberta Fcs. comairberta R.   [5] ocus om. R.

805 sin ruc*cad* cpis*til* uad do Díndim, rí na m-Brágm*anda*, *co n-*
cicscd-side [1] dó tesmolta a n-daine 7 a comairb*e*rta bith 7 ascnam ind ẹcna [2] 7 na fellsamd*achta* [3] dognítis [4] do aisnés, [5] co
m-bad [6] innt[s]amlaigthc [7] a m-bẹscna-som [8] cssium' [9] dia m-
bad assa [10] do ctir. 7 atbert [11] ba fóglainntid [12] bẹscna 7 fell-

810 som [13] he asa macbrataib [14] 7 asa naidend*acht.* [15] 7 asbert
dino [16] narba [17] cóir dichleth [18] ind ccna [19] 7 [20] na fells*amdach-*
ta, [21] ar ni dígbail doib a rẹlud [22] 7 a [23] faillsiug*ud* fo chosmaili*us* ch*o*nnli [24] *na* su*t*raille; ar ní dígaib [25] a sollsi-s*ide,* [26] cia
turrgaibther [27] 7 cia annait*her* c*o*nnli aile friu. Cach [28] mod

815 di*no* [29] on imluai*ter* [30] 7 on imraiter [31] ind ecna, [32] is tormach

---

ein Brief von ihm an Dindimus, den König der Brahmanen,
gesandt, damit dieser ihm die Einzelheiten von ihren Leuten
und deren Lebensweise erzählen möge, und um den Gang der
Weisheit und der Philosophie, welche sie übten, zu berichten,
so dass er ihre Lebensweise vergleichen könne, wenn ihm das
überhaupt leicht wäre. Und er sagte, dass er selber ein
Lerner der Moral und ein Philosoph gewesen sei von Kindes-
beinen an und seit seiner Jugendzeit. Und er sagte ferner,
dass das Verheimlichen der Weisheit und Philosophie nicht
recht sei, denn ihre Bekanntmachung und ihre Veröffentlichung
sei keine Verminderung für sie, ähnlich einer Kerze oder einem
Lichte; denn ihr Licht vermindert sich nicht, obgleich davon
genommen wird und obgleich andere Lichte daran angezündet
werden. Auf welche Weise auch die Weisheit behandelt und
besprochen wird, es ist eine Vermehrung der Philosophie und
des Wissens für den, welcher sie behandelt und für den, dem

---

[1] conécsed R.   [2] indecnae R.   [3] na fellamdachta R.   [4] do-
gnidis R.   [5] aisncis R.   [6] comad R.   [7] inntsamlaighthe R.   [8] dam-
bescnaisium R.   [9] escm R.   [10] asamail R.   [11] isbert R.   [12] fó-
glainntig Fcs. foglaintidh R.   [13] fellamdachta R.   [14] macbrathaib R.
[15] noidcntacht R.   [16] dan*a* R.   [17] naruo R.   [18] diclcithc R.   [19] na
hecna R.   [20] ocus om. R.   [21] na fell- R.   [22] rctlad R.   [23] nacha R.
[24] coindlc R.   [25] digbaid R.   [26] asoillsi R.   [27] turcbaither R.   [28] cech R.
[29] don*o* R.   [30] onimluaiter indecna R.   [31] ocus onimraiter om. R.
[32] indecna om. R.

bescna 7 eolais¹ dontí luaides 7 frisa luaiter.² 7 ro gáid
Alaxandir iarom co frecrad dia chomarcaib³ 7 dia aitheso-
aib⁴ fón samla sin. Finit.

62. Asbert⁵ Dindimus⁶: „Ba maith fóglaimm⁷ ind écna,⁸
fobithi⁹ ar is ferr ind ecna¹⁰ diada forpthi¹¹ oldás cach fla- 820
thius 7 cach n-órdan. Acht asberi-siu“ ol Díndim „nidat anco-
lach¹² ind¹³ ecna ar chona. Ni fedaigther;¹⁴ ar mad rig,¹⁵
nat¹⁶ bi ecnaid 7 na tabair taeb¹⁷ fri hecna¹⁸ 7 trebaire. Ar
is dichor¹⁹ da cach dualaig²⁰ gnáthaiger²¹ cu²² corp 7 cu²²
hanmain cach duine²³ ind ecna²⁴ diada. Tarmurt-sa²⁵ tru“ 825
ol Díndim „némfreccra 7²⁶ nemscribend epistle det-siu,²⁷ ar
nidam comsulbir laburtha²⁸ fritt 7 nidat uain dia n-airlégend²⁹
for immud³⁰ do chatha 7 do chumleng. Acht tra araíde³¹

sie beigebracht wird. Und Alexander bat darum, dass er auf
solche Weise seine Fragen und seine Entgegnungen beantworten
möge. Finit.

62. Dindimus antwortete: „Das Erlernen der Weisheit
ist gut, denn die vollkommene göttliche Weisheit ist besser
als jede Herrschaft und jede Würde. Aber du sagst,“ sprach
Dindimus, „du seiest schon der Weisheit nicht unkundig. Das
kannst du nicht; denn wenn du ein König bist, bist du kein
Weiser und kehrst dich der Weisheit und Vernunft nicht zu.
Denn die göttliche Weisheit ist eine Vertreibung alles Bösen,
das dem Körper und der Seele eines jeden Menschen eigen ist.
Ich beabsichtigte nun,“ sagte Dindimus „dir keine Antwort zu
geben und keine Briefe zu schreiben, denn ich bin nicht so
beredt im Sprechen wie du, und du hast keine Musse sie zu

¹ ocus eolais om. R. ² frisaluaiter om. R. ³ dia imchomarc R.
⁴ ocus dia aithescaib om R. ⁵ isbert R. ⁶ dinnim R. ⁷ foglaim R.
⁸ ecnae R. ⁹ foirbthe R. ¹⁰ antecnae R. ¹¹ foirbthi R.
¹² aineolach R. ¹³ an R. ¹⁴ fetather R. ¹⁵ rí R. ¹⁶ nad R.
¹⁷ toeb R. ¹⁸ ecnae R. ¹⁹ dichur R. ²⁰ da cach om. dualge R.
²¹ gnathaigther R. ²² co R. ²³ cech ae R. ²⁴ intecnae R. ²⁵ tar-
martsa R. ²⁶ nemfrecra ocus om. R. ²⁷ duitsiu R. ²⁸ comsubeis
airlabartha R. ²⁹ dianairlegund R. ³⁰ arimut R. ³¹ tra om. araba R.

nocha¹ herbartha-su² is *format* *fri* forcetlaib,³ scribabut-sa⁴
830 duit⁵ araill do béssaib⁶ ar ceneoil-ni;⁷ ar ro⁸ fetar-sa ni mes-
raigthe⁹ adfiadat techtaire¹⁰ ar scela-ni¹¹ duit-siu.¹² Ar is romor isindala bali¹³ 7 is robecc¹⁴ i n-araile,¹⁵ uair¹⁶ tormaigit¹⁷
techtaire¹⁰ o thuscurntib co gresach.¹⁸ Crait-si¹⁹ *tra*²⁰ bid fir
a n-athér-sa 7 a n-aisnédiub do tesmaltaib²¹ in ceneoil²² Brag-
835 manda, 7 mad áil det-siu, na ber aichne,²³ ar bid²⁴ fir.

  63. In cenel²⁵ sa na m-Bragmanta diatam-ni"²⁶ ol Dindim „is²⁷ betha glan nempudrach nemurchoitech²⁸ in bethu²⁹
hitatt.³⁰ Ni sanntaiget ni *acht* a n-atcuindig³¹ aicned cen for-

---

lesen bei der Menge deiner Schlachten und Kämpfe. Indessen
damit du nicht sagest, ich missgönnte dir die Belehrung, werde
ich dir etwas von den Sitten unseres Volkes schreiben; denn
ich weiss, dass die Boten dir übertriebene Berichte von uns
erstatten. Denn an dem einen Orte ist es sehr gross und sehr
klein an einem andern, weil die Boten beständig nach (ihren)
Erfindungen vergrössern. Glaube aber, dass was ich sagen werde
und was ich erzählen werde von den Einzelheiten des Brah-
manenvolkes wahr sein wird, und wenn es dir beliebt, so lass
dich belehren, denn wahr wird es sein.

  63. Dieses Volk der Brahmanen, von dem wir sind," sagte
Dindimus „führt ein reines harmloses unschädliches Leben. Sie
begehren nichts als was die Natur erfordert ohne Uebermass
dabei. Sie sind duldsam und nicht verzweiflungsvoll. Keinen
Ueberfluss oder Geschenke begehrt dieses Volk. Sie sind dankbar für die Früchte der Erde, ohne das Land zu bebauen, ohne
Fürsorge. Die Leute dieses Volkes erdulden weder Strafen noch

---

¹ nach R.   ² erbartasu R.   ³ forcetlaid R.   ⁴ scribfatsa R.
⁵ duitsiu R.   ⁶ besaib R.   ⁷ arceneoilne R.   ⁸ do R.   ⁹ mes-
raighte R.   ¹⁰ techta R.   ¹¹ ar scelaine R.   ¹² dnit R.   ¹³ baile R.
¹⁴ robcag R.   ¹⁵ iaraile Ms. araile R.   ¹⁶ ar R.   ¹⁷ tormaiget R.
¹⁸ *cogres* R.   ¹⁹ craitsiu R.   ²⁰ tra om. R.   ²¹ tesmoltaib R.
²² ceniuil R.   ²³ na beraichni R.   ²⁴ bud R.   ²⁵ ceneol R.   ²⁶ dia-
taimne R.   ²⁷ as R.   ²⁸ nemurchoitech om. R.   ²⁹ betha R.   ³⁰ in-
atat R.   ³¹ acuinnig R.

craid fair. [1] Is at anmnetaig [2] 7 nidat derchoi[u]tig. [3] Ní chuin-
cet [4] téti [5] na comai [6] in conél [7] sa. [8] At [9] buidig do thorthib [10] 840
in [11] talman cen tír-frecur-ceill, [12] cen frithgnam. Ni fulngat
dáine in ceneoil sin [13] tódernuma [14] na piana na imtechta, [15]
fo bith ar ni bit cinaid foraib. Fáilte mesraigthe leo do gres
7 slainte nemaidilenech o legessaib. [16] Ní chuindig nech dib [17]
fortacht o'raile [18] i n-nach dail, [19] ar bith ni bi frithorcuin [20] o 845
neoch dib di araile. Ní chuindig nech ní o'raile dib, fo bith [21]
ar is inand a sommatu [22] 7 is cutrumma [23] a n-dommatu. [24]
Ni bi fodord do neoch [25] dib di arali, [26] ar ní derscaig nech [27]
dib di [28] araile. Is ed dosgní [29] somma [30] uli. [31] Ni aidling-
cet [32] o nachaib rechtaib na fúiglib na brethemnachtaib, [32] acht 850
recht n-aicnid namma. [34] Ni aidileniget [35] o nach airchisecht,
ar ni bít cinta na targabala. [36] Ni bit [37] hicca [38] na dligeda

---

Qualen noch Seelenwanderung, weil keine Sünden auf ihnen
sind. Mässige Freuden sind stets bei ihnen und Gesundheit,
welche keiner Heilmittel bedarf. Keiner von ihnen sucht Hülfe
bei einem andern in irgend welcher Weise, weil keine Ver-
letzung von einem gegen den andern vorkommt. Keiner von
ihnen sucht etwas von dem andern, weil ihr Reichtum derselbe
und ihre Armut gleich gross ist. Keiner murrt gegen den andern, denn keiner zeichnet sich vor dem andern aus. Das ist
es, was Alle reich macht. Sie bedürfen keiner Gesetze, noch
Urteile, noch Schiedsprüche, ausser dem Gesetz der Natur allein.
Sie bedürfen keines Erbarmens, denn es kommen keine Sünden
noch Vergehen vor. Sie haben keine Bussen noch Satzungen,

[1] fair om. R. [2] is ainmnetaig R. [3] derchointig R. [4] ni
cuinnged R. [5] teite R. [6] coemnai R. [7] in cheneoil R. [8] sa
om. R. [9] it R. [10] tairthib R. [11] an R. [12] frecar tir ceill R.
[13] si R. [14] todernama R. [15] immtechta R. [16] legisaib R. [17] dib
om. R. [18] co araile R. [19] onachmudh R. [20] frithorcain R. [21] ar
bith R. [22] somata R. [23] cutruma R. [24] domata R. [25] neuch R.
[26] diaraile R. [27] neach R. [28] di om R. [29] dogni R. [30] soma R.
[31] uili dib R. [32] aidileniged R. [33] na brethemnachtaib om. R.
[34] acht nama recht naicnid R. [35] aidliguiced R. [36] tairgabala leu R.
[37] nbít Fcs. ni bid R. [38] icca R.

accu, fo bith nat filet[1] cinta leo; fo bith in bali[2] a m-bít
hicca,[3] is at cintach[4] na hí íccait,[5] ar is dar esi[6] cinad[7] 7[8]
855 pectha icait*ir*[9] phech.[10]

    64. Ni[11] saethraigem 7 ní[11] threbam[12] *tra,*"[13] ol Díudim
„ar is adbar sainnte saeth*ar* 7[14] trebad, 7[15] is t*ria* śaint[16]
fásas[17] for*n*at 7 immargal.[18] Ni biamm[19] ind*us* n-dochraid.
Is nemphní[20] 7 is nemad*a* lind[21] tregdad in talm*an* o na*ch*
860 dáil.[22] Ni tregda*n*d socc na coltar na rámund[23] talm*ain*[24]
lind. Ni taircellam[25] dam*u*[26] fo chuinge na carru na slóetu.[27]
Ni chaithem[28] feolai.[29] Ní indlium[30] for[31] iascu na eltai[32]
na eonu[33] lína na gosti *na* aircéssa[34] *na* cuithechu.[35] Do-
thiduaie[36] in tal*am* dún chena[37] ar n-accor[38] 7 ar lordataid

---

weil es keine Schuld unter ihnen gibt; denn dort, wo es Bussen
gibt, da sind diejenigen, welche büssen, schuldig, denn für
Schuld und Sünde wird die Strafe verbüsst.

    64. Wir arbeiten nicht und bauen auch nicht," sagte Diu-
dimus, „denn Arbeiten und Bauen ist die Veranlassung der
Habsucht, und durch Habsucht erwächst Neid und Zwist. Wir
leben nicht in schimpflicher Weise. Es ist unerhört und un-
erlaubt bei uns, die Erde in irgend welcher Weise zu durchbohren. Weder Pflugschar noch Kolter noch Spaten durch-
schneiden bei uns den Boden. Wir spannen nicht Ochsen unter
das Joch noch unter Wagen und Schlitten. Wir essen kein
Fleisch. Wir stellen den Fischen oder Heerden oder Vögeln
keine Netze noch Schlingen noch Fallen noch Gruben. Die
Erde gibt uns schon unser Begehr und unser Genüge und

---

[1] deithbir on ar ni bit R.   [2] ar baile R.   [3] ica R.   [4] cin-
taig R.   [5] icait R.   [6] taréis R.   [7] cinaid R.   [8] no R.   [8] icther R.
[10] pen*n*ait dog*r*es R.   [11] nocha R.   [12] trebam R.   [13] tra om R.
[14] *no* R.   [15] ar R.   [16] treotha R.   [17] tic R.   [18] imargal R.
[19] biam R.   [20] nempni R.   [21] leinn R.   [22] onach ndail R.   [23] ra-
mann R.   [24] talam R.   [25] tairchellam R.   [26] duma R.   [27] slaotu R.
[28] chaithim R.   [29] feolu R.   [30] hindlim R.   [31] ar R.   [32] alltu R.
[33] na eonu om. R.   [34] airchesa R.   [35] na cuithechu om R.   [36] do-
tidnaig R.   [37] dún chena om. R.   [38] acor R.

7 ar folortnaid¹ tria rath 7 dánugud dé. Ni frecuirem céil 865
dino"² ol Dindim „o fothraict[h]ib³ teeib⁴ na fuaraib, acht grian
d' ar tégad⁵ 7 bróen⁶ diar nige. Ni chuingem nach lennand,⁷
acht usce⁸ sommblasta síthalta do dhig for ar m-biadaib⁹ do
airdibad híttad namma. Uair cach lind somesetha¹⁰ is descaid
dermait dé 7 in chómnesaim¹¹ 7 is¹² gresacht díumais 7 es- 870
ciallaige¹³ 7 elscot[h]achda¹⁴ 7 mitholi¹⁵ a ni sin.¹⁶

65. Ni chuincem¹⁷ colethi¹⁸ na cerchaille na clumderaig-
the¹⁹ na brot[h]rachu²⁰ na breccanu, acht in talam cona sraith²¹
trit no lomm²² amal docuirether.²³ Ni con²⁴ tairmescann" ol
Dindim „nach dethitiu²⁵ ar chodlud,²⁶ ar ni [p. 211ᵇ:] bí 875
suím na immluad na imradud²⁷ inar²⁸ menmannaib. Ni

---

unsere Zufriedenheit durch die Gnade und das Geschenk Gottes. Wir sorgen auch nicht," sagte Dindimus, „um heisse
oder kalte Bäder, sondern die Sonne (dient) zu unserer Erwär-
mung und der Regen zu unserer Waschung. Wir begehren
kein Getränk ausser süssem geläuterten Wasser als Trunk zu
unsern Speisen, nur um den Durst zu tilgen. Denn jedes be-
rauschende Getränk ist ein Zeichen der Vergessenheit Gottes
und des Nächsten und ist ein Reizmittel des Uebermutes und
der Torheit und der Lüsternheit und der Bosheit.

65. Wir begehren keine Polster noch Kopfkissen noch
Federbetten noch Decken noch Mäntel, sondern die Erde mit
ihrer Grasschicht über sie hin oder nackt, wie sie gemacht ist.
Nicht hindert uns," sagte Dindimus, „irgend welche Sorge am
Schlaf, denn weder Kummer noch Aufregung noch Nachgrübeln
wohnt in unserem Geiste. Keiner von uns sucht sich vor dem

---

¹ ocus ar folortnaid om. R.   ² dono R.   ³ fothruicib R.   ⁴ teib R.
⁵ diar tegad gorad R.   ⁶ bróen om. R.   ⁷ nacha lenna R.   ⁸ uisci R.
⁹ forsna maghaib R.   ¹⁰ soomesethea R.   ¹¹ chómnesaib Fcs. chom-
nesainib R.   ¹² is om R.   ¹³ esciallaigthe R.   ¹⁴ elscothachtba R.
¹⁵ mitoli R.   ¹⁶ innísin R.   ¹⁷ cuinngim R.   ¹⁸ coilti R. na om. R.
¹⁹ clumdeirgtbe R.   ²⁰ brothrachu R.   ²¹ sreith R.   ²² lom R.
²³ dochuirither R.   ²⁴ nochanar R.   ²⁵ nach ndethitiu R.   ²⁶ codlud R.   ²⁷ na imradud om. R.   ²⁸ nar R.

cuindig nech uan *derscugud* di araile, ar is aen*folad*[1] 7 acnad-
bar[2] dun uli 7 aendia[3] doroine.[4] Fognait ar cuirp do reir ar
n-anman 7 ar *menman*.[5] Cid dia n-*derscaigfed*[6] nech uan[7]
880 di araile? Ar is acndia[3] ar n-ath*air*[8] ulichum*achtach* donrosat[9] dia reir 7 dia thoil,[10] ut su*p*ra dix*imus*.[11] Nir ba marb[12]
mac ria athair[13] *na* ingen ria[14] m*áthair* ocaind riam. Ni ber-
bamm salla na cárnai.[15] Ni chumdaigem mura na paláti[16] *na*
tegdaise rígda *na* indse *for* uscib. Ni aithergem[17] na duile,
885 *acht* nos lecam am*al* fosracaib dia. *Contuilem* i n-uamaib
tirma talm*an*dai[18] am*al* dorosait[19] dia dún 7 bid iat-s*ide*[20]
bidat[21] tuilg[22] adnocuil dib-se[23] iar bar n-ecaib.

     66. Ni chuingem[24] édaige *derscaigthe*, *acht* dítin parr-

Andern hervorzutun, denn wir bestehen Alle aus éinem Stoff
und éinem Material, und éin Gott hat uns geschaffen. Unsere
Leiber dienen nach dem Willen unserer Seele und unseres Geistes. Wodurch sollte sich einer von uns vor dem Andern her-
vortun? Denn éin Gott ist unser allmächtiger Vater, der uns
nach seinem Wunsch und Willen erschaffen hat, ut supra dixi-
mus. Niemals ist bei uns ein Sohn durch seinen Vater noch
eine Tochter durch ihre Mutter getötet worden. Wir kochen
kein Salz und kein Fleisch. Wir bauen keine Mauern noch
Paläste noch Königshäuser noch Inseln auf den Wassern. Wir
verändern die Geschöpfe nicht, sondern lassen sie, wie Gott sie
uns überlassen hat. Wir schlafen in trockenen Erdhöhlen, wie
Gott sie für uns geschaffen hat, und diese werden einst nach
eurem Tode eure Grablager sein.

     66. Wir begehren keine prächtigen Kleider, sondern nur die
paradiesische Hülle zum Schutz unserer Scham. Wir begehren

---

     [1] oenfolad R.   [2] oenadbar R.   [3] oendia R.   [4] doroni R.   [5] ar
menman ocus arnanmain R.   [6] cid dia inderscaigfed R.   [7] nech uan
om. R.   [8] arn om. R.   [9] doroini R.   [10] toil feisin R.   [11] *sicut* dix-
m*us* R.   [12] niromarb*ad* R.   [13] rianaath*air* R.   [14] riana R.   [15] carna R.
[16] palaiti R.   [17] aithiraigim R.   [18] talmandaib tirmaib R.   [19] dos-
ratait R.   [20] bitadsade R.   [21] badat R.   [22] tuile R.   [23] duibse R.
[24] cuindgem R.

dusta[1] do dín ar féli. Ni chuingem armu cumda*ch*ta, ar is
tormach naire. Ni chuingem coemchlód aicnid.[2] Ni filet[3] co- 890
lai *na* pectha *na* adalt*ra*sa[4] lind. Is ar accuras[5] clainde in
tan con*d*recumm *fri* ar sétchi.[6] Ni filet[7] immu*d*ergtha[8] *na*
imchainte[9] *na* écnaige *na* adchosana[10] lind. Ni thechtam
serccai[11] *acht* serccai[12] dethbi*ri*[13] 7 cra*ib*dechu.[14] Ni ber-
thar[15] torathair *na* togluaiste lind. Ni erra*ch*tatar[16] lind[17] 895
fuasnadu *na* ferga[18] *na* michride.[19] Ni ro marb[20] nech uann[21]
aroli riam. Ni ferthar[22] catha *na* cocthi *na* congala lind o
duth*rach*taib[23] *na* o bésaib *na* o mígnimu.[24] Ni ar forecin
lenmait isnaib rechtaib donrosat[25] dia. Ni déntar tairchetla *na*
fáitsine lind, ar ninbeir[26] *acht* bus toltanach. Ni[27] hannsa lind 900
tustide[28] ar mac *na* ar n-ingen oldás in duine imec[h]trach[29]
di ar n-genél.

----

keine verzierten Waffen, denn das ist eine Vergrösserung der
Schande. Wir suchen keine Veränderung der Natur. Es gibt bei
uns weder Blutschande noch Sünde noch Ehebruch. Es geschieht
aus Verlangen nach Kindern, wenn wir mit unsern Weibern zusammenkommen. Hohn oder Gespött oder Schmähungen oder
Vorwürfe kommen bei uns nicht vor. Wir haben keine Liebe
ausser der erlaubten und gottesfürchtigen. Es werden keine Ungeheuer noch Missgeburten bei uns geboren. Nie haben sich bei
uns Wut oder Zorn oder Missgunst erhoben. Niemals hat einer
von uns einen andern getötet. Weder Kämpfe noch Streitigkeiten noch Hader gibt es bei uns, aus Verlangen oder Gewohnheit oder Schlechtigkeit. Nicht gezwungen folgen wir den Ge-
setzen, welche Gott uns gegeben hat. Es geschehen keine Weiss-
sagungen noch Prophezeiungen bei uns, denn eine solche sagt

----

[1] pardasta R.   [2] ni chuinngem cloemclod aicnid dun R.   [3] fai-
lit R.   [4] edrad R.   [5] ocras R.   [6] scitchib R.   [7] fuilit R.   [8] im-
dertcha R.   [9] na imchainte om. R.   [10] na adchosana om. R.   [11] serccai om. R.   [12] serca R.   [13] defiri R.   [14] craibdechta R.   [15] ber-
thair R.   [16] nerra*ch*tatar Fcs. ni erracht R.   [17] lind om. R.   [18] ferca
na fuasnada R.   [19] na michride om. R.   [20] marb*ad* R.   [21] dind R.
[22] uferthar Fcs.   [23] duthrachtaib R.   [24] gnimaib R.   [25] doronsat R.
[26] ninbeir R.   [27] nicon R.   [28] tuistige R.   [29] induini imechtracha R.

67. Ni chumdaigem adnocla *na* duma̱ *for* ma̱rbu[1] *na* templu hidal *na* a̱r̠racht. Ni thabrumm císa *na* dliged[2] do demnaib *na* d' ídlaib[3] am*al* doberthi-se. Oc*us* dino[4] is *fria*[5]

905 b*ar* pianad uodessin[6] garthi-si[7] na deoa[8] sin dia n-adarthái.[9] Nidat dee-sium[10] et*ir*,[11] *acht* it[12] r̠iagaire[13] duib-si et*ir* fognam 7 míiartaige. Dob*e*rut[14] catha 7 *congal*u 7 te̱ti 7 dímaine 7 saint,[15] *for*luamain[16] 7 adalt*ras*,[17] inglaine 7 croes[18] 7 ro̱e̱b̠aidecht dúib-si *tria*na n-ad*rad*. C̠oillet[19] b*ar* cialla 7 b*ar*[20]

910 n-íntlechta, a*r* cid síd 7 córa dobert*har*[21] dúib,[22] bid debaid sin, uair[23] dob*ar*coillet-som dog*re*s. Is *ed* dorímet b*ar*[24] filid-si[25] b*ar*[24] f̠erga 7 b*ar*[24] sánta 7 b*ar*[24] n-eslaine menmau

uns nichts als was willkührlich ist. Nicht mehr geliebt sind bei uns die Erzeuger unserer Söhne und Töchter als der Mensch. der unserem Volk ein Fremder ist.

67. Wir bauen weder Grabstätten noch Grabhügel über den Toten noch Tempel für Götzen oder Götzenbilder. Wir geben den Dämonen oder Götzen keinen Zins noch Abgabe, wie ihr es tut. Und dazu ist es zu eurer eigenen Qual, dass ihr diese Götter anruft, zu denen ihr betet. Es sind das überhaupt gar keine Götter, sondern eure Peiniger durch Dienst und Misserfolg. Sie bringen euch Kämpfe und Streitigkeiten und Ausschweifung und Eitelkeit und Begierde, Unstätigkeit und Ehebruch, Unreinheit und Gier und Gefrässigkeit dadurch, dass ihr sie anbetet. Sie richten eure Sinne und euren Verstand zu Grunde, denn obgleich euch Friede und Vertrag entgegengebracht

[1] marbaib R.   [2] dligeda R.   [3] na d'ídlaib om R.   [4] dino om R.   [5] as ar R.   [6] feisin R.   [7] dogairthisi R.   [8] demna R.   [9] adairthisi R. Hier hat LBr. folgende Liste der zehn Hauptgötter mit ihren Attributen: rossamm aper hirc*us* columba noctua farra (.i. ith) popul*us* Cupidini Marti Bacho Hi*u*no*m* (hier hat der Abschreiber das ni seiner Vorlage als m gelesen) Hioui Appolloni Ueneri Minerua Cereri Herco̱li.   [10] esem R.   [11] etir om. R.   [12] it om R.   [13] riagai-ret*ha* R.   [14] doberaid R.   [15] dímaine ocus saint om. R.   [16] foluamain R.   [17] etrad R.   [18] ocus croes om. R.   [19] coillit R.   [20] *for* R.   [21] dobertar dobertbar R.   [22] duibsi R.   [23] ar R.   [24] for R   [25] filedasi R.

7 [1] bar [2] frithaire ic dethitin [3] in domain dogres. Doberat duib [4]
immad craes 7 racbaidechta 7 etraid 7 [5] cinad 7 targabala. [6]
Nos berat [7] for sálachdúthrachta [8] 7 utmaille bar [2] menmau o 915
nim co hiffernd. Is bádus [9] la bar [10] n-démnu éttorthige [11] bar
crabuid 7 a dímainche, [12] ar is cuilech bar [2] crabud 7 [13] is
todérnamach bar m-betha. [14] Ni sidachach cumsantach bar m-
bethamnas." [15]   Finit.

68. „Masu sinde tra is écorach amal doedi-siu, a Dín- 920
dim, [16] ol Alaxandir „it Bragmanda a n-aenur adat [17] dáine [18]
dligtechu isin domun. Acht indar [19] linde is ámlaid atatt [20]
Bragmanda amal bitís [21] errauta [22] ind fola [23] corpda: a n-as
anaicenta namma ís ed condaiget. Is col leo tra [24] cach a
n-denum-ne. Is ar chol [25] dorímther leo dún ar n-airbert [26] 925

---

wird, wird es Streit, weil sie euch fortwährend verblenden. Das
erzählen eure Sänger, dass euer Zorn und eure Begierden und
eure Geisteskrankheit und eure Wachsamkeit stets um die Welt
sorgen. Sie bringen euch grosse Gier und Gefrässigkeit und
Unzucht und Sünde und Uebertretung. Eure schmutzigen
Wünsche und die Unstätigkeit eures Sinnes bringen euch vom
Himmel zur Hölle.   die Unfruchtbarkeit eures
Glaubens und seine Nichtigkeit bei euren Dämonen, denn euer
Glaube ist sündhaft und euer Leben qualvoll. Nicht friedlich
und ruhig ist eure Lebensweise." Finit.

68. „Wenn demnach wir ungerecht sind, wie du erzählst,
o Dindimus," sagte Alexander, „so sind die Brahmanen allein in
der Welt gerechte Menschen. Aber uns will es scheinen, dass die
Brahmanen so sind, als wären sie Teile des Blutes im Körper:
nur das, was unnatürlich ist, begehren sie. Sie halten aber für
Sünde Alles, was wir tun. Als Sünde wird uns von ihnen un-

---

[1] ocus om. R.   [2] for R.   [3] ac deithitin R.   [4] duib om R.
[5] craes — ocus om. R.   [6] targabal R.   [7] nobarbérat R.   [8] for-
saluch duthrachtaib R.   [9] badbas R.   [10] far R.   [11] etoirrthaige R.
[12] addimmainchi R.   [13] ocus om R.   [14] ambethemuass R.   [15] ni —
bethamnas om. R.   [16] a Dindim om. R.   [17] atatt R.   [18] dáine om. R.
[19] dar R.   [20] atatt om. R.   [21] betis R.   [22] erandai R.   [23] in-
dofola R.   [24] tra om R.   [25] col R.   [26] darndairbert R.

bith 7 ar fógnam do dúlib[1] dé 7 dia dágmóinib. Ni ni leo
nach ract[2] acht a tesmolta fodéin. Is[3] diar pianad dogniam
dcou[4] dún no is[5] ar format fri dia. Is ed atber Díndim 7
ni fír ón ém, ar ni format linde ina fil oc dia, ar is iat a[6]
930 dúile 7 a dágmáine nontirgnat 7 norforgnat.[7] Mad as mo[8]
brethemnacht-sa immoro,"[9] ol Alaxandir[10] „is[11] dásacht 7 ní[12]
tollsamdacht in tesmailt si uli[13] na m-Bragmanda asber[14] Díndim dínne."[15] Finit.

      69. „Ní do aitrebtadib[16] in betha frecnairc dúinne" ol Dín-
935 dim „amal[17] asbere-siu, a Alaxandir, acht aes[18] celide isin bith
atá[n]comnaic.[19] Ni gaib[20] em[21] forbba nach diles[22] isin bith,
ar ata ar n-athardai diles[23] ar ar cind .i. nem cona sostaib
7 fochracib, fo bíth ar ni briset[24] cinaid na targabala, gaite

-----

sere Lebensweise und dass wir den Geschöpfen Gottes und seinen Woltaten dienen, angerechnet. Nichts gilt ihnen für etwas
als ihre eigenen Eigentümlichkeiten. Zu unserer Pein machen
wir uns Götter oder aus Neid gegen Gott. Das ist, was Dindimus sagt, und wahrlich, es ist nicht wahr, denn wir haben
keinen Neid gegen das, was durch Gott ist, denn es sind seine
Geschöpfe und seine Woltaten, die uns   und die uns
dienen. Nach meinem Urteil," sagte Alexander, „sind alle diese
Einzelheiten von den Brahmanen, die uns Dindimus erzählt
hat, Verrücktheit, und nicht Philosophie." Finit.

      69. „Wir gehören nicht zu den Bewohnern dieser Welt,"
sagte Dindimus, „wie du sagst, o Alexander, sondern wir
sind Gäste in dieser Welt. Wahrlich, kein Besitz in dieser
Welt erlangt Vollkommenheit, denn unser Vaterland ist vor
uns, der Himmel nämlich mit seinen Sitzen und Belohnungen,
weil weder Sünden noch Uebertretungen, Diebstahl noch Ent-

-----

     [1] dúib Ms. duilib R.   [2] rét R.   [3] acht R.   [4] deo R.   [5] is
om. R.   [6] na R.   [7] norfognat R.   [8] moo R.   [9] imora R.   [10] ol
Alax. om. R.   [11] no as R.   [12] ní om. R.   [13] uli om. R.   [14] isbert R.   [15] indso R.   [16] aittrebtaidib R.   [17] amal om. R.   [18] as R.
[19] atancomnaic R.   [20] gab R.   [21] am R.   [22] udiles R.   [23] diles
om. R.   [24] ninbrisit R.

na braite *na* éthig *na* forécni saml*aid*. At rédi ar *conara*[1]
for[2] ar cind, ar nis dorrthoiget[3] ar mígnímrada.[4] Dorosait dia 940
a brechtr*ad*[5] forsin domun dia dúilib 7 dainib 7 tomaltaib.
Intí mesraiges a thuari[6] 7 a thomailt[7] do cách, is e donrat
do šaerbrath. [p. 212ª:] Ni[8] deni ni formdech[9] dogni ar mug-
saine díles do dia 7 doine.[10]

70. Is lib-si[11] fessin" ol Díndim fri hAl*axandir* „in chair[12] 945
doralais inar leth-ni, 7 siude umal do dia 7 do[13] dainib ni
denamm erchoit.[14] Rop hi[15] tra[16] a epert, dethitnigther dia
donaib[17] talm*antaib*;[18] 7 ni head dogníthi-si ón, *acht* dognithi
dee dib[19] fessin 7 cumdaigther tempuil 7[20] altoire lib-si doib
do chlochaib 7 cr*andaib*.[21] Atrobarthar[22] cet[h]r*a* 7 édperta[23] 950
lubaide lib-si forsna haltorib sin dia for ṅ-demnaib 7 ídlaib[24]

---

wendungen noch Lügen noch Vergewaltigungen uns so brechen
(besiegen). Unsere Wege vor uns sind eben, denn unsere Missetaten machen sie nicht uneben. Gott hat seine Mannichfaltigkeit seinen Geschöpfen und Menschen und Speisen auf der
Welt angeschaffen. Derjenige, welcher einem Jeden seine Nahrung und Speise zumisst, der hat sie uns aus edler Absicht
gegeben. Er tut nichts Missgünstiges (gegen uns), wie unsere
eigene Sklaverei gegen Gott und Menschen tut.

70. Bei euch selbst," sagte Dindimus zu Alexander, „liegt
der Fehler, den du auf unsere Seite gelegt hast, und wir sind
demütig gegen Gott und tun den Menschen keinen Schaden.
Es war aber davon die Rede, Gott werde von den Irdischen
belästigt; aber das ist nicht, was ihr tut, sondern ihr macht
euch selber Götter und baut ihnen Tempel und Altäre von
Stein und Holz. Ihr bringt Opfer von Tieren und Pflanzen

---

[1] aracora R.   [2] ar R.   [3] doroethiget R.   [4] mignima R.
[5] brectrad R.   [6] tuara R.   [7] tomailt R.   [8] nin R.   [9] foirmtech R.
[10] do dia condarcart dia ocus daine R.   [11] imoro add. R.   [12] an-
cair R.   [13] do om. R.   [14] nach nerchoit R.   [15] robi R.   [16] imorro R.   [17] donaib R. doinib LBr. Fcs.   [18] talmannaib R.   [19] daib R.
[20] tempuil ocus om. R.   [21] do-crandaib om. R.   [22] edbarthar R.
[23] edbarta R.   [24] dia fornidlaib R.

6

feib doronsat [1] bar n-athri [2] 7 scnathri. [3] 7 [4] doberat sin piana
difulachta 7 ꞃiagu tenntigi *dermara*.   Is inand fo bith [5] in t- [6]
idaladartha [7] sin: is dásacht a n-dognithi-si 7 atbar [8] dásach-
955 taig fen iarsinni uat bíd [9] do reir dé; ar is e in t-aendia 7 in
fírdia 7 in fírbri*them*, [10] boi oc tepeꞃsiu [11] der icafor cainiud. [12]
Conid aire doberthar piana ilardha [13] duib-si [14] ar bar somma-
taid 7 ar bar cintaib fo chosmailiꞃs Salamoni [15] 7 Celadi am*al*
dorimet [16] bar [17] ꞃimeꞃi [18] 7 bar [17] senchaide-si sin."   Finit.

960   71. „In cad dobargní-si fiudbethach 7 fechtnach" ol Alax-
andir fri Dindim „beith [19] isin athaꞃdhu itaid? uair [20] na fil [21]
athaigid chucaib [22] *na* uaib [23] 7 dino [24] na fil [25] sochmatu [26] lib

---

auf diesen Altären euren Dämonen und Götzen dar, wie eure
Väter und Grossväter getan haben. Und diese geben (euch)
unerträgliche Qualen und gewaltige feurige Martern. Es ist
dasselbe wegen dieser Götzenanbeterei: es ist Wahnsinn, was
ihr tut, und ihr selbst seid wahnsinnig deswegen, weil ihr nicht
nach dem Willen Gottes lebt; denn er ist der éine Gott und
der wahre Gott und der wahre Richter, welcher Tränen ver-
gossen hat, da er euch bejammerte. Deswegen werden euch
viele Strafen zu Teil werden wegen eures Reichtums und wegen
eurer Sünden, gleichwie dem Salmoneus und Enceladus, wie das
eure Dichter und eure Gelehrten erzählen."   Finit.

      71. „Ist es das, was euer Leben schön und euch glück-
lich macht," sagte Alexander zu Dindimus, „dass ihr in dem
Vaterlande lebt, in dem ihr euch befindet? da doch kein Besuch
zu euch noch von euch geht und da ihr ferner nicht im
Stande seid, Stahl, Eisen oder Erz oder Silber oder Gold zu
machen. Es wird aber als Vorzug und

---

[1] doronsait R.   [2] farnaithre R.   [3] farscanaithre R.   [4] ocus
om. R.   [5] fobithin R.   [6] an R.   [7] idaladarta R.   [8] atabar R.
[9] bí Fcs. bíd R.   [10] fírbrethem R.   [11] teipirsin R.   [12] icafarcai-
nedse R.   [13] ilarduib R.   [14] duib R.   [15] sailemoin R.   [16] dori-
med R.   [17] for R.   [18] rimiri R.   [19] bith R.   [20] ar R.   [21] fail R.
[22] cucaib R.   [23] na uaib om. R.   [24] dino om. R.   [25] fail R.
[26] sochmata R.

denma tinde, iairnd[1] *na* uma[2] *na* airg*it*[3] *na* oír. Atrimther iarom ar fébsa 7 ar combagutaig[4] dúib-se[5] a ní is ecen duib. It[6] *for* cosmailsi[7] dino[8] fri nech bís i cumrig[9] *na* i[10] carcair. 965 Is hi[11] *for*[12] carcair-si dino[13] 7 *for* cuimrech[14] aicenta, nach fil[15] sochmatu[16] lib hi *fus*[17] na torthigi[18] sechtair. Ni[19] *cét-amus* frecor ceil *na* trebad in talman lib, ar ni fil iarn lib[20] fria thepi[21] 7 fria dluige. Amal[22] cet[h]*ra* dino[23] *for* lubib talma*n*,[24] is am*laid* sin atáid-se.[25] Is *ed* dogniat ind [ï]ell-[970] saib in tan nád fágbat[26] feolu,[27] ethait in[28] fínemain *na* brénci[29] *na* crand crín *na* araile sástai in talman ar chena. Is hi *tra* in fochraicc[30] dia n-dígba nech ní den[31] airbert bith 7 din[32] choemna[33] *connic* do thomailt[34] 7 ni hinund 7 ni nát[35] roich 7 nát[36] cumaing am*al* atáid-si. Is[37] amlaid atáid-si *tra* 975

---

von euch angerechnet das was euch notwendig ist. Ihr seid daher einem Manne gleich, der in Banden oder im Kerker ist. Das ist euer Kerker und eure natürliche Fessel, dass ihr in der Gegenwart keinen Reichtum habt noch Fruchtbarkeit für die Zukunft. Zunächst habt ihr keine Pflege und keine Bebauung des Bodens, denn ihr besitzt kein Eisen um ihn zu pflügen und zu spalten. Wie das Vieh auf den Kräutern der Erde, so seid ihr. Das ist, was die Philosophen tun, wenn sie kein Fleisch haben, so essen sie Weinreben oder   oder dür-res Holz oder sonst andere Nahrungsmittel der Erde. Ein Verdienst ist es, wenn Jemand etwas von dem Genuss und von dem Vergnügen, welches er geniessen kann, vermindert, aber es ist nicht dasselbe, wenn Jemand es nicht erlangen kann und nicht dazu im Stande ist, wie ihr seid. Ihr seid so

---

[1] na iairn R.   [2] umaidi R.   [3] argait R.   [4] caiubaitaig R.   [5] dúibse om. R.   [6] at R.   [7] cosmaile R.   [8] dono R.   [9] cuimriuch R. [10] a R.   [11] hi om. R.   [12] bar R.   [13] dono R.   [14] cuimrich R. [15] fail R.   [16] sochmata R.   [17] fos R.   [18] toirtbige R.   [19] ni feil R. [20] lib dó Fcs.   [21] tebe R.   [22] am*al* bit R.   [23] dino om. R.   [24] fri luibib an talman R.   [25] ataithe si R.   [26] na fagbat R.   [27] feoil R. [28] iud R.   [29] no brence R.   [30] indochraic R.   [31] dond R.   [32] don R. [33] coemna R.   [34] atomailt R.   [35] nad R.   [36] na R.   [37] as R.

amal[1] dallu[2] nad[3] faicet[4] ní 7 bochtu[5] nad[6] fágbat, uair immthigid in dáll cen co faicend ní 7[7] toimlid[8] in bocht cen co promaid 'na fagaib.

72. Ni techtat for mna cumtaige. Dethbir doib on,"[9] 980 ol Alaxandir. „Nistá eladu[10] na ádbar dia n-denum. Nit adaltraig[11] 7 nít cuilig iss ed atberid.[12] Dethbir duib[13] ón tra.[14] Ni tóduscaither tola o bar corpaib tria choemna, ar it olca bar leptha[15] 7 it etchi na mná filet[16] occaib. Ni fágbaither[17] cúmdaige ségda no duscad[18] menmain lib. Mad 985 intí[19] tra[20] gaibes coemnu[21] dond imbud[22] a m-bi[23] cen sonmige de na imgaibes[24] tola isin coemnu[25] immbí[26] is e-side[27] is[28] fellsab 7 as chongbaid."[29]

73. Asbert tra[30] Alaxandir: „Ni fil rechtgi na trócaire[31]

---

wie Blinde, welche nichts sehen, und wie Arme, welche nichts besitzen, weil der Blinde umhergeht, ohne etwas zu sehen, und der Arme isst, ohne dass er kostet, was er findet.

72. Eure Weiber besitzen keine Schmucksachen. Das ist natürlich," sagte Alexander. „Sie besitzen weder Verständniss noch Stoff, sie zu machen. Ihr seid keine Ehebrecher und Hurer, so sagt ihr. Auch dies ist natürlich. Es werden von euren Körpern durch Vergnügen keine Begierden erweckt, denn eure Betten sind schlecht und die Weiber, die ihr habt, sind hässlich. Ihr besitzt keinen stattlichen Schmuck, euer Verlangen zu wecken. Derjenige aber, welcher Vergnügen aus der Fülle, in der er sich befindet, zieht, ohne dadurch glücklich zu werden, oder der Begierden abweist, während er Vergnügen hat, der ist ein Philosoph und ein Enthaltsamer."

73. Alexander sagte ferner: „Ihr habt weder Rechtspflege

---

[1] atáid — amail om. R.   [2] dulla R.   [3] nach R.   [4] faicit R. [5] buchta R.   [6] na R.   [7] ocus om. R.   [8] imorro add. R.   [4] deithbir son R.   [10] elatha R.   [11] nifornadaltraig R.   [12] ocus nit cuiligh add. R.   [13] daibsi R.   [14] tra om. R.   [15] lebtha ocus far tuile R. [16] filed R.   [17] fagbaiter R.   [18] duisced R.   [19] anti R.   [20] imorro R. [21] coemnai R.   [22] donn imudh R.   [23] imbi R.   [24] imgabas R. a add. R. [25] choemna R.   [26] imbi R.   [27] esin R.   [28] as R.   [29] congaid R. [30] dana R.   [31] trochaire R.

lib, ar ni chumgaid olc *na* maith[1] do gním.[2] Ataid[3] am*al*
íum*en*ti amnertmara. Atat[4] *tra* brechtr*a*du[5] 7 coemchlódu[6] 990
immda linde.[7] Atat[8] *tra* brechtrad *for* gne nime[9] 7[10] ind
aeor.[11] Ata *tra*[12] brechtrad *for* gne in[13] talm*an* co*na* tor-
thib. At*at* *tra*[12] brechtrad[5] forsna[14] cet[h]raib. At*at* *tra*[15]
brechtr*a*d i ciall*aib* 7 i n-índlechtaib[16] duine,[17] hi febaib 7
aessaib duine, ina nóidend*acht*[18] ar tús,[19] ina óclach*as* iar sin 995
7 ina sentaid[20] fa déoid.[21] Mallaigth*er*[22] *tra* u lubra 7 dínim-
us.[23] Ata *tra*[24] brech*t*rad forsna cetfadaib 7 forsna hulib
ailib[25] arp*et*et do[26] duine .i.[27] dia[28] cluassaib 7 roscaib 7
srónaib. At*at* reta[29] árpetet *tra*[30] diar cluassaib i forcetlaib
7 eol*as*[31] 7 ceolaib 7 immacall*aim* 7 nirpetet[32] u súilib[33] *na* 1000

noch Barmherzigkeit, denn ihr vermögt weder Schlechtes noch
Gutes zu tun. Ihr seid wie kraftlose Lasttiere. Es ist aber
viel Mannichfaltigkeit und Wechsel bei uns. Da ist Mannichfaltigkeit in der Gestalt des Himmels und der Luft. Da ist
ferner Mannichfaltigkeit in der Gestalt der Erde mit ihren
Früchten. Da ist Mannichfaltigkeit im Getier. Da ist Mannichfaltigkeit in den Sinnen und in den Verstandeskräften des
Menschen, in den Begabungen und Altern des Menschen, in
seiner Kindheit zuerst, in seiner Jünglingszeit darnach und in
seinem Greisenalter zuletzt. Es wird von Krankheit und Schwäche
verflucht. Es ist ferner Mannichfaltigkeit in den Sinnesorganen
und in allem andern, was den Menschen vergnügt, nämlich seine
Ohren und Augen und Nasen. Es gibt Dinge, welche unseren
Ohren in Unterricht und Wissenschaft und Musik und Gespräch Vergnügen machen und welche Augen und Nasen nicht

---

[1] maith na olc R.   [2] dognimmh R.   [3] tra add. R.   [4] ataid R.
[5] brectrad R.   [6] coemcloda R.   [7] leun R.   [8] ata chetas R.   [9] ind-
nime R.   [10] ocus om. R.   [11] indaieor R.   [12] do*no* R.   [13] an R.
[14] for R.   [15] ata da*na* R.   [16] inntlechtaib R.   [17] in dóini R.
[18] noidentacht R.   [19] ocus add. R.   [20] sentaid R.   [21] iar sin R.
[22] mallaigth*er* R.   [23] diumus R.   [24] tra om. R.   [25] ocus-ailib om. R.
[26] don R.   [27] .i. om. R.   [28] do R.   [29] neithi R.   [30] tra om. R.
[31] eolaib R.   [32] nipetet R.   [33] osuilib R.

srónaib. Atat araile n-[1] arpetct o śúilib[2] i fégad cumtach[3]
gémm[4] lógmar 7 nis oirfitet[5] diar cluassaib *na* sróna.[6] Arpetct caínbolud[7] na lendann ná t*ur*dhai 7 na luba[8] boludmá-
rai[9] diar sronaib 7 nirpetet[10] o śúilib[2] *na* cluassa.[11]

1005　　74. At*at* and dún colcthi 7 cerchaille[12] 7 clumdéraigt[h]i[13]
7 étaige srolta[14] 7 sirecda 7 t*ia*c*h*ta cac*h*a[15] datha. At*at* dún
tr*a*[16] biada[17] brechtnaigt[h]i[18] 7 lendai sommblasta.[19] At*at* dún
iarom[20] iascai[21] ilarda i m-murib[22] 7 lochaib.[23] At*at* dún[24]
alma na n-alta[25] i slébib[26] 7 i ṅ-díthrebaib.[27] At*at* dún tr*a*[28]
1010　elta én a línaib 7 gostib[29] 7 cuithechaib[30] 7 arnclaib.[30] Is
cenel ṅ-díumais[31] *tra*[32] 7 formait opad[33] a dún 7 a dág-

erfreuen. Andere gibt es, welche die Augen vergnügen im Anblick von Edelsteinschmuck und welche unsere Ohren und Nasen
nicht erfreuen. Der schöne Geruch von Getränken oder Weih-
rauch oder der duftreichen Kräuter erfreut unsere Nasen und
nicht unsere Augen oder Ohren.

74. Wir haben Polster und Kopfkissen und Federbetten
und Kleider von Atlas und Seide und Gewänder von jeglicher
Farbe. Wir haben ferner mannichfache Speisen und wol-
schmeckende Getränke. Wir haben viele Fische in den Meeren
und Seen, wir haben Schaaren wilder Tiere in den Bergen und
Wüsten. Wir haben auch Vogelschwärme in Netzen und Schlingen und Gruben und Fallen. Es ist aber eine Art Hochmut
und Neid, Gott seine Gaben und Woltaten zurückzuweisen,"
sagte Alexander. Dies sind die fünf Briefe, welche zwischen
Alexander (dem Könige der Welt R.) und Dindimus (dem Kö-

---

[1] araile R.　　[2] osuilib R.　　[3] cumdach R.　　[4] gcm R.　　[5] niar-
petet R.　　[d] *no* diarsronaib R.　　[7] cainbolad R.　　[8] lubad R.　　[9] mbo-
ladhmar R.　　[10] niarpeted R.　　[11] cluasaib R.　　[12] cerchailli R.　　[13] clum-
dergaithe B.　　[14] srolda R.　　[15] cecha R.　　[16] tra om. R.　　[17] biad-
mara add. R.　　[18] brechtnaigthe R.　　[19] lenda somblosta soola lind R.
[20] do*no* R.　　[21] elta iasca R.　　[22] imurib R.　　[23] uiscib R.　　[24] dún
om. R.　　[25] altai R.　　[26] asna slebtib R.　　[27] isna ditrebaib olchenai R.
[28] do*no* R.　　[29] goistib R.　　[30] airnclaib R.　　[31] ceneol diumais R.
[32] imoro R.　　[33] obad R.

múine [1] *for* dia" ol [2] Alaxandir. It cat sin [3] *cóic* epist*le* ima-
ralait etir Alaxandir [4] 7 Dindim [5] céin boi Alaxandir in-nirt. [6] Finit.

75. Focheird cor tra menmannaib araile. Cid foruair do
Alaxandir amal boi dia unainsi tidecht for cend a báis do 1015
Babiloin? ar ba córa dó [7] a imgabail. Acht bess is comaitecht
dond aithesc 7 don craitem foruair dó, na amal domúined na
bud i m-Babilóin dobertha neim dó, acht [8] co m-bad a n-inad
n-aile. 7 is ar a thruime dobertha he isin cathair ñ-daingein
.i. i m-Babilón dia éc innte. Ceist tra, ar itaut na trí fátsine 1020
ann .i. fátsine diada 7 fátsine [p. 212 [b]:] daenda 7 fatsine dia-
bulda. Cindus imráidet fír? Ni hansa. In fátsine diada cét-
amus fír asber do gres. In fátsine dóenna 7 demnach tra as-
ber-sede [9] fír 7 goeí. Cid dosber fátsine do demun? Ni hansa
.i. dia cotarléci, fo bíth is e dorossat a aicned. Contuassi dino 1025

---

nige der Brachmanen R.) gewechselt wurden, so lange Alexander sich im Besitze seiner Macht befand.

75. Ein Umstand kommt Manchem in den Sinn. Was veranlasste Alexander, wie ihm geweissagt war, seinem Tode entgegen nach Babylon zu gehen? denn er hätte es doch eher
vermeiden sollen. Aber gewiss ist es der Schutz des Orakels
und des Glaubens, was ihn dazu veranlasste, oder da er meinte,
dass ihm nicht in Babylon, sondern an einem andern Orte Gift
gegeben werden würde. Es geschah aber wegen seiner hohen
Würde, dass es ihm in der festen Stadt, in Babylon nämlich,
gegeben wurde, damit er in ihr stürbe. Nun entsteht eine
Frage. Denn wir haben hier drei Weissagungen, nämlich die
göttliche, die menschliche und die teuflische Weissagung. Wie
reden sie nun die Wahrheit? Nicht schwer. Die göttliche Weissagung zunächst redet immer das Wahre. Die menschliche und
dämonische Weissagung aber redet wahr und falsch. Was
gibt dem Dämon Weissagung? Nicht schwer. Gott nämlich
ist es, der sie zulässt, weil er seine Natur so geschaffen hat.

---

[1] dagmaini R.   [2] for R.   [3] annsin R.   [4] rig andomain add. R.
[5] rig nambragmanda add. R.   [6] céin — nirt om. R.   [7] dō Fcs.
[8] sed Fcs.   [9] sene Fcs.

a comairlécud i sistib fri cómrad 7 coicetal n-aingel. Cid dino
do tharbu bói isin fátsine démnaig do Alaxandir? ar nir bo
tarba dó, ar ní ra ba do aicned accu aithrige do dénam, acht
eslaine menman démnach dorat in fátsine demnach dó, ut Da-
1030 uid dixit: Per angelos malos uiam fecit semittam irae suae.
Dober tarba tra do feraib in bethai robad 7 comarlécud dé,
ár dogniat aithrigi dia míguimaib. Hi m-Babilóin tra dorat
Anntipater neim do Alaxandir .i. araile táisech rogradach dia
muintir fein.

1035   76. Tarrasair tra crodatu Alaxandir in tan ro fitir a
saegul do thidecht. Ar ba he a airfitiud connice sin .i. te-
persiu folai 7 saigid dar cocricha 7 indrud condadach 7 athrig-
Oros. III.23 ad rig ronertmar 7 a n-dámnad 7 a marbad. Atrimtar (.i.
i stairib) tra fodail a feraind do Alaxandir fri beolu 7 idacht
1040 a báis etir in trichait di thuisechaib. Do ardtuisechaib ro

---

Er hört nämlich mit Erlaubniss zu Zeiten dem Gespräch und
Chorgesang der Engel zu. Welcher Nutzen aber war in der
dämonischen Weissagung für Alexander? Denn sie hat ihm (doch)
nicht genützt, da es nicht seine Art war, Busse zu tun, sondern
eine dämonische Geisteskrankheit hat ihm diese dämonische
Weissagung bereitet, ut David dixit: Per angelos malos viam
fecit semitam irae suae. Die Verweigerung und die Erlaubniss Gottes aber bringt den Männern der Welt Nutzen, denn
sie tun Busse für ihre Missetaten. In Babylon also gab Anti-
pater dem Alexander Gift, ein hochgestellter Feldherr aus seinem eigenen Geschlecht.

76. Alexanders Grausamkeit aber blieb bestehen während
er wusste, dass sein Lebensende heranrücke. Denn dies war
bisher sein Vergnügen gewesen, Blut zu vergiessen und über
die Grenzen zu ziehen und in Gebiete einzufallen und mächtige
Könige zu entthronen und sie zu binden und zu töten. Es wird
nun (in den Geschichten) die Verteilung seines Landes erzählt,
welche Alexander im Angesichte und in Erwartung seines Todes unter dreissig von den Feldherrn machte. Von den Oberfeld-
herren wurde zunächst festgesetzt, nämlich Alexandria als die

suidiged[1] *cétamus* .i. in Alaxandria ciui*tas* for Egipt 7 for Araib 7 for arailib tuathaib di Affraicc, for Siria cona biltuathaib. Ptolome*us* Lándorem Tolcri*us* Acrobat*us* Gromm*us* Sanni*us* Anticon*us* Marcus Casander Minander Leoninn*us* Lessimam*us* Hiuboncn*us* Sclic*us*, it e in sin. Toxiles Xerxes Sibrut*us* Antinor 1045 Amintas Psiac*us* Accanor Pilipp*us* *Pr*atacerm*us* Telonpe*us* Pengosdi*us* Ballass*us* Archilau*s*. For Achaia, for Atice, for Tripoil, for Corint, for Iudeam as mo co *n*-araile di thuathaib, for Íudeam as lugú 7 for Emath 7 for Czilic, for Samair, for Frigia, for Lacdimoin, for Tairss, for Pampilecdaib 7 for Li- 1050 condaib, for Licczia 7 Fcphalinia 7 for araile tuathai*b*, for Calibens 7 for Cimoscerdaib 7 alií, for Goith, for Daicc, for Dalmait, for Dardain, for Istr*ia*, for Frigia as lugu 7 for Ilia 7 for Troia, for Tr*a*cia, for Pónntecdu 7 for arailib, for Capadóic 7 aittrebthaib slébi Tuír. 1055

Et Stipator et Saulités 7 Casandora in rig dorat*ai*t for

Hauptstadt über Aegypten und über Arabien und über andere Völker Africas, über Syrien mit seinen vielen Völkern. Ptolemäus Laomedon Mitylinäus Atropatus Grommus (?) Scynus Antigonus Nearchus Cassander Menander Leonnatus Lysimachus Eumenes Seleucus, diese sind es. Taxiles Oxyartes Sibyrtius Stasanor Amyntas Scythäus Nicanor Philippus Phrataphernes Tlepolemus Peucestes Ballassus Archelaus. Ueber Achaia, über Attica, über Tripolis, über Korinth, über Grossjudäa mit anderen Stämmen, über Kleinjudäa und über Hamath und über Cilicien, über Samaria, über Phrygien, über Lacedämonien, über Tarsus, über die Pamphylier und über die Lycaonier, über Lycien und Fephalinia (?) und über andere Völker, über Calibens (?) und über die Kimmerier et alii, über die Gothen, über Dacien, über Dalmatien, über die Dardaner, über Istrien, über Kleinphrygien und über Ilium und über Troja, über Thracien, über die Ponter und über andere, über Cappadocien und die Bewohner des Taurusgebirges.

Und Stipator und Saulites und Cassander, die Könige, welche

---

[1] suigiged Fcs.

Indeedaib 7 Bactriandaib, for Serrdaib 7 Getuldaib 7 for arailib tuathaib, for Parménios 7 arailib cenda[da]chaib 7 tirib, for
Siracusános 7 for Fascedrossaib cona tirib, for Drecenos 7 Áre-
1060 nosos 7 for araile trebaib, for Cretae, for crich na Robuscarda
7 for Cercéti, for Bragdada, for Leptis, for descert n-Affricae,[1]
for Parteedaib, for Bactrííb 7 for árailib, for Ircandaib cona
cenda[da]chaib 7 cona tiraib, for Armiandaib 7 for Decusa
ciuitatem 7 for Capsirae. For Persaib cona cóic fodlaib[2] tri-
1065 chat 7 for Calldiae 7 mag Senair, for Archos cona tuathaib 7
cona cat[h]rachaib 7 for tírib Messapotamia. Is amlaid siu ro
randait.

77. „Is frisssamlaim" ar Orus „Alaxandir cona muinntir
fria leomau mor laiges for préid na for mart, conatarthet hil-
1070 choin imon préid siu na immou mart 7 cú comchirrat 7 cú
comledrat he. Is he in leo mór Alaxandir, is in mart na in

über die Inder und Bactrianer gesetzt wurden, über die Serer
und Gätuler und über andere Völker, über die Parapamener
und andere Provinzen und Länder, über die Syracusaner und
die Gedrosier mit ihren Ländern, über die Drangen und Areer
und über andere Stämme, über Kreta, über das Gebiet der
Robuscarden (?) und über die Cerceten, über die Bragdaden (?),
über Leptis, über den Süden Africas, über die Parther, über
die Bactrer und über andere, über die Hyrcaner mit ihren
Provinzen und mit ihren Ländern, über die Armenier und über
die Stadt Decusa (?) und über die Caspier. Ueber die Perser
mit ihren fünf und dreissig Teilen und über Chaldäa und die
Ebene Sinear, über die Arachosier mit ihren Völkerschaften
und mit ihren Städten und über die Länder Mesopotamiens.
In dieser Weise wurden sie geteilt.

77. „Ich vergleiche" sagt Orosius, „Alexander mit den
Seinigen einem grossen Löwen, der auf Beute oder auf einem
Rinde liegt, und dann fallen viele Hunde über diese Beute oder
über das Rind her und zerreissen und zerfleischen es mit ein-

---

[1] afficae Fcs.   [2] foglaib Fcs.

preid in doman. Is iat na hilchoin *icon* letra*d* .i. tóisig Alax-
andir ic imthuarcain immou n-domun." Finit.

78. Is airfitiud *tra* do *sochaide* eitsecht *frisna* cathaib
seo 7 *fri* cuimlengaib Alaxandir 7 araile ríg 7 tuissech 7 tiger-   1075
nad batar o chein feib boi Alaxandir i cuimlengaib 7 cathaib
7 inocbala*ib*. Dobe*ir tra* etir eri 7 etlai 7 todiuri menman di
arailib *for* a n-irchradchi 7 *for* a n-gairitre bite i n-aini*us* in
betha freenaire, am*al* boi Alaxandir. *Fiche* bli*adna* a aes ria
n-gaba*il* rige, *déac* m-bli*adna* do iar sin ir-rigi Grég 7 Maice-   1080
done, *cóic* bli*adna iarom* i n-airdimp*ir*dech*t* 7 i u-aeurige in
domain. *Conid cóic* bli*adna trichat* a aes uli Alaxandir. Ba
garit *tra* re in aini*us*sa sin Alaxandir *for*sin dhomun.

79. Nir bo garit *tra* lasin *foir*ind batar fo digail 7 dimia*d*
7 enetaib 7 cumthaib, imne daib 7 osnadaib inna aimsir Alax-   1085
andir. Ba deithb*ir* doib-sium ón *tra*, ar dorochratar lais-sium
i cath*aib* 7 cúimlengaib ar-rig 7 a rurig, a *flatha* 7 a trebaind,

---

ander. Der grosse Löwe ist Alexander, das Rind oder die Beute
ist die Welt. Die vielen Hunde, welche zerreissen, sind die
Feldherren Alexanders, wie sie die Welt unter sich zerstückeln.

78. Vielen nun ist es ein Vergnügen, diesen Kämpfen und
Schlachten Alexanders zuzuhören und anderer Könige und Feldherren und Fürsten, die vor Alters waren in Schlachten und
Kämpfen und rühmlichen Taten. Anderen dagegen verursacht
es Druck und Kummer und Betrübniss des Gemütes wegen ihres
Unterganges und der kurzen Frist, die sie im Glanze dieser
Welt zubringen, wie es Alexanders Fall war. Zwanzig Jahre
war sein Alter, ehe er die Königsherrschaft ergriff, zehn Jahre
herrschte er darauf über die Griechen und Macedonien, fünf
Jahre war er alsdann Imperator und Alleinherrscher der Welt,
so dass das ganze Alter Alexanders fünf und dreissig Jahre war.
Kurz war die Zeit dieser Herrlichkeit Alexanders auf der Welt.

79. Aber nicht kurz schien sie denjenigen, welche unter
Rache und Schmach und Seufzen und Sorgen, Leiden und
Stöhnen waren zur Zeit Alexanders. Das war aber natür-
lich, denn ihre Könige und Herren, ihre Fürsten und Tribunen,

a tóisig, ar-riglacich, a n-errid, a laith gaile, a mil*id*, a mac-
cocmu. Ba himdai . . . . .

1090   80. [p. 213ᵃ:] Ro thogail a n-indsi 7 a n̄-dúine daingne[1]
7 a senchat[h]*racha*. Rot*us* loitt im a n-ór 7 a*r*g*at* 7 lecaib lóg-
maru. Rot*us* croith im a n-ór 7 sról 7 síta 7 sinnath 7 sirecc
7 tl*achta* cach*a* datha. Rós lairce 7 ros lommair im a n-almu
7 gr*aigib* 7 treta cach*a* ccat[h]*ra*. Ba himmda di*no* i n-amsir
1095 Al*axandir* máth*air* gen*eoil*[2] cchtraind cen mac 7 ben cen cheli
7 siur cen brathair 7 maic 7 ingena dilechtu cen máth*re* cen
athri iarna marb*ad* do Al*axandir*. Ba fota slichtlorg in aessa
etargn*aide*[3] no bitis acca hi n-glassaib 7 gebendaib 7 anfissib
7 c*umrigib* ol chena occa creice i tirib (.i. namut) fo daire 7
1100 dimicin. Bat*ar* immda ocbad anachnid ic inotacht i tirib an-
coil dar a moit 7 dar a menmannaib i n-amsir Al*axandir*.

---

ihre Feldherren, ihre Königshelden, ihre Wagenfürsten, ihre
Streithelden, ihre Kriegsleute, ihre Jünglinge waren durch ihn
in Schlachten und Kämpfen gefallen. Viele . . . . . .

80. Er zerstörte ihre Inseln und festen Burgen und ihre
alten Städte. Er raubte ihnen ihr Gold und Silber und ihre
kostbaren Steine. Er beraubte sie ihres Goldes und Atlasses
und ihrer Seide und ihres Musselins und ihrer serischen Stoffe und
ihrer Gewänder von allen Farben. Er spürte nach und beraubte sie ihres Viehes, ihrer Pferde und Heerden jeglichen
Getiers. Da war manche Mutter eines fremden Volkes ohne
Sohn zu Alexanders Zeit, manches Weib ohne Gatten, manche
Schwester ohne Bruder, und verwaiste Söhne und Töchter ohne
Mütter, ohne Väter, welche Alexander ihnen getötet hatte. Lang
war die Spur der Schaaren ausgezeichneter Männer, welche
von ihm in Gefängnissen und Banden, in Verborgenheit und in
Fesseln gehalten und in Feindesland unter Knechtschaft und
Schmach verkauft wurden. Viele unbekannte Jünglinge waren
in fremden Landen gegen ihren Wunsch und Willen zur Zeit
Alexanders.

---

[1] daingen Fcs.   [2] gen Fcs.   [3] ethargū Fcs.

81. In indocbail *tra* 7 in miadamlatu 7 in coscar a m-
bói **Alax**andir *cona* śluagu, ba hindrud, ba cróthad, ba crad,
ba damnad, ba digal do feraib in talman in ni sin. A śaid-
bri*us* 7 a śochlatu 7 a śochraide, a śaeri 7 a línmaire **Alax**- 1105
andir cona ślogu ro siacht sechnon in betha frecnairc ar a
uamun 7 ar a urrdarcus.

82. In tan boi **Alax**andir *fri* hidacht a bais i m-Bábiloin,
ba hand tancatar techta Affricce 7 Etaile, Roman 7 Gall 7
Espaine a hiarthar betha chucca *fria* himorchor cána 7 cora 7 1110
sída 7 bennachtu dó. Ni *frith tra nach* samail riam *na* iarom
etir do **Alax**andir *acht* Octauin Aug*ust* cosa tuidchetar Indec- Oros.VI.21
dai 7 Scetheoda 7 Arabeoda 7 Medo 7 Persa 7 Sill-(?) a airr-
ther in domain 7 a Affraicc aniar 7 otá Tor m-Breogain i
n-Espain a hiartharthuaiscert in talman cosna fairsib *cona* réir 1115
d' Octauín co Roím. Finit. Am*en*.

---

81. Der Ruhm aber und die Ehre und der Triumph, welchen Alexander mit seinem Heere genoss, das war Einfall und
Plünderei, Peinigung, Fesselung und Rache für die Männer der
Erde. Der Reichtum und der Ruhm und der Glanz, die Herrlichkeit und die Heeresmacht Alexanders mit seinen Kriegs-
schaaren reichte über diese Welt durch die Furcht vor ihm
und durch seinen Ruhm.

82. Zur Zeit da Alexander in Babylon seinen Tod erwar-
tete, kamen dahin zu ihm Gesandte von Africa und Italien,
von den Römern und Galliern und von Spanien aus dem Westen
der Welt, um ihm Vertrag und Bündniss, Frieden und Segens-
gruss darzubringen. Seines Gleichen wurde niemals weder zuvor noch nachher gefunden, ausser Octavianus **August**us, zu
dem Inder und Scythen und Araber und Meder und Perser
und   aus dem Osten der Welt und von Africa aus
dem Westen und von Brigantium in Spanien aus dem Nordwesten der Erde mit   dem Octavian unter-
würfig nach Rom kamen.

Nachdem die vorstehende Arbeit bereits in den Druck gegeben war, hatte ich bei einem Aufenthalt in Dublin Gelegenheit den Text des Book of Ballymote zu vergleichen. Folgendes sind die Hauptergebnisse dieser Vergleichung.

Das Book of Ballymote, wie das LBr. gegen Ende des 14. Jahrh. aus älteren Handschriften zusammengeschrieben, enthält von fol. 268ª. 1 — 275ᵇ. 1 den vollständigen Text der irischen Alexandersage. Nach einer Einleitung über die Weltreiche des Altertums, wie sie ähnlich auch dem Cath Catharda vorangeschickt ist, geht der Ire folgendermassen auf seinen Helden über: *Maicedonda imoro ainm na tuaithi do Grécaibh asargabad rigi in domain ar tus. Alaxandir mor mac Pilib mac Aminiche, is e ro gab airdrigi in domain do Grécaib allos nirt 7 gaile 7 gaiscid, al-lus calmachta 7 crodhachta craidhe 7 aicnid 7 ar laechdacht loingsed 7 ar treissi na tuaithe dia roibe .i. in tuath mór Maicedonda. Is e cath is chalma tainig talmuin do choiss, is iet maresluag is ferr tainic riamh, acht maresluag na Teassalda nama. In Gréc mhór tra tir is ferr for domhun sain, tir is forleithi ferunn .i. a .... do tir na Gaindia, a leth tresin muir Techt*[1] *bothuaidh 7 re sleiblib Riffi sair co tir na n-Airimegda isin Eitheoip imectraigh n-descertaig, isa slis benus risin muir tentide*[2] *bodeass. Is la Grécaib urmor mara Torrian cona hinnsibh aidblib ingantaib .i. Sicil 7 Creid 7 inis Roit (no Rodan)*[3] *7 Cepan 7 (7 Cailips) etc.* Es werden dann eine Reihe berühmter Griechen auf-

---

[1] Dies ist das *Téchtmair* von LBr. 1. 437.

[2] Vgl. Einleitung p. 3.

[3] Derartig Eingeklammertes ist von späterer Hand hinzugefügt worden.

gezählt: *Doimbait 7 Socrait 7 Arastotail na hugdair airrderca elaidnacha (in gac besena), Potolomeus Pilidelpus in flaith uasal airmidnech co ro inta canoin pedrelge uile isin berla Grecdai. Fear eolach gacha enbelra mar aen ris, (is lais ro scribad) aipgidir gacha berla for bith do scribad leis i n-aenlebur. Ro bo dib na primlega urrderca .i. Apaill 7 Ipocrites 7 Ascolapius (7 Iocoirius), na primsair .i. Argus 7 Dedalus 7 Hicorius, 7 ro bo dib in cing calma curata fortren feramail is tresi tainig ar talmuin .i. Ercail mac Ioip. Is e ro saidh na colamhna i muincind mara Torrian. As leis dorochair Basirim .i. in caithmilid ro fassaigh in Egipht uile. Is e ro marbh Giron fear ro crinastair Eoraip 7 Affraicc* u. s. w. wie im Togail Troi p. 11. Ferner (fol. 268[b]. 1:) *Memnon in milid morcalma, mac righ na hAffraice, ardcoraidh in centair. Is and ro meabaid a druim isin domun (in each 7 in gaisced) in tan dorochair Memnon. Mor do gnimradaibh eile 7 do airisibh 7 do ardbuaghaibh ro forbad la Grecu 7 la hAlaxandtair 7 iar n-Alaxantair genmotha toghail Trae. Ro sir immoro A. in domun uile re n-eg, in Sceithia n-airrtheraigh re muir Caisp anair 7 rainic in Amain n-gainmheda a n-descert na hAffrici a crichaib na n-Airimegda in bail ata ind ardcathair dianad ainm Debritha. Is inte ata in tobur adamhra fiuchus ar theas isin aidchi 7 dia n-denand oigred isin lo. Ocus rainic A. iarsna morgnimaib sin fo derid co crand n-grene 7 esca i n-airther in domain (do fisragud a bais 7 a bethadh). Adfetaim dia imtechtaibh 7 dia ghnimradaib fonul uile domun co cumair o thosach co dered amail ro s[c]rib a lebraibh na scel 7 a lebraibh natequitatus 7 isna croinicibh 7 episdil Alaxandair (7 sdair Alaxandair) 7 isna hebislechaib ro caemclae Alaxandair re Dinimus, re righ na Bragmanda 7 na Serita.* Hier sind also die sämmtlichen Quellen unseres irischen Autors angegeben. Unter den Büchern der Erzählungen versteht er den Orosius, unter den Büchern antiquitatis die Antiquitates des Iosephus, unter den Chroniken die des Eusebius. Am Rande ist noch hinzugefügt: ... *foglamsat hecnaid na n-Gaidil na scela sa Alaxandir a lebraib na scel 7 a lebraib na n-arsanta ... a croinicib* 7 *a Periges Prescean* 7 *a berla forais.*

Nach dieser Einleitung beginnt der Ire mit der Erzählung von Alexanders Geburt. Der Himmel verfinsterte sich und es regnete harte Steine, da er zur Welt kam. *Dorcata mor a tosach in laithe ro genair fri re ciana* 7 *ro fer fros cruaidh cloichnechta iar tain ina incosc cruais* 7 *duire in maic ro gen ann.* Dann werden Philipps Taten und Kämpfe berichtet und nun bringt uns fol. 269ª. 1 mit folgendem Satze in den Anfang des LBr. fragments: *Ro tinoilsit Atanansta co lucht na Gréce ar ceana ar a cínd* 7 *doradsat cath n-amnus dó. Ba co nertaib curad* 7 *trenfer* 7 *lath n-gaile ro feradh in cath sin* 7 *ro batar righ* 7 *taisigh* 7 *curaidh ic imcoimét cechtar na da lethi hisin cat sin. Ro bai cro sciath sceallbolgach ann. Ro batar amhuis ana inglici co laignib lethanglasaibh ic imtriall in chatha cechtarda* 7 *claidim orduirnn* 7 *saighte semnecha sithada* 7 *sceith dealbacha* 7 *cathbairr creduma* 7 *ro las in t-aer nastu. Ro bátar srotha fola fordergi* u. s. w. Schon hier wird es klar, dass das Book of B. eine ältere Fassung repräsentirt als LBr. Es fehlt hier der ganze aus dem Togail Troi entlehnte Passus (s. Einl. p. 14) und man sieht deutlich, wie er eingefügt worden ist. Es hiesse nun den ganzen Text des Book of B. abdrucken, wenn ich sämmtliche Varianten desselben geben wollte. Ich beschränke mich daher auf Mitteilung der am meisten abweichenden Lesarten sowie derjenigen, welche zum besseren Verständniss oder zur Berichtigung einzelner schwieriger Stellen im LBr.-Text beizutragen versprechen.

23 *ro secta crídh ilarda caema comramaca iar crotadh airm* 7 *iar comluth claideb* 7 *iar telcomraib sciath* 7 *tuitim* 7 *iar n-urera a nert. Co ro maid tra ria Pilip for lucht na Gréce* 50 *brathair Olimpiada máthar Alaxandir maic Pilip* 52 *ro fuagrad urlumugud na bainsi co huallach* 56 *cia haidedh no ragad rígh* 60 *hi taitnem a gloire cen toimdin a bais* 69 *atbath-som bas ro thogh ann sin* 77 *ocus is airi ro tinoil sin in morthluag sin* 85 *co m-bruinde di carrmogal* 93 7 *biat-sa as do loss (no leth, na cuimget do bidbaid ní*

dit) 98 7 *Traicegda* 7 *Argeta* 102 *gabsat i portaib in mara Paimpilegda* 104 *tar macairi slebi Moil (no Oilimp) tar sruth Paicdil* 106 *Orcín* 127 *Ro coraictha na catha iar tain. Mor n-drong n-dermar n-diumsach ro hellachtha ann i n-ucht in catha crolinntigh. Mór fendid* 7 *mor lath gaile, mór curaid connart ro tescsat claidim* 7 *ro ledairset laigne lethanglasa isin cath sa etir . i. sluagh Eorpa* 7 *Aisia.* 141 *tre celg* 7 *tre glicus A.* 152 *Luidh a athaithli [sic] in cata sin* 7 *na buadha iar n-arimh a fodbh* 7 *a scor, co ro gaib imon catraigh Frigetai dianadh ainm Sardania.* 163 *ro cassat feithi na sluagh inti co m-ba tanase bais doib* 165 *na ra soichedh Dair chuimce* 7 *doirchi na Frigia fuir* 167 .ccc. *mile marcach, cor bo ingnad le A., co tarla a socht* 7 *atbert: 'robtar lia somh roime* 7 *isinne rob fortill.'* 173 *erruda* 190 *is toich daib in ferann cossantai* 191 *tabraidh do bar n-uid seancusa bar n-daine* 7 *bar cencoil* 193 *ruitig* 202 *Ostaispes* 7 *Ochus* 224 *fuirfitir for bar corpaib coin co n-galaib* 226 *fogebaid fuacht* 7 *corta [sic] ria m-bas* 234 *brufidhi a catracha, cimesbaid a mna* 7 *a maccaema* 240 *inscuchaid cach a comfocraibh a chele do na sluagaib co m-buaile badba do sonduch sciath n-illathach* 247 *ro lasat (a) curudu im na catha* 299 *is imda sonn tuairgne irgaile* 7 *catluan catha* 7 *urraid* 7 *airsid imbualta ina fiadnaisi* 7 *laich londgargu ruc da sluagh in domain* 322 *'feam uile' (no mó lim uile)* 332 *sochaide forsa n-imarbart* 7 *ro gaill a cumachta* 7 *ro basaigh (a) rigu* 7 *a toisechu tancatar 'na aighid fo rethaibh sainte* 7 *fo mianaib o aencomraig. Ro togailset Atir* 7 *Sidoin na seancatrasa sruithe. Ni tancatar sluaigh Kartagine dia cobair ciar bás a bunad* 336 *inis Roid* 7 *Egip (no inis Eig)* 337 *co n-agrad do sacart na n-igal. Aspert fris na heibredh acht ní bud maith leis. Ro cunneus dó inní sin, deimin la hA. fen a imtechta* 347 *ic sruth Nuchail* 348 *i fail in topair ingnaid er annan (no dianad aisdi) reodh isin lo* 7 *fúichaidh tairis isi[n] aidchi* 356 *amal tasscairter fidbaid redh co tuagaibh geraib no amal tuairghid fairend amra alma no indile, is amlaid ro tuairgset na Persecda* 379 *ba diubairt sochaidhe sin* 380 *ro bai ic im-*

7

*tecar na sét sin co mesaibh 7 cisaibh 7 dliged. Mor cathrach
7 dunad n-daingean ro croite fria tuilledh. Mor cintach 7
cimbidh 7 cuibrectaide ro icsat fiachu fri linadh (sainti 7 sai-
brichi na Pers) in seannluig Persecda 400 a cuibrigibh anór-
chaibh 405 'se feoilcrechtnaighe 406 is ann ro bai ainim in
righ for tinfisi eca ar cinn A. 409 tria cenel n-airceseacht
414 Ro bai i m-Baibiloin tucadh inte. Ba purt ceannaigh
fer talman, ba comrair aithne 7 taisceda fer m-bethadh 432
7 tuaid i m-Baireoaib ata se 436 7 ni deachaid A. secha
sin isna crichaib borethaibh ileith re muir Techt 478 fri forba
gnimha coleig 485 ro thlataigh a cridi 7 a menmain re for-
aithmed na físi 494 ro sente tuib (no stoic) 496 o urísle
510 Dleisius (no Alextris) 512 a mac 7 mac in righ (.i.
Alax.) 528 do derrsnughad do degnimaib Earcail dorigni-
seom inni sin 534 tria rad do in tan ro bai-scam oc derr-
gugud (in gaiscid do [Ph]ilip i tig lenda A.) ba deglaech
Pilip gilla socrad ina tigh oíl fein 7 ro raidh rí hAlaxandir
bo do chumaisc re gnimaib 7 re thigernus 7 re gaisced. 7 ro
raid A.: 'nír coir duid samail Pilib frim-sa'. 539 ro helnistair
7 ro corp in fuil 7 do dechaid asna leastraibh robdar lana do
fín 7 do lendaibh saineamlaibh 541 Castines fellsam feigh
roglic 544 in t-aes fuis no bitís ina aigid 547 ni credim
Socraid na Plait na Arastotil an ro credim-ne, ar is on dia
asberat side do beth ann 550 fir ro oirdnestar dia 551 him-
airde 559 co haimsir echthichte (no a cata) fri Poir fri
righ Pers 561 oc an abainn, Gaind ainm na habann sin.
Hi forcend misa Iuil immoro ro bris cath for Poir ri na Pers
7 na n-Indecda. 566 cethariadh at e serrnta uile 572 ceib-
tar roisidh a righ 575 airmertach 578 cennportaibh ordaibh
582 co n-aibaibh cristalaibh 584 lichintes cinsilenis ignis etar-
suidigthi 586 alaile dath cruanda 7 alaile dergdomla 7 do
suiget raeta etroma chucu. 587 i n-ellach in cumdaigh cetna
589 conrotagtha 591 co n-elscad 7 ruithnigugh tenedh 592
a doirrsi 7 a ercomlatha 593 embrecc (no aebind brecc) 7
cuimbris, at et crainn dia n-dernta na taighi togaide, is dib
ro [d]luthud na drumclada 7 na cumdaige 596 ilar n-én*

foleimtis trc lud ctir na platantaib ordaib 601 *lor tra la*
hAlaxandir in soinmhighe moir sin do tabairt fo cumachtain
604 *airbert-som fair iar sin techt do agallaim* 7 *do tafann*
Phoir 607 *do teised . Adrubairt-seom na dignedh inni sin,*
acht tcacht ar ccin a n-athgair[i]d na hIndia resiu dorula
uad isna dithrumaib 613 *do brutair bis fo duillib* 617 ✗
ceithiriad searrtha 618 *cai(s)thtriandaibh co n-eiribh* 619
.xx. mile di sumadaib .i. do gcarranaib 7 *do damaib fri*
himedaine cruithncchta 629 *inn imtholta* 630 *mad do breg*
in bcthadh frcacnairc. Batar primhda airm in rígh ro batar
remibh 639 *acht amal as besad meinic dafurraith-seom araill*
dinmech isin soinmhigi sin 654 *curcasacha mora imda imbi*
di gach leth 656 *ni ro cobrastair in sruth dia n-itaid ce ben-*
tetar occa 657 *serbi inda salinne* 673 *acht dosrascéilitar*
orru co maith 675 *frossa saidet* 689 *nachi* 693 *pairti* 7
lingqui 695 *o caill arrsaidh* 696 *mile paise* 698 *docomart*
fidhbhad 704 *fri himairec loingthi . Tarraidh tairmesc dono*
in longad (i)sin scoirpion Inceda, ba losard side, luagh a n-
iarcomlai foraib inn asrún (?) co hairbertach in caigthe [sic].
707 *cerrda (no cerasti)* 7 *umaidhe serpentes* 709 *ro fethged*
in uile tir dīn fri etruth (.i. tut) na natrach. 713 *tiuscatis*
(?) iar sin cona fogtaib 715 *ro poth ocon cathugud sin co*
n-dechaid for culu 'na doruiraigh do na natrachaibh becaibh 7
moraibh isin 724 *oc areichill in chatha* 726 *no bertaigtis a*
tengtha tri athchumi ina ceannaibh 731 *ni gabtais iarnae de*
ctir 733 *in tan ro (ga)bsat cell for a collad* 7 *for a cumsanad*
re scitfidaigh na natrach nemi 734 *oc airbertugh [sic] in catha*
7 *for dithugad in sluaigh* 738 *tuirc alltai* 7 *linair tiugaide* 7
pantheri tigitir fal fidhbuidc 740 *donegaid dono eoin i nellaibh.*
iatlaind mora i mcit colump 743 *Denni- (no Dis) tiranus*
754 *dosruar* 758 *failte* 7 *connercle moir* 761 *ba hoc airbertach*
cora, ní bu og airbertach catha budesin [fol. 272ª. 2:] oc aig-
lidhibh 7 *oc cmnigud* 765 *adrith (no ro gabh) A. crredh*
ara n-dimicin alaile miled imbi 7 *ro lai de a tlacht inrigda*
769 *imcomarcair side (.i. Poir) iarum* 772 *gorthi imar ti-*
rad 773 *failtigistair ibid. ol iss ed a ro ai doib* 774 *ar galaib*

7*

aenfir 775 demin 776 forsin seanoir isin 777 'cid haes, ol
se, nandecae a aes?' 779 milid dinim (no misi) dia muintir
atamconaic-se, ni me as comairlighe dó. 781 dorat (.i. scrib-
tar) Poir episdil dó co tomtaibh 7 bagaibh inte 785 7 do-
gluais le co laindebeadach 7 legais a epistil 7 iar sin ro
tib Alaxandir co mor trena raitib (7 trea leginn). 788 7 do
indsaigsedar in da rig mera mormenmnaca sin comrug marcach can traigtccu ig a tesargain 7 do gonustair Poir a each
fo A. 7 do marbustair A. a each fo Poir 7 teid A. iarna
guin 7 nir gabad fris scacnon in catha 7 ba fortill A. for
Persaib 7 arrigaib in domuin. 794 ro faillsigestair a
seodu do 795 7 ba cara do iar sin 7 ba cara do Maccidon-
Oros. III. 19. daib uili 7 ba failid cac uili dun sceol sin. Co ra techta
800 Mor in uaill tra 7 in indocbail ro gab A. . . . iallad . . .
do nirt . . . tra dorim . . . Ro cathaigestair iar sin fri da
chét míle do marcacaib. Cath serb sidi iar sin. Isin imairg
in cata dermair sin ro scail sidi scuru A. dun indeall i sin.
Luid A. isan abaind dianid ainm Agcisinis co riucht maigen
mor. Cloais iar sin Cosomas 7 Cosibos. Tuata sin ro poch-
tustair Ercoil. Dolaidset iar sin maindi 7 subaigi cath tar a
cend, ar ro batar cethra fichit míle do traigtecaib 7 tri fichit
míle do marcacaib. Cian mor tra ro bui in cath sin oc cunta-
bairt gan brissed anund na ille. Ro briset na Magidonda iar sin
fo deoid 7 ro laidset dergar in t-sluaig i sin. Is iar sin dorimi
Arus rodrebraing resun cath tar mur na catrac daingni and.
Ro cataigestair dino a oenur fri sluagaib na catrach co rancadar cuigi a sloig iar m-brug mur na catrach. Ocus ni desid
Alaxandir coradmbi in fer rodmbi co saigid fotraigthi. Iss ed
immorro rodnanoct-som a druim do tabairt [fol. 272 b. 1:] fria
daingen. Ro la A. tra co romor il-longaib illathacaib (ri hor
in aigcoin). Ro siacht iar sin in catraig moir dianidh ainm
Ainbina. Do loiscdis asin chatraig sluag A. co saigdib foi-
brithib imach. Ro faillsiged do A. dino iar sin reim in t-sluaig i n-aislingti biss dino (ro icsad) in sluag n-athgonta tre ol
leendu [sic] don doib de da ro claided iar sin in catair sin
Epist. Alex. ad
Aristotclem dino. Ro siacht iarom A. co m-buaid Athescoil (no Ercail)

7 *Liber isan airter in domuin. Delb(a) toratar (no torachta) can cosa intib (d'or 7 d'argit). Dosfarraid peist n-ingnad and a gaetlaigib na hInnia 7 da cenn furri. Cend amal cenn dobuirnatrac 7 cend cosmailius con ina bend, cu ro marbta le ilmiliu dun t-sluag 7 docomart side du ordaib iarnaigib iar femedh a gona co n-gaib 7 claidmib, ar bi cruaide secchuach. Tairsiset doib buacailli 7 alma 7 .c.uiii. elipinti do tiactuin cuccu dia toirset ag in abaind dianid ainm Baimar isa nacmad* uair deg dun lo. Luid sluag na marcach Tesalta ar a cend 7 mucca beoa leo for a cendaib, it e beithli ig a scinm doib isin cetna imargail. Bi marcsluag ina n-degaid sen 7 gai foda leo dia muin. Apbert Poir fri hA. 'Ni ba hannsa, ol se, gabail na n-elipint sea fria hairbert catha sin, acht mina ris-et mucca do grit leat.' Cetra fichit ar uai cetaib eliphint do marbad 7 do tuairgnedh dib tairis aratha ag toct for teiced. Tucsat dino a m-benda 7 a n-dedu docum na scor. Adconncadar im-maigib finemnacha (na hIudia mna 7 firu) findchai(de) amal cethri arda indfada. Nai traigti a fad. Cuma no bidis fo uscib 7 for tir. Itcifai a n-anmunda .i. iasc* airbertach a m-bith (doib). Docodar (i saebcuithi) iarom Epegnaridis for teiced (rompo) feib tuargaib dib iarom Eoras .i. in gaeth airtertuaiscertac ic inntudh doib anair asan aigen. Co ro deimnigtea isin tir sin do A. nad bai ingnad isin tir sin no soistis. Forrolaid in gaeth sin a taibernacula 7 a puplu 7 ro seidigtea na haibli tenedh im blenaib 7 im cosaib in t-sloig. Ro seucsat iar sin i n-glend 7 i fidbaid. Clicair do seilg in gaeth iar sin 7 tuargaib rod mor doib iar suidiu 7 ro fear snecta mor doib 'na degaid. Forforcongart A. iarom* for na miledaib saltairt forsin snechta anuas arna ro maided in snechta forsna scura, ar is fri cnai n-olla ro samlaigestair A. na slama snechta ro ferad foraib and. Ro fer fross mor dino do fleocad forro iarsin snechta 7 tuargaib dino doib iar sin nell dubdorca 7 imned du nim forru. Iar sin cotomnaigdis in mag i m-badar do lasad umpu tredenus doibdin isin imnedh mor sin gan taitnem n-greni friu. Adbath dino coig cet laech dino da muintir-sium for a n-echaib dun imned sin. Ro codar iar sin*

Der Fluss Buemar

Die Ichthyophagen.

Grosser Schneesturm

i n-*Eithcoip co ra* [fol. 272ᵇ. 2:] *-ncadar uaim Liber Paiter. Adbatadar dino du crithgalur 7 tre esslainti na fir hecraibteca docodar inti. Ag inntu[d] do docum Pasiccin iar n-impud iarom* *na n-gunnfund berar do comrairg fri da senoir brigaesta forsin conair ar a cind. Adbert friu in m-bai ingnad isin tir bad coir doib do saigid. Asbertadar am na senoraig fris ros ba ingnad mor and 7 ro soissed co cetracaid mile marcach co cend .k. la o sin 7 ní ba hintechta do uili iar cena ar doirthi na cor 7 ar terci usci 7 ar imad a biasta. Fecais dino ar sin A. for* *ailgine imagallma frisna senoiri. Asbert fris iarom in dara senoir: 'Atat eim' ol se 'da crand adamra i n-oirter in domuin tair .i. crand greni 7 crand esca. Adberat frit in ni ata i forcend duid 7 fod do saegail, ar labraid fri grein 7 fri hesca tre Grec 7 tre berla Indecuda, crand ferda 7 crand banda.' Asbert A. frisna senoiri: 'Doig in bad cained iardaigi 7 miadamlachta dam iar docaid iartair domuin co m-buadib 7 indogbalaib conaigi a hairter mo cuidbed-sa sund do senorcaib crinaib dibeldaib.' 7 asbert ara tabraidis toernuma forru condebhraidis firindi. Do derbradar* [sic] *iarum conac bai breg leo,* *acht ba fir dino nos berdais. Doluid iar sin Poir gusin sluag leis arcena do Faiseccin, acht in cetraca mile marcach docuaid A. In tan ro siacht A. in log in athesc, doluid in sagart ar a cind. .x. traigti 'na airdi, corp dub lais, fiacla conda nemneca tria dunu, craicend alltu uimi, guth isel cruaid lais gutai secda. Gura iarfaid iarom do A. crcd ro gluais don baili ugud. Asbert A. fris: 'Do fercmorc na crand' ol se 'figur greni 7 esca.' 'Masadtid ansu em' ol in saccart 'o peccdaib etraid is amlaid isin tochtadaid isin log dia n-ail.' Lodar iarom iar cor a n-edaig 7 a n-iallagraind 7 a n-dorndusc na tri cet do codar leisium iar forcongar in t-saccairt. O ro crrlataigestair A. dun t-saccart tre gach aenna amal no irrlaiged do fir co crabad co m-badar im .i. in luig coisecarta isin obad (no opa). Ballsaib imda ann 7 bolad cain alaind ann dino. Tug A. dono iarom araill dina bolgaib na pobbalsaib 7 arus arubairt bid iar forcongra in t-sagairt ar adbertadar bid uad na tri cet luech ro badar in coimidecht-sum. Lodar*

iarom co rochtada[r] na craind im .i. in luig. Bibrionia a n-
an-mand side. Cet traiged ina airdi, cosmail fri cipris. Adbert
A. iarum dus im bo braen flecaidh foruair airdimor don dib
crandaib. 'Acc,' ol in sagart 'no con fuair bainni fliucaid
isin log sin riam' ar se '7 no co tarall anmanda allaid na
en for luamain na anmanda ircoidecha in log cosergta [sic]
do gres in so la sruithi na n-Indecdai.' Asbert dino teisdiu
der doib i n-aimsir ircra greni 7 esca. In tan iarom rosbert
A. a idbarta do idburt doib, asb[er]t in sagurt fris: 'Ní con
tезс mairt bainni fola annsa lug sa riam', [fol. 273ᵃ. 1:] ol
se 'ni ro loisced tuis and a n-idbairt'. Asbert A. iarom fria
muintir aro forcongdais nach tardad neach dia n-daincib [sic]
brég umpo asna crandaib no dia anmannaib foirtcib cenu. Ar
ba hecnaid doib suas gu clethi na crand. Asbert iarom A.
nad bai breig ann. Asbert in saccart ar ro imraidfigdis ina
menmainu co tai amal bera du coigedul do epirt duna cran-
daib fris. Iar sin tairbirtis fria bona na crand. Iss ed
iarom conaitecht A. ara roissed ar n-gabail giall fer n-domain
uili lais co mathair 7 co setracaib .i. (co) i Maiccidondaib
co m-buaid 7 indogbail. Co cualadar inni arsanda atcomnaig
side a bun cleithi na crand in guth scim. Asbert crand greni:
'A A.', ar se 'a diclethi o cathaib fris roeccomurc. Ba lat rigi
7 airecus fer n-domuin gein bud beo. Ní roichfi immoro i
m-bethaig i Maigidondaib, uair tainig forcend dc [sic] saegail
acht beg. Arus is amlaid sin ro lealtar do taccaid dud mul-
lach.' Ro caiedar co mor muinter A. Lodar iar sin do accal-
laim craind esca. Ro ucc-som leis dino dund aball i sin
Percan 7 Cliatonum 7 Pelitaini, triar dia muintir, co feised
cid bas no reched 7 cia du i n-epled. 'Adbela eim' ar crand
esca fris 'a mí Maí isin Baibiloin 7 inti nac doig let du lot
is c nod loitfea'. Ro cai A. ar sin la sodain 7 ro caiidar
in triar tairisi badar 'maille fris. Adber[ta]tar ba her-
lum leo tect 'cum bais da raith A. Ní ba seitreach tra A. in
aidci sin fri tomailt bid no lenda, acht nama doratsat a com-
dili fair began do caitim. Atracht iarom mocrach arnabarach
7 doriusaig a coimmilidiu 7 in saccurt isna crandaib alltaib,

scian co cnaim cilipaint for clar ina comair 7 escra derbmor
di tuis a fuigell, ar nimta umha na iarund na luaidi na airged imda imordaib o paballsaib 7 tuis a m-biad 7 usce foir
do dig. Ní tabrad taeb fri coilci na fri cercail croicni allta
bi fo taeb 7 foraib 7 umpu. Tri cet bliadna dino saegal gac
aenduini dib. Lodar-sum dino do frecnarcus craind greni
afrithisi dus in epred fris cia bud doig dia marbad 7 cia cend
du biad ar a maith 7 for a bethaigh. Asbert ris in gut asiu
crand: 'Diand-eburt-sa frit-sa do intleithu 7 du naimdiu 7 ri
ba fir i tairrngirim-sea duit-siu iarum, fo bith co taethusu
ariu no nod muirbfea-su 7 fergaigfi frium Clothus 7 Laiccesis
7 Antropus. Ocht mis for bliadain iss ed fuil do saegul agad.
Is daid condo mathair for sed 7 bid toicthech immorro do siur
7 meraid criu cian. Tu fein biaid cumachta in talmun in gein
beis beo fomna nacham frecnairc ba siu ascnam do Faisiaccin
co Poir 7 cod muintir'. Lodar as iarum 7 ba cainbalad na
tuisi doib oc na hidbartaib luetaeb [sic] maigen. Dorochtadar
iarum dresin co ylcann mor daingen. Sduadrocaid mora tar
sodain, it e ai [fol. 273ᵃ. 2:] -lldi. Cog traigti ar cetra cetuib

Schlangen mit Smaragden
ina fad. ̄ Lan in glend iar sin do natracaib sciblur lasair
suili tentige. Sniraigir, cenclu liag loghmar, ina m-braigdib. Cat
leo do ghres i tossuch erraig i cuirt anar. Do ucsat leo dino
gema imda dib. Dofarraid for conair ar sin cat mor du natracaib in indusain setraighthe i lethud aneitris dib. No airgdis
na sciathu 7 na boccoidi 7 na firu, comdar dimainighi. Griba
dino oc catugud leo enme friu asan aer. Seiser for dib cetaib
iss ed dorocair leo do miledaib 7 dorocradar secht fichit dib-

Der Fluss Oclicias
seom. Dolodar do sruth Ocluais. Is eisidein reithes co direch
yan filledh re tir isan aigen mor. Tri cet traig fad na curc-
uis ata uime, fedm ked fer i n-aencurcais namu do turgabail
do lar. Fiche sdaide letud in t-srotha i sin. Elipinnti imda
itir na curcaisib sin. Doscomarc in slog A. cu croda 7 ni ro
cataigestair friu. Ro fersadar failti friu Indecedai ro badar
ar bru in t-srotha. Do ucsat ilcinela eisc imdai ingantaig doib

Flusswelber
7 croicni roin umpu. Bid dino mna mongbuidi isna huscib 7
as mor a seghatai 7 bui d' febus a n-delba berid leo na firu

*fon usce 7 fosreghad leo fon usce og a toil ferda conda marb-
sat and. Ro gabsat iarom muinter A. doib. Tancatar iarom
cosin m-bali a comrangadar i tossach frisna senoraib. Dos-
fairigedar iar sin rethighea, it e side do tuargaibdis na sciathu 7 na boccoidi cona m-bendaib, co m-brisdis na sciathu.
Ro marbaid dino drem dib-sium. Forcongairt A. iarom (irrai)
do Persipres 7 do Laiticoines a n-anmunda co tugdais leo
gabla oir asan imechtair i m-bidis eug troigti fichet 7 co scrib-
dais a uili cataigte 7 gnimrada doroinse(a)m intib 7 ara
fuigbidis a buada-som fri buadaib Ercoil anair .i. agaid i
n-agaid friu .i. frisna columnaib. Iss ed tra dorimter and
géin ro bui A. isin airer thair immolta episle eturru 7 Din-
mhidun rig Bragmanndorum. Q ro cuaid A. iarum a scela
cainairbertacha ar bith etc.* 804 *a aichni* 806 *co n-eicsed
sedi do tesmoltaib na n-daini 7 in tire 7 a comoirbert ar bith
comad indtsamlaigthi a m-bescna, mad ansa do etir. Arosbert-
som ba foglainti besenaid 7 fellsamlachta asa naidintacht 7
asa macbrataib.* 813 *ni digaib a loissiged caindli eli friu*
816 *du neoch imraidi 7 imluaidi* 821 *asberi-siu nama, ol
Dinmidus, ni ta incolusa in ccna so cena. Ni hed a med
eim nach rig in ri* [fol. 273[b]. 1:] *.... acht tra 's aipidhe nach
erparta-su duid eim alaill do besaib ar geneamail etc.* 832
faillsigid dino in tuscurnad fesin. Cred-som tra *bud fir ad-
fiasa duid, acht is lat-su nama mes for m-brethir-sea, mad ferr
goss dena-su, ma ferr leat no bera aichni in slan.* 836 *i
noimine dia ataam* 838 *gan imarcraid* 839 *is animidach 7 ni
con dercaintech* 840 *caemna* 854 *is i pecethaib gabthair icca*
860 *ruamu* 861 *ni taircetlum damu fo forindi na cuingi*
862 *ni athaim feola, ni cuirim sasu ar iascu na ar allta na
ar enu* 864 *arnd-ocobair ar lortaigh* 866 *braen in feir diar
fuarad* 873 *in talam cona sreithreitri in olainu* 877 *is inand
foluth duinn uili* 878 *uair is d'aenuir doronad sinn uili* 883
saill na carnu [fol. 273[b]. 2:] 889 *ar is tormach erci. Ni claemclod angnethi ni athcuingid-som acht claemclod aignid nama.
Ni uil cola na adaltrais na miderca na imcainti na ecnach*
898 *demnigemar ni foregin leamna isanndi montorsu diu.*

*Deicninbeir nigebus toltanac. Ni con comtuistin lind ar maic
nac ar n-ingena.* 904 *amal doberar leib-si .i. iceir Marta, bir-
cos Bacho, pauo Iunoni, Ioui taurus, Apolonis cincing, Ueiniri
columba, [Mincruac] noctua, Ceriri farra, Ercoili popolus,
Cuipidini rosam.* 908 *saint ⁊ fodord, luamain ⁊ adaltras ⁊
ingloini, craes ⁊ frithfathacht.* 910 *gid coru doib frib cid debaid, ar docaicad do gres i teinib.* 912 *eslaini for mac ⁊ for
ribiachta ⁊ for n-etraig ⁊ for cinad ⁊ for turgabala isupera
corona salca dutrachta im beith forcmaid ⁊ for targabala is
pludur [sic] duib bar menma udmall o nim ⁊ forna inni
firindi no dumber i n-ifern. It e ibullenntes lib dino etoir-
thighi bar crabuid ⁊ a dimaine, ar is colac bar crabad. Nac
fircrabad ⁊ is todernumach bar m-beatha ⁊ nach sithcumachtac.*
920 *Maso amnne adonfedim* 923 *amal bedis errainti din fo-
laid corptai: anos aigned nama* 925 *isin cul adrimthar duind
leo gid ar eigin is or peccdaib conrimter dánn airbert bith do
degnimaib de. ⁊ ni ni leo nach ret acht a thesmoltu feissiden
rodbo dogniter ici (no dci) duib no frithoibrigid sindi adned-
giud a airbert ⁊ a šomainiu.* 936 *adonconmic* 938 *fo bith nin
foirbrised* 939 *Is amlaid sid [leg. sin] id reithidi ar conara ar
foircend, ar ni dorthaigedar [fol. 274ª. 1:] migninrada* 952
piana difulachta duib tall ⁊ riada teintige derbmora 956 *ba
detbir deistin der 'gubar caeined* 960 *inn cad dino dogni-siu
firfeghchu ⁊ fechtnaigti* 966 *for cuibreach na heiccinta ina
builti* 970 *iss ed dogniat ind forclaid in tan nad fagbad feolai cthad in findmonai na in m-breccc na crand crin* 972
*issi immoro ind fellsuba ina beit, ar ni gaba nech de airbert
bith din caemnu conigi a tomailt in buith nad roich no nad
cumaing. Inn-dailli no i m-bochti ata indoccbail ⁊ fellsumlacht,
ol na n-aic in dall ní ⁊ na techtai in bocht follus.* 982 *tria
bar caemna ni todiuscar a saraigte in bar menmain tre cum-
thach segdai. Mad inti immorro gabais caemna donimrit gach
soinmide no gabais tola micaemna ⁊ i sarugud, iss eiside a
feall ⁊ as congbaid.* 988 *a fail rechta na caimi na coiri lib
no is coitcend ⁊ is cotarsna daib inni sin, ol A., fri biastai.
Ata immorro claemchud ⁊ brectrad mellca lim* 944 *a n-aibnib*

7 *a n-csaib. Failti* [fol. 274ᵃ. 2:] *-gid i naidintacht ar tus, fail-tigid ad ochlachus uaslathru. Mallacair in scnntu ba lobru 7 a n-dimigin* 997 *forsna cetlaib 7 forsna hoirechta. Ata raeta cli ili and ara m-bitet dia roscaib i n-dathaib ilib 7 ligradaib.* 1002 *arofactet dino cainboladaib luibiu 7 lenda 7 tuara dia sronaib* 1012 *imagallaim A. 7 Dinmidus and so annas.* 1014 *Foceard cor tra do menmain 7 intlechtaig alaile n-dainib, ced foruair do A. am*al *ro bai a amaindsi 7 a glicca tuidecht ar a cend o bais do B.* 1016 *a n-imgabail, acht comaidicht don aitcius 7 credem do fuair, no doneo amal doimmuir ani i m-B. daradad nem do-som, acht isa m-bailiu ailiu 7 isind na timna a galair iarum.* 1024 *ge adberar faisdine do diabal dia con-darolegea do faisdine iss e doruasat a n-aicned contuaisi dino ac comarlegud de siste and fri coigedul faisdine aingel* 1027 *ni con ro bi* immorro *tarba do inti, ol no co derna aithrige, acht is eslaini menman dorad in faisdine demnacda so do, fuillicht a pecca* 1035 *arrosir o crodattu in tan ro fidir fod a saegail, ar ro laed airfided cosin anall tesdin fola duine.* 1069 *con-airrtet* 1070 *cocoimchirat 7 cocomlettrait he* 1073 Hier folgt mit der Bemerkung *ni a curp liubair bis ani sin* eine kurze dem Orosius entnommene Schilderung der Streitigkeiten unter den Feldherrn nach Alexanders Tode.

1076 *dobeir tra timmorlai 7 immetlai menman di araile an ircraidi 7 in gairdi bide i n-ainius isin bith frecnairc* 1090 *daroclasa a n-indsi 7 a n-duini 7 a n-dingnada* 1093 *ro cuirthed dino ima n-almu 7 ima n-graigi 7 ima tredu 7 ilcethru. Ro cuirthe ima sroll 7 ima siric 7 ima tlachta caca datha* 1096 *maic 7 ingena dilacht aige gen matr*i *gen aitr*i 1098 *echargn*aide 1099 *ic a reicc i tirib namatt* 1104 *ba crad, ba domenmu, ba dighal* 1108 *fria hidhacht a bais* 1109 *tancatar techtairecht* 1113 *a Persaibh 7 a Kall*acdaib (?) 1115 *cosna* fairnilh *cona rer d'Octaniu co Roim. Finit. Amen.*

So weit der Text des Book of Ballymote, welchem, was das Verhältniss zu LBr. und Rawl. anbetrifft, nur so viel zu entnehmen ist, dass er aus einer der ursprünglichen Fassung der irischen Version näher stehenden Handschrift als jene, viel-

leicht aus dieser ursprünglichen Fassung selbst geflossen scheint.
Interessant ist es zu beobachten, dass der Text nach dem des
LBr. von einer späteren Hand durchcorrigirt worden ist, indem
die zahlreichen Zusätze offenbar dorther entnommen sind. Vgl.
l. 93, 104, 270, 290 u. s. w.

Eine Frage, die ich zuerst in der 'Academy' vom 22. Nov.
1884 aufgeworfen habe, muss hier noch kurz berührt werden.
In einem Artikel über die irischen MSS. in Edinburgh habe ich
dort erwähnt, dass die im Stowe MS. 992 befindliche Version des
Togail Troi neben den bekannten Quellen (Dares Phrygius und
Vergil) vor allen „den adligen Dichter der Franzosen" als Quelle
anführt, der kein anderer sein kann als Benoît de Sainte-More.
Die Stelle lautet, fol. 29ª. 1, wie folgt: *conidh amlaidh sin in-
disis sdair in fili socenelach do Franccaib cetimrum luingi
Argo le gasruduib glana Grec co hinis leaburburccaigh Leimhin
7 ro faccaib Feirgil 7 Dairiet Frigeta 7 Eitnir Gothach in
scel sin ar iaraidh in croicind órda in reithi Frisicda i cinn
sleibi uraird Isper iarthairdeiscirt Afraicthi.*

So werden also die von Stokes (Tog. Tr. p. IV, und
Ir. Texte, 2. Ser. I, p. 1) aufgeführten Zusätze aus Benoît's *Roman de Troie* herrühren. So wird dann auch der Cath Catharda
etwa auf Tuim's *Hystore de Julius Caesar* zurückgehen und dem
Bearbeiter des irischen Alexander mag neben den erwähnten
lateinischen Quellen auch eine altfranzösische Version vorgelegen
haben. Leider bin ich hier in Liverpool bei dem gänzlichen
Mangel an betreffendem Material ausser Stande, die Unter-
suchungen hierüber selbst anzustellen.

The Death of the Sons of Uisnech.

The bulk of the following saga is taken from the so-called Glenn Masáin manuscript, which belongs to the Highland Society and is now deposited in the Advocates' Library, Edinburgh. The ms. is a vellum quarto, marked LIII, and was probably written in the fifteenth century. It consists of twenty-six leaves, or fifty-one pages, in double columns, with 38 or (rarely) 39 lines in each column. The first two leaves contain the first part of the story. Then comes a leaf containing a portion of the Cattlespoil of Flidais. Then our story is resumed on the recto of the fourth leaf, and breaks off on the verso of the same leaf. The rest of the codex is taken up with the Táin bó Flidais. There is said to be a facsimile of a leaf in the 'Report of the Committee of the Highland Society appointed to inquire into the nature and authenticity of the poems of Ossian', Edinburgh 1805, p. III, No. 4. The ms. is also noticed by Dr. Graves in the Proceedings of the Royal Irish Academy, vol. IV (1850), p. 255, by M. Henri Gaidoz in the Revue Celtique, t. VI, p. 111, and by Dr. Kuno Meyer in the Academy for Nov. 22, 1884, p. 344, col. 2.

The conclusion of the saga is taken from a small quarto paper ms., marked 'LVI Highland Society, Peter Turner, No. 3' and also deposited in the Advocates' Library. It is paged from 369 to 559, and then there is an old pagination from 337 to 361. Here follows a list of the contents:

p. 369. Oigheadh [leg. Oidheadh] Clainne Tuireann.

pp. 399 and next page (by error) 499 seems a fragment on repentance. At foot of p. 499 is this note: 'Wᵐ Reidy of

Lismatigue in Parrish of Newmarkett, Barreny of Knoctopher, County of Kilkenny, Province of Linster and Kingdom of Ireland.'

p. 410. Oigheadh cloinne Lir.[1]

p. 432. Oidheadh Chloinne hUisneach sonn.

p. 337. Bruighion Eoch*ach* Bheag Deirg.

On the back of p. 361 is a catalogue of the contents, in English, and then 'No. III, Patrick Turner'.

This ms. is noticed by M. Gaidoz in the Revue Celtique, t. VI, p. 113.

The version of our saga, which it contains, begins as follows:

Oidheadh Chloinne hUisneach sonn,
no an treas tr*u*agh do thri truagh[aibh] an sgeuluigheachta.

Rígh uasal ordric árdchumchachtach róghabh cetus choige Ula*dh*, darab comhainim Conchubhar mac Feachtna Fathaig

5 m*ic* Capa, mic Gionga, mic Rughraoi Mhóir, ó ráidhtear Clanna Rughraoi, m*ic* Sithrig, mic Duibh, mic Foghmhói, mic Argetmh*air*, mic Siorlaimh, ma[i]c Finn, mic Brátha, mic Labhradha, mic Cairbre, mic Ollamhain Fadl*a*, mic Fiach*na*, mic Fionnsgothaig, mic Seadna, mic Airtrí, mic Eibhric, mic Eibir, m*ic*

10 Ir, mic Mil*i*dh Easbainne. Agus dochuaidh an t-airdrigh calma cosg*edh*ach sin do chaithiomh fleidhe *agus* feusda go tig Féidhlime mic Doill .i. sgealuidhe Chonchubhair féin. Oir is amhla[idh] do cait[h]idhe feis an Eamhuin Macha an tan sin .i. cúigear 7 trí fithchid *agus* trí ch*ét* líon an teaghlaig óidhche d'airighthe

15 a ttig gach fir díobh. *Agus* le linn na fleidhe do chaithiomh dóibh do rug bean Feidhlimc inghion.[2] *Agus* do rin Cathfach draoi, thárla 'san chomhdhail an t*an* ein, tuar agus tarrangaire don inghion .i. go ttiocfadh iomad diotha 7 dochair don choige[adh] dá toisg. *Agus* iarna chlos sin don laochra[idh], do tho-

---

[1]) There is, according to Dr. Kuno Meyer, an older version of this tale in Edinburgh ms. XXXVIII.

[2]) From this down to the end of the extract I am indebted to Dr. Kuno Meyer.

gradar a marbadh do láthair. "Ní déantar," ar Conc[h]ubhar, 20
"acht béara[t] mise liom í, agus cuirfet dá hoilcamhuin í, go
mbiadh ionna haonmhnaoi agam féin."

Déirdre do ghairm an draoi Cathfach di, agus do chuir
Conchubhar a lios fa[1] leith í, agus oide 7 buime dá hoileamhuin.
Agus ni lamhad [p. 433] neach don choige[adh] dul ionna lathair, 25
acht a hoide agus a buime agus beanchaointeach, dá n-goirthear
Leabharcham, 7 Conchubar féin.[2] Agus do bhí ar an ordughadh
sin go mbeith io[n]nuachair di, [7] gur chinn ar mhnáibh a
comhaimsire a sgeimh.

Lá n-aon tharla dá hoide laogh do mharbhadh lá snechta 30
re proinn [d'ollmúghadh[3]] dise, agus iar ndortadh fola an laoighe
'san tsneachta, cromus fiach dubh dá hól, agus mar thug Deirdre
sin dá haire adubert le Leabharcham go m[b]adh mhaith le féin
fear do bheith aice ar a mbeidís na trí datha adchon[n]airc,
mar ata, dath an fiach ar folt, dath fola an laoighe ar a 35
gruadhaibh 7 dath an tsneachta ar a chneas. "Atá a shamhuil
sin d'fear[4] a bfochar Chonchubhar 'san teaglach re a raidhthear
Naoise mac Uisneach", mic Connil Cláiringnig, mic Rughraoi
Mhóir, dá ttaining Conchubhar, amhuil adubhramair suas. "Mai-
sead, a Leabharchaim", ar Deirdre, "guidhimse thusa a chur[5] 40
dom agallamh féin on ainfios."[6] Nochtus Leabharchaim do Naoise
an nídh sin. Ann sin tig Naoise ós ísiol a ndáil, agus[7] do
chuir Deirdre a suim dó mead na seirce do bhí aice dhó ar a
thuarusgbhail, agus iarrais air[8] í féin do bhreith ar ealódh ó
Chonchubar. Tug Naoise a aontadh leis sin gér' learg leis e, 45
d'eagla Chonchubhair. Triallus Naoise ann sin, 7 a dis[9] dearbhráthar .i. Ainnle agus Ardán, 7 [Deirdre 7[10]] trí chaogad
laoch mar aon riú, go hAlbain, mur[11] a bfuaradar congbháil
buannachta ó Righ Alban, go bfuair thuarusgbháil sgéimhe
Dheirdre, gur iar[r] mar mhnaoi dhó féin í. Gabhus fearg mhór 50

---

[1] air, I.

[2] The ms. has corruptly, et beanchaointeach. Conchubar féin, dá
ngoirthear Leabharcham.

[3] Sic I.   [4] dfior, I.   [5] fá na chor, I.   [6] gan fios, I.

[7] ms. et et.   [8] ms. iarus ar.   [9] dá, I.   [10] Sic I.   [11] áit, I.

Naoise uime sin 7 triallus [p. 434] gona bhráthraibh a hAlbain
an oileán mara ar teiteadh[1]) le Deirdre, tar éis iomad choim-
bhliochta do thabhart do mhmunter an Rígh, dóibh fein do
gach leath roimhe sin.

55   La n-aon ionna dhiaigh sin do comhmóradh fleadh móradh-
bhall le Conchubhar an Eamhuin mhinaluinn rl.

The Death of the Sons of Uisnech,
or the third Sorrow of the three Sorrows of Storytelling.

A king renowned, exceeding mighty, took the headship of
the province of Ulster. His name was Conchobar, son of
Fachtna Fathach, son of Capa, son of Ginga, son of Rugrói,
the Great (from whom the Clanna Rughroi are so called), son
of Sithrech, son of Dub, son of Fogmói, son of Argetmar, son
of Sírlam, son of Finn, son of Bráth, son of Labraid, son of
Cairbre, son of Ollam Fotla, son of Fiachna, son of Finnscothach,
son of Sétne, son of Airtrí, son of Ebrec, son of Eber, son of
Ir, son of Miled of Spain. And that valiant, victorious over-
king went to enjoy a banquet and a feast, to the house of
Fedlimid son of Dall, Conchobar's own taleteller. For thus at
that time was the feast at Emain Macha enjoyed, to wit, three
hundred, three score and five persons was the number of the
night's household that was computed in the house of each man
of them. And while they were enjoying the banquet, Fedlimid's
wife brought forth a daughter. And Cathfach the wizard, who
there entered the assembly, made a presage and prophecy about
the girl, namely, that much hurt and harm would befall the
province because of her. And when that was heard by the
warriors, they desired to kill her on the spot. "It shall not be
done", saith Conchobar; "but I will bring her with me and
will put her to fosterage, so that she may be my own one wife."[2]

'Deirdre' the wizard Cathfach called her; and Conchobar
put her into an enclosure apart, with a fosterer and a nurse
to rear her. And none of the province durst go near her save

---

[1] leg. teicheadh.
[2] lit. 'in her one wife with (apud) myself'.

her fosterer and her nurse and a female satirist called Lebarcham, and Conchobar himself. And she lived in this wise until she was ripe for marriage, and she outwent in beauty the women of her time.

Once on a snowy day it came to pass that her fosterer killed a calf for her dinner: and after the blood of the calf was poured upon the snow, a black raven bent down to drink it. And when Deirdre took heed of that, she said to Lebarcham that she would have a husband on whom were the three colours which she beheld, that is, the colour of the raven on his hair, the colour of the calf's blood on his cheeks, and the colour of the snow on his skin. "The like of that" [saith Lebarcham] "hath a man by Conchobar in the household, who is called Naisi son of Uisnech", — son of Conall the Flatnailed, son of Rugrai the Great, from whom came Conchobar as we said above.

"If it be so, O Lebarcham", saith Deirdre, "I beseech thee to bring him to converse with me, no one knowing of it."

Lebarcham revealed that thing to Naisi. Then comes Naisi secretly to meet Deirdre, and Deirdre declared to him the greatness of the love she had for him, and entreated him to take herself in flight from Conchobar. Naisi consented to that, though he was slow to do so for dread of Conchobar. Then did Naisi and his two brothers, to wit, Ainnle and Ardán, and thrice fifty warriors with them, proceed to Scotland, where they found maintenance of quarterage from the king of Scotland, until he got a description of Deirdre's beauty and sought her as a wife for himself. Great wrath thereat seized Naisi, and he fared forth with his brothers out of Scotland into an island of the sea, fleeing with Deirdre after many battles had been given to the king's household and to themselves from every side.

One day thereafter a mighty feast was made by Conchobar in smooth-delightful Emain. &c.

Several texts of the following tale have already been published.

I. That by Keating in his *Forus Feasa air Eirinn*, Dublin, 1881, pp. 370—376, with a translation by Halliday,[1]) and partially in the Transactions of the Gaelic Society of Dublin, Dublin 1808, with a translation by O'Flanagan.

II. A text entitled *Oidhe Chloinne Uisneach*, beginning "Fledh mhedhairchaein mhór-adhbhal do rinnad le Conchubar mac Fachtna Fáthaigh" and ending "Ag sin oidhe chloinne Uisnidh go nuige seo". This was published with an English translation by O'Flanagan in the above mentioned Transactions, pp. 16—134. O'Curry (Atlantis III, 378) says, that it is taken from an 18th century paper ms., marked H. 1. 6 (fol. 50ᵇ), in the library of Trinity College, Dublin. It has lately been reprinted in the Gaelic Journal.

III. A text beginning *Cid dia mboi loingeas mac nUisnig?* and ending *Luingios mac n-Uislinn annsin, acas fochunn luingius Ferguso, acas agaidh Deirdre — Finit.* This also was published with an English translation by O'Flanagan in the same Transactions, pp. 146—176. O'Curry (ubi supra) says, that it appears to have been taken from the 18th century ms. H. 1. 13 (fol. 323) in the same library. Windisch says, that it agrees sehr genau with the Egerton version No. V in the list. It has lately been reprinted in the Gaelic Journal.

IV. The text in the Yellow Book of Lecan, a ms. in the library of Trinity College, Dublin, marked H. 2. 16. The tale begins at col. 749 and ends col. 753; and O'Curry says, that this part of the codex was compiled in the year 1391. It was published with an English translation by O'Curry in the Atlantis vol. III, and (according to him) is entitled *Loingas mac n-Uisleand andso*, begins thus: 'Cid diambai longos mac nUisnich?' and ends 'Longus mac nUislind, ocus longus Fergusa ocus aided Derdrinni. Finit'.

---

[1]) also translated by O'Mahony in his version of Keating's Foras Feasa ar Eirinn, New-York, Kirker, 1866, pp. 267—270.

V. The text in the Book of Leinster, a twelfth-century ms. in the same library, marked H. 2. 18. The tale begins at p. 259^b. line 11 of the facsimile and ends at p. 261^b. line 25. It has no title, but commences thus: 'Cid dia mbói longes mac nUsnig', and ends thus: 'Longas mac nUsnig insin, ocus longes Fergusa ocus aided mac nUisnig ocus Drerdrend. Finit. a(men). f(init).' This has been published by Windisch, Irische Texte, 67—82.

VI. The text in Egerton 1782 (p. 129), a fifteenth century vellum ms. in the British Museum. This text has not been published in extenso: but Windisch gives its more important variations under the text of No. V.

Besides these, there are in the libraries of the British Museum and the Royal Irish Academy seventeen modern paper copies of this tale. They are catalogued in d'Arbois de Jubainville's Essai d'un Catalogue de la littérature épique de l'Irlande, Paris, 1883, pp. 10, 11.

The text now published agrees for the most part with No. II. But in lieu of the first song (*Mor na heachta so an Emain*) which Deirdre sings after her lover's death, the following is found in II:

Sóraidh soir go h-Alba[i]n uaim
maith radharc a cuan 'sa glenn;
mur mbíodh mic Uisnigh ag seilg
aeibhinn suidhe[1] ós leirg a benn.

Lá dá raibh maithe Alban ag ól,   5
[i]s mic Uisnigh dhár chóir cin,
d'inghín iarla Dúna Treoin
do thuc Nacise póg gan fhis.

Dochuir chuice eilid bhaeth,
agh allaidh, is laegh re a cois,   10
is do ghabh sé chuice air cuairt,
ag filladh ó sluagh Inbher Nois.

---

[1] suighe, O'Fl.

        Mar do chualadh[1] mise sin
        línas mo chinn[2] lán don éd
15   chuirios mo churchán air tuinn
        's ba cuma liom bás no ég.

        Lenadar mise air a tsnáṁ,
        Ainnle is Ardán nar' chan brégh
        do fhilledar me a steach,
20   dís do chuirfadh cath air chéd.

        Do thuc Naeise briatha[i]r fír,[3]
        's[4] do luig fo thrí i ffiadhnuis arm
        nách ccuirfadh ormsa gruaim,
        go tteigh uaim air sluagh na marbh.

25   Uch! dá ccluin[e]adh sisi anocht,
        Naeise beith fai bhrat a ccré,
        do ghuilf[e]adh sí go beacht
        's do ghuïlfinn-sa fo secht lé.

        Ca h-ingnaṁ cin agam féin,
30   air crích Alban fo réidh ród,
        ba slán mo chéile 'na mesg,
        fá liom féin a h-eich 'sa h-ór.

The following version is founded on O'Flanagan's:

        Farewell eastward to Scotland from me;
        Goodly the sight of her harbours and glens!
        When Usnech's sons used to be hunting
        Delightful to sit over the . . . of her peaks.

        One day when Scotland's worthies were carousing
        And Usnech's sons for whom love was meet,
        To the daughter of the earl of Dun-Trone
        Naisi gave a kiss secretly.

        He sent her a frisking doe,
        A hind with a fawn at her foot,

---

[1] leg. do chuala   [2] leg. línais mo chenn   [3] goffír II.   [4] is II.

And he betook himself to her on a visit,
When returning from the host of Inverness.

When I heard that
My head filled full of jealousy:
I set my shallop on a wave:
Alike to me was death or perishing.

They followed me as it floated,
Ainnle and Ardán who never told a lie.
They turned me homewards,
The twain that would beat in battle a hundred.

Naisi gave a true word,
And thrice he swore in presence of his weapons,
That he would not cause me gloom
Till he should go from me to the host of the dead.

Ah if she heard tonight
That Naisi was under cover in clay
She would weep always,
And I should weep sevenfold with her!

What wonder that I myself have fondness
For the region of Scotland of smooth way?
Safe was my husband amidst it:
Its steeds and its gold were my own.

And in Deirdre's last song *(Fada an lá gan clainn Uis-neach)* there are many differences between II and LVI. According to II, after singing this song, she leaped into the grave on Naisi's neck, and died forthwith *(A haithle an laeidhe sin, do ling Déirdre air muin Naeise 'san ffert, acas fuair bás gan moill).* The story then ends as follows:

Acas do tógbadh a liac ós a lecht, da scríbhadh an-anmana oghaim, acas do feradh a ccluithche cacinte. Do mallaigh Cathbhadh drai Emain do cinn mac[1] Uisnigh do marbhadh innte air inchuibh Fherguis, acas tar éis Chonchobhair do thabhairt

---
[1] mic, O'Fl.

5 gelladh do Chathbhadh nách muirfadh íad, dá n-imrcadh drui-
dccht orra, acas a ttabhairt chuige féin. Acas adubhairt Cathbhadh fós ná bhiadh Eṁain ag Conchubhar na ag aenduine
d'á ṡlicht, ón fhinnghail sin amach, go bruinne an bhratha,
acus dob fhír sin, óir ní raibh Eṁain ag Conchubhar, na ag
10 aenduine dá ṡlicht ó sin illé.

Ag sin oidhc[dh] chloinne Uisnigh go nuige seo.

'And their stone and their tomb were raised: their names
were inscribed in ogam, and their funeral game was held.
Cathbad the wizard cursed Emain because of the slaying of
Uisnech's sons therein, against the honour of Fergus, and after
Conchobar had given pledges to Cathbad that he would not
slay them if he, Cathbad, would practise enchantment upon
them and bring them to himself. And Cathbad said, moreover,
that neither Conchubar nor anyone of his race would possess
Emain from this parricide to the brink of Doom. And that
was true: for neither Conchobar nor anyone of his race possessed Emain from that to this.

As far as this is the *Death of Uisnech's Children*.'

At the conclusion of this tale, says O'Flanagan, there is
a traditional relation always added. King Conchobar incensed
that Naisi and Deirdri should, even in death, be together, ordered them to be separated in the burial-ground. But every
morning, for some time, the graves were found open, and in
one of them Naisi and Deirdri were together. Conchobar then
ordered a stake of yew to be driven through each of their bodies in order to keep them for ever asunder. From these stakes
two yew-trees grew to such a height as to embrace each other
over the cathedral of Armagh.

As Windisch remarks (Irische Texte, S. 59), the saga contains good material for a tragedy. It is in Ireland the first
and favourite of the *Three Sorrows of Story-telling* (Trí Thru-
aighe na Scéalaigheachta). It, or the event on which it is founded, is referred to by Cinaed hua Artacáin (ob. 975) in the
following lines preserved in the Book of Leinster (p. 31, col. b,
line 20), a ms. of the middle of the twelfth century:

Guin macc n-Uslend, ba helgua,
fescur ar brú na hEmna,
nirbo chian iarsin mebail
congóet Fiacha i Temair.

Inan-digail, nirba rom,
gaeth Gergend *macc* Illadon:
la macc Rossa frith a lecht,
ocus Eogan macc Durthecht.

The slaying of Uisliu's sons,[1] it was murder,
At eve on the edge of Emain.
It was not long after that shameful thing
That Fiacha was slain in Tara.

In revenge for them, it was not soon,
Gerrgenn son of Illad was slain:
(By Ross' son his grave was found,)
And by Eogan son of Durthecht.

Its title — *Aithed Derdrinde re macc Uislenn* 'Deirdre's
clopement with Uisliu's son' — is inserted in the list of the
chief-tales (*primscéla*) which, according to the Book of Leinster, pp. 189[a], 190[b], a poet is bound to know. And, lastly it is
referred to in the so-called Annals of Loch Cé, ed. Hennessy,
II 434, by Brian mac Diarmada, who compares himself in his
sorrow re Deirdre tareis cloinne hUisnech do marbad abfeall
an Eamuin Macha le Conchubar[2] mac Fachtna Fathaigh mic
Rosa Ruaidh, mic Rudhraidhe. And it has been handled, with
more or less freedom, by the following writers in English:

---

[1] Their names are mentioned in the *Cath Muighe Rath*, ed. O'Donovan, Dublin, 1842, p. 206: ropad dib, ba ferrde in dal, Naísi ocus Ainli
is Ardan, that is, 'of them (scil. the Ulstermen) were — the better was
the assembly — Naísi and Ainli and Ardan'. They were, says O'Donovan,
cousins-german to Cúchulaind and Conall Cernach — all being children
of Cathbad's three daughters.

[2] 'to Deirdre after Uisnech's children (who) were treacherously killed
in Emain Macha by Conchobar'.

a. James Macpherson in his *Fingal*, London 1762, pp. 155—171, under the title *Dar-thula*, a bombastic fabrication in which the author mixes together incidents belonging to the two cycles of Conchobar and Find. He proves his ignorance of Gaelic by the following notes: "Nathos [macphersonese for Náisi] signifies *youthful*: Ailthos [macphersonese for Ainnle] *exquisite beauty*: Ardan, *pride*." "Dar-thula or Dart-'huile [macphersonese for Deirdre] *a woman with fine eyes*." 'Selắma' ... "The word in the original signifies either *beautiful to behold*, or a place *with a pleasant or a wide prospect*." "Lona *a marshy plain*." "Slis-seamha *soft bosom*." He proves his ignorance of old Gaelic manners and customs by making the sons of Usnoth (macphersonese for Usnach) fall by the arrows shot by "Cairbar's" bowmen. On this O'Curry is worth quoting (*Manners and Customs of the Ancient Irish*, II, 272):

"It is remarkable that in none of our more ancient historical or romantic tracts,[1] is there any allusion whatever to Bows and Arrows."

b. Sir Samuel Ferguson in his *Hibernian Nights Entertainments*, New York, 1857, pp. 16—31. This simple and pathetic version of O'Flanagan's texts is given in an abridged form in Bunting's *Ancient Music of Ireland*, Dublin, 1840, pp. 83—88, as a note on the air there called *"Neaill ghubh a Dheirdre"* (leg. *Nuallghubha Dhéirdre* 'Déirdre's Lamentation'). Two of Deirdre's songs are also printed in Ferguson's *Lays of the Western Gael*, London, 1865, pp. 175, 177. Lastly, Ferguson has treated the tale in dramatic blank-verse in his *Poems*, Dublin, 1880, pp. 97—147.

c. The late Dr. Robert D. Joyce in his poem *Deirdré*, Boston, Roberts Brothers; Dublin, W. H. Gill & Son. I have

---

[1] O'Curry must have meant tracts dealing with incidents in Ireland: for in the *Togail Troi* (LL. 417b) Alexander shoots Palamedes with an arrow, and in the *Oreguin* (sic) *Neill Noigiallaig* (Rawl. B. 502, fo. 47a, col. 1) it is said of Eochu: *Nos-trochlann saigit asind fidbaicc* (he looses an arrow from the bow). This was on the Loire.

not seen this work. Sir Samuel Ferguson calls it 'a fine romantic poem'.

d. The anonymous author (the late Dr. Angus Smith of
Manchester) of *Loch Etive and the Sons of Usnach*, London,
Macmillan, 1879.

In order to complete the bibliography of our story,
I may mention that it is noticed in Campbell's *Tales of the
Western Highlands*, Edinburgh, 1862, vol. IV. pp. 45, 46, 113,
279, and that a prose translation of Deirdre's first song
(Inmain tír an tir ut thoir) is given in the introduction
(pp. lxxxvii, lxxxviii) to *The Dean of Lismore's Book*, Edinburgh, 1862. This translation is full of faults. e. g. *fan mboirinn caoimh* is rendered "by its soothing murmur"; *sieng is saill
bruicc* "flesh of wild boar and badger": *donímais collud corrach*
"solitary was the place of our repose"; *uallcha* "more joyful".
In the same introduction, p. lxxxi, Mr. Skene states that the
children of Uisneach were "Cruithne" (by which, I suppose,
Cruithnig 'Picts' is intended): that near Oban there is a fort
with vitrified remains called "Dun mhic Uisneachan", now corruptly called in guidebooks ."Dun mac Suiachan": that on Loch
Etive we have "Glen Uisneach and Suidhe Deardhuil": that
"two vitrified forts in the neighbourhood of Lochness are called
Dun-deardhuil". It is just possible that some of this topo-
graphy may be correct; but when Mr. Skene connects Adamnán's regio or mons *Cainle* with the man's name *Ainnle*, and
the rivername *Nesa* with the man's name *Naisi*, and when he
invents a place-name "Arcardan" in order to connect it with
Ardán, he must excuse Celtic, and, indeed all other, scholars
for declining to follow him.

Lastly, I desire to say that the word *oided*, pl. n. *oitte*,
here for sake of brevity rendered by 'Death', properly means
a 'death attended by violence or other tragical circumstance',
'destruction', 'ruin', and glosses the latin *interitu* in the Würz-
burg Codex Paulinus, fo. 27 ᵇ, ad Coloss. II 22.

Oided mac nUisnig.

[p. 1, col. 1] Docomoradh fled mórcháin moradbal la Conchobar macc[1] Fachtna Fat[h]aigh 7 la maithi Ulad archena an
Em(ain) minaluinn Macha.[2] Ocus[3] tangatar maithi an chuigid
coh... d'insaige[4] na fledi sin. Ocus rodailed ...... co rabatar
5 cosubach sobrach (so)menmnach uile iat. Ocus roeir(gset) aes
(c)iuil 7 oirfide 7 eladna do (gabail) (an)drecht 7 anduan 7
anduch(onn), angenelach 7 a craob goibnesa (fia)dib.[5]

IS iadso anmanna na bfiled ro(batar ocond fle)idsin .i.
Cathbad macc Congail Claring(nig maicc Ru)graide 7 Genain
10 Gruadhtsolus macc Cathbaid 7 Genan (Glún)dub macc Cath-
baid[6] 7 Genann Gadh macc Cathbaid, 7 Sencha Mór macc
Ailella maicc[1] Athgno maicc Fir .·.. (Ro)sa, maicc R(uaid) 7
Fercertne fili macc Aongusa Beldeirg, maicc F... filed, macc
Gl..., maicc Rosa, macc R(uaid).[7]

15   Ocus is amlaid dochaitis fes na hEmna .i. adaig airithi
acomair[8] gach ainfir do tegluch Concobair. Ocus is é liu
teglaig Conchobair .i. cuig ar tri fichit ar tri cét, 7 desidetar[9]
aud an udaig[10] sin, nogur' togaib Conchobar a ardguth ríg
osaird, 7 ised roraidi: "Is ail damsa a fiarfaige dibsi, a oga,"[11]

---

[1] Here and elsewhere the contraction mc is written.
[2] See the two legends accounting for this name, Keating, tr. O'Mahony, pp. 245, 247. Emain is now called Navan Fort in the Co. of Armagh.
[3] Here and elsewhere the Latin 'et' is written.
[4] dinsaidi, LIII.   [5] a bfiadhnaise an rígh, LVI.
[6] LVI adds Misdeodha mac Aimi[r]gin.
[7] LVI adds 7 Breicne mac Cairbre Cinnleith.
[8] fá cohair, II.   [9] desigetar, LIII.   [10] agaid, LIII.
[11] LVI adds 7 a maithe Uladh.

b*ar* C*o*nchab*ur*, "a*u* bfacabar ria*m* teglach budh crodha inasib 20
pfen an-Eri*nn* na an-Alp*ain* na 'san dom*un* mor in-gach in*ad*,
ar cuimgeb co-cath*air* muirne m...ige."

"Ni facam*ar* am," ar siát, "*ocus* ni haitn*id* duinu madá."

"Mas*ed*", ar Conchobar, "an aichnid dibh uir*e*sb*aid* isin
dom*un* oraibh?" 25

"Ni haic[h]n*id* it*i*r, á ardrí!" bhar iat-so*m*.

"IS aichnid dam̃sa, a oga," b*ar* cisin, "aon uir*e*sbaidh orn
.i. tri coiunle gaisg*id* nau-Gaid*el* [p. 1, col. 2] do bet[h][1] in[u]ar
bfegmais .i. tri (macc)a Uisni*g*[2] .i. Naisi 7 Aindle 7 Ard*an*
do b(eith) d*á*r sechna trebithiu mná 'san[3] d*o*m*un*, 7 gur*a*b 30
adhbar airdri Er*e*nn ar gail 7 ar gaisg*ed* Naissi m*a*cc Uisni*g*,
7 g*ur*-cosaiu nert a laime fén treab ar leth Alp*an* dó."

"A rímilid," ar siát, "da la[m]aisne sin do rad, is fada o
dérmais[4] é, oir doigh is m*aic*c rig coig*e*richi fat san, 7 docoi-
sendais cóic*ed* Ulad re g*ach* coig*ed* *ail*e an-Eri*nn* genco heirs*et* 35
Ull*ta* *ail*e léo, doig is cuing*e*da ar calm*ach*t fatt, 7 as lcom*ain*
ar nert 7 ar niaach*us* *(sic)* an triar sin."

"Mas*ed*," ar C*o*nchobar, "cuirter fesa 7 tech*ta* f(ora)cenn[5]
a cricha Alb*an* go Loch Eitche 7 go Dainge*n* m*a*cc nUisnig
an-Alb*ain*." 40

"Cia rachas rissin?" ar cách co coitchenn.

"Dofetar sa,"[6] ar C*o*nchobar, "gur*a*b a freitighib[7] Naeisi
tech*t* an-Eiri*nn* ar sith *ach*t le tr*i* .i. Cucul*ainn* m*a*cc Subal-
taim̃ 7 Conall m*a*cc Aimir(gin) 7 Fergu*s* m*a*cc Rosa, 7 (aith)nc-
ochatsa[8] ci(a don) triarsin lenab andsa mé." 45

Ocus ruc Conall (ar)fod[9] foleth, 7 dofiafraig de, "Cred
dogent(ar), a rimilidh an betha," ar (Conchobar), "da cuired*ar*
arcenn (m*a*cc n-Uis)ncich tú 7 a milled ar t'inch*aib* 7 ar t'ci-
nech, (ní) nach fobraim?"

---

[1] do bheith, LVI. [2] LVI adds maic Conuill Chlairinguig.
[3] do bheith amuith *(sic)* arson aenm̃ná 'san domain 7, LVI.
[4] ó dearamaoisne sin, LVI. [5] araccionn, LVI.
[6] Ní fheidarsa, II.
[7] do gheasaibh, LVI. is geis do Naise gan techt, II.
[8] aitheonadsa, II. [9] i bhfód, II.

50   "Ni bás [1] aen(duine doticfad) desin," ar *Conall*, "*acht* gach
aon aram-beraindsi d(o) Ulltaib,[2] [do dhénadh dochar dóibh [3]]
ní roichfed nech uaimsi a b... gan bás 7 eg 7 oided [4] d'im-
[m]irt air." "Is fir sin," ar *Conchobar*, "a Connail! anois tuig-
imsi na(ch andsa[5]) letsa mé;" 7 dochuir se *Conall* uada, 7 (tugad)
55 *Cuchulainn* da indsaigid, 7 do fiafraig an cétna de. "Doberim
se fom breithir," ar Cúchulainn,[6] "da .... desa ....[7] gusan
India nosirther (tú) soír nách gebaindsi comha na cruinde uaid,
acht do toitim fein 'san gnim sin." "IS fír sin, a Cu, nach
lemsa f.. 7 anois modaighimsi ní fúath agadsa." *Ocus* dochuir
60 sin Cuchulainn uad ag*us* tugad Fergus da indsaiged, 7 dofiafraig
an cétna de, 7 as ed adub*air*t *Fergus* fris: "Ni gellaimsi dul
fat fuil [8] (na fat feoil," ar) [p. 2, col. 1] *Fergus*, "*ocus* gid hed
cena ní bfuil Ult*ach* ar am-beruinn nach bfuiged bas 7 oided [9]
lim."

65   "Is túsa racas [10] ar cend cla*in*ni Uisnig, a rímilid," ar
Conchobar, "*ocus* gluais romat amár*ach*," ar se, "oir is let
ticfad. *Ocus* gab iar techt anoir duit co dún Borr*aig* ma*icc*
Andt.,[11] 7 tabair do br*iath*air damsa maras taosga ticfair an-

---

[1] bus, LIII.   [2] arambéiruinnsi do Olltachaib, LVI.
[3] Sic II.   [4] ms. oig*ed*.   [5] inmuin, II.   [6] ms. . cc .
[7] Here two or three words seem erased.
[8] gelluimsi gan dol fád fhuilsi, II.
[9] ms. oig*ed*.   [10] Cáinte, LVI.
[11] This passage stands thus in LVI: . . . gurab annsa leat clann
Uisneach ná me féin. Et cuirios Conall uaidh. Et dochuir fios ar Choin-
chulainn chuige et as edh adubhairt ris: "A Choinchuloinn," ar se, "dá
ccuirinn accoinne chloinne hUisnech tú, et a milledh dhamh nídh nar
fobraim a dhéanamh, créad [p. 436] dodhéanta riomb?" "Dobheirim fám
bréithir," ar Cuchuloinn, "dá ndearna sin, dá siortha gusan Innía iar-
tharaig soir, náchar dhíon duit é *gan* tuitim lém láimhse ón ngniomh
sin." "As fíor sin," ar Conchubhar, "tuigimse nách ionmhuin leat me
féin." Et tugadh Feargus chuige annsin agus d'fiafraigh de "creád do
dhéanta riomb, a Fearguis, dá ccuirinn accoine chlainne hUisneach thú,
et a milledh dhamh, ní nár fobr*aim* do dheanamh?" "Ní gheallaimse,"
ar Feargus, "go rachuinn fád tfuilse ná fád tfeoil, gidh edh ní bfuil
Olltach eile ara mbéaruinn, nach fághaidh brón bais 7 beagsaoguil
uaim." "As fíor sin," ar Conchubar, "is tusa reachus ann."

Erinn nach lec*fer* oirisim na comn*aide* doibh co tigid co hEmuin Macha an oidchi sin." 70

Tangat*ar* rompa asdech iarsin, 7 doinnis *Fergus* a dol fen a slanaigecht[1] clain*ni* hUis*nig* 7 dochu*aid* a [s̄]lán *aile* do maith*ib* an *có*ic*id* mailli ris isua slánt*aib* sin. *Ocus* rúgatar as au adaig[2] sin.

Ocus do aigill *Conchobar* Borr*ach* m*ac*c Aunti, 7 do fiar- 75 faig de: "An bfuil fl*ed* agat damsa?" ar *Conchobar.*

"Atá codem*in*," ar Bor*rach,* "*ocus* dob eide*r*[3] lem a dénam, 7 ni hedir lem a hiumeor co hEm*ain Macha* cugatsa."

"Mas*ed* ale," ar *Conchobar,* "tab*air* d'Fergus hí, uair is dá gesaib fled d'obad."[4] *Ocus* dogell Borr*ach* sin, 7 rugatar 80 as an adaig[5] sin gan bedh, gan baog*ul. Ocus* doeir*ig Fergus* comoch arnámar*ach,* 7 ni rug leis do slu*agaib* na do socraide *acht* a días m*ac*c fen .i. Illann *Finn* 7 Buinne Borb-Ruad 7 Fuillend[6] gilla na hIbr*aige*[7] 7 au Iubr*ach. Ocus* dogluaisetar rompa co daingen m*ac*c nUis*nig* 7 co Loch nEitchi. *Ocus* is 85 amlaid dobat*ar* m*aic*c Uis*nig* 7 tri fi[a]nbotha[8] fairsinge a*cu,* 7 in both an-déndaís fulacht*adh* dibsin ni hinnti docaitdis,[9] 7 an beth a caithdís ni hinnti docollad*ís. Ocus* doleig *Fergus* glaodh mór isin cúan, co clos fo imeen na crich fa coimnesa doibh.[10] *Ocus* is amla*id* dobí Naísi 7 Derdri annsin, 7 in Cenn- 90 chaom *Conchobair*[11] etarra aga himirt (.i.) fíthchell in righ. *Ocus* adub*air*t Naeísi: "Do cluinim glaedh Er*ennaigh," ar sé, 7 docuala Derdri in glaodh 7 do aitiu gurbí glaodh *Ferg*usa í 7 docel orrtha. *Ocus* doleig Ferg*us* and-ara glaedh, 7 adub*air*t Naísi "Atcluinim glaedh *aile,* 7 is glaedh Eirennaigh í." "Ni 95 hed," ar Deirdri, "ni hinann glaodh Er*ennaigh* 7 gl[aed] Alba- naig."[12] *Ocus* doleig *Ferg*us an tr*es* glai*d,* 7 doaitnet*ar* m*aic*c

---

[1] ms. aslanaid*echt.* [2] ms. ag*aid.*

[3] dobf̄éidir, LVI. gé gur ffeidir, II. [4] do dhiulta, LVI.

[5] ms. ag*aid.* [6] Cuillion, LVI. [7] hiobhraidhe, LVl.

[8] fionnbotha folachta, LVI. fiannbhotha, II.

[9] an bhoith ann a mbruithidis a bpróinn, ní inti d'ithidís.

[10] muc [leg. mac] alladh na mórghlaodh sin, LVI.

[11] .i. an táiplis, LVI.

[12] Ni glaodh Eirionnaig so, ar Deirdre, acht glaodh Albanaig, LVI.

[p. 2, col. 2] Uis*nig* gurbhí glaedh *Fergusa* dobi ann. *Ocus*
adubai*rt* N*aisi* re hArdán dol arcend *Fergusa*, 7 doaithin
100 D*erdri Fergus* ag legen na cétgl(a)idhi, doinnis do Naísi gur
aithin iu *cetglaed* dorinne *Fergus*. "Cred fár celis í, a ingen?"
ar Naísi.

"Aisling atconnarc aréir," ar D*erdri*, ". i. tri heoin dot*echt*
chuigainn a hEam*ain* Ma*cha*, 7 t*ri* bolgam*a* me̦la inambel léo,
105 7 dofagbat*ar* na tri bolgam*a* sin againne, 7 rugat*ar* t*ri* bolgam*a*
dar bfuil léo."

"Cred in breth at*á* agad don aisling-sin, a ingen?" ar Naísi.

"At*á*," ar sí, "*Fergus* do te̦cht cugainn a te̦chtaire*cht* asar
tír dhuth*chais* fen lé sith,[1] oír ni millsi mil n(á) te̦chtaire*cht*
110 sithi,[2] 7 is iát na t*ri* bolgaim fol(a) rug*ad* uainn . i. sibhse
rechas leis 7 fe̦llfai(r) oraibh."

Ocus ba holc leósu*n* sin do ra*dh*a disi, (7) adubairt Naisi
re hArdán dol arce*nn Fergusa*.[3] Docuai*d* immo*rro* 7 mar
ráinic íat dotoirbi*r* teora [póca] doibh codi*chra* deghthairise, 7
115 ruc léis co daingen *macc* n-Uis*nig* ait a-raibi Naísi 7 D*erdri*,
7 dotoirbretar teora póca codil 7 go di*chra* d'*Fergus* 7 da
maccaib. *Ocus* fiafraige̦ta*r* sgéla Ere*nn* 7 choigi*d* Ula*d* cosonn-
radhach. "Issiat sgéla is ferr againn," ar *Fergus*, "Con*cho*bar
dom cur fen arb*ar* cennsi, 7 mo ch*ur* a slanaige*cht* agu*s* a
120 coraige*cht* air imbeth diles tairise dib, 7 at*á* mobriath*ar* oram
fa mo slanaighe*cht* do comall,"

"Ni hinndula[4] daibhsi annsud," ar D*erdri*, "daigh is mo
ba*r* tigernt*as* fen an-Alba*in* ina tige*r*nas Concobair an-Éri*nn*."

"IS ferr duth*chas* ina gach ní," ar *Fergus*, "uair ni haibinn
125 do neoch maithe̦s da méd, muna faice a duth*chas*."

---

[1] Fergus do thecht chugainn le techtairecht síthchána o Conchubar, II.

[2] techtairecht síthchána an duine bhrégaidh, II.

[3] "Leig sin thart," ar Naisi: as fada atá Fergus isan bport, 7 eirghe,
a Ardain, air a chenn, 7 tábhair let ó," II.

[4] Ní dulta. LVI. Ni hindulta, II.

[5] as ferr rádharc an dúthchais ná sin uile, LVI.

[6] is nemhaibhinn do nech, gé mádh mór a raith no a ríghe, muna
bhfaicedh a dhuthchas féin gach lac, II.

"Is fír sin," ar Naísi, "doigh is annsa pen Érc ina Alba, gé mad mó do maith Alban dogebhainn."

"IS daingen dáibse mo briathar sa 7 mo slánaighecht," ar Fergus.

"IS daingen cęna," ar Naísi, "ocus rachmaidni letsa."   130

Ocus ní do deoin Derdri an-dubhradar annsin, 7 dobí 'ga toirmesc impo.[1] Tug Fergus fen a briathair dóibh, gemad íat fir Erenn uile [p. 3, col. 1] da feallfad orthasan, na bud dín sgeith na cloidme na cathbairr dóibh, acht com-beredh san fora. "Is fír sin," ar Naísi, "ocus rachmaidne letsa co hEmain 135 Macha."

Tucatar as an adaig[2] sin co tanic an, maidin mochsolus arnamárach,[3] 7 doeirig Naísi 7 Fergus 7 dodęissidetar[4] in-Ibbrach, 7 tangatar rompo arfud mara 7 mórfairgi noco rangatar co dún Borraig maicc Andti. Ocus dodech Derdri ara- 140 héise ar chrichaib Alban, 7 ised adubairt: "Mo cen duit, a t(í)r ut thoir!" ar sí, "ocus is fada lim táib d(o ch)uan 7 do chalad 7 do muighe minsgot(hacha) aiminalli 7 do tolcha tae-buaiuc ta(i)tnemacha d'fagbail. Ocus is beg rangamar a(les) a comlin sin do dénam."[5] Ocus rochan an láid: 145

(IN)main tír an tír út thoir,[6]
Alba con[a]hingantaib:
nocha ticfuinn[7] eisdi[8] ille
mana tísainn le Noise.

INmain Dun-fidhgha[9] is Dín-finn,[10]   150
inmain in dun osa cinn,
inmain Inis Draigen de,[11]
is inmain Dun Suibnei[12]

---

[1] aga thóirmiosg ar Naoise dul go hEirinn d'eagla Chonchubhair 7 Olltach, óir ba dearbh le rún ceilge dochuir Conchubhar Feargus dá n-iarraidh, LVI.

[2] ms. agaid.   [3] ms. arnámarach.   [4] ms. dodeisigetar.

[5] as beg do léigemar a les d'fhágbhail, II.   [6] soir, II.

[7] nochan ttiocfainn, LVI.   [8] ciste, II.   [9] Dún fíodhaigh, II.

[10] Dún Fiodh, LVI.   [11] Droighneach de, II.

[12] agus inmuin Dún Suibhne, II.

Caill C*u*an!

155   g*air* tige*d* Ainnle, mo núar![1]

fa gair lim dobí [in]tan [2]

is N*a*íse an-oirear[3] Alban.

Glend Láid!

docollainn fan mboirinn caoimh:[4]

160   iasg is sieng[5] is saill b*ru*ic

fa hí mo chuid an Glend Laigh.

Gle*nn* Masain!

ard a crimh, geal a gas*á*in:[6]

don*í*mais coll*ud* corrach

165   ós inb*ir* mungaich Mas*á*in.[7]

Glenn Eitci![8]

ann dotogbhus mo céttig,

al*aind* a fidh,[9] iar néirghe

buaile gréne Glenn Eitchi.[10]

170   Gle*nn* Urch*á*in![11]

bahi ingle*nn* dir*iug* [12] dromch*á*in,

nochor [13] uallcha fer a aoisi

ná Nóise an Glenn Urch*á*in.

Gle*nn* Da Rúadh [15]

175   moch*en* gach *f*er dána dúal [16]

---

[1] Coill chuanna! mar abfailid uisgedha fuara, LVI. A choill chuan,
on a choill chuan! gus ttigeadh Ainnle, mo nuar.

[2] aoibhinn dobhadhus antan, LVI. fa gairid liomsa ró bhí ann, II.

[3] in iarthar, II.   [4] dochodluinn fám errad chaim, II.

[5] ois-fheoil, II.   [7] árd a chncam, gel a chasáin, II.

[8] Gleann Masain, on G. M. árd a chreamh' geal a mhasáin. doghmodh-
maois [leg. doghniomaois] codl*ud*h corrach ós monga gleanna Masáin, LVI.

[9] Loch Eitche, LVI.   [10] a fiodh, LVI.

[11] baile gréine a loch Eitche, LVI.

[12] Orchaoin, LVI. Archain, II.   [13] fá he an gleann díreach, LVI.

[14] ní or, LVI. nocharbh, II.   [15] na ruag, LVI.

[16] moghean ar an bfear dár dual, LVI. mo chion gach aen fhear
dár dual, II.

is binn guth cúach ar cráib[1] cruim
ar in mbinn[2] ós Glinn Da Rúadh.

INmain Draigen is trén traigh,[3]
inmain a uisce ingainimh[4] glain:
nocha ticfuinn eisde anoir[5]   180
mana tísuinn lem inmain.[6]

Asahait[h]le sin tangatar d'innsaige dúne Borraig [maraon
le Deirdre[7]], 7 dotoirbir [Borrach[8]] teora poga do maccaib
Uisnig, 7 dofer failti re Fergus cona maccaib. Ocus is ed [p. 3,
col. 2] adubairt Borrach: "Atá fled agamsa duitsi, a Fergais!" 185
ar sé, "ocus as geis dóitsi fled d'fagbail noco tairsidh í."[9] Ocus
ótchuala Fergus sin dorindeadh rothnuall corcra de [o bhonn
go bathis[10]]. "Is ole dorinnis, a Bhorraig!" ar Fergus, "mo
chur fo gesaib,[11] ocus Conchobar do tabairt mo breithri oram
fá maccaib Uisnig do breith go hEmain an lá doticfaidis an 190
Eirinn."

"Cuirimsi fó gessaib tú," ar Borrach, ".i. gesa nach fuiln-
gid fírlaeich ort mana tísair do caithim na fledi sin."

Ocus dofiafraig Fergus do Naeísi cidh doghénadh[12] ime
sin. "Dogena," ar Deirdri, "mad ferr letsa[13] maicc Uisnig do 195
treigen 7 an fled do caithim; acht chena as mór an cennach
fledi a treigen."[14]

"Ní tréigebsa iat,"[15] ar Fergus, "dóigh cuirfed mo dá

---

[1] binn guth cuaiche ós craoibh, LVI.   [2] aran ndruim, LVI.
[3] inis Draighin de, I.VI. os trén trágh, II.
[4] gainmhe, LVI. os ghainim, II.
[5] go nách tiocfainn aisd ale, LVI.
[6] le Naoise, LVI. nocha ttiucfain aisde dhe, | mun' tticcinn lem in-
muine, II.   [7] Sic LVI.   [8] Sic II.
[9] 7 is geas duit gan a díultadh, LVI.
[10] Sic LVI. ó a bhár go a bhonn, II.
[11] fledh d'fhurail ormsa, II.   [12] créad deantar, LVI.
[13] do rogha agatsa, II.   [14] acas gur chóra dhuit an fhledh úd
do treigen ná clann Uisnech dotréigen, II.
[15] Ní threigfedh mise iad, I.VI.

mac¹ leo .i. Illann Find 7 Buinne Borb Ruad, go Emain
200 Macha, 7 mo bríathar fein fós," ar Fergus.

"IS lór a feabus," ar Naéisi, "óir ní nech aile dochosain
sinde riam a cath na a comrug acht sind fein."

Ocus doglúais Naoise maille re feirg do[n] láthair,² 7
dolen Deirdri é, 7 Aindle 7 Ardan 7 dá macc Fergusa, 7 ni
205 do deoin Deirdri dorinned an comhairle sin, 7 dofhagbadh
Fergus godubach dobrónach. Acht aonní chena dobi deimin
le Fergus, dá mbéidis .u. ollcoicid Eirenn [araon láthair³], 7
a comairle leleceile, nach tísadh dib a comairci sin do mil-
liud.⁴

210   Sgela⁵ macc nUisnig, do gluaisedar rempa [an athghairid
gacha conaire 7 gacha caoimheolais⁶], 7 doráidh Deirdri friu:
"Doberaind comairle maith dacib, gengo derntar oram í.⁷

"Carsat comairle⁸ sin, a ingen?" ar Naoisi.

"Eirgem go hinis Cuilenndi⁹ etir Eirinn 7 Albain [anocht,¹⁰]
215 7 anam ann go caithe[adh¹¹] Fergus a fleid, 7 as comhall
breithri d'Fergus sin 7 as medughadh fada flaithemnais daibsi."¹²

"IS radh uilec rinde sein,"¹³ ar Illann Find 7 ar Buinne
Borb Ruad. "Ni hetar linne an comairle sin do denam," ar
síad, "gengo beith feabus bar lamh fein maille frind 7 bria-
220 thar Fergusa agaib, ní fellfa e foraib."¹⁴

"Mairg tanaic lesin mbréithir sin," ar Deirdri, "antan do-
tréig Fergus sind ar [f]leidh." Ocus dobí ag toirsi 7 acc mifridhe

---

¹ dbís mhac féin, LVI.   ² ón lathraig, LVI. don láthair, II.

³ Sic LVI.   ⁴ nach ttiucfadh doibh a ccumairce féin do sarú-
ghadh, II.   ⁵ Dála, LVI. Imthusa, II.   ⁶ Sic LVI. an aithghirra
gacha conaire, II.   ⁷ gion go ndéntar libh í, II.   ⁸ créd í an chomhairle, II.   ⁹ Cuilinn, LVI. 90. Rachlaiun, II   ¹⁰ Sic LVI.

¹¹ fanamhuin innte go caithfedh, LVI.

¹² as fadúghadh saeghail díbhse é, II.

¹³ 7 fós is uircasbadh dhibhse e, LVI.

¹⁴ Ní dhénam an chomhairle sin, ar Naeise, acas ar clann Fherguis; acas doráidh clann Fherguis gur bh' olc an ṁuinghín do bhí aice
asda féin, nach beidh innta comairce do dhénaṁ, gion go mbeidh có-
mhaith chloinne Uisnigh do laṁaibh ina fiar[r]adh, acas fos briathar
Fherguis maille friu, II.

moir im techt an Eirinn ar breithir *Fergusa*. *Ocus* athert and
[p. 4, col. 1]

"Mairg tanac le brethir mir   225
Fergusa maicc Roig romir:[1]
ni dingen aithméla de,[2]
uch is acher[3] mo chride![4]

Mo chridi 'na caeb cumadh[5]
atá anocht[6] fa mór pudhar: 230
monuár, a macca maithi,
taugatar bar tiughlaithi."

"Na habair, a Deirdri diáu!
a ben is ailli[7] na in grian!
ticfa Fergus for till ngail   235
cugainn nároncungénair."[8]

Fárir[9] is fada lim duib,[10]
a macca ailli Uisnig!
techt a hAlbain nandamh nderg
dabus buan abithmairg.[11]   Mairg.   240

A haithle na laidi sin tangatar rompa co Finncarn na
Foraire ar Sliab Fuait [7 do fan Déirdre dán-éis isann-glenn,[12]]
7 dotuit a collad ar Deirdri annsin, 7 do fagbatar í gan fis
doib, 7 doairig Naeisi sin, 7 impodais aracenn coleic 7 'sisin

---

[1] Ríg rótoil, LVI.   [2] ni dheána dhe me acht rochradh dhe, LVI.
[3] is uch. ann, LVI.   [4] Mairg thánic an oir gidh dil | re briathar mic
Róigh rómhir | Nocha ndénśa acht ochán de, | uch is ró chrádh rem
chroidhe, II.   [5] mo chróidhe ionna chró cuṁa, LVI.   [6] The a is
added by a corrector.   [7] gile, LVI.   [8] MS. nar: cuingénaigh.
muná ttígh Feargus go ndáil gairid cian bhus buan a bhiothmairg. LVI.
Ní thiucfadh Fergus anair, cugainne chum ar millaidh, II.
[9] fairíor, LVI. Fa raer, II.   [10] sin, LVI.   [11] bar ccéim
anocht go hEamhuin | bhur tteacht a hAlbain glanghrianaig | nocha
liomsa is lánmairg, LVI. techt ó Albain an fheoir ghairg | fada bhus
buan a bhithmairg, II.   [12] Sic II.

245 uáir dobí sisi ac eirge asa collud,¹ 7 adubairt Naeisi: "cred
fár anais annso, a rígan?" ar se.

"Collud dorónas," ar Deirdri, "ocus tarfas fís 7 aisling² dam
ann."³

"Ca haisling sin?" ar Naeisi.

250 "Doconnarc," ar Deirdri, "cen cenn ar cechtar⁴ agaibsi 7
cen cenn ar Illann Find, 7 a cenn fen ar Buinne mBorb Ríad,
7 gan a congnam linni." Ocus doroine na rannu:

"Truagh an taidbsi tarfas dam,
a cethrar féta finnglan!
255 gan cenn úaib ar cechtar-de,
gan cungnam fir locéle.⁵

"Nocha[r]can do bel⁶ acht olc,
a ainnear alaind edrocht!⁷
léig úait, a bél tana mall,
260 ar gallaib mara Manann.⁸

"Dob ferr lim olc gach duini,"⁹
doraidh Derdri gan duibhi,
"na bar nolcsa, a thriar mín,
ler sircs muir is moirtír.

265 "Dociusa a cenn ar Bhuinne
osé a saegal is uille,¹⁰

----

¹ 7 d'fan Deirdre d'andóis ag ainfios doibh, 7 do thuit a tórchim
suain et codlata uirthe, 7 domhothaig Naoise gur fágabh se Deirdre dá
áis, 7 dfill uirthe et róoirígh asa codla, LVI.

² fís fúthach 7 aisling adhuathmhar iongantach, LVI.

³ Codladh dobhí orm, ar Déirdre, acas do chonairc aisling ann, II.

⁴ gan a chend ar cheachtar, LVI.   ⁵ rechcile, LVI.

⁶ Nochar chan do bhcul, LVI.   ⁷ a bean ró-aluinn ca-
drocht, LVI.   ⁸ neimh do bhcoil tana tall fann ar dhallán mara
Manann, LVI. ncim do ghrisbhcoil tana thall, air ghallaibh aingidb
nathmhar, II.   ⁹ ms. da gach duine. LVI omits this stanza.

¹⁰ is faide, LVI.

nocha lemsa anocht nach *truag*[1]
a cenn ar Bh*uinne* mBorb R*uad*." T.

Asabait[h]le sin[2] tangat*ar* rompo go hArd [na][3] Sáilech
.r. id(ón)[4] Ardmacha aniu. IS annsin doráidh Deirdr*i*: "Is 270
fada[5] lim in ní[6] docím anois .i. do n*e*llsa, a N*ae*isi, isin aér,
7 is n*e*ll fola é, 7 doberainn comairle[7] daib, a m*acc*u Uisnig!"
ar *Deirdri*.

"Carsat comairle sin,[8] a ríg*an*?" ar Nóisi.

"Dol co Dún-dealg*ain* [anocht[9]] m*ar*a bfuil C*úch*ul*ainn*, 7 275
beith annsin *nocotí Fergus, no techt* a comairce Conculainn go
hEamain."[10]

"Ni regmad a les an com*ai*rle sin do dénam" ar N*ái*si.[11]
Ocus adubairt an *ingen* so: [p. 4, col. 2]

"A Naísi, fech[12] ar do nell[13]   280
docíu sunn isin aér;[14]
docíu os Em*ain* uaine
forrn*e*ll fola forr*ú*aide.[15]

Romgabh bidg*ad* resan nell
docíu sunn[16] isinn aér   285
sam*al*ta re crú[17] fola
in néll úathm*ar* imthana.

Doberainn[18] comairle dúib,
a m*ac*ca ailli Uis*nig*![19]

---

[1] nocha liom anocht is truagh, LVI, where this is the last line of
the stanza.   [2] na laoisin, LVI.   [3] Sic LVI   [4] risa raidhtear, LVI.   [5] fuaith, LVI.   [6] an nídh, LVI.   [7] LVI inserts
maith.   [8] créd í an chomhairle, II.   [9] Sic I.VI.   [10] nó go
ccaithidh Fergus an fhledh, acas bheith air chumairce Chonculainn air
egla ceilge Choncobhair, II.   [11] "O nách fuil eagla oruinn," ar
Naoisi, "ní dheanam an chomhairlesin," ar se, LVI.   [12] dearc, LVI.
[13] néal LVI. feucha an nél, II.   [14] sonna san aodhar, LVI.
[15] fórrnéal na fola flannruaidh LVI. fuar-nél fola forruaide, II.
[16] uaim LVI.   [17] as cosṁuil re fod, LVI.   [18] Dobhéa-
ruinn, LVI.   [19] Dobheirim cómairle bhecht | do ṁacaibh áilne Uis-
nech, II.

290   gan dol co hEmain anocht,
le bfuil óraibh do gúasacht. [1]

Rachmadne go Dún Delgan
mara bfuil Cú na cerda; [2]
ticfam amarach andes
295   maraon isa[n] Cú coimdes." [3]

Adubairt Nóisi tre feirg
re Deirdri ngesta [4] ngruaidhdeirg:
"ó nach bfuil egla oirne
ní dingnum [5] do comairle." [6]

300   "Dob andam sin [7] riám roimé,
a ua ríghd(a) [8] Rugráide!
gan ar mbeth ar én sgél de
míse is tusa, a (No)ísi!

An lá tuc Manannán cuach
305   duinn ocus an Cu ro b(uan), [9]
ní bethęsa [10] am agaid de,
aderim rit, a Nai(se)!

An la rucais let amach
mise tar Es Ruaid rom(ach), [11]
310   (ní be)théa am agaid dé
aderim rit, a Náise." [12]

A haithle na rann sin dogluaisetar rompo anathgairit
gacha sliged co facatar Emain Macha uathaib. "Ata comarda

[1] tre bfuil oruibh dho ghuasacht, LVI. tré a ftil oraibh do ghuasacht,   [2] gach cearda, LVI. na ccerdcha, II.   [3] maraon is Cú
na ccaoimhchleas, LVI. mur aen 's an Chú chómhdhes, II.
[4] ghasta, II.   [5] dhénam, II.   [6] LVI omits this stanza.
[7] Dobadh annam, LVI.   [8] rathmar, LVI, and II.   [9] 'Nuair
thug Mananún an chuach | dhuitse ocus Cú comhluaith, LVI. chugamsa
gó rath róbhuadh, II.   [10] ni bheithea am aghaidhsi de, LVI.
[11] An uair rugais leat me amach, mise ar Easruadh ramach, LVI.
[12] II omits this stanza.

agamsa dáibb," ar *Deirdri*, "matá *Concobar* ar ti felli no fin-
ghaile do denam [1] or*aib*." 315

"Ga com*ar*da sin?" ar N*áise*.

"Da leic*ter* sibsi 'sa tech [2] a bfuil *Conchobar* 7 maithi Ul*ad*
ɪochanfuil *Conchobar* ar tí uile do denam rib. Ma do tigh na
Craebr*úaide* cuir*ter* [3] sib 7 Conchobar a tigh na hEmna, dóden-
t*ar* f*e*ll 7 m*e*b*ul* for*aib*." 320

Ocus rangatar rompa fou in[u]*us* sin co dorus tighi na
hEmna, [4] 7 doiarratar foslug*ud* rompa. Dofregair an doirrseóir
7 dofiarf*aig* cia dobí ann. Dohinnised gur bíad t*ri* maicc
Uis*nig* dobí ann, 7 da m*acc* F*ergusa*, 7 Deirdri. Dahinnis*ed*
sin do C*oncobar*, 7 tuc*ad* a luc*ht* fedma, fritheolma [5] da inn- 325
saig*ed*, 7 dofiafr*aig* dibh cinnus dobí tech na Craobr*úaide* im
biadh no im dig. Adubratar san da ticdís .u. c*atha* Ul*ad* [6]
ann, co bfuighdis a lórdaoth*ain* [7] bidh 7 dighe. "Mas*ed*," ar
C*onchobar*, "berar m*aicc* Uis*nig* innte." *Ocus* adubr*ad* sin re
m*acc*aib Uis*nig*. Adub*airt* Deirdri: "a Nois, b*e*n*ais* a digb*ail* 330
rib gan mo comairlisi do dénamh," [8] [p. 7, col. 1], ar sí, "*ocus*
denam imt*echt* bud*esta*." [9]

"Ni dingnum," [10] ar Ill*ann* Find m*acc* F*ergusa* "7 ad*a*m*ar*,
a ingen, is mór an m*e*t*acht* 7 an midlaoch*us* domothaigis orainn [11]
antan ad*e*re sin, 7 rachm*aíd* co tech na Craobhr*úaide*," ar sé. 335

"Rachmaid codeim*in*," ar N*áise*, 7 dogluáisetar rompo co
tech na Craobr*úaide*, 7 doc*ured* luc*ht* freasd*uil* 7 fritheolma [12]
leó, 7 dofreaslaig*ed* iat do biad*aib* saora somblasda [13] 7 do
deoch*aib* millsi mesgamla, [14] g*ur* bad mesga medarcháin mor-

---

[1] má táthar ar ti foill do dheanamh, LVI. [2] san tigh, LVI, II.
[3] cuirfidhther, II. [4] 7 dobhuail*edar* an dorus ann, LVI. acas do
bhainedar béim baschroinn 'san doras, II. [5] 7 fritheoilte,
LVI. feithmhe 7 fritheoilte, II. [6] fír Uladh uile, LVI. secht ccatha
Uladh, II. [7] go bfághdis a lórdhaoithin, LVI. go ffúghdís uile a
saith ann, II. [8] Here in the ms. comes a misplaced leaf containing
a portion of the Táin bó Flidais. [9] Et adubairt D. gur bferr a
cómhairle féin dho dheanamh, 7 imthighidh feosda," ar si, LVI.

[10] dhénam, II. [11] ní metacht ná mílaechacht do finna[d] or-
uinne riaṁ, II. [12] lucht fritheoilte, LVI. [13] sochaithme, LVI.
[14] garga gabhálacha, LVI.

310 goth*ach* g*ach* aon dá lu*cht* fodhma 7 fritheolma *acht* aenní
ch*ena* nír caithet*ar* féin biad na linn ro m̠eirtn*i*gi a naistir[1]
7 a nim(thechta), air ni d*er*nat*ar* anadh na oirisem o do(léic-
set) dun B*orr*aig maicc And*i*rt co rangatar E*main* (Macha).[2]

     IS annsin adub*ai*rt Nóise: "tabhart*ar* in Cendcaom *Con*-
345 *chobair* cugainn *co* nd*er*nmáis a himirt".[3] Tugad in Cend-caom
cnetha, 7 dosuidig*ed* a foir*en*d fu*r*ri, 7 dogab Nóise 7 Deirdri
aga fraisim*i*rt. Is i sin uair 7 aim*s*er adub*ai*rt Conchobar,
"cia hag*ai*b, a óga, dogebainn da fís an mairenn a d̠elb nó a
dénam fén ar Deird*ri*nn? *ocus*[4] má mairenn, ni b̃fuil dñne
350 Adaim ben is f*err* d*e*lb ína i."[5]

     "Rac[h]ad[6] fén and," ar Leuarcham, "*ocus* dob*er*[7] sgéla[8]
cug*a*dsa."

     Is amla*id* imm*orro* dob́i L̠ẹbarc*am*, 7 ba hannsa lé Nóise[9]
iná g*ach*[10] nech ail*e* isin cru*i*nne, uair ba minic lo dol [f]a[11]
355 crichai*b* an domain móir d'íarm̠oracht Nóis*i* [7] do breith sg*él*
cuige 7 uadha. Iarsin tán*i*c Leuarc*am* roimpi co hairm a raibi[12]
Nóise 7 Deird*ri*. *Ocus* is amla*id* dobatar, 7 an Cenncaom *Con*-
chobair etarra 'ga himirt, 7 dotoirb*i*r macc Uis*ni*g ag*us* Deirdriu do pfocai*b* codil dich*r*a deg-tairisi, 7 docuiest*ar* frasa dér
360 g*ur* bo fliuch[13] a hu*cht* 7 a hurbru*i*nne, 7 dolab*ai*r inadiaígsin
7 adub*ai*rt: "Ni maith daibhsi, a macc*a* inmain*e*," ar si, "an ni
as doilge[14] rug*ad* uadha riam dobet[h][15] ag*ai*b 7 sib ar*a* com*us*;
7 is dab*ar* fis docuir*ed* mise," ar Lẹbharch*am*, "*ocus* da fechai*n*
an mairend a d*e*lb no a dénam fu*i*rre ar Deird*r*i. *Ocus* is fata
365 lim fós an gnim doní*t* anoch*t* [p. 7, col. 2] an Emai*n* .i. fẹll

---

[1] 7 gurbha tuirseach iadsan o mhead a naistir, LVI.

[2] do dailedh biadha saera, sochaithmhc acas deocha mcra mcisc ᷎mla
dhóibh, gurbo súbach som̓enmnach iad uile, acht mic Uisnigh acas
Déirdrc am̓áin, óir nír chaithed*ar* mórán bídhe no díghe ó m̓éid a
n-aistir 7 a n-imthechta ó Dhún Borraig go hEm̓ain Mhacha, II.

[3] go ndechaḿís d'imirt, II.   [4] óir, LVI and II.   [5] ionna í, LVI.
[6] Reachad, LVI.   [7] A corrector (?) has added an *a*.   [8] derb-
sgeula, LVI.   [9] LVI adds 7 Déirdre.   [10] aon droug, LVI.
[11] í ag dol fá, LVI.   [12] mararaibh, LVI.   [13] ms. fliuic.
[14] an dara nidh as annsa le Conchubar .i. an Ccanncaomh, LVI.
[15] dobheith, LVI.

7 mebul 7 mícoingęll da denam oraibsi, a cairde *gradacha*,"
ar sí, "*ocus* ní bía Eamuin aon oidchi co dereth an *domain bus*
ferr í inánoc*ht*.[1] *Ocus* dorinne an l*óid* ann:[2]

Trúag [rem chroidhe[3]] an meb*ul*
dén**tar**[4] anocht an Emuin,   370
ocus on męb*ul*[5] amach,
bud hi an Eamain irga**lach**.[6]

Triar brath*ar* is ferr fo nim[7]
dar imgidh[8] ar talm*ain* tigh
doil**ech** limsa m*arata*[9]   375
a marb*ad* a los cnmná.[10]

Náisi *ocus* Ard*an*[11] comb**laid**,
Ainnli baisg**el** a mbr**áthair**,[12]
fęll ar in dreim-si ga luadh[13]
nocha limsa *nach* lantr*úay*.[14]   380

Asa haitle sin[15] adub*air*t Lebar**cham** re[16] macc*aib* F*er*gus*a*
doirsi tige na C*r*aobhr*úaide* 7 a fuinneoga do dún*ad*,[17] "*ocus*
da tist*ar* chug*aib*, buaidh 7 benn*acht* doib, 7 cosn*aid* sib fén
comaith 7 bar coma*r*chc 7 comarci F*er*g*u*sa." *Ocus* tan*ic* roimpi
amac*h* asa haithlc codub*ach* dobron*ach* drochmennmach co hairm
araibhi C*on*ch*o*bar,[18] 7 dofiaf*r*aig C*on*ch*o*bar sgéla di. Is annsin 385

---

[1] aon oidhchc is fearr ionná sin go bruinne an bhratha, LVI.

[2] go truagh tuirscach, II.   [3] Sic II.   [4] Sic II. do*uither* LIII.

[5] on mebhail mebhlach, II.   [6] fingalach, LVI.   [7] faoi neamh, LVI.

[8] dár imthigh, LVI.   [9] ambeith mar ta, LVI.   [10] aiumná, LVI.
The stanza is thus in II: Triar as uaisle aniu fo nim | 'sas ferr d'ar
thádbail talmuin | doilghe liomsa anocht mur tá | a ttuitim a locht aen
mná.   [11] Ainle II.   [12] acas Ardán a mbráthair, II.   [13] ar an
druim sin *gach* luaith, LVI. air an dreim ndrechghloin nuadh, II.

[14] noch is liomsa is lántrúagh, LVI.   [15] na laoi sin, LVI.

[16] le, LVI.   [17] do dhruidedh go maith, acas calmacht 7 cródh-
acht do dhénam, II.   [18] 7 docbaoi Leabharcham frasa dian[a] déar
et ceiliabhris dóibh et tainigh (*sic*) mar araibh Conchubhar, LVI.

adubairt Lebarcham aga fregra: "Atá¹ drochsgéla agam duit
7 degscél."

"Cred iát sin?" ar rí Ulad.

390   "Is maith na sgéla," ar Lebarcam: "in triar is ferr delb
7 denam, is ferr luth 7 lamach, is ferr gnim 7 gaisced 7
gnáthirgal anErinn 7 anAlbain 7 isin domun mór uile do techt
cugatsa,² 7 bid imáin enlethe agut festa anagad bf[er] nErenn
o tait maicc Uisnig libh: 7 isé sin sgél is ferr agum duit.

395 Ocus isé sin sgel is mesa agum, in ben dob ferr delb 7 dénam
isin domun ic imtecht uainn a hEamain nach bfuil a delb fen
na denam fuirri."

O'tcuala Conchobar sin, dochuaid a éd 7 a aigidecht arcul,
7 doibset dail no dó anadiaig sin.³ Ocus dofiarfaig Conchobar
400 arís:⁴ "Cia rachad dam da fios an mairenn a cruth no a delb
no a denam fen ar Deirdrinn?" Ocus dofiafraig fothri solf air
a fregra.

Is annsin adubairt Conchobar re Trén Dron⁵ Doland: "A
Tre[n] Druinn," ar Conchobar, "in fedar tú cia domarb t'athair?"⁶

405 "Dofetar," ar sé, "gurab e Náisi macc Uisniy domarb é.⁷

"Mased," [ar Conchubhar⁸] "eirsi da fios an mairen[n]
[p. 8, col. 1] a delb no a denam fein ar Derdrinn."⁹

Ocus doglúais Tren Dorn roime, 7 tánic dochum na bruidh-
ne,¹⁰ 7 fúair na doirrsi 7 na fuinneoga arna n-iadhadh,¹¹
410 7 doga[i]b oman 7 imegla é, 7 iscd adubairt: "Ní conair [cóir]
maicc Uisniy d'innsaigid,¹² [óir] atá ferg¹³ forra." Ocus [dhá
éis sin¹⁴] fuair fuinneóg gan drud¹⁵ isin bruidin,¹⁶ 7 dogab ag

¹ Atáid, LVI.   ² cuguinn, LVI.   ³ et do ghaibb ag caoi
andiagh sgéimhe Dheirdre gon dubhairt arís, LVI.   ⁴ Mar do chuala
Conchubhar sin, do chuaidh móráu dá éud air ccúl, acas do bhí ag ól 7
ag aibhnes tréimsi fhada, no gur smuain air Dhéirdre an dara fecht, II.
⁵ Trendorrn, LVI. Tréndorn, II.   ⁶ LVI. adds: 7 do triar dearbhrathar. II adds: acas do thriar derbhráthar.   ⁷ iad, LVI and II.
⁸ Sic II.   ⁹ II adds: óir má mhairionn, ní ftil air druim domhain, ná
air tuin talmhan ben as áille ná í.   ¹⁰ bruighne, LIII.   ¹¹ iarnan-
dúnadh, II.   ¹² do thaobhadh, LVI.   ¹³ LVI inserts go mór.
¹⁴ Sic II.   ¹⁵ fuinneóg do fágbhadh osluicthe andcarmad, II.   ¹⁶ LVI
inserts gan dúnadh.

feguin[1] Nacisi 7 Derdrenn tresan fuinneóig.[2] Do dech[3] Derdriu
fair, oir as í bá cendluáithi ann, 7 dobruidigh Naisi,[4] 7 dodech[5] Naéisi andíaidh a dechsuna [7 do chou[n]airc súil an 415
fir sin[6]]. Ocus as amlaid dobí [fén[7]] 7 fer gonta d'feraib na
fichle[8] aige,[9] 7 tuc urcar ágmar urmaisuech[10] de go tarrla a
suil an oglaich,[11] 7 doronadh imlaćid áinignech etarra andsin,[12]
7 dochúaid a tshuil ara gruaid don óglach,[13] 7 rainig co Conchobar, [agus e ar leathśuil[14]] 7 do innis sgéla dó ó thús co 420
deiredh, 7 ised adubairt: "as í súd ainben as ferr delb andsa
domun, 7 ba rí an domuin Naisi da legar dó í."[15]

IS and sin doeirigh Conchobar 7 Ullaid,[16] 7 tangadar
timcell na bruighne, 7 do leigedar ilgairthe móra andsin,[17]
7 dochuirsiut teinnti 7 tennala isin mbruidin. D'adclos sin do 425
Deirdrinn 7 do clainn Fergusa, 7 dofiafruigedar "cia ata fan
Craob Ruaid."

"Concubar ocus Ulaid," ar siatt.

"Ocus comairci Fergusa friú," ar Illann Find.

"Mo cubais," ar Conchobar, "ba méla duibsi 7 do maccaib 430
Uisnig mo bensa agaib."

"As fír sin," ar Derdriu, "ocus dofell Fergus oraib, a
Naeisi."

"Mo cubais," ar Buinne Borb, "ni derna 7 ní dingnimne."

IS andsin tánic Buinne Borb amach, 7 domarb trí .l. 435

---

[1] feuchaint ar, LVI.   [2] dobhí ag á n-aiharc astech, II.
[3] domothaig, LVI.   [4] dochuir acceill do Naoise é, LVI.
[5] dfeuch, LVI.   [6] Sic LVI.   [7] Sic LVI.   [8] taiplise, LVI.
[9] ionna láimh, LVI.   [10] gan chaime, gan claeine, II.
[11] oglaoig e, LVI.   [12] LVI omits.   [13] gur chuir an tsúil
tara chloigenn amach II.   [14] Sic LVI.   [15] as briathar damsa,
ar se, a Chonchobair, gurab adhbhar Righ Eirionn Naoise mac Uisneach
et gurab í Déirdre bean as fearr dealbh et deanamh do mhnaib na
cruinne, LVI. As fír sin, ar Conchubhar, ba righ air an doman fer an
urchair sin, muna ffil saeghal gairid aigi, II.

[16] Mar do chuala Conchubhar sin, ro líon d'éd acas d'fhormod,
acas d'fhógair do na slógaibh dol d'innsaidh na bruighne ann a raib
clann Uisnigh, II.

[17] trí gártha móraidhbhle asta 'na timchill, II.

amuigh [don ruathar sin], 7 dobáith na teinnti 7 na tennala,
7 domesg na slógu don breisim bratha sin. Atbert Conchobur:
"cia doní an mesgud sa arna sluagaib?"

"Meisi, Buinni Borb macc Fergusa," ar sé.

440   "Comadha [1] uaimsi duit," ar Conchobar ["ocus treig clann
Uisneach [2]].

"Carsat comadha sin?" ar Buinne.

"Tricha [3] cét [dfearann [4]]," ar Conchobur, "ocus mo chogur
7 mo chomairle fein duit."

445   "Gébhatt," [5] ar Buinne, 7 dogab Buinne na comhadha sin,
7 dorinded [tre iniorbhuillsæ De [6]] sliab an oidci sin don trichait cét, unde Sliab Dal mBuinde. [7] Ocus dochuala Deirdriu an
comrad sin.

"Mo chubais," ar Deirdriu, "dothréice Buinne sib, a macca
450   Uisnig, 7 as aithremail an macc úd."

"Dar mo breithir fein," [p. 8, col. 2] ar Illann Find,
"nocha treigebh fen íat in cen maires [8] an caladcolg [9] [so] am
láim." Ocus tánic Illann amach íarsin 7 tuc tri luathchuarta
a timcell na bruidni, 7 domarb tri cét [d'Oltachaibh [10]] amuigh,
455   7 tánic astech co hairm am-bái [11] Nóisi 7 sé ag imirt fichle [12]
ocus [13] Ainnl eGarbh. Ocus tuc Illann cuairt impa, 7 adib dhigh,
7 tuc lochrann ar lasadh leis amach aran bfaithchi, 7 do gab
ag slaide na slúag, 7 nír lamsat techt timchell [14] na bruidne.
Doba maith an macc dobi annsin .i. Illann Finn macc Fer-
460   gusa. Ni rer [15] nech riam im séd na im ilmáine, 7 ni tardad
tuarasdal o rígh [16] dó, 7 nírgab séd riam acht ó Fergus
namá. [17]

---

[1] Cumhtha, LVI. Cúṁa, II.   [2] Sic LVI.   [3] tri triucha, LVI.
[4] Sic LVI. and II.   [5] glacad sin, LVI.   [6] Sic LVI.
[7] Dál-Bhuinne, II.   [8] ṁairfios, LVI.   [9] an cloidheṁ cael
direch, II.   [10] Sic LVI.   [11] tánic tarnais mar araibh, LVI.
[12] na fithchille, II.   [13] le, LVI.   [14] an goire, LVI.
[15] uí rér, II.   [16] ms. repeats righ.   [17] óir níor ghaibh
scoide na maoine o aoinech ríamh acht o Feargus et nior dhiultaig aoineach riamh fa ṡeoidibh ná fú mhaoinibh, LVI.

IS annsin adubairt Conchobar: "Cait a b(f)uil Fiacha ma
macc fén?" ar Conchobar.

"Sonna," ar Fiac[h]a.   465

"Da[r mo] chubhus, is an aon oidchi rugad tusa 7 Illann
Find, 7 airm a athar ata oige-sium, 7 beirsi m'airmsi let (.i.)
an Órchain¹ 7 an Cosgrach 7 a[n] Foga [Bernach²], 7 mo
co(lg),³ 7 dena calma[cht] leó."

IS annsin do innsaig cach achéile dib, 7 tanic Fiacha a 470
cert-comlainn co hIllann;⁴ 7 dofiafraig Illann d'Fiacha: "Cid
sin, a Fiacha?" ar sé.

"Comrac 7 comlann dob ail lem ritsa," ar Fiacha.

"Olc dorinnis," ar Illann, "ocus maicc Uisnig ar mo com-
airce."   475

Do innsaigetar achéile, 7 doronsat comlainn ficda for-
niata dána dedla degtapaid, 7 dofortamlaig Illann ar Fiacha,
co tuc air luidhe for sgat[h] a sgeith,⁵ 7 dogeís an sgiath, [re
méid an éigin inna raibh,⁶] 7 dogeisetar tri primtonna Erenn
annsin .i. tonn Clidna 7 ton Thuaidi 7 tonn Rugráide [ag 480
fregradh dhi⁷]. Dobi Conall Cernach [mac Aimirgin⁸] an Dun
Sobairci aninbaidsin, 7 docuala torann tuinne Rugráide.⁹ "Is
fír sin," ar Conall, "atá Conchobar an ciglinn,¹⁰ 7 ni cóir gan
a innsaige." Ocus gabais a airm 7 tánic roimo go hEamain, 7
fuair an comrac arna srainiud ar Fiacha macc Conchobair, 7 485
in Orchain ac buiriud 7 ac beic foraig a cáin atingna, 7 nir
lamsat Ulaid a tesargain. Ocus tánic Conall do le[i]th a chuil
co Illann, 7 saitis a sleig trit¹¹ .i. an Culghlas Conaill.

"Cia dogon me?"¹² ar Illann.

---

¹ Acéin, II.   ² an bogha bearrnach, LVI.   ³ an colg glas
.i. mo sgiath 7 mo dhá sleigh, 7 mo chloidherñ mór, II.

⁴ Do chóiridb Fiachra a chorp isna harmaibh séunta soṁaisecha
Conchubhair, 7 do innsaigh Iollan Finn, II.

⁵ ar lúighe ar sgáith a sgéithe, LVI.   ⁶ Sic II.   ⁷ Sic II.

⁸ Sic LVI.   ⁹ do chuala Tonn Tuaithe, II.   ¹⁰ éigin, II.

¹¹ sáithes an colg glas tréna chroidhe, II.   ¹² Cia doghuin me
do leith mo chúil? ar Iollann Finn, 7 geb é dorinne dar mo láiṁ ghoile,
do ghebhadh sé cóṁrac do leith m'aighthe uaimse. II.

490   "Mise Con*all*," ar sé, "*ocus* cia tusa?"

"Mise Ill*ann Find* macc Fergus*a*," ar sé, "*ocus* is olc an gnim doronais 7 *maicc* Uisnig ar mo com*airce*."

"In fír sin?" ar Conall.

"Is fír ón."

495   [Here the Glenn Masáin ms. breaks off. But LVI proceeds thus, after *comairce*, supra line 3: [p. 450] "Uch mo thruadh!" ar Conall, "dar mo breithir, ni bhéaraidh Conchubar a mhac féin uaim gan marbha an dioghail an gniomha sin."

Agus iarsin tug Conall béim cliodheimh *(sic)* d'Fiacha
500 Fionn, gur theasg a cheann dá choluinn. Et f*a*gbhai*s* Conall iad.[1]

Iarsan tangadar airgeanna báis d'Iollann[1] *mac* Feargus*a*, agus dochuir a arm aisteach don bhruighin, agus adub*ai*rt l*e* Naoise calm*acht* do dheanamh, ag*us* gur marb*adh* e féin an aimhrio*cht* le Conall Cearnach.

505   As annsin tangad*ar* Olltaig timpchioll na brúighne, 7 do-chuiret*ar* tiunte [7 tenndála[2]] innte, et táinig Ardán amach et dobháthaidh[3] na teinnte, et domarbh tri chéad dona sl*uagh*-aibh, et iar mbeith at*h*a *f*ada amuith tainigh áisteach. *Agus* do-chu*ai*d Ainnle amach an trian eile don oidhche ag coim*é*t na
510 brúighne, *agus* do mharbh niumhar do-áirmhighthe d'Olltach-aib[4] go ndeachadar go heasbhaghthach ón mbrúighin.

As ann sin do gabh Conch*obar* ag gr*é*asach*t* na sl*uagh*. Et tainigh Naoise amach fa dheoigh. Et ni feidir airiomh ar thuit leis.[5] Tugad*ar* Olltaig cath na mainne do Naoise. Et
515 dochuir Naoise an ruaig tri huaire an aonar orrtha. Asa haithle sin d'eirigh Deirdre ionna choinne ag*us* adubh*ai*rt ris: "As bua-dhach [p. 451] an comrac dorinis f*éin* 7 do dhias dearbhrathar. *Agus* deanaidh calm*acht* feasta. *Agus* dob olc an chomhairle

---

[1] Táinic taimnéla báis ar Iollann Fionn annsin, 11.

[2] Sic 11.   [3] romuch, 11.   [4] do marbh sé chéd amuich, 11.

[5] acas nó go n-airimhthar gaininn mara, no duille fedha no drucht for fhér, no réulta nimhe, ní héidir rím no áirem a raibb do chennaibh curad acas milidh acas do meigbibh maelderga ó lámaibh Naeise air an lathair sin, 11.

dhibh taobh do thabhairt re Conchobar *agus* re hOlltachaibh.[1]
Agus is truagh nach dearnamhar[2] no chomhairlesi." 520

As annsin dorin[n]*edar* clann Uisneach daingion do chor[r]-
aibh a sgiath ionna chéile, *agus* dochuiretar Deirdre eadtorrtha.
Agus tug*adar* an aighthe an einfeacht ar na sluag*h*aibh. *Agus*
do mharbh siad trí chéad dona sluaghaibh don ruathar sin.

As annsin tainigh Conchobar mar araibh Cathfaidh draoi, 525
agus adubhairt: "A Chathfaidh!" ar se, "fost clann Uisneach,
agus imir droigheac*h*t orrtha, oir millf*et* an cúige so gobrath
dá n-imthigid dá n-aimhdheoin uatha don dulso. *Agus* dobheir-
imse mo briathar duitse nach eagal dóibh mé féin."[3]

Creidios Cathfach na comhraidhti sin Chonchobair, *agus* 530
dochu*aidh* d'ion*ch*ose chloinne hUisneach, *agus* dorin droigheac*h*t orrtha, óir dochuir se muir mórthonnach[4] ar feth an
mhachaire roimh cloinn Uisneach. *Agus* fir Ula*dh* ar talamh
tírim da ccois ionna ndiaigh, *agus* roba truagh mar dobhadar
clann Uisneach da ttraocha san mormuir. *Agus* Naoise ag 535
congmhail Dheirdre for a ghualainn da hanachal [p. 452] ar
a báthadh.[5]

As annsin d'fógair Conchobar clann Uisnech do marbha*dh*,
agus do diultadar fir Ula*dh* uile sin do dheanamh, oir ní raibh
aonduine an Olltaibh na raibh tuarasdal a Naoise dhó. Dobhi 540
oglach ag Conchobar dar bh-ainim Maine Laimhdhearg[6] mac
Righ Lochlann,[7] *agus* ase Naoise do mharb a athair *agus* a
dhias dearbhráthar.[8] *Agus* adubhairt go ndiongnadh féin an
dithcheannadh an dioghail an ghniomha sin.

---

[1] taebhadh le Conchubhar go brath, II.

[2] náchar ghabhabhair, II.

[3] do bheirimse mo bhriathar fíorlaeich nach egail dáibh mise. acht
go rabhaid dom réir, II.

[4] muir théchtaighthe do chur 'na ttimchell maille re tonnaibh du-
aimhsecha. II.

[5] II inserts: gidhedh nír lámsat Ulaidh fad do innsaidh no gur
thuitsat a nairm asa lámhaibh, 7 iar ttuitim na narm uatha, do gabhadh
mic Uisnigh.   [6] Lámgharbh, II.   [7] Fionn-Lochlann, II.

[8] Athach 7 Triatha an-anmanna, II.

545   "Maisedh," ar Ardán, "marbh me fein ar ttóis, óir is mé
is óige dom braithribh."

"Ni hé sin a deantar," ar Ainnle, "acht marbthar mé féin
ar ttóis."

"Ni hamhlaidh is cóir," ar Naoise, "acht ata claidhemh
550 agamsa tug Mananán mac Lir dhamh, nach fagbhann fuighioll
buille ná béime. Agus buailtior oruinn attriur anéinfeacht é,
go nach faicfedh aoineach aguinn a dhearbhrathair aga dith-
chcannadh."[1] .

As ann sin do sinedar na huaisle sin a mbraighde ar
555 aoincheap, agus tug Maine coilgbhéim claidhimh dhoibh, gur
theasg na trí cinn a n-einfeacht diobh ar an lathair sin. Agus
gach neach d'Olltachaibh ar an ghoill sin do léigedar trí trom-
gharrtha cumha umpa.[2]

Dala[3] Deirdre, antan dobhí[4] aire chách aracheile dhiobh,
560 tainigh roimpe ar faithche na hEamhna, agus í ar foluamhain
soir agus siar on nduine go chéile, go ttarla Cuchuloinn ionna
ceartaghadh. Agus dochuaidh ar a choimcirce,[5] agus d'inis
sgeula chloinne hUisneach dhó, o thuis go deire[adh], amhuil
fealladh orrtha.

565   "As truagh liomsa sin," ar Cuchuloinn, "agus an bfuil a
fios agad cia do mharbh iad?"

"Máine Laimhdhearg mac Righ Lochlann," ar si.

Tainigh Cuchuloinn agus Deirdre mar araibh clann Uisneach, agus do sgaoil Deirdre a fuilt agus [p. 453] do ghaibh
570 ag ól fola Naoise, agus tainigh dath na gríosuidhe da gruadhaib.
Agus adubhairt an laoi:

        Mor na heachta so an Eamuin
        mar an dearnadh an meabhall,
        oidhedh[6] cloin[n]e hUisneach gan feall
575   gobhlach oinig na hEirionn.

---

[1] "As fír sin," ar cách, "acas síntar libh bhúr ccinn 7 bhúr
mbráighde," ar síad, II.   [2] Here II inserts Deirdre's song Sóraidh soir
go hAlbain uaim.   [3] Imthusa, II.   [4] mur fuair.
[5] rónaise a cumairce fair, II.   [6] ms. oighedh.

Adhbhar Righ Eirionn uile
Ardán feata foltbhuidhe:
Eire *agus* Alba *gan* oil
ag Ainnle ionna urchomhair.

An domhan tsiar *agus* tsoir,   580
agad, a Naoise neartmhuir!
do bhiadh uile, is ni breag
muna ndiongantaoi[s] an móireacht.

Adhlaicthear mise san bfeart
agus clochtar ann mo leac*ht*,   585
da bfeithiomh is de thig m'éug
o dorine*dh* an móireac*ht*.[1]

A haithle na laoisin adubhairt Deirdre: "Leigidh damhsa
mo chéile do phogad*h*." *Agus* doghaibh ag pogad*h* Naoise agus
ag ol a fol*a*, go ndubh*air*t an laoi ann:[2]   590

Fado [an[2]] la gan clann[3] Uisneach
níor tuirseach bheith ionna ccuallac*ht*
mic Righ lea ndioltúighe deoraig,[4]
t*r*i leomhain o Chnoc[5] na hUamha.

Tri dreaguin Dúna Monaidh,   595
na tri cur*aidh* on Ccraoibh Rua[i]dh:
dá ndéis ni b*a* beo mise:
triur do bhrisedh *gach* aonruaig.[6]

Tri lea[n]nán [nam]ban[7] Breatan,
t*r*i seabhaic sleibhe Cuilinn,   600
mic Righ dár gheill an ghaisge
dá ttugaidis amhuis uraim.[8]

---

[1] II omits this lament.   [2] II then prefixes the heading: Nuail-
dbubhadh Dhéirdre an diagh chlainne Uisnigh.   [3] Sic II.
[4] re ndiltaigh deóraidh, II.
[5] trí leómhuin chnuic, II.
[6] tríur bhriste na ccath ccruaidhe, II.
[7] Tri lennáin do mhnáibh Bretan, II.   [8] uirrim, II.

10

Tríar laoch nár mhaith fá urraim:
a ttuitim is cúis truaighe:
605   trí mic inghine Cathfaidh,
tri gabhla chatha Chuailgne.

Tri beithreaca[1] beodha,
tri leomhuin a Lios Úna,[2]
triar laoch lear mhiann[3] a moladh,
610   tri mic uchta na nOlltach.

Triur do hoiledh ag Aoife,
agá mbiodh crioch fá chána,[4]
tri huaithnedh briste catha,
triar daltadha[5] dobhi ag Sgathaig.

615   [p. 454] Tríur do hoiledh ag Boghmhain,
le foghluim gacha cleasa,[6]
tri mic oirdhearca Uisneach,
is tuirseach bheith 'na n-easbaidh.

Go mairfinn an deoig Naoise
620   ná sáileth[7] neach na bheatha[8]
an deoid[9] Ardáin is Ainnle
ni bhiadh m'aimsir go fada.[10]

Airdrigh Uladh mo cheidfear,
do threigios do ghradh[11] Naoise,
625   gearr mo saoghal ionna dhiadh,[12]
fearfad a chluiche[13] caointe.

[1] Na trí beithreacha, II.   [2] leasa Connrach, II.
[3] rer maith, II.   [4] dá mbíodh chrícha fo chánaigh, II.
[5] trí daltáin, II.   [6] Trí daltáin do bhí ag Uathaidh | trí laeich fa buaine i ttreise, II.   [7] ms. sil'ac.
[8] air talmain, II.   [9] ms. deoig: diaigh, II.
[10] ionnamsa ní bhiaidh anmain, II.
[11] air ghrádh, II.
[12] ms. dhiagh.
[13] ms. chluithe: cluithche, II.

Ionna ndiadh [1] ni ba beo mise,
triar do chin[g]ea*dh* ar gach deabhaidh, [2]
tr[i]úr 'gar mhaith fulang dochar,
triar laoch ga*n* oba*dh* gleacadh. [3]   630

Malla*cht* ort, a Chathfaidh draoi,
do mharbh Naoise tre mhnaoi!
truagh nach dá chabhair do bhí
sath an domhain é d'aoinrigh. [4]

A fir thochb*as* an feartán   635
is chuirios mo leanan uaimse,
na déin an uaig go dochrach:
biadsa a bfochar na n-uasal. [5]

[II here inserts the following four stanzas:]

Mór do gheibhinn do dochar
a ffochair na ttrí ccuradh: 640
d'fhuilginn gan tech, gan teine,
ní mise nach biaidh go dubhach.

A ttrí sciatha 's a slegha
fa leba dham go minic;
cuir a ttrí ccloidhme cruaidhe   645
os chin*n* na huaighe, a ghillich!

A ttrí coin 's a ttrí sebhaic
biaid festa gan lucht selga,
triúr congbhála gach catha,
triúr daltáin Chonaill Chernaigh.   650

[1] ms. ndiagh: ndiaigh, II.
[2] triar lingeadh tré lár debhtba, II.
[3] O chuaidh mo lennan uaimse dénfad air a uaigh cetha, II.
[4] II omits this stanza.
[5] In II this quatrain runs thus: A fhir thochlas an nuadhfbert, ná
dén an uaigh go dochrach, | biadsa i ffochair na huaighe | ag dénam
truaighe is ochan.

Trí hialla na ttrí ccon sin
do bhain osna as mo chroidhe:
as agam dobhi a ttaisgidh,
a ffaicsin is fáth caeidhe.]

655

Ni rabhus riamh am aonar
ache lá dhéanta bhur n-uaighe, [1]
ge minic do bhi mise,
agus sibhse go huagnech.

Do chuaidh mo radharc uaimse

660

ar bfaicsint [2] uaighe Naoise:
gearr go bfaicfe me m'anam
is na mairionn lucht mo chaointe. [3]

Triomsa dofeallad orrtha,
tri tonna tréana tuile: [4]

665

truagh ná rabhus a ttalamh
sul do marbhadh clann Uisneach.

Truagh mo thuras le Fergus
dom chealgadh don Chraoibh Ruadh:
lena bhriathraibh [5] blaithe binne

670

do mhill-se mise am aonar. [6]

Do seachnus [7] aoibhneas Uladh
moran curadh agus carad: [8]
ar mbeith ionna ndiagh am aonar
ma saogal ni ba fada. [9]

[1] LIII repeats acht.   [2] ag faicsin, II.
[3] ní mhairaun mo lucht cacinte, II.
[4] biád fa dhadhbruing go tuirseach, II.
[5] re briathra, II.   [6] do melladh sinne an aenuair, II.
[7] Do thréigios, II.
[8] air thriar curadh bo treise II.
[9] mo saegal ní ba fada | 'nandiaigh is aenar meise, II. Then II
adds: As mé Deirdre gan aeibhnes | is mé a ndeireadh mo bhetha | a
bheith 'na ndiaigh ós miste | ní bhiadh mise go fada.

[p. 455] Iarsan, tráth, do suig Deirdre 'san bfeart *agus* 675
do thug teora póg do Naoise ria ndul san uaig, agus d'imthig
Cuchuloinn roimhe go Dún Dealgán go cumhach dobronach,
agus ro mhalluig Cathfach draoi Eamhuin Macha an dioghail
an mhoruile sin. *Agus* adubhairt nach geabhadh Conchubar
na neach eile dha slio*cht* an baile sin go brath an deoigh an 680
feill sin.

Dala Feargusa mic Rosa Ruadh, tainigh arnamaireach
d'éis marbhtha chloinne hUisneach go hEamhuin Macha, *agus*
mar fuair gur marbha*dh* iad tar a slána féin, tug féin agus
Cormac Conloingios mac Conchobhair *agus* Dubthach Daolulach 685
gona m-buidhin coimheasgur do mhuintir Chonchubhair, gur
thuit Máine mac Conchubhair leo *agus* trí chéad dá múintir
maraon leis. Loisgthear *agus* airgthear Eamhuin Macha, *agus*
marbhthar banntracht Chonchubhair leo, *agus* cruinnighid areannta do gach leath. Agus fá he líon a shúaigh, tri mhile 690
laoch. Ag*us* triallaid as sin go Connac*ht*aibh go hOiliol Mór
fa Righ Conna*cht* an trath sin, *agus* go Meadhbh Chruachna,
mar a bfuaradar fáilte ag*us* fostadh.

Dala Feargusa agus Chorm*aic* Chonloingios gona laoch-
raidh, iar ro*cht*uin a cConna*cht*aibh doibh, ní bhidís aonoidh- 695
che gan lu*cht* fogla uatha ag arguin agus ag losga*dh* Ula*dh*,
mar sin dhoibh g*ur* traochadh crioch Chuailgne leo, gniomh
asa ttáinigh iomad dochar *agus* dibfeirge idir an dá choige, 7
dochaithed*ar* sea*cht* mbliadhna, no do réir [p. 456] droinge
eile deich mbliadhna, ar an ordugha*dh* sin, gan osadh aonuaire 700
eadtorrtha. As leith aistig don aimsir sin do choimisg Fear-
g*us* le Meadhbh gur toirchedh leis í, go rug triúr mac dó
d'aontoirbhirt, mar ata Ciar, Corc *agus* Conmhac, amhuil adeir
an file 'san rann so:

    Torrach Meadhbh a cCruachain[1] chaoin,   705
    o Feargus nár thuill tathaoir.
    go rug triar g*an* lo*cht* nár lag,
    Ciar, Corc *agus* Conmhac.

---

[1] ms. cCruachán.   710

As ón cCiar so raidhtear Ciárruidhe a Mumhain, agus is
ar a slíocht atá O Conchubair Ciarúidhe. O Chorc ata O Con-
chubha[i]r Chorcamruadh. *Agus* o Chonmhac atá gach Con-
mhaicne da bfuil a cConnachtaibh, *agus* gib é leígfios an duain
dárab tosach "Clann Feargusa, clann ós cách," do gheabhaidh
go follus, gur mór an t-arrdhachtus do ghabhadar an triur mac
715 sin Meidhbhe a cConnachtaibh agus san Mumhain, biodh a
fiadhnuise sin arna tíribh atá ainimnighthi uatha san da chóige sin.
   Dobhi Feargus agus an Dubhloingios, .i. sluagh deoruigh-
eachta dochuaidh leis a cConnachtaibh, ag sior-dheanamh luit
agus uile ar Olltachaibh tré bhás chloinne hUisneach.   Olltaig
720 mar an cceadna ag deanamh dibhfeirge orrtha sin *agus* ar
fearaibh Connocht treas an ttáin bho tug Feargus uatha *agus*
treas gach dochar eile dhiobh, ionnus go rabhadar na diotha
agus na dochair dorinedar leath ar leath dá chéile combmór
sin go bfuilid leabhair sgriobhtha orrtha bha liosta [p. 457]
725 re a leaghadh annso.

Do bhás Dheirdre ann so.

   Dala Dhéirdre, dá ttainigh na gniomha sin, do bhi si a
bfochair Chonchubhair san teaghlach ar fedh bliadhna d'éis
mharbhtha chloinne hUisneach. *Agus* ge madh beag tógbhail a
730 cinn no gaire do dheanamh tar a beal, ní dhearna risan ræ
sin. Mar do chonairc Conchubhar nár ghaibh cluithe na caoineas greidhm de, agus nach tug abhacht na ardughudh aoibhneas misneach ionna haigne, do chuir fios ar Eogan mac Durthacht flaith Fearnmhúidhe; *agus* adeirid cuid dona seanchaidh-
735 ibh gurab e an t-Eogan so domharbh Naoise mac Uisneach
an Eamhuin Macha. *Agus* iar ttcacht d'Eogan do lathair
Chonchubhair, adubhairt le Déirdre o nách fuair féin uaithe a
haigne do claochlódh ona cumha go ccaithfedh dul seal eile
le hEoghan *agus* leis sin curthar ar chulaibh Eoghain ionna
740 charbad i, *agus* téid Conchubhar da ttiodhlacadh. Agus ar
mbeith ag triall dhoibh do bheiredh si suil ar Eogan roimpe
go fiochda *agus* súil ar Chonchubhar ionna diagh, oir ni

raibh dís ar domhan is mó dha ttug fuath [p. 458] ná
iad araon. Mar do mhothaig umorro Conchubhar, is e ag
sille fa seach ar féin agus ar Eoghan, adubhairt ré tre abhacht: 745
"A Deirdre," ar se, "is súil caorach idir dha reithe an tsúil
sin do bheire ormsa agus ar Eoghan." Arna chlos sin do
Dheirdre, do ghaib bioga leis an mbréithir sin í, go ttug baoith-
beim as an ccarbad amach, gur bhuail a ceann ar charrtha
cloiche dobhí roimpe, go ndearnaidh míre mionbhruighte dá 750
ceann, gur ling a hincinn go hobann aiste, gona amhlaidh sin
tainigh bás Dhéirdre.

Craobhsgaoiledh agus coimhneas ar chuid do churadhaibh
na Craoibhe Ruadh annso, sul laibheoram ar thuille do ghniomh-
arthaibh Chuculoinn: 755

> Cathfach mac Maolchró na ccath,
> ceidrigh agá raibh Maghach,
> días eile, fá bhúan a bfearg,
> Rosa Ruadh, Cairbre Ceiundearg.

> Triúr da[1] rug Maghach clann ghlan   760
> Rosa Rúadh, Carbre is Cathfach,
> doba triar rathmhar ré roinn
> dobí ag Mághach málachdhoinn.

[p. 459]
> Tri mic le Rosa Ruadh dhi,
> is cheithre mic le Cairbre,   765
> slata finngeala gan ail,[2]
> trí hinghiona le Cathbaidh.[3]

> Rug Maghach do Chathfach draoi
> tri hinghiona fo gheal gnaoi,
> dochinn a ccruith tar gach aon   770
> Deithchim, Ailbbe is Fionnchaomh.

---

¹ ms. do.   ² ms. ail.   ³ ms. Cathfach.

Fionnchaomh inghion Chathfach *d*raoi,
dcaghmhathair Chonuill Chéarnaigh,
trí mic Ailbhe <u>n</u>á rob úgh,
775   Naoise, Ainnle is Ardán.

Mac Deithchime na ngruadh nglan
Cucholoinn Dúna Dealgan,
clann ná r[o]ghaib g*r*áin le goin
ag *tr*i hingion*aib*h Cathfaidh.[1]

_____

780   Clanna hUisneach sgiath na bᶠear
a ttuitim g*ó* neart [na]sl*úi*agh,
maith a ccaid*r*iomh, geal a ccneas:
ag sin aguibh an treas Truagh.

Finis
785 _____   Pro scriptore[2] lector oret!

[1] O'Flanagan prints a copy of this poem in pp. 25, 26 of the
Transactions of the Gaelic Society.   Dublin, 1808.
[2] ms. lectore.

Translation.

The Death of the Sons of Usnech.

1. An exceeding beautiful and mighty feast was prepared by Conchobar, son of Fachtna Fathach, and by the worthies of Ulster besides, in smooth-delightful Emain Macha. And the worthies of the province came . . . unto that feast; and (wine) was dealt out (to them) until they all were glad, cheerful and merry. And the men of music and playing and knowledge rose up to recite before them their lays and their songs and chants, their genealogies and their branches of relationship.

8. These are the names of the poets who were present at that feast, namly, Cathbad, son of Congal the Flat-nailed, son of Rugraide, and Genan Bright-cheek, son of Cathbad, and Genan Black-knee son of Cathbad, and Genan . . . . son of Cathbad, and Sencha the Great, son of Ailill, son of Athgno son of F . ., son of Gl . ., son of Ros, son of Ruad, and Fercertne the Poet, son of Oengus Redmouth, son of F . . . . the Poet, son of Gl . ., son of Ros, son of Ruad.

15. And it is thus they enjoyed[1] the feast of Emain, to wit, a special night was set apart for each man of Conchobar's household. And this is the number of Conchobar's household, even five and three score and three hundred. And they sat there until Conchobar uplifted his loud king's-voice on high, and this is what he said: "I would fain know what I ask of

---

[1] lit. consumed.

you, O warriors!" saith Conchobar, "have ye ever seen a household that is braver than yourselves in Ireland, or in Scotland,
or in the great world in any place, for" . . . . .

23. "Truly we have not seen," say they, "and we know
not if there be."

"If so," saith Conchobar, "do ye know (any) great want
in the world upon you?"

"We know not at all, O high king," say they.

27. "But I know, O warriors," saith he, "one great want
which we have, to wit, that the three Lights of Valour of the
Gael should be away from us, that the three sons of Usnech,
even Náisi and Ainnle and Ardán, should be separated from
us because of (any) woman in the world. And Náisi for valour
and prowess was the makings of an overking of Ireland, and
the might of his own arm hath gained for him(self) a district
and a half of Scotland." *· ·* ·* · ·*· *· ·*· ·*· ·*·*

33. "O royal soldier," say they, "if we had dared to utter
that, long since we would have uttered it. For it is apparent
that they are sons of a king of a border-district, and they
would defend the province of Ulster against every other province in Ireland, even though no other Ulstermen should go
along with them. Because they are heroes for bravery, and
those three are lions for might and for courage."

38. "If it be so," saith Conchobar, "let envoys and messengers
be sent for them into the districts of Scotland, to Loch Etive
and to the stronghold of the sons of Usnech in Scotland."

"Who will go with that?" saith every one.

42. "I know," saith Conchobar, "that it is in Náisi's prohibitions to come into Ireland in peace, except with three,
namely Cúchulainn son of Subaltam, and Conall son of Aimir-
gin and Fergus son of Ross; and I will [now] know unto
which of those three I am dearest."

46. And he took Conall into a place apart, and asked him:
"What will be done, O royal soldier of the world," saith Conchobar, "if thou art sent for Usnech's sons, and they should
be destroyed in spite of thy safeguard and thy honour?"

"A thing I attempt not! Not the death of one man
(only) would result therefrom," saith Conall; "but each of the
Ulstermen who would harm them (and) whom I should appre-
hend, he would not go from me . . . . without death and destruction and slaughter being inflicted upon him."

53. "That is true, O Conall," saith Conchobar. "Now I under-
stand that I am not dear to thee." And he put Conall from
him. And Cúchulainn was brought unto him, and he asked
the same thing of him. "I give (it) under my word," saith
Cúchulainn, "if . . . . . . there shouldst be sought eastward
unto India, I would not take the bribe of the globe from
thee, but thou thyself to fall in that deed."

58. "That is true, O Cú, that not with one . . . . . . thou
hast no hatred." And he put Cúchulainn from him, and Fergus was brought unto him. And he asked the same thing of
him. And this did Fergus say to him: "I promise not to
attack thy blood or thy flesh," saith Fergus. "And yet there
is not an Ulsterman whom I should catch [doing them hurt]
who would not find death and destruction at my hands."

65. "It is thou that shalt go for the Children of Usnech, O
royal soldier," saith Conchobar. "And set forward to-morrow,"
saith he; "for with thee would they come. And after coming
from the east, betake thee to the fortress of Borrach son of
Cainte, and give thy word to me that so soon as they shall
arrive in Ireland, neither stop nor stay be allowed them, so
that they may come that night to Emain Macha."

71. Thereafter they came in, and Fergus told (every one)
that he himself was going in warranty of Usnech's children,
and his other warranty went to the worthies of the province
all along with him in those warranties. And they bore away
that night.

75. And Conchobar addressed Borrach son of Annte and
asked of him: "Hast thou a feast for me?" saith Conchobar.

"There is assuredly," saith Borrach, "and it was possible
for me to make it, and it is not possible for me to carry it
to thee to Emain Macha."

79. "If it be so," saith Conchobar, "bestow it on Fergus, for one of his prohibitions is to refuse a feast."

And Borrach promised that; and they bore away the night without . . . . . ., without danger. And on the morrow Fergus arose early, and of hosts nor of multitude he took nought with him save his own two sons, even Illann the Fair and Buinne the Rude-Red, and Fuillend the boy of the Iubrach,[1] and the Iubrach. 84. And they went on to the stronghold of the sons of Usnech and to Loch Etive. And thus were the sons of Usnech: three spacious hunting-booths they had, and the booth in which they did their cooking, therein they ate not, and the booth in which they ate, therein they slept not. And Fergus sent forth a mighty cry in the harbour, so that it was heard throughout the farthest part of the districts that were nearest to them. 90. And thus then were Náisi and Deirdre, with Conchobar's Cennchaem (the king's draught-board) between them, and playing thereon. And Naisi said: "I hear the cry of an Irishman," saith he. And Deirdre heard the cry, and knew that it was the cry of Fergus, and concealed it from them. And Fergus sent forth the second cry, and Naisi said: "I hear another cry, and it is an Irishman's cry," saith he. "Nay," saith Deirdre, "not alike are the cry of an Irishman and the cry of a Scotchman." And Fergus sent forth the third cry, and the sons of Usnech knew that *there* was the cry of Fergus. And Naisi told Ardán to go to meet Fergus. And Deirdre knew Fergus when sending forth his first cry, and she said to Naisi that she had known the first cry that Fergus had uttered.

101. "Wherefore hast thou concealed it, my girl?" saith Naisi.

("Because of) a vision I saw last night," saith Deirdre, "to wit, three birds come to us out of Emain Macha; and three sips of honey they had in their bills, and those three sips they left with us, and with them they took three sips of our blood."

---

[1] the name, apparently, of a boat or galley belonging to Fergus.

107. "What is the rede that thou hast of that vision, O girl?" saith Náisi.

"It is (this)," saith she. "Fergus hath come from our own native land /with peace: for not sweeter is honey than a (false man's) message of peace; and the three sips of blood that have been taken from us, they are ye, who will go with him, and ye will be beguiled."

112. And they were sorry that she had spoken that. And Naisi bade Ardán go to meet Fergus (and his sons). So he went; and when he came to them he gave them three kisses fervently and right loyally, and brought them with him to the stronghold of the sons of Usnech, wherein were Naisi and Deirdre; and they (too) gave three kisses lovingly and fervently to Fergus and to his sons. And they asked tidings of Ireland and of Ulster in special. "These are the best tidings we have," saith Fergus, "that Conchobar hath sent me for you, and that I have entered into warranty and covenant, for I am ever dear and loyal to you, and my word is on me to fulfil my warranty."

122. "It is not meet for you to go thither," saith Deirdre; "for greater is your own lordship in Scotland than Conchobar's lordship in Ireland."

"Better than every thing is (one's) native land," saith Fergus; "for not delightful to any one is excellence of (any) greatness unless he sees his native land."

126. "That is true," saith Naisi; "for dearer to myself is Ireland than Scotland, though more of Scotland's goods I should get."

"My word and my warranty are firm to you," saith Fergus.

"Verily, they are firm," saith Naisi, "and we will go with thee."

131. And Deirdre consented not to what they said there, and she was forbidding them. Fergus himself gave them his word that if all the men of Ireland should betray them, they (the men of Ireland) would have no protection of shield or sword or helmet, but that he would overcome them. "That is true," saith Naisi; "and we will go with thee to Emain Macha."

137. They bore away that night till the early-bright morning came on the morrow. And Naísi and Fergus arose and sat in the galley, and came on along the sea and mighty main till they arrived at the fortress of Borrach son of Annte. And Deirdre looked behind her at the territories of Scotland, and this she said: "My love to thee, O you land in the east!" saith she; "and it is sad for me to leave the sides of thy havens and thy harbours and thy smooth-flowered, delightful, lovely plains, and thy bright green-sided hills. And little did we need to make that . . . ." And she sang the lay:

146. A loveable land (is) yon land in the east,
     Alba with its marvels.
     I would not have come hither out of it
     Had I not come with Naísi.

     Loveable are Dún-fidga and Dún-finn,
     Loveable the fortress over them,
     Loveable Inis Draigende,
     And loveable Dún Suibni.

154. Caill Cuan!
     Unto which Ainnle would wend, alas!
     It was short I thought the time
     And Naisi in the region of Alba.

     Glenn Láid!
     I used to sleep under a fair rock.
     Fish and venison and badger's fat
     This was my portion in Glenn Láid.

162. Glenn Masáin!
     Tall its garlic, white its branchlets:
     We used to have an unsteady sleep
     Over the grassy estuary of Masán.

166. Glenn Etive!
    There I raised my first house.
    Delightful its wood, after rising
    A cattlefold of the sun is Glenn Etive.

    Glenn Urcháin!
    It was the straight, fair-ridged glen.
    Not prouder was (any) man of his age
    Than Naisi in Glenn Urcháin.

174. Glenn Dá-Rúad!
    My love to every man who hath it as an heritage!
    Sweet is cuckoos' voice on bending branch
    On the peak over Glenn dá Rúad.

    Beloved is Draigen over a strong beach:
    Dear its water in pure sand;
    I would not have come from it, from the east,
    Had not I come with my beloved.

182. After that they came to Borrach's stronghold along with
Deirdre; and Borrach gave three kisses to the sons of Usnech,
and made welcome to Fergus with his sons. And Borrach said
this: "I have a feast for thee, O Fergus!" he saith, "and
a prohibition of thine is to leave a feast before it shall have
ended." And when Fergus heard that a purple ... was made
of him from sole to crown. "Evil hast thou done, O Borrach!"
saith Fergus, "to put me under prohibitions, and Conchobar to
make me promise to bring the sons of Usnech to Emain on
the day that they should come to Ireland."

192. "I put thee under prohibitions," saith Borrach, "even
prohibitions that true heroes endure not upon thee, unless thou
come to consume that feast."

194. And Fergus asked of Naisi what he should do as to that.
"Thou shalt do, [what Borrach desires"], saith Deirdre, "if thou
preferrest to forsake the sons of Usnech and to consume the
feast. Howbeit, great is the . / . of a feast to forsake them."

198. "I will not forsake them," saith Fergus, "because I will put my two sons with them, even Illann the Fair and Buinne the Rude-Red, unto Emain Macha, and my own word moreover," saith Fergus.

201. "Enough is his goodness," saith Naisi, "for no one but ourselves hath ever defended us in battle or in conflict."

And Naisi moved in anger from the spot, and Deirdre followed him, and Ainnle and Ardán, and Fergus' two sons. And not according to Deirdre's desire was that counsel carried ous. And Fergus was left in gloom and sadness. Howbeit Fergus was sure of one thing; if the five great fifths of Ireland should be at one spot, and take counsel with each other they would not attain unto destroying that safeguard.

210. As to the sons of Usnech, they moved forward in the shortness of every way and every fair direction. And Deirdre said unto them: "I would give you a good counsel, although it jt be not carried out for me."

213. "What is that counsel which thou hast, O girl?" saith Naisi.

"Let us go to Inis Cuilenni, between Ireland and Scotland, to-night, and let us remain there tell Fergus consumes his feast; and that is a fulfilment of Fergus' word, and unto you it is a long increase of princedom.

217. "That is an utterance of evil as to us," saith Illann the Fair and saith Buinne the Rude-red. "It is impossible for us to carry out that counsel," say they. "Even though there were not the might of your own hands along with us, and the word of Fergus (given) to you, ye would not be betrayed."

221. "(It is) woe that came with that word," saith Deirdre, "when Fergus forsook us for a feast." And she was in grief and in great dejection at coming into Ireland (relying) on Fergus' word. And then she said:

225.   Woe that I come at the . . . word
       Of Fergus the frantic son of Roig.
       I will not make repentance of it —
       Alas and bitter is my heart!

My heart as a clot of sorrow
Is to-night under great shame.
[Alas] My grief, O goodly sons! *[? junk?]*
Your last days have come."

233. "Say not, O vehement Deirdre,
O woman that art fairer than the sun!
Fergus will come on . . .
Unto us that we be not slain together."

"Alas, I am sad for you,
O delightful sons of Usnech!
To come out of Alba of the red deer,
Long shall be the lasting woe of it!

241. After that lay they went forward to Finncharn of the
Watching, on Sliab Fuait, and Deirdre remained behind them
in the glen, and her sleep fell upon her there. And they left
her without knowing it, and Naisi perceived that, and he turned at once to meet her, and that was the hour at which she
was rising out of her sleep. And Naisi said: "Wherefore didst
thou stay there, O queen?" saith he.

247. "A sleep I had," saith Deirdre, "and a vision and a
dream appeared to me there."

"What was that dream?"

250. "I beheld," saith Deirdre, "each of you without a head,
and Illann the Fair without a head, and his own head upon
Buinne the Rude-red, and his assistance not with us." And
she made the staves:

253. Sad the vision that appeared to me,
O stately (?) fair-pure four!
Without a head on each of you,
Without (one) man's help to the other."

"Thy mouth has sung nought save evil,
O delightful radiant damsel!
Let . . . O thin slow lip
On the foreigner of the sea of Mann.

11

D. "I would rather have every one's ill,"
   Said Deirdre, without darkness,
   Than your ill, O gentle three!
   With whom I have searched sea and mighty land.

265. "I see his head on Buinne,
     Since it is his life that is largest.
     Sad indeed it is with me to-night,
     His head (to be) on Buinne the Rough-red!

269. Hereafter they went forward to Ard na Sailech, which
is called Armagh today. Then said Deirdre: "Sad I deem what
I now perceive, thy cloud, O Naisi, in the air — and it is a
cloud of blood. And I would give you counsel, O sons of
Usnech!" saith Deirdre.
      "What counsel is that which thou hast?" saith Naisi.
      275. To go to-night to Dundalk where there is Cúchulainn,
and to abide there until Fergus shall come, or to go under
Cúchulainn's safeguard to Emain."
      "We have no need to carry out that," saith Naisi. And
the girl said this:

280. "O Naisi, look on the cloud
     Which I see here in the air!
     I see over green Emain
     A great cloud of crimson blood.

     I am startled at the cloud
     Which I see here in the air.
     Likened to a clot of blood
     (Is) the fearful, thin cloud.

     I would give you counsel,
     O beautiful sons of Usnech!
     Not to go to Emain to-night,
     With all the danger that is on you.

We will go to Dundalk
Where there is Cú of the crafts:
We will come to-morrow from the south
Together with the expert Cú."

296.   Said Naisi in wrath
Unto Deirdre the sage, red-cheeked,
"Since there is no fear upon us,
We will not carry out thy counsel."

"Seldom (were) we ever before,
O royal descendant of Rugraide!
Without our being in accord [1]
I and thou, O Naisi!

304.   On the day that Manannán and the enduring
Cú gave us a cup,
Thou wouldst not have been against me,
I say unto thee, O Naisi!

On the day that thou tookest with thee
Me over Assaroe of the oars,
Thou wouldst not have been against me,
I say unto thee, O Naisi!"

312. After those staves, they went forward by the shortest
way till they beheld Emain Macha before them. "I have a
sign for you," saith Deirdre, "if Conchobar is about to work
treachery or parricide upon you."

316. "What is that sign?" saith Naisi.

"If ye are let into the house wherein are Conchobar and
the nobles of Ulster, Conchobar is not about to do evil to you.
If ye are are put to the house of the Red-Branch and Conchobar (stays) in the house of Emain, treachery and guile will be
wrought be upon you."

---

 me/   [1] lit. on mé story of it.

321. And they went forward in that wise to the door of
the house of Emain and asked that it should be opened for
them. The doorward answered and asked who was there. He
was told that it was three sons of Usnech who were there,
and Fergus' two sons, and Deirdre. That was told to Conchobar, and his servants and attendants were brought to him,
and he asked them how stood the house of the Red-Branch as
to food or as to drink. They said that if the five battalions
of Ulster should come there they would find enough for them
of food and drink. "If so," saith Conchobar, "let the sons of
Usnech be taken into it." And that was told to the sons of
Usnech." Said Deirdre: "Ah Naisi, the loss caused by not
taking my counsel hath hurt you," saith she; "and let us go
on henceforward."

333. "We will not do so," saith Illann the Fair, son of
Fergus, "and we confess, O girl, that great is the timidity and
cowardice that thou didst suggest to us when thou sayest that.
And we will go to the house of the Red-Branch," saith he.

336. "We will go assuredly," saith Naisi. And they moved
forward to the house of the Red-Branch; and servants and
attendants were sent with them, and they were supplied with
noble sweet-tasted viands, and with sweet, intoxicating drinks,
till every one of their servants and attendants was drunk and
merry and loud-voiced. But there was one thing, however, they
themselves did not take, food or drink, from the weariness
caused by their travel and journey; for they had neither stop-
ped nor stayed from the time they left the fort of Borrach,
son of Andert, till they came to Emain Macha.

344. Then said Naisi: "Let the 'Fair-head'[1] of Conchobar
be brought to us, so that we may play upon it." The 'Fair-
head' was brought to them, and its men were placed upon it,
and Naisi and Deirdre began to play. It is at that hour and
time that Conchobar said: "Which of you, O warriors, should
I get to know whether her own form or make remains on

[1] The name of Conchobar's draught-board.

Deirdre; and if it remains, there is not of Adam's family a
woman whose form is better than hers."

351. "I myself will go thither," saith Levarcham, "and I
will bring thee tidings." Now thus was Levarcham; and dearer
to her was Naisi than any one on the globe, for often she had
gone throughout the districts of the great world to seek for
Naisi, and to bear tidings to him and from him. Thereafter
Levarcham came forward to the place wherein were Naisi and
Deirdre.

357. And thus were they, with the 'Fair-head' of Conchobar between them, a-playing on it.

And she gave the son of Usnech and Deirdre kisses of
loyalty, lovingly, fervently; and she wept showers of tears, so
that her bosom and her fore-breast were wet. And after that
she spake and said: "It is not well for you, O beloved children," she said, "for you to have the thing which he was most
loath to lose [1], and you in his power. And I have been sent
to visit you, and to see whether her shape or her make remains on her, on Deirdre. And sad to me is the deed they
do to-night in Emain, namely to work treachery and shame and
trothbreach [2] upon you, O darling friends," saith she." And till
the end of the world Emain will not be better for a single
night than it is to-night." And she made the lay therein:

369.   "Sad to my heart is the shame
            Which is done to-night in Emain;
         And from the shame henceforward
            It will be the contentious Emain.

         Three brothers the best under heaven
            Who have walked on the thick earth,
         Grievous to me as it is
            The slaying of them on account of one woman.

---

[1] literally "taken most difficultly from him". ?
[2] Perhaps "breach of trust."

Naisi and Ardan with fame
White-palmed Ainnle their brother,
Treachery on this group being mentioned,
It is to me fully sorrowful."

381. After that Levarcham told the sons of Fergus to shut the doors of the house of the Red-Branch, and its windows, "And if ye be attacked, victory and blessing to you! And defend yourselves well, and your safeguard and Fergus's safeguard."

And after that she went forth forward gloomily, sadly, unhappily, to the place wherein was Conchobar; and Conchobar asked tidings of her.

Then said Levarcham answering him, "I have evil tidings for thee, and good tidings."

"What are those?" saith the king of Ulster.

390. "Good are the tidings," saith Levarcham: "the three whose form and make are best, whose motion and throwing of darts are best, whose action and valour and prowess, are best in Ireland, and in Scotland, and in the whole great world, have come to thee; and thou wilt have henceforward the driving of a bird-flock against the men of Ireland since the sons of Usnech go with thee. And that is the best tidings I have for thee. And this is the worst tidings that I have, the woman whose form and make were the best in the world when she went from us out of Emain, her own shape or make is not upon her."

398. When Conchobar heard that, his jealousy and his bitterness abated. And they drunk a round or two after that, and Conchobar asked again: "Who would go before me to know whether her own shape or her form or her make remains upon Deirdre?" And he asked thrice before he had his answer.

403. Then said Conchobar to Trén-dorn Dolann, "O Trén-Dorn," saith Conchobar, "knowest thou who slew thy father?"

405. "I know," saith he, "that it was Naisi, son of Usnech, that slew him." "If so," saith Conchobar, "go and see whether her own shape or her make remains on Deirdre."

And Trén-dorn moved forward, and came to the hostel, and found the doors and the windows shut; and dread and great fear seized him, and this he said, "There is no proper way to approach the sons of Usnech, for wrath is on them." And after that he found a window unclosed, in the hostel, and he began to look at Naisi and Deirdre through the window. Deirdre looked at him for she was the most quick-witted [1] there, and she nudged (?) Naisi, and Naisi looked after her look and beheld the eye of that man.

And thus was he himself, having a dead man of the men of the draught-board, and thereof made he a fearful successful cast, so that it came to the young man's eye . . . . interchange was made between them, and his eye came on the young man's cheek, and he went to Conchobar having only one eye, and told tidings to him from beginning to end: and this he said: "There is the one woman whose form is best in the world, and Naisi would be king of the world if she is left to him."

423. Then arose Conchobar and the Ulstermen, and came around the hostel, and uttered many mighty shouts there, and cast fires and fire-brands into the hostel. That was told to Deirdre and the children of Fergus, and they asked "Who is there under the Red-Branch?"

"Conchobar and the Ulstermen," say they.

"And Fergus's safeguard against them," said Illaun the Fair.

430. "My conscience!" saith Conchobar, "it is a shame to you, and to the sons of Usnech, that my wife is with you."

"True is that," saith Deirdre," and Fergus hath betrayed you, O Naisi."

"My conscience!" saith Buinne the Rude, "he hath not done so and we will not do so."

435. Then Buinne the Rude came forth and slew three

---

[1] literally "quick-headed."

fifties outside at that onrush, and he quenched the fires and
the torches, and confounded the hosts with that shout of doom.
Said Conchobar: "Who causes this confusion to the troops?"

"I Buinne the Rude, son of Fergus."

440. "Bribes from me to thee," saith Conchobar, "and
desert the children of Usnech."

"What are those bribes that thou hast?" saith Buinne.

"A cantred of land," saith Conchobar, "and my own pri-
vacy, and my counsel to thee."

445. "I will take," saith Buinne, and Buinne took those
bribes: and through God's miracle that night, moorland was
made of the cantred, whence the name Sliab Dáil Buinni
(Moorland of Buinne's Division). And Deirdriu heard that
parley.

449. "My conscience!" saith Deirdriu, "Buinne hath deserted
you, O sons of Usnech, and your son is like (his) father."

"By my own word!" saith Illann the Fair, "I myself will
not leave them so long as this hard sword remains in my
hand." And thereafter Illann came forth and gave three swift
rounds of the hostel, and slew three hundreds of the Ulstermen
outside, and came in to the place where Náisi was biding, and
he a-playing draughts with Ainnle the Rough. And Illann made
a circuit round them, and drank a drink, and carried a lamp
alight with him out on the green, and began smiting the hosts,
and they durst not go round the hostel.

459. Good was the son who was there — even Illann the
Fair son of Fergus! He never refused any one as to jewel or
many treasures; and pay was not given him from a king and
he never accepted a cow save only from Fergus.

463. Then said Conchobar, "Where is my own son Fiacha?"
saith Conchobar.

"Here," saith Fiacha.

"By my conscience, it is on one night that thou and Illann
the Fair were born, and he hath his father's arms; and do thou
bring my arms with thee, even the Bright-rim, and the Victo-

rious, and the Gapped spear, and my sword; and do valiantly with them."

470. Then each of them approached the other, and Fiacha came straight to Illann, and Illann asked of Fiacha, "What is that, O Fiacha?" saith he.

"A combat and conflict I wish to have with thee," saith Fiacha.

"Ill hast thou done," saith Illann, "and the sons of Usnech under my safeguard."

476. They attacked each other, and they fought a combat warlike, heroic, bold, daring, rapid. And Illann gained the better of Fiacha, and made him lie on the shadow of his shield, and the shield roared at the greatness of the need wherein he was. And in answer to it roared the three chief waves of Ireland, even the wave of Clidna, and the wave of Tuad, and the wave of Rugraide.

481. Conall the Victorious, son of Amergen, was at that time in Dunseverick, and he heard the thunder of the wave of Rugraide. "That is true," saith Conall, "Conchobar stands in danger, and it is wrong not to go to him." And he took his arms, and went forward to Emain, and found the fight, Fiacha son of Conchobar having been overthrown, and the Brightrim roaring and bellowing . . . . .; and the Ulstermen durst not rescue him. And Conall came from behind Illann and through him thrust his spear, even Conall's Culghlas.

499. "Who hath wounded me?" saith Illann.

"I, Conall," saith he; "and who art thou?"

"I am Illann the Fair, son of Fergus," saith he; "and ill is the deed thou hast done, and the sons of Usnech under my safeguard."

"Is that true?" saith Conall.

"True it is."

_____

"Ah, my sorrow," saith Conall, "by my word, Conchobar will not take his own son from me, without being killed in vengeance for that deed."

And after that Conall gave a swordblow to Fiacha the Fair, and shore his head from his body, and Conall left them.

501. Thereafter came the signs of death to Illann, son of Fergus, and he flung his arms into the hostel, and he told Naisi to do valiantly, and he himself was slain unwittingly[1] by Conall the Victorious.

505. Then came the Ulstermen around the hostel, and cast fires and firebrands into it; and Ardan came forth, and quenched the fires, and slew three hundreds of the host, and after being a long . . . . . outside. And Ainnle went forth the second third of the night, protecting the hostel. And he slew an innumerable number of Ulstermen, so that they went with loss from the hostel.

512. Then Conchobar began to hearten the host, and Naisi came forth at last, and it is not possible to number all that fell by him. The Ulstermen gave the battle of the morning to Naisi, and Naisi alone inflicted a three hours' rout upon them. After that Deirdre arose to meet him, and said to him, "Victorious is the conflict that thyself and thy two brothers have wrought, and do valiantly henceforward. And ill was the counsel for you to trust to Conchobar and to the Ulstermen, and sad it is that you did not do what I counselled."

521. Then the Children of Usnech made a fence of the borders of each other's shields; and they put Deirdre between them, and they set their faces at once against the host, and they slew three hundreds of the hosts at that onrush.

525. Then came Conchobar where Cathbad the wizard abode. And he said, "O Cathbad" said he, "stay the Children of Usnech, and work wizardry upon them, for they will destroy this province for ever, if they escape from the Ulstermen, in spite of them at this turn; and I give thee my word, that I will be no danger to the children of Usnech."

530. Cathbad believed those sayings of Conchobar, and he went to restrain the Children of Usnech, and he wrought wiz-

---

[1] literally "in disguise."

ardry upon them, for he put a great-waved sea along the field before the Children of Usnech. And the men of Ulster two feet behind them, and sad it was that the Children of Usnech were overwhelmed in the great sea, and Naisi uplifting Deirdre on his shoulder to save her from being drowned.

538. Then Conchobar called out to slay the Children of Usnech, and all the men of Ulster refused to do that. For there was not one man in Ulster who had not wages from Naisi. Conchobar had a youth whose name was Maine Red-hand, the son of the king of Norway, and Naisi had slain his father and his two brothers, and he said that he himself would behead the Children of Usnech in vengeance for that deed.

545. "If so," saith Ardan, "slay myself first, for I am the youngest of my brothers."

"Let not that be done," saith Ainnle, "but let me be slain the first."

"Not so is it right," saith Naisi; "but I have a sword which Manannan Mac Lir gave me and which leaves no relic of stroke or blow. And let us three be struck by it at once, so that none of us may see his brother being beheaded."

554. Then those noble ones stretched forth their necks on one block, and Maine gave them a sword-blow, and shore the three heads at once from them at that spot. And each of the Ulstermen at that grievous sight gave forth three heavy cries of grief for them.

559. As to Deirdre, when each of them was attending to the other, she came forward on the green of Emain, fluttering hither and thither from one to another, till Cúchulainn happened to meet (?)her. And she went under his safeguard, and told him tidings of the Children of Usnech, from beginning to end, how they had been betrayed.[1]

565. "That is sad to me," saith Cúchulainn; "and dost thou know[2] who killed them?"

---

[1] literally "how treachery had been practised upon them."
[2] lit. "is there knowledge with thee?"

"Maine Red-hand, son of the king of Norway," saith she.

Cúchulainn and Deirdre came where the Children of Usnech were, and Deirdre disshevelled her hair, and began drinking Naisi's blood, and the colour of embers came to her cheeks, and she uttered the lay:

> Great these deeds in Emain
> Where the shameful thing was done,
> The death of Usnech's Children without guile,
> The branches of the honour of Ireland!

> The makings of a king of all Ireland
> Ardan . . . Yellow-haired
> Ireland and Scotland without reproach
> Hath Ainnle opposite to him.

> The world west and east
> With thee, O mighty Naisi,
> Would all have been, and no lie,
> Had they not wrought the great outrage.

> Let me be buried in the grave
> And let my bed there be covered with stones   *N. B.*
> From looking at them, thence comes my death,
> Since the great outrage hath been wrought.

After that lay Deirdre said, "Let me kiss my husband." And she began kissing Naisi, and drinking his blood, and she uttered the lay there:

591. Long the day without Usnech's Children:
> It was not mournful to be in their company:
> Sons of a king, by whom pilgrims were rewarded,
> Three lions from the Hill of the Cave!

> Three dragons of Dún Monaid,
> The three champions from the Red Branch:
> After them I am not alive:'   *shall not be*
> Three that used to break every onrush.

599. Three darlings of the women of Britain,
Three hawks of Slieve Gullion,
Sons of a king whom valour served,
To whom soldiers used to give homage.

Three heroes who were not good at homage,
Their fall is cause of sorrow —
Three sons of Cathbad's daughter,
Three props of the battalion of Cuilgne.

607. Three vigorous bears,
Three lions out of Lis Una,
Three heroes who loved their praise,
The three sons of the breast of the Ulstermen.

Three who were fostered by Aife,
To whom a district was under tribute:
Three columns of breach of battle,
Three fosterlings whom Scathach had.

615. Three who were reared by Boghmhain.
At learning every feat;
Three renowned sons of Usnech:
It is mournful to be absent from them.

That I should remain after Naisi
Let no one in the world suppose:
After Ardan and Ainnle
My time would not be long.

633. Ulster's over-king, my first husband,
I forsook for Naisi's love:
Short my life after them:
I will perform their funeral game,

After them I will not be alive —
Three that would go into every conflict,
Three who liked to endure hardships,
Three heroes who refused not[1] combats.

---

[1] lit. "without refusal of".

A curse on thee. O wizard Cathbad,
That slewest Naisi through a woman!
Sad that there was none to help him,
The one king that satisfies the world!

635.   O man, that diggest the tomb,
And that puttest my darling from me,
Make not the grave too narrow:
I shall be beside the noble ones.

———

Much hardship would I take
Along with the three heroes;
I would endure without house, without fire,
It is not I that would be gloomy.

643.   Their three shields and their spears
Were often a bed for me,
Put their three hard swords,
Over the grave, O gillie!

Their three hounds, and their three hawks
Will henceforth be without hunters —
The three who upheld every battle,
Three fosterlings of Conall the Victorious.

651.   The three leashes of those three hounds
Have struck a sigh out of my heart:
With me was their keeping:
To see them is cause of wailing.

I was never alone,
Save the day of making your grave,
Though often have I been
With you in a solitude.

659. My sight hath gone from me
      At seeing Naisi's grave:
      Shortly my soul will leave me,
Since And those whom I lament[1] remain not.

      Through me guile was wrought upon them,
      Three strong waves of the flood!
      Sad that I was not in earth
      Before Usnech's Children were slain!

667. Sad my journey with Fergus
      To deceive me to the Red Branch:
      With his soft sweet words
      He ruined me at the same time.

      I shunned the delightfulness of Ulster,
      Many champions and friends.
      Being after them alone
      My life will not be long.

675. After that, then, Deirdre sat in the tomb and gave three kisses to Naisi, before going into the grave. And Cúchulainn fared onward to Dundalk sadly and mournfully. And Cathbad the wizard cursed Emain Macha, in vengeance for that great evil. And he said that, after that treachery, neither Conchobar nor any other of his race would possess that stead.

682. As to Fergus son of Rossa the Ruddy, he came, on the morrow after the slaying of the Children of Usnech, to Emain Macha. And when he found that they had been slain in breach of his guarantees, he himself and Cormac Conloinges son of Conchobar, and Dubthach Dael-ultach, with their troop, gave battle to Conchobar's household, and Maine, son of Conchobar fell by them, and three hundreds of his household together with him. Emain Macha is burnt and destroyed, and Conchobar's women are slain by them, and they collect their ... from every side. And this was the number of their

---

[1] lit. "folk of my lamentation".

host, three thousand warriors. And from that they proceed to
Connaught to Ailill the Great, who was king of Connaught at
that time, and to Medv of Cruachan, where they found welcome
and support.

694. As to Fergus and Cormac Conloinges with their
warriors, after they had reached Connaught they were not a
single night without sending from them marauders destroying and
burning Ulster, as that was (done) to them. So that the district
of Cuailgne was subdued by them, a deed from which came
abundance of difficulties and robberies between the two provinces. And they spent seven years, or according to some others,
ten years, on that arrangement, without a truce between them
for a single hour. It is within that time that Fergus mingled
(in love) with Medv, so that she became pregnant by him, and
brought forth three sons to him, at one birth, even Ciar,
Corc, and Conmac. As saith the poet in this stave:

705. Pregnant (was) Medv in fair Cruachu
     By Fergus, who increased not reproach.
     She bore three (sons) without fault, which was not weak,
     Ciar, Corc and Conmac.

It is from this Ciar that Ciarraige (Kerry) in Munster is called,
and a descendant of him[1], is O Conchubair Ciarraige. From Corc
is O Conchubair Corcomruadh. And from Conmac is every
Conmaicne, that is, in Connaught. And whosoever will read
the poem beginning "Clan of Fergus, clan over everyone,"
will clearly find that great was the pre-eminence which those
three sons of Medv obtained in Connaught and in Munster.
That evidence is on the lands that are named from them in
those two provinces.

717. Fergus and Dubloinges and a host of pilgrims that
went with him into Connaught were long inflicting destruction
and evil on the Ulstermen because of the death of the Children
of Usnech. The Ulstermen in the same way plundering them

---

[1] lit. it is on his track.

and the men of Connaught, on account of the drove of kine
which Fergus took from them, and for every other hardship
of theirs, so that the destructions and the hardships which they
wrought one against the other were so great that the books
written on them are tedious to read.

Of Deirdre's Death here.

727. As to Deirdre, when those deeds came to pass she
was near Conchobar in the household throughout a year after
the slaying of the Children of Usnech. And though it might
be a little thing to raise her head, or to make a laugh over
her lip, she never did it during that space of time. As Conchobar saw that neither game nor mildness profited her, and
that neither jesting nor pleasant exaltation put courage into her
nature, he gave notice to Eogan son of Durthacht, prince of
Fernmagh; and some of the historians say that it was this
Eogan who had slain Naisi at Emain Macha. And after Eogan
had come to Conchobar's place, Conchobar said to Deirdre, that
since he himself had not been able to turn her nature from her
grief, that she would have to go for another spell with Eogan.
And with that she is put behind Eogan into his chariot, and
Conchobar goes (also) to give her away. And as they were proceeding she cast a glance upon Eogan in front of her, fiercely, and
a glance on Conchobar behind her, for there were not in the
world two whom she hated more than they together.

744. Now when Conchobar perceived (this) as he was looking
at her and at Eogan, he said to her, in jest. "Ah Deirdre,"
saith he, "it is the glance of a ewe between two rams which
thou castest on me and on Eogan!" When Deirdre heard that,
she made a start at that word, and gave a leap out of the
chariot, and struck her head against the rocks of stones that
were before her, and made fragments of her head, so that her
brain leapt suddenly out. And thus came Deirdre's death.

Here is the Genealogical Tree, and the Relationship of some of the Champions of the Red Branch, before we shall speak in full of the deeds of Cúchulainn:

Cathbad, son of Maelchro of the Battles,
The first king who had Magach,
Two others, lasting was their anger —
Rossa the Ruddy, and Cairbre Red-head.

There were three for whom Magach bore fair children,
Rossa the Ruddy, Cairbre, and Cathbad.
It was a gracious three respectively
That Magach the brown-eyelashed had.

764. Three sons had she by Rossa the Ruddy,
And four sons by Cairbre,
Fair white rods without disgrace,
Three daughters by Cathbad.

Magach bore to Cathbad the wizard
Three daughters with white beauty.
Their shape outwent everyone:
Deithchim, Ailbhe and Finnchoim.

Finnchoim, the daughter of the wizard Cathbad,
Good mother of Conall the Victorious,
Three sons of Ailbhe, who had no fear,
Naisi, Ainnle and Ardan.

The son of Deithchim of the pure cheeks
Cúchulainn of Dundalk.
Children with no horror of wounds
Had Cathbad's three daughters.

780. Usnech's Children, the shield of the men,
They fell by the might of the hosts.
Good their fellowship, white their skin.
There for you is the third Sorrow!

Notes.

P. 110, l. 3 *ardchumchachtach* for *ard-chumachtach*, as *fithchid* 14 for *fichid*, *arrdhachtus* 714, for *arrachtus*.

l. 17 *tuar* (presage, omen), *tuar timdibhe saoghail*, Four MM. 1567. *tarrangaire* a corruption of *tarngire* 'prophecy', from **tu-arn-gario*.

l. 18, 25, *choige*, lit. 'fifth'. Here as constantly in LVI. the scribe omits a final *dh*.

l. 22 *ionna haon-mhnaoi* lit. "in her one woman", a common idiom.

l. 24, 26 *buime* corrupt for *muimme* ex *mud-mia*.

l. 28 *ion-nuachair* 'fit for a bridegroom': *nuachar*, gen. *nuachair*, O'Curry, Lectures, p. 596, last line, where it means 'bride'. O'Clery's spelling *nuachor* seems more correct: *nua* = νεός and *cor* is either cognate with *cor* 'contract' or with κοῦρος, κούρη, κορϝη.

l. 35 *an laoigh* 'of the calf,' *laegh* p. 115, 10, which comes either from *lig* 'to jump' or *ligh* 'to lick.' In Old-Irish this word always follows the o-declension, so that the gen. *laoighe* is probably a scribal error for *laoigh*.

l. 49 *buannachta* gen. sg. of *buannacht* anglicised *bonnaght*.

P. 116. l. 18 *bregh*, leg. *brég*, O. Ir. *bréc*, Skr. bhraṃça (Windisch).

l. 19 *asteach* = O. Ir. *i sa-tech*.

l. 27 wants a syllable.

P. 119, l. 1 *elgna* 'murder' a derivative of *elgon* or *elguin*, which seems to mean deliberate homicide: see Cormac, Tr. pp. 64, 68, and consider the following from H. 2. 16, col. 107: air it he ceithri anmand cinath *conlat* diuit: tucait, ag, acais, etgid. Coig anmand cinath immorro *conlat* ar andug: faill, eislis, elgon, imraichne, anfot.

l. 4 *góet* pret. pass. sg. 3 of *gonaim*, (ghou, Skr. *han*) from urkelt. *gosento*. So in line 6 *gaeth* (for *goeth*) comes from urkelt. *goseto*. Both seem participial formations from *ghos*, whence Lat. *hostire* 'to strike'. Ir. *gó* (spear), from **goso-s*, may also be cognate. The part. pass. *goite* Ml. 2ᵃ, and its compound *ath-goite* passim, point to an urkelt. *gosentio*.

P. 122, l. 1 *Docomoradh* from *do-cóm-ferad*.

l. 7 *goibnesa*, *coibnesa* gen. sg. of *coibnius*, the *c* being sonantised by the lost *n* of the gen. pl. *craob*(*n*).

l. 19 *fiarfaige*, O. Ir. *iarfaigiu*. Other instances of prothetic *f* are *facamar* 23, *fegmais* 29, *fuath* 743. For *f-iarf-* we generally have (by metathesis of *r*) *f-iafr-*

l. 34. *dermais* (leg. *dermáis*), *dearamaois-ne*, for *adermais*, O. Ir. *atbermis*. See infra l. 307.

l. 42 *freitighib*, dat. pl. of *freitech* (prohibition) = *freth-dech*. Root *dic*, Curtius, Gr. Etym. No. 14.

l. 44. *aithneochat-sa*, fut. sg. 1 of *aithnigim*, a denominative *aithne, aithgne*. Root *gnā*.

l. 66. *romhat* the prep. *romh* = πρόμο-ς, Goth. *fruma*, with suffixed pers. pron. of 2d sg. In *rompa* 85 (= *rom-su*), and *roimpi* 383, (= *romp-si*), a p has been developed by the following s of the pronoun, just as in the Latin *sum-p-si* and English *Thom-p-son, Sam-p-son, Sim-p-son, glim-p-se, dem-p-ster, sem-p-ster:* the form *romainn* (before us) also occurs.

l. 72. *slánaighecht* 72, 119, 121, a deriv. of *slán* 72, pl. dat. *slant-aib* 73, with the insertion of *t* so common after *n*.

l. 93. *do-aithin* 99, 101, *gu r-aithin* 101, pl. 3, *do-ait[h]netar* 97, perf. of *aithinim*, a corruption of *aith-gninim*, (cf. *itar-gninim*). Skr. *jānāmi* for *jnānāmi* (Windisch, supra, Heft 1, p. 159). Hence, too, the fut. sg. 1 *aitheonad-sa* II, 45.

l. 103. *at-connarc* = O. Ir. *atcondarc*, redup. fut. sg. 1, root *derc*. So *do-connarc* 250.

l. 104. *bolgama* also *bolgaim* 110, n. pl. of *bolgam* 'a sup', 'mouthful', the Highland *balgum*, pl. gen. *ag ol tri mbolgama*, Three Fragments, p. 12.

l. 120. *coraighecht*, a derivative of *cor* 'contract', gen. *cuir*.

l. 122. *inn-dula* 'fit for going', *inn* = ἀντί.

l. 135. *rachmaid-ne* = *rachmad-ne* 292, redupt. fut. pl. 1 of *rigim*.

l. 138. *do-deissidetar*, redupl. pret. pl. 3 of *desuidim:* cf. *in-destetar* (insiderunt) Ml. 58ᵃ.

l. 141, 175. *mocen* = *mo-fochen* 'my welcome'.

l. 159. *boirinn* dat. sg. of *boirenn* 'rock', also *bairenn*.

l. 160. *sieng* now in the Highlands *sithionn*, whence the adj. *sithionnach* 'abounding in venison'.

l. 164. *corrach* 'unsteady', as applied to sleep, 'broken'. This adjective also occurs in the Book of Lismore 148. b. 1, applied to a road: tarla for clochán chorrach hi ac dul don baili, cor' thuit a hech, cu tarla hi fein fuithi, cor' bris cnáimh a lairgi, (as she was going to the place she came upon a broken causeway, and her horse fell, and she herself came under him and fractured her thigh-bone).

l. 186. *tairsidh* the dependent form of the 2dy s-fut. sg. 3, of *do airicim*.

l. 187. *rothnuall* seems a scribal error for *rothmúal*, which occurs ✓ (with the epithet *corcra*) in LU. 78ᵇ, l. 16: *dorigni rothmúal corcra o mulluch co talmain* (he blushed purple from top to ground). Is *roth* an urkelt. *ruto-s* cognate with Lat. *rutilus*, and is *múal* cognate with μι(ϝ)αίνω, μι(ϝ)αϱός?

l. 193. *tisair* seems a deponential dependent form of the 2d sg. of the s-fut. of *ticim* (*do-icim*)*:* the 3d sg. act. of the same tense act. *ti*, pass. *tistar*, are in 276, 383: secondary forms are, sg. 1 *tisainn* 149, 181. sg. 3 *tisadh* 208.

l. 195. *doghéna* redupl. fut. sg. 3 of *dogniu:* sg. 1 *ni dingén* 227. secondary form *doghénad* 194.

l. 208. *lelecele* a mistake for *lecéle* 256.

l. 225. *tánac* sg. 1, *tángatar* pl. 3 of the redupl. pret. of *ticim*.

l. 244. *impodais:* here the *dh* is inserted to prevent hiatus: *imbsó-ais*. Root *su*.

l. 254. *féta*. Peter O'Connell explains this word (which he spells *féata*) by 'brave, generous, heroic', etc.

l. 265. *dociu-sa* == *dociu* 281, 285 == *docim* 271, root *ces*, whence also *f-aice* 125, *facca*.

l. 271. *fada* = O. Ir. *fota* 'long', here means 'sad'.

l. 307. 311. *aderim* from *adbherim* = O. Ir. *atbiur*. sg. 2 *adere* 335, pl. 3. *adeirid*. The *t*-pret. *adubairt* 361 seems a corruption of *ad-ru-bairt*.

l. 312. *an-athgairit gacha sliged* == *an-athghairid gacha conaire* 210.

l. 313. *comarda*, a compound of *com* and *ạrdc* (sign) = W. *arwydd*, O. Br. *aroed-ma* (gl. signaculum), urkelt. *aravidio*, root *vid*.

l. 316, 318. *ar ti* (lit. on a line), 'about to': The *ti* meaning 'spot' (as in LB. 119ᵃ: Keating ed. Halliday, p. 236) doubtless comes from a different root.

l. 333. *adamar* seems for *admhammar*, deponential pl. 1 of O. Ir. *addaimim*.

l. 366. *micoingell* from the prefix *mi* (Goth. *missa*) and *coingell* some kind of 'pledge' or 'covenant', pl. dat. co coingillib teachta, Harl. 432, fol. 19 a 2: do coir a *congilla* ibid. 19ᵇ l. Another *coingheall*, which O'Donovan renders by 'keenness') occurs in the Annals of the Four Masters, A. D. 1568, in the phrase *coingheall a ccloidhemh*.

l. 378. *baisgel* a compound of *bas* 'palm' and *gel* 'white'.

l. 382. *fuinneóg f.* == *fuindeog* (gl. fenestra), Ir. Gl. No. 134, from the O. Norse *vindauga* or A.S. *wind-eáge*. As the only other Irish word for 'window', viz. *senister* from Lat. *fenestra*, is also borrowed, it would seem that the primeval Goidil had no windows in their beehive houses or wigwams, which

probably resembled the cuplike habitations of boards and
wattles built by the Gauls and described by Strabo IV. 4. 3.

l. 398. *aigidecht* seems for *aicidecht*, a deriv. of **aicet* = Lat. *acetus*.

l. 401. *solf* for *sul-bh* = *re-siu robha*. The *sul* occurs in lines 666, 754.

l. 417. *urmaisnech* a deriv. of *urmaissiu*, O. Ir. *ermaissiu* 'attaining',
'hitting', the infin. of the verb whence *irmadatar*, Wb. 5ᵇ 2.

l. 437. *breisim brátha* 'shout of doom'. Here *brátha*, gen. sg. of
bráth 'judgment', seems used as a mere intensitive, like
dílenn gen. sg. of *díliu* 'flood'. Thus *dam dílenn* 'a mighty
stag', *dair dílenn* 'a mighty oak', *dlúimh díleann* .i. *dor-
cadas díleann*, O'Cl.

l. 445. *gébhat*, redupl. fut. sg. 1 of *gabim*. The corresponding se-
cundary form is *gebaind-si* 57, *do-gebhainn* 177.

l. 460. *rer* redupl. perf. sg. 3 of *renim* = πέρνημι.

l. 461. I take *séd* here to be the common law-term for a for a cow.

l. 468. 486. *Ór-cháin*. Here *ór* is borrowed from the Latin *ōra*,
ex *ūsa* = ώa.

l. 465. *sonna* = *sunna*, *sunda*, G. C.² 355.

l. 483. *eiglinn* = O. Ir. *éiclind*, Sanct. h. 15.

l. 501. *airgeana* for *airdhena*, compounded of the prep. prefix *air*
and *dena*, a deriv. of the root *dhen*, whence also θείνω and
Latin *(de)fen-do*, *(of)fen-do*.

l. 513, 525, 560, 568, 570 *tainigh*. The *gh* in this word, for hard
c, seems a dialectal peculiarity. So *brégh* for *bréc* supra,
anachal, 536, for *anacul*, and probably *gillich*, 646, for *gillic*.

l. 515. *ruaig*, *aon-ruaig* 598, 'pursuit', 'flight'. The infinitive of
a cognate verb, compounded with *imm*, occurs in Keating
cited by O'Don. Gr. 360, l. 12: *dá n-dion ar iomruagach
na Gaoidhiol*.

l. 520. *dearnamhar* for *dearnabhar* as *congmhail* 536, for *congbhail*.
The second pl. in *bhar* is common in Middle-, and the rule
in Modern, Irish.

l. 544. 552, *dithcheannadh* for *díchennad* 'beheading', W. *dibenu*.
For the insertion of *th* cf. *fithched* p. 110, l. 14.

l. 554. *uaisle*, *uaisli*, pl. nom. of *uasal*, the sg. being an *o*-stem
= ὑψηλός, the pl. an *i*-stem.

l. 570. *griosuidhe* for *grisaighe*, the gen. sg. of *grisach*, of which
the dat. sg. *grísaig* is quoted in Windisch's Wörterb. p. 603.
It is derived from *gris* (fire), urkelt. *grenso* = vedic
ghransá sonnenglut, Grassmann.

l. 592. *cuallacht* = *cuallachd* .i. *cuideachta*, O'Cl.

l. 593. *dioltúighe*, *diltaigh*, corruptions of *díltai*, 2dy pres. pass.
sg. 3 of *dílaim* I pay.

l. 602, 603. *uraim, uirrim, urraim,* 'respect', 'deference', here, apparently, 'homage'.

l. 607. *beithreacha,* pl. of *beithir* 'bear', gen. *bethrach* LL. 247ª.

l. 635. *thochbas* a scribal error for *thochlas,* root *qal,* W. *palu* 'to dig'. The Lat. *pāla* 'spade' is perhaps borrowed from one of the cognate Italian dialects in which *q* becomes *p.*

l. 635. *feartán* dimin. of *feart* 675, Old Ir. *fert,* or *ferta,* a kind of grave. 'That', says Dean Reeves, 'it originally denoted a pagan grave of a peculiar form appears from the words et fecerunt fossam rotundam similitudinem *fertae,* quia sic faciebant ethnici homines et gentiles, Book of Armagh 12. b. a., That it was dug, not built up, appears from the same ms. 3ᵇ 1 ("ad *ferti* uirorum Feec, quam, ut fabulae ferunt, foderunt uiri .i. serui Feccol Fertcherni.")

l. 646. *gillich* intended to rhyme with *minic,* should probably be *gillic* a diminutive of *gilla,* where the *ic* (ex -*inco,* -*icno?*) is the first element of the double diminutives in *ec-án, -uc-án* such as *Colum cillecán, Isucán.*

l. 658. *uagnech,* now *uaigneach* 'lonesome', 'solitary', 'secret'.

l. 686. *coimheasgur* = O'Reilly's *cóimheasgar* (a conflict) = *comescar?*

l. 689. *areannta (a reannta?)* is obscure to me.

l. 697. *traochadh* should be *traothadh,* O. Ir. *tróethad* (from *tróethaim* I subdue), just as, conversely, *cluithe,* 731, should be *cluiche.*

l. 701. *as leith astig don aimser sin.* Lit. 'it is on the side within, it is inside of, that time'.

l. 718. *luit* gen. sg. of *lot, lott* 'destruction' Corm., whence *loitim* (I destroy).

l. 724. *liosta,* also in O'Clery's Glossary s. v. *emilt.* O'Reilly's *liosda.*

l. 731. *caoineas* the abstract noun derived from *cáin* 'mild, gentle'.

l. 732, 745. *abhacht* = *àbhachd,* 'humour, pleasantry, harmless joking', Highland Soc. Dict.

l. 738. *caithfedh.* Compare *caithfidh* 'it behoves', O'R., *an ccaithfidh mé do mhac do bhreith arís don tir asa ttáinic tusa?* (must I needs bring thy son again unto the land from whence thou camest?), Genesis XXIV. 5.

l. 748. *bioga* for *bidgad,* from *bidg* (start, fright), acc. pl. *bidgu.* H. 2. 17, p. 162.

l. 750. *mire* acc. pl. of *mir,* cogn. with μικρός, Lat. *macer* (where pretonic *i* has become *a*). In Old-Irish the acc. pl. would be *mirenn.*

l. 782. *caidriomh,* better perhaps *caidriobh,* O.Ir. **coittriub,* cf. *Contrebia* the capital of Celtiberia.

Corrigenda.

p. 124, notes for '10' read '11': for '11' *read* '10'.

p. 125, (l. 88), *for* beth *read* both.

p. 126, (l. 109), *for* dhuthcháis *read* dhuthchais.

p. 127, (l. 138), *for* arnamaarach *read* arnamárach.

(l. 141), *for* Mo cen *read* Mocen.

London, 24. April 1886.

W. S.

Táin bó Dartada.

Diese Sage gehört zu den Remscéla der Táin bó Cúailnge.
Von den Personen, die hier handelnd auftreten, steht obenan
Eocho Bec, Sohn des Corpre, König von Cliu (Gen. Cliach),
einem kleinen Gebiete in der jetzigen Grafschaft Limerick in
der Gegend von Cnoc Aine, jetzt Knockany, den man auf der
Karte westlich von Tipperary und südöstlich von Limerick
findet, vgl. O'Donovan, Book of Rights p. 39, O'Curry, On the
Mann. II, p. 357. Als seine Residenz wird Dún Cuillne bezeichnet, Lc. hat dazu die Angabe i n-hUib Cuanach andiu:
es ist dies die barony of Ui Cuanach („Coonagh") im Osten
der Grafschaft Limerick, O'Don., Book of Rights p. 46. Derselbe
Ort wird unter dem Namen Cuilleand a. a. O. p. 92 erwähnt,
wozu O'Donovan bemerkt „now Cuilleann O g-Cuanach, in the
barony of Clanwilliam and county of Tipperary". Wir finden
ihn gleichfalls auf der Karte. Der Ort, an dem Dartaid wohnte,
lag südlich vom Shannon (s. Lc. lin. 198). Dies stimmt zu den
bisher besprochenen Angaben. Ob Imlech Darta, wo Dartaid
umkam, identisch ist mit dem Emly (Imlech) zwischen Knockany
und Tipperary, kann ich nicht sagen, da Imlech ein öfter vor-
kommender Name ist. Alle die genannten Orte gehören zur
Landschaft Munster, und diese wird auch die Heimat dieser
Sage sein. Bis nach Cruachan in Connacht zu Ailill und Medb
war ein weiter Weg. Dass derselbe in der Sage sehr rasch
zurückgelegt wird, darf uns nicht Wunder nehmen.

Als ich diese Sage zum ersten Male las, blieb mir ihr
Sinn ziemlich unklar, und ich glaube, es würde Jedem so gehen,
der sie zum ersten Mal ohne die Bearbeitung eines Vorgängers

liest. Auch jetzt bleibt noch mancher dunkle Punkt. Aber gerade in dem Sprunghaften und in dem blossen Andeuten äussert sich die Naivität der Erzählung. Wer sie in diese Form fasste, der hielt sie nicht für ein Phantasiegebilde, sondern glaubte an ihre Wirklichkeit.

Den Hintergrund bildet, dass Ailill und Medb von Connacht für den Unterhalt des grossen Heeres sorgen müssen, das sie versammelt haben. Auch Eocho Bec, ein kleiner König in Munster, soll dazu beitragen und wird von ihnen zu einer Besprechung eingeladen. Die Fee seines Gebietes stattet ihn prächtig für die Fahrt aus, er verspricht jenen seine Unterstützung, aber er wird, ehe er sie ausführen kann, auf dem Rückweg von den Mac Glaschon mit seiner ganzen Begleitung erschlagen. Diese waren von Irros Domnand; was sie zu diesem Angriff veranlasste, wird nicht angegeben. Die Hülfe der Bewohner des Síd hat sich nicht bewährt. Die Fee erscheint nun dem Ailill in Cruachan, und fordert ihn auf, seinen Sohn Orlam zu Eocho's Tochter Dartaid zu senden, um sie mit sammt ihren Kühen wegzuholen. Sie spendet dieselbe Ausrüstung zu diesem Zuge, die Eocho gehabt hatte, verräth aber zu gleicher Zeit das ganze Unternehmen dem Corb Cliach (in Eg. Corp Liath), der über Munster wacht. Orlam entkommt mit wenigen Begleitern und bringt die Kühe zu Ailill, Dartaid aber kam bei dem Kampfe um.

Von Interesse ist im Einzelnen z. B. die Rolle, welche die Fee spielt. Der König und seine Begleitung sind zu Pferde, der Schlachtwagen der ältesten Zeit, wie sie uns in der grossen Táin entgegentritt, kommt hier nicht vor. O'Curry erwähnt diese kleine Táin in dem Abschnitt über die Erziehung im alten Irland (On the Mann. II, p. 357), da wir hier lesen, dass dem König Eocho die Söhne von anderen Königen in Munster anvertraut waren.

Den Text des Yellow Book of Lecan (Trin. Coll. Dubl. H. 2. 16, Col. 644—646) habe ich selbst abgeschrieben (7. Oct. 1880). Die Abschrift aus Egerton 1782 im British Museum (Fol. 80ᵃ) verdanke ich Herrn Standish Hayes O'Grady, ich

habe sie dann mit dem Original collationiert (13. Oct. 1880).
Den letztern Text habe ich meiner Uebersetzung zu Grunde
gelegt, da der Text von Lc. für mich nicht überall mit derselben Sicherheit lesbar war. Das Egerton Ms. stammt aus
dem 15. Jahrh., fol. 24ª findet sich das Datum: anno 1414.
Das Yellow Book of Lecan ist älter (wahrscheinlich 14. Jahrh.).
Im Leabhar na h-Uidhri ist leider nur der Anfang der Sage
mit fünf Zeilen erhalten, Facs. p. 20ª.* Ein viertes Ms., das H.
d'Arbois de Jubainville, im Catalogue p. 216, aufführt, Trin.
Coll. Dubl. H. 1. 13, p. 345 (18. Jahrh.), habe ich nicht benutzt.

In **Lc.** ist ein und dasselbe Abkürzungszeichen für *ur* und
für *ar* gebraucht. In *scurit* lin. 199 und auch in der zweiten
Silbe von *lurchure* lin. 57 muss es *ur* sein, dagegen habe ich
es in den Verbalendungen durch *ar* (z. B. in *badar* lin. 4) ersetzt, weil die meisten Formen dieser Art (z. B. *acadar, conn
etar, dochuadamar* u. s. w.) im Ms. voll mit *ar*, nie mit *ur* geschrieben sind. Ob lin. 127 und 128 die Dative *do Choscur, do
Nemchoscur* vom Schreiber des Ms. mit *ur* oder mit *ar* (wie
der Nom. geschrieben ist) gedacht sind, lässt sich nicht mit
Sicherheit ausmachen.

Die letzterwähnten Formen sind auch in **Eg.** unbestimmt;
in *do Chuscur* ist es ein blosser Strich, in *do Neamchoscur* das
auch in Lc. gebrauchte Zeichen, wodurch die letzte Silbe angedeutet ist. Aber für die unbetonte Endung *tar* ist vorwiegend
t mit dem Haken verwendet, den O'Don. Gramm. p. 431 lin. 5
erwähnt. Ich habe *tar* dafür gesetzt, weil lin. 99 deutlich *con-
etar*, lin. 212 *dorocratar* geschrieben ist; lin. 67 habe ich *ferthair* ergänzt, weil das Ms. lin. 131 *tiagair* hat; in *eter* lin. 142
steht dasselbe Zeichen für *ter* oder *tir*. Abkürzungen, die nur
eindeutig sind, wie z. B. die gewundene Linie für *m*, die Zusammenziehung von *ar* u. a. m., habe ich im Druck nicht besonders bezeichnet, ebensowenig den Strich für *n* in bekannten
Wörtern. Der Zweifel in der Schreibweise bezieht sich ja
hauptsächlich auf die Vocale.

---

* Er stimmt genau mit Lc. überein.

LU.

Táin bó Dartada inso sís.

Bói Eocho Bcc mac Corpri rí Clíach i n-dún Cuille (.i. i n-hUib Cuánach indossa).[1] Batar cethraca[2] dalta lais di maccaib ríg 7 rurech na mMuman. Bói cethraca[2] lulgach oca fria m-bíathad na mac. Teít techta o Ailill 7 Mcidb a dochum co n-digsed . . . . .

[1] Die eingeklammerten Worte sind über der Zeile nachgetragen.
[2] Zu lesen *cethracha.*

Lc.

Tain bo Dartada annso sis.

1. Bai Eochaid Beacc mac
Coirpri ri Cliach i n-dun Chuilli
i n-hUib Cuanach andiu. Badar *cethracha* daltad [1] lais do
*ma*caib rig 7 ruire*ch* na Muman. Bai *cethracha* lulgach
aco fria biathad na *ma*c. Tiagaid techta o Ail*ill* 7 o Meidb
a doc*um* *co* *n*-digsid dia n-acallaim. "Ragad-sa" ar se "dia
sechtmaine". Tiagaid na techta
ass.

2. Bai Eoch*aid* ina cotaltaig
aidchi aud iarsin *co* *n*-aca in
ocbean a *do*c*um* 7 oclæch (ina
farrad). [2] "Fochen daib" ar
Eocho. "Cair in acen (and) [3]
sinn" ol iu lanamain. "Ba
doich lim bith i n-athḟoc*us*

Eg.

Tain bo Dartada inso.

1. Bui Eochu Beg macc Cair-
pri rig Cliach i n-duon Cuillne.
Cethracha dalto laiss do *ma*cuib
rig Mumun. Bui da*na* *cethracha*
lulg*ach* occo oca m-biath*ad*. 5
Doroide*th* o Ailill 7 o Me*id*b
co *n*-digsid dia n-accallum.
"Raguso dia n-agall*um* eim"
ol Eochu "dia samuo". Tia-
g*aid* na tecto as iaram. 10

2. Boi Eocha and aidqi ina
cot*lud* con faco ni chuici in
mnai 7 ind oglæch ina comuir. 15
"Fochen duib" ol Echo. "Ca
hairmm inan aithgeuin" [1] ol
si. "Ba doig lem bid [2] ind og*us*

---

[1] *Lies* dalta, d (= dh) *wurde schon
frühe im Auslaut kaum noch ausgesprochen und ist hier müssiger
Zusatz.*

[2] *Die eingeklammerten Worte sind
im Ms. hineincorrigiert.*

[3] *Ebenso dies* and.

---

[1] *Wir erwarten die 2. Sg. Perf.*
aithgén, *dem* acen *von Lc. entsprechend.*

[2] *Hinter* bid *am Zeilenende ein
Zeichen wie das der Aspiration, das
aber wohl nur die Zeile füllen soll.*

20 daib" or se "nom-bemis". "At-
he[1] is imḟocus etruinn cen
iman-aci duind". "Cia airm
i m-bí-siu" or Eochaid. "I
sid[2] Chuile" or si. "Cid dia
25 tudchobair ann" ol Eochaid.
"Do[3] airle comairli duid-siu"
for si. "Ciasa comairli doberi
dam-sa" ol se. "Ni bus les
eneich 7 anma deit ic dul isna
30 hechtarcrichaib daidchi.[4] Teglach maith umut 7 graig alaind
allmarda. Ingnad lat an leth
ro dailis, ba doich dun beith
allmarda do thairthed."

35   3. "Cia lin ragam"[2] ar se.
"Cœca marcach duit-seo" or si
"7 sren[5] maithi det fria t'eochu,
dothairgebad uaim-sea uile
amarach maitin it urlaind, ar
40 dotairgeba cœca ech n-dubglas
cona srianaib oir 7 cethracha
timthacht do timtachtaib[6] mac

duib no ũeinn". "Toimdiu lem
is comḟocus etruinn ceni immon-
acai dun".

   "Ca hairm i m-bid-si" ol Echu.
"Hi sid Cuillni sunn" ol si.
"Cid dia tuidcebuir."[1] "Do tha-
buirt comuirli duit-si" ol si.
"Cisi comuirli dobere dam-so"
ol se. "Ni bes leas enech[2] 7
anmo duit oc dul hi tir 7 sech
tir" ol si.

   "Co n-dig teglach coem im-
mut 7 graid[3] aluinn fout[4] all-
mardo."[5]

   3. "Ciallin no rat[6]" ol Echu.
"Coeco marccuch duit" ol si.
"Dotaircibe huaim-si himaruch"
ol si "coeca n-gabur n-dubglas
gu srianuib oir 7 arcuit friu
7 caeco escrimi do escrimmim

---

[1] Im Ms. Ate mit einem Aspirationszeichen über dem e. Es ist
die positive Antwort (ja!) neben dem
negativen nate und dem fragenden
cate, vgl. Z.[2] 489 und Stokes, K.
Ztschr. XXVIII. 103, wo jedoch
dieses ate noch fehlt.

[2] Im Ms. zu sidh corrigirt, ebenso
lin. 35 ragam zu ragham.

[3] Das Do ist nicht sicher von
mir gelesen.

[4] Das erste d von daidchi unsicher.

[5] Zu lesen sréin.

[6] Zu lesen timthacht aib.

[1] Zu lesen tuidchebuir.

[2] Zu lesen eneich.

[3] Zu lesen graig.

[4] Ueber das f von fout im Ms.
ein b gesetzt.

[5] Im Ms. allmurdo mit einem a
über der Silbe mu.

[6] Zu lesen rag.

rig 7 tiagaid do daltai uili lat.
Is coir duind cungnum frit, ad
maith o¹ imditin for tire 7 ar
feraind 7 ar n-orba".

4. Teit uad lasodain. Atraig
Eochaid arnamarach co n-acadar in cæcait ech n-dubglas ina
tonadmaim i n-dorus in duni
7 cæca brat corcra co n-im-
denam di or 7 di airged 7 cæca
bretnus cona n-imdenmaib di
or 7 cæca maclene co n-intli-
dib orsnaith 7 cæca echlosc
orda co cendimlaib airgid 7
cæca lurcure² find n-oderg ote
beothruse³ (?) hingengorm co
m-belgib airgdidib 7 urchomla
credumæ fon-echaib⁴. Tre drui-
decht uile insiu.

5. Gaibther arathbugud co-mor
inni sin 7 adfet-sam⁵ a aislinge
dia muintir. Documlat ass do
Chruachain cosind eiscrim sin.
No muchtais daine umpu aca
n-degsain, cen gob mor in dirim
ba cain n-allmar n-indie⁶ immorro .i. cæca læch cosin . . .

sidi leo 7 tiasuit do dalta huili
let 7 is coir dun congnim
frit, fobith at maith occ imm- 45
ditin ar diri 7 ar fuinn¹".

4. Tet huad in uen lasoduin.
Atragat iarum matuin iarna
uaruch con faccatar ni: in coeca
n-ech n-dubglas ina tonúdmuim² 50
gu srianuib oir 7 arccuit friu
i n-dorus liss 7 coeco bretnus
n-arccuit co n-inchuib oir 7
coeca maclene cona n-imdenum
orsnaith, 7 caeco ech finn n-ou- 55
derg ate scuaiblipra, ruissi hic-
corccuir huili a scuabo 7 a
mungo, cona m-belgib aircc-
digib³ friuu 7 urcomla cria-
dumo for cech ech, 7 coego 60
echlusc finnbruini⁴ cona cenn-
pairtib di or fuib do brith
inallamuib.

5. Atraig in ri iarum inti
Echu 7 gaibid immi. Docomlat 65
as iarum fon escrimm sin do
Cruachnuib Ai. Ferthair failti
friu iarum la hAilill 7 Meidb
7 is beg nad muichi duine⁵,

70

---

¹ Zu lesen oc.
² Zu lesen lurchure.
³ Im Ms. bothruse mit e über
dem o.
⁴ Für fona echaib.
⁵ sam im Ms. zu samh corrigirt.
⁶ Im Ms. nIdie.

¹ Wahrscheinlich ist feruinn zu
lesen, obwohl es ein Wort fonn (Boden) giebt.
² Richtiger tónadmuim.
³ Richtiger airccdidib.
⁴ Richtiger findruini.
⁵ Vermuthlich für nad muichthi
(3. Pl. Praet. Pass.) dóini.

egusc¹ uile am*al* d̠on-ruirmisim².
"Imcomarcar cia so" ar Oil*ill*.
"*N*i *insa*, Eoch*aid* Becc ri
75 Cliach". Doleic*ther* isin lis 7
isin rigtheg. Ferthar failti friu,
anaid ann tri la 7 tri haidchi
for flegug*ud* ³.
     6. "Cid d̠an-i*n*gartar" ⁴ ar
80 Echa. "*Co*nn etar aiscid dam-
sa uait" ar Ail*ill*, "ata ecin ⁵
for*n* .i. ecen adbal, biathad
fer n-Erind ⁵ oc tab*air*t na
m-bo a Cuailngiu ⁶." "Cia hai-
85 scid ⁷ as ail dait" ar Eoch*aid*.
"Aiscid dī ⁸ lulgach*aib* ⁹ dun"
ar Ail*ill*. "Ni forcraid dam-sa
a fil lim dib. Ata *cæ*ca mac-
dalta lim do m*a*caib rig M*u*-
90 man. Ata *cethracha* bo frim
biathad, secht *fi*chit lulgach

oco n-deiscin 7 oca t̠aibr̠iud ¹.
Ba mór a n-dir̠im, ba cain
n-a̠llm̠ur n-inn̠aidi.

     6. "Cid dia n-dom-gom*grad*-sa"
ol Echu fri hAil*ill*. "D*u*s inn
e̠t*ar* asc*cid* dam-so" al Oil*ill*
"huait, ar ata ecen *form*-so,
.i. biath*ad* *fer* n-Erinn do tha-
b*uirt* na m-bo a Cuailn*ge*".
"C̠issi haisc*id* is al² det" ol
Euchu. "Aisc*cid* do*no* do buaib
bli*ch*tuib" ol Ail*ill*. "Ni f̠uluair
a fil ann dib" ol Echu, "*ata*
ce*th*rachu daltau lemm do macuib rig Mumun *for* altrumm.
It e fil im chomuir sunn. *Ata*
cethracha lulgach lemm fria
m-biathad 7 atat secht *fi*chit

---

¹ *Im Ms. schliesst die eine Zeile
mit* cosin *und beginnt die folgende
mit* nenegusc, *so gut ich es habe
lesen können. Vielleicht ist* cosin
n-aenegusc (*altir.* cosind 6enécusc)
*gemeint: mit dem gleichen Aussehen
alle.*
   ² *Im Ms.* donuirmisim, *mit* r *über dem* n.
   ³ *Zu lesen* fledugud.
   ⁴ *Zu lesen* d̠an-imgarthar, *Warum werden wir gerufen? Verb. compos.*
do-in-garim *in der Bedeutung „rufen" mir nicht bekannt.*
   ⁵ *Richtiger* écen, Érend.
   ⁶ *Das* n *über das* g *geschrieben.*
   ⁷ *Das* d *nachträglich aspirirt.*
   ⁸ *Die im Ms. abgekürzt geschriebene Partikel* dī *belasse ich so, da ich
weder für* dino *noch für* didi *bis jetzt genug Sicherheit erblicke, was die
mittelirischen Texte anlangt.*
   ⁹ *Vor* lulg. *ist die Praep.* do *einzufügen.*

¹ *Richtiger* t̠aidbriud.
² *Zu lesen* ail.

lim fria m-biathad. Ata *cæca* di andetiti*n*[1] for suidib".

7. "*Con*[e]rthar[2] dam-sa bo ca*ch* trebthaig fil fot mam-sa" ol Ail*ill*. "C[id] fort-su ro*f*erad cicin dobe*ra*ind-sea . . . . . ." "Rot-bia-sa inni sin" ar Eoch-*aid*[3] . . . . ind oidige*cht* iar*u*m *tri* la 7 *teora* hoidchi[3]. Celebraid iar*u*m don rig [7 do-cum]lat dia crich cotric Eoch*aid* fria[4] tri m*a*caib [G]las . . . . . Domnand. Secht fich*it* læch allin. Fegaid anim*ar* . . . . .[3] oc in*s*cuu (?) Conchada amidi *con*rancada*r*.

8. Dothuit Eoch*aid* Becc m*a*c Coirp*ri* 7 a *chethracha* dalta lais. Ros . . . fo thir n-E*r*end in scel sin, *co n*-abadar tri c*het* ban don M*u*main oc a caincd na m*a*craide.

laulga*ch* lem-so fein. Et ata indethi*n*[1] foruib.

7. "*Con* etar dam-so huait-si" ol Ail*ill* "bo ga*ch* trept*h*aig 100 fil fot m*á*m. Cid fortt-so do-chorthac egin dobiur-siu cobuir duit oco". "Rotmbia-siu[2] em" ol Ech*u* "inni sin. Et tairc-gebat hillaa si intainnriuth". 105 Dognit*h*er a n-oeguidcct iar*u*m tri laa 7 teor*a* hai*d*c*h*i la hAi-l*ill* 7 M*eidb*. Docomla*t* as iar*u*m dia tig, co comarn*a*cuir fri m*a*cu Glasc*h*on do Aes hIrruis Dom- 110 nunn. Sect *fichit* læ*ch* illin sidi. Feguit *for* imairicc 7 oc imnaisi chatho[3], oc in*s*ena *Con*-chada amid*e con*rangatar.

8. Dofuit in *cethracha* m*a*c 115 rig annsin imm Echa*ig* m-Becc. Dolleth fo thir n-Erinn in scel sin, *co*nid apudar cetri[4] *fichit* m*a*c rig do m*a*ccaemuib M*u*man oc caeiniuth na m*a*c sin. 120

---

[1] *Vielleicht zu lesen* a n-dethitin.

[2] *Von lin. 22 an auf Col. 645 ist das Zeilenende oft gar nicht oder nur mit Mühe lesbar. Die in eckige Klammern gesetzten Buch-staben sind von mir nur erschlossen.*

[3] *Ueber* ar *Eoch-, im Ms. in der Mitte von lin. 25, ist von späterer Hand nachgetragen:* rodbiaso . . . . *(das Ende der Zeile nicht lesbar), daneben am Rande lesbar* ind oidi-gecht *(zu lesen* oigidecht*) bis* hoidchi.

[4] *Unter das* a *von* fria *ist im Ms. noch ein* a *gesetzt.*

[1] *Dies Sätzchen scheint corrupt zu sein: vielleicht ist* . L . *(s. Lc.) ausgefallen, und dann* i n-dethitin *zu lesen.*

[2] *Zu lesen* rot bia.

[3] *Geschrieben* ko *mit Aspirations-zeichen darüber.*

[4] *Zu lesen* cethri.

9. Da m-bai Ail*ill* ann agaid[1] ina chotlud *co* *n-aca*[2] in oicben 7 in t-oclæch chuici bad[3] ailli lais. "Cia taid" ar Ail*ill*, „7 cia bar n- . . ." "Cos[car] 7 Nemchoscar sinn" ar siad. "Is fochen do Choscur 7 ni fochen do Nemchoscur" ol Ail*ill*. "Bid coscar duid-seo cepe crut[h]" ol si. "Cia n̥esam duind de suidiu" ol Ail*ill*. "Ni *insa*" ar [si] "tiag[ar] uaid amarach co tuc ar[4] gabal do buair d . . .[5] o Dairt *ingin* Echach 7 ise do mac-su corasi .i. Orlam 7 ergid-si dirim sochraidi ume". "Cia lin ragas" ol Oil*ill*. "*Cacca* marcach do" ar si "do ocaib amra .i.[6] *cethracha* mac do macaib cæma *Connacht*[6]. Don-icfa uaim-sea andiu in esgri̥m boi im na macaib dirochart[7] indne, it*ir* ech 7 srian 7 etach 7 delge, 7 c̥omairim tairgeba amarach matan moch 7 tiagam-ni diar tir ifechta"[8] or si.

9. Allaidchi[1] Ailill ino ligi *conn* faccu Ail*ill* inni ina cotlud[2] ind oclæch 7 in mnai ata haillium ro ûat*ar* i n-h*E*riu. "Coichi ib-si" ol Ail*ill*. "Cosgar *ocus* Nemch*uscar* ar n-an-[m]unn" ol si. "Is *fochen* do Ch*uscar* em lem 7 ni *fochen* do Neamcoscur[3]" ol Ail*ill*. "O bid c*usccar* em duit-si cepe cruth" ol si. "Tiagur huait" ol si "gu tuc*thar* gab*ál* d*uit* do cetri[4] o Dartuid *ingin* Ech-*ach*, ata *cethracha* lulg*ach* le 7 is do mac-si char*us* .i. Órlam mac Ail*ella*. Eirg*ed* dirim soch*r*aid di ocuib maith*ib* 7 *cethracha* mac rig do macuib rig *Connacht* 7 d*us* n-icf̥o huaim-si in ecusc ro m-bui fono maccaemu ale dorochrutar isinn imair̥ec aile, et*ir* srianu 7 etuigi 7 delcci".

<hr />

[1] *Zu lesen* adaig.

[2] *Wohl zu lesen* co n-aca ní.

[3] bad *unsicher, steht im Ms. am Ende der Zeile.*

[4] *Zu lesen* co tucthar.

[5] *Wahrscheinlich* duit.

[6] *Die Stelle ist im Ms. etwas verwischt, vielleicht ist* 7 *anstatt* .i. *zu lesen.*

[7] *Die Worte von* boi *bis* indne *sind in Lc. zwischen den beiden Columnen neben* cæma *nachgetragen und gehören sicher an diese Stelle. Für* dirochart *ist wohl* dorochratar *zu lesen.*

[8] *Zu lesen* ifechtsa.

[1] *Im Ms.* Allaidi *mit übergesetztem* ch.

[2] *Zu lesen* chotlud.

[3] *Zu lesen* Neamchoscur.

[4] *Zu lesen* cethri.

10. Teit fochetoir isin aidchi cetna co Co[rp Li]at[h] mac Taisig din Mumain, hai ina dunad for bru Neme[1] antuaid.

Tosn-aidbed dī do saidiu. Ciasu anmann bai for suidiu? "Tecmall 7 Coscrad". "Is fochen do Tecmall 7 ni fochen do Choscrad". "Ni bo coscra[2] duid-seo" or si "7 bid tecmallad".

11. "Cia nesam dun de suidiu?" "Ni insa. Tecmall lat maccu rig 7 rigdamna con scailfea maccu rig 7 rigdamna [7][3] airech. "Cuich iad" ar Corp Liath. "Mac sær fil la Connachta. Dosn-ic do breith bar m-bo roime iar trascrad bar macraide inde leo. Dut-icfad im nona imarach, do bret[4] Dartada ingine Eochach.

Ni ba sochaidi dus biad[5], bith tesorgain[4] do inchaib fer Muman dia maide in gnim".

10. Tiaguit iarum as 7 tiaguit fochetoir co Corb Cliach mac Tassich 7 iss ann bui a 150 dun-sidi ar bru Nemaine ar tuaith. Laech amra sidi do Muimnechuib. Is siritir[1] a lam a n-dergene di ulcc.

Dusn-aidbiut do suidiu dono. 155 "Cia for n-anmunn-si?" ol se. "Tecluim[2] 7 cosgrad" ol siat. "Is maith em in tecluim, is olc in cuscrad" ol Corb Cliach. "Ni ba duit-si em bus cuscrad 160 7 consgarfa mic[3] rig 7 airech".

11. "Cid neiside" al Corb Cliach. "Ni insa" ol siat "nach mac rig 7 rigno 7 nach rigdomno fil la Connachto dus 165 fuil for n-dochumm do brith bo as for crich iar tuitim bar mac rig 7 rigno leo. Doficfat im trath nona imbaruch.

Ni sochaidi in fiallach, ar 170 cid oic maithi dotoegat ann, bid tesorcuin do inchuib Muman huli ma immairi in gnim so".

---

[1] Neme nicht ganz sicher gelesen.
[2] Zu lesen coscrad.
[3] Vor airech in Lc. ein Klex.
[4] Im Ms. steht bitesorgain und darüber nachgetragen do br7. Ersteres ist durch Aspirationszeichen und untergesetztes t zu bith tesorgain corrigirt, letzteres aber (zu lesen do breith) muss vor Dartada, unter dem es im Ms. steht, eingeschoben werden. Wahrscheinlich ist auch noch bó zu ergänzen: do breith bó Dartada.
[5] Zu lesen bia, das d ein müssiger Zusatz wie in daltad lin. 3.

[1] Zu lesen sirithir.
[2] Tecluim in Eg. neben Tecmall in Lc., ersteres ist aus letzterem durch Metathesis entstanden, vgl. fuluair lin. 62 Eg.
[3] So in Eg. der Nom. für den Acc. Pl.

175   12. "Ceist cia liu no rad[1]"
or se. "*Secht fichit* laech" or
si "7 *secht fichit* fer incomlaind[2]
and". "Tiagam-ni" or si "co
comairsim im nonai imbarach
180 ina n-aigid".

  13. Am-bad*ar* arnamarach
maidin moch lotar *Connachtta*
a dun Chruachan isin faithchi
co *n*-acadar in graig 7 in sron[3]
185 7 an timthacht uili am*al* dorairngert 7 dochuadamar co
m-bad*ar* i n-dor*us* in duine,
am*al* dorairngert doib a n-uili
ad*c*onnairc ro bai im na maccu
190 rig . . .[4] riam.

  14. Ba torbath mor fo*rs*na
sluagaib in ragdais *fu* na ragdais. "Is mebal" or Oil*ill* "fem-
deth[5] in maith". Tothæt Or-
195 lam ass iar suidiu co tainic
tech n-Dairthe[6] *ingini* Echach
i Cliu Clasaig i tirib M*u*man
fri Sinaind andeas.

  15. Sc*u*rit i suidiu 7 ba fai-
200 lid in *i*ngen fris. "Doscartha

12. "Ciallin no rig-si" ol se.
"*Secht fichit* laech n-incom-
luinn" ol si. "Tiaguim-ni as
tra" or in ûen "co comairsim
im trat[1] nonu imbaruch".

  13. Trath ba maitin *conn*
facatar *Connachto* inn graid[2]
7 in etuch hisrubartumar inn
dorus in duine Cruachan.

  14. Ba torbuid mor fo*rs*na
sluag*a* in ragduis fo na ragduis. "Is mebul" ol Ail*ill* "a
feimgeth[3] in maith". Teti Or-
laim[4] as iarum i cCliu gu ranicc
tech n-Darta ingini Echach.

  15. Ba fail*id* inn ingen friu.
Toscarthar tredam dóib. "Ni

---

[1] *Zu lesen* rag.

[2] *Zu lesen* fer n-incomlaind.

[3] *Oben lin. 37 stand* sren *für*
sréin.

[4] *Im Ms. nach meiner Lesung*
anlla, *womit ich nichts anzufangen*
weiss, es müsste denn alla riam (*wie*
alla astig *u. s. w.) gemeint sein.*

[5] *Im Ms.* femeth *mit untergesetz-*
tem d.

[6] *Zu lesen* Dairte.

[1] *Zu lesen* trath.

[2] *Zu lesen* graig.

[3] *Zu lesen* feimdeth.

tri daim doib. "Ni anfam friu" ar Orlam. Tucaid inn oic leo a m-biad forsna hechaib ar imimomain[1] sund imedon Muman. "In raga lim-sa a ingen?" ar Orlam. "Ragad egin" ar an ingen. "Tuc ass t'imerge dono."

16. Tiagaid timchall[2] na m-bo 7 inn ingen leo. Dosautat Corp Liath mac Tassig, secht fichit læch ar a cend. Fecthair[3] cath leo. Dotuited mic rig Connacht 7 an oic acht Orlam nonbur 7 docher and Dart[4] isin comrac fo cetimguin la maccu cæma Connacht.

Adlai side 7 berid a bu le .i. cethracha lulgach 7 cæca dart con luid leo a crich Connacht. Is de ita Imlech n-Dairtc fair i Cliu Chul hi torchair Dart[4] ingen Echach mic Cairpri.

Conid de sin ita tain bo Tartæ[5] remscel do thanaid bo Cualnge.

Finit amen.

ainfimm friss" or Orlam. "Tucuit ind oicc leo[1] for a n-echaib 7 tairsi linn got buaib huilip".

205

16. Dotiagat ind oic uili timchiull, dus berat hi cenn sliged. Dusn-arthet mac Tassuig iarum 210 cona secht fichit[2] lacch leo[3] 7 dorocratar mic rig Connacht ann 7 in oig dodeochatar leo acht Orlam nonbur namma.

215

Rugsaid sidi leo iarum inda[4] buu .i. in cethracha lulgach 7 in caeco darta 7 dorochair inu ingen fochetoir laissin cetcomrac[5]. Is de ata Imliuch n-Darta hi c-Cliuu.

Finitt.

215

---

[1] Zu lesen imomain.
[2] Besser timchcall.
[3] Besser fechthair oder fegthair.
[4] Wir erwarten Dartaid.
[5] Zu lesen Dartæ.

---

[1] Hier fehlt das Object zu Tucuit, wahrscheinlich ist nach Lc. a m-biad zu ergänzen.
[2] Wir erwarten fichtib, im Ms. ist .XX. mit darüber gesetztem it geschrieben.
[3] Dieses leo ist entweder zu streichen oder in leis zu verwandeln.
[4] Zu lesen inna.
[5] Zu lesen cetchomrac.

Der Raub der Kühe der Dartaid.

(Uebersetzung nach Eg.)

1. Eocho Bec, der Sohn des Corpre, König von Cliu, war in Dún Cuillne[1]. Vierzig Pfleglinge [waren] bei ihm, von den Söhnen der Könige von Munster. Er hatte auch vierzig Milchkühe für ihren Unterhalt. Von Ailill und von Medb wurde geschickt, dass er zu einer Unterredung mit ihnen kommen sollte. „Ich will zu der Unterredung mit ihnen gehen", sagte Eocho „am Samuin-tage"[2]. Die Boten gehen darauf fort. 2. Eocho lag da eines Nachts im Schlafe, da sah er etwas auf sich zukommen: ein Weib und einen jungen Mann in ihrer Begleitung. „Willkommen euch!" sagte Eocho. „Wo hast du uns kennen gelernt?"[3] sagte sie. „Mich dünkt, ich wäre euch nahe gewesen." „Ich meine, wir sind einander sehr nahe, wenn wir uns auch gegenseitig nicht gesehen haben." „An welchem Orte haltet ihr euch auf?" sagte Eocho. „Dort im Síd Cuillne" sagte sie. „Weshalb seid ihr gekommen?" „Um dir einen Rath zu geben" sagte sie. „Was für ein Rath ist das, den du mir giebst?" sagte er. „Etwas das ein Gewinn an Ehre und Namen sein wird[4] auf deiner Fahrt im Lande und ausser Landes" sagte sie. „Eine stattliche Mannschaft [soll] dich umgeben und schöne

---

[1] Ueber die geographischen Angaben siehe die einleitenden Bemerkungen.

[2] „in einer Woche" Lc.

[3] In Lc. lautet die Frage „Kennst du uns?" *Cair* ist das latein. *quaere*, und giebt nur an, dass das Folgende eine Frage ist. Oder ist *cair* in *cairm* zu verbessern?

[4] *Ni bes*, in Lc. *ni bus*, hat nach O'Molloy futurischen Sinn, siehe O'Don. Gramm. p. 163. Für *daidchi* ist in Lc. *caidchi*, für immer, zu lesen.

ausländische[1] Pferde [sollen] unter dir [sein]." 3. „Mit wie vielen
soll ich gehen?" sagte Eocho. „Fünfzig Reiter [gehören sich] für
dich" sagte sie. „Morgen werden von mir" sagte sie „fünfzig
Rappen mit Zäumen von Gold und Silber versehen zu dir kommen, und mit ihnen fünfzig Stück Ausrüstung von der Ausrüstung[2] der Side, und deine Pfleglinge sollen alle mit dir gehen, und es steht uns wohl an dir zu helfen, weil du tüchtig
bist im Schützen unseres Landes und unseres Bodens." 4. Das
Weib verliess ihn darnach. Früh am Morgen darauf erheben
sie sich, da sahen sie etwas: Die fünfzig Rappen, festgebunden,
mit Zäumen von Gold und Silber versehen, am Thor der Burg,
und fünfzig Nadeln von Silber mit Kopfstücken von Gold[3] und
fünfzig Knabenkleider mit ihrer Kante[4] von Goldfaden, und
fünfzig weisse Pferde mit rothen Ohren und langen Schwänzen[5],
purpurroth[6] alle ihre Schwänze und ihre Mähnen, mit silbernen

---

[1] Das *b* und *a* über *fout* und *allmurdo* bedeutet, dass diese Wörter
umzustellen sind. *Allmurda* und *allmurach* fremd ist von *allmhuir .i.
fri muir anall* (O'Clery) abgeleitet, vgl. K. Meyer, Battle of Ventry,
Index s. v. *allmarach*. Die Worte von *Ingnad lat* bis *do thairthed* in
Lc. verstehe ich nicht.

[2] Die Bedeutung von *escrimm* ist nur errathen, es entspricht aber
den Wörtern *srlan* und *timthacht* in Lc., und lin. 140 hat Eg. *ccusc*
dafür. Dasselbe Wort im Noinden Ulad, Harl. lin. 18 (Berichte der K.
Sächs. Gesellschaft der Wissensch., Philol.-Histor. Cl., 1884, S. 340).

[3] Vgl. *nói m-builc co n-inchaib órdaib uasib hi fraig* (neun Säcke
mit goldenen Vorderstücken über ihnen an der Wand) LU. p. 94, lin. 11.
Andere Beschreibungen der *bretnas*: *bretnas torrach trencend sin brutt
os a brunni* LL. p. 55ᵇ, 35, s. On the Mann. III p. 110; *bretnas argit co
m-brephnib óir ina brut* LU. p. 25ᵃ, 3, s. On the Mann. III. p. 159; *sreth
and chetumus di bretnasaib óir 7 argit 7 a cosa isind fraigid* LU. p. 23ᵃ,
32, s. On the Mann. III p. 164.

[4] In Lc. *co [n-intlidib orsnaith*, mit Einschlägen von Goldfaden, s.
intliud in meinem Wtb.

[5] Wörtlich: weisse rothohrige Pferde, die langschwänzig sind. Es
sind die Füllen (*lurchure* in Lc.), die für die Zöglinge des Eocho bestimmt sind.

[6] Es ist fraglich, ob ich diese Farbenbestimmung richtig übersetzt
habe, *ruissi* hängt vermuthlich mit *ruidiud* zusammen, oder mit *rod, rud*
(Krapp), auch *ru* geschrieben: *Dleaghar don lucht is fearr dibh | ruu is*

Zäumen versehen, und eherne Fussketten an jedem Pferde, und
fünfzig Treibstöcke von weisser Bronce, unten mit Endstücken
von Gold[1], um sie in die Hände zu nehmen.

5. Der König erhebt sich darauf, der Eocho, und macht sich
fertig[2]. Sie gehen darauf in dieser Ausrüstung fort nach Cruachna Ai. Von Ailill und Medb wird ihnen darauf Willkommen geboten, und es fehlte nicht viel, dass Leute erstickt wurden bei dem Ansehen und Betrachten derselben. Ihre Schaar
war gross, sie war schön, stolz[3], dicht[4]. 6. „Weshalb bin ich
eingeladen worden?" sagte Eocho zu Ailill. „Um zu erfahren,
ob für mich von dir ein Geschenk zu erlangen ist", sagte Ailill,
„denn mich drückt eine Nothlage, nämlich der Unterhalt der
Männer von Irland, die Rinder von Cuailnge wegzunehmen."

---

corcair co cáin bhrigh, snath dearg, olaind find u. s. w. Book of Rights
p. 222. — Mit den entsprechenden Worten in Lc. weiss ich nichts anzufangen. *Gaibther a rathugud comor inni sin* bedeutet: Man beginnt
dies sehr zu bemerken.

[1] In der TB. Fraich p. 136 heisst es bei einer ähnlichen Beschreibung:
cóica echlasc findruine co m-baccán orda for cinn cech ae. Unter *baccán*
(Haken) und *cennpairt* ist die Spitze des Treibstockes zu verstehen.

[2] Eine solche Bedeutung scheint hier *gaibid immi* zu haben, denn
weder „gabháil impi, to avoid it" (vgl. *imm-gabáil* vermeiden) noch „gabháil uime, to impugn" in O'Donovan's Suppl. giebt hier befriedigenden
Sinn. Ein ähnlich idiomatischer Ausdruck ist *gabaid as*, das Fled Bricr.
7 Loing. M. D. D. öfter vorkommt, z. B. lin. 107.

[3] *allmar* stellt Stokes, Salt. na Rann Index, zu den Zusammen-
setzungen mit *all* gross (*all .i. oll, oll .i. mór*, O'Cl.). Eine etwas andere
Bedeutung muss das Wort hier haben, da *mór* schon vorausgeht. Nahe
liegt *all .i. uasal*, Fél. Jan. 6. Salt. na Rann 58 ist *allmar* Epitheton eines
der Winde (*ind uaine allmar*, im Reim auf *in corcarda glan*), 2566 Epitheton des Meeres (*for in linnmuir n-allmar*), 6442 Epitheton des Silbers
(*cen ór, cen argat n-allmar*), 8126 Epitheton des Landes (*cech n-iath
n-allmar*).

[4] *indaide*, vgl. *inde .i. dluith, ut est, meisir etach asa inde .i. asa
dlus*, O'Don. Suppl. Darnach würde *inde* Substantiv sein können, *indaide*
ein davon abgeleitetes Adjectiv. In meinem Wtb. ist *dlúith* als Epitheton
zu *slúag* belegt. — In Lc. lautet diese Stelle: Ausser dass die Schaar
gross war, war sie aber schön, edel, dicht.

„Was ist das für ein Geschenk, an dem dir liegt?" sagte Eocho.
„Nun ein Geschenk von Milchkühen", sagte Ailill.

„Es ist kein Ueberfluss[1] von ihnen da", sagte Eocho, „ich habe vierzig Pfleglinge von den Söhnen der Könige von Munster zur Erziehung. Sie sind es, die hier in meiner Begleitung sind. Ich habe vierzig Milchkühe für ihren Unterhalt, und siebenmal zwanzig Kühe habe ich selbst . . . ."

7. „Es soll mir von dir" sagte Ailill, „eine Kuh von jedem Farmer, der unter deiner Herrschaft ist, zu Theil werden. Was es auch sei, das dir mit Gewalt auferlegt würde, ich leiste dir Hülfe dabei." „Das soll dir werden" sagte Eocho, „und sie sollen im Besondern diesen Tag[2] kommen"[3].

Darauf werden sie drei Tage und drei Nächte von Ailill und Medb gastlich bewirthet. Sie brechen dann auf nach Hause, bis sie auf die Söhne des Glaschú, von den Leuten von Irros Domnann, stiessen. Siebenmal zwanzig Männer die Zahl derselben. Sie richten ihren Sinn auf wechselseitigen Angriff und auf Streit der Schlacht. Bei . . . . . . stiessen sie zusammen.[4]

8. Es fielen da die vierzig Königssöhne mit Eocho Bec. Diese Kunde verbreitete sich über das Land von Erin, so dass viermal zwanzig Königssöhne von den Knaben Munster's vor Jammer um diese Söhne starben.

9. In einer anderen Nacht[5] [lag] Ailill auf seinem Lager, da sah er etwas in seinem Schlaf: einen jungen Mann und ein

---

[1] Wörtlich: Nicht ist Ueberfluss, was von ihnen da ist. *Fuluair* ist eine mittelirische Umgestaltung von altir. *foróil*, vgl. *fuláir* bei O'R.

[2] *hillaa si* wie *hifecht sa.*

[3] Zu *tairegebat* vgl. *Dot-aircibe* lin. 37.

[4] Zu *oc innaisi catho* vgl. *Lánsid i n-Erind hi flaith Conaire acht bói immesse catha eter da Corpre hi Túathmumain*, LU. p. 83ᵃ, 13, *imnisi .i. imreasain* O'Cl. Im Folgenden ist mir *oc insena* unverständlich. In Lc. könnte man *oc Inse Ua Conchada* lesen, aber ich habe eine solche Oertlichkeit sonst nirgends finden können. Zu *feguit* mit *for* und *oc* s. in meinem Wtb. unter *fêccim* die Stellen aus TE.

[5] Vielleicht ist *all-aidchi* ein Compositum mit *all* (alius) wie *all-slige: conricht les inna allslige* Ml. 2ᵃ, 6 (Z.² 358), vgl. Stokes, Fél. Index.

Weib, die schönsten, die es in Irland gab. „Wer seid ihr?"
sagte Ailill. „Coscar und Nemchoscar [1] [sind] unsere Namen"
sagte sie.

„Wohl heisse ich Coscar willkommen, aber nicht so Nemchoscar" sagte Ailill. „Dir wird Sieg sein auf jede Weise" [2]
sagte sie. „Lass ausziehen von dir", sagte sie, „damit ausgeführt
wird, dass du Vieh von Dartaid, der Tochter Eocho's bekommst.
Sie hat vierzig Milchkühe, und dein eigner Sohn, Orlam mac
Ailella, ist es, den sie liebt. Er mache sich auf mit einer stattlichen Schaar von tüchtigen Männern, und vierzig Königssöhnen
von den Königssöhnen von Connacht, und ich werde ihnen die
Ausrüstung zukommen lassen, die die anderen jungen Männer
hatten, die in dem anderen Kampfe fielen, sowohl die Zäume,
als auch die Kleider und die Nadeln." [3]

10. Sie gehen darauf fort, und gehen sogleich zu Corb Cliach
Sohn des Tassach. Seine Burg war am Ufer (des Flusses?) Nemain, [4]
im Norden. Er war ein berühmter Kämpe von den Männern von

Nach Lc. fand der Besuch der Fee bei Ailill und ebenso der bei Corb
Liath in der Nacht nach dem Tode Eocho's statt, vgl. das *inde* (gestern)
lin. 143 und 167.

[1] Sieg und Nichtsieg.

[2] In Lc. fehlt das *o*, das keinen Sinn giebt. In Lc. heisst es:
„Dir wird Sieg sein auf jede Weise" sagte sie. „Was ist uns davon am
nächsten?" sagte Ailill. „Nicht schwer" sagte sie, „lass morgen von dir
ausziehen" u. s. w.

[3] In Lc. sagt die Fee noch: „und die Aufzählung, sie soll morgen
früh kommen (?), und wir gehen jetzt nach unserem Lande" sagte sie.
— Die Form *tairgeba* habe ich als 3. Sg. Fut. von *tair-icim* genommen,
vgl. *tairegebat* in Eg. lin. 76, nicht von *táircim* ich bereite. Für *com-
airim* habe ich nur die folgende Stelle, Tor. Dhiarm. 7 Gr. (ed. O'Grady),
p. 170: *agus is é ro ráidh, go m-badh náir dóibh méid a muintire agus
truime a d-teaghlaigh, agus gan chomháiriomh ar a g-caitheamh, agus
gan an dias do b'fearr a n-Eirinn do bheith ina d-teagh .i. Cormac
mac Airt agus Fionn mac Chumaill* (... dass eine Schande für sie wäre
die Menge ihrer Leute und der Umfang ihres Hausstands, und keine Be-
rechnung über ihre Ausgaben, und dass [doch] nicht die beiden besten
Männer von Irland in ihrem Hause gewesen seien . . .).

[4] Diese geographische Angabe kann ich nicht näher bestimmen.

Munster. Länger als seine Hand (?) ist, was er Böses gethan
hat. Sie erscheinen auch diesem. „Was sind eure Namen?"
sagte er.[1] „Tecmall und Coscrad"[2] sagten sie. „Das Sammeln
ist ja gut, Vernichtung ist schlecht" sagte Corb Cliach. „Dir wird
nicht Vernichtung werden und du wirst die Söhne von Königen
und Edlen vernichten." 11. „Was ist das nächste davon?"[3] sagte
Corb Cliach. „Nicht schwer" sagten sie, „jeder Sohn eines Königs
und einer Königin und jeder Erbe eines Königs, die es in Connacht giebt, sie sind im Begriff zu euch zu kommen, um Kühe
aus eurem Lande wegzuholen, nachdem euere Söhne von Königen und Königinnen durch sie gefallen sind[4]. Morgen um die
neunte Stunde werden sie kommen. Die Schaar ist nicht zahlreich,
denn wenn es auch tüchtige junge Leute sind, die dahin gehen,
so wird doch Rettung der Ehre von ganz Munster, wenn dieses
Unternehmen zur Ausführung kommen wird." 12. „Mit wie vielen
soll ich gehen?" sagte er. „Mit siebenmal zwanzig streitbaren
Kriegern"[5] sagte sie. „Wir gehen aber fort" sagte das Weib,
„dass wir morgen um die neunte Stunde zusammen treffen."

[1] In Lc. erscheinen die entsprechenden Worte nicht als Frage des
Liath: Was sind die Namen, die diese hatten?

[2] Sammeln und Vernichten.

[3] Der entsprechende Satz in Lc. legt nahe, in *neiside* den Comparativ *nessa* zu erblicken, mit angehängtem *de*. Lc.: Was ist uns das
nächste davon?" „Nicht schwer. Versammle bei dir die Söhne von Königen und Königserben, dass du zerstreuen magst" u. s. w.

[4] Unter *Mac sær* in Lc. ist wohl Orlam zu verstehen, auf ihn bezieht sich wohl auch das Pron. in *roime* (vor ihm): „Wer sind sie?" sagte
Corp Liath. „Ein edler Jüngling, den es in Connacht giebt. Es kommt
sie an, eure Kühe vor ihm her zu treiben, nachdem euere junge Mannschaft gestern von ihnen vernichtet worden ist. Um die neunte Stunde
morgen werden sie zu dir kommen, um [die Kühe] der Dartaid, der
Tochter Eocho's, wegzuholen."

[5] Hier ist wohl die Lesart von Lc. besser: „Welches ist die Zahl,
mit der ich gehen soll?" sagte er. „Siebenmalzwanzig Krieger" sagte
sie, „und siebenmalzwanzig streitbare Männer dabei." — Denn Munster
soll doch wohl nach der Intrigue der Fee die Uebermacht haben. *Laech*
sind die Vornehmeren (in den heroisch gehaltenen Texten „die Helden"),
fer incomlaind sind die gewöhnlichen Männer, die zum Kampf (*comlond*)
geeignet sind.

13. Zur Zeit, als es Morgen wurde, sahen die Männer von Connacht die Pferde und die Kleider, von denen wir erzählt haben[1], am Thor der Burg von Cruachan. 14. Die Leute zögerten sehr[2], ob sie gehen sollten oder ob sie nicht gehen sollten. „Es ist eine Schande" sagte Ailill, „das Gute zurückzuweisen". Orlam geht darauf fort nach Cliu, bis er zu dem Hause der Dartaid, der Tochter Eocho's, kam. 15. Das Mädchen war froh über sie. Drei Ochsen kommen ihnen abhanden. „Wir wollen nicht auf sie warten" sagte Orlam. „Die Männer sollen (Nahrungsmittel) auf ihren Pferden mit sich nehmen[3], und komm du mit uns mit allen deinen Kühen." 16. Die jungen Männer gehen alle ringsum[4], sie begeben sich mit ihr auf den Weg. Darauf kommt ihnen Mac Tassaig entgegen[5], mit seinen siebenmal zwanzig Kriegern, und die Söhne der Könige

---

[1] In Lc. umständlicher: wie sie versprochen hatte und wir berichtet haben, so dass sie am Thore der Burg waren, wie sie ihnen das alles versprochen hatte, was er gesehen hatte, dass es an den Königssöhnen vorher gewesen war.

[2] Ueber *torbaid* (Hinderniss) s. d'Arbois de Jubainville, Rev. Celt. VII p. 228.

[3] Ich habe hier auch den mit *Tucait* (richtiger wäre *Tucat*) beginnenden Satz dem Orlam in den Mund gelegt, weil sonst das 7 vor *tairsi* unverständlich ist. Auch für Lc. empfiehlt sich diese Auffassung, weil sonst das *sund* nicht recht am Platze ist: „... aus Besorgniss hier inmitten von Munster". „Willst du mit mir gehen, o Mädchen?" sagte Orlam. „Gewiss werde ich [mit] gehen" sagte das Mädchen. „Bring dann deinen Zug heraus!"

[4] In Lc. deutlicher: Sie gehen rings um die Kühe, d. i. sie nehmen die Kühe in die Mitte.

[5] Zu *Dusn-arthet* vgl. Vit. Trip. ed. Stokes, p. 132, 15 *Don-airthét da baccach i n-Ochtar Cháerthin*, „Two lame men come to him in Ochtar Cáerthin." Zu *Dos-autat* in Lc. vgl. *tautat* in meinem Wtb. (TB. Flid. cap. 4). Im ersteren Falle ist -*tét* mit do-aith-ro- zusammengesetzt, im letztern mit do-aith-. — In Lc. lautet das letzte Stück: Corp Liath d. S. d. Tassach traf sie, siebenmal zwanzig Krieger gegen sie. Eine Schlacht wird von ihnen geschlagen. Die Söhne der Könige von Connacht fallen, und die jungen Männer, Orlam mit acht Mann ausgenommen, und Dartaid fiel im Kampf beim ersten Zusammenstoss, mit den stattlichen Söhnen von Connacht. [Diese entflieht und nimmt ihre Kühe mit sich, nämlich die vier-

von Connacht fielen da und die jungen Männer, die mit ihnen gegangen waren, mit Ausnahme nur von Orlam mit acht Mann. Diese brachten die Kühe mit sich fort, nämlich die vierzig Milchkühe und die fünfzig Färsen, und das Mädchen war sogleich bei dem ersten Zusammenstoss gefallen. Davon heisst es Imlech Darta in Cliu.

Ende.

zig Milchkühe und die fünfzig Färsen, so dass sie mit ihnen in das Gebiet von Connacht kam.] Daher heisst es Imlech n-Dairte in Cliu Chul, wo Dartaid, die Tochter des Eocho, des Sohnes des Corpre, fiel. Davon heisst es Táin bó Dartæ, eine Vorgeschichte zur Táin bó Cuailnge. — Das in Klammer gesetzte Stück ist eine offenbare Interpolation; zu *adlai* vgl. *atloi* Corm. Gl. p. XXXVIII, *atlúi* LU. 21ᵃ, 34 (TB. Flid. cap. 4).

Táin bó Flidais.

Auch diese Sage wird am Ende als remscél zur Táin bó Cúalnge bezeichnet. Für ihren Text standen mir drei Mss. zu Gebote: Leabhar na h-Uidhri im Facs. p. 21—22, Buch von Leinster im Facs. p. 247, und Egerton 1782 fo. 82ª. Von letzterem besitze ich eine Abschrift des Herrn Standish Hayes O'Grady, die ich im October 1880 mit dem Original verglichen habe. Bei so kleinen Texten ist es möglich, mehrere Versionen in ihrem vollen Wortlaut zum Abdruck zu bringen. Dies giebt die beste Vorstellung von der Variation der Erzählung. LL. und Eg. stimmen fast überall wörtlich überein, nur in Cap. 3 liegt in Eg. eine Kürzung vor. Eine gemeinsame schriftliche Quelle ist nicht mit Nothwendigkeit anzunehmen: wenn wir bedenken, wieviele „file" in Irland dieselben Geschichten wissen mussten, so ist es nicht unmöglich, dass dieselbe Geschichte mit ziemlich demselben Wortlaut verschiedene Male aus der mündlichen Tradition aufgezeichnet wurde. Für eine gemeinsame schriftliche Quelle könnte die Confusion in Cap. 4 sprechen. Indessen auch bei auswendig gelernten und schlecht erzählten Geschichten ist Confusion möglich, und diese Táin ist schlecht erzählt, wenn auch sprachlich interessant durch eine Anzahl volksthümlicher Ausdrücke. Die Version von LU. ist ausführlicher, stimmt aber trotzdem mit der anderen Version oft wörtlich überein. Bemerkenswert ist die Stelle über die drei „laech-aicme" von Irland in Cap. 6. Vielleicht ist noch eine dritte Version vorhanden, wenn nämlich die Stelle, welche O'Curry, On the Manners III p. 339 als einen Beleg für „stoc" (Trompete) anführt, wirklich aus einer Táin bó Flidais stammt. Die Stelle soll sich „H. 2. 16. col. 354" finden, aber H. d'Arbois de Jubainville nennt in seinem Catalogue p. 217 das Gelbe Buch von Lecan nicht unter den Mss. für diese Táin. O'Curry giebt p. 338 den Inhalt dieser Sage ganz in Uebereinstimmung mit unsren Versionen, aber dass die stuic und sturgana bei dem Sturm auf die Burg des Ailill Find geblasen werden, findet sich nicht in unserem Cap. 6. Bei dem Sturm würden nach der betreffenden Stelle die „vier grossen Provinzen von Irland" betheiligt gewesen sein. Auch das weicht ab, und wäre eine starke Uebertreibung, denn in den uns vorliegenden Texten handelt es sich um einen Kampf, den Ailill und Medb gegen einen König innerhalb des weiteren Gebietes von Connacht unternehmen, weil er sich ihren Wünschen nicht fügen wollte. Die Stelle lautet nach der zu O'Curry's Text zugefügten Anmerkung: „Acus ro ergedar ceithre hollcuigid Erend and sin, ocus in dubloingeas mar aen riu, ocus ro greis Oilill go mor, ocus Fergus, ocus Medbh iat, ocus tucsat anaigthi a naenfecht ar in dunadh, ocus ro sendit a stuic ocus a sturgana leo i comfuagra catha, ocus ro thogbadar gairi aidbli uathmara." Auch das Wort miach, das nach Sullivan, On the Mann. III p. 512, in der Bedeutung Wassergefäss in dieser Táin vorkommen soll, findet sich nicht in unseren Versionen.

Flidais ist nach der Sage die Frau des Ailill Find, des Königs von Ciarraige. In „Táin bó Flidais" würde dieser Name ohne Genitivflexion stehen. Dasselbe ist auch in mac Roich der Fall, wenn Roich der Name der Mutter des Fergus ist. Inwiefern das Gebiet des Ailill Find auch crích Cairpri genannt werden kann (in Eg.), geht aus der Sage hervor, die von dem ersten Kommen der Ciarraige nach Connacht handelt, und die O'Donovan, Book of Rights p. 100 fg. mittheilt. Aber freilich erscheint es als ein Anachronismus der Sage, wenn das betreffende Gebiet schon zu Lebzeiten des Fergus so genannt wird, während erst Nachkommen von ihm Jahrhunderte später unter diesem Namen von Munster in Connacht eingewandert sein sollen. Ciarraige Ai haben wir in der Gegend des heutigen Castlereagh zu suchen, im westlichen Theil der Grafschaft Roscommon. Im nördlichen Theile dieses Gebietes lag die Burg des Ailill Find.

In LU. heisst sie Áth Féne, in LL. und Eg. Áth Fénnai, nur in Cap. 2 hat Eg. Feni.

In den kritischen Anmerkungen habe ich mich auf das Nothwendigste beschränkt. Namentlich habe ich nicht überall angemerkt, wo die Aspiration fehlt. Die verchiedenen Texte corrigiren sich oft gegenseitig.

Der Text von LL. und Eg.

LL.
Táin bó Flidais.

1. Bói Flidais ben Ailella Find i crích Ciarraige. Carais Fergus mac Rooig ar a airscelaib, 7 dothegtis techta úadi
5 cind cecha sechtmaine béus a dochum. A n-dolluid iarum dochum Connacht dobert-som ri Ailill aní sein. "Cid digén di sund?" ol Fergus, "ar na
10 raib meth n-einich na anma duit and." "Cid dogenam de dī?" ol Ailill. "Imraidfem-ni 7 Medb nech úainn co Ailill Find do chobair dúnn, 7 uaire
15 is codul neich dó, ni fail nap tussu fadéin nod tét. Bid ferrde ind ascaid."

Eg.
Incipit Tain bo Flidais.

1. Bui Fliduiss bean Ailillo Finn hi crich Cairpri ad . . .[1] Ciarraigi. Caruis Fergus mac Roich maic Echdach[2] ar a airsgeluib ocus dotegtis tecto huaithe i cinn gacha sechtmuine beus a dhochumm. A n-doluidsium dochum Connacht adbeirsium fria hAilill inni sin. "Cid doden[3] de sunn?" ol Fergus. "Is scith lemm imderuch do crichi" ol Fergus, "arna rab meth n-enich no anmo duit ann". "Cid dodenum[3] de dī?" ol Ailill. "Imraafam-ne[4] 7 Medb nech uann gu hAilill Finn do chophuir duinn, 7 huairi

[1] Im Ms. ad mit einem Strich über dem d.

[2] maic Echdach (im Ms. nur Ech mit einem Strich) ist ein falscher Zusatz; denn Roich war Fergus' Mutter.

[3] Richtiger dogén, dogénum.

[4] Zu lesen Imradfam-ne.

2. Dothét Ferg*us* ass lasodain á trichait lácch, in da Férgus 7 Dubthach, co m-batar oc Áth Fénnai i tuasciurt críchi Ciarraigi. Tiagait don dún. Ferthair failte friu. Cid fris-tud-chabair"¹ ol Ail*ill* Find. Co ro anam celide lat-su" ol Fergus, "dáig ata debaid dunn ri Ai[lill]² m*ac* Matach." "Ni anfa-su lim-sa ém" ol Ail*ill* Find. "Mad noch imm*orro* dot munt*ir*, no ainfed. Dáig adfiastar³ dam-sa not chara mo ben." "Etar ascaid di chethra dɪ dúnn. Atá eicen mór forn." "Ni béra-su ascaid uaim-se" ol Ail*ill*, "dia n-ana chelide lemm." Dob*e*rar dam co tinniu dóib cona dú di chormaim dia feiss.

3. "Ni chathiub-sa do biad-su ám" ol Fergus, "uaire na biur th'ascaid." "Assind liuss duit dɪ" ol Ail*ill*. "Rot bia són" ol Fergus, "ni gebthar forbasi⁴ fort." Dos-c*um*lat ass iarum. "Tairc*th for i n-áth" ol Ferg*us* "fochetóir i n-dorus ind liss. "Ni éraibther 7 ni

is codal neich do, ni fil nap tusa fodein nod teis¹, bid ferr-de inn asccaith."   20

2. Dotaet Ferg*us* ass lasoduin a trich*ait* loech, in da Fergus 7 Dubth*ach*, co m-bat*ar* oc Ath Foni hi tuas*cirt* crichi Ciarr*aigi*. Tiaguit don dun. Fer*th*air failte 25 friu. "Cid trisi tudbcob*ar*" or Ail*ill* Finn. "G*ur* anum celidi lat-so" ol Ferg*us*, "daig ata deb*uid* dun fri hAil*ill* m*ac* Mag*ach*." "Ni anf*ussо* lim-sa 30 eim" al Ail*ill* Finn, "mad noch dot m*uintir* ni² anfath. Daig atfiadur dam nod cara mo b*en*. "Etar asccuid dunn do chet*ra* dī, ata eciun mor for*n*." "Ni 35 ber*us*a asccuid uaim-si" ol Ail*ill* Finn, "dia n-ano celidi lemb." Dob*er*thar dam co tinni doib cona dú do chormuimb dia f*or* feis. ³   40

3. "Ni chaithiub-si do biad-so m*an*u htucco⁴ asccuid dam." "Assind lis duid" ol Ail*ill*. "Fer ar ath dam" ol Ail*ill*. "Cia huan rag*us* ar cinn in f*ir*, a 45 Dubth*aig*" ol Ferg*us*. "Rag*us*a ar a cinn cid me" ol Dub*thach*.

---

¹ fris *für* frisa.
² *Im Facs. nur* ai.
³ *Das Fut. hat hier keinen Sinn.*
⁴ *Vermuthlich in* forbais *zu corrigiren.*

---

¹ nod teis *ist 2. Sg. Fut., wir erwarten die 3. Person im Relativsatze.*
² *Der Sinn verlangt* no *für* ni.
³ *Zu lesen* dia feis.
⁴ *Für* mani thucca.

14

erbbaibther dom inchaib-se ém”
50 ol Ailill. “Ragat-sa féin” ol se.
“Cia úann ragas ar a chind
ind fir, a Dubthaig” ol Fergus.
“Ragat-sa ar a chind cid me”
ol Dubthach. Dothét Dubthach
55 iarum issin n-áth ar a chind.
Benaid Dubthach sleig tríít co
n-dechaid tria di śliasait. Dol-
leci-seom dana gai do Dubthach co m-bert crand tríít.
60   4. Tuthæt Fergus mac Oen-
lama fessin.[1] Lasodain benaid
Ailill sleig triit co torchair in-
a ligi.
     Tothúet Flidais lasodain assin
65 dún. Ataig a bratt tairsiu a
triur. Maidti munter Fergusa
hi teiched, maidti Ailill ina
n-diaid. Facabair fiche læch
leis gun[2] airliuch. Atlúi och-
70 tur dia muntir din trichait con-
nici Cruachain. Adfiadat a scél.
Cot-éraig Ailill 7 Medb co mathib Connacht 7 loṅgas Ulad
archena do ascnam hi crich
75 Ciarraige cona m-buidnib con-
dici Áth Fenna, 7 dobretha
colléic ind óic athgóiti la Flidais issin dún.

Dothoet Dubthach iarum ar a
chinn. Benith Dubthach sleig
trit co n-dechuid tre a di slia-
suit. Dolleci-sim dono gai [do][1]
Dubthach co m-bert crann trit.

   4. Tautat Fergus mac Oen-
laimi Gaibi (7 Fergus feisin).[2]
Lasoduin benaid sleig hissuidiu
co torchuir ina lige. Tautat
Fliduis lasoduin assin dun. Ad-
taig a brat tarso a d-triur. Maitte
muinter Ferguso hi d-teched.
Maitte Ailill ina n-diaig. Facca-
bar fiche laech laiss go an[3] airlech. Adlai ochtur dia muintir diu
trichait connicci Cruachnuib Ai.
Adfiadat in sgel tair, 7 dochuaid
Ailill 7 Medb co maithib Connacht 7 longus Ulad archena
do ascnum i crich Chiarraige
cona m-buidnib connice Ath
Fennai, 7 dobrethai gullec inn
oicc athgæiti la Fliduis issin dun.

---

[1] Die Erzählung ist hier corrupt,
die zwei Fergus sind in einen zusammengezogen.
[2] gnn für älteres ocon.

[1] do fehlt im Ms.
[2] Die eingeklammerten Worte
sind über der Zeile nachgetragen.
Auch hier ist die Erzählung unklar,
das folgende co torchuir bezieht sich
nur auf einen Fergus.
[3] go an corrupt für älteres ocon.

5. Congairther Ail*ill* Find assin dún do Ail*ill* 7 Meidb. "Ni reg-sa" ol se, "is mór a ṣotla 7 a olcas ind fir fil and" ol se. Dobretha ind óic *for* fúataib úad anall, co m-batar i n-dunad la Ail*ill* mac Máta. Sechtmain lán eter dá áige dóib oc togail in dúine fén,[1] co torchratar secht fichit lǽch do mathib *Connacht*.

6. "Nibbo do ṣcún maith dodechabair uán, a F*er*gus!" ol Ail*ill*. "Ni gó ém ciasberthar són" ol Bricriu, "cen nech do thutim lind. Ba ágæ immaric cec*h* fer dib, nad con torchair cid oenfer la cec*h* n-æ. It móra na tri corthe se do bith fo chonaib 7 énaib." Lasodain coteirget a triur lomnachta 7 ber*t*[2] imdor*us* ind liss remib co m-búi immedón, et tiagait *Con*nachta leu immalle issin less, et arslegait secht cét lǽch issin dún, im Ail*ill* Find, 7 im trichait mac dia maccaib, 7 im Amal-

5. *Congarthar* Oil*ill* Fionn do Meidb 7 d'Ail*ill*. "Ni rag- 80 si" ol se, "is mor a ṣotlaċus in fir fuil ann" ol Ail*ill*. Dobre*tha* di inn oig for aiṫe*d*[1] uad anall gu m-batar hi n-dunut oc Oil*ill* mac Mato. Scctmuin 85 lan 7[2] da aige doib ic toguil in duini Atho Fen[3] *cona*[4] tor*chratar secht fichit* laech do maiṫi*b* *Connacht*.

6. "Ni ba sen maith dolota- 90 buir uainn a F*er*gus" ol Ail*ill*. "Nipb go om" al Briceni "giasabtha*r*[5] son cin nech do thuitim linn. Ba agae imairec[6] *gach* fir dib nat *con*torchuir cid oen- 95 *fer* la gach n-æ. It mora na tri choirthe si fo *conuib* 7 enuib." Lasoduin cot-eirget a driar lumnac*ht* 7 berit indor*us*[7] in lis remib co m-bui immedun 100 in duini 7 tiagu*it* *Con*nac*ht*u leo immalle isin dun 7 arslega*t* *secht cét* laech issin dun imm Oil*ill* Finn, 7 im tricho .c.[8] dia macuib, 7 im Amalguid 105

---

[1] *Corrupt für* in dúine Átha Fénnai, *s. lin. 24.*

[2] *Zu lesen* berit.

---

[1] *Passt besser als* for fúataib.

[2] *Vermuthlich ist* eter *die richtige Lesart.*

[3] *Vgl. oben lin. 24 oc* Ath Feni.

[4] *Zu lesen* co torchratar.

[5] *Wohl corrupt für* giasberthar.

[6] *Zu lesen* imairic.

[7] *Zu lesen* imdorus.

[8] *Der Sinn verlangt* mac, *und nicht* cét.

gaid Múad, 7 imm Eochaich
Muinmedain, 7 im Chorpre
Cromm, 7 im Ailill m-Brefni,
7 im thri Oengusa Bodbgnai
110 7 im thrí Echdachu Irruiss, 7
im secht m-Breslenu Aí, 7 im
choicait n-Domnall. Et doberat
Flidais assin dún, 7 dobreth a
m-búi di chethrai and .i. cét
115 lulgach 7 secht fichit dam, 7
tricha cét di chethrai olchena.

7. Is iarsin luid Flidais co
Fergus mac Roig. Et is do sein
120 no gaibed Flidais cech sechtmad laa do feraib hErenn dia
toiscid ocon táin. Et is desin
luid la Fergus iar táin[1] dochum
a chríchi, co n-gab rige n-Ulad,
125 et iss and atbath-si iarum oc
Tráig Baili. Is di sein atá
Tain bó Flidais irremsclaib
na Tana.

Muad, ocus imm Eochaig Muin-
medon, 7 im Cairpri Cromm,
7 imm Ailill m-Breifnech, 7 im
tri hOengusa Bagna, 7 im tri
hEcha Irruis, 7 im secht m-
Breislinnuib Brne (?), 7 im trichait Domnull, ocus doberat
Fliduis assin dun 7 doberat a
m-búi do cetraib ann 7 cet
laulgach ocus secht fichit gam-
nuch 7 tricha cet do cetra ol-
ceano.

7. Iss iarsin luid Fliduis co
Fergus mac Rosui,[1] 7 do sin
no geibeth gach sechtmad la
do feraib hErinn dia toiscid
oc in tain, ocus issi sin luidi
la Fergus dochum a crichi
iarum, co n-gab rige n-Ulad,
7 iss ann itbath iarum oc Traig
Bale inní Fliduis, 7 is de-sin
ata Tain bo Fliduis hi rem-
sgeluib Tano bo Cuailnge.

Finit.

[1] Zu lesen tain.

[1] Im Ms. Roui mit einem Haken
über dem o, s. S. 224. Zu Fergus mac
Rossa rgl. O'Curry, Ms. Mat. p. 483.

Der Text von LU.

.... "Cid dofuci"[1] or Ailill Find. "Coro faeem[2]
celidi lat-su iairm[3] ár atá debuid dún fri Ailill mac Mágach."
"Mád[4] nech dit muintir-seo no ragad for debuid, no anfad lim-

[1] Wir erwarten dot- oder dob-fuci.   [2] Die Abkürzung für m steht
über dem e. Vielleicht ist faemem zu lesen, denn es folgt dún.   [3] Ein
corruptes Wort.   [4] Den Punkt über dem d im Fcs. halte ich nicht
für ein Aspirationszeichen.

sa co róiscçd a síd. Ni anfa om" or Ail*ill* Find, "adfíadar dam
rot chara mo b*en*." "Tabar ascid dún dı di buáib" or Ferg*us*, 5
"ár atá ccen mór for*nd* toçsaigid¹ in t-sluáig dolluid lind for
loṅgais." "Ni b*é*ra-so ascid úaim-sca" for se, "úair nách anái
célidi lim. Atb*era* nech is ar anacol mo mná lim dob*é*raind deit
an conaigi. Dobér dam co tinniu dúib dia furriuth masa ad-
laic lib chena." 10

3. "Ni chathinb-sa do biad-so im*morro*" for Ferg*us*, "úair
nach berim th'ascid." "Asind lis duib dı" or Ail*ill*. "Rot bia
són" or Ferg*us*, "ni gebthar forbæs fort linni." Tocomlát ass
immach. "Tairccd fer ar mo chend-sa i n-áth fochétóir i n-
dor*us* ind lis" or Ferg*us*. "Ni herfaind dom incaib-se² ón sib- 15
si imme-sin" or Ail*ill*. Tothǽt side i n-ath ar a cend.

"Cia uaind" ol Ferg*us*, "a Dubthaig, ragas ar cend ind fir?"
"Ragat-sa" or Dub*thach*, "am so 7 am anáithiu atǽ-siu."

Téit Dubthach ar a chend. Benaid Dubthach sleg trít
(.i. tria Ailill) co n-dechaid tría a da sliasait. Tolcici-scom gai 20
do Dub*thach* co m-bert crand trít alleth n-aill. Focherd³ Fer-
g*us* scíath tar Dubthach. Benid-som hi scíath Fergus*a* co m-
bert crand trít fodesin.

4. Tautat Ferg*us*. Tobe*ir* Fergus mac Ócnláimi scíath airi-
side. B*en*aid Ail*ill* gai hi suide colluid trít. Focheird co m-búi 25
ina ligu *for* a chélib.

Tautat Flidais asin dún, 7 focheird a brat tairsiu a triúr.

Muitti iarom do muint*ir* Fergus*a* *for* teched, téit Ail*ill* inna
n-diáid. Fácabar . XX. léch lais díb.

Athúi morfesser dib do Cruachnaib A'i 7 adfíadat osscél⁴ 30
n-uli hi sudiu and-sin do Ail*ill* 7 do Meidb. Cot-erig iarom
Ailill 7 Medb 7 mathi Conn*acht* 7 in loinges Ulad olchenæ.
Adcosnat hi crich Ciarraigi Ai cona m-budnib co Ath Féne.
Ro fuctha colleic la Flidais isin les ind fir athgoiti 7 dognith
a frebaid⁵ lea. Tecait iarom in t-sluáig dond lis. 35

---

¹ *Offenbar eine Corruptel für* toscid *oder* tosgid, *wie auch* Stokes
vermuthet, s. lin. 89 dia thoscid ocon táin. ² *Zu lesen* incbaib.
³ *Zu lesen* Focheird. ⁴ *Gewiss corrupt für* a scél. ⁵ *Der Punkt*
über dem f *ist zu streichen.*

5. *Congairther* Ail*ill* Find do Ailin*d* [1] mac Mata immach
assind lis dia acallaim. "Ni rag-sa" or se, "is mór a uallchas
7 a sotlacht ind fir fil and."

40   Ba do chocur chóre cena bói Ail*ill* mac Mata do Ailill
Find 7 do frebaid Fergusa do am*al* bad techta 7 don chorai
friss iarsin doréir tigernad *Connacht.*

Bretha iarom ind oic agoiti [2] *for* fúataib immach assin dunad co m-bátar ocan othor lia muintir fessin.

45   Nos fobret iarom ind óic *for* togail in duni 7 ni ro fetsat
nach ni dóo, fri sechtmuin láin dóib fón n-innas-sin. Dorro-
chratar [3] secht fichit læch di mathib *Connacht* oc togail a duine
for Ail*ill* Find.

6. "Nír bo sén maith dolodbair" ol Bricriu, "do saigid in
50 duni-seo." "Adde is fir ciatberthar son" or Ail*ill* mac Mata.
"Olc do inchaib Ul*ad* in fechtas so na *tri* eclaind do thutim dib
7 nad tabrat digail fair. Ba háge immairic cach fer díb-seo,
ni con torchair cid óenfer lais nách ai [4] díb. It móra ám na
tri coráid-seo do bith fo sopaib for in duni-seo. Mor in cutbiud
55 in t-óenfer do far n-guin *for* tríur." "Uch cena" *for* Bricriu, "is
fota a chubat *for* lár mo phoba Ferguis co rotrascair óenfer."

Lasodain atrégat [7] anchinnidi Ulad 7 siat lomnochta, 7 doberat fobairt trén tolchar co feirg 7 londnus dermar corrucsat
an n-imdor*us* [5] inna cind co m-bói *for* medon ind lís 7 tíagait
60 *Connacht*ta leó immalle.

Dofechat a n-dun ar ecin im na láthu gaili batár and. Do-
fecair [6] cath amnas etrócar etorro, 7 nos gaib cach dib *for*
sraigled 7 esórcon [7] a cheli. Íar scis imgona 7 imforráin iarom
dóib srainter *for* lucht in dúnaid 7 arselgat [8] Ul*aid* secht c*ét*
65 læch and isin dunud im Ailill Find 7 im thricho mac dia

---

[1] *Offenbar ein Schreibfehler, veranlasst durch das vorhergehende* Find.
[2] *Für* athgoiti.   [3] *Zu lesen* Doro-, *wenigstens weiss ich keinen Grund
für das doppelte* r.   [4] *Einen Sinn giebt nur entweder* lais *oder* la
nach ai díb. *Das letztere ist an obiger Stelle die richtige Lesart.*
[5] *Richtiger* an-imdorus.   [6] *Richtiger* Dofechar.   [7] *Das Längezeichen
ist vom Uebel, wie auch oben lin. 57 in* atrégat.   [8] *Für* arslegat,
s. *Fél. Index s. v.* arslig.

maccaib, 7 im Amalgaid 7 im Núado, 7 im Fiachaig Muinme-
tháin[1], 7 im Chorpre Crom, 7 im Ailill m-Brephne, 7 im thrí
Oengusa Bodbgnai, 7 im thri Echthigiu Irruis, 7 im secht m-
Bresleniu Ai 7 im Cóicait n-Domnall. Ar bátár tinoltai na
gamanraidi oc Ailill 7 cach óen do Domnandchaib ro tinc[2] báig 70
leis batár oca i n-oenmaigin, fobithin ro fitir conos tairsed
longas Ulad 7 Ailill 7 Medb cona socraiti d'iarraid Fergusa,
ar ba for a foesam boi Fergus. Ba si-sin in tres léch-aicmi
hErend .i. in Gamanrad a hIrrus Domnand, 7 cland Dedad hi
Temair Lochra, 7 clanna Rudraige i n-Emain Macha. La claind 75
Rudraige immorro ro dibdait in da aicme aili.

Cond-erget thra Ulaid co tegluch Medba 7 Ailella leo 7
oirgset a n-dún 7 toberat Flidais leo assin dun, 7 toberat ban-
curi in duni hi forcomol, 7 doberat leo iarsin do neoch do
sétaib 7 máinib bái and, eter ór 7 airget 7 curnu 7 copana 80
7 báiglenna 7 ena 7 dabcha, 7 doberat a m-bái d'etaigib cach
datha and, 7 toberat a m-bái di cethrib and .i. cet lulgach,
7 da fichit ar cet do damaib, 7 tricho cet di mincethri[3] olchenæ.

7. Is desin luid Flidais co Fergus mac Róich a comarli 85
Ailella 7 Medba fo dáig co m-bad furtacht dóib ocon tána na
m-bó a Cualngi. Is desin no geibed Flidais cach sechtmad láa
di feraib hErend do bóthorud dia thoscid ocon táin. Ba sé
sin búar Flidais.

Is desin luid Flidais la Fergus dochom a chríchi bunaid 90
co n-gab rígi blogi do Ultaib .i. Mag Murthemni cosinni bái
illáim Conculaind maic Sualtaim. Ba marb iarom Flidais iartain oc Traig Bali, 7 ni bá ferdi[4] trebad Fergusa on. Ar ba
sisi no frithailed Fergus im cach tincur bá hadlaic do. Is and
atbath Fergus iartain, hi Crích Connacht iar n-écaib a mná 95

---

[1] Vielleicht zu lesen -methán, eine Ableitung von meth (fett), wie
beccán von becc.   [2] Im Facs. ro tīc; vgl. tincim, Tog. Troi Index,
O'Don. Suppl.   [3] Wir erwarten di minchethrib (vgl. di dáinib 7 cethrib, Tog. Troi
428); in LU fällt der Dat. Pl. ohne das b noch mehr auf als in LL.
und Eg.   [4] Zu lesen ferr-di.

.i. iar tíchtain dó do fis scel co Ailill 7 Mcidb. Ar do irgartigud a me*n*man 7 do breith táircthe cr*u*id o Ail*ill* 7 o Mcidb
luidi síar co Cr*u*achain, conid tíar dind fecht sin fúair a bás
tact[1] Ailella.

100   Conid Táin bó Flidais a scél sin anúas.

Der Raub der Kühe der Flidais.

(Uebersetzung nach LU., der Anfang nach LL.)

1. **(LL.:)** Flidais war das Weib des Ailill Finn im Gebiet
von Kerry [Ai]. Sie liebte den Fergus mac Roig auf Grund der
rühmenden Erzählungen von ihm, und es gingen immerfort am
Ende jeder Woche von ihr Boten an ihn ab. Als er dann nach
Connacht kam, brachte er diese Angelegenheit vor Ailill. „Was
soll ich darauf thun" sagte Fergus, „damit dir nicht hierbei
Verlust an Ehre und Namen wird?"[2] „Ja, was sollen wir darauf thun?" sagte Ailill. „Ich und Medb wollen [es] uns überlegen." „[Es soll] Jemand von uns zu Ailill Finn, dass er uns
hilft, und weil eine Zusammenkunft mit Jemandem dahin führt (?)[3],
so ist kein Grund vorhanden, warum du es nicht selbst bist,
der zu ihm geht. Das Geschenk wird um so besser!"[4]

2. Fergus zieht darauf aus, zu dreissig Mann, die zwei
Fergus und Dubthach, bis sie bei Áth Fénnai waren im Nor-

---

[1] Offenbar ist tria ét zu lesen; im Ms. oder im Facs. ist das i über
dem t vergessen.

[2] In Eg.: „Es ist schwer für mich dein Land zu entblössen," sagte
Fergus, „damit dir nicht hierbei Verlust an Ehre und Namen wird."
Ich betrachte *imdcruch* als Compositum (nicht *im deruch*), vgl. *durig*
nudat Ml. 28a, 19; LU. 60b, lin. 12 bedeutet *imdirech* ein Spiel, bei dem
man sich gegenseitig die Sachen wegzunehmen suchte.

[3] Das ist wohl der Sinn des schwierigen Satzes. Siehe die Nachträge.

[4] Aus dem Zusammenhang geht hervor, dass dies der Rath ist,
den Medb giebt. Siehe jedoch die Nachträge.

[5] *á trichait laech* habe ich gefasst wie *a triur* u. s. w. Aus den
Zahlenangaben in Cap. 4 geht hervor, dass es die drei Führer und 27
Mann waren.

den des Gebiets von Kerry. Sie gehen nach der Burg. Man heisst sie willkommen. (LU.:) „Was führt dich her?" sagte Ailill Finn. „Wir möchten einen Aufenthalt bei dir nehmen[1], denn wir haben einen Zwist mit Ailill mac Magach." „Wenn es einer von deinen Leuten wäre, der in Zwist ginge, so könnte er bei mir bleiben, bis er seinen Frieden erlangte. Du aber sollst nicht bleiben" sagte Ailill Finn, „mir wird mitgetheilt, dass mein Weib dich liebt." „Es soll uns denn ein Geschenk an Kühen gegeben werden"[2] sagte Fergus, „denn eine grosse Noth [liegt] auf uns, der Lebensunterhalt der Schaar, die mit uns in die Verbannung gegangen ist." „Du wirst kein Geschenk von mir davontragen" sagte er, „weil du nicht auf Besuch bei mir bleibst. Man wird sagen, es sei um meine Frau zu behalten, dass ich dir gäbe, was du verlangst. Ich will euch einen Ochsen mit Speck dazu geben, um ihnen zu helfen, wenn euch das so genehm ist."[3]

3. „Ich werde aber dein Brod nicht essen" sagte Fergus, „weil ich das Geschenk von dir nicht bekomme." „Aus dem Haus denn mit euch!" sagte Ailill. „Das soll dir werden" sagte Fergus, „wir werden nicht eine Belagerung von dir anfangen."[4] Sie begeben sich hinaus. „Es soll sogleich ein Mann gegen mich nach einer Furt[5] kommen, an das Thor der Burg" sagte

---

[1] Zu *Co ro anam celide lat-su* in LL. (dass wir auf Besuch bei dir bleiben) vgl. *corran célide lib-si* Wb. 7ª, 17, „so that I may stay on a visit with you" Stokes; *celide et buith cen denum neich* Wb. 29ª, 4 (Besuchen und Sein ohne Etwas zu thun), Gl. zu otiosae; bei O'R. *céilidh[e]* „visiting; a lounge".

[2] *Tabar* ist 3. Sg. Imperat. Pass., für *Toberar*; in LL. und Eg. *Etar*, es soll gefunden werden.

[3] In LL. und Eg. gehört dieser Satz zur Erzählung, nicht zum Gespräch: Es wird ihnen ein Ochse mit Speck gegeben, mit seinem Zubehör von Bier, zu einem Fest für sie.

[4] Wörtlich: es wird nicht von uns eine Belagerung an dir vorgenommen werden. Ueber die Bedeutung „siege" von *forbais* s. O'Curry, On the Ms. Mat. p. 264.

[5] An einer Furt fanden die Kämpfe mit Vorliebe statt, so der zwischen Cuchulinn und Ferdiad, s. On the Mann. III p. 422 ff.

Fergus. „Ich würde euch um meiner Ehre willen in diesem Punkte nicht zurückweisen!"[1] sagte Ailill. Dieser ging in eine Furt gegen ihn. „Wer von uns" sagte Fergus, „o Dubthach, wird gegen den Mann gehen?" „Ich werde gehen" sagte Dubthach, „ich bin jünger und ich bin kühner (?) als du bist."[2] Dubthach geht gegen ihn. Dubthach stösst einen Speer durch ihn (durch Ailill), so dass er durch seine zwei Schenkel ging. Er schleudert einen Speer auf Dubthach, so dass er den Schaft durch ihn hindurch auf die andere Seite trieb. Fergus wirft einen Schild über Dubthach. Jener stösst in den Schild des Fergus, so dass er den Schaft durch ihn selbst hindurch trieb. 4. Fergus kommt herbei.[3] Fergus mac Oénláime hält einen Schild vor ihn. Ailill stösst den Speer in diesen, so dass er durch ihn hindurch drang. Er springt, so dass er auf seinen Genossen dalag. Flidais kommt aus der Burg herbei und wirft[4] ihren Mantel über die drei. Fergus' Leute wenden sich zur Flucht[5], Ailill setzt ihnen nach. Es bleiben durch ihn zwanzig Mann von ihnen. Sieben Mann von ihnen entkommen nach Cruachna Ai und erzählen da dort die ganze Geschichte Ailill und Medb. Da erheben sich Ailill und Medb und die Edlen

---

[1] Die Lesart in LL. bedeutet: „Das wird um meiner Ehre willen nicht zurückgewiesen und auch nicht [einem andern] übertragen werden." Fergus dagegen überträgt zunächst den Kampf einem andern. — Die Redensarten, welche den Dat. Pl. *inchaib* enthalten, sind oft schwer zu verstehen und zu übersetzen, vgl. lin. 51 im Text von LU.

[2] Stokes meint, dass hier *so* für *ó, óa* stehe, und dass in *anáithiu* nicht das negative, sondern ein intensives *an* enthalten sei. Darnach habe ich übersetzt.

[3] Hier ist schon Fergus mac Oénláime gemeint, aber das Sätzchen gehörte wohl ursprünglich nicht hierher. An der entsprechenden Stelle von LL. und Eg. ist die Verworrenheit noch grösser.

[4] In LL. und Eg. *ataig*, d. i. *ad-do-aig*, sie legt.

[5] In LU. ist die Construction unpersönlich (wörtlich: es brach den Leuten des Fergus auf Fliehen aus), in LL. und Eg. persönlich (die Leute des Fergus brachen in Fliehen aus). *Muitti* gehört zu *maidim*, es steht hier und an der andern in meinem Wtb. citirten Stelle in der Umgebung von Präsensformen.

von Connacht und die Verbannten von Ulster ebenso. Sie ziehen[1] in das Gebiet von Kerry Ai mit ihren Schaaren bis nach Áth Féne. Die verwundeten Männer waren von Flidais einstweilen in die Burg geschafft worden, und es wurde ihre Heilung von ihr unternommen. Darauf kommen die Schaaren an die Burg. 5. Ailill Finn wird zu Ailill mac Mata gerufen, aus der Burg heraus zu einer Unterredung mit ihm [zu kommen]. „Ich werde nicht gehen" sagte er, „der Stolz und der Hochmuth des Mannes dort ist gross."

Es war doch zu einer Friedenszusammenkunft, dass Ailill mac Mata zu Ailill Find [gekommen] war[2], und damit er Fergus heilte, wie es recht wäre, und um dann Frieden mit ihm [zu schliessen] nach dem Willen der Herren von Connacht.

Die verwundeten Männer wurden darauf auf Tragbahren aus der Burg herausgebracht, so dass sie bei ihren eigenen Leuten zur Pflege[3] waren.

Die Männer greifen ihn darauf an, indem sie die Burg stürmen, und sie konnten ihm nichts anhaben, eine volle Woche lang[4] [ging es] ihnen so. Siebenmal zwanzig Krieger von den Edlen von Connacht fielen, indem sie dem Ailill Find seine Burg stürmen wollten.

---

[1] LL. und Eg. haben hier den Inf. *do ascnam*. Dieser besteht doch wohl aus ad- und *sceinm*, dem Inf. von *scendim, scinnim*, mit Anlehnung an *cosnam*? Das Praes. *Ad-cosnat* in LU. gehört zu *cosnaim* ich erstrebe. Da *cs* erst im Mittelirischen häufig zu *sc* umgestellt wird, ist es mir unwahrscheinlich, dass altir. *ascnam* aus *ad-cosnam* entstanden ist. Vgl. auch altir. *doinscann-som* u. s. w.

[2] Die sehr idiomatische Construction ist wohl so zu verstehen. Der ganze Satz ist die Einfügung eines Schreibers oder Erzählers, dessen Sympathien auf der Seite von Connacht waren.

[3] Zu *othor* vgl. Tog. Troi 2097 *fri hadnacul a marb, fri hothur a crechtnaidhthi*; s. Tog. Troi Index.

[4] In LL. *Sechtmain lán eter dá aige* (und so auch in Eg. zu lesen). Vielleicht war dies ein technischer Ausdruck: „Eine volle Woche zwischen zwei Terminen"? vgl. „*aighe*, a period of time, end of the period" O'Don. Suppl.

6. „Es war kein gutes Zeichen[1], unter dem ihr nach dieser Burg gegangen seid," sagte Bricriu. „Ja[2], wahr ist, was auch da gesagt wird" sagte Ailill mac Mata. „Schlimm [ist] für die Ehre der Ulter[3] diese Fahrt, dass die drei Helden von ihnen fallen, und sie nicht Rache dafür nehmen. Jeder von diesen war ein Pfeiler[4] des Kampfes, nicht ist auch nur ein Mann durch einen von ihnen gefallen! Wahrlich diese drei Helden sind gross, unter den Strohwischen der Männer dieser Burg zu sein![5] Der Spott ist gross, dass der eine Mann euch drei verwundet hat!"[6]

„O weh doch!" sagte Bricriu, „lang ist das ‚Ellenbogen[7] auf dem Boden' meines Papa Fergus (?), weil ihn ein Mann [im Zweikampf] niedergestreckt hat."[8]

Darauf erheben sich die Kämpen[9] der Ulter, nackt wie sie waren, und machen einen kräftigen hartnäckigen Angriff mit

[1] Zu *sén maith* vgl. Stokes, Tog. Troi Index. Tog. Troi 1237: *Is andsin atubairt Calchas friu di séon úaire ara curtis allonga for muir* (darauf sagte ihnen Calchas in Folge des Vorzeichens einer guten Stunde, dass sie ihre Schiffe ins Meer lassen sollten).

[2] Zu *Adde* s. *Ate*, TBDart. lin. 20.

[3] Vgl. *Bi olc dot inchaib-siu ocus ni bat fu lat*, O'Don. Suppl. s. v. „*ioncaib*". S. oben im Text von LU., lin. 15.

[4] Zu *áge* s. Stokes, Fél. Index.

[5] Von demselben Schimpf lesen wir Vit. Trip. (ed. Stokes) p. 138, 8: „*Modebród*," ol Patraic, „*nach comland i m-beithi memais foraib, ocus bethi fo selib ocus sopaib, ocus cuitbiud hicach airecht i m-bed*" („My God's doom!" saith Patrick, „in every contest in which ye shall be ye shall be routed, and ye shall abide under spittles and wisps and mockery in every assembly at which ye shall be present").

[6] Nach LL. und Eg. sind dies Reden Bricriu's (in Eg. fälschlich *Brieni*).

[7] Man denkt bei *cubat* zunächst an das entlehnte lat. *cubitus*. Meine Uebersetzung stützt sich auf die unsichere Vermuthung, dass *cubat for lár* ein Ausdruck für Darniederliegen ist (vgl. *is fota do serglighe* TE. 9, 2 Eg.). Auch *Ferguis* im Gen., anstatt *Ferguso*, ist auffallend.

[8] *rotrascair* kann für *rod-* oder *rot-thrascair* stehen.

[9] Zu *anchinnidi* vgl. im VII *fichtiu anchinne*, LL. p. 121b, lin. 49. Ist es O'Clery's *ainching .i. anraidh nó láoch*?

Wuth und gewaltiger Heftigkeit, so dass sie den Thorbau vor ihnen forttrugen, bis er in der Mitte der Burg war, und die Männer von Connacht gehen zugleich mit ihnen. Sie stürmen die Burg mit Gewalt gegen die tapferen Krieger, die dort waren. Ein wilder erbarmungsloser Kampf wird zwischen ihnen gefochten, und jeder von ihnen beginnt loszuschlagen auf den andern und ihn zu vernichten. Nachdem sie sich darauf ab-gemüht hatten, sich zu verwunden und zu überwältigen, wer-den die Leute der Burg geworfen[1], und die Ulter erschlagen siebenhundert Krieger dort in der Burg, mit Ailill Finn und dreissig seiner Söhne, und Amalgaid, und Núado[2], und Fiacho[3] Muinmethán, und Corpre Cromm, und Ailill von Brefne[4], und den drei Oengus Bodbgnai, und den drei Eochaid[5] von Irross[6], und den sieben Breslene von Ai[7], und den Fünfzig Domnall. Denn die Versammlungen der Gamanrad waren bei Ailill, und jeder von den Männern von Domnand, der sich bei ihm zum Kampfe erboten hatte (?)[8], sie waren an demselben Orte bei ihm [versammelt], weil er wusste, dass die Verbannten von Ulster und Ailill und Medb mit ihrem Heer zu ihnen kommen würden um [die Auslieferung des] Fergus zu verlangen, denn Fergus stand unter ihrem Schutze. Es war dies der dritte Heldenstamm

---

[1] Im Texte ist die Construction unpersönlich.

[2] Für diesen Namen haben LL. nnd Eg. *Muad*, als Epitheton zum vorhergehenden.

[3] Dafür *Eocho* (Acc. *Eochaich*) in LL. und Eg.

[4] *Brefne* war ein Landstrich in den heutigen Grafschaften Leitrim und Cavan.

[5] *Echthigiu* ist der Acc. Pl. zu *Eochaid*, Gen. *Echdach*: *Echthigiu* ist gebildet wie *filedu*, *Echdachu* in LL. wie *aradu*.

[6] *Irross* [*Domnann*] das nordwestliche Mayo.

[7] [*Mag*]*Ai* der alte Name einer Ebene in der Grafschaft Roscommon, von der auch Cruachan Ai den Namen hat. O'Don., Book of Rights p. 104.

[8] Ob *ro tinc* die richtige Lesart ist, ist mir nicht ganz sicher. In der Tog. Troi findet sich der Infinitiv *tincem*, mit ähnlichen Objecten: *Ragab ám Argo do láim airlumugud na hopra suin 7 tincem in t-sáethuir*, lin. 121 („to attend to the labour" Stokes); *im thincem a tressa 7 im chinniud a chath*, lin. 822.

von Irland, nämlich die Gamanrad von Irross Domnann, und
der Clan Dedad in Temair Lóchra[1] und der Clan Rudraige in
Emain Macha. Durch den Clan Rudraige aber wurden die
beiden andern Stämme vernichtet.

Die Ulter aber erheben sich und mit ihnen die Leute von
Medb und Ailill, und sie verwüsteten die Burg und nehmen
Flidais aus der Burg mit sich, und führen die Weiber der
Burg in die Gefangenschaft[2], und nehmen darauf mit sich von
allem, von den Kostbarkeiten und Schätzen, was da war, Gold
und Silber und Hörner und Becher[3] und ...[4] und Schüsseln
und Fässer, und sie nehmen was da war von Gewändern jeder
Farbe, und sie nehmen was da war von Vieh, nämlich hundert
Milchkühe und 140 Ochsen und dreissig Hundert von kleinem
Vieh ausserdem.

7. In Folge davon ging Flidais zu Fergus mac Roich, nach
dem Beschluss von Ailill und Medb, damit ihnen Unterstützung
würde bei dem Raubzug nach den Kühen von Cualnge. In
Folge davon pflegte Flidais jeden siebenten Tag von den Männern von Irland von dem Ertrag der Kühe zu erhalten, um
ihn während des Raubzugs mit Lebensmitteln zu versorgen.[5]
Es war dies das Vieh der Flidais.

In Folge davon ging Flidais mit Fergus nach seiner Heimat, und er erhielt die Herrschaft eines Theils von Ulster,

---

[1] *Temair Lúachra [Dedad]* nach O'Curry, On the Mann. and Cust.
III p. 132 „an ancient palace situated in the neighbourhood of Abbey-
feale, on the borders of the counties of Limerick and Kerry." Die drei
Stämme oder Clane vertheilen sich also auf die drei Provinzen Connacht,
Munster und Ulster.

[2] Vgl. *ba hécóir ingen in chenéoil rígda do beith aice i forcomol
foréicne* Tog. Troi lin. 790.

[3] Zu *copán* s. Tog. Troi Index; es kommt von lat. *cupa*, vgl.
engl. *cup*.

[4] Das Wort *báiglenna* ist mir unbekannt.

[5] Etwas Anderes kann ich aus diesem Satze nicht machen. Denselben Sinn kann auch der in LL. und Eg. entsprechende Satz haben:
Für ihn pflegte Flidais jeden siebenten Tag von den Männern von Irland zu erhalten, um u. s. w.

nämlich Mag Murthemni mit dem, was in der Hand des Cuchulinn des Sohnes des Sualtam [gewesen] war. Flidais starb dann
nach einiger Zeit bei Trag Bali, und Fergus' Hausstand wurde
nicht besser davon. Denn sie pflegte Fergus in Bezug auf jede
Ausstattung[1], die er sich wünschte, zu versorgen. Fergus starb
nach einiger Zeit im Gebiet von Connacht nach dem Tode
seiner Frau, nachdem er, um Erkundigungen einzuziehen, zu
Ailill und Medb gegangen war. Denn um sich aufzuheitern[2]
und um von Ailill und Medb eine Gewährung von Vieh zu
holen war er westwärts nach Cruachan gegangen, so dass es
im Westen in Folge dieser Fahrt war, dass er seinen Tod fand,
durch die Eifersucht Ailill's.[3] So ist denn diese Geschichte
oben die Táin bó Flidais.

---

[1] Zu *tincur* vgl. O'Clery: *tioncar .i. friotháileamh.*

[2] Die genaue Bedeutung von *irgartigud* ist mir nicht bekannt.

[3] Eine Erzählung von Fergus' Tod findet sich bei Keating, in der
Ausgabe vom Jahre 1811 p. 386 ff. Oilill hat Grund zur Eifersucht (*éad*)
und durchbohrt Fergus mit einem Speer. In einem Gedicht des Cinaed
hua Artacain findet sich darauf bezüglich der Vers (LL. p. 31ᵇ, 28):

> *Ro bith Fergus matan moch | do sleig Lugdach i findloch*
> *isse sin in scél diatá | oenét amnas Ailella.*

Fergus wurde getödtet früh am Morgen von Lugaid's Speer im weissen
See. Es ist dies die Geschichte, von der herkommt „Ailill's einzige
wilde Eifersucht". Vgl. H. d'Arb. de Jub., Cat. p. 23.

Táin bó Regamain.

So lautet der Titel dieser kleinen Erzählung im Buch von Leinster, Facs. p. 245ᵃ, lin. 33, in der Aufzählung der Remscéla Tána bó Cúalnge. Aber es scheint, dass man es mit der Declination der selteneren Namen, die in den Titeln vorkommen, nicht so streng genommen hat. In der Erzählung selbst kommt die Form auf -on oder -an in allen Casus vor (Nom. Gen. Dat. Acc.). Nur Eg. hat einmal im Gen. und einmal im Nom. die Form auf -uin, so dass sogar das Regamnai der Ueberschrift nicht blosser Schreibfehler sein könnte. Vielleicht kommt die Verwirrung daher, dass dieser Name ursprünglich mit dem Suffixe man gebildet ist (also im Nom. eigentlich Regam, wie ollam), aber seinen Halt in dieser Declination verlor. Dann würde der Gen. Regomon in Lc. zu Recht bestehen.

Der Inhalt dieser Erzählung ist wenig bemerkenswerth, aber die grammatischen Formen stammen zum Theil, wenn auch in mittelirischem Gewande, aus älterer Zeit. Erwähnung verdient die 2. Plur. Dep. auf -ar, die Lc. lin. 49 in co n-arlasar vorliegt. Den Text des Gelben Buchs von Lecan (H. 2. 16), Col. 646—648, habe ich selbst October 1880 abgeschrieben; den Text von Egerton 1782, p. 157—159, besitze ich in einer Abschrift des Herrn Standish H. O'Grady, die ich mit dem Ms. verglichen habe.

Von den Abkürzungen in Eg. gilt das S. 187 Bemerkte. In tiagar, cotucthar, dollotar, iarthar, adagar, terbad, tuccatar, rantar, dolotar ist t mit dem Haken geschrieben. Auch s ist einige Male durch diesen Haken über dem Vocale ausgedrückt, so in les, as.

Le.

Tain bo Regomon annso.

1. Læch-brugaid amra robi[1] la *Connacht*aib i n-aimsir Ail*ella* ⁊ Medba, Regam*on* a ainm. Alma imda lais do cheithrib, cæmcadla uile. Bad*ar* imm*orro sech*t n-ingena lais.[2] Ro charsad side *sech*t m*accu* Ail*ella* ⁊ Medba .i. na *sech*t Maine .i. Maine Morgar ⁊ *Maine* Mingar ⁊ *Maine* Aithr*email* ⁊ *Maine* 5 *Math*r*email* ⁊ *Maine* Milbel ⁊ *Maine* Annai ⁊ *Maine* Mocpert ⁊ *Maine* Condageb-[3] uile ⁊ is e side tuc cruth a m*athar* ⁊ a athar ⁊ a n-ordan diblinaib.

It e *sech*t n-ingena Regom*on* .i. teora Dunana[4] ⁊ cethcora Dunmeda[5] ⁊ is dia n-anmandaib ata Inb*er* n-Dunand i n-iarthar 10 *Connacht* ⁊ Ath na n-Dumed[5] i m-Brefni.

Eg.

Incipit Tain bo Regamnai[1].

1. *R*obui dono[2] loech amru la Conn*acht*u, Regoman a ainm. Almo diairmithe do cetraib les, *ocus sech*t n-ingeno les. Ros carsat sidi na *sech*t Maine .i. *sech*t m*aic* Ail*ella* ⁊ Medba .i. Mani Mingor ⁊ M*an*e Morgor *ocus* Mane Aith*r*email ⁊ *Mani* Math*r*email ⁊ *Mani* Condogaib-uili ⁊ *Mani* Milbel ⁊ *Mani* 5 Mocpert, c*on*dot *sech*t Mani saml*uith*.

Sect n-ingeno Regomuin do*no* .i. cethcora Don*an*da ⁊ teoro Dunlaithi. Is dib ata Inbiur n-Don*an*n ind iarthar *Connacht* ⁊ Ath in*a* n-Dunlatho i m-Brefne.

Le. [1] *Im Ms.* robi *mit untergesetztem* a: robai. [2] *Vor* Cæmcadla (d *zu* dh *corrigirt*) uile *im Ms. ein Punkt, als ob diese Worte zu dem folgenden Satze gehörten.* [3] *Was zu ergänzen wäre, weiss ich nicht; wir erwarten* Condageib *oder* -gaib. [4] *Richtiger* Dunanna. [5] *Wahrscheinlich corrupt.*

Eg. [1] *Zu lesen* Regamain. [2] dono *so im Ms.*

Lc.　　　Fecht and imusn-acallatar do[1] Ail*ill* 7 Medb 7 Ferg*us*.
"Tiagair unindi" ol Ail*ill* "co Regaman[2] co tucthar aiscid dun
dia ceithri uad frisi[3] n-ecin si fil f*orn* oc airbiath*ad* f*er* n-Er*en*d
15 oc tain na m-bo a Cuailgni." "Ro fedar inti bad[4] maith do
dul do dian-tairgimis .i. na Maine fobith aini*s*a[5] na *n*-ingen."
Congairter a m*ei*c co hAil*ill*. Raiti friu. "Is buideach a
dul is ferr"[6] ar Medb "daig gair*e*." "Ragthair em daig gair*i*"
ar Maine Morgar. "Inge bid ferd*e*[7] in aiscid" ar Maine Mingar.
20 "Is olc ar læchdacht, is olc ar m-brig, is aninand[8] fri t*ech*t i
futhairbe .i. i crich *no* i ferand co naimtiu. Is roc*æ*m rom-alt[9],
nin relgid[10] do foglaim aithergaib[11], it maithi im*morro* na hoicc
cosa tiagam."

Eg.　　　"Tiag*ar* huann co Ragoman" ol Ail*ill*, "co tuct*har* ni dun
da cethrib frissin n-egin fil f*orn*n." "Ro fetamur a n-dob*er*ad
dun dia n-doru*c*mais dou .i. na maccu ucut" ol Me*db*. "Dia
tiastais do acolluim ina n-ing*en* dob*er*tais ascaid n-amr*a* dun
úathaib[1] do buaib bli*ch*tuib."
15　　*Congartar* doib iarum ina Mane 7 raiti Ail*ill* friu. "Is
ferr a dol" ol Me*db* "dég gairi." "Regam-ne em" ol M*a*ne
Gor. "Is olcc ar laechdocht-ne im*morro* oc*us* nis mor ar
m-brig, ar is rocaem ronn ail*ed*[2], 7 iss aindun[3] fria dol gu
naimtiu 7 it maithi inn oig g*us*a tiagumm 7 nin relgeth do
20 fogluimm aitherguib."

Lc.　[1] *Dieses do ist zu streichen, da nicht die unpersönliche Construction vorliegt.*　　[2] *Im Ms. ist an dus n unten noch ein Haken angesetzt, als ob es ni oder in sein sollte.*　[3] *Zu lesen frisin.*　[4] *Im Ms.
mit vielleicht nachträglicher Aspiration badh.*　　[5] *Das in von aini[n]sa
ist unsicher gelesen, ebenso das a des folgenden Artikels.*　　[6] *Vielleicht
umzustellen:* is ferr a dul.　[7] *Besser ferrde.*　[8] *Unsicher, ich habe
âmand abgeschrieben.*　[9] *Das zweite r sehr deutlich.*　[10] *Besser* relged
(*Praet. Pass.*).　[11] *Im Ms.* ither-, *mit nachträglich unter das i gesetztem* a.

　　Eg.　[1] *Im Ms.* liaib.　[2] *Im Ms.* ail-　[3] *Unsicher, ich habe*
aindim *gelesen.*

2. Berid beand*ach*tain for Ail*ill* 7 Meadb[1] 7 don-taircom- Lc.
laid in fec*ht*. Docomlat ass, *sech*t fich*it* læch a lin, co m-ba*d*ar 25
a n-descert *Connacht* i focus do crich Corcmodruad i Nind*us* inn
oc*us* don dun. "Teid uadhad[2] uaidib[3] do fis scel coon[4] lis"
ar Maine Morgar "do fis esimail na n-ingen."

Teit Maine Mingar triur co comarnaic fri teora ingen[a][5]
dib oc in tibraid. Dofuaslaiced claidbiu doib focetoir. "Anmain 30
i n-anmain" ar in*n* ingen.[6] "Tabair mo tri-lanfocull dam-sa"
ar Maine. "A*m*al no naseca[7] do thenga rod bia *acht* beatha[8]"
ar an ingen, "ar ni c*um*gam-ni es*id*e daib." "Is lasodain" ar
Maine "cechi m-bem[9]." "Cia thusu?" ar sisi. "Maine Mingar
mac Ail*ella* 7 Med*ba*" ar se. "Fochen on" ar si. "Cid nod- 35
bar-tuc[10] isin crich?" ar si. "Do breth[11] bo .i.[12] *ingen*" ar

2. Dollot*ar* as do iarum, *sech*t *fich*it laech allin, cu m-batar Eg.
inn iar*th*ar *Connacht* 7[1] do crich Corccmodruad Ninuis.[2] "Toet
huathad n-ooc hunib" ol Mani Gor ".i. triar n-ocfeni do acul-
la*im* ina n-inge*n*."

Co comarnaicter frisna teora hingenuib i n-dor*us* in duni. 25
D*us*-forsailgsit cla*id*mi doib foce*t*oir. "Anmuin hi n-anmuin" ol
na hingen*a*. "Ta*b*ra*id* ar ud-tri-drinnrusc douinni" ol ind occ[3].
"Rob bia" ol in triar *ingen* "*acht* nip innili, ar ni cumcum-ni
dúib." "Is la suidi em cich indingnem[4]" ol Mane. "Coich
sib-si?" ol ind ingen. "Mani Gor m*ac* Ail*ella* 7 Med*ba*." "Cid 30
dobahucco[5] issin tir si?" ol in*n* ingen. "Do brith bo 7 *ingen*"

Lc. [1] *Der Nom. für den Acc.* [2] *Zu lesen* uathad. [3] *Zu
lesen* úaib. [4] *Corrupt für* ocon? [5] *Im Ms.* ingen *mit später untergesetztem* aib. [6] *Im Ms.* ī ingen *mit nachträglich unter das letzte* n
gesetztem a. [7] *Vielleicht* n-aseca. [8] *Man erwartet ein dem* innili
in Eg. entsprechendes Wort. [9] *Im Ms.* bem *mit unter das* b *gesetztem* m, *zu schreiben* cech *i* m-bem? [10] *Zu lesen* no-bar- [11] *Zu
lesen* breith. [12] *Zu lesen* 7.

Eg. [1] *Für* 7 *ist wohl* i n-ocus *oder ähnlich zu lesen.* [2] *Vgl.
Corm. p. 31* Ninus. [3] *Zu lesen* oicc. [4] *Für* cech a n-dingnem?
aber es ist die Frage, ob ich indig⁻ *richtig ergänzt habe.* [5] *Bemerkenswerth das Pron. infix.* -ba- *für älteres* -b- *und späteres* -bar-, *wenn das
Wort nicht verschrieben ist.*

15*

Lc. Maine. "Is coir a m-breith imalle" ar si. "Adagar ni *bus*
urthidir ani adfiadar, ad maithi ina hoicc cosa tangid-si."
"Bad lind beith *for* n-itgi-si" or se. "Atgegmais chit*us* mad
40 iar menmannrad conetsimis. Cia bar lin?" ar si. "*Secht* fich*it*
laech" ar se "dun sunn." "Anaid sund" ar si, "co *n*-arladmar[1]
na hingena aile." "Fob-sisimar-ni" ar na hingina "nach cum-
ang conisamar."

     3. Tiagaid uaidib *cu*sna hingena n-aile[2]. Aspertatar fri
45 suideib: "Do-bar-ruachtadar oic sund a tirib *Connacht for*
menmarca fodesin, *secht* meic Ail*ella* 7 Medba." "Cid dia
tudchadar?" "Do brith bo 7 ban." "Ba hed[3] adgegmis-ni[4]
ani sin[5] mad dia fedmais." "Adag*ar* occu dia tairmesc *no*
dia terbaid" or si. "Tait ass *co* *n*-arlasar inni." "Adglaas-
50 mar-ni."

Eg. ol se. "Is amluit[1] is comaduis a m-brith" ol in *ingen*. "Adagar namrug*aid*[2]" ol si, "atat oicc maithe ar bur ciunn."
"Bith *for* n-itgi-si linn 7 dos-fuccfom" ol se. "Ba dutracht
35 linn eim" ol si, "mad iar menmannuib connetsimis" ol si.
"Cia *for* lin?" or si. "*Secht* fich*it* laech" ol seisium. "Anuith
sunn gen *conn* arladamair-ni na hingeno aili" ol si. "Fob-
sisimair-ne em" ol in ingen "in met conmesamar."

     3. Tiag*uit* as iarum gu*s*na hingenao aili 7 adgladatar.
40 "Oicc duib sunn a tirib *Connacht*" ol si ".i. *secht* maic Ailella 7 Medba, da bur m-brith 7 do brith ūar m-bo lib." "Ba
hal[3] dun em" ol inn inginr*ad*, "*acht* namma atagumar turbad
fair laisni hogo." "Toet as tra *conn* arlaidid ina macco."
"Atroglésim-ni[4]."

     Lc. [1] *Nachträglich in* arladhamar *verwandelt.*   [2] *Zu lesen* aile,
ohne n-   [3] *Im Ms. ist die Aspiration zugesetzt:* hedh.   [4] *Im Ms.
wäre, wenn meine Abschrift hier genau ist,* -nis- *oder* -ms- *für* -mis-
geschrieben. Das erste g ist übergesetzt.   [5] ani sin *erscheint über-
flüssig nach* Ba hed.

     Eg. [1] *Zu lesen* amluith.   [2] *Meine Ergänzung ist unsicher, im*
Ms. namrūg.   [3] *Zu lesen* hail.   [4] *1. Pl. Fut. activer Flexion von*
adglá*d*ur, *das é ist auffallend.*

Dotiagad na *secht* n-ingena *cu*sin tibraid. Feraid failti Lc.
fri¹ Maine. "Tait as" ar se "7 tucaid bar ceitri lib-si. Bid
maith on sin. Fob-sisimar-ni for ar n-eneach 7 for ar sna-
dad²" ar se. "A ingena Regomun" ar na hoicc.³ Doimmargid
na hingena a m-bu 7 a muccu 7 a curchu⁴ arna raib rathugud 55
foraib. Do sethet⁵ iarum co rancada*r* costad a chele⁶. Feraid
na hingena failti fri⁷ *ma*cco Ail*ell*a 7 Medba 7 imasisedar doib.

"Randtar in almu sa indé" ar Maine Mórgar "7 in slog,
is romor for æn chæ uile iad, 7 comraicium i n-Ath Briuin."
Doguither samlaid.   60

4. Ni bai in rig Ragaman and in la sin. Is and bai a
crich Corco Baisc*inn* i n-dail fri Firu Bolg. Eigt*hir* fon tuaith
dia n-eis. Fosagar do Ragam*an* in scel. Luid *side* fo*r* a n-
iarair co*na* slog. Doroich in toir uile for Maine Morgar 7
gabsad comach eccomlaind for suidiu. "Dothegmaid di uili a 65
n-æn inad" fo*r* Maine, "7 agar nech uaidib⁸ *cu*sna bu ar ccand

---

Dotogut¹ iarum a mor*f*esiur condaorlaidsit² occon tip*r*ait. Eg.
Feruit failti friu. "Taet as" ol siat "7 tu*c*uith *for* cetr*a* lib,
ar fob-sisimuir-ne *for* ar n-ein*ech*." Dotoegat na hinginu leo
iarum 7 tuccata*r* an ro bui do cetri oc in dun leo g*us* ina³
Mane.

"Rant*ar* in cethern inde" ol Mani Gor, "7 rant*ar* na 50
cetr*a*, ar ni rucfit*er* ar oen choc, gu comairsium *for* Ath m-
Briuin." Dognith son.

4. Ni bui Regamon ann illa sin ina thir. Bui hi Corco
Baiscinn. Egt*hir* fon tuaith. Tanuicc Regamuin fo*a*. "Dob-
eglaimith-si *tra*" ol Maine Gor "7 lecith ina hingine reinib 55

Lc. ¹ *Mit nachträglich untergesetztem* a: fria. ² *Im Ms. zu*
snadhadh *verändert; altir.* snádud. ³ *Vielleicht ist* ar na hoicc *zu*
streichen, und a ingena Regomun *zur Rede des Mane Morgor zu ziehen.*
⁴ *Zu lesen* a mucca 7 a caercha. ⁵ *Für* dosechet? ⁶ *Zu lesen*
céle. ⁷ *Im Ms. in* fria *geändert.* ⁸ *Zu lesen* úaib, *vgl. lin.* 27.

Eg. ¹ *Zu lesen* Dotoegat, *s. lin.* 47. ² *Für* conda arlaiset.
³ *Zu lesen* gusna.

Lc. na n-occ 7 agat na hingena na bu forsin n-ath co Cruachnaib
7 aisneidet do Ail*ill* 7 do Meidb an ccomlonn a filim sund."
Rosoiched na hingena co Cruachain 7 adfiadad scela uile.

70 "Ro gaba*d*" ar siad "fort maccaib-siu oc Ath Briuin 7 as-
bertada*r* tccht na foirithin."

Dos-cumlad *Connacht*a ma¹ Ail*ill* 7 Meid*b* 7 Fergus 7
loinges Ula*d* do Ath Briuin do cobair a m*untiri*. Dorigenset
im*morro* meic Ail*ella* coleic cliatha do sciach² 7 do draigen
75 i m-beol ind atha fri Recoman³ *cona* m*uintir*, *cona* rochtadar
dul darsin n-ath co tanic Oil*ill* *cona* sluag, *conid* de ata Ath
Cliath Medraidi i crich n-Oc⁴ Bethra i tuais*cirt* h*Ua* Fiachrach
Aidne it*er Connacht*a 7 Corc*um*ruad. *Conrecad* and a sluagaib
uilib.

80   5. Dognithir sid dala et*urru* fodaig ina mac cæm for-
ogluaiset⁵ ina cet*ra* 7 fodaig na n-ingen cæm dolotar leo,
ima comeracht in imirgi. Doberar uisic na himirgi do Regamo*n*

Eg. forsin ath 7 ágad na ba riunn do Dun Cr*uacha*n 7 aisnedit
do Ail*ill* 7 Meid*b* gabáil forn oc Ath Briúin."

Dolota*r Connacht*a la h*Ailill* 7 Meid*b* iarum do Ath Briuin do choba*ir* a m*uinntiri*. Dogensiut ma*ic* Ail*ella* 7 Medba
60 iarum cliathu do sgiaith¹ 7 droigiun i m-bela*ib* ind atho fria
Regomo*n*, conade ata Ath Cl*íath* hiccrich Óacc m-Brethrui² hi
tuais*cirt* criche h*Ua* Fiatrach³ Aid*ne*. *Conn*drecat ann iarum
indib slu*a*guib immond ath.

     5. Dognith*er* sid leo dono deg na maccaem forogluaissisid
65 in tain 7 deg na n-ing*en*. Anuit na hinge*n*o la maccuib Ail*ello*

Lc. ¹ *Zu lesen* la.   ² *Zu lesen* sciaich.   ³ *Zu lesen* Regoman.
⁴ *So habe ich gelesen, wir erwarten* Óc; n-Óc *hat hier keinen Sinn.*
⁵ *Diese Form habe ich nicht* fo-ro-gluaiset *abgetheilt, weil sie wahrscheinlich als* for-fogluaiset *zu nehmen ist, for- die nochmals vorgesetzte
Präp.* fo *mit der Part.* ro. *Ebenso weiterhin lin. 83* for-facbaid.

Eg. ¹ *Zu lesen* sgiaich.   ² *Zu lesen* Bethrui.   ³ *Zu lesen*
Fiachrach.

7 anait na hingena la maccu Ail*ella* 7 for-facbaid *secht* fich*it* Lc. lulgach leo do iarraig¹ na n-ingen 7 do biathad fer n-*Erenn* fri tinol na tana bo Cuail*nge*, *conid* Tain bo Regam*on* in scel 85 sa 7 remscel do scelaib Tana bo Cuail*nge* he. Finit am*en*.

oc*us* Me*db*a 7 anuit *secht fichit* lual*gach* leo do biath*ad* fer Eg. n-h*Er*inn fri himthinol tab*ar*ta na tano bo Cuail*gne*. Dollect*her* na halmo olch*en*a dia tig dorithissi. Finit.

Lc. ¹ *Besser* iarraid.

Der Raub der Rinder des Regamon
folgt hier.
(Uebersetzung nach Lc.)

1. Ein berühmter Krieger und Landwirth, der zur Zeit von Ailill und Medb in Connacht lebte, dessen Name [war] Regamon. Er hatte viele Heerden von Vieh, alle schön stattlich. Er hatte aber sieben Töchter. Diese liebten die sieben Söhne von Ailill und Medb, die sieben Mane: Mane Morgar und Mane Mingar und Mane Athremail und Mane Máthremail und Mane Milbel und Mane Annai und Mane Moepert und Mane Condagaib-uile,¹ und dieser [letztere] ist es, der das

---

¹ Die sieben *Mane* werden auch sonst erwähnt, oben werden aber acht genannt. Zu streichen ist wohl *M.* *Annai*, der in Eg. fehlt. Aber dieser Name hat sonst noch Gewähr, er entspricht dem *Mane Andoe* *mac Ailella* 7 *Medba* in der Táin bó Cualnge, LL. Facs. p. 91ª, lin. 38. Ebendaselbst p. 55ª, lin. 36 ist von den sieben Mane die Rede, aber es werden nur sechs genannt: *Mane Math., M. Ath., M. Condagaib uili, M. Mingor, M. Mörgor, M. Condamopert* (sic! *Conda* ist wahrscheinlich von *Condagaib* her eingedrungen und zu streichen), es fehlt also *Mane Milbel* oder *M. Andoe*. Die Bedeutung von *gor* in *Mörgor* und *Mingor* erhellt aus dem Gespräch Cap. 1. Es ist der Positiv zu dem

Aussehen seiner Mutter und seines Vaters und ihre beiderseitige Würde trug.

Die sieben Töchter des Regamon sind drei Dunann und vier Dunlaith[1], und von ihren Namen kommt Inber n-Dunann in West-Connacht und Ath na n-Dunlatho[1] in Brefne.

Einst unterredeten sich Ailill und Medb und Fergus. „Es soll Jemand von uns“ sagte Ailill „zu Regamon gehen, dass uns von ihm ein Geschenk von seinem Vieh gebracht werde gegen diese Noth, die auf uns liegt in der Verpflegung der Männer von Irland bei dem Forttreiben der Rinder aus Cuailnge.“ „Ich weiss [sagte Medb], wer gut wäre, dahin zu gehen, wenn wir es anböten,[2] nämlich die Mane, wegen der Schönheit der Töchter.“

Es werden seine Söhne zu Ailill gerufen. Er sprach mit

Comparativ *goiriu* magis pius Sg. 40[b] (Z.[2] 275), vgl. das bei O'Don. Suppl. s. v. *gor* citirte Beispiel: *maith cach macc bes gor di[a] athair* (gut jeder Sohn, der pietätsvoll gegen seinen Vater ist). *Mórgor* (in Eg. auch bloss *gor*) ist also der sehr pietätsvolle, *Mingor* der weniger pietätsvolle. Die Epitheta *Athr.* und *Máthr.* beziehen sich auf die Aehnlichkeit mit dem Vater und die Aehnlichkeit mit der Mutter, vgl. *adramail* patris similis Gramm. Celt.[2] p. 768, *mádramil* und *athramil* Wb. 13[d]. *Condagaib uile* „der es alles enthält“, scheint durch die Worte, die in Lc. darauf folgen, erklärt zu werden. *Milbel* heisst „Honigmund“, *Moepert* wahrscheinlich „Grösser als zu sagen“. In Eg. der Schlusssatz: so dass sie die sieben Mane sind.

[1] Ich habe hier die Lesart von Eg. vorgezogen, weil *Dunflaith* mir auch sonst als weiblicher Name bekannt ist, vgl. Chron. Scot. p. 204, ferner *ind enach Dunlaithe* in der Táin bó Aingen (Eg. 1782). *Brefne* ist „the people of Cavan and Leitrim“ Chron. Scot. Index. — Für *Duna*, *Dunann*, fehlt mir jeder weitere Anhalt. Nach O'Curry Ms. Mat. p. 402 hatte die Bay of Malahide den alten Namen *Inber Domnann*, aber diese Bai liegt an der Ostküste. *Irros Domnann* liegt allerdings im Westen, aber *Domnann* ist nicht *Dunann*.

[2] Vgl. „*tairgim*, I offer“ Stokes, Tog. Troi Index. — In Eg.: „Wir wissen, was er uns geben würde, wenn wir sie dahin schickten, nämlich die Söhne dort“ sagte Medb. „Wenn sie zu einer Unterredung mit den Töchtern gingen, würden sie uns von ihnen ein herrliches Geschenk an Milchkühen bringen.“

ihnen.[1] „Er ist dankbar[2], es ist besser, dass er aus kindlicher Liebe geht" sagte Medb. „Wahrlich es soll aus kindlicher
Liebe gegangen werden" sagte Mane Morgor. „Aber das Geschenk wird [auch] um so besser sein" sagte Mane Mingor.[3]
„Mit unserem Heldenthum steht es schlecht, mit unserer Kraft
steht es schlecht. Es ist so gut wie in die Felder Gehen,[4]
das ist ins Gebiet oder ins Land zu Feinden. Wir sind zu
zart erzogen worden, man hat uns das Kämpfen[5] nicht lernen
lassen, die Männer aber sind tüchtig, zu denen wir gehen!"

2. Sie nehmen von Ailill und Medb Abschied[6] und begeben sich auf die Expedition.[7] Sie ziehen aus, siebenmal

[1] Wir beobachten im Folgenden wieder den abgerissenen, sprunghaften Charakter der alten irischen Sagen. Es ist kein vollständiges
Gespräch, sondern aus einzelnen Sätzen müssen wir eine Vorstellung
von dem Inhalt desselben zu gewinnen suchen.

[2] Gemeint ist Mane Mórgor. Der hier ausgesprochene Gedanke
hängt mit seinem Epitheton *mórgor* zusammen, s. S. 231 Anm. [1]. Vorher
hatte Medb gesagt, die Schönheit der Töchter des Regamon würde ihre
Söhne veranlassen, gern dahin zu gehen. Hier hebt sie für den einen
als Motiv die Pietät hervor; *goire*, *gaire* „pious service, maintenance"
Stokes, Fél. Index, „*gaire* taking care of a father, mother, or tutor, in
old age" O'Don. Suppl.

[3] Mane Mingor (der wenig pietätvolle) weist lieber darauf hin,
dass, wenn sie, die Söhne, hingingen, das Geschenk um so grösser sein
würde. Dann aber klagt er seine Eltern an, dass sie nicht genügend
für die kriegerische Erziehung der Söhne gesorgt hätten, und stellt er
das Unternehmen als eines hin, dem sie nicht gewachsen wären.

[4] Die Form *aninunn* ist Z.[2] 353 aus Cr. Bed. 34[d] in der Bedeutung
idem nachgewiesen. Die Begriffe der Aehnlichkeit und Gleichheit werden
mit *fri* construirt. Der Ausdruck *techt i futhairbe* wird durch die folgenden Worte erklärt, diese könnten in den Text gedrungenes Glossem sein.

[5] Zu *athergaib* s. *athforgaib* in meinem Wtb. S. 380; *athargaibh*
.i. iomaireag áith .i. cathughadh gér O'Cl.; *athargamh* „a conflict, skir-
mish" O'R.

[6] Wörtlich: „Sie geben den Segen auf A. und M."; unser „adieu"
ist ein solcher Segenswunsch.

[7] Für *don-taircomlaid* würde es in der älteren Sprache *don-air-
comlat* heissen, das Mittelirische setzt dem ungetrennten Compositum
die erste Präposition mit dem Pron. infix. vor, das hier unnöthig zu
stehen scheint, wie öfter im Mittelirischen, wenn das eigentliche Object

zwanzig Krieger ihre Zahl, bis sie im Süden von Connacht
waren in der Nähe des Gebietes von Corcmodruad in Ninnus[1]
nahe bei der Stadt. „Einige von euch sollen gehen um Erkun-
digung einzuziehen bei der Burg" sagte Mane Morgor, „um die
Ergebenheit[2] der Mädchen kennen zu lernen."

Mane Mingor geht mit zwei anderen, bis er drei von den
Mädchen am Brunnen traf. Sie ziehen sogleich ihre Schwerter
gegen sie. „Leben für Leben!"[3] sagte das Mädchen. „Gewähr

(in fecht) noch nachfolgt. Obwohl O'Clery ein *tarchomladh .i. gluasacht*
(„a going, marching" O'R.) aufführt und die Verba des Gehens mit Objecten wie *turus* verbunden werden können (*do thecht in turais* Tog.
Troi 940), so wäre es doch auch denkbar, dass *taircomlaid* mit altir.
doecmalla (*do-aith-comalla*) colligit, *tecmallad* colligere zusammenhängt.
Aber im Mittelirischen ist aus *tecmallad* durch eine merkwürdige Metathesis *teclamad* geworden. Davon kommen Formen wie *targclamtha*
Salt. 2714, deren *r* wahrscheinlich vom infigirten *ro* herrührt (*do-ro-ad-
clamtha*). Freilich finden sich auch Formen wie *ro tarclumad ... fled*
Alex. lin. 54 (s. oben S. 19), wo das *ro* noch einmal vorgesetzt wäre.
Für *in sluag mór don-arrchomlais* (das grosse Heer, das du versammelt
hast), LU. 115a, lin. 20, könnte man jedoch kaum ohne die Annahme
eines Compositums mit *do-ar-* auskommen (*do-ro-ar-chomlais*). Schliess-
lich hat mich nur das Object *in fecht* bestimmt, unser *taircomlaid* von
dem Verbum des Sammelns zu trennen, und es zu demselben Stamme
wie das folgende *dochomlat ass* zu ziehen.

[1] *Corcmodruad*, „the descendants of Modh Ruadh, the third son
of Fearghus ... by Meadhbh", ist das heutige Corcomroe in der Grafschaft Clare, O'Don. Book of Rights p. 65, Corm. Transl. p.121. Vgl. „*i crich
Corcamruadh in Nindois*" Betha Shenain, lin. 1831, 1911, ed. Stokes.

[2] O'Clery hat *eisiomal .i. gaisgeadh*, aber diese Bedeutung passt
nicht für die Mädchen. O'Reilly hat ausserdem „*cisiomail*, dependance,
reverence", und dazu vgl. *Doradsat a n-esimul 7 a cáinduthracht for
beolu arrig*, Alex. lin. 265. Darnach habe ich versuchsweise übersetzt.

[3] Vgl. zu dieser ganzen Stelle FB. 87. *Anmain inn anmain* auch
FB. 7 L., lin. 134. Es ist immer ein Zuruf des schwächeren oder unter-
liegenden Theils an den stärkeren. Ich vermuthete erst, dass *anmuin*
der Inf. von *anaim* sei (vgl. LL. p.395b, letzte Zeile: *Ataim idir anmuin
7 imtechd*), aber O'Donovan, Ancient Laws of Ireland I p.73 übersetzt es
mit „Life for life", und hierfür spricht eine Stelle, die mir Stokes mittheilt, Anc. Laws I p. 8 (Harl. 432, fo. 1a, 2): *Is ed ro bai for do cind
ind Eirind breth rechta .i. indechad cisidhi cos i cois 7 suil a suil 7 ainm
i n-anm* (zu lesen *ainim i n-anmain*).

mir meine drei vollen Worte [1]" sagte Mane. „Wie deine Zunge
[es] von sich giebt [2], wird es dir werden, [nur darf es nicht
Vieh sein]" [3] sagte das Mädchen, „denn das können wir nicht
für euch." [4] „Um des willen" sagte Mane „ist alles, wobei wir
auch sein mögen." „Wer bist du?" sagte sie. „Mane Mingor,
der Sohn von Ailill und Medb" sagte er. „Willkommen denn"
sagte sie. „Was hat euch in das Land geführt?" sagte sie.
„Kühe und Mädchen mitzunehmen" sagte Maine. „Es ist recht
sie zusammen mitzunehmen" sagte sie. „Ich fürchte, es wird
nicht ... [6] was angekündigt wird, die Männer sind tüchtig, zu

---

[1] In Eg. *drinnrusc*, das also eine ähnliche Bedeutung wie *lanfocull*
in Lc. haben wird. Vgl. FB. 87 *mo thri drindrosc*, wo aber dann wirklich drei Wünsche ausgesprochen werden, während das an unserer
Stelle nicht der Fall ist.

[2] Die Uebersetzung ist unsicher, ich habe *aseca* mit „*assec*, resti-
tution, restoration", Tog. Troi Index, zusammengebracht, vgl. *do chungid
assic Helena*, die Rückgabe der Helena zu verlangen, Tog. Troi 1269.
In der Stelle *dober he i n-erlaim escuip Corccaige fria aisec don sco-
laige*, LBr. p. 215[b], lin. 40, hat es nach Stokes die Bedeutung „to be
handed on". In den Verbalformen pflegt das *e* allerdings unterdrückt
zu werden: *no ásced* Three Hom. p. 58, lin. 8; *mani aisce uadi ind
ordnaisc*, wenn sie nicht den Ring zurückgiebt, TBF. p. 150, lin. 20,
meni aisce uait ibid. lin. 23. Jedenfalls scheint *Amal no n-asca do
thenga* einen ähnlichen Sinn zu haben wie *Rot biat ... feib dothaiset
lat anáil*, Sie (die Wünsche) sollen dir werden, wie sie mit deinem
Athem kommen werden, FB. 87. — Siehe die Nachträge.

[3] Das Eingeklammerte ist nach Eg. übersetzt, da mir „ausgenommen das Leben" nicht in den Zusammenhang zu passen scheint.

[4] Vgl. „*Is fochen lim-sa ém*" *ol ind ingen* „*ma chotissind, ni
chumgaim ni duitt*", „Wahrlich, es ist mir willkommen" sagte das Mädchen, „wenn ich es [nur] könnte, [aber] ich kann nichts für dich [thun]",
TBFr. p. 144, lin. 7, ed. O'B. Crowe. In Lc. dafür: „*Is fochen lim-sa
duid em*" *ol si* „*dó (?) ma dia cæmsaind ni duit. Ni cumcaim im*morro
na mor" *ol si*, „*uair is*[am] *ingen rig*."

[5] Nach Eg. wäre zu übersetzen: „was wir auch thun mögen." In
Lc. würde vor *bem* das locale Relativum *in-*, in Eg. vor *dingnem* das
Pron. rel. *an-* stehen.

[6] Könnte *urthidir* aus *firfidir* verdorben sein? Das *namruȝ* in Eg.
ist vielleicht *na m-b(e) rugaid*, vgl. *conid rucu lat* FB. 59.

denen ihr gekommen seid!" „Euer Bitten soll mit uns sein"
sagte er. „Wir würden vorziehen, wenn es nach Ueberlegung[1]
wäre, dass wir Folge leisteten.[2] Was ist euere Zahl?" sagte
sie. „Siebenmal zwanzig Krieger" sagte er „sind wir hier."
„Bleibt hier" sagte sie, „dass wir die anderen Mädchen sprechen."[3] „Wir stehen euch bei" sagten die Mädchen, „so gut
als wir können."[4]

3. Sie gehen von ihnen zu den anderen Mädchen. Sie
sagten zu diesen: „Zu euch sind dort Männer aus den Gebieten
von Connacht gekommen, euere eigenen Liebsten, die sieben
Söhne von Ailill und Medb." „Weshalb sind sie gekommen?"
„Um Kühe und Weiber fortzunehmen." „Das würden wir
gern haben[5], wenn[6] wir [nur] könnten. Ich fürchte, dass die
jungen Männer sie hindern oder sie fortjagen"[7] sagte sie.
„Geht hinaus, dass ihr jenen sprechet." „Wir wollen ihn
sprechen."

---

[1] Vgl. *ciarbo chrád ria menmanrad* Salt. 6854 (von Gad, 2. Sam.
24, 12), *is ar chunga a menmannraid* ibid. 6306 (von Nabal, 1. Sam.
25, 11), *ba snimach a menmandrad* ibid. 3268 (von den beiden Kämme-
rern im Gefängniss, 1. Mos. 40, 6). Die Bedeutung ist offenbar Gedan-
ken, Sinn, Herz.

[2] Das Verbum *conéitgim* findet sich EC. 2 (Gramm. S. 119) in einer
ähnlichen Situation gebraucht: *má chotum-éitis*, wenn du mir Folge
leistetest.

[3] Nach Thurneysen, K. Ztschr. XXVIII S. 151 stehen Formen wie
con arladmar für *ad-ro-gladamar*, mit betonter erster Silbe. Ebenso
gehört *con erlasar* lin. 49 als 2. Pl. des S-Fut. mit betonter erster Silbe
zu *adglādur*.

[4] Die Verbalform *conmesamar* in Eg. könnte zu *commus*, Macht,
gehören, s. Stokes, Tog. Troi Index.

[5] Vgl. *Do-gegaind* Vit. Trip., ed. Stokes, p. 112, lin. 10. Ich habe
At-gegmais oben und vorher lin. 39 als ein Compositum der Wurzel *gu(s)*,
wählen, angesehen.

[6] In Lc. *ma* und *dia* zu gleicher Zeit, wie in der S. 235 Anm. [4]
mitgetheilten Stelle aus Lc.

[7] Zu *dia tairmesc no dia terbaid* vgl. *ni tinfuirig cusin anuair,
nadat torbad dit gaisciud* mit der Glosse .i. *nachat tairmescad* LL.
p. 262ª, lin. 21 (Mesca Ulad).

Die sieben Mädchen gehen an den Brunnen. Sie begrüssen den Mane. „Kommt heraus" sagte er „und bringt euer Vieh mit euch! Das wird gut sein. Wir stehen euch bei mit unserer Ehre und mit unserem Schutze" sagte er, „ihr Töchter des Regamon!" Die Mädchen treiben ihre Kühe und ihre Schweine und ihre Schafe zusammen, damit man nichts bei ihnen merke. Darauf .... bis sie an die Haltestelle[1] ihrer Gefährten kamen. Die Mädchen begrüssen die Söhne des Ailill und der Medb, und sie bleiben zusammen stehen. „Die Heerde soll in zwei Theile getheilt werden" sagte Mane Morgar „und die Schaar, es ist zu viel für einen Weg, sie alle, und wir wollen bei Ath Briuin [wieder] zusammentreffen." So geschieht es.

4. König Regamon war an dem Tage nicht zu Hause, er war im Gebiet von Corco Baiscind[2] auf einer Zusammenkunft mit den Fir Bolg.[3] Man schreit im Lande hinter ihnen her. Die Nachricht wird dem Regamon hinterbracht. Dieser ging sie mit seiner Schaar zu verfolgen. Die ganze Verfolgung[4] holte den Mane Morgar ein, und sie brachten diesen eine Niederlage bei.[5]

„Wir gehen[6] daher alle an eine Stelle" sagte Mane Morgor, „und jemand von euch soll zu den Kühen nach den jungen Männern geschickt werden, und die Mädchen sollen die Kühe über die Furt nach Cruachna treiben und sollen Ailill und Medb die Bedrängniss anzeigen, in der wir uns hier befinden." Die Mädchen gelangen nach Cruachan und erzählen die ganzen Geschichten. „Deine Söhne sind bei Ath Briuin im

---

[1] Zu *costad* vgl. Tog. Troi Index, 1. *costud*.
[2] Corco Baiscinn, im Südwesten der Grafschaft Clare, O'Don. Book of Rights p. 48, Chron. Scot. Index, Fél. Index.
[3] Ueber die Fir Bolg vgl. d'Arbois de Jubainville, Le Cycle Mythol. p. 125 ff.
[4] Vgl. *tóir* „pursuit" O'Don. Suppl.
[5] Wörtlich: sie nahmen ein Brechen (*combach*) von Nachtheil über diese.
[6] In Eg. *Dob-eglainnith-si* zu *teclamad*: „Versammelt euch" sagte Mane Gor „und lasst die Mädchen vor euch über die Furt u. s. w."

Nachtheil und sie haben gesagt, man solle ihnen zu Hülfe
kommen."

Die Männer von Connacht mit Ailill und Medb und Fergus
und den Verbannten von Ulster ziehen nach Ath Briuin ihren
Leuten zu Hülfe. Die Söhne Ailill's hatten aber für den
Augenblick Schanzen von Weissdorn und Schwarzdorn vor der
Furt gegen Regamon mit seinen Leuten gemacht, so dass es
ihnen nicht gelang durch die Furt zu gehen, bis Ailill mit
seiner Schaar kam, so dass davon Ath Cliath Medraidi kommt
im Gebiet der Óc Bethra[1] im nördlichen Theil der O'Fiachrach
Aidne, zwischen Connacht und Corcumruad. Dort treffen sie
zusammen mit ihren ganzen Schaaren.

5. Es wird ein Vertrag[2] zwischen ihnen geschlossen wegen
der jungen Männer, welche das Vieh fortgetrieben hatten, und
wegen der hübschen Mädchen[3], die mit ihnen gegangen waren,
mit denen die Heerde aufbrach. Dem Regamon wird die Re-
stitution der Heerde gewährt, und die Mädchen bleiben bei den
Söhnen Ailill's, und es werden siebenmal zwanzig Milchkühe
von ihnen zurückgelassen, für das Freien der Mädchen, und für
die Verpflegung der Männer von Irland bei der Versammlung
zur Táin bó Cúailnge. Daher heisst diese Geschichte Táin bó
Regamon, und sie ist eine Vorgeschichte zu den Geschichten
von der Táin bó Cúailnge.

Ende.

———————

[1] Ueber die Óic Bethra s. O'Donovan, Geneal. etc. of Hy-Fiachrach,
p. 52.

[2] Wörtlich: der Frieden einer Versammlung.

[3] In Lc. *mac caem* getrennt geschrieben dem darauf folgenden
ingen caem entsprechend. In Eg. (wo *caem* bei *ingen* fehlt) ist *maccaem*
das bekannte merkwürdige Compositum.

Táin bó Regamna.

Dieser Titel fehlt in der Aufzählung der Táin im Buch von Leinster, Facs. p. 189, und man könnte vermuthen, er fehle deshalb, weil er ein falscher Titel zu sein scheint, denn der Name „Regamna" kommt in der ganzen Sage nicht vor. Allein der Titel findet sich in einer anderen Liste der Táin, die H. d'Arbois de Jubainville, Catal. p. 261, vornehmlich aus Rawl. B 512, mittheilt. Wichtiger ist jedoch, was schon Hennessy Rev. Celt. I p. 48 erwähnt, dass unsere Sage unter diesem Titel im Leabhar na hUidhri in der grossen Táin, und ferner im Gelben Buch von Lecan in der Táin bé Aingen citirt wird. In LU. lesen wir Facs. p. 77ᵃ, lin. 20: Is andsin trá dogéni Cuchulaind frisin Mórrigain a tréde dorarngert di hi Táin bó Regamna. (Damals that C. der M. die drei Dinge an, die er ihr im T. b. R. vorausgesagt hatte.) Und in der Táin bé Aingen heisst es: ba hinand congraim adchondaire Nera forru 7 adcondaire Cuchulainn hi Táin bó Regamna (es war das Aussehen, das Nera an ihnen sah, gleich dem, das Cuchulainn in der T. b. R. sah). Der anscheinend falsche Titel ist also schon recht alt. Nun findet sich dasselbe Gespräch Cuchulinn's mit der Badb oder Morrigan, das den Hauptinhalt unserer Sage bildet, in dem Abschnitt der Táin bó Cúailnge, der den Titel führt: „Imacallaim na Mór[r]igna fri Coinculaind", LU. Facs. p. 74ᵃ. Dies könnte zu der Vermuthung führen, dass „Táin bó Regamna" nur eine alte Corruptel für „Táin bó Mórrigna" sei. Dagegen spricht jedoch, dass in den Titeln Táin bó Fróich, Táin bó Regamuin, Táin bó Flidais, Táin bó Dartada der am Ende stehende Genitiv immer dem Namen des Besitzers oder

der Besitzerin der Kühe angehört, die fortgetrieben werden. Die Morrigan war aber nicht eigentlich die Besitzerin der Kuh, die ihr Cuchulinn streitig machen will, sondern die Kuh gehörte, wie im Táin bó Aingen erzählt wird, dem Sohn einer Fee und des Nera. Der Sohn heisst Aingene, die Fee selbst Be Aingene. Das Räthsel bleibt also ungelöst, woher der Name Regamna. Das Stück der Táin bó Aingen, in welchem die Handlung unserer Sage erzählt wird, stellenweise mit Anklängen an den Wortlaut[1], unterlasse ich hier mitzutheilen, da ich die ganze Sage demnächst veröffentlichen werde.

Das Hauptinteresse unserer Sage liegt in dem Auftreten der Mórrigan oder Badb, und in dieser Beziehung ist sie von W. M. Hennessy in seiner Abhandlung „The ancient Irish Goddess of War", Rev. Celt. II p. 32 ff., berücksichtigt. Der Sagenchronologie nach gehört sie der Zeit vor der grossen Táin an. Auch „das Fest des Bricriu" steht ausserhalb derselben. Wie ich dieses „Irische Texte" S. 236 ff. analysiert habe, so kann man auch an der Táin bó Cúailnge die sammelnde Thätigkeit der Erzähler oder Diaskeuasten noch erkennen, oder beobachten, wie die Einzelerzählungen zu einem grösseren Ganzen zusammengeschlossen worden sind, und wie auch manches Stück erst später dazu gekommen ist. In dieser Beziehung ist die Verweisung auf unsere Táin wichtig, die sich in der Táin bó Cúailnge findet. Obwohl in LU. Facs. p. 74[a] das Zwiegespräch zwischen der Mórrigan und Cuchulinn vorausgegangen war, in welchem erstere dem Cuchulinn genau wie in unserer Táin voraussagt, in welcher Weise sie ihn schädigen würde, wird doch, als der Kampf selbst stattfindet, nicht auf dieses vorausgehende Stück verwiesen, sondern eben auf die Táin bó Regamna: jenes Gespräch ist wahrscheinlich erst später eingefügt worden, es fehlt in anderen Handschriften der grossen Táin.

---

[1] Besonders bemerkenswerth ist der Anfang des betreffenden Stückes: Berid in Morrigan iarum boin a mic-sium cen bái-scom ina codlud, condarodart in Donn Cuailnge tair i Cuailnge (Die Morrigan nahm die Kuh seines Sohnes fort, während dieser im Schlafe lag, so dass der Donn Cuailnge sie besprang im Osten in Cuailnge. Vgl. unten Cap. 4.

Den Text aus dem Gelben Buch von Lecan (Lc.), Col. 648, lin. 12 ff., habe ich selbst im October 1881 abgeschrieben. Den Text von Egerton 1782 (Eg.), p. 148, besitze ich in einer Abschrift des Herrn Standish Hayes O'Grady, der auch die Güte hatte meinen Text nochmals mit dem Ms. zu collationiren. Beide Texte stimmen vorwiegend wörtlich überein, doch kann der eine nicht einfach aus dem andern abgeschrieben sein, da sich besonders gegen Ende doch auch stärkere Divergenzen zeigen. — In den kritischen Anmerkungen habe ich weder jede fehlende Aspiration ergänzt, noch Erörterungen über die Sprachform angestellt.

Lc.

Tain bo Regamna andso.

1. Dia m-bai Cuchulaind ina cotlad i n-Dun Imrind[1] co cuala in <u>gem</u>[2] a-tuaid cach n-direoch ina doch*u*m 7 ba gr*a*nda 7 ba haduathmar lais in gem[2]. *Co n-*di<u>uchr</u>as<u>tair</u> triana codlad con*i*d coru*s*tair <u>cor n-</u>asclai<u>n</u>d asa imda *for* lar i n-airrthiur in tigi. Luid cen arm*u* amach iartain co m-bai forsin faithci[3], con*i*d ben[4] ruc ina di*a*id imach a armu do 7 a edach ina diaid. 5

Eg.

Incip*i*t Tain bo Ragamna.[1]

1. Dia m-bui Cuchuluinn i n-Dun Imrid gu g-cuala ni an geim. *Co*nn diuchr*u*star triana *c*otl*a*d *c*on*i*d corus*t*ar asa imd*a* go ria*ch*t ind <u>aridin</u> ina suidiu *for* lar iarsin[2] immach do suidiu ar les, cu m-bu hi a ben *b*retho a etach 7 a armb ina diaig[3]. 5

Lc. [1] *Mit Eg. zu lesen* Imrid, *s.* Dún Imrith *SC. 9.* [2] *Mit Eg. zu lesen* geim. [3] *Im Ms.* faithi *mit untergesetztem* c. [4] *Wohl zu lesen* a ben.

Eg. [1] *Ueber dem ersten* a: *vel* e (Regamna). [2] *Vermuthlich ist vor* iarsin *ein* Luid *ausgefallen.* [3] *Besser* diaid.

Lc.   *Co n*-aca Læg ina charbad ind̦elti o Ferta Laig[1] a-tuaid.
"Cid dot-uca?" ol Cuchula*ind*[2]. "Gem[3] dochuala tarsa mag"
ar Læg[1]. "Cid le*th*?" ar Cuchulaind. "An-iarthuaid a̱mne" ar
10 Læg, ".i. iar sligid moir *do* Chaill Cuan. "Ina n-diaid dun"
ar Cu*ch*ula*ind*.

     2. Tiagaid as iar*um* corici Ath da Ḟerta. In tan ba*d*ar
ann iar*um* i suidiu co cualada*r* c̦ulg̱airi in charbaid do thæb
Grellcha Culgairi. *Co n*-acadar in carp*ad* remib 7 ænech *d*erg
15 fai. Oenchos on fan each oc*us* șithbi in carp*aid* tria sechna̱ch[4]
inn eich co n-decha*id* g̦end̦ trit fri fosad a edain anair.

     Be*n d*erg and co*na* dib ḇraaib *d*ercaib 7 a br*at* 7 a edach.
A brat iti*r* di fert in charp*aid* siar co sig̱ed[5] lar ina dedaid[6]

Eg.   *Co*nn facco ni Laeg aro chinn[1] ina charp*at* inneltai oc
Ferta Læig in-tuaig[2]. "Cid dot-ugai?" ol Cuculu*inn*[3] fri Loeg.
"Geim ro chualai issin magh" ol Lo*cg*. "Cid leth?" ol Cuchuluinn. "An-iartuaig[2] amne" ol Lo*cg*. "Ina n-di̱aig[4]" ol Cuchu-
10 luinn.

     2. Tiaguit ass iarum gu hAth *d*a Fe*r*ta. In tan m-ba*t*ar
ann iar*um* gu g-cuala*t*a*r* culguiri in charpuit hi toib Grellchui
Culguiri. Tiaguit foe *co*nn faccata*r* ni in carp*at* ar a cinn no
reimib.[5] Oenech *d*erg foa 7 oencass[6] fo suidiu 7 sithue in
15 charp*uit* sethnu[7] ind eich *co*nn *d*echu*id* g̱einn trit fri fosad a
etain anair.

     Bean *d*erg hissin charp*at* 7 bratt *d*e*r*g impi, oc*us* di ḇraj̱
*d*ergai le, oc*us* a brat ete*r* di fe*r*t in charp*uit* siar co sligḙd̲

Lc. [1] *Mit wahrscheinlich erst später zugefügtem Aspirationszeichen:*
Lægh.   [2] *Im Ms.* qq̇ul-, q̇q̇laind. *Ebenso noch öfter für* cu *in diesem
Namen ein* q.   [3] *Mit Eg. zu lesen* geim.   [4] *Vermuthlich O'Clery's*
seatnach .i. corp.   [5] *Mit Eg. zu lesen* sliged.   [6] *Besser* degaid; *im
Ms. mit nachträglich zugefügten Aspirationszeichen* dedhaidh.

     Eg. [1] *Besser* ar a chinn.   [2] *Besser* tuaid.   [3] *Im Ms.* qql-.
[4] *Besser* diaid.   [5] *Entweder* ar a cinn *oder* reimib, *eins von beiden
ist eine Glosse.*   [6] *Im Ms.* kss.   [7] *Richtiger* sechnu, *vgl.* sechnó na̱
Gréci *Tog. Troi 1083. Gewöhnlicher ist* sechnón.

7 fer mor i comair in charp*aid*: fuan for<u>p</u>t<u>h</u>a imbi 7 gaballorg Lc.
find<u>ch</u>uill fria ais, ic imain nam-bo f<u>ai</u>thi [brat de*r*g uime 7 20
liathgai fria ais].[1]

3. "Ni fa[2] lib in bo occa himain" ol Cucula*ind*. "Ni <u>dir</u>
deit" ol in ben, "ni bo charad na <u>ch</u>oicele duit." "Is dir
dam-sa" ol Cucula*ind* "bai Ul*ad*." "E<u>itircertaisiu</u> an ba" ol in
be*n*, "ba romor ara-c*u*rther laim lat a Cucula*ind*." "Cid arin- 25
<u>did hi</u> in be*n* adom-gladathar?" ol Cuchula*ind*. "Cid na bu
in fer?" "Ni fe*r* sin adgladait<u>her</u>-su" ol in be*n*. "h<u>I</u>a" ol
Cuchula*ind*, "or*us*[3] t*u*su <u>ara-labradar</u>[4]." "h<u>U</u>ar gæth sceo[5]
Luachar sceo he" ol si. "Amæ is am*r*a fat in anma" ol Cu-
cula*ind*. "Bad t*u*sa t*r*a ado<u>ngladadar</u>[6] ol nim agaillnide or[7] 30

---

lar ina diaig[1], oc*us* fe*r* mor hi comuir in charpuit. Fuan forb- Eg.
bthai imme oc*us* gaballorg finnchuill fria aiss, og immain na bo. 20

3. "Ni foelid in bo lib og a himmuain[2]" ol Cu*ch*uluinn.
"Ni dir duit eim a <u>het</u>e*r*cert na bo so" ol in ŭen. "Ni bo
charat na choigceliu duit." "Is <u>d</u>ir dam-so eim ba hUl*ad*
huili" ol Cu*ch*uluinn. "Etercertarso[3] in ba a Chu" ol in ŭen.
"Ced arndid in ben atum-gladatar[4]?" ol Cu*ch*uluinn. "Cid 25
nach e in fe*r* atom-gladathar?" "Ni fer sin atgladaigther-su[5]"
ol in uen. "Ia" ol Cu*ch*uluinn, "ol is t*u*sso ara-labrathar."
"hUar goeth sceo Luachair sgeo ainm in fir sin" ol sí. "Amae
is am*r*u fot in anmu" ol Cu*ch*uluinn. "Ba t*u*sa t*r*a atom-gla-
tathar[4] in fecht so ol nim acalla*dar* in fer. Cia do chomainm- 30

Lc. [1] *Zu lesen* na bo. *Das Eingeklammerte ist eine nicht zum
Vorausgehenden passende weitere Ausmalung.* [2] *Wahrscheinlich zu*
faelid *zu ergänzen.* [3] *Mit der Abkürzung ; für* us *wie in* tusu, *vermuthlich für* <u>ar is</u>. [4] *Mit wahrscheinlich erst später zugefügtem
Aspirationszeichen:* labbradar. [5] *Sieht im Ms. wie* sceti *aus.* [6] *Wohl*
<u>adom-gladadar</u> *zu lesen.* [7] *Corrupt. Man erwartet entweder* nim agailli
(in activer Flexion) in fer *oder* <u>nim</u> agalla*dar* in fer.

Eg. [1] *Besser* diaid. [2] *Zu lesen* himmain. [3] *Corrupt, wahrscheinlich für* <u>Etercerta-so</u>. [4] *Zu lesen* -gladathar. [5] *Besser* at-
gladaither-su.

16*

Lc. in fer. Cia do comainm-siu fen?" ol Cuculaind. "In ben siu
adgladit*her*-su" ol iu fer "Febor begbeoil cuimdiuir folt scenb-
gairit sceo uath."

4. "Mearaigi[1] dognithi[2] dim-sa" ol Cuculaind. Lasodain
35 lingthi Cuchulaind isin carbad. Forrumai a di chois air sin[3]
for a dib guaillib 7 a cleitine *for* a mullach.

"Na himir imrindi form." "Nod sloind dl firslondud" ol
Cuchulaind. "Scuch[4] dim di" ol si. "Am banchainti-sea em"
ol si "7 is e Dairi mac Fiachna a Cuailnge, dofucus in m-boin-
40 sea i n-duais n-airchedail." "Cluinem intaircedal[5] di" ol Cuchulaind. "Scuich dim nama" ol in ben "amal no chrothai
uas mo chind." Teit iarum, co m-bai it*ir* di fert iu charb*aid*,
gaibthi do iar*um*: ....[6]

Eg. siu fein?" ol Cuchuluinn. "Ni *insa.* In ben siu atgladaither-
su" ol in fe*r* "Foebar beo[1] beoil coimdiuir. foltt sgeanb gairitt
sgeo hi[2] a hainm" ol se.

4. "Meraigi dognith-siu dim-so" ol Cuchuluinn "fon innus
35 sin." Lingid Cuchuluinn lasoduin issin charpat 7 forrumai a
da chois *for* a dib gluinib[3]-siu 7 a cleitini *for* a mullach.

"Na himbir imrinniu eim formb"/ol Cuchuluinn. "Scuith[4]
dim di" ol sii. "Am bancainti-siu em" ol si "*ocus* is ó Dairiu
mac Fiachno a cCuailgniu tuc*us* in m-buin si a n-duais n-air-
40 cetail." "Cluinium th' airchetal di" ol Cuchuluinn. "Scuith[4]
dim nammá" ol in úen "ni ferdo[5] duitt amin[6] na chrothai

Lc. [1] *Das g nachträglich aspirirt.* [2] *Das letzte i ist unten an
das* h *gesetzt, vielleicht auch hier* dognith-si *zu lesen.* [3] *Zu lesen* iar
sin? [4] *Zu lesen* Scuich, s. lin. 41. [5] *Wahrscheinlich ist* t'airchedal
die richtige Lesart. [6] *Die Composition der Morrigan, in* Lc. *acht Zeilen
auf Col.* 649, *ist so dunkel und corrupt, dass ich sie hier weggelassen
habe. Anfang:* doernais namgaib, *Ende:* .i. cluas armgreta *(Hören von
Waffenlärm).* Siehe S. 254.

Eg. [1] *Zu lesen* bec. [2] hi *scheint corrupt zu sein.* [3] *Gewiss*
guailnib *zu lesen.* [4] *Richtiger* Scuich. [5] *Zu lesen* ferrdo. [6] *Hinter*
amin *ist* amal *einzufügen, oder* amin *ist in* amal *zu ändern.*

5. Focert *Cuchulaind* bedg ina carp*ad*, ni facai in ech Lc.
na in mnai *na* in carp*ad na* in fer na in m-boin. *Co n-*acca 45
ba hen-si dub forsin craib ina farrad. "<u>Doltach</u> ben adad-
comnaic" ol *Cuchulaind*. "Dolluid beos forsin n-grellaig" ol
in ben, .i. Grell*ach* [Dall*aid*][1] Dolluid iar*um*.

"*Acht* co fesind [bid tu ol in ben][1] bid tu" ol *Cuchulaind*,
"ni bad samlaid no scarfamais." "Cid a n-darignisiu" ol si 50
"rod bia olc de." "Ni *cuma*[2] dam" ol *Cuchulaind*. "Cumcim
cicin" ol in ben, "is ac diten[3] do bais-siu *atusa* 7 biad" ol si.
"Dofuc*usa* in m-boin-sea a sith Cru*ach*an, <u>co n-da-ro-dart</u> in Dub
Cuail*nge* lim i Cuail*nge* .i. tarb Dairi m*aic* Fiachn*a*. Ise*d*
aired bia-su i m-beathaid corop dartaig[4] in læg[5] fil i m-broind 55
na bo so, 7 is e <u>consaithbe</u> Tain bo Cuail*nge*."

huas mo chinn" ol si. Tet d*i Cuchuluinn* iarum co m-bui eter Eg.
di fe*rt* in charp*uit*. Gaibid-se in laid si: ......[1]

5. Focerd *Cuchuluinn* bedg ina carp*at* feissin iarum, naicc Eg.
<u>ni neoch</u> iarum in mnai nach in carp*at* nach in n-ech n*ach* in 45
fer n*ach* in m-buin. Oc*us con* faco-sium iarum ba hén-si dub
for*sin* croib ina farru*d*. "Doltach ben atat-comnaic" ol *Cuchu-*
luinn. "Is dollud d*on*o bias forsinn greall*aig* si co brath" ol
in b*en*. Grellach Dolluid iarum a hainm o hoin ille.

"Ocht[2] ro feisind bed tu, ni saml*aid* no scarfamais" ol 50
Cuchuluinn. "Cidonrignis" ol si, "bieith olcc de." "Ni chum-
gai olc dam" ol *Cuchuluinn*. "Cumgaim ccin" ol si*n*[3] üen. "Is
oc do[4] ditin do baisiu atau-so 7 bia" oll si. "Doucus-sa in m-
boin si cim" ol si "a sid Cru*ach*an, co n-do-ro-da*rt* in Donn
Cuailgni lem .i. tarb Daro m*aic* Fiachnui, 7 isé aret bia-so 55
i m-betho gurab dart*aid* in locg fil ina bruinn ina bo so, 7 is
he <u>consaidfe</u> Tain bo Cuailgni."

Lc.   [1] *Die eingeklammerten Worte sind offenbar zu streichen.*
[2] *Zu lesen* <u>cumcai</u>.   [3] *Richtiger* ditin.   [4] *Richtiger* <u>dartaid</u>.   [5] *Später*
aspirirt im Ms.: lægh.

Eg.   [1] *Der Text von Eg. ist gegen Ende der Composition kürzer,*
auch sonst sind starke Abweichungen von Lc. vorhanden. Anfang Doermais nom gab, *Ende* .i. cluas ind airmgretha.   [2] Ocht *für* Acht
im Ms.   [3] sin *für* in *im Ms.*   [4] do *ist wohl zu streichen.*

Lc.

6. "Bid am airdercu-siade[1] din tain hisin" ol *Cuchulaind*.

"Gegna a n-anrada

"brisfe a morchatha

60   "bid a[2] tigba na tana."

"Cia cruth *conicbe*[3] so" ol in *ben*, "ar tain in tan[4] no m-bia-sa icomrac fri fer comtren comcer*nda*[5] coimclis com-fobaid[6] coimescaid coimceniuil comgaiscid comed[7] frit, biad-sa im escaing 7 fochicher curu im do chosa isinn ath co m-ba

65 hecomlo*nd* mor duit.

"Tongai[8] do dia toingthe Ul*aid*" ol *Cuchulaind*, "for-da-nesiub-sa[9] fri glasleca inn atha, 7 ni cod bia icc uaim-sea co brath, manim derga-su."

7. "Bid am sod[10] glas dono duid-seo" ol sisi, "7 gebad

Eg.

6. "Biam airdirciu-sa-di din tain hisin" ol *Cuchuluinn*.

"Gena a n-aurado

60   "brisfe a morca*tho*[1]

         "bia tigba na tano."

"Cinnus *connigfa*-sa anni sin" ol a[2] úen, "ar in tain no m-bia-sa oc comrac fri f*er* comtren comcroda comcliss com-fobthaith coméscaith comciniúil comgaisc*id* commeti[3] friut .i.

65 bam esccung-so o*cus* fochichiur curu immot chossa issinn ath gu m-ba heccomlunn mor."

"Fortonga do dia tuingthe Ul*aid*" ol Cuculu*inn*, "for-tat-naesab-su fri glaisslecta[4] ind atho o*cus* ni cot bia icc huaim-siu de gu br*ath* manim derguso."

70   7. "Bia sod-sa do*no* glass duitsi" ol si "7 geba breit do

---

Lc. [1] *Zu lesen* -saide.   [2] *Für* bid a *zu lesen* bia,   [3] *Mit später untergesetztem* a: conicbea.   [4] *Zu lesen* ar in tan *oder* ar in tain.   [5] *Im Ms.* comcnda.   [6] *Zu lesen* comfobthaid.   [7] *Zu lesen* comcid (com-méit).   [8] *In älteren Mss.* tong, tongu, *oder* tongaim. [9] *Zu lesen* for-dot-   [10] *Später zu* sodh *corrigirt.*

Eg. [1] *Im Ms.* ko *geschrieben.*   [2] *Zu lesen* an *oder* in. [3] *Wahrscheinlich zu lesen* commeit.   [4] *Besser* -lectha, *aber altir.* lecca.

breth _dit_ [1] doit n-deiss corici do rigid [2] cli." "Nad benab-sa Lc.
sec*um*" ol esium "cosin cleitiniu commeba [3] do suil clc *no* dess
it chind, 7 ni cot bia icc uaim-sca co brath, manim dergai*ther*."
"Biat-sa am samaisce_ find oghd*eir*g [4] d₁" ol sí "7 dorag isin
lindid [5] i fail inn atha i m-bia-so icomrac fri fear, 7 *cet* m-bo
fiud n-o*der*g im deoid, 7 mcb*us*met uile im dedaid [6]-sea isin 75
ath, 7 *con*bibu_star fir_ fer in la sin 7 gettair do chend dit."
"Fochicher-sa crchor as mo thaba*ill* fort-su" ol esi*um* "*co*mbeba
do ser n-dcis *no* chli [7] fout, 7 ni *con* bia do cobair uaim-sea,
manim dergaisse."

Luid ass in badb iar*um* 7 dointa *Cuchulaind* dia trcib 80
fodcsin, conad remscel do thanaid bo Cuail*nge* sin. Finit am*en*.

---

doid in dciss conicci do righid cli." "Tong*us*a do dia tuingti Eg.
hUl*aid*" ol Cu*chu*luinn, "not benab-si secham gom cletine gum-
bcba [1] do hsuil it chinn 7 *no*cot bia icc huaim-siu de go brath
manim d*er*gai-si." "Biam samuiscc-siu finn auod*er*g" ol sissiu
"oc*us* dorag issinu linn hi fail inn athu innatan [2] ro m-bia-so 75
oc comrucc fri fer b*us*s coimcliss duitt, oc*us* cct noud [3] finn
n-obrccc inim diaig [4], oc*us* membuis innet [5] huili imm diaig-siu [4]
issin n-ath, oc*us* *con*bibu_star fir_ fer fort-so allaa sin oc*us* gettair do chenn ditt issinn ath sin." "Tungu .7rl. fochichiur-sa
hurcur as mo taba*ill* fortt-sa co memb [6] do _gerr gara_ foat, 7 80
ni co m-bia icc huaim-si de co br*ath*, manim d*er*gai-si, 7 ni
com gentar-so alla sin et*cr*" ol Cu*chu*luinn.

Scarsat iarsin 7 luid Cu*chu*luinn for culo dorithisiu do
Dun Imrit [7] 7 luithi in Morrigau *cona* buin hi sid Cru*achan* la
Connachta. Finit. 85

Lc. [1] *Das t unter der Linie nachgetragen.* [2] *Später zu* righidh
corrigirt. [3] *Besser* commema. [4] *Zu lesen* ódeirg, *im Ms. og mit
Aspirationszeichen.* [5] *Zu lesen* lind. [6] *Besser* degaid. [7] *Acc. für
den Nom.*

Eg. [1] *Besser* gummema. [2] *Zu lesen* in tan. [3] *Corrupt für*
m-bou. [4] *Besser* diaid. [5] *Corrupt für* mebuismet. [6] *Corrupt
für* commeba *oder* commema. [7] *Zu lesen* Imrith.

Táin bó Regamna.

(Uebersetzung nach Lc.)

1. Als Cuchulinn im Schlafe lag in Dun Imrid, da hörte er ein Geschrei von Norden her grade auf sich zu, und das Geschrei kam ihm schrecklich und kam ihm sehr furchtbar vor. Er erwachte mitten in seinem Schlaf, so dass er wie ein Sack aus seinem Bett auf den Boden im östlichen Theile des Hauses fiel.[1] Ohne Waffen ging er darauf hinaus, bis er auf dem freien Felde war, und [seine] Frau trug ihm seine Waffen hinaus nach, und sein Gewand nach. Da sah er Laeg in seinem angespannten Wagen von Ferta Laig von Norden her [kommen]. „Was bringt dich her?" sagte Cuchulinn. „Ein Geschrei, das ich über die Ebene gehört habe" sagte Laeg. „In welcher Richtung?" sagte Cuchulinn. „Von Nordwesten so her" sagte Laeg, „auf der grossen Strasse nach Caill Cuan." „Lass uns ihm nach!" sagte Cuchulinn.

2. Sie gehen darauf hinaus bis nach Ath da Ferta.[2] Als sie da dann dort waren, hörten sie das Geräusch (culgaire) eines Wagens von der Seite von Grellach Culgairi[3] her. Da sahen sie einen Wagen vor sich, und ein rothes Pferd an ihm. Ein Bein an dem Pferd, und die Deichsel des Wagens durch den Leib des Pferdes, so dass ein Pflock durch dieselbe ging vorn vor dem festen Halt seiner Stirn.[4] Ein rothes Weib darin mit ihren zwei rothen Brauen, und ihr Mantel und ihr Kleid [waren

---

[1] Zu go riacht ind aridin ina suidiu for lar in Eg. vgl.: Teit inæ suidi n-airithin, FB. 7 LMDD. lin. 108.

[2] Vgl. ic Ath da Ferta („juxta Vadum duorum mirabilium") a Muigh Conaille, Chron. Scot. p. 130. Mogh Conaille „a district in the present county of Louth".

[3] Grellach bezeichnet ein lehmiges Terrain, Grellach Culgairi der frühere Name für Grellach Dollaith, s. weiter unten.

[4] Ich habe anair mit „vorn" übersetzt (wie siar gleich darauf mit „hinten"), denn „östlich" passt hier nicht. Die Construction ist aber wie in fri Etáil anáir, östlich von Italien.

roth].[1] Ihr Mantel hinten zwischen den zwei Rädern des Wagens, so dass er den Boden hinter ihr glatt strich, und ein grosser Mann neben dem Wagen. Ein ... Rock[2] um ihn und ein Gabelstock von Haselholz auf seinem Rücken, indem er eine Kuh vor sich her trieb. [Ein rother Mantel um ihn und ein grauer Speer[3] auf seinem Rücken.]

3. „Die Kuh freut sich nicht bei euch, fortgetrieben zu werden." „Dir gebührt sie nicht" sagte das Weib, „es ist nicht die Kuh eines Freundes oder Genossen von dir." „Mir gebühren" sagte Cuchulinn „die Kühe von Ulster." „Du entscheidest über die Kuh," sagte das Weib, „es ist zu viel, worauf von dir die Hand gelegt wird, o Cuchulinn!" „Warum ist es das Weib, das mich anredet," sagte Cuchulinn, „warum war es nicht der Mann?" „Es ist nicht ein Mann, den du anredest" sagte das Weib. „Ja" sagte Cuchulinn, „weil du es bist, die für ihn redet."[4] „Er ist Uar-gaeth-sceo Luachairsceo."[5] „O weh, die Länge des Namens ist erstaunlich" sagte Cuchulinn. „Sei du es aber, die mich anredet, denn der Mann redet mich nicht an.[6] Was ist dein eigener Name?" sagte Cuchulinn. „Das Weib, das du anredest" sagte der Mann, „ist Faebor beg-beoil cuimdiuir folt scenb gairit sceo uath."[7]

4. „Einen Narren macht ihr aus mir" sagte Cuchulinn. Hiermit sprang Cuchulinn in den Wagen. Er setzt dabei seine zwei Füsse auf ihre zwei Schultern, und seinen Speer auf ihren

---

[1] In Eg. besser: und ein rother Mantel um sie.

[2] Zu *fuan forptha* vgl. *lenn no brat formtha* Gl. zu sagana („Vel potest esse quoddam genus vestis, qua antiquitus sagaces induebantur" Ducange) Sg. 51b, 9 ed. Ascoli.

[3] *liath-ga* ebenso LL. p. 99a.

[4] Vgl. *briathar Dé dom erlabrai* S. Patr. Hy. 31 (mit dem Worte Gottes, dass es für mich spreche).

[5] *Uar-gaeth* „kalter Wind", *luachair* „Schilf", *sceo* „Menge"? vgl. *scéo neimhe .i. iomad neimhe* O'Cl.

[6] Dieser Satz ist nach Eg. übersetzt, denn Lc. ist hier corrupt.

[7] *Faebor* „Schneide", *beg-beoil* „kleinmündig", *cuimdiuir* „gleich gering"? *folt* „Haar", *scenb* „Splitter", „Stachel"? *gairit* „kurz", *sceo* „viel", „Menge"? *uath* schrecklich. Auf die Uebersetzung des Ganzen verzichte ich.

Scheitel. „Lass nicht spitze Waffen auf mir spielen!" „Nenn
dich also mit wahrem Namen" sagte Cuchulinn. „Geh denn
weg von mir" sagte sie. „Ich bin eine Satiristin" sagte sie,
„und er ist Daire mac Fiachna aus Cúailnge, ich trug diese Kuh
als Lohn für ein Gedicht davon."[1] „Wir wollen dein Gedicht
hören" sagte Cuchulinn. „Geh nur weg von mir" sagte das
Weib, „wie du über meinem Kopfe schüttelst!"[2] Er geht darauf, so dass er zwischen den zwei Rädern des Wagens war.
Darauf sang sie ihm:[3]

. . . .

5. Cuchulinn that einen Sprung in ihren Wagen: er sah
weder das Pferd noch das Weib noch den Wagen noch den
Mann noch die Kuh. Da sah er, dass sie ein schwarzer Vogel
auf dem Zweige in seiner Nähe [geworden] war. „Ein gefähr-
liches (doltach)[4] Weib bist du!" sagte Cuchulinn. „Dolluid wird
künftighin die Bezeichnung des Grellach sein" sagte das Weib,
nämlich Grellach Dolluid [hiess es] darauf.

„Wenn ich nur gewusst hätte, dass du es bist" sagte Cuchulinn, „würden wir uns so nicht trennen." „Was du auch

---

[1] Sie sagt dem Cuchulinn noch nicht die Wahrheit, denn, wie wir
weiter unten und in der Táin bé Aingen erfahren, hatte sie die Kuh dem
Sohn des Nera aus dem Síd Crúachan entführt, dass sie der Stier des
Daire bespränge. Jetzt ist sie auf dem Rückwege nach dem Síd. —
Nach Eg. müsste man übersetzen: „und ich trug die Kuh davon von
Daire mac Fiachno als Lohn für ein Gedicht." — Zu i n-duais vgl.
„doas, reward", Vit. Trip. ed. Stokes, Index.

[2] In Eg.: „nicht ist das besser so für dich, dass du über meinem
Kopfe schüttelst.

[3] Das Gedicht muss für Cuchulinn irgendwie eine Beleidigung oder
eine Herausforderung enthalten.

[4] Es läge nahe, doltach in dolbthach „zauberisch" corrigieren zu
wollen, allein es muss doch wohl das von dollod „Nachtheil", „Schaden", gebildete Adjectiv sein. Grellach Dolluid wird erwähnt Vit. Trip.
ed. Stokes p. 518, 13, Chron. Scot. p. 111, und ist das jetzige „Girley,
near Kells, co. Meath" (Hennessy). Vermuthlich ist Dolluid der Gen.
Sg. von dollod, man könnte aber auch an O'Clery's dolaidh .i. dofulaing
(unerträglich) denken. Die Uebersetzung mit „gefährlich" ist also mög-
licherweise nicht ganz zutreffend.

gethan hast" sagte sie, „es wird dir Uebles davon werden."
„Du kannst mir nichts [anhaben]"¹ sagte Cuchulinn. „Gewiss
kann ich" sagte das Weib. „Deinen Tod behütend bin ich und
werde ich sein"² sagte sie. „Ich brachte diese Kuh aus dem
Sid von Cruachan, so dass sie durch mich der Dub Cuailnge
in Cuailnge besprang,³ das ist der Stier des Daire mac Fiachna.
So lange wirst du am Leben bleiben, bis das Kalb, das sich
im Leibe dieser Kuh befindet, ein Jährling ist, und dieses ist
es, das die Táin bó Cúailnge veranlassen wird."⁴

5. „Um so berühmter werde ich in Folge jener Táin sein"
sagte Cuchulinn.

„Ich werde ihre Krieger tödten,
„ich werde ihre grossen Schlachten brechen,
„ich werde die Táin überleben!"

„Wie wirst du das können" sagte das Weib, „denn wenn
du im Kampfe sein wirst mit einem ebenso starken, ebenso

---

¹ Von *Cid a n-darignisiu* an bis *a tigba na tana* übersetzt von
Hennessy, Rev. Celt. I p. 47, von dem ich aber in einigen Punkten ab-
weiche. — *Ni cuma dam* „I care not" Henn. (vgl. „*cuma*, grief",
Stokes Salt. Index); ich habe *ni cumcai dam* übersetzt.

² „it is protecting thee I was, am, and will be" Henn. a. a. O.
Allein *do baissiu* kann nicht 1. Sg. Perf. von *biu* sein.

³ Fast dieselben Worte in der Táin bé Aingen, s. oben S. 240. Zu
con-da-ro-dart, T-praet., vgl. Stokes, Beitr. zur Vgl. Sprachf. VIII S. 329,
ferner LL. p. 69ᵃ, lin. 31: *cóica samaisce no daired cach lái*, fünfzig
Kühe pflegte er jeden Tag zu bespringen (derselbe Stier). Um diesen
Dub Cúailnge in ihre Gewalt zu bekommen, veranstaltete Medb den
grossen Kriegszug gegen Ulster, dessen Ereignisse oben in der Táin bó
Cúailnge geschildert werden.

⁴ „and it is it that shall lead to the Tain Bo Cuailnge" Hennessy
a. a. O. Dieselbe Wendung kehrt wieder in der „*Cophur in da muc-
cado*" genannten Sage, aber nur in Egerton 1782, p. 73ᵇ (nicht auch LL.
p. 246): *batar he consaithset Tain bo Cuailnge*, sie waren es (die beiden
Schweinehirten), die die Táin bó Cúailnge veranlassten (insofern nämlich der Dub Cúailnge von dem einen, der Findbennach von dem andern
Schweinehirten abstammte). Wieso das Kalb, von dem oben im Texte
die Rede ist, die Ursache der Táin wurde, erfahren wir aus der Táin
bé Aingen.

siegreichen [1], ebenso gewandten [2], ebenso schrecklichen [3], ebenso
unermüdlichen, ebenso edlen [4], ebenso tapfern [2], ebenso grossen
Mann wie du, werde ich ein Aal sein, [5] und ich werde Schlingen
ziehen um deine Füsse in der Furt, dass es ein grosser Nachtheil für dich sein wird." „Ich schwöre zu Gott, was die Ulter
schwören," sagte Cuchulinn, „ich werde dich gegen die grünen
Steine der Furt quetschen, [6] und dir wird nimmer Heilung
werden von mir, wenn du mich nicht lässest!"

      6. „Ich werde auch eine graue Wölfin [7] für dich werden"

---

    [1] In Eg. *comchroda* ebenso muthig.

    [2] Vgl. *cach fer comchliss 7 comgascid do Iasón*, Tog. Troi 149,
comchliss von *cless* Kampfspiel. Stokes setzt im Index Substantiva
„com-chless, equal feat", *„com-gaisced*, equal valour" an, und die Be-
rechtigung dazu scheint zu folgen aus Wendungen wie *fer do chomnirt
7 do chomgascid*, wie gleich darauf *fer do dingbala-su*, Tog. Troi 1284.
Allein es kommen solche Composita mit *com* und Substantiv auch in
adjectivischer Geltung vor, zum Theil mit Uebergang in die i-Declination (wie lat. inermis von arma), und so fasse ich sie an unserer Stelle,
denn sie sind Adjectiven wie *com-thren* u. a. coordinirt. Vgl. *coimchliss*
lin. 76 in Eg., *comlund cróda comnart uathmar* Tog. Troi 1917, u. a. m.

    [3] Zu *comfobthaid* vgl. *air ni fubthad fil isind lassir*, Gl. zu inflam-
matio .. quae non terret Ml. 40°, 2.

    [4] Vgl. *coimchenel .i. comsaor*, O'Don. Suppl.

    [5] In Lc. wörtlich: werde ich in meinem Aal sein, eine bekannte
idiomatische Wendung.

    [6] Zu *for-nesiub* vgl. 4. *ness* in meinem Wtb. (auch O'Clery hat
neas .i. crécht) und *„neasaim, I wound"*, O'R. — Im Zwiegespräch zwischen Mórrigan und Cuchulinn, LU. p. 74ª, lin. 42: *"Not geb-sa" or se
"im ladair commebsat t'asnai"*, „ich werde dich" sagte er „in meine
Gabel nehmen, dass deine Rippen brechen" (*ladair*, gewöhnlich im
Plural, wird von der Gabelung der Zehen und der Finger gebraucht, s.
mein Wtb.). — In der entsprechenden Stelle des Kampfes, LU. p. 77ª,
lin. 1: *benaid in n-escongain co mebdatár a hasnai indi*, er schlägt den
Aal (im Irischen Fem.), dass ihre Rippen in ihr brachen. — In Eg. 93
heisst es dafür deutlicher: *tug builli dha hsail chli na ceand co n-derna
leth in chind di ar m-brisiudh a lethchind*, er that einen Stoss mit
seiner linken Ferse auf ihren Kopf, so dass er die Hälfte des Kopfes
von ihr nahm (?), nachdem er die andere Hälfte zerstossen hatte.

    [7] Vgl. die Prophezeiung in LU. p. 74ª, lin. 44: *Timorc-sa in cethri
forsind áth do dochum-sa irricht soide glaisse*, Ich treibe das Vieh zu-

sagte sie, „und ich werde .... nehmen [1] von deiner rechten
Hand bis zu deinem linken Arm." „Ich werde dich treffen an
mir vorbei" sagte er „mit dem Speer, dass dein linkes oder
rechtes Auge in deinem Kopfe ausbricht, und dir wird nimmer
Heilung von mir werden, wenn du mich nicht lässest."

„Ich werde dann eine weisse rothohrige Kuh werden" sagte
sie, „und werde in den Teich gehen in der Nähe der Furt, in
der du dich im Kampfe befindest mit einem Manne, [der ebenso
gewandt in Kunststücken ist wie du,][2] und hundert weisse rothohrige Kühe hinter mir her,[3] und ich und alle hinter mir her
werden in die Furt einbrechen,[4] und es wird „die Wahrheit

---

sammen an der Furt auf dich los in der Gestalt einer grauen Wölfin.
In der Schilderung des Kampfes LU. p. 77ᵃ, lin. 5 finden wir den Zusatz *maic tire* zu *sod*, wodurch die „Wölfin" deutlicher ausgedrückt ist
(*sod* könnte auch „Hündin" bedeuten): *Tan-autat-som in t-sod maic
tire doimmairg na bú fair siar*, Die Wölfin greift ihn an, welche die
Kühe hinten auf ihn zusammengetrieben hatte (anders Hennessy, Rev.
Celt. I p. 48). Eg. 93, fol. 29ᵇ, 1 kommt unserer Stelle etwas näher:
*dochuaidh side irricht tsaidhi gairbhi glaisi 7 teasgais a dhoid Concu-
lainn*, sie kam in der Gestalt einer rauhen grauen Wölfin und biss in
(?) Cuchulinn's Hand.

[1] Will die Mórrigan vergelten, indem sie als Aal seine Füsse um-
schlingt, dass er mit seinen Füssen auf sie gesprungen, und dann, indem
sie als Wölfin seine Hand angreift, dass er mit seinem Speer sie bedroht
hat? Aber was ist *gebad breth* (*breith*) oder *breit*?

[2] Der Relativsatz aus Eg. ergänzt.

[3] Zu der idiomatischen Ausdrucksweise *mebusmet uile im degaid-
sea* vgl. *imraidfem-ni 7 Medb* TBFlid. lin. 12.

[4] Kommt der Angriff der Kühe daher, dass Cuchulinn die Kuh in
Anspruch nehmen wollte, welche die Mórrigan bei sich hatte? — Aehnlich der Angriff der Kühe LU. p. 71ᵇ, lin. 1 in der Prophezeiung: *Torach
dait irricht samaisci máile dérce riasind éit, co mensat* (zu lesen *memsat*)
*ort forsna ilathu 7 forsna hathu 7 forsna linniu 7 nim aircecha-sa ar
do chend*, Ich werde dir kommen in der Gestalt einer kahlen rothen
Kuh vor der Heerde (zu *ét* s. O'Don. Suppl.), so dass sie dich in die
Flucht schlagen werden über die ... und über die Furten und über die
Teiche, und du wirst mich nicht für dich sehen („before thee" wäre *ar
do chind*, s. Rev. Celt. I p. 46, II p. 490). — Das entsprechende Stück
im Kampfe lautet LU. 77ᵃ, lin. 7: *Téite irricht samaisce máile derge,
muitti riasna buaib forsna linni 7 na hathu. Is and asbert-som "ni*

der Männer" an dem Tage [gegen dich] entschieden und dir
dein Kopf abgehauen werden."[1] „Ich werde einen Wurf aus
meiner Schleuder auf dich thun" sagte er, „dass dein rechtes
oder linkes Bein[2] unter dir bricht, und nicht wird dir von mir
Hülfe werden, wenn du mich nicht lässest."

Darauf ging die Badb fort[3], und Cuchulinn kehrte nach
seiner Wohnung zurück, so dass dies eine Vorgeschichte zur
Táin bó Cúalnge ist.

Ende.

───────────

airciu (.i. ni rochim) a n-áthu la linni." Sie kam in der Gestalt einer
kahlen („hornless" Henn.) rothen Kuh, sie brach vor den Kühen los über
die Teiche und über die Furten. Damals war es, dass er sagte „Nicht
erreiche ich ihre Furten mit den Teichen."

[1] Cuchulinn erweist sich auch darin stärker als die Morrigan, dass
er wenigstens in dem Kampfe, in dem diese ihre Drohungen ausführt,
nicht seinen Tod findet.

[2] Zu *ser* vgl. *seir* in meinem Wtb. Der Anlaut war ursprünglich *sv*,
vgl. LU. p. 69ᵃ, lin. 28: *Atnaig Fergus id n-erchomail tria a di pherid*
(*da n-id im chailaib choss Etarcomail*, LL. p. 72ᵇ, lin. 7), Fergus zog
eine Fussfessel durch das Dünne seiner Beine. In der im TBC. befind-
lichen Prophezeiung heisst es LU. p. 74ᵃ, lin. 5: *commema do fergara
fót*, aber was ist *gara*? Noch weiter von unserem einfachen *ser* oder
seir entfernt sich im Kampfe LU. p. 77ᵃ, lin. 10: *co memaid a ger gara
fói.* Ebenso oben im Text von Eg. *do gerr gara*, und dieses mir un-
verständliche *gerr gara* hat auch Eg. 93, fol. 29ᵇ, col. 2 (TBC.).

[3] Nach Eg. geht die Morrigan in den Sid von Cruachan in Connacht.

───────────

Das Gedicht der Mórrigan.

Le. (*zu S. 244 lin. 43*): Doernais namgaib gaib citi ablatutar ic.u
Muirrthem*ne* (*darüber* .i. arg mag Murthemne). morac*r*at rom*l*eic dia-
meidib fiachan*m*a amanse nach cach do arbiur adom*l*ig. Ardbæ æn marb
maigi Sainb (*darüber:* .i. Ai) cerda croichengach cocbith metsi*n* glin*n*i
lat les fin*d* fír itho is de buaib brethai treth tuasailc os do marai airdde
cechlastar Cuail*n*gi a Cucula*in*n fri burach m*b*naid ar cuailgi a Cuchula*in*n cair. buidi ben basa clæn cuil arm deisi ar sægal dian taith .i.
cluas armgreta.

Eg. (*zu S. 245 lin. 43*): Doermais nomgaib gaib eti eblat*ar* tai-
richta Muirtem*n*iu morochrat romlec dianedim fiach amainsi nachach
doarbair adomling airddhe oenmairb Maige Sainb cro*l* chengach cocbith
mestinglinne let leiss fin*o* frithoiss dobeoib brectith reth tuasailg osduni
arai ardd cechlastair Cuailngne a Chuchuluinn arindlindsi ar socgaul de
antuaith .i. cluas ind airmgretha.

Nachträge und Berichtigungen.

Herr S. H. O'Grady hat mich während des Druckes meiner Arbeit mit werthvollen Bemerkungen unterstützt. Was ich davon an der rechten Stelle nicht mehr anbringen konnte, wird hier mit nachgetragen.

Táin bó Dartada: S. 187 lin. 5: das Datum von Eg. 1782 ist 1419; lin. 28: Eg. hat lin. 131 tiagur. — S. 189, Eg. lin. 8 zu lesen agalluim; Lc. lin. 17 zu lesen in(and) acen, d. i. die Fragepartikel mit angefügtem Pron. der 1. Plur. — S. 190, lin. 21: Eg. hat cein; Anm. 2 Eg. zu lesen enich. — S. 191, lin. 46: Eg. hat feruinn; lin. 59 zu lesen urcomal; lin. 69: Eg. hat dúine; Anm. 5 Eg., die correcte Form wäre múchtha. — S. 192 Anm. 4, do-immgarim bedeutet ich lade ein (vgl. tiomgbaire .i. iarraidh O'Cl.).

Táin bó Flidais (über ein in Edinburgh befindliches Ms. s. oben S. 109): S. 210, lin. 69, zu gun airliuch vgl. Ragab cach díb ic airlech araile Tog. Troi 596, airlech ist der Inf. zu ar-sligim (s. lin. 102 Lc.). — S. 211, lin. 83 Eg., for aithed würde bedeuten, dass die Verwundeten heimlich hinüber geflüchtet wurden. — Herr S. H. O'Grady stellt mir aus dem Ms. H. 3. 18, T. C. D., p. 603ᵇ einen Complex von Glossen zu dieser Táin zur Verfügung:

Do Thain bhó Flidhais an bec so. 1. (LL. lin. 8) Meat .i. milliud, ut est Cid dodhén di sunn ol Ferghus na raibh meath n-enigh n-anma duit ann ol Ailill. — 2. (LL. lin. 12) Imráidhfemne .i. cuirfim, ut est Imraidhfemne 7 Medhbh nech úainn co hAilill Finn do chobhair dún. — 3. (LL. lin. 14) [Co]dul .i. iarraid 7 do .i. air, ut est Uair is codul nech dó. ni fil nab tusa fadén nod téit bi fearr-de ind ascaidh bar Ailill. — 4. (LL. lin. 33) Ét .i. faghail 7 aiscidh .i. athchuinghi no tabhartus 7 céilidhe .i. muinnterus no cuaird, ut est Étar aiscaidh (sic) di cethra di dúin ata éigin mór forn. Ní bera-su ascaidh uaim-si ol Ailill dia n-ana ceilidhe lium. — 5. (LL. lin. 46) Tairgeth .i. tigeth ut est Tairgeth fer inn ath ol F[e]argus fochetóir a n-dorus in lis. — 6. (LL. lin. 56) Beanaidh .i. cuiridh ut est Benaidh Dubhthach sleigh trít co n-deachuid tria dhi sliasait. — 7. (LL. lin. 64) Ataigh .i. dochuir iat ut est Dotæt Flidhais lasodhain assin dun 7 ataig a brat tairsiu a triur. — 8. (LL. lin. 118) Toiscidh .i. mian no biathadh amal atbeir Is ann sin luidh Flidhais co Fergus mac Róich 7 is dó-sin no ghaibheth Flidhais cacha sechtmad lá do feraibh Erenn dia toiscidh oc in áin (sic).

Der Text, auf den sich diese Glossen beziehen, entspricht am nächsten dem von LL. (s. Gl. 5). — In 1. sind die Worte anders auf die Redenden vertheilt, als in LL. und Eg. — Die 2. Stelle ist nach der Glosse zu übersetzen: „Ich und Medb wollen uns Jemand von uns zu Ailill Finn überlegen (d. i. Wir wollen Jemand zu A. F. schicken), dass er uns Hülfe leiste." Hierfür spricht, dass in LL. und Eg. vor nech keine Interpunction steht. Zu meiner Auffassung der mit nech beginnenden Worte vgl. FB. 7 L. lin. 66 (Ir. T. II, 1, S. 176). — In 3. giebt die Glosse iarraid zu codul wenigstens einen gewissen Anhalt: „Weil das Verlangen nach Jemandem dabei ist, dazu kommt"? Meine Uebersetzung war beeinflusst durch O'Clery's codal .i. comhdhál no cairde.

Táin bó Regamain. Zu dieser Táin theilt mir Herr S. H. O'Grady aus H. 3. 18, p. 605ᵃ die folgenden Glossen mit:

Tain bo Regamain sunn. 1. (Lc. lin. 3) Cadhlai .i. úth ut *est* almhai imda lais di cethraibh chaemchadhlai uile. — 2. (Lc. lin. 32) Focul .i. athchuinghi ut *est* Tabhair mo trí lánfocail damh-sa ar Maini am*al* rosecha do thenga rot biad *acht* betha ol in inghen (im Ms. innighen).— 3. (Lc. lin. 53) Fobsisemarne .i. racham ut *est* Fobsisemar-ne ar ár n-enech 7 ar ár snadhu(dh] ar sí. — 4. (Lc. lin. 62) Fosagar .i. innisin *no* foillsiug*ud* ut *est* Eighthar són tuaith dia n-éis fosagar do Regam*un* an scél. — [5. Coscur .i. buaidh ut *est* Bí coscur duit-si cipsi cruth ol sí.]

Der Text der Glossen stimmt am nächsten zu dem von Lc. — Nach Gl. 1 wäre zu übersetzen „alle mit schönen Eutern"; O'Clery hat die Glosse cadhla .i. cáolán („the small guts" O'R.). — Nach Gl. 2 würde Lc. lin. 32 zu übersetzen sein: „Wie deine Zunge [sie] ausspricht, werden sie dir werden, ausgenommen das Leben", vgl. Sench. M. I p. 72, lin. 6. Zu rosecha vgl. nach mod rosasad mo beoil Brocc. Hy. 17 (Gl. .i. roseset); aseca wird dieselbe Wurzel enthalten und nicht zu assec (wie S. 235 vermuthet ist) gehören, vgl. fri innaise in sceóil sin Tog. Troi 1076, ferner tásc Gerücht, Nachricht, aithesc Bescheid? — In 3. werden die betreffenden Worte gegen Lc. und Eg. dem Mädchen zugeschrieben; die Glosse racham kann so nicht richtig sein. — Gl. 5 bezieht sich auf eine Stelle der Táin bó Dartada, Lc. lin. 129. —

Táin bó Regamna. Eg. lin. 75, ocus ist ocu mit der Abkürzung für us geschrieben. — S. 254 Anm. 2. Für den zweiten Bestandtheil von fer-gaṛa verweist mich Stokes auf cara („a leg or haunch" O'R.), Betha Shenain lin. 2092: baitter a cétoir in t-each isin linn, *con* náces di *acht* a cara uasin lind; cymr. corn. bret. gar, Bein, Schinken, corn. Plur. garrow, zu roman. garra, Diez Et. Wtb. I³ 201. — Lin. 3 in Lc. unter in(gem) von späterer Hand ind, lin. 38 em zu emh gemacht. Zu naicc ni neoch Eg. lin. 44 vgl. CC. 5 LU.

Verlag von **S. Hirzel** in **Leipzig.**

PEREDUR AB EFRAWC

EDITED

WITH A GLOSSARY

BY

KUNO MEYER.

gr. 8. Preis: ℳ 2.80.

SPRACHWISSENSCHAFTLICHE BRIEFE

VON

G. I. ASCOLI.

AUTORISIERTE ÜBERSETZUNG

VON

BRUNO GÜTERBOCK.

gr. 8. Preis: ℳ 4.—

KLEINE SCHRIFTEN

VON

GEORG CURTIUS.

HERAUSGEGEBEN VON

E. WINDISCH.

Zwei Theile. gr. 8.

1. Theil: Ausgewählte Reden und Vorträge. Mit einem Vorwort von
Ernst Curtius und einem Bildnisse.
Preis: ℳ 3.—

2. Theil: Ausgewählte Abhandlungen wissenschaftlichen Inhalts.
Preis: ℳ 4.—

Druck von Pöschel & Trepte in Leipzig.

IRISCHE TEXTE

MIT ÜBERSETZUNGEN UND WÖRTERBUCH

HERAUSGEGEBEN

VON

WH. STOKES UND **E. WINDISCH**

ZWEITE SERIE. 1. HEFT

LEIPZIG

VERLAG VON S. HIRZEL

1884.

Vorwort.

———

Dem freundlichen Entgegenkommen unseres Verlegers, des Herrn H. Hirzel, ist es zu danken, dass die in meinem Buche „Irische Texte mit Wörterbuch" begonnenen Publicationen irischer Texte fortgesetzt werden können. Zur besonderen Freude gereicht mir, dass Whitley Stokes gewonnen worden ist, sich an dem Unternehmen zu betheiligen. Um weitere Kreise an demselben zu interessieren, geben wir Uebersetzungen bei, ohne uns jedoch durch ein festes Programm irgendwie binden zu wollen. Die Verantwortlichkeit für seine Arbeit trägt jeder Autor für sich. Die einzelnen Hefte sollen einen Umfang von zehn bis zwölf Bogen haben, und hoffen wir, dass jedes Jahr eines erscheinen kann.

E. Windisch.

Inhalt.

Berichtigungen.

p. 134, l. 6 zu lesen: Prct. 3 d pl. 1740.

„ „ l. 8 „ „ 'no-d-bia' for 'no-t-bia', tibi erit.

„ 136, l. 19 „ „ passive, statt deponential.

„ 139, l. 15 zu streichen: 1784.

., „ l. 20 die Etymologie zu streichen.

., 140, l. 15 die Etymologie zu streichen, „the British reflex of Ir. martad seems W. 'brathu'".

Zu den Glossen: 64. 'fuirsire' wird von Stokes auf 'for-sére' reduciert. als wörtliche Uebersetzung von „para-situs", das es SG. 49ᵇ glossiert; 'séro' Speise ist in der Composition, wo hier der Ton auf dem ersten Element ruht, verkürzt worden, s. meine Gramm. § 77. — Auch meine Erklärung von 'focoemallag-sa' Gl. 2 befriedigt mich nicht.

Druck von Pöschel & Trepte in Leipzig.

The Destruction of Troy.

The following two fragments of one of the Middle-Irish versions of the Destruction of Troy are taken from a ms. marked H. 2. 17, preserved in the library of Trinity College, Dublin, and formerly in the possession of Edward Lhwyd. The manuscript contains 491 pages, all on vellum save pp. 1—82, which are on paper, and all in Irish save pp. 1—28, which contain a Latin tract on the Passion. It is of various dates and in various handwritings, and its contents are more than usually miscellaneous — the religious, gnomic, romantic, historical, genealogical, grammatical and medical branches of Irish literature being exemplified. Thus, besides our Destruction of Troy (which is preceded by three fragments of another Irish version of the same story), we have a Nennius (p. 172), the Instructions of Cormac (p. 179), and Proverbs of Fithel (p. 181), Triads (p. 183), the Dialogue of Two Sages (p. 185 and pp. 192—194), the Táin bó Cúalnge (p. 334) and Bruden da Derga (p. 477), the Wars of the Irish with the Danes (p. 350), a pharmacological treatise (p. 279), grammatical tracts (pp. 195 et seq., and 486) etc., etc.

The first of the fragments now printed begins at the top of the first column of p. 127. It corresponds with Dares Phrygius, ed. Meister, from the end of c. II to c. XI inclusive and from c. XIV to the middle of c. XIX. But there is much matter, e. g. the account of the labours of Hercules (pp. 127b, 128a) for which there is no warrant in Dares. The second of these fragments begins with the end of Dares' c. XX and continues to his chapter XLIV. But half the column corresponding with chapters XLIII, XLIV has unfortunately been cut away. Both

1

2

fragments are in the same handwriting — the scribe's name being Mael[s]echlainn. He may have lived in the fourteenth or the early part of the fifteenth century.

Three fragments of another copy of this version are preserved in the Book of Leinster, pp. 397—408. The first (pp. 397—407) corresponds with Dares from the end of c. II to the beginning of c. X; the second (p. 403 col. a, from line 1 to line 18 inclusive) with the end of Dares' c. XVIII and the first half of his c. XIX; the third (p. 403, col. a, from line 19 to p. 408 inclusive) with the end of Dares' c. XX down to the beginning of his chapter XXXI. This copy is not older than the sixteenth century, and is so corrupt that it is not worth while to give all its various lections. Where its readings are better than those of H. 2. 17, I have inserted them in the text: where they merely deserve notice, I have given them as footnotes marked „L". The portion of this later copy which corresponds with Dares' cc. XXV—XXX is printed in Togail Troi, Calcutta, 1881, pp. 52—56.

In editing the present text I have punctuated: contractions have been extended, but the extensions are expressed by italics: proper names have been spelt with initial capitals: infected *f* and *s* when omitted by the scribe have been supplied in brackets: the transported *t* and *n* have been separated by a hyphen from words beginning with vowels: hyphens have also been employed in the case of infixed pronouns and assimilation of the *n* of the prepositions *in* and *con*: an apostrophe has been used where a vowel has been dropt; and, lastly, the article, possessive pronouns, verb substantive, prepositions, conjunctions and negative particles have been separated from the words to which, in the manuscript, they are respectively prefixed. In other respects, for instance, the use of *v* for *u*, the manuscript has been followed as closely as possible.

W. S.

[Doroigni Iason innisin *tr*ia druidh*ech*t Mediae .i. cet[h]ar-
dam Ulcain do thabairt a hiff*r*ind, *ocus araili*[1]] ut ante dictum.

IAr *for*ba, tra, in gnima sin ule atrubairt Éga fri Iasón
„nib slan dot-r'inchoisc Média m'inghensa fadéisin: is hi dorigne
insein uile“, ol sé.   5

[Dares c. 3.] Doratad iar suidhe do Iason 7 do anra̱dhaib na
Grece in crocunn órda.

IArsindi, tra, rothinscan Iasón cona[2] slóghaib ḏeirge na
cathrach 7 ascnam a n-o̱rba 7 a feraind fadein. Rofuabair
Media len̲a̱m̲a̲in dia co̱raib fi̱r̲aib feib ronaisc[3] fiadh righaib 7 10
choradhaib na Gréci 7 fiadh mathib innsi mara Toirrén, 7 a
gradhugudh dogrés d'óinmnái. Atrubairt Iasón f*r*iése nachas-berad
leis da thír dia mb*er*ad a claind le. Doróni Media iarsin gním
cuilech úathmar es̲co̲n .i. marbad a macc ar ṡeirc 7 innaini
ind ócláig rochóeim, 7 ar ná bad fochund a facbála 7 a nem- 15
brithi leis dochvm a thíre.

Ceilebrait iarsin in milidh don ríg, 7 tucsat in[4] crocond,
7 lotar asin chath*r*aig. Cengait iar*v*m inna luing 7 imraiset
iarsin tsét chétna, co hinb*er* srotha Cíi, sech airera Trói, co
riachtata*r* phort na Gréci. Rucsat[5] íarsvide a long i tír, 7 tia- 20
gait do acallaim in ríg Péil ros-cuir *fr*isin techtairecht, 7 atfiadat a sc*é*la 7 a n-imtechta o thosuch co fo̱rcend, 7 rotai-
se̲lba̲d dó in crocond. Doróne inti Péil atlug*ud* buide do Íasón
7 do Ercoil 7 don ṡoirind[6] archena. Dorat[7] séotu 7 máine
do chách doreir a ngrá̱idh, *ocus araile*.   25

Misi Mailechl*ainn* in beg sin.

---

[1] The words in brackets are inserted from the Book of Leinst*er*,
p. 397ª. [2] Ms. dona slóghaib. L. cona shluag. [3] Ms. ronaisg. [4] Ms. an.
[5] Ms. Rugsat. [6] Ms. ṡoiraind. L. marcr*aidh*. [7] Ms. Doratad.

1*

[Dares c. 3.] [127ᵇ] Ba cuimnech, tra, in caur[1] 7 in cathmilid 7 in
cliathbhernaidh cet as tresivm thainic do sil Ádhaim .i. Ercoil mac
Ampitríonis, don dimicin 7 don melai tucad fair o Lamhedheon,
30 o rig na Troiannae .i. cen óighedhecht[2] phuirt do thabhairt dó,
dia rofaidhed málle fri Iasón do chvinchid in croicind órdhai.
Trom les a chridi iar suidhiu cen a dighail forsin lucht roboi
i comaithces na Gréci for ur Erpoint[3] allather, i n-airthiur
Assia bici, rogab breit mbecc di ferund isind uillind íartaraich
35 na Frigiae fri tracht mara To[r]rén. Ar ní rabai do láechradhaib
domhain nech rosiacht cutrummus frisscom. Ni rabi láech is-síu[4]
nótheghed do dhigháil a uile i críchaib cíana comaithche oldáss.

IS hé Hercoil romarbh in coraidh comnairt cosna[5] trib
cendaib isind inis Erithria i n-inbiur mara Torrían, hi coicrich
40 Éorpa 7 Affraice, i fíriarthar in betha .i. Gerion a ainmside:
rocrip [side] na tvatha 7 na cenéla.

IS hé Ercoil dano rochvmdaigh na da cholomhain immon
muincind nGadidanda, 7 cách dib oc déchain a cheile .i. coloman
Eorpa oc dechsain Affraici 7 coloman Affraice oc dechsain Eórpa.
45 IS hé dano dorat a dóit frisin carraic, dús in roised marbad Cáic mic Ulcáin, robói im-medhon na carrge, [128ᵃ] co
rochur in cairric isin sruth.

IS he damarbh Bussirim robói i coraidecht hi taeb srotha
Níl. IS he side noedbrad a óeghedhaidh do sruth Níl.
50 IS hé dano romarb in leomhan n-angbaid isind ailt móir
i n-iarthardheisceirt in betha.

IS hé romarb in nathraigh ndúabais n-écendais co secht
cennaib robói il-Lenna palúde, rochrín 7 rodithaigh tuascert in
betha do dóinib 7 indilib 7 cethraibh.
55 IS he dano rotrascair Antheum mac Terrac ar nert gaile.

IS hé dano dorat scaindir for bantracht úallach na cích-
loise[th]i rurergatar in n-Assia móir, trían in betha, co slait 7
síniud 7 indriudh, co rofallnaiset in leth n-airterach don domon
fri ré trichat bliadan doib sic, co tuc Hercoil leis úadhibh
60 arm na ríghna dia rofaided chuinchidh.

---

[1] Ms. caurad. [2] Ms. oidhedhecht. [3] Ms. urerpoirt. [4] Ms. léoch
isíu. [5] L. prefixes: Ic so tra ni dia ga·sgeadaibh. [6] Ms. cosa na.

IS hé doríghni gnímu díarmidhe archena.

IS hé tuc in crocann órdai a tír na Colach.

Fer, trá, doríghni na gníma sa ní rofodaim dó cen tairniudh dívmais Lámhedhoin. Conidh íarsin dochóid do chuinchidh sochraite 7 slúag co caindle 7 co ánradhu Greci. Dochúaid 65 do atach na ríg 7 na tóisech 7 trénfer in¹ tíre co tístáis leis do díghail a chneite 7 a osnaidhe.

IS ed ronuc a báire 7 tossach a thocos[t]ail co ríghaib Lacdemóni .i. Castoir 7 Pullúic, dá euchraid insin 7 dá chridiscél thuascirt in² betha. Roinnis doib íarsin aní ina tanic .i. 70 do chvinchidh [128ᵇ] slóig 7 sochraide día dhíghail for Lámedón in domíadh 7 in³ dímicen dóratad dhó fadéin 7 do I'asón mac Esóin 7 do mac[aib] ríg 7 ruirech na Gréci ule, 7 a[t]bert nár mó a olc dhósom cid⁴ fair rolá oldaás dona Gréccaib uile 7 do Chastor 7 do Phullúic fadheisin. Asbertatar Castar 7 Pullúic 75 cía nóthech[t]atáis ilacmi 7 iltuatha na Gréce uile, 7 ciamtís coimsidhe atúaidh ó chiund trachta Coperíon fades hi coicrích Gréci 7 Etále, nóregtáis leiscom do chvmtach dála 7 dúnaidh 7 do díghail a ancridhi cech leth fo crícha in⁵ betha. Roattlaigestar Ercoil in⁶ scél sin. 80

Luidh úadhib íarsin in Salamiam co Telamón cosin ríg, 7 atrubairt fris „IS do émh", ar sé, „dodechadhsa chucutsa, do innisin duit na mórméla 7 na mórdímicen 7 na mórathisi dorat Lamhedhón for fairind na lunga Argai 7 for slúag Íasóin 7 fórmsa féin. Mana⁷ mater⁸, trá, sin," ol sé, „ticfat na Troíanac 85 for crechaib do slat 7 d'indriudh na Gréci. IS áil dam iarom condígisco lem icummai⁹ cáich for slúaghudh dochum Trói." „Ní ba meisi", ar Telamon, „cétfer feimthébas báigh 7 sochur feraind na Gréici do chosnam. Regatsa lat in lín bíat do chairdib 7 do chocelibh. Regat lenn dano attrebthaidhe Sal[a]miæ doneoch 90 gebes gái 'na laim 7 is tualaing cladu imbertha airm. Bíar fúiridhe dano ic ernaidhe th'aithisce."

Forácaib bennachtain íar suidhe la Telamon.

IARsindí, tra, rodál Telamon co feraib [129ª] Salamiac 'na
95 degaidh, 7 roglé síth 7 cháincomrac fri sidhe. Rochumlúi co rurich
7 imper Moesiæ[1] co Péil, cend side gascidh 7 úaille 7 díumais
7 rigdachta fer túascirt in[2] betha. ISs ed rorádi fris iarvm.
„Do iarraid socraide chucatsa dodechadhsa do dul i tír[3] na
Trofanda, ár día ndíchiseo in slógha[d]sa dofhuscéba Grécu
100 othá airter thíre Arábia co tracht mara Égetai, othá túaiscert
Traciae co críchae Etále fades. Atresat uile la hescomlúd duitsiu;
ar is tú cend úniusa 7 erdercusa 7 grían na Grece uile.
Comérigh iarum fri les tuatha 7 chenel na Greci, ar is les do
Grécaibh ule in sloghadhsa madh coscrach cathbuadach thér-
105 náidhter de.“ „Cía notechtaindse éimh,“ ar Péil, „firu in talman andes, o thír na hEthiope fathuaidh cosin nIndía, 7 hua
buaidlecaib[4] hErcoil 7 o turchail grene cosin rind n-airtherach
7 deiscirt Eorpa benas fri hinber mara Torren 7 co fuinedh
ngrene, dus-berainnse uile letsu do milliud 7 d'indriudh na Troi-
110 anda, do thogail 7 do loscad cathrach Lámedoin: a fil immurro
do socraide acvmsa is letsa chongenas. INtan, trá, batir erlamha
longa 7 lugbarca letsa, fáid techtaire chucvmsa 7 uodbia mo
socraite sea [arrlam intansin[5]].“ Celebrais hErcoil iarum do.
Luid hErcoil iarvm in Pilum co Nestur: is he bá rí i
115 svidiu. Rofarfaigh[6] ésidhe scéla do Ercoil cía fochund inma-
tarla? Ro[f]recair Ercoil, „do cuinchidh socraide“, ar sé, „co
[129ᵇ] ndechaise lem cot uile socraite in slóghadhsa i tiagat maithi
na Gréci .i. Castor 7 Pullúic 7 Talemón 7 Peil, do díghail ind[7]
aneridhi dorónadh frímsa. Mad foraibse immurro noimbérthae
120 méla 7 athis no[f]indfaitís fir betha o turcháil gréine coa funedh
mo chumangsa oca dingbáil dib. Ocus cidh i n-India no Scithia
no Persidhia no i n-Arabía no i n-Égipt no i n-Ethióip no i
n-Eispáin no i n-Galléib no i n-Germain no i n-Alania nobetis
caingne 7 ecraiti dúibhsi, ní bád lesc lemsa a digail fa na
125 críchaib imechtrachaib sin cenmóthá na tíre ata nesam duín.“

---

[1] Ms. Moesidhiae.　　[2] Ms. an.　　[3] Ms. a tíribh.　　[4] *Here the words
and letters:* 7 buaidlegai *are cancelled, the words* biid teas *are written
in the left margin, and after the b of* legaib *the letter a is inserted.*
[5] *in left margin.*　　[6] Ms. Rofarfaidh.　　[7] Ms. and, L. ín.

Ro[f]recair iarvm Nestor „Bennacht ar cách comhnertas sóire 7
socraiti na Greci do chosnam. Mad meise immurro, regat lat intan
bas furidhe cech rét.“ Buidech dano hErcoil do sein.

INtan, trá, rofitir hErcoil toil 7 accabur na n-ánradh 7 na
laechraide, doróigu mileda rochalma a thíre fadesin. Rotinohad 130
leis iarvm an-robái i n-airiur Gréci do longaibh 7 lestraib 7
nóaibh, othá inbhiur mara Point atuaidh corici in[1] muir n-A'rá-
bácda fadess. Rochóraigh[2] a choblach ar muir, 7 rothogh
míliudha 7 ánradha rochalma na Greci uile chuci as cech aird
tria epistlib 7 techtairibh, 7 tancatar ind rig roghaellsatt com- 135
mílib 7 airbrib 7 slvaghaib adóchvm. Iar tiachtain, trá, dona
slúagaib 7 dona sochaidhib co mbátar a n-óenbaile, bái comairle
lasna ríghaib in i n-oe[d]che no il-lóo noregtáis do phurt na
Trói[andae]. [130ª] IS fair deisid léo: dochotar i n-aidhchi hi
port Sygei.   140

O rancatar iarvm in port hísin dochoidh hErcoil 7 Talemón 7 Péil, co cath mór impu, do thogail Trói. Roan Castor
7 Pullúic 7 Nestor cósna longaib. Atchúas íarsin do Lámhedhon
slógh mór do Grecaib do gabáil phuirt Sygei. Atraig sidhe
cofergach 7 cohúathmar, cofortrén 7 coferamail, co laechraid 145
uallaig borrfadaigh na Trói imbi, 7 rogab remi arammus mara.
O dochúatar hi comfochraib dona longaib rothogaibset idna[3]
catha ósa cennaib cinnchomair frisin mbéist n-amnais huath-
mair imma rothecail[4] óebath amnas thuascirt in domain.
Rothindscansat in Troiáendae cathughudh darcend a tíre 7 a 150
n-athardai 7 a cathrach. O robás, trá, im na fibsa dochvaid
Ercoil dochvm na cathrach. IMásech dano doralatar .i. ní
hinund slighi roghabhsat na Troiannae dochvm na long, 7 rogab
Ercoil cona shlúagh dochum na Trói. IMthúsa Ercoil, rosiacht
cósin Trói 7 fóuair in Trói n-oslaicthe cen nech ocá dítin nách 155
'cá gabáil. Conos-tarat fó ciaigh 7 fó corthair thened, co ru-
mharbh an-rop inéchta innti, co rothinóil immurro ór 7 argat,
seóit 7 máine 7 indmassa na catrach leiss. Nocha n-érlai asin
cathraigh acht cía térnai do rind gái 7 do gin chloidhem.

---

[1] Ms. an. [2] Ms. Rochóraidh. [3] Ms. indna, L. inda. [4] Ms. rothegail.

160   [Dares c. 4.] [130ᵇ] INtan íarum atchúas do Lámhedhón inredh
         na cathrach rothintái for cúla don cathraich, conos-tárla tel i tel
         do Ercoil im-medón šéta. IS annsiu, thrá, rolá Ercoil sním día
         menmain, 7 rolín a shainnt do thodhail fola na Tróianda, 7 robris
         ráon catha tré nert fer for fórmna mathe na Tróianda immá
165   righ: co romarbhadh and Lámedón rí na Tróianda, cona trí
         macaib 7 cona rígraidh¹ 7 míledhaib. Dochoid Ercoil íarsin,
         co mórchoscur dia longaib, co Castor 7 Pulluic 7 Nestor. Íar
         comrac íarum dona slúaghaib rorannsatt etarru in mbrait. Do
         Thelamón rosiacht Esióna inghen Lámedoin, fóbíth is hé cétna
170   láech do láthaib gaile na Grece dochóidh isin cathraigh. Ó thair-
         nic, trá, aní sin uile dochvuaidh cech toiscch dib día thír co
         mbváidh 7 coscor.
             Ba dubach dusaimh domenmnach, tra, Príaimh mac Lá-
         medhoin, ríghdomna na Troianda 7 na hAsia bice, don mór-
175   glifit donn-ánic .i. loscad na Trói 7 a arcain, a séoit 7 a máini
         7 a indmasa 7 a bratt do breith do Grécaib, a šívr fein do
         breith i ndóire 7 a tabhairt i² tvarustal ugaiscidh do Thalemón.
         Ba troma cech ngalar leis toitim a athar 7 ár na Tróianda do
         chor isin chath 7 isin chathraigh. Ba hathis 7 bá méla mór
180   dano leis búadugud do Grecaib dona Troiandaib, 7 Frigía do
         bith fó chuitbiud 7 cnechruce. Derbh leis mani tharrastá colúath
         ní tharrastá [131ª] cobráth [an dioghail³]. Arapaidhe⁴ is menma
         comarba bói leiscom cíarbó gabháil do láthrach dó. IS ed rop
         áil [dó,] athnúguth na mur 7 deimnighudh na catrach 7 córoghudh
185   sluag 7 popul. Dodechaidh íarsin d'imrádud sin do chathraig
         a athardhai cona mnái .i. Écuba, cona macaib .i. Echtor .i.
         Alaxander .ii. Diophoebus .iii. Helenus .iiii. Troilus .u. Ocus
         Andromacha ben Hechtoir mic Príaim. Ocus dá ingin Príaim, édhón
         Casandra 7 Poliuxína. Robái mór macc la Príaim, cenmóthá in cóic
190   fersa Écubu, do macaib imtach 7 caratban. Céd mac, iss ed adfiad-
         har do genemain úadh uile, 7 ní áruidhter nech díb isin tsíl rígh-
         dai cenmóthá in cóicfersa Écubai 7 mic aile rogenatar o mnáibh

---

¹ Ms. conad rígraidh 7 conadh trí macaib.   ² Ms. a.   ³ inserted
by a later hand.   ⁴ arapaiti, L.

dlighthechaib 7 ó chommám[aib] córaib téchtaidhibh. Ní ármidhter immurro na mic dorónta i n-etechtu 7 i n-adhaltras isin chenéul
rígda. IAR riachtain, tra, do Príaimh dochvm Trói doróntá múir 195
móra daingne leis immon Trói, comtar uilliu commór oldate na cétmúir. Dorónta fochlói 7 rátha móra impe doráith. Rotinólait
slóigh 7 sochaidhe móra dona fíb robátar for esróidiud sechnón¹
Frigíac 7 Assíac bice, co mbeth ócbath látir lúthbasach aice
do ghabáil 7 do chathugvd darcend a cathrach. IS airi doróni 200
sin, ná tístáis námhait² [131ᵇ] fair cen airius inna chatraigh 7
cen imdeghail ó ócbaidh rochalma, amal tancatar for a athair
.i. Lamedon. Conrótacht leis rigimsceing amra im-medhón na
catrach. Dorónadh dano treb cháin chumtachta³ 7 foradh leis
for temair 7 dingna na cathrach do dálluc 7 d'fordécsin 7 do 205
dibricud námhat tairis sechtair: arc (.i. dind) Príaimh ba hedh
a hainm. Rocossecrad leis altóir do Íoib isin rígimsceing hisin
'na erchomair fadeisin. Conrótachta leis dóirsi na cathrach coléir. IT he anso a n-anmand na ndorus .i. Antenor .ii. Idia
.iii. Dardanida .iiii. Ebusee .v. Cithimbre .vi. Troiana.   210

INtan íarum atcondairc Priaim in Trói fothaichthi 7 rothairisnighestar daingne 7 sonairti na cathrach, ocus o roairigh
sloigh 7 sochaide erlama leis, dorat múin imbi do cathugud fri
Grécu. Líach leis íarvm ilar na laech rochalma 7 imbed na
miledh ngaiscedach, cena n-iubirt fri dighail a athar 7 a ca- 215
thrach. Fobith dorósci ind ócbath sin do ócbadhaib domain
uile, etir lúas 7 léimnigi, etir snám 7 dibricudh 7 clesamnaigi,
etir imbrim eich 7 charpait, etir imbeirt gái 7 chlaidibh 7 imbeirt fidchille⁴ 7 brandub. Doróscichset dano eter cruth 7 deilb 7
deichelt 7 ápí 7 athlaimi. Espach leis íarvm intan⁵ bái forás fora 220
slúagh [132ª] inna chathraigh cena n-imbirt fri torba. Roboi
oc frithalemh cía aimser nóreghad do díghail a osnaidhe, conid
airi sin rogairedh dhó Antinóir, toisech sin 7 erlabraidh deirscaigthech do Troíandaib, día chor fri thechtairecht hi tíre
Gréc, do acallaim na tóisech dodechatar⁶ chvcai la hErcoil do 225
orcain na Trói, día acáin fríu ind étúalaing móir roimretar for

¹ Ms. sethnón.   ² Ms. námbaith.   ³ Ms. cvmtacthta.   ⁴ Ms. fichilli.
L. fithchille.   ⁵ Ms. antan.   ⁶ Ms. dodechadar.

Príaimh .i. [a]athair do marbhad, a chathair do loscain, a shívr
do brith i ndóire, a ór 7 a aread do slait, a chathair do inn-
riud, cen díre, cen mathigudh nách neich dib sin fris. Ba doilghe
230 cech ráet leis dano cen tidhnacul a shethar a dóire, ár día
tidnaicthae dósvm a sívr asin doire dogéntáis síth 7 córus.

[Dares c. 5.] Dochuaidh dano Antinóir fri techtairecht amal
roforcaingrad fair: fairend óenlungv al-lín. ISs ed luide intí[1]
Antinóir artús, in Moesiain, co Péil. Trí laa 7 téora aidhche
235 dhó for oegedacht i suidi. ISsin cethramadh loo immurro roiar-
faigh Péil scéla dó, dús can a chenél 7 cía rofhóidh fri
techtairecht. Rofrecair Antinóir: „fri techtairecht dodechadsa“,
ol se, „ó Príaimh mac Lamedóin, ó rígh na Troiandae. Do
Troianaib mo chenél. Do aisnéis immurro 7 do inn[i]sin na
240 domenman áidhbli fil for Príaim don domíadh 7 don mélai
doratsat Gréic fair .i. a athair do marbadh 7 a chathair do
loscad, a shíur do dóeradh, cenain- [132b] maithighud fris. Nó-
loghfadh dano cech ní díb sin día tuctha dó Isióna a sívr a dóiri[2].“
Amal rochuala fochétóir intí[3] Péil anísin, ros-gab ferg 7 tóirrse
245 dond athesc sin, condébairt: „IS dánatus 7 [is] essamna mór do
Troianaibh toidecht cen fáosam, cen chomairche ina tíre [co]
Grécu, fobíth bá mór d'ulc dorinnset fri Grecu.“ Rodlom, tra, Péil
do Antinóir [dul] asin tír 7 asin phurt. Tánic, tra, Antinóir íar
forcongra ind ríg dochvm a lunga. Rochuirset a luing for muir,
250 orus tancatar rempv sech Bóethíam dochvm Salamiae. O tháinic
co Talemoin, co rígh Salamiae, roinnis a techtairecht dó .i. do
chuinchid Isiónae chuic[i]seom sech cách — ar is dó tucad il-lóg
a gaisceidh 7 a míltnechta — 7 atrubairt nárbó coir ingen in[4]
cheníuil rígdai do bith i ndóiri[5] 7 foghnam amal chvmail. Ro-
255 frecair íarum Talemón 7 atrubairt na derna olc fri Priaim 7
ní hé fórúair techt in tslúaghaid, 7 asbert ná tibred do neoch
in chomáin doratad dhó il-lúag a gaiscidh. Rodlomai dó astír
íarsin.

Dodechaidh Antinóir íarsin dlomadh sin ina luing, 7 táinic
260 co hAchiam co Castor 7 co Pullúic. Roinnis doibside aní

---

[1] Ms. antí.   [2] Ms. dóire.   [3] Ms. antí   [4] Ms. an.   [5] Ms. andóire.

imma tánic, 7 atb*ert* corbó f*err* sith 7 charat*r*ad na Troianda 7
Priaim *oldás* a n-eisith.　Día tuctha dó da*no* Isióna *f*orcúla robadh ádhbhar don [t]síth sin 7 don c[h]arat*r*ad.　Rofrec*r*atar side
ná dernsat fochunn daebtha *no* essoentad fri Troiándai [133ª] ár
ní rabat*ar* oc argain nác*h* ic loscud na cathrach, nác*h* ic tabairt 265
a braite.　Asbertatar da*no* nác*h* acu robói Isíona, 7 diamad acu
nobértáis arcúlu do Phríaimh.　Atbertatar da*no* f*ri*s na beith
ní bádh sía isin tír, ár dorum*é*natar is do brath Gréc tháinic
ó Thróiandaib.　Téit iar*um* Antinóir astír dochvm a longv,
com-mbrón mór 7 co nduba.　Atfét dia muintir in n-athis 7 270
in mebvl mór tucadh fair o Chastor 7 o Pulluic.

　　ISs ed dochnaidh íarsin in Pilvm co Nestor, ár na badh
meraighecht dó nech do thóisigib in tslúaghaid cen ríachtain.
Roíarfaig Nestor scéla dó, cisi thucait ara táinic.　Atfét Antinóir: „do chuinchidh Isíonae inghine Lamedóin", ol sé.　Am*al* 275
rochvala Nestor anísin rogab f*er*g 7 luinde f*ri* Antinóir, 7 at-
b*er*t bá cró[d]acht 7 bá naemnáire mór do Tróianaib tiachtain
co Grécu: fóbith is toisechv dorónsat Tro*ia*nnai olc f*ri* Grécv
oldás Gréic f*ri* Tro*ia*nnu.　Ba toirsech intí[1] Antinóir don chuit-
biuth rofuirmedh f*or* Priaim 7 fair fadeisin 7 f*or* Tro*ia*nnu vli. 280

　　O dochvaidh iarvm 'na lungai roimrái cechndírech aram*us*
Troi.　Íar ríachtain don cathraigh adfét a scéla 7 a imthechta
ó thúus co dered do Pr*i*aim.　„IS ar nemní, t*r*a, is tomáite dvitsiv
cech olc dorónsat G*ré*ic f*ri*t costrathsa i farradh na méla 7 na
athisi 7 na dímicen doratsat f*or*t féin 7 f*or* Tro*ia*nnu [133ᵇ] 285
uile don chursa.　Man[i] dingba, trá, dít in méla sin ní bía do
máin co lá mbratha: mani thócba da*no* do ghaiscedh úas gaiscedhaib cáich, co fesatar fir domhain in[2] díghail dob*éra* f*or*sna
Grécaib dorónsat olc frit.　Ní bá menma da*no* la cech n-óen
turcébas airbirt ngaiscidh úas áird hi tíribh Gréc corob f*or*bsi 290
tóisech imbres gaiscedh 7 ánius 7 allud.　Mani choméir ócbad
rochomnart f*ri* cath 7 fri fogail na Gréci, coraib gol cec*h*a
leithe isin Gréic léo."

　　IS sí sin techtaire*ch*t Antinóir.

---

¹ Ms. antí.　² Ms. an.

295   [Dares c. 6.] Confócartha, tra, a huili maicc do Príaimh, 7 a
uili thóisig 7 a uile ríg 7 a mílidh.   Rocomgairmed dó dano
Antinóir 7 Anachís 7 Aéneas 7 Aucoligonta 7 Panthus¹ 7 Lampades. O thancatar, tra, na tóisig uile dochvm na dála 7 atrubairt Príaimh rád n-athisc fríu íar ríachtain, „Rofhóidiusa“, ol
300 Príaim, „Antinóir uaim fri techtairecht i tíre Gréc do chuinchid
mo dígdhe [ó Grécaib] íarmo chrád dóaib. IS dó rofáidius
int[s]ainrudh, dús in tibcrthá mo síur dam asin dóire. Ní namá
immurro ná tucadh sidhe asa dóire, acht dorónsat fochuitbiud
immum fadesin 7 fo Troiánaib uile.   ISs ed, trá, as áil dámsa:
305 slúaigh 7 sochaide do dul isin nGréic do chuinchid Isiónac ar
écin húair na hétar ar ouis no ar charatradh. No comad buide
[leu] a telcud huadhib daréisi na braite [134ᵃ] dobértha asin Gréic
árna beitís arboir na Troiannae fó chuitbiudh ní ba síre la
Grécv.“ Roguid iarvm Príaim a macu colléir, 7 ronert comtís
310 airchindich oc tinól cech rácta, oc tabairt chind for airimmcirt
slúaigh 7 sochaidhe. Cidh mór ronert cách insin mórmó ronert
Hechtoir.
Rofregair dáo Hechtoir — is hé cetfer roraid ínsci isin dáil
7 i comthinol na Troiána — co n-érbairt: „Mesi,“ ol sé, „óen do
315 Throianaib, lásmad ferr díghail mo sacnathar 7 dénam neich
bad maith la Príaim, cid aca dofaethsaindsac. Acht nammá atágur in² gnímsin tinscantai mani berthai i cind 7 mani forbantar 7 mani ructhar i calad, 7 is móite a mebol duib a
thinnscetal 7 cen a forba. Fóbíth at lia Greic oldáthe, it ilar-
320 dai a slúaigh 7 a populi 7 a socraite di cech leith fo Eóraip
ule. Ocus cid óen túath no óen aicme nammá do Grécaib níptá
do lín na³ gaisced a tairisivm, cénmóthá mórshocraite na Gréice
uile. Ar cid edh bad áil do Grécaib conérset fir Eórpa léo
óthá trethon Silail i ndescert Etále co tuaiscert tíre na nÁgándac
325 isin chorthair immechtraigh na hEórpa benas frisin n-ocián
mór fathuaidh. Atethfet, coméirgfit dana léo⁴, mád áil dóib, fir na
n-innsi mara Torrén, othá rind Pithir i⁵ Sicil [134ᵇ] co Pacén 7

¹ Ms. parthus.   ² anguimsin.   ³ Ms. do.   ⁴ Ms. inserts „firu“.
⁵ Ms. in.

co Posfoir, co inher mara Point. Ní háil damh íarvm tóchuiredh
ind fíallaichsin, fóbíthin ní fil di ócaib domain lucht as com-
maith gaiscedh frív. Ár ní bíat acht hi cathaib 7 i¹ congalaib 330
7 i cocthib: cech tvath oc orcain 7 ic furiud a chéli, co
nd[at]athlaimite oc imbirt gái 7 sccith 7 chlaidib. .Ní hinunn
7 lucht na hAsíæ bice: ní romúinsetar sidé dóib bith i cathaib   ✓
no i coicthibh, acht i síth 7² cáinchomrac 7 indess dogrés.
Ní fil lib íarum sluagh fón innassin; conidh airisin uách sant 335
lem tochuiredh na laech s[i]n dona fil cvtrummus do laochra-
dhaibh domain. Ní thairmescub immurro díb arná habairthe
is día émudh dam. Ní bá mo chuitse immurro dorega farcend". ✓

    [Dares c. 7.] Robói immurro Alaxandér oc nertad chocaidh
fri lucht na Gréci 7 atrubairt: „Bíam tóisech don tslúaghudsa, 340
ár farétar co ndingiun toil Priaim, co tiber bvaid 7 choscur asin
Gréic sech [cach]. Brisfet for mo nainnte: dobér seótu³ 7 máine:
ticvb féin slán dom thigh arcvla. IS dé atá lem, fóbíth robá
óen na fecht oc tafhann i⁴ sléibh I'da: conaca chvcvm Mercúir
mac Ióib 7 téora mná rochoema 'na dheghaidh .i. Iuno 7 Uenus 345
7 Minerua. Atfetet scéla dam fochétóir. „Dorónadh émh", ol íat,
„cobled mór dona huilib bandeib 7 ferdéibh lá Péil mac Aiáic,
co fócurthe trá dochvm na bándsisin na hvile dee, eter firu
[135ª], 7 mhnáa im Ióib mac Sáturind, im Apaill mac Ióib, im
Dardán mac Ióib, im Mercúir mac Ióib, im Neptuin, im Uénir, 350
im Meneirb, im Iúnaind. Ní tucad immurro Discordía and eter.
INtan íarvm ros-gab failte mór ina n-óltigh dochóid Discordía
co lubgort⁵ na n-E[s]perda co tuc uball óir ass 7 co roscrib
inscribend ind .i. hoc est donum pulcerrimae⁶ deae, co rotheilg
úadi dar seinistir in tige 'na fiadnaisi uile. Roingantaigset na 355
slúaigh anísin 7 roerleghad 'na fiadnaisi aní robói isind ubull.⁷
Ásaith, trá, cosnam mór don scéol-sin eter na trí bandea as
cháimi robbátar isin domhun .i. Íunaind 7 Minerba 7 Uénir.
Bá cosmail dino ri Íunaind ná raibi cosnam fríe, ar bá hingen
ríg .i. Sáturind, bá síur 7 bá ben ríg aile .i. do Ióib mac 360

---

¹ Ms. a.   ² Ms. inserts a.   ³ Ms. scóta   ⁴ Ms. a.   ⁵ lvgport.
⁶ Ms. pul serri mav.   ⁷ uball.

Sáturind. Ba cruthach, trá, ind inghen sin, etir fholt 7 rosc
7 fíacail, eter méit 7 chórai 7 chvmmai: folt fochóel fathmannach furri¹. Dá brái dubai dorchaidi lea co mbentáis fos-
cud i cechtar a da grúade. Nírbó menma léa ben do mnáib

365 domain do derscugud dí² ar chóemi. Cid Menirb dano, nirbó
menma lea nech do chomardad fría[e], ar febas a crotha 7 a
delba 7 a chenéuil 7 a heladhan, fóbíth cech cludu³ dogníter isin
domhun is úadhi rohairced. Rothocaib dano Uénir a cruth 7 a
daelb 7 a sᵛarcus for áird, fobíth cech sᵛirge 7 cech lennánacht

370 fil isin domvn [135ᵇ] is úadhi atá: ár ní raibi isin domun mhnái
a maccasamla, conidh isin fechtain no[cha] fetaitís roisc dhoíne
a décain ara háille 7 ara sochvrcháine. Dochótar dino i⁴ mbrith-
emnacht coíoib: „ni bérsa,“ ar eiside, „bhreith dúib; acht eirgid⁵
co Alaxandér mac Priaim fil i sléib Ída 7 regaid Mercúir reuib

375 corop hé béras breith dúib.“ „Tancatar íarvm a cethror .i. Uénir
7 Íunaind 7 Menirb 7 Mercúir rempv chvcumsa,“ ol Alaxander,
„co rucasa breith dóib íar ngelladh lúacha rim ó cach mnái díb.
Torgaid dam íarum⁶ Íunand ríge na hAsíae móire día nder-
scaigind hí dona mnáib aili. Torgaid Menirb immurro eladain

380 cach réta dogníat dí laim dvine. Torgaid dam Uénir in mnái
bád chóime nobiad isin Gréic, dia mbad hí noderrscaiged don
mnái aili. Rop hí mo brethsa, trá, corbo Vénir ropo sochraidhiv
and. Dobéra dano damsa Uenir in⁷ mnái as áillem bías isin
Gréic amal rogaell.“

385   And adhert Diophoebus „is degcomairli dobeir Alaxander,
arbair 7 slúaigh do techt isin Gréic do thabhairt braite 7 ath-
gabala esti, co mbad buide lasna Grécv comassec do dénvm.“

ÍArsin, trá, rotairchanastar Helenvs dóib fástini con-érbairt:
„Ticfat námait co Troiannu: fochichret in Trói darcend: mairfit

390 firu na h-Asía, día tuca Alaxander mnái asin nGréic.“

Dorairmesc dano Troil [136ª] mac Priaim oc rádh ind athisc
sin, ósar mac Príaim in Troil sin arái n-ácisi: treisi immurro
indás Hechtoir ar imguin 7 áni 7 forneurt! IS bec, trá, ná ra-

---

¹ Ms. furrri.   ² Ms. di.   ³ Ms. eludva.   ⁴ Ms. a.   ⁵ Ms. eirig.
⁶ Ms íarh.   ⁷ Ms. in.

dechrad imbí ic nertad in cathaigthe. „Ná tairmescad ní innib,“
ar sé, „sáibfástíne Heleni.“ Ropo guth cét a beolv óen léo techt 395
isin Gréicc.

[Dares c. 8.] O rofit*ir* da*no* Príaim toil 7 a̠c̠c̠o̠b̠o̠r cáich, 7 o
roairigh corbó áil léo ule techt in tslúagaidh[1], rofhóid Alaxandér 7 Diofóeb in Foeniam do thogha 7 do t̠h̠e̠claim[2] miledh,
amus 7 óclách do dul in tsl*uagaid*. Roherfúacradh da*no* o 400
Príaim *for* a phopul 7 *for* lucht a thíre i coitchend tiachtain
do dáil 7 chomairle. Rothecaisc a m*a*cv isin dáil sin co mbád
tigerna do cec*h* ó̠s̠a̠r dibh a s̊innser. Roinnis da*no* don popvl
’na degaid side cac*h* t̠a̠r̠casal doratsat Gr*éic* fo*r*rus*um* na Troi-
a*na*, „co*n*id airi sin“, ol Príaim, „as áil damsa Alaxandér co 405
slúag imbi do chor isin Gréic do díghail neich dona holc*aib*
móraib doróusat frind. Acht chena cidh nách hé Antinóir
innises sc*é*la dúib, ár is hé dochóid isin G*r*eic fri techtairecht.“
„Am éolach, émh“, ol Antinóir, „isin Gréic. Atchonnarc a láechv
7 a n-á̠nradu[3], 7 ní fil ní armad écen dúibsi a n-ecla: ar is á̠iniu 410
7 athlaimiu *for* c̠ó̠r̠aidh 7 *for* trénf̊ir 7 *for* mílid andáte mílidh na
ṅGr*éc*. „C̠e̠s̠e di*no*“, ol Príaim, „in [136ᵇ] fail húaib nech lásmád[4]
ole techt in tslúaghaid?“ Rofregair farvm Panthus m*a*c Eúfronn[5],
fer airechdai do Throiánaib 7 degcomairlid ámra, co*n*-érbairt ó
guth airísil: „Atchvaid dámsa mo athair“, ar sé, „fer díarbó 415
a̠inm Alax*ander*, aimser hi tibérad side mnái asín Gréic, comad
hé sin f̠o̠r̠bha 7 fo*r*cend na Trói. Fóbíthin d̠o̠r̠o̠s̠t*ar* co sl*v*ag
ámhnas áichthidi ’na degaid: dobértar na Troiana fó g̠i̠n gúi 7
chlaidib; co*n*id ferr deiside bith i síth 7 i cáinchomrac, am*al*
atáthar ann, *indás* t̠ó̠chvired slóigh 7 sochaide no-í̠nrifed in 420
Trói 7 nos-millfed.“ INtan rochúala íarvm in popul augtardás
Panthíi roláset gáir 7 chuithiud 7 f̠o̠nitniud[6] imbi. Oc*us* atru-
bartar ani bád maith lá Príaim dogéntáis airi. Asrubairt íarvm
Príaim fríu. „M̠a̠ith lemsa éimh“, ar sé, „f̠ú̠r na long 7 tinól
slúaigh do techt isin Gréc. Ar día ndentáis[i] comairli far ríg 425
ní t̠h̠e̠saba maith na hordan foirb.“ Doróni Príaim da*no* atlu-

---

[1] Ms. an tslúadaidh. [2] Ms. theglaim. [3] Ms. nánrada. [4] Ms. lásnád.
[5] Euphrouii, L. Corruptions of *Euphorbi*. [6] fonitmiudh, L. Read *fonim-
tiud?* or *fonnitiud?*

*gud*¹ bvidhe doib uile, 7 roléic dóib imthecht isin dáil 7 tccht
dochvm thighe. Rofóíded Hccht*ar* isin Frigia túascertaig do
chuinchid sloig 7 sochraite.

430   INtan rochvala Casandra ingen Priaim in chomairle rofuabair a hathair, rotinnscain tairchctul in-neich² nobiad archiund
aud, co n-érbairt. „Bíaid, tr*á*“, ol sí, „mor d'vlcc din scéol sin.
Dofoethset láeich 7 ánraid, rig 7 rurig, [137ª] tóisig 7 ócthi-
geirn na hAssía dond imrádud scin.“

435   [Dares c. 9.] Tánic íarvm amser thechta *for* muir, 7 roscaich
cvmdach na long. Tancat*ar* mílid 7 slóigh o Foenía hi comaitecht Alaxandér 7 Diophócbi. Tánic Echtair m*ac* Priaim co
slogaib 7 sochaidib asind Frigia thuaiscertaig. Tánic iar*um*
aimscr fordécsana in mara. *Ocus* roguid Pr*i*aim aní³ Alax*ander*
440 co ndernad coglice follomnogud in tslúaigh rofóíded malle fris.
Rofóidit d*ano* tóisigh aile 'na[r]arrad .i. Diophócb*us* 7 Áeneas
7 Polidamas⁴. Roerfúacair d*ano* Priaim do Alax*ander* co mbád
f*r*i techtaireeht nódcchsad do denvm síth 7 cháinchomraic citir
Grécv 7 Tro*ia*nnu.

445   O roscachitar, thra, na hulisa, dodech*aid* Alaxander cona
c[h]obluch ar fut mara Toirrén, 7 Antinóir rempv oc breith éolais
dóib. Nírbó chían, trá, ríasin n-amsirsin i ndech*aid* Alax*ander*
dochvm thíre na nGréc 7 ría tóseugud co comfochraib Cetheree,
doluid Menelaus m*ac* Atir, árdtóisech side do Grécaib, dochvm
450 insi Pil do acallaim Nestoir, co comránic f*r*i Alax*ander* m*ac*
Priaim cinndchomair. Ba machtad mór íarvm lá Menelaus in
sluag rigda d'aicsin iconn imram. Ingnad leis immed na long
7 rolín in⁵ chobhlaig. Derb leis is im m*ac* ríg *no* rigdomna
robát*ar*. Ni rolam d*ano* tácib ríu, acht tánic cách dib sech
455 a chéilc.

IS hí sin ré 7 aimser i tánic Castor 7 Pullúic co slúag
[137ᵇ] impu co rabat*ar* hi comfochraib Frámiae, 7 rucsat⁶ don
chursin Isionvm ingin Lámedóin léo dochvm a tíre.

ISna laithib cétna d*ano* robói sollomain mór i n-inis Che-
460 theree .i. sollomon Íunainde. O thainic, thrá, Alax*ander* i com-

────────────
¹ Ms. altug*ud*.   ² Ms. anncich, L. inncith.   ³ Sic. Read innf.
⁴ Ms. Polidamus.   ⁵ Ms. an.   ⁶ rucatar, L.

fochraib do phurt Cetherec — in Cetherea hisin, inis mór hí,
7 tempull do Uénir inti — is annsin ros-gab ecla átrebthaidi
na hindsi ríasin coblach romór, 7 rofarfaigsetar cia robói isin
chobluch¹ 7 can dodechatar 7 cid día túitchetar. Rofrecair doib
íarvm Alax*ander*: „Priaim rí na Troiánda² rofoidh a mac fri 465
techtairecht .i. Alaxander, co ndísed i tíre Gréc, co rothaulled
ic Castor 7 ic Pulluic.“

[Dares c. 10.] INtan rochvala, trá, Elenna [ingen] Leda, derb-
fiur Chastóir 7 Phuilluic 7 ben Menelái mic Atir, ríachtain
Alax*andir* isin phurt, tánic am-medon na hindsi co rabi for ur 470
in trága hi comfochraib in puirt hi raibi Alax*ander*; fóbíth
dochvaid a menma fris, 7 rotholtnaigestar di in gilla rochalma,
caindel 7 ánle 7 dretel na hvile hAsía, co mbúaidh crotha 7
delba 7 súarcvsa dóine ndomain. Rind n-ága 7 áiniusa 7 imgona tvascirt in betha asa haínius 7 asa hurdarcvs, ná rathalla 475
isind Assía fri muir Torréin anair, co ndechaidh síar isin Greic
co mbered buaidh 7 chosevr cecha cluichthi i n-óenach na Greci,
7 ní chocmnacair oclách na octhigern³ ná rigdomna cvtrvmmvs
fris do lucht⁴ [138ª] na Gréci, co roscáil a theist 7 a erdarevs fón
Éuroip uile, co rocharsat bantrocht na n-Athanáensta arna cúisib 480
sin, conid airi sin tánic ind rígan Helena dochvm na trága co
faced o súilib cinn in nech adchvala o chlúasaib. ISsind inis
sin robái tempvl 7 ídaltech Deáne 7 Apoill, 7 is í suidiu doróni
Helena a idbarta dona hidlaib doréir, amal ba bés dona geintib
i sollommaib a udéc 7 a n-arracht. Íarsin atevas do Alax*ander* 485
Helein do dvl dochvm in phuirt. Ó'tevala són dano, tánic co-
dían do décain a crotha.⁵ O'tchonnaire, trá, rod-char comór, ar
ní raibi do mnáib domain mbnai nochosmailiged fría im deilb
7 im dénvm acht Políxina ingen Priaim nammá. Ni roacht-side
dano cutrummi friesi im hordon 7 im erdarevs 7 im sercaigi, 490
conid airisin rod-char Alax*ander* mac ríg na Trói, corbó lán
cech n-alt 7 cech n-ága and dia grád. Tánic dano Alaxander
i ffadlmaisi na hingine do thaiselbadh a crotha 7 a écosca, a

---

¹ Ms. choblach. ² Ms. troiánanda. ³ oicthigernai, L. ⁴ Ms. do
lucht do lvcht. ⁵ Ms. chrotha.

eirraid 7 étaig, fóbíth bá hétach intlaise bái ímbi, *cona* imdénvm
495 do *dérgór* drumnech, *cona* ecor do legaib logmaraib imbi anechtair, 7 tonach derscaigthe *fría* chnes dond étvch sirec[d]ai
cona chimhsaib deiligthe di ór forloiscthe. Ba sochraid 7 ba
úalla*ch* indas in toichmi thvc leis do déchain in banchviri.
O rodéc cechtarde araile díb tarrasatar ed cíana cách díb ic im-
500 sellad a chéile. IS hí [138ᵇ] *dano* a mét rochar cách díb araile
co nárbó dvthracht léo eterdeilig[ud] etarru co bás. Roforcongair
dano Alax*ander* fora muntir comtis fúiridi 7 comtís erlaim fri
taithmech a long *acht* co tísad ind adaig. O thánic iar*um* ind
adaig dochóid Alax*ander cona* muintir do indriud ind ídalthaige;
505 7 doberat láim thairis. Rucsat Helen*am cona* banntrucht léo
dochvm a long. Bá maith, *tra*, lá Helind anísea. O roglé dó
indred ind ídhailtaighe 7 sárugud[1] Uéniri 7 Apaill 7 breith
Helene *for* aithedh, atchvalat*ar* luc*ht* na cathrach anísin. Tecait
as-cech aird. Doberat tend comraic do Alax*ander* arna ructhá
510 uadib a rigan co mbetís fir marba ocá cosnam. 'Arsin atevas
dond [i]airind [do] Tróianaib bátar isna longaib anísin. Tangatar side lomthornacht asa longaib, 7 rogabsat a n-armv *forru*,
ocus ro-inretar in magin-sin 7 rogabsat ina-rabe and do brait
7 do chrudh. Tancatar íartain 'na longaib 7 roimretar co port
515 Tenetos. O thancat*ar* cosin portsin rofúabair Alax*ander* cend-
sugud Helene, ar dorala i nduba 7 i ndobrón mór ar scarthain
fría tír 7 fría talmain 7 fria muintir fadeisin. Fóidhis íarsin Alax*ander* techta co Príaim, do aisnéis scél dó inneich[2]
forcoemhnacair and. INtan iarvm atevas do Menelaus robói
520 i[3] n-inis Pil breith a mná i mbrait do Alax*ander* 7 argain na
hindse, [139ª] dochuaidh fachetóir co rabi in Sparta 7 rotóchvired
dó a brathair Agmemnón, 7 atchvaid dó Helind .i. do breith
do Alax*ander*, do mac rig na Troi*ana* ar athedh 7 ar elód.

      [Dares c. 11.]   Teite Alax*ander* colleice cona mnái 7 cosin
525 mbrait móir rogab co Príaim cosin Trói, 7 atfét a scéla íar[4]
n-úrd ond úair dochvaid *for* conair cosin n-úair donánic. Ro-

---

¹ Ms. sárudug.   ² Ms. ancich.   ³ Ms. a.   ⁴ Here there is a gap
in LL.

gab tra svbvchvs 7 lúth mór Priaim don scéul doríghni Alaxander, ar indar leis robad buidhe lasna Grécv coemhchlód¹ 7
imassec don brait 7 dona mnaib .i. Isióna darcend Helinc.
Ecmaing ni hed robói and.   530

INtan atchonnairc, tra, Priaim brón 7 dvbai 7 mertin for
gnvis Helene robói ocá comdidhnad 7 icá nertad 7 icá gellad
dí nobethc dia reir, 7 ní bad mesa dí beith isin Trói indaas
beith isin Lacdemoin i raba remi.

Amal atcon[n]airc immurro Cassandra ingen Priaim aní 535
Heleind rothinnscain fástine 7 tairchetal aneich nóbiad archivnd:
marbad in tslóigh 7 thimdíbe na tóisech, tuitim na ríg, etar-
imdíbe na² ruirech, dichennadh na cathmíled³, fordinge na evrad,
támthutim na senorach, dilgend 7 loscvd na cathrach, indred
an tíre 7 in talman 7 ind feraind. „Beti, tra“, ar sí, „láeich 7 540
ánraid 7 cathmilid,“ ar sí, „fo chonaib 7 fíachaibh. Bíat lána
na maige do chnámaib na láech, día cendaib, dia lessaib, día lara-
gaib, conid isin fechtain [139ᵇ] farétfa nech imtecht for maighibh   X
na Trói ri himmad na cvala cnám in-cech maigh. Dofáethsat,
tra, fir Éorpa 7 fir Asía tríad fotha, a ingen!“ ar Casandra. 545

ISí sin fástine Casandra do Troianaib.

Tánic, tra, ferg Priaim fri Casandra din scéol sin, 7 doratad bos fría bél.

O thánic íarvm Ágmemnón⁴ do Spairt robói ic comdídnadh
7 ic nertad a bráthar. „Na bid merten na dobrón fort,“ ar 550
sé, „ar dogéntar th'ainech 7 ní bía fó mélai. Ar atresat fir
thréna na hEorpa uile do díghail th'osnaide, ar is cuma dogénat a digail, 7 amal bid fri cech n-áen díb fein dognethé.“
ISed deisid léo íarvm techta do dul uadib sethnón na Gréci
uile do thóchasvl slúagaidh na Gréci, do fúacra chatha for 555
Troiánaib. Roherfvacrad úadib ar thúus for Achil 7 Pátrocuil,
dá ríg na Mirmedonda, 7 for Nemtolim rí insc Róid, 7 for
Diómid rí innse Arpis. O thancatar side d'insaigid Agmemnóin
co mbatar in Sparta, ocus dorónsat a seissiur tóisech comluga
7 cominsce 7 cró cotaig 7 óentad, 7 atbert[at]ar na dingentáis 560

---

¹ Ms. ccomhclód. ² Ms. na na. ³ chathmíled. ⁴ Ms. A'gmennón.

2*

caingen aile ría techt co slógaib 7 co sochaidib do díghail *for*
Troiándu in dímiada móir tucsat *for* Grécv. Roórdniset íarvm
Agmemnón do impeir 7 do aírdríg forrv uile. Rofóidset íartain
techta co Grécv do thinól 7 do thocasal na *Grece* uile, othá
565 in cend airtherach [140ª] slebe Elpa andes co coicrích *Traciac* 7
Alaniac¹ fathuaidh, othá iairther tíre na Macedonda aniar co
tracht mara Égetai sair, co mbetís coinne me*n*cc 7 combdhúla
7 tercomraicthe² cecha criche fóleith acv: co mbetís nothe 7 longa
7 lestair erlama léo, 7 co mbétís 'na slúagaib 7 'na cathaib
570 h[i] purt na nAthne[u]sta co n-escomlaitís íarvm *for* oinchói
dochvm na Trói do díghail a sáraichthi.

   Castar imm*urr*o 7 Phullúic, iar closin doib a sethar do
brith ar³ athed 7 ar elod do Troiánaib, dochótar 'na luing for
muir do áscnam in degaid a sethar. IS *ed* doch[u]atar iar*um* la
575 toeb in trachta Lesbetai, co rothimairg anbthine íat dochvm
thíre, co tardsat a luing hi tír. IS annsin testátar Castor 7
Pvllvic, 7 ni fes cia dechatar íarsin: acht atberat na geintlidhe
rosothe i ndib retlandaib *con*dat Gemini a n-anmand an-nim.
IS doigh imm*urr*o is badud robadit isin ainbthenach. Robatar
580 imm*urr*o ind Lesbetai *for*a n-iarair in-noaib 7 il-longaib co
rosirset commin óthá inber a tíre corice an Troi, 7 ní fuaratar.
Cenco beith, tra, d'esbaidh *for* Grécaib din sluagud sin, acht na
da úurath 7 na da rind n-agha sin ba mór esbaidh doib.

   O roscáil, trá, in scélsa fón Gréic .i. Elend do brith ar
585 athed, dofúasnad [140ᵇ] mór fon Éuraip uile óthá tíre na Meótacda
co hinber srotha Réin. Rofích a nGrécaib uile in sc*el* sin, fó
bíth bá mebvl lá cech tvaith 7 la cech cenél innti am*al* bad friv
fadeisin dognethe. Robat*ar*, trá, dála me*n*ce in-cech tuaith, 7
dochótar aithesca cáich cochéle día fis evin bad mithig dóib
590 techta *for* conair, 7 roherlaimigit dóib aidmi na conaire, etir
longv 7 sivla 7 refeda, et*ir* biad 7 étvch 7 indili. Roglésaiset
na Tesáldai a n-eochv 7 [a] ngraighe dia mbreith co hor in
mara. Roglantá luirecha 7 cathba[i]rr na Mirmedóndai dia meirg
7 salchvr. Roarmthá a ngái comtís géra frí fogail námat 7

¹ Ms. alamac.   ² Ms. ter*ar*comraicthe.   ³ Ms. ar ar.

echd*r*ann. Roslipthá a claidib 7 imorchoraigit a scéith ría 595
ndvl *for conair*. Ruerlaimigit timthaige 7 erredai 7 étaige na
nAthnénsta. R[o]bói, trá, óengáir arfut na *Gréc* uile fóbíth
roraindset fat fadéin. Drem díb a cailtib ic búain na fidbad
coná cluined nech guth a cheile díb la himed na sáer 7 luchta
ind fognama ic tescad 7 ic timdibe 7 ic snaide na *crand*. Drem 600
aile dib i cerdchaib ic dénvm arm 7 íarnaig .i. ic dénvm
chlaideb 7 lvirech 7 scíath, ic slibad 7 ic slaide a n-arm. Ní
rabi, tra, isin Gréic ule nech *cen* monar fon innassin. Robdar
lána do dunadaib 7 do longphortaib óthá in corthar airtherach
Rétiae anairdes [141ª] co farthar tíre Tracíac *for* Erphoint sair- 605
thúaidh. Robátar ann na hA[th]nensta i ndvnad. Robátar
Pilipénsta 7 Mecenda 7 Laedemónda i n-óinbale. Robat*ar* Argai
7 Danai[1] [7] Pilasci. Robat*ar* and áes Tráciae 7 Arcadiae 7 Tesá-
liae 7 Achaiae 7 Boetiae. Robátar in Macedondai 7 in Mirme-
dondai 7 ind Íondai. Robat*ar* ann na Galátaedai 7 na Tels- 610
ciatai 7 ind Eoldai. Nírbó ní, thrá, in tinólsa na *Gréci* corici
in tóchastal[2] robói i n-innsib marv Torrén. Ni mór forácaib comnet intibsidé óthá tonna in mara Áratacdai cosna
gáethlaighib Meotacdaib. IT íat so na bindse ir-rabe an tocha-
s[t]alsin .i. hi Creit 7 hi Ci[pi]r 7 hi Roith 7 hi Pil 7 in Sala- 615
mia 7 isna hindsibb díanid ainm Acspartide 7 innsi Celiberniae
7 inis Ambrache. Robói *dano* tinól mór hi Corcira 7 Ithaic
7 Egelai 7 in Cutheria 7 in Calamia 7 in Carpado 7 i Treit
7 in Íuén 7 is-Sodaim 7 in Calamis 7 in Égina 7 in Patreida
7 i n-innsib Celidónis 7 i n-innsib Babidi 7 in Maccorés 7 in 620
Abarthia 7 in Sciro 7 in Peperetho 7 hi Lennuo 7 in Tháeso 7
in Imbro 7 in Sciro 7 i n-arailib innsib olchenai dochél clv
7 erdar*cus*. O*cus* is ed innister and *co* tancat*ar* sluaig 7 sochaide
cid isna tírib comfochraibe filet a comaithces na nGréc an[d]es
7 atúaidh 7 iniar. Dodechat*ar* ann áuna[3] huathmara na n-Éu- 625
trusceeda[4] failet a tuaiscert na hEtále, asa gaisged dorósce do clanna*ib* domain. O dechad*ur* [141ᵇ] *dano* lucht Dalmatiae 7 Dar-

---

[1] Ms. Danaid.   [2] Ms. tóschasal.   [3] Ms. ámh na.   [4] Ms. nahéu-
trustecda.

daniae 7 Istriac 7 Panuníac 7 Retiac, dochodar and in lucht ro-
calma failet isin chorthair tuascertaich in domain *fri* sruth
630 n-Istir atuaid .i. aureth Dacia [7] Alania. Dodechatar and da*no*
Dromantauri filet ic inb*er*aib na Meótacda. Dode*ch*atar and
marc . . . sacría na nAgarda. Dode*ch*atar ann da*no* Melachli
seichtori sacra na slúag sin. Dodechat*ar* and b*éos* Ypomelchi
7 Ypódés 7 Groni 7 Neurai 7 Agatharei, 7c.

635   [Dares c. 12.] Robói, trá, tinól mor*š*luáigh do phurt na n-Atha-
nénsta. Mór mbuiden 7 cuitechta tancat*ar* and. Mór do rígaib
7 do tóisechaib 7 do thigernaib 7 do trénferaib 7 do láthaib
gaile na Gréco dodechadur and. Mor di airbrib 7 cétaib 7
mílib tancat*ar* ann. Is cuit péne na herracht andsin inn Eora*ip*
640 uile *cona* slúagaib, *cona* rigaibh, *cona* tuathaib, *cona* chenélaib.
Mad nech atchised muir Toirrén, cruth robrecad do longaib 7
lestraib 7 libarnaib, robad áebind a décsin. Ba lór d'erfidibh
iu talman don lvcht robátar for telchaib 7 trachtaib na nAtha-
n*enste* forchomét na coblach 7 na slóg 7 na mbuidaen do muir
645 7 do thír .i. aicsin cech ríghdomna 7 cech ríg 7 cach tóisig,
inna toichim ríghda, aicsin cech miledh 7 cech trénfir fó armaib,
oc*us* ic déchain in leith ón [142ᵃ] muir na rámha icond im-
rum 7 séol n-ildathach cech*a* tíre, fóbíth rotinolad an-robai di
longaib 7 lestraib i n-airiur na hÉorpa uile 7 in n-innsib mara
650 Toirren. Co nderuta sretha dib la hor trága na n-Athanensta
d'immarchvr morslúaigh na hEórpa ule dochvm na Trói.

IS hé so imm*urro* lín long dochvaidh cech toisech do Grécaib 'sin cobluc*h*sa.

Cét long ba si fairend Agmemnóin mic Átir, a tírib na
655 Mecenda.

Menelaus m*ac* Átir, a Sparta .lx. long.

Archilaus 7 Pertinonor, dá ríg Boetiae .l. long.

Ascalapius 7 Alimenus, ex Arcomero .xxx. lo*ng*.

Epistropus 7 Sccdius, ex Proscidía .xl. long.

660   Aiax m*ac* Telamoin 7 Isionac ingine Lamedóin co seisivr
tóisech .i. Teocrus a brathair 7 Bublatio 7 Amphimacus 7 Do-
ríus 7 Tescus 7 Pulixenus, cóica long a lín.

Nestoir a Píl .lxxx. long.

Toas o Etholiam .xl. *long.*
Aiax mac Olei, a Locris .xxx. *long.*   665
Venerius ex Inania .xl. *long.*
Antip*us* 7 Pilip*us* 7 Toas ex Celidóne. .xxxvi. *long*
Ulix ex Odisia *no* Ith*aca.* .xii. *long.*
Protcsalaus 7 Pr*otarcus,* ex Pileo .xl.
Emileus, ex Pilis .x. *long.*   670
Podamas 7 Machón, da m*ac* Escolapi, ex Eutrus ... xxxix.
Achil 7 Patrocvil, dá ríg na Mirmedonda, ex Pathia. cóica
long.
[142ᵇ] Telcpolem*us* ex Róda .ix. *longa.*
Polipites 7 Leonthcus ex Larisa .xl. *long.*   675
Diomides 7 Euryal*us* 7 Stenel*us* ex Arpi .xl. *long.*
Piloctines ex Me[li]boia .uii. *longa.*
Goreus ex Cipro .xxi. *long.*
Prothous¹ ex Manesia. .xl. *long.*
Agapénor ex Arcadia .xl. *long.*   680
Mnesteus ex Athenis .cóica *long.*

Lín, trá, do ardrígaib dorímther sund do Grecaib nói, ríg
cethrachat uile.

[Dares c. 15.] IARsindí, trá, tancat*ar* uile do phurt na n-Athanensta, r*o*t*o*chuirit a uile tóisig co hAg*mem*nón diá chomairle 685
cinnas dogéntais. O thancat*ar* iarvm na tóisig i n-ainbalc atrubairt Agmemn*on* frív co ndechsaitís drem uadib do ins*aig*i*d*
Apaill, dia íarfaigid cinnas nóbíad in slúagad, in bad s*oraid no*
in ba*d* ind*ola* eitir. Romol cách in comairle sin 7 doch*vaidh*
Ach*í*l 7 Patrócuil fr*i*sanísin. O ráncat*ar* íarvm coruici Delfus, 690
tempul Apaill, roíarfaigset scela dond *arracht*. Rofregair Apaill
doib co mbad chóir techt in tslúagaidh, ar doristís co cath-
b*v*adach dia taigh cind .x. mbl*iadan* íar ndvla f*or* in Trói.
Roedbair Achil edb*arta* móra do Ap*aill* isin d*v*n sin. INtan,
tra, robói Achil ic dénvm na n-edb*art* isin tempvl, is ann tánic 695
Calchas m*ac* Gestoris co ndánaib 7 edbartaib ó Troiánaib do
Apaill. Tánic side isin tempvl 7 iarfaigis scéla na Tro*ianna*

---

¹ Ms. protesalaus.

[143ᵃ] coléir, cindas nóbíad *for* cind dóib don chathug*ud* 7 don chomthócbáil bái dóib *fri* Grécaib. Rofrecair Apaill co cuirfide
700 darcend in Trói cind .x. mbl*iadan.* O'tch*v*ala Calchas anísin tanic co hAch*íl* 7 doróni a ocntaidh 7 a charatradh *fris*, 7 dodeochatar col-longphort na nGrec. Roinnesetar a sc*éla* 7 a n-imthechta. O roscachitar[1], trá, na huile sea ath*ert* Calcas *fria* muintir a longa do chor *for* muir 7 *for* fairge. Dorónsat na
705 slúaigh airisivm anísin. Tuctha rempu Ascaláip 7 Menelaus comtís éolaig dóib *cechn*dírech aramus na Trói, ar robát*ar* i longai Íasoin prius.

IS *ed* dochótar arth*v*ius díaraile insi robói fó m*a*mus Priaim. Toglait in n-insi sin. IARsin, trá, tancatar co hinis Tenédos,
710 d*v* i mbítís scóit 7 máini, ór 7 argat Pr*ia*im 7 na Troianda. Doberat na Gréic a fuaratar and do dáinib fó gin gai 7 claidib. Tinolait 'na fúaratar do sétaib 7 máinib. IArsin, trá, tanc*atar* rig na nG*ré*c i n-óenbaile co hAgmemnón do chomairle cid dogentaís.

715   [Dares c. 16.] IS lí comairle dorónsat: techtaire do d*v*l uadib *fri* haithesc co Pr*ia*im do chuinchid Helene 7 na b*r*aite ronuc Alax*ander* a hinis Cetherea. Tancat*ar* na techta .i. Diomíd 7 Ulix, co Pr*ia*im 7 atfiadat a n-aithesc dó d*o*léir.

Céin, tra, robás im na fíbsa, rofoided Achíl 7 Téleip
720 (.i. filius Ercolis) [143ᵇ] do indriud Moesiae. Teophras is he bá rí intiside. O'thancat*ar* co Moesiae argait an tír, teclaimmit brait 7 cethra an tíre co hóenbale. Tárthetar slúaig 7 sochaide in tíre *forru* im Theophras, 'má ríg. Rofuacair Teophrais comland áinfir *forru*. Tan atchvala Achil anísin rochuir etach
725 imtecht de 7 rogab a chatherriud catha 7 comlaind imbi. Rogab éim a lúirig d'iúrn athle[g]tha imbi 7 a cathbarr círach cummaide fora chiund. Tanic íarsin fó slúag na Moesiánda am*al* leoman londcrechtaig íarna thocrád fo chvilenaib, *no* am*al* tarb ndasachtach[2] día tabar drochbéim. Dorat erchor do
730 manáis móir lethanglais *for* Theophras, co ruc arrinni triit ón táib díaraile, co ros-anaic Telep*us* mac Ercoil, co tabairt scéith

---

[1] Ms. roscathitar.   [2] Ms. ndasachacht.

ara scáth intan rofuabair in cathmilidh a dilgend doráith. Fobíth dorat oegedecht aidchi do Thélip 7 día athair .i. do Hercoil reinne, *conid* airi rosn-anaic. INtan, tra, rogab Teupras céil
for écaib rotimna a flaithemn*us* Telepo, fóbíth is hé Hercoil 735
dorat ríghe dosum, 7 romarb Diomid (*sic*), 7 dorat a *for*ba do
Theufras: con[id] airisin dorat Teufr*as* a ríghe do Thelip. Ro-
ord*uig* íar*um* Achíl Telip hi ríge co tardad cís cruthnechta do
Grécaib [144ª] dia fulang i céin nobetís *for* in togail. Roco-
mailled *dano* amla*id*sin. Roan *dino* Télip hi Moesia 7 dochóid 740
co mbrait 7 co crud mór cosna *Gré*caib do insi Tenedos. Adfét
a scel*a* 7 imtechta o thvs co *for*cend do Agmennón. Buidech
síde *dano*.

[Dares c. 17.] IMthusa im*murro* na techtaire .i. Diomid 7
Ulix, roinnisetar do Príaim a n-athesca .i. a cor o Grégaib 745
d'íarraid Helene 7 na braite archaena, do denvm síth 7 charat-
raid etarru co *n*decsaitís *Gréic* *for* cúlu dia taig. Ni mór, tra,
co n-ánic Príaim a frecra na mbriatharsa, acht namá atbert dar
menmain „IN tabaerthi dobur n-óidh", ar sé, „a ndorónad *frim*sa
.i. m'athair[1] do marb*ad*, mo chathair do loscvd, mo sívr do 750
breith i ndóiri." „Ni dingénsa", ar Príam, „síth frív. Ní bérat
mnái no brait." Rofúacair dona techtaib dvla as'tír. „Ni [i]etamar
ámh", ol na techta, „in cóir in comáirle dogníi. Bid doilig d'óen-
túaid bic isin domun imguin 7 imbvalad fri lucht na *Gréc*e
uile *cona* sochraide." „Bid móte," ar Príaim, „a blad 7 a air- 755
dercus dund uathiud dogéna cocad sainemhail *fri*sin morsochraide
ísin." „Bid olc dit an cocadsa," ol na techta: „dofáithais féin
and, 7 dofaethsat do m*ic* 7 do charait." „Ní mór *for*msa fein
íar*um* anísin", ar Hechtair. „Bid tercháil anma, 7 bid fotha
mo chlua darmése. Mairfet sluagv 7 sochaide. Betit [144ᵇ] 760
cind 7 chosa 7 cholla 7 méde 7 medoin íarná tescad 7 íarná
timdibe do deis mo chloideb. Bid lán an *Gréc* ule do dubv
7 do thoirsi, ar dofáethsat m*ic* ar-ríg 7 a tóisech 7 a n-octhigern dim' gnímsca." „Cinnas dogénasa sin?" ol na techt[a]:
„ar betit láich do samla 7 do chomdelba i cind airge fr*it*. Ár 765

---

[1] Ms. m*h*athair.

bid imda and láech lásmbá laind tíachtain ardochindsa. Ní bá
íarraid and laóch bas tvalaing th'ergaire 7 techt thorut.“

„Ní bá hamlaid bías,“ ol Hechtoir, „biam congancues ic
comrac fri cech fer úadib. Ni chombraicfet a n-airm frimsa
770 ar faebas na hersclaide¹.“

Rothintáiset na techta íartain co hinis Tenedos do longport na nGréc. Roíarfaig Agmemnón scéla dona techtaib, c'indas
tíre cosa ndechatar 7 cía calmacht na láech, cía trese na múr,
cia daingne na cathrach. „Cía nobetís émh“, ar íat, „secht
775 tengtha i ciud cech áin acanne, ní fétfaimís aisnís cech neich
atchondcammar. Ar rucsat na Tróianda do dáinib domhain
uile ar cruth 7 deilb 7 deichelt. Mairg noda-maindéra, mairg
do neuch mairfit, mairg do neoch nos-mairfe 7 bas coscrach diib,
7 dos-béra frí lár!“

780   [Dares c. 18.] INtan, trá, atchuas in teclomadsa na hEorpa
for slúagvd dochvm na Trói día hindred, dochvas úadib do
chvinchid shocraite co a comaithibh 7 co hardrígv na hAsía móre,
[145ª] 7 tancatar a ríghslide 7 a tóisigh co slúagaib 7 sochaidib do chongnvm fri Troíannu.

785   Dodechaid and íarum² Fundatus 7 Amfichastus, dá ríg Zeliae.

Dodechaid and dano Cárus 7 Amfimachus 7 Nestius co
sluagaib Colofontae.

Dodechaid and dano Sarpedón [7] Clausus co slvag Liciae.

Tancatar ann dano Epithogus 7 Papessus, dá ríg Laríssae.

790   Tancatar³ and Rémus á Chizonia.

Tancatar and Pirrus 7 Alcánus co n-ócaib Traciae.

Dodechatar and dano Astánus 7 Antipus 7 Porcus co sluagaib móraib a Frigía.

Tánic Epistrofeus 7 Buetius a Uetino.

795   Tánic and Filomenes co sluag mór a Salaconía.

Dodechaid and dano Persis Memnón co slvagaib diarmidib
asind Ethióib, cend áthchómhairc 7 tóisech na huile Asia.

Tánic and Esseus 7 Amfimachvs co slúag Agrestiae.

Dodechaid and Epistropvs co mbvidnibh imdaib de Alizonia.

---

¹ Sic. Read ersclaige?   ² Ms. íarh.   ³ Read Tánic?

O thancatar na hulese, trá, doróegv Príaim oentóisech im- 800
gona forsna hvli slóghvsv, etir a medon 7 dian-cchtoir .i. Echtoir.
Rosmacht cech fer indegaidh alaile .i. Diofóeb indegaidh Hectoir,
Alaxander 'nadegaidh sidhe. Troilus íarsin. Aencas íarsin, Memnón fodeud. Roerívacrad immurro íarsin o Agmemnón for ríg-
raid na nGréc tíachtain do chomairle imá n-aithesc tvesat na 805
techta leo ó Príaim. INtan bátar ocon chomhairle is and tánic
Nauplius Palamides (.i. filius Naupli) de Zona ex Corua, fairend
.xxx. long. [145ᵇ]. Ferthar failte mór[1] fris. Robói iarum oc
erchoitmiud[2] na tánic fochetóir do phurt[3] na n-Athanensta
a[r]robói a tromgalar, 7 antan rooéthig fair thánic. 810

[Dares c. 19.] Dochvaid íarsin isin comhairle 7 atbertatar
Gréic bá hí in chomhairle chóir, gabháil ind oidchi imman Trói.
Ní roléic dano Palamides anísin, acht a soillsi an lái co robristis
for Troiándv, 7 saighe immon cathraig íarsin. Romol cách an
comairle sin. Roordniset iarum hi forcivnd a comairle Agmem- 815
nón do ardríg 7 do ardtóissiveh dóib ule. Rofóidset dano[4]
techta 7 tóichléori úadib im-Moesiam 7 i n-araile tíre olchena.

Rofúacair Agmemnón forsna rigaib 7 for na míledaib 7 for
in slog ule co cuirtís a longa 7 a mbarca for fairge do imram
dochvm Trói. Oeus rogab ic nertad na evrad 7 na láth ngaile 820
7 na clíathbernaide cét, co rofertáis gléo faobrach fvilech fér-
gach fíramnus fri láochv na hAsía áigthide.

Atraracht íarsin in slúag, 7 rotaitmigset refeda a long 7
forácsadar in n-innsi. Tancatar cechndírivch dochvm na Trói.

IS beg, trá, ná rocrithnaig in talam o thvrgbáil co funed, 825
7 ná dechaidh muir Toirrén dara bruigib dermáraib lásin tré-
nimram dorónsat fairenn in tríchat ar óen cétaib décc long 7
libharmu. Deitbir són dano rind n-imgona fer mbethla 7 forglu   ʼ.
síl Adhaim ule, ermór chathmíled fer ndomain in lvcht robátar
isin [146ᵃ] choblachsa: fóbíth is and robái in domon im-medon 830
a áese 7 a borrfaid, a utmaille 7 a dívmais, a chath 7 a chongal.
IS ann robtar trese a fir 7 robtar calmai a milid isind amsir i

---

[1] Ms. móir. [2] Ms. erchoitmedmiud. [3] Ms. phurt do. [4] Ms. dano
dano.

ndechvs in slogadsa. IS airisin na rabí cutrumvs frisin lacchraid-
sin úa thustiu dᵛl arái ngaiscid 7 engnama, acht ná rabi
835 Ercoil and nammá, lácch dorósci cách.

Dala immurro Príaim, rochuir techtaire do fordécsin 7 do
tháidhbrivd na long 7 na slóg fadesin, ceped tan donístáis do
muir Torréu do phurt na Trói, co mbetis catha crlama aracind
do dítiu na cathrach.

840 O rolá iarum in dercaid sᵛil darsin fairgi atchondaire ní
n-íngnad: robrecad in muir do longaib 7 libarnaib 7 lugbarcaib.
Atchonnairc in fidbaid fᵣádhbail, úasna longaib 7 úas cennaib
na curad, do séolerandaib ardaib crgnaib in betha. Atconnaire
brechtrad na scol n-illathach di dathaib écsamlaib étaigh ccch
845 tíre úas na séolerandaib. Dochóid íarsin co fis scél do Príaim.
Roíarfaig Príaim scéla do. IS ann dixit:

„Andar-lem ém amal rodercvs", ar sé, „domárfás tromchéo
tiughaide 7 glasnél dub dorchaidhe forsind fairce, co roleth co
níulu nimo, cona acus ncm huasa cind 7 coná haevs ler fona
850 longaib, ar rolín dorchatu in cocái¹ ó ncm co talmain.

„Domárfás íarsin fogur gáᵉithe gére [146ᵇ] gailbighe: indar-
lem noth[r]ascérad fidbada in betha, amal esnad mbrátha.

„Rochvala breisim thornige² móre: andar-lem ba hé in ncm
dorochair, no in muir rotráigh, no in talam roscáil i n-ilrannaib,
855 no amal nothut[it]ís frosa rétland for dreich an talman."

„Ali, ced eter sin?" ar Priaim.

„Ní anse", ar in techtaire. „In glasnél tiugaide atconnarc
úasin ler, it hé anála na curad 7 na lath ngaile rolínsat dreich
na fairge 7 a cobán fil etir ncm 7 talmain, fobíthin frisrócaib
860 in gal 7 fiuchiud na ferge faibraige i n-erbruinnib na lácch
lánchalma, conid fair roimretar a feirg for imarbáig ind imrama
co rolín in n-áer úasa.

„Fogur na gáithe gairge atchvala, is hí osnadach 7 bolc-
fadach na trénfer sin la scís ind imrama 7 la himthnúth cos-
865 nama tosaig.

„IS hí dano in toirrnech rochvala, détglós 7 imchomailt
fiacla na míledh, 7 treschvr na rama, 7 briscimmech na scvlmaire,

¹ *Sic.* Read cócháin? ² Ms. thairnige thornige.

7 cutaim na ses, 7 breisim na fern sívil, fogvr na ngae 7 na
claideb, 7 trostgal na scíath, grinniguth na saiget, golgaire na
cathbarr 7 na lúirech, la mét ind imrama 7 na sesbemend nó- 870
bentáis na mílid forsna ráma icond imram. Atá do chommairte
na lámh imbrit na ráma, co fochroithet[1] na bárca 7 na libarna
cona-fairnib 7 a luchtlaigib, cona sesraib, cona cláraib, cona
n-armaib.

ole sin, a dhuibh. 875

[147ª.] „Cid aill atchonnare?" ol Príaim.

„Atchonnare iarsin brechtrad ind étaig illathaig co n-áille
cech datha roleth darsin fairgi ule: indar-let bá do phuplib
ildathachaib robrecad ind fairge uile. Ni aca ernail dhatha
isin domun ná rabi and, etir glas 7 gorm 7 dérg 7 huaine 7 880
chorcair, etir dub 7 fhind 7 odhor 7 buide, etir brec 7 dond
7 alad 7 rúad.

„Atchondarc íarsin coméirge in marv i n-aírde fo chosmailius slíab n-árd.

„Atchonnare cach slíab andiaid araile. ISs ed airdmius lem 885
nolethfadh cech sliab 7 cech tonn dib darsna Troianda ule.

Roarthraigestair dam iarum braine na mbárc 7 na libarn
7 corra na long 7 cind na míled.

Roarthraigestair dam étaige 7 timthaige 7 brethmasa na
ríg 7 na tóisech. Atchonnare idna 7 fidbaid 7 slegdaire na 890
ngae 7 na croisech a brainib 7 a corraib na long.

„Atchonnare drong 7 daundabach na caladsciath, cona tim-
thugu do lannaib óir 7 argait inna timchell, íar n-oraib na long
immacváirt. Nobenad lainrech na n-arm mo rosc uaim, 7 taith-
nemh ind óir 7 ind argait 7 imchvntaigi na claideb 7 na calg 895
ndét 7 na nglass gai cona muincib 7 na sciath cona lannaib
7 cona n-imdénmaib di ór 7 do argat. A mbrechtrad, tra, ind
étaig illathaig, it hé na sívil esredacha robatar hvasua longaib
7 uasna bárcaib.

IN t-anfod mór [147ᵇ] tháinic isin fairge co mbátar na 900
tonna amal benda sléibe, it hé tondguir na seisbeimaend nó-

---

thinta a corraib 7 a brainib na mbárc 7 a bóssaib na ráma
7 a taóebaib 7 a srónaib na long. Bid tnv̄tha[ch] in tecmongsa.
Biat imdái mairb. Biat imdai cuirp élnide fó chonaib 7 énaib
905 7 fíachaib do chechtar in dá leithe. Bid garb an comhracsa con-
dricfad fir¹ Asía 7 Éorpa. Comraicfid anál ind Ethiopácdai frisin Tragecdai, co mbiat cend ar díb cendaib. Bid tnv̄thach
ind imthv̄arcain dogénat na hailithir, in Persicda a haerthivr
in² betha 7 in Macedónda asa íarthar. Bá dirsan nád bói
910 miltengaid dognéth córai fri Grécv, co tintáis asin mhaigin hi
táat.“

Tánic in sluag colléicc hi purt na Trói, céin robatarsom
for na briathraibsea. Rolínsat in n-airer do longaib 7 libarnaib.
Rogab chenai [Hechtoir] ind airer frv̄u co tánic Achíl, dia n-érbrad
915 is totum exercitum³ euertit. Fóitir in fer cetna do fordécsain
7 do chor sv̄la tairsiv, 7 dochv̄áidside 7 atchondairc rémend na
mbuiden 7 na cath, cech cath 7 cech slv̄ag inmá ríg 7 immá
tóisech, oc escomlód asa longaib.

Atchv̄áid íarvm do Priaim cruth 7 delb⁴ 7 écosc each ríg
920 7 cech tóisig, cech óclaig 7 cech míled do Grécaib.

Esbaid so ar in laebar.

[149ª] . . . ic tafond Alaxander, co tárat Áenías scíath dara ési
7 corodíarsinsáer di lámaib Menelai. Dochv̄aid Alaxander dochvm
na cathrach post. Nóx praelivm dirimit.

925   [Dares c. 21.] Dollotar trenfir Éorpa 7 na ñGréc arnabárach
arcind chatha na Troiannae. Huathmar, thra, indas na luinde
7 na barainde 7 ind nítha tvesat léo isin chath, Achil 7 Díomid in-airiniuch catha na n-Gréc; Hechtoir inmorro 7 Áeneas
in n-airinuch catha na Troiannae. IS ed inmorro tuesat tóisig
930 na nGréc léo fordinge Hechtoir diafét[at]áis. Acher, trá, in gres
roláset. Robúirset cotnv̄thach isin cathsin damrad rochalma
Asía 7 Éorpa. Dochótar ann na mílid rotréna darcend cumaing
inn-agaid a námat. Grandi na hárdi robátar ann .i. luindrech
na claideb 7 a n-áeblig oc tv̄arcain na scíath, findnéll na cailce,

---

¹ Here LL. 403ª recommences.   ² Ms. an.   ³ is totum exercitum
in fugam vertit, Dares c. 19.   ⁴ Ms. dealb.

comtvarcain na claideb 7 na ngai 7 na saiget *frisna* lúirechaib 935
7 frisna cathbarraib, brischruar da*no* 7 beimnech na mbocóti
iarná trúast[r]ad dona claid*bib* 7 do[na] brathlecaib bodba 7 dona
laighnib *leth*anglasaibh a lámaib na láech lanchalma. Robrecad
in¹ t-áer úasa cind do dibraicthib na n-arm n-écsamail. Roba*tar*, *trá*, táesca fola codiarmidi ic snigi a ballaib 7 a haltaib 940
7 a hágibh na láoch, co rolín etrigeda 7 cobána ind ármaige.
Gaud combach rofersat in² ceth[r]ar rigmíled .i. Achíl 7 Díomid, Hechtoir 7 Áeneas.³ [149ᵇ] Roslaidsetar na slúagv et*arrv*.
Robái Achíl 7 Díomid oc forthiu na⁴ Troianda a airinivch catha
na nGréc. Robói im*murro* Hechtoir 7 Áeneas oc forthiv na 945
nG*ré*c a hairenivch chatha na Tróianda. Roimbretar íat *for*[s]na
slvagaib co torchratar ilchéta do cechtar in dá ergal. Bá méte
nobeth i seélaib 7 airisnibh co lá mbrátha a ndoróni Hechtoir
nammá isin lathisca do mórgnímaib.

IS ádbal, *trá*, fri turim cid an-rotrascair do rigaib 7 do 950
thigernaib 7 do thrénferaib, cenuóthá a ndorochair día láim
do drabarslúag 7 do dáiscardáinib is diármide side.   Batir
cróda, *trá*, a gluind, ic dvl cohadhuathmar tría thu*r*u a námat
co farcaib martlaige dona collaib arbélaib na nGréc. Doróni *ma · ·*
chró mbodba do chollaib a námat imbi immácváirt, cor'bó múr 955
rodaingen dó fri hvcht na nGréc. Robái Achíl da*no* don leith
aili oc slaide na slúag, ic marbad na mbviden, co torchratar
sochaide móra do sáeraib na Troian*nae* lais.   Romarbsat da*no*
Áeneas 7 Diomid ili rochalma do cechtar in dá leith.

IS andsin dorala Arcomenus, rígmilid side do Grécaib, al- 960
loss claidib fri Hechtoir, co torracht a luinde léomain co Hec-
toir, co tarat bvlle [150ᵃ] do chlaidib dó, co ndernai dá gabait
de.   Ó'tchonnaire im*murro* Palamón aní sin .i. Arcome*nus* do
thuitim do gnímaib Hec*toir*, doroich cobruthmar bághach indegaid Hec*toir*.   Sóidh Hec*toir* fris 7 beirid rúathar n-adúathmar⁵ 965
adócum, co torchair Palamon leis isin magin sin.   Dorúacht
íartain Pistrópus do chomruc *fri* Hec*toir*, co torat erchor do
manáis lethanglais *for* Hec*toir*, co rochvir Hec*toir* secha anísin.
Roccrtaig íarvm in⁵ gai chucaiseom, co tarla/ na scíath, co nde-

¹ Ms. an.   ² Ms. an.   ³ Ms. Aenaes.   ⁴ Ms. na na.   ⁵ Ms. an.

970 chaid trít fein íar trogtad in scéith ó ichtur co ŕach[t]vr, co
n-erbailt Pistropus desin fochetóir.

Dochvaid dano Scedíus arcind Hectoir do chvinchid a er-
darcusa. Derb leis ropad lán in¹ domun día anmum día tochrad
dó Hectoir do thuitim leis. Tánic immorro Hectoir cohvathmar
975 úigthidi aramus conos-fargaib cen anmain. Tánic Cliofinor do
chomrac fris co ngáirside gairm nemnech [nduabais] fair. „Fer“,
ar sé, „théte ardochind innosse not-mairbfe 7 etarscarfaid t'anmain
frit chorp. Bíat fáilid in dithrubhaig 7 ethate ind aćuir dit.“
„Frit fein impaifes sin ule“, ar Hectoir, la tócbáil in² gai bái
980 ina laim, co tabairt forgaba for Cliophinor, co rabi 'na crois
triit, co torchair dochvm thalman. Reithid Hectoir chucai co
ruc a fodb 7 a chend leis. Don-ánic fáisin Dorcus. „Ní béra
cen [150ᵇ] debaid“, ar sé, „ind fadbsin. Ní ba hinund duit 7
na láich rofersat gléo frit cos'tráthsa. „Bád íarvm nomáide“,
985 ar Echtoir. „Día fis tiagmait“, ol se. Cotrecat farum. Dorochair
Dorcus annsin la Hechtoir íarná chrechtnugud coádbhal.

Rofúabair Polixenus farum comrac fri Hectoir daŕési in
lochta sin, co torchair la Hectoir. Tánic Idumeus fón cuma
cétna: ni roscar Hectoir fri side co rós-marb.

990   Ochtur, trá, do rígaib rothrénaib do ghlangassraid na Gréci
romarb Hectoir in láa sin ar galaib óinfer, cenmóthá an-romarb
do míledaib calmaib asa hainm docheil clé 7 erdarcus. Días
rigmíled roth[r]ascair Áeneas mac Anachís ar galaib óenfer isin
lathi cétna .i. Amphimáchvs 7 Nereus a n-anmann, cenmóthá
995 an-romarb do doescarslúag. Tri tóisigh immurro do Troiannaib
romarb Achíl in³-n[e]urt gaile .i. Seufremus 7 Ypotemus 7
Astrívs. Ropo adúathmar, trá, a delb Achíl in laasin. Cathbarr
círach inmá chend, día sceindís gái 7 chlaidib 7 chlochai.
Lúirech threbraid trédÿalach treinglommach, nos-dítned ó hó co
1000 hescait. Chaideb mór míleta 'na laim, frisna gabtís lúirecha 7
cathbairr, ara géri 7 ara áthi 7 ara ailtnidecht. Cromscíath
caladgér for a chlív, i tallfad torc treblíadan no lanamain i cosair.
Bá lán [immorro] o or co hor de delbaib dracon ndodeilb [151ª]
7 do delbaib bíast⁴ 7 bledmíl n-ingantach in betha, do ildelbaib

_____
¹ Ms. an.   ² Ms. an.   ³ Ms. an.   ⁴ Ms. píast.

torothor[th]aib iu talman. Robói dano béos i n-indscríbivnd iu 1005
scéith dclb nimo 7 talman 7 iffirn, mara 7 acóir 7 ctheoír,
gréne 7 ésca 7 na rend archena rethit i n-ethéor. Ní raba
isin domon catherriud catha no comhraic no comlaind anual in
n-erriudsa Achíl. Fóbíth is hé Ulcáin goba Iffirn doróni in
n-armgaisced sin Aichíl, íar mbrith a airm féin do Phathrocail¹ 1010
reime do chomhrac fri Echtoir, co ros-marb Hector ir-riucht
Achíl, 7 co ros-fodbaig im étach Aichíl, conid íarsin doróni Ulcáin in n-arm nemnechsa do Achíl artí gona Hechtoir.

Bá crúda, thrá, in mesc[ad] dorat Achíl for na slúagaib. Mór
ríg, mór rurech, mór rúanaid, mór tríath, mór tigerna, mór 1015
trénfer robátar íarná forthiv isin berna miled ruc Achíl i cath
na Troiannae. Romarb dano Díomid sochaide doua shúagaib
la díis do rígmíledaib na Troiannac domarbad dó [.i. Nestius
7 Nestrisca.]

INtan immorro atchonnairc Agmemnón ríg na nGréc 7 1020
tóisigh imda día muintir do marbad 7 ár a slúaig do chor,
roherfuácradh día muintir tiach[t]ain for cúla 7 scor na hergaile. Donither ón dano. Lotar na Troiannai día cathraig²
co mbúaid 7 choscor. IMthusa immorro Agmemnóin, rotóchuiret
chvci sidé rig 7 airigh na nGréc, 7 rogab ocá [151ᵇ] nertad co 1025
nábtís terennmnaig cía dorochratar sochaide úadib; ar donic-
faitís slóig 7 sochaide móra aran-ammus a Moysia isinlau íarná-
bárach.

[Dares c. 22.] ÍARnabárach immorro tic Agmemnón co nGrécaib co mbátar for láthir na debtha, 7 rogab ic nertad na 1030
lácch 7 na ríg co tístáis cona n-uilib³ míledaib 7 óclách[aib]
dochvm in chatha⁴ in laa sin.

Lotar na Troiannai don leith aile. Ferthar cath fergach
and di cech aird. Mór, trá, búaine in cathaigthi fri ré, lxxx. lau,
cen tairisimh⁵, con úarad, cen óithigvd, acht cách oc tvarcain 1035
a chéli díb. Dorochratar, thra, ilmíli do lácchraid Assiae 7
Éorpa isin chathugud sin. Cencobeth d'esbaid for in tslúag
cechtarda acht an-romarbadh frisin ré sin, ba mór esbaid. Mad

---

¹ Ms. prathrocail. ² Ms. cathraid. ³ Ms. nuile. ⁴ Ms. au catha.
⁵ Ms. tairisemh.

a ndoróni Hechtair frisin ré sin do deggaiscivd bá lóor d'air-
1040 scélaib do feraib in betha día festa colléir.

Amal atchonnairc immorro Agmemnón[1] ilmíli do thuitim
día muintir cech lái, 7 o'tchonnairc in fordingi móir dorat
Hectoir forru, 7 amal atchonnairc na maige lána dona collaib
7 dona hapaigib 7 dona cnámhaib, co nábo inimthechta in magh
1045 mór ótha múru na Trói corici scury na nGréc, la himbed[2] na
coland 7 lá slaimred na fola. Mád ind Assia bec immorro
nir'bó inatrebtha ule óthá tairr mara Point atuáid corici Eifis
fades, la drochthyth na fola 7 na coland ic lobad 7 la dethaig
[152ᵃ] na n-apaige 'cá loscvd isna híltentib, co rogaib ág 7
1050 accais 7 aingces in[3] tir uile de, co rocuired an ár do doiuibh 7
cethraib 7 biastaib [7 énaib]. Amal atchonnairc iarvm Agmemnón
na huile sea, rofóidi dá tóisech dia muinntir fri techtairecht[4] co
Troiannu .i. Ulíx 7 Díomid, do chuinchid ossaid teóra mbliadan. Tan, trá, dochúatar na techta isin chathraig rochomraicset
1055 fri hócv do Throiannaib. Roiarfaigsetside scéla dóib. Atbertatar na techta „fri aithesc ossaid“,[5] ar íat, „dodechamar co
Priaim.“ Ó rancatar iarvm co rígpheláit Príaim, atfíadat a scéla .i. a
tíachtain do chuinchid osaid ó Grécaib, fri cóiniud a coem 7 a
carat 7 fri hádnacvl a marb, fri bíc a n-othrach, fri daingnigud
1060 a long, fri tercomrac a slúag, fri lessugud na longphort. O rochvala Príaim íarum in[6] athesc hísin rotóchuiret dia insaighid
a slóigh 7 a sochaide, 7 roinnis dóib ani frisi-tancatar techta
na nGréc .i. do chuinchid osaid teóra mbliadan. Nírbó maith
immorro la Hectoir in t-ossad do thabairt. Tamen[7] dorat a
1065 himpide ríg na Tróianda, ar robo maith leoside daingnigud na
múr, ádhnacvl a carat.

Roleth, tra, clu 7 erdercus Hectoir mic Priaim sechnón[8] na
huile Assia 7 na hvile Éorpa. Ba cocur cecha deisse [152ᵇ]
etir primcathracha in[9] domain. Óenchathmílidh co n-úath, con-
1070 erud[10], co luinde leoman, co crúas choradh, co mbuille[11] míled, co
n-ainbthinche onchon, oc cathugud 7 oc comérge 7 oc comersc-

---

[1] Ms. Agmennon.   [2] Ms. himbet.   [3] Ms. an.   [4] Ms. techtairevcht.
[5] Ms. ossaig.   [6] Ms. an.   [7] Sic. Read Cid ed?   [8] Ms. sethnón.   [9] Ms.
an.   [10] Ms. seems. errud.   [11] builleadh, L.

laig[i], co n-uathiud a c[h]athrach fri láechv athlama ána íarthair in betha.

IS amlaid so immorro nóinnistea in scél sin.

Atá fer mór úathmar ic cathugud icon Trói: romarb trían 1075 na slóg a áenur, 7 roth[r]ascair na trénmíledv, 7 roling darna laechv, 7 rochroith na hergala: rochursach na curada, roding na rígv, roloisc na longa. Dorochratar al-laith ghaile 7 a clíathbernaide chét 7 a n-ársídhe urgaile 7 a n-onchoin échtacha oc cathvgvd fris. Rolín na maige do chollaib arbélaib na Trói. 1080 Robói dano óengáir gvil 7 éighme for fut na Gréce tría ágh ind fir chétna, ar[1] dorochratar a mic 7 a n-ue 7 a ndaltae tré ág láma Hechtoir. Mád insi mara Toirrén is mór in gair gvbai robái inntib. Robái gol cecha cléithe léo óthá trethan rinde Pilóir co Pucén 7 Bosfoir. Batir áildi na hingena macdlacht[a] 1085 nobítís ic ámrán 7 ic dúchvnd, nógebed do leith dóib dano imrádud anma Hectoir mále fría cáomaib 7 chairtib[2] dorochratar día láim seom. IS sí a mét, trá, roraith clú 7 erdarcus Hectoir etir prímranna in domain co ros-carsatar banchuiri 7 bandála 7 ócmná rebecha in domain [153ᵃ] ara herseélaib, co 1090 tocraitís asa tíribh do décsain 7 do tháidbrivd crotha Hectoir mani gabtáis na mórchoicthi díib. Mad immorro mic rig 7 ócthigern[3] na Gréci dochótar corici Thrói úentoisc do décain Hectoir condringitís for foradhaib 7 for lesaib do décain Hectoir dar formnv na fer. INtan nóbíth fo lántrela[m] gaiscid 1095 7 chongrami ní [f]etatar na Gréic cidh dogéntáis ar vaman Hectoir. Ni fetatar cindas noregadáis ara marbad. Ni raibe do dóinib domain ceped febas a n-engnama 7 a n[d]ibricthe lucht conístáis ermaisi Hectoir ar febas na herselaige 7 na himdíten. Nocor-[f]etsatar éim Gréic triasna .uii. mbliadna 1100 techt airi (in marg. .i. ó asgaid iar.), ce dóróscaigset side do dáinib domhain, ar ecua 7 ar éolas, ar gáis 7 gaisced.

[Dares c. 23.] Tánic iarum cend in mithisi. Dolluid Hectoir 7 Troil ría sluagud na Troianna arcind na ńGréc. Roferad gléo[4] fercach feochair fáebrach leo isind ármaigh. Rofuabair 1105

---

[1] Ms. aro.   [2] Ms. chairdib.   [3] octigernada, L.   [4] gleu, L.

Hectoir cath na nGréc co torchair leis Pilippus isin cétna ergail.
Dorat cummasc forru [uili] 7 marbais ilmíli diib. Dorochair leis
dano Antipus, toisech síde ámra do Grecaib. Tánic dano Achíl
a le[i]th na nGréc, 7 dorat athcvma forsna Troiannu, co torchra-
1110 tar ilchéta díib lais. Romarb dano dá ánrad 7 dá ardfen[n]idh
na Troiannae .i. Licónius 7 Eofronivs. Ni rabi, trá, cumsanad
for in cathugud [153ᵇ] cech n-óen lái co cend .xxx. laithe.
Robói, trá, lechtlaige 7 carnail mór[1] do chollaib dóine eter in
cathraig 7 na scurv frisin résin.

1115   INtan íarum atchonnairc Príaim slógv díármide do thuitim día muintir lásin fortullín tánic asin Gréic 7 asin Moysía,
dochúas úad do íarraidh osaid [co cend] sé mís. Dorat dano
Agmemnon anísin a comairle maithe na nGréc.

Tánic aimser in chatha. Ferthar cuimleng cróda and disiv
1120 7 anall. Dorochratar iltóisigh rothréna di cechtar na dá slóg:
rocrechtnaigthe sóchaide. Rob imda ilach im chend curad and.
Ní roanadh and, tra, icon cathugud frí ré dá lá ndéc.

IARsin, trá, dochúas ó Agmemnón do chuinchid mithisi
.xxx. laa. Dorat Príaim anísin a comairle na Troiannae 7 a
1125 comairle Hechtoir mic Príaim.

[Dares c. 24.] INtan dano thánic aimser in chatha and, dorala
do Andromacha, do mnái Hectoir, aslinge dúaigh dúabais do
ascain[2] imdála a fir. Robo bé in[3] t-aslinge. Delb mór robói
do Hectoir isin stuagdorus robo leis don chathraig, a delb
1130 som fadesin and dano, 7 delb a cich fói. Atchonnairc íarvm
Andromach a cend do thvitim don deillbsin. Rochuir a socht
aní Andromach íar n-éirge asa svan, adfét do Hectoir in n-as-
linge, 7 rogab ocá thairmesc imbi thecht isin cath [in la-sin].
Ó'tchvala Hectoir anísin asbert nar'bó degcomairle, 7 rogab ic
1135 cursachad [154ª] a mná cogér [7 isbert]: „ní thibersa etir mo
gaisced no m'engnvm", ar sé, „ar comairle mná".

Tan íarvm rogab Hectoir a cathcirriud catha imbi 7 rofúabair techt dochvm na hergaile, is and [sin] dorat[4] Andromacha
a trí fáidi úas áird, co ragaib gráin 7 ecla lvcht na Trói [uile] di

---

[1] Ms. móir.   [2] dofaicsin, L.   [3] Ms. an.   [4] Ms. doronsat.

sein; 7 tánic rempi co Príaim, 7 roinnis dó *side* a haslinge, 7 **1140**
atbert fris ara n-astád Hec*toir* in laa sin cen dvl isin chath.
IS annsin, trá, tucad a mac bec arbélaib in cathmíled *conid* ed
rodn-ast. O rofastad iarvm Hec*toir* rofúabair *Príaim for* slúagh-
aib na cathrach co tistáis cogúr dochvm in¹ catha. Donither ón. **1145**

IMthúsa im*morro* Agmem*noin* 7 Achíl 7 Diómid 7 Áiaic
Locreta: o'tchonncat*ar* cen Hechtair do thíachtain isin chath
dorónsat nephní dona slѵagaib. Rodechrad impv ic slaide na
slѵagh, 7 ní thallsat a lámha diib coros-timairgsetar isin chathraig *for* a cѵla 7 coros-iadsat *forru*. **1150**

INtan trá atchvala in béist lánámhnas 7 in² tendál thaib-
senach día rolas airthivr in betha .i. Hechtoir, séiselbe romóir
na ūGréc 7 in gabvd mór ir-rabat*ar* na Tróian*nai*, berid báre
mbruthmar mbéoda dochvm na debtha, co torchratar sochaide
do láechaib na nGréc leis. Dorochair ém leis Idumius isin cétna **1155**
erga[i]l. Romarb *dano* Piclum láechmíled do *Grécaib*. Marbais
Leuntivm *béus* don ruáthar cétnai. [154ᵇ] Rogon *dano* Stene-
laum³ 'na shíasait. Rogab, thra, fón slúagh fón innas[s]in cor'-
imbir a búrach *forru* am*al* dam ndamgaire. Ní roan, trá, Hec-
toir diib fón inna[s]sin corbó lán do chollaib 7 do chennaib **1160**
on beind díaraile don c[h]ath. IMthá samlaid connac*h* lía pun-
nand chorcai i fogomor déis mórmethle, *no* bomand ega fó
chosaib grega rigraide i n-áth et*ir* díb cocríchaib, andáit cind
7 chossa 7 cholla 7 medóin íarná timdíbe d'fáibvr a chlaidib
do rinn⁴ gái 7 íarna tescad dona claidbínib 7 dona gáib roha- **1165**
tar *for* inuell asa lúrigh feisin 7 a lѵircchaib a echraide.

INtan, trá, atchon*naire* Achíl rind n-imgona na *Gréci* uile
do thuitim la Hec*toir* 7 in chummasc dorát Hec*toir* forsna slѵa-
gaib, imroráid 'ná ménmain cindas nofúaberad marbhad Hec-
toir, ár ní raibe ic *Grécaib* láech a dingbala *acht* Achíles a **1170**
óenúr. Derb leis mani thóithsad Hec*toir* colѵath ni thernábad
nech ѵad dona nói rígaib *cethrachat* dodechatar Gréic in slua-
gadsa, 7 dobérad scandir *for* in slѵagh archena conná ternáifed

---

¹ Ms. an. ² Ms. an. ³ Ms. Zenelaum. ⁴ Ms. roinn.

béo díb vad. Céin dano robái Achíl icond imrádvdsa is andsin
1175 dorat cathmílid calma do Grécaib (.i. Polibetes) sciath fri scíath
do Hectoir. Nírbo fota rofulaing do Hectoir co torchair lais.
Rochvir i socht na Grécv, a thrice romarbad in¹ laech 'na fiadnaise. IS and sin rofuabretar na Gréic comairle mbrécaig n-int-
ledaig íarnachvl, intan ná rofétsat ní dó araagaid [155ᵃ] ar
1180 thairisem ṅgaiscid. Rob í in chomairle: roláset a n-étaige diib 7
dorónsat dumai dib arambélaib, 7 rosuidiged Achíl co ngai 'na láim
im-medon in² dvmai. Rointamlaigset teched iarum. Roraith in
cathmílid .i. Hectoir, innandaeghaid, 7 rogab ic airliuch³ 7 ic ath-
chumai na míled 7 ic slaide ind áir, 7 rogab for fodbugud Idumíí
1185 íarná marbad. Tic Achíl chuci fóisin. INtan atchonncatar in
tslóigh anísin roláset óengáir estib, etir Grécv 7 Troianno 7 lucht
na cathrach armedón, acht ba co n-innithim écsamail. Rob í innithim na Troianna iarum, do fúacra na coilge do Hectoir. Innithim
immorro na nGréc gáir fói na clósed. IS andsin robidg Hectoir
1190 7 rothintái fri hAchíl, 7 dorat forgab do gai fair co tarla 'na
slíasait, 7 rothindscan techt i n-ucht a muintere feisin. Rolen
de in caur hvathmar as tresam robói i n-íarthvr in betha .i.
Achíl, o roling gal 7 bruth 7 ferg indálta ind, co tarat bville
do gái mór robái 'na láim 'na druim co robris chnáim⁴
1195 a dromma, ríasív thísad i n-vcht a muintere. Donarthetar slúaigh
na nGréc, co rofadsat imbi. Rofóid, thra, Hectoir a spirut fon
innassin. Rochuirset Gréic gáir choscair 7 commaidme fo chend
Hectoir prímhgaiscedaig in talman.
    O roforb, thrá, Achíl in ngnímsa, roding na Troiandu remi
1200 dochvm a chathrach [155ᵇ] 7 focheird a n-ár corici na doirse.
Áráide dorat Memnón dvb déchomrac dhó, 7 tarrasair fri[s], ciarbó
chomlond dolig, conid hi ind adhaigh⁵ roctarscar a comlond.
Tintáid Achíl, íar forba in lái, fuilech, créchtach, crólinnech,⁶
día scoraib iar mbvaid 7 choscor.
1205   TRóg, trá, in gohnaire 7 in núalguba robái isin Trói ind
n-aidchisin. Robái mór mbróin 7 dubai 7 toirse 7 lauchomart

---

¹ Ms. an. ² Ms. an. ³ Ms. airlech. ⁴ Ms. chnami. ⁵ Ms. agaidh.
⁶ Ms. crechtacht crólinnecht.

inti, fóbíth *testa* úadib a ndegthóisech engnama 7 a cné *cridhi
7 dos a ndíten* 7 a cliathchomlai chatha 7 a sciath imdhegla
7 a *saph* cocrichi *fría* naimtc. Ba cathir cen immi a cathair
día éis. Ba *costyd* im ríg *costyd* imbi. Ba coméirghc im chó- 1210
raid coméirge[1] imbi. Doróscaigi do láechradaib domain uile ar
ánivs 7 ar athlaimi, ar gáis 7 ar gaisc*ed*, ar ordan 7 ar imbud.
Ba éolach in-ce*eh* eladain. Doróscaigi do láthaib gaile in betha
oc imb*ert* gai 7 chlaidib. Roderscai*g dano* d'feraib in talm*an*
ic brissivd catha 7 chomlaind. Doróisci *dano* ar áni 7 ar ath- 1215
laimi, ar lúas 7 leimnige, di ócaib in talman. Roaccainset
cid sochaide móra dona Grécaib ara airscélaib. Roaccainset
im*morro* comór na maccoemi 7 in t-aes ócc óetedhach thancat*ar*
a *crí*chaib comaithchib día déc[h]ain.

Mor im*morro* ind[í]áelte robái i ndúnadh na nGr*éc* in 1220
n-aithchisin, *cona* tyilset in Gr*éic* [156ᵃ] in n-áidchisin a slan-
chotlud². Rochuirset a n-imeela dhíb. Rodhíghailsetar a n-os-
nada. Roláset a scís díib iar t[r]ascrad in mórmíled rothairbir
a n-ánradv, ro[í]ording a láechu.³

[Dares c. 25.] Céin, trá, robói Memnón arnabárach oc tinól 1225
in chatha do Grécaib, rofóid Aigmem*nón* techt[a] co Pr*í*aim do
chuinchid ossaid co caenn dá mís fri hadbmaevl a marb, fri othyr
a créchtnaigthe. IAR comarlécud do Príaimh in mithisi rohad-
nacht leis Hect*oir* fíad doírsib na cathrach, 7 dorónta cluiche
chointe dó amal robái i smachtaib 7 besaib na Troi*andae*. 1230

Céin robátar na hossoda robái Palamides oc accáini comór
do ríge oc Agmemnón. INtan dino rochúala Agmem*nón* anísin
atrubairt nósc*érad* fría ríge díamad maith ri cách. Arabárach
lai farum congairth*er* in pop*ul* do imacallaim. IS and asb*ert*
Agmem*nón* nírbó santach imuon ríge: fói leis cía nobeth inti: 1235
fói leis cenco beith. Léor leis namá co nd*ernta*⁴ enech na
Tróianda. INtan, trá, robái Palámid oc máidem asa cena 7 asa
éolvs, asa gaisced 7 asa flaithemnas, roordnigset na Gr*éic* íarsin do ardríg forru uile. Rogab iartain Palámid in rige, 7 roat-

¹ Ms roméirig. ² Ms. -chodlud. ³ Here in the Ms. is „Dermad
fadera“ preceded by the *cenn fa eite.* ⁴ Ms. connerúta.

1240 laigestar buidi do Grécaib. Rop olc immorro la Achíl clóe-
chlódh ríge¹ do dénamh dóibh.

[Dares c. 26.] Rogab immorro Palámid for [156ᵇ] daingnigvd
na scor, for métugud na murchlodh. Rogreis² dano na míledu
co tístáis cogýr do chathugud fri Troiandu 7 fri Diophoeb mac
1245 Príaim. Condrecat, trá, na Troiandai 7 na Gréic for láthir
debtha arnabárach. IS andsin, trá, robris Sarpedon Licivs (Troiandae) for Grécu, 7 rolá ár mór forrv. Feraid Telepolemus
Rodius³ (Gréc) comrac feochair fri Sarpedón (Troiandae). O't-
chonnairc dino Feres mac Admeist, rígthóisech do Grécaib, Tele-
1250 polémus do thvitim la Sarpedon, tic cofercach ´7 co feramail
adochum co mbátar sist fota ic imthvarcain. Dofuit [dano] Feres
(Gréc) íar créchtaib imdaib la Sarpedón. Rothaithchuir dino
Sarpedón fuilech créchtach⁴ día thig.

Céin, trá, robátar oc cathugud dorochratar iltóisigh do
1255 chechtar in dá lethe, acht is lía dorochair do Tróiandaib, do
trénferaib 7 chvradaib. Tan iarum robo trom for Troiannaib
dochvas uadib do chvinchid mithisi. Céin, trá, robatar na osada
roadnaicset a marbv, rohothratar⁵ a n-athgóite.

Ba hinill dano do Troiandaib imthecht i scoraib na nGréc
1260 céin nóbítis na hossada ar cóir, [7] ba hinill do Grécaib techt
isin Trói.

IS andsin rotóchuired Agmemnon 7 Demepons i tech n-im-
acallma co Palamid, co rig na nGréc, co ndechsaitís in Moysiam
do thabhairt chís chruthnecht[a] ó Thelip mac Ercoil, ó rech-
1265 taire Moysiae. [157ª] „IS dóigh chena", ol Palámid, „bid emeilt
la hAgmemnón iar mbeith ir-rígi a fóidhivd fri⁶ techtairecht."
„Ní ba hemi[l]t immorro", ol Agmemnón, „lem techt lat forchou-
grasa."

IMthusa immorro Palamid, rodaingnigh na scuru⁷ 7 doróni
1270 thuru roarda inumacvaird, 'na timchaell. Machtad immorro lásna
Tróianda, cidh fótera do Grécaib, frecor céill na scor 7 athnu-
gud na múr 7 tórmach na rath 7 na fál 7 fúr cech réta.

---

¹ righ, L.   ² Rogresi, L.   ³ Ms. rogdívs.   ⁴ Ms. créchtacht.
⁵ Ms. roobothatar. L. Roothratar.   ⁶ Ms. ri.   ⁷ Ms. scvra.

[Dares c. 27.] INtan, trá, robo lán a bliadan[1] Hectoir i n-ad-nacvl, dollotar asa cathraig sechtair .i. Andromacha a ben Hectoir 7 Pría[i]m mac Lamedoin 7 Écvba ben Príaim 7 Poliv- 1275 xína ingen Priaim 7 Alaxander mac Priaim 7 Troil mac Príaim 7 Diophoeb mac Priaim 7 slóigh 7 sochaide málle fríu, do dénvm chluiche chainte do Hectoir. IS andsin dorala Achil i ndorus na cathrac[h] aracind. Amal atchonnaireside fochétóir in mnái rochócm .i. inní Poliuxína, dorat grádh 7 seirc 7 in-maini di. Rothinscan bith indes cen cathugud oc fritbáilim 1280 ernadma na mná dó.

Ba trom dano leis Agmemnón do chor asa ríge 7 Palámid do rígad[2], fobíth ní rabe ní na dénad Agmemnón airiseom.

Fóidis íarvm Achíl techtaire .i. seruvs troianus, do acallaim Ecuba[3] .i. co tvetha dó Poliuxína, 7 nóregad dochvm a thíre 1285 cona Mirmedondaib málle fris, 7 atbert día ndechsadsom nore-gad cech rígh 7 cech tóisech di Grécaib ule día thig. Atru-bairt [157b] Ecuba[4] robo maith lea anísin dia mbad máith la Príaim. Rofíarfaig se do Priaim in bá maith leis. „Ní chum-angar[5] anísin", ol Priaim, „acht chæna ni comad ole d'íarmairt, 1290 ár cía nódíghedsom cona Mirmedónaib día thigh ní regtáis[6] tóisigh na nGréc olchæna." Bá holc leis dano a inghen do thabhairt do óegid anachnidh nóregad dochvm a chríche 7 a ferainn fóchétóir. IS annsin rofóidh Achíl in mog cétna día íarfaighid do Écuba[7] cidh chomhairle doróne 7 Príaim. Adfét 1295 Écvb[a] dó comairle Príaim.

INtan íarvm roinnis in techtaire do Achíl a scéla 7 a im-thecht[a], robái oc gerán 7 ic accaini móir sechnón[8] in dúnaid co n-érbairt: „Mór in[9] byrba", ol sé „donither sund .i. cathmílid chalma 7 curaid chróda na hAisía 7 na hEórpa do chomthinól 1300 co mbátar oc slaide 7 oc míairlech[10] a chéile tría fochund óenmná." Trom leis dano clanda na rígh 7 na tóisech 7 na n-octhigern do díbudh 7 do erchru triasi[n] fothasin, 7 athigh 7 doeraicme

---

[1] lanbliadan, L.   [2] righu, L.   [3] Ms. Ecvbv.   [4] Ms. Ecubv.
[5] cumnagar, L.   [6] Ms. regdáis.   [7] Ms. Écvbv.   [8] Ms. sethnón.   [9] Ms. an.   [10] airliuch, L.

do móradh díanéis. Ba ferr síth 7 caratrad 7 cháinchomrac
1305 [do beith] ann, 7 cách do dola día thír feisin.

[Dares c. 28.] IArsindí, tra, roscachetar na ossadha. Tánic
Palámid cona sluagaib 7 cona sochaide sechtair na scoraib co
mbátir for láthur dæbtha. Tancatar immorro na Troiandai
don leith aile im Diofoeb mac Príaim. Ni thánic immorro
1310 Achíl in lasin isin cath ar feirg 7 luinde. [158ᵃ] Móite dano
bruth 7 anbthine Palámid di sein. Roben berna cét isin c[h]ath
co riacht dú i mbái Diofóeb mac Príaim, co roben a chend
dar sciath de.

Atreacht íarsin comrac rothrén roamnas and. Ba fe ille
1315 7 innund in comracsin. Dorochratar ilmíle do chechtar in dá
lethe, co mbó forderg in talam fo cossaib la slaimred na fola
IS annsin, tra, tháinic Sarpedón Licius com-mórbruth 7 com-
mórfeirg do chathugud fri Palámid. Ros-frith*áil Palámid co
torchair leis Sarpedon Licivs. O doróni, tra, Palámid na gnima
1320 sa, robái cofáilid arbélaib na hurgaile. Intan, trá, robái 'cá
maidhem dá rígchathmilid na Troiandai do thuitim da laim,
rothrochlastair Alaxander a fidboc¹ 7 rolá [for] Palamíd erchor do saegit co ndechaid ind. O'tchonncatar na Troiandai ani-
sin focherdat² ule a ngai fair co nderna criathar focha de.
1325 Dorochair Palámid [i]sin maigin sin. IAr tuitim dino rig na
nGrec doratad tafond forru corici na scuru co ndechatar 'na medon for techedh. IAdait³ na Tróiandai imon ndún do t[h]oghail
na scor, 7 loiscit na longa. INdistir do Achil innísin.⁴ „Ni fír
sin", ar Achil, „brissid forsin righ nua 7 a thuitim lá naimtib!"
1330 fochuitbiud leossvn in nísin.⁵ Rogab, tra, Aiac mac Telamoin
dareisi in t[s]luaigh 7 dorat cathughud cruaid do Troiandaib,
conid hi in adaig roetarscar a cathughud.⁶ Co ndechaid cach
dib dia daingin la [158ᵇ] dead lai. Rochóinset, trá, na Gréic iuní
Palámid in n-aidchisin .i. ar fæbas a chrotha 7 a dénma 7 a
1335 dœlba, ar mét a ecna 7 a eolais 7 a fessa, ar met a gharta 7 a
gníma 7 a gaiscid. Roaccáinset dano na Troiandai Sarpedón
7 Diofóeb a rígthoisig 7 a prímchathmílid.

---

¹ Ms. fidhbhoch. ² Ms. andisin focerded (focertid, L.). ³ Ms. IAdaid.
⁴ Ms. indisin. ⁵ Ms. annisin. ⁶ Ms. gcathughud.

[Dares c. 29.] Rothinólastar, trá, Nestoir na rígu 7 na tóisechv
i n-oendáil in n-naidchi sin do chomairli co rogaibtís[1] óen
rig forru, 7 issed ronert íarum co mbadh Agmemnón intsainrudh 1310
nogabhtáis, fóbíth robái mórsónmighe 7 sochonáich don tslúagh
ann céin robo rí doib Agmemnón.[2]

ISin matain árnábárach iarvm dollotar na Troiandai don
chath. Is bec na rodásedh 7 ná rodechrad impv, 7 rochroth-
set in[3] talmain lá mét in lúthbása 7 la fichiudh na fergi ruesat 1315
na láe[i]ch leo isin[4] cath. Dolluidh dano Agmemnón don leith
aile co cath na nGréc imbi. Bá cróda, thrá, in cath roferset
na mílidh. Robái ancridhe ic cách díb díaraile. Rosantaigset
todáil na fola cen imneghad. Ba róen ille 7 innund in comracsin. 1350

INtan, tra, donn-ánic[5] medhónlái doroacht Troilus arammus
na herghaile, 7 ruc báre nachar 'nágthidhe sech ánradu na Troiandae, cor-raibi etarru 7 a naimte, co ragaib oc forthe na curad,
oc brecad na mbvdhen, oc slaidhe na slógh, a ucht a chatha
fadheisin. Ocus dorat toranuglés forru, 7 ros-timmairg remi 1355
dochvm na scor, amal timairces séigh mintv. Ocus ní roan diib
[159ª] co torchratar ilmíli díib leis ríasív nóíadaitís dóirsi na
scor díanéis. IS do díármidib[6], trá, in sceoilsi ana torchratar
do lácchaib na Gréci sund do garbchluchi Throil.

ARnabárach immorro, im-mocha[7] lái, tancatar Troiandai asa 1360
cathraig sechtair don chath. Tic dano Agmemnón don leith
aili, co lácchraid na nGréc imbi. Ferthar gléo fuilech, fergach,
níthach, neimhnech, nvalghvbach ann di cech in dá irgal[8]. Ro-
laadh, tra, ár dermar di cechtar in dá leithe. Robriste and
láith gaile Éorpa 7 Assiac. Conácbad and cath cródha cummart 1365
créchtnaighthech and. Roptar imdha srotha fola dar cnesaib
m[o]ethóclách ic techt i ngábudh darcend cumaing. Robo imda
láech 'na ligv iarna lúathletrad 7 íarna lúathtimdíbé do bágaid
bidbad. Robo imda scíath íarna dlugha ó or co hur. Robo
imda claideb íarna chathim corici a dornchur 'conn-imbvalad. 1370

---

[1] Ms. raghbhaitís. [2] he, L. [3] Ms an. [4] Ms. sin. [5] dananic, L.
[6] Ms. diarmib. [7] immochu, L. [8] di cech leith din irgail, L.

Robo imda gái 7 foga íarna [m]brisiud sechnón¹ na láthrech. Robtar imda fadba cen oógud. Robtar lána, thrá,,glenda 7 állta 7
inbera ind ármaighc in laasin dona srothaib fola robátar ann oc
snighc a corpaib² láech lánchalma. Cen co turmide, trá, do gni-
1375 maib ind lathisc acht cech a torchair do láim Troil ósair
chlainne Príaim — sinsir immorro fer ndomhain o turcbáil co
funed arái n-enigh 7 engnama 7 gaiscid — cen co turmidhe dino
acht sin, baléor do scélaibh gaiscid 7 d'esbaidh día naimtib. Ar
cen co fagbaitís Gréic doimniudh in tslúaghaidhsin acht cech a
1380 torchair dia tóisechaib trénaib in laa-sin la Troil, ba mór dh'vlc,
cenmóthá, a forlaig din tslúagh olchena: is lía turim són.

IArsin, trá, robátar oc cathugud cech áen lái co cenn sechtmaine. [159ᵇ] Doevas ó Agmemnón do chvinchid mithisi co
cend dá mís. Roadhnacht, tra, cách a charait 7 a choem 7 a
1385 chocéle. Dorónsát [dano] Gréic im Agmemnón cluiche chainte
cohergna 7 cohonórach do Palámid día ríg.

[Dares c. 30.] Céin, thrá, robátar na mithisi, rofóidi Agmemnón techta do thóchvirind Achíl isin chath. Batir hé na techta
hísin³ .i. Ulix 7 Nestoir 7 Diomíd. Ní roétad étir o Achíl aní-
1390 sin, fobíth ancich dorairngert Écuba⁴ dó, ar rop hé mét scirce
Poliúxina leis conárb' áil dó etir cathugud fri Troiandu. Ro-
fergaig⁵ immorro comór frisna techta ar thiachtain etir adóchvm.
Et dixit frív Rop ferr síth 7 caratradh 7 cáinchomrac do dénvm
etir na dá thír indás cisidh 7 escaratradh 7 láich na dá tíre
1395 do thuitim.

INtan atcúas do Agmemnón tennopad in chathaigthe do
Achíl rotóchuirit⁶ dó ind uile thóisigh archena do comairle cidh
dogéntáis, in badh hé an ní atrubair[t] Achíl .i. síth 7 caratrad,
no inbad chocad 7 debech⁷ amal rothinscansatar. Roíarfaig
1400 dóib isin dáil ced rothogh memma cech áin vadib. IS and sin,
thrá, roattaig Menelaus a bráthair⁸ co mbad comnertad na miledh
don chathugud doneth 7 na bad déirge na Trói. Atrubairt
dano náchar fécen úath na herud don chathraig, ar ní raibe
láech mar Hectoir 'cá dítin anusin amal robái reime.

¹ Ms. brisiud sethnon. ² Ms. corbaib. ³ Ms. hísin. ⁴ Ms. Éculv.
⁵ Ms. Rofergaid. ⁶ Ms. rotóchuirid. ⁷ debaid, L. ⁸ Ms. bráthur.

IS andsin asbert Vlix 7 Diómid narbad treisse Hectoir in- 1405
dás Troil i ngnimaib gaiscid 7 cngnama. „Ní d'opa[d] chena
in cathaigthe atberam sin", ar íat[1]. IS ann asbert Calchas[2]
frív, a fástine Apaill, arna deirgitís ferand na Trói, ar rop focsi
[160a] acách dóib tvitim na Trói.

[Dares c. 31.] O thánic, trá, cend in mithisi dolluidh Agmemnón 1410
7 Menel[a]us 7 Diómid, Ulix 7 Áiaic dochvm in chatha. Dollotar[3]
dano na Troiandai don leith aile im Throil im Áeneas,[4] im Heliu,
7c. Rofúachtnaighsetar na dá ergail cotrén 7 cotnúthach. IMthusa
immorro Throil, tánic reme co cath na nGréc. Rofúabair gleo
n-amlmas n-agthidhe d'ferthain forsna slúagu. Roathchvmmai 1415
Menelaum isin chétna ergail. Dorat íartain tafhonn ndermáir
forsna slúaghv co rangatar na scurv. ÍSind lathi árnabárach
dolluidh Troilus 7 Alaxander ría slúag na Troiandae. Tic immorro Agmemnón 7 Diómid 7 Ulix 7 Nestoir 7 Áiáx mac
Telamoin 7 Menelaus ria cathaib na nGréc. ISin fechtain[5] 1420
íarum má rofácaibhset nech isnaib scoraib acht Achíl cona
muintir 7 cona slúag. Achar, thrá, indas na hesorgne rofersat
díblínaib. Ní rodomair nech ann cert díaraile. Rodechradh ann
im Throil 7 noberedh bárc cósna Grécv, co mbiid im-medhón
in tslúaigh. Nolóicthe láthir láich dó for lár in chatha co 1425
mbid rót n-vrchvra úad cen nech día naimtib fair. Nirbo len-
bháidhi in t-amus dó ferann claidib 7 búali bodba 7 cathmúr
do chollaib do dénvm imbi 'mácvairt im-medon a námhat, co
mbá híat a namait nobítís eturru 7 a muintir fadheisin. IS annsin rofúabair drong na míledh co rubái Diómid etarru 7 dorat 1430
tafhonn forro. Rofuabair íartain drong na rigraidhe co n-Ag-
memnón: dorat breisim forru co romarb ríg etarru. Dásthir
imbi íarvm, 7 rodn-imbeir forru amal fóelaid [160b] etir cháircha,
coros-timairc remi corici na scura. Robátar, thrá, fon innus sin
i cathugud fri ré .xxx. laa. Mor trichat, mór cethrachat, mór 1435
cóicat, mór cét, mor míle dorocratar díb frisin ré sin.

INtan dino atchonnairc Agmemnón in slúag romór do
thvit[im] día muintir, 7 ní raibi do slúagh ádhbvr cathaighthe[6]

---

[1] Ms. iad. [2] Ms. chalchas. L. calcas. [3] Here L. ends. [4] Ms.
áenaes. [5] Ms -fechtani. [6] Ms. cathhaighthe.

fri Troia*ndu* íar *u*díth a muintirc, dochúas úad do chuinchid
1440 ossaid *for* Príaim co ceud sé mís. Rothóchuirthe, thrá, co
Príaim a huilc thóisigh, 7 roinnis dóib tíachtain ó Grécaib do
chuinchidh ossaid lethblíad*nc*. Ní roétadh im*m*orro o Throi-
andaib 7 o Throil anísin co héscai*d*, *acht* aráidhe doratsat a
himpidhe Príaim. Tancata*r* íarsin a techta na nGréc dochv*m*
1445 na scor. Íar tabairt in*d* ossaid road*n*acht cách a charait 7 a
chocéle, 7 ro othroit dan*o* in luc*ht* athgóite la hAgmemnón .i.
Diómid 7 Menelaus. Dorónsat dan*o* in Troia*ndai* a cétna .i.
road*n*aicset a marbhv, rolcgesaighset a créchtuai*gthiu*.

      Bái comhairli íarv*m* lasna rígaib Grécdaib dús cind*us* do-
1450 bérdís *for* Achíl techt isin chath, fóbíth ní fríth léo láech
tairismhe Troil acht eiscom; co roaslaighset *for* Agmemónn feisin téeht do thóchuiriudh Achíl. IS annsin, trá, roattaigh Achíl
inní Agmem*n*ón connábád cocad doneth, *acht* com*m*ad síth: „ar
is ferr síth sochocad. Mad cathug*n*d im*m*orro dognéthi cuir-
1455 fitsa mo muintir do chongnvm frib, arná digese fo uile éra.“
Téit Agmem*n*ón día thig budhech forfáilid.

      |Dares c. 32.] O thánic, thrá, aimser an catha rochoraigset
Troia*ndai* a slógh. Roeratar dan*o* Gréic a cath don leith aile.
IS annsin roghab Achíl *for* gresacht na Mirmcdonda colléir, 7
1460 ros-faide ’na snadmaim*m* [161ᵃ] chatha do chathug*n*d fri Troi-
andu 7 fri Troil, 7 atrubairt fríu dan*o* ara tuctáis ceud Troil
dósum léo. Ásaidh comrac úathmar anachnidh etir dá n-iudna
na cath. Rodásed imna Mirmedóndaib; is bcc na romid an
talam fo cossaib la fichud na feirge bái ’na mbruinnib. Ba
1465 méte léo ná fagebtáis a ndoithin debtha 7 urgaile co forcenn
mbetha. Ba méite léo cech beim dobertáis nothascertáis na
firu co talmain. Ba méte dan*o* léo nothaféntais na Troia*ndu*
corice a cathraig. Ba méite dan*o* béus léo nóráinfidís 7 nobrufitís
múrv na Trói. Manbad nert na fer doralatar fr[i]ú/ aráidhe
1470 ní fáilsaitís mani chobhrad Troil.

      INTan din*o* atchonnaire Troil in dechradh romór 7 in
luthbás 7 in býrach rofersat na Miru[id]óndu, 7 antan rotheilc-
set a ngái fair feisin, ros-lín bruth 7 ferg, 7 atraracht an lon
láich asa éton combó comfota frisin sróin, 7 dodechatar a dí

śúil asa chind combat sith[ith]ir artemh *fria* chenn anechtair. 1475
Ropo *cumma* a folt 7 cróebred sciáθ. Rofóbair an cruthsin
na slógv, amal léoman léir lán luind letarthaigh reithes do
thruchu torcraide. Romharb, thrá, trí cóicthv láth ngaile do
Grécaib 7 Mirmedóndaib lásin cétrúathar míled ron-úc aran-
ammus. Ataig *cummasc* íarsin forna slúagu vile¹ 7 romill na 1480
Grécv 7 romarbh na Mirm[ed]jónda corici beolv na scor. *Ocus*
rolá ár na slógh, 7 is do díármidhib na Togla an-romarb Tróil
in láasin *nammá* dona Grécaib. *Ocus* is cuit péne má roéla
nech don tslúagh uile úad nád bád baccach *no* dall *no* bodhar
no cérr íarna [161ᵇ] thescad 7 íarna timdibe d'forgab a gái, 1485
do ghin a chlaidhibh, do bil a scéith, do ind a duirn, do bacc
a uille, do remor a glúini, conad immále noimbredh *forru* báirne
na cloch, creta na carpat, cunga na ndam, cécht na n-arathar.
Nógebed *dano* na scíathv 7 na claidbe 7 na sunnv 7 na hom-
nada, cona bitís 'na láim *acht* a terγarsena íarna mbrisivd 1490
oc slaide a námat. IS sí a mét, trá, dochótar *for* techedh *conidh*
isin fechtain tárrasair Áiaic *mac* Telamóin daran-éise. Rothintái
Troil *cona* Throiandaib com-mórbγaidh 7 com-morchoscvr fó
tráth fescoir día cathraig. Bái brón mór in n-aidchi sin i
ndῠnadh na ůGréc tria ágh láma Troil. Tarthut léo a ócte in 1495
mic 7 a laghad nofulngaitís forgla trenfer 7 feinedh íarthair
in betha imbγaladh fris. Asbert cách uadhib *fria* chéle, díam-
bád lán a fiche bliadan nomairbhfed in slógh ule 7 ní rised fer
innisi scéoil diib úad co tír na Gréci forcúlu. Diamad *for* i
formna² a áise, nobíad ós churada 7 trénferaib in talman ó 1500
turcbáil ngréne coa funedh, 7 nolíufadh in domhun dia ailgib
7 día gaiscedhaib 7 dia mórglonnaib, 7 dorúscaighfedh ced do
Ercoil ar neurt 7 chalmatus. Día sirtha fair *combad* trichtach
a ríghe na Troiandae nofollomnaigfedh *for* firv talman, othá
crícha Iucnes co hinnsi na mBretan fri domun aníarthúaid. 1505
Robad ócurí, thrá, fó chetheora árda an domhuin. si. r.

ISsin matain arnabárach dolluid Agmemnón cona slogh.
[162ᵃ.] Dollotar *dano* uli thóisigh na Mirmedonda cobághach
bruthmar cechndíriuch areind Throil. Ó rochomraicset im*morro*

---

¹ Ms. slúag uvile.   ² Ms. foruna.

1510 na dá chath, rofiged gléo garb ann. Dorochratar sochaide do
cechtar iu dá lethe. Robátar sist in cruth sin oc cathug*ud*
cech lái. Nos-fúabred T*r*oil c*ac*h día, 7 focéirdedh an ár corici
na scuru. *Ocus* rogab cill dona Mírmedon*daib* sech các*h*, conas-
cirredh láma díb co teigtís 'na les co Achíl.

1515   INtan íarum atchonn*airc* Agm*em*nón na hilmíle do thotim
día muintir 7 in fordinge dorat Tr*o*il forru, doch[ú]as uad co
Príaim do chuinchidh ossaid,' *trich*at laa fri adlmacvl a marb,
fri híc á crechtnaigthe. Dorat Pr*í*aim in n-ossad sin fóbíth a
cétna do dénvm.

1520   [Dares c. 33.] O thánic, trá, aimser in chatha tecait na Troi-
andai am-mach asa cathr*aig.* Tinólait na G*r*éic don leith aile.
Tic da*no* Tr*o*il fóisin dochum na herghaili. Roimm*á*ig na G*r*éev.
Rothaf*oun* na Mirmedónda remi dochum na scor fo*r* techedh.
Iarsin, trá, rogab ferg 7 luinde a[n]uí Achil oc décain an m*ad*ma

1525 cech lái ara ammus. Garb leis in glés nógeb*e*dh Tr*o*il cec*h* lái
fo*r* a muintir. Iugir da*no* leis a déghmuinter 7 a degóes in-
gona, a chóemh 7 a charait, do thuitim isinn ármáigh arabélaib.
Mebol leis da*no* in moethgilla amulach doná roás fiuna nó ulcha
do beith i[c] c*um*mai 7 oc letrad trénfer íarthair in betha doná

1530 raibi cvdrumus do shíl n-Ádhaim coséin. IS aud sin dochúaid
fadheisin isin chath, 7 is*ed* dochvaid cec*h*ndírivch [162ᵇ] arcind
Tr*o*il. Ó'tchonn*airc* Tr*o*il anísin ros-frÍtháil. Condrecat íarum
comrac déssi diblínaib. Fócherd Tr*o*il fair erchor do gai mór
co rodn-gon. IS fo*r* feraib, thrá, rucad úad día scoraib intí

1535 Achíl. Robátar, trá, fón innas sin in tslúaigh oc thúarcain co
cend sechtmaine. Sochaide imm*orro* dorochrat*ar* etairv frisin
ré sin.

        ISin tseced lau imm*orro* íar crechtnughvdh Achíl dode-
chaid isin chath arídhisi, 7 rogab a[c] gresacht na Mírm[ed]onda

1540 co robristís fo*r* Troiándaib. INtan robói in grían oc fresgabáil
hi clethe nime 7 doratni f*r*i glennaib 7 fánaib, tánic Tr*o*il
dochvm in catha. Fóchérdat Gréic gáir mór estib ic aiscin
Tr*o*il. Tecait na Mirmedonda arachind 7 fillit fair, fóbíth is
fo*r* coch robái. Do ségdaibh an domain ana nderna do clesaib

1545 gaiscidh arambelaibh .i. febas in dibraicthe, glicc na herselaige,

trici na trénbéimend. Roimir a bᵴrach 7 a baraind *for* mar̃-
tad na mbuden, *for* marbad na míledh, *for* slaide na slógh.
IS do dírimiḃ na Togla an-romarb Troil 7 a ech do Grécaib
isind lathisin nammá. Ó'tchonncutar íarvm na G*réic* sochaide
móra do marb*ad* do Throil, doratsat uile a menmain *fri* tetar- 1550
racht a marbtha. Tan *dino* robái Tróil ocond imguin fócherdar
erchor *for*sin n-ech bái fói, coruc arrinde thriit, 7 co rolá an
t-ech trí bidgv i n-árde, 7 co torchair dochvm thal*man*, *ocus*
rola Troi *for*sin leth aile 'na lighu. Ríasív atrésedh súas tic
Achíl cotric 7 co- [163ᵃ] tinnendsach ar a ammus, 7 doboir for- 1555
gaḃ do gái mór fair, co ríacht co tal*main* triit, *co* n-erbailt
Tróil de. Tan íarum dorat ammus *for* breith leis an chuirp
dia scoraiḃ, is ann tanic Memnón duḃ adochvm, 7 rob*en* uad
in corp arécin 7 rogon Achil feisin. Téit Achil iarna guin dia
scoruiḃ. Tainic Memnon 'na degaid docvm na scor cona slua- 1560
gaiḃ imbe. INtan íarum atchonnairc in caur úathmar as tresi
robói do síl Ádhaim .i. Achíl, ni rodam dó cen tinntud *fri*
Memnon. Condráucatar iar*um* comrac déisi iar cathugud dóib
fri hed ciana/ Dorochair Memno*n* iar[1] fuirmed ilchrecht fair,
7 rocrechtuaiged ced Achil, 7 dochoid dia scorviḃ co mórbuaid 1565
7 morcoscar,[2] 7 robáss ica othrus intiḃ cofata. Ond uair iar*um*
dorochair Troil 7 Memno*n* romebaid *for*sna Troi*ándu* docum
a cathrach, co farcsat ár mór do degdóinib, 7 roiatta na doirrsi
colleir. O tainic iar*um* ind adaig, dochotar G*reic* dia scorviḃh
co mbúaid 7 coscar. 1570
  Docúas arnabarach o Pr*íam* do crinchid osvid *co* cenn
trichat lathi. Rofoemsat G*reic* indnisin. Rohadnacit iarvm la
Priam Troil 7 Memnon 7 sochaidi aile archena. Mad in coi-
niud imm*orro* roferad *for* Troil 7 Memno*n* is diaisneti am*al*
doronad. Ár robat*ar* sluáig Asiae et*ir* fer 7 mnái, et*ir* maev 7 1575
ingina, *et* reliqua sen 7 occ, oc lámchomart 7 occ nualguba i n-oenfecht 7 i n-oenuair. Rotheleset *fr*osa dér ndichra. Robensat
a fulta dia cendviḃ, 7 roruamnai[g]set a n-aigthi la tlachra íu

---

¹ over this word is written .d. and in the left margin is a cross.
² coscar is written over -buaid.

gnima. Fobíth is ó insin lathi i torchair airther in betha .i.
1580 ardtoisech na hvili Asiac móre .i. rí na Pers 7 ind Egept do
tvitim ann .i. Memnon. Mad immorro caur 7 [163ᵇ] cathmilid
7 cliathcomla cathv fher mbetha 7 in macoem án aurdairc
imma n-ergidis macrada na Troiandae fri clvchib 7 chetib do
thutim and, ba moresbaid don Assía ule. Ba sí so, tra, cétor-
1585 gain na Trói. Ba húath lasna míleduib techt i cath daréis
Tróil, ár ba comnart leo a menma o nabiid Tróil rempav, ár
nochanos-gebed uath na oman imi in-cech cath 7 in-cech ca-
throi i tegedh. Deithbir ón dano, ar cia ro[b] maccaom som
arái n-aisi, robo cathmilid arai n-engnama, robo gart arái n-enig.
1590   IS iat sin, tra, scela 7 imthechta 7 ailed in coiced tréncath-
miled sil Adaim ule .i. Troil.

[Dares c. 34.] IS annsin, tra, doroni Ecuba ben Príaim comarli
cealcaig n-indtledaig. Ole lea a dá mac lancalma do marbad
da Achil cen a digail fair. Rotocured iarum Alaxander dia
1595 hindsaigid co roindled etarnada for Achil. Fobíth nofaidfeth
si techta co hAchil dia tiachtain co tempull n-Apuill do naidm
Polinxina ingeni Príaim dó, 7 do dénam sitha fri Príaim.
Rogell Alaxander co forbthechfed andisin dia tísad Achil isin
coindi. ISind aidchisin iarvm (fadeisin dor[o]ega Alaxander)
1600 mileda rochalma rotestamla na Troiandae, 7 ros-tinoil co hídh-
altech Apaill Timbrecda. O thárnecatar, tra, na hisea rofoidi
Ecuba techtairi do togairm Achil. Ro-indis in techtairi do
Achíl indi 'ma rofoided. Robo failid ri hAchil annsin 7 ba
fota les cid co matain, ar sere na hingine. Doluid dino arnabarach Achil 7 Antiloicius mac Nestoir a comalta malle friss
1605 docum an ídaltighe amal asbert ín techtairi fríu. Atraigh
iarum Alaxander cona-muinntir asa n-etarnaidi 7 rogab oc
gresacht na mileadh. [164ᵃ.] INtan iarvm atchondcatar Achíl
7 Antiloic anísin roláset a n-étaige diib for a láim clí 7 doros-
laigset a claidbiv. Rodásed íarsin im Achíl, 7 roimbir forsna
1610 slúagv a bruth 7 a barainn, 7 ros-fúabair cofergach 7 cofera-
mhail 7 dorochratar ilmíle díb leis, conid do dírimib na Togla
ana torchair leis an lásin don gérrehlaideb bái 'na láim. Conos-
toracht Alaxander íar márbhad Antiloic, co tarat ilcrechta for

Achíl. Rodn-gonsat da*no* na Troi*ándai* adíu 7 análl, co torchair
fodéoidh la hAlax*ander* íar mbeith fota oc debhaidh 7 ic im- 1615
thúarcain. Ro[f]orchongair íarsin Alax*ander* corp Achíl do
chor fó chonaib 7 énaib 7 alltaib. Dogént*á* da*no* anísin mani
thairmescad Elena. Tuc*ad* íarum corp Achíl do Gr*é*caib. Mór,
thrá, in brón 7 in cóiniud robói ind n-aidchi sin i ndúnadh
na nGréc. Nír'bó brón cen fátha doibsivm ón anísin, fobíth 1620
dorochair a cathmílid calma 7 a cléth bága fría naimtiu, 7 intí
rodhingaib Hec*toir* 7 Troil diib 7 na tóisiuchv Troia*ndu* olchenai dorascrat*ar* ilmíl[i] día slóg*aib*. Rodn-gab athrechus do
thecht an tslúag*aid* et*ir*, ar dorochrat*ar* a tóisigh 7 a trénfir
7 ar-rig. Annso cc*ch* ní léo da*no* Achíl do marbhadh, ar día 1625
mbeth Achíl rempv nofailsaitís cc*ch* docair chatha 7 comraic 7
achomlaind donicfad.

   [Dares c. 35.] Bai comairle in aidchisin la rígaibh na nGréc
dús cía dia tibértáis comar*bus* n-Achíl. Ba sí a comairle, a
thabairt do [164*b*] Aiaix m*ac* Telémoin, ar is hé ba foicsi 1630
carotr*ad* dóa. IS and asb*ert* Aiáx m*ac* Telemoin ba córai dóib
techt úadib arcenn Pirr (piroc [πρρός] interpretatur rufus) a
mec fadheisin robói i n-inis Scir la Licoméid, lia senathair .i.
lá athair a mháthar. Ba tol do Gr*é*caib uile anísin. Ocus
rofóidhset Menelaum fo*r*sin techtairecht sin arcend Phirr. Ro- 1635
léic íarum Licomeid leos*um* Pirr do gabáil gaisc*id* a athar.

   O thánic, tra, cend na mithisi, rochóraig Agm*emnon* a chath,
7 rogreisi na míled*v*. Tecait da*no* Troi*ándai* don leith aile:
ferthar cath cróda and, 7 dofuitet ilmíli don tslúagh ce*ch*tarda.
Roláadh gáir móir and disív 7 análl. IS annsin robói Aiáx 1640
lomthornacht isind hirgail. Robái da*no* Alax*ander* ic saigted
na slógh a hucht chatha, 7 doroscair sochaidhe móra do Grécaib. Rolá íarum erchor do saighit fo*r* Aiaic, o robói lom-
thorn*ocht* isin chath, co ndech*aid* 'na thóeb. O dodech*aid* íarum
bruth 7 f*er*g na gona innsidhe rofúabair tr*í*asin cath co hAla- 1645
x*ander*, 7 ní thall láim de corus-marb 7 corus-mudhaig. Dochvaid imm*orro* Aiáx m*ac* Telemoin dia scoraib 7 tall a saigit
ass 7 atbath iarv*m* focétóir. Berair da*no* corp Alax*andir* don
chath*raig*. IS and, trá, robris Diómid fo*r*su[a] Troi*ándu* iar tui-

4*

1650 tim Alax*andir*, 7 rolá a n-ár coricc doirse na cath*rach*. Cénco
beith, tra, doimniudh na Troia*ndae* acht an húrach ro*f*er Diómid
fo*rr*u isin lathisin, ba léor do ár 7 do mortlaid: ár ní rabe ní
bad gránche oldás in luathletrad 7 in luaththinme dorat fo*rr*u
f*r*i doirse na cath*rach*. Doch*f*aidh Agme*nn*on [165ª] íarsin co
1655 nGrécaib imbi, co ndeisidh im-medón-cathraig 7 co ndernai f*r*i-
thairi impi coricc in findmatin arnámbár*ach*, ar ní rabe isin Trói
nech dobé*r*ad dorair doib daréisi a ndeghthóisigh .i. Alax*ander*.
        Mór, thrá, in brón 7 in dubha robái in n-aidhchisin hi ca-
thr*aig* na Troia*ndae* do díth a ndegrígh. Tróg an golgaire
1660 ro*f*ersat and fir 7 mná, et*ir* áis 7 óitid. IS annsin dororchair
in cing 7 in cathmilid dédhenach rochongaib ócv airthir in
betha. Robadh iugir éim la feraib in tal*man*, o tu*r*cbáil co
funedh, timdíbe a chuirp seom dia n-aichintigtís a ecosc som:
fobíth ní raibi deilb am*al* deilb Alax*andir* et*ir* méit 7 maissi
1665 7 mórordun, etir chruth 7 chéil 7 chomlabra, et*ir* détgen 7
dénvm 7 deichelt, etir folt 7 ulchai 7 aghaidh, et*ir* gnáis 7
gáis 7 gaiscedh. Ba tairmesc do airbrib na nGréc din chathu-
g*ud* taidbriudh a chrotha. Ba techta dar tíre cíana día décsain.
Bantrochta im*morro* na G*r*éci node*r*edís fair ic breith na mbvaid
1670 i n-oenuch Elédem ní bá fíu léo asscin a fer feisin íarná aiscin seomh 'na thimthuch óenaigh. Roleth, thra, allud 7 ánius
    7 vrdarcvs Alax*andir* fon Assía 7 fon Éoraip ule sícc. Doratsat
émh na Tróianda dímhicin fo*r* a cathr*aig*, fóbíth atbath a f*r*és-
cisiv 7 a ndv́al tesaircne 7 a lennán uile etir fíru 7 mnaa. Ar
1675 intan nothéged i cathug*ud* noíadaitís fír 7 mnaa láma fair ná
    díchsed i n-eslind et*ir*. dég avrachille lá techt ananat (*sic*) uadhibh.
[165ᵇ.] Ní raibe día bráthribh domna rígh bád ferr oldáas,
et*ir* chruth 7 chéil 7 chóir ṅgaiscidh.
        ISsin matin arnábárach im*morro* dollotar do adhnacvl chuirp
1680 Alax*andir* .i. Práinuh 7 Ecubv 7 Elenae, ar ná miscnighed na
Troi*ánda* 7 na carad na G*r*écv, do díth a fir.
        [Dares c. 36.] ISind lathi sin im*morro* rothinóil Agmem*n*ón
na G*r*écv do doirsib na cath*rach*, 7 robói ic grennug*ud* na Troi-
ánda co tístáis asa cathraigh do cath frisom. Roforchongair
1685 im*morro* Priaim fo*r* a munntir f*r*ithairisem cocalma 7 gabáil

na cathrach co tísadh Pentisilia ríghan na cíchloiscthe[1] cona
slógaib do chongnum 7 do chobair dóibh. O thánic immorro
Pentisilia roserm arnábárach in cath inaghaidh Aghmemnoin.
Húathmar, tra, an choimleng, crúdhu in claidbed 7 in coscrad
tuc cách arachéile isin maighinsin. Ba tnúthach roferset na 1690
mná armachai an choimleng. Nobristís na hergala for líana
rochalma fer n-Éorpa. Noléced ferscúl annsin a bernai chatha
do banscáil. IS and sin condriced Pentisilia frisna trénfirv com-
marbad cech fer arváir díb. Beg nár-bvd rescidir fri banna
d'fordorus i n-aimsir foile cathmílidh chróda iarna tuitim do- 1695
cum thalman tré ágh a comlaind ar galaib deisi. Ni fóelangatar iarum cathmilide na nGréc an luthfás romór 7 an de-
chradh rofersat na banfénidi forru. Rotheichset iarum corice
na scurv. [166ª.] Rochuir Pentisilia cona bantrocht ár mór
díb co ndechatar ísna scoraib. Rosreth iarum an banmílid a 1700
slóg imna scuru 'mácvairt. Roloiscthe léa drécht mór dona
longaib. Dobered cath cach lái dóib fón-innas[s]in, 7 nóbrised
forru co teigtís im-medón na scor for techedh 7 isin fechtain
nothairised Diómíd a oénur fríesi, fóbíth batir athlamiv na mná
andáti na fir. Ar intan dourgabtáis na Gréic a láma fri ta- 1705
bairt béime no forcaib, nothócobtáis na mná a scíathv immá-
timchæll dond ersclaige: intan immorro inmarchúiritís na Gréic
a scíathu 7 a mboccóti fri ersclaige 7 fri himditin, in leth día
nochtatáis iarum nocriathraitís ona mnáibh. INtan iarum na
foelangtar na Gréic ted[i]úaparta na mban lánchalma dona frith 1710
sét na samail do mnaib domhain, dochótar 'na scoraib 7 ro-
íadsat na doirse coléir. Ocus ní roléic Agmemnon dóib dvl
ammach asin dún co tísad Meneluas asin Gréic. Tanic dano
fóisin Meneluas 7 Pirr co dúnad na nGréc, 7 tucad arm a athar
do Phirr, 7 doróni cói 7 lamchomart fora lighe, ocus nír-bó 1715
gan fotha dhó.

IMthusa immorro Pentisilia, tánic isin cath amal dogníth
cach lái, 7 dothét do dóirsib na scor. Córaigid Pirr dano, rí
na Mirmedón[d]a, a chath don leith aile. Srethais dano Agmem-

---

[1] Ms. chícloiste.

1720 *non* slogv na nGréc archena. Doroichet diblínaib arcind Pentisiliac. IS and sin roslaidh Pirr ár dérmár [166ᵇ] dona cíchlois[c]tib, 7 robris forrv co tánic Pentisilia. O thánic-sidhc íarvm condric comhrac ndéssi *fri* Pirr. Robat*ar*, thrá, co dead lái cach díb oc tvarcain a scéith *for* araile, 7 ní ruc nechtar *for*-

1725 gab for toind¹ arachéile. Robo chródha, thrá, in comlonn banscáile rofóbair Pentisiliac andsin .i. comrac *fri*sin láech is treisiv robái i n-airther in betha, 7 romarbh sochaide móra dona slvag*aib*.

Laa n-and dorat Pentisiliae forgab *for* Phirr coros-loit

1730 cogarbh. Dochvaidh íarvm ferg 7 bruth na gona hi Pirr, *co ná* fitir úath ná herod ic indsaigid Pentisilíac. Fegait comlann ndéisc. Ropo ferda, thrá, an comracsa, aráide ba *for*threise gaisc*ed* Pirr. Dorochair Pent*isiliae* a comrac déisse.

ÍAr tuitim imm*orro* na rígna romemaidh *for* na cíchlo-

1735 is[c]tib 7 *for* na Trói*andaib*, 7 rolá Pirr 7 Díomid ár mór díb, co riachtat*ar* dóirsi na cathrach. Iadait íarsvidc na Gréic immon cathr*aig*, 7 ferthar in cath impe² 'mácúairt.

(Dares c. 37.] INtan íar*um* atchonn*airc* ríg 7 tóisigh na Troi*andae* na slúaghv sechtair 7 a mbeith immon cathr*aig*,

1740 dochótar do acallaim Príaim. Bátir hé na tóisigh thánc*atar* and .i. Antinóir 7 Polidamas 7 Áenéas. Do chomhairli da*no* thancat*ar* dús cid dogentáis *fri*sna mórshúaghaib rogabsat forrv. Rotóchuirit a uile thóisigh do Príaim, 7 roíarfaigh dóib ced rop a[d]láic léo [do] dénamh. IS andsin asb*ert* frív Antenor.

1745 „IS cuitbiudh dúib", ol sé, „cathug*ud* fri Grécu, ár atbathatar [167ᵃ] *for* mílidh, rotascrait *for* láich, dorochrat*ar* *for* tóisigh, romarbthá maicc Príaim 7 *cech* óen dodechadar asna hailithírib do fortacht dúib. Marait imm*orro* tóisigh na nGréc .i. Menelaus 7 Pirr mac Achíl, nád étresc oldáas a athair, 7 Díomid

1750 7 Aiáx Locrus 7 Nestor 7 Ulíx. Dobar-timairced íarvm isin chathraig 7 rodúnta dóirse na cathrach for*ib*. „IS ed as maith duib íarvm", ol sé, „berar úaib Helena do Grécaib 7 in brat olchena tuc Alax*ander* ó inis Cithereá. Raghdait íarvm

---

¹ Ms. fertoind   ² Ms. imphe.

Gréic día tigh co sith 7 cháinchomrac." Ó robátar síst oc
trial dónma in tsíd, atraacht Amfimacrus mac Príaim isind 1755
airecht. Moethóclach rotrén insin, 7 rorádi briathra and fri
Antinóir 7 frisna hí robátar 'na óentaid .i. „Bá córv duib“,
ol se, „commad gressacht in tslúaig dognóth sib 7 techt rempa¹
do chauthugud friar náimtib tarcend far tíre 7 for n-athardai
7 for cathrach." ÍArsindí, trá, roforb Antinóir² na briathrasa 1760
atraracht Aéneas mac Anacís co n-érbairt aithesc n-álghen fri
hAmfimacrus. „A maic“, ar sé, „bá férr síth 7 cháinchomhracc
oldáas cisíth 7 debach."

[Dares c. 38.] Asraract dano Príaim fadeisin co ndérbairt
„Cía beithisi émh“, ar sé, „a[c] cuinchidh sítha 7 chórv? Is 1765
triuib thánic cech n-olc dorónad sund. Bátir sibh tóisig ro-
fóidius[s]a co Grécv. Rofóidusa émh indarade do chuinchid mo
sethar dam o rígaib na nGréc. [167ᵇ] Intan íarvm dodechaid
fo mélacht 7 fo éra, ó ulib rígaib na nGréc robái ic aslach 7
ic tabairt inmón airtabarta catha do Grécaib. A chéli, dano, 1770
is hé roairg inis Citherea, maille fri hAlaxander, 7 tuc esti
Helenam 7 in mbrait olchénai. IS airi sin íarvm ní híarata cid
dvíbsi in síth. Bid far menmai fris immorro corbat erlamha
intan seinnfider in stocc oc techt dochum na ndorus do thabairt chatha crúaid codait do Grécaib, do brisivd dúib for far 1775
naimtib nó for mbás fadeissin."

O roscáich íarum rád na mbriatharsa dochóid cách día
thig. Dochoaid íarum Príaim isin rígthech 7 rogaired a mac
chuici .i. Amf[im]acrus, ocus roráidh fris: „Atágur“, ar sé, „in
lucht atáat ic eráil an tsídha do brath na cathrach conid-ed 1780
is cóir deisidhe a marbad ria síu chinnit in chomhairle sin."
Derb leis mani mairntae in chathir robad cathbvadach fora naimtib 7 nobrisfedh forru. IS ed comairle doróni Príaim. Rotinolait
leis a mílid rochalmai do dénvm ind échta ríasív noforbaitáis
lucht na comairle brath na cathrach. Rogell dó íarum Amfi- 1785
macrus dogénad aní roforchongair Príaim fair. „Dóntar cobled
mor lend“, ol sé, „7 gairter na toisigh do chathim na fleidhe.
Tinólfatsa míledv do chvmsanad forrv."

---

¹ Ms. rempha.   ² Sic. leg. Amphimachus.

[Dares c. 39.] IMthvasa immorro na tóisech .i. Antinoir[1]
1790 7 Polidamas [168ᵃ] 7 Aueligón 7 Amfidamas, o roscáilset asin
dáil lotar co mbátar i n-óenimacallaim 7 roairchis cách úadib
a imnedh fría chéile. Ba trom léo ani roráidhi Príaim, ar bá
ferr leis a dílgend féin 7 dílgend na cathrach 7 a athardai
oldúas síth fri Grécv. IS and asbert Antinóir „Bái comairle
1795 lemsa dvib“, ol sé, „7 ticfad far less di, man bamm imeclach
dia rád.“ „Apair-seo éimh“, ar na tóisigh aile, „7 ní ricfa
cænn sceoil úainne tar tech, 7 ceped comairle dobéra dogén-
amne airiut.“ „Tiagar úain“, ar Antinóir, „artúus co hÁenéas,
co raib acaind isin-comairle./ Tánic dano Áeneas andóchvm, 7
1800 rofiarfaig díib „cidh comairle is áil dvib do dénvm?“ ol Áeneas.
„IS hí dano ar comairle“, ar Antinóir, „mádat óentadachsv
frinn, Nech úainn do thecht co Grécaib do acallaim Agmem-
noin 7 mathe na nGréc archenai, co tartar glinne 7 cuighe
frinu im anacul ógh ar muinteri darcend bratha na cathrach
1805 7 dílsighthe ar n-atharda 7 tréoraigthe eolais doib co rígphe-
lait Príaimh.“ Romol cách an comairle sin. Rocuiredh dano
Polidamas úadhib do acallaim Agmemnóin, dég bá hé bá lughu
cin fri Grécv, ocus roinnis do Agmemnón a thechtairecht do-
léir. Rotóchvirit íarvm ríg na nGréc i n-óendáil co hAgmem-
1810 nón, 7 atfet dóib ani frisa-tánic Polidaim .i. do brath na Trói
darcend síth 7 charatraidh dóib féisin.

    [Dares c. 40.] IArsiu, trú, [168ᵇ] rofiarfaigh Agmemnón dona
ríghaib dús cedh dogentáis frisna bráthemhnaib, in tibértáis
rútha fríu fó ná tibhértáis? Atrubairt Ulix 7 Nestor, nír’bó
1815 fír etir do Polidaim, acht as for ceilg thánic. Mádh Pirr immorro, ní thorlaicside chucai etir scél Polidaim. O rodheimh-
nighestar dóib íarvm Polidámas, nách fri scél mbréci thánic,
rochuinchidar Gréic comhartha chvcai. Atrubhairt Polidaim
„cidh isind úairse ría techt damsa dechastái dochum na Trói
1820 osleefaid Áenæs 7 Antinóir dóirse na cathrach reimhib.“ Atbertatar íarvm tóisigh na nGréc día fegatáis in comhartha .i.
caindle adhanta do thaspénad dóib, 7 día cloistís guth Áeniasa

---

[1] Ms. Antintinoir.

7 Antinóir nofirfaitís al-luga frisna brathemno .i. Antenóir 7
Aucoligon 7 Ippitamas 7 Aenáes 7 Anachis do anacul cona
mnáibh 7 maccaib 7 inghenaibh, cona mbráthrib 7 chobnestaib 1825
7 chocélib 7 cona fochráibib archaenai.

[Dares c. 41.] O rogléset íarvm a córu rogab Polidamas tús
rempv dochum na cathrach .i. cosin dorus díanid ainm Scea.
Fúaratar íarum comartha día comarthaib and .i. cend cich find
i n-imdénam uas an dorus. 1830

Tancatar íarvm lucht in bráith .i. Áenaes mac Anachis 7
Antinóir i conde na nGréc. IMthusa immorro Príaim, robói
cech rét i fúr 7 i n-erlamha aici do marbad lochta an braith
7 do chathugud darcend na cathrach. Rothinolset íarum tóisigh
in braith a muntera 7 a coemv 7 a cartiu dochvm an doruis 1835
hi tardsat comartha [169ª] do Grécaib conid and bátar immon
dorus adíu 7 anall. Tancatar Gréic fóisin dochvm an dorais
díanid ainm Scéa. Lvcht in braith rooslaicset in dorus 7
rofhursainset caindle fri haigthe a carad 7 a cocéle, 7 roléicset
chuca isin cathraig. IS síad so immorro na tóisigh[1] roléigset 1840
chuca .i. Pirr mac Achíl hi tosuch 7 Diómid 7 Menelaus mac
Átir 7 araile tóisigh archenai. Pirr, immorro, is é robói ic
anacvl a muinntire uile in lochta romairnset an cathraig. Rogab, thrá, Antinóir tóisech ria mbuidnibh 7 slógad na nGréc
dochum denna 7 rigimscingi 7 rígpheláti Príaim, dú ir-rabatar 1845
forgla thóisech na Tróianda uile. Indarlat dofóethsad an talam
fó cossaib ar threise na toilge ron-ucsat 7 ar mét na feirgi.
IS ann sin, trá, roimbir Pirr mac Achíl a bruth 7 a baraind 7
a bidbanais forsna Troiandu. Dorochratar sochaide díb in
n-áidchisin día láim. Dorochair and íarum Pontius mac Ephrói, 1850
primerlabraid na Tróiandai ule indegaid Antenoir. Dorochair
and dano Coréb céle Casandra ingene Príaim. Maccóem insin
7 áurad 7 riud n-ága airthirthvascirt in betha. Ní moo andá
sechtmain o thánic an chath ... co ronasced dó Casandra. Ní
roaccobáir immorro etir Casandra a héilniud, acht rop[í]err 1855
léa a feidligud i n-ógi 7 i ngaenus. IS andsin, thra, tárrasair Pirr

---

[1] Ms. toisidh.

mac Achíl in cathmil*id* i ndor*us* denna Príaim, 7 túag dé[f]ác-
brach 'na láimh, 7 rogab dono dorus as cáincmh [169ᵇ] 7 is
áillem robói isin bith do rindaige*cht* écsamail cacha tíre co
1860 n-imdénvm di ór 7 argut 7 líig lóghmair. Roraindset iar*um*
na mílidh robátar i peláit Príaim íat feisin. Tucsat drem úadhib in dorus ind lis. Rogabsat side ic frithgaháil fri Pirr 7
frisna lácchaib arch*en*ai. In fairend aile im*m*orro dochótar
side for sonn*ach*aib 7 dvmaib 7 clnoccaib togla an denna, cor-
1865 gabsat ic tréndíbricud na slógh, conid immaille nothcilgidís forru
na gae 7 na claidbe 7 na sciathu 7 na saigte 7 bairne na
cloch fo chossa 7 sailge 7 cláradv 7 dromclai 7 ochtaige na
ngríanán 7 na taige cláraidh. Robrissiset da*no* benna na stúag-
dor*us*, 7 rochuirset i cenn na nGr*éc*, co rothascairset ilmíli dona
1870 slúaga*ib* fón innas[s]in. Atreachtat*ar* iarvm lvcht na cathr*ach*
cohúathmar 7 cohimeclach, codremon 7 codéinmnetach. Ní,
⌊ tráth, conair theichidh acu, ar rolínsat Gréic sráti 7 ch[l]o-
chána 7 belata na cathrach. Robái, tr*á*, óengáir forfut na Trói.
IS c*uma*i nógairtís na mílid 7 nóeightís na curaid, nobuirtís
1875 na buirb, nóiaechtaitís na mná, nóscréchaitís na lclaip. Dála
im*m*orro denna Príaim, rogabsat láich lánchalmai na Troiánda
íca dín 7 icá anacul. Fóbíth is ann robói au-roba dech d'ór 7
d'argut, do sétaibh [170ᵃ] 7 máimibh na Tróianda. Rogab im-
*m*orro Pirr mac Achíl ic tescad 7 ic timdíbe na comlad co
1880 ríacht féin cona sciath tríana lár. Dorat iarsin tafh*onn* forsna
Troian*du* robátar ic daingnighud a ndorais. Deithbi*r* ón fóbíth
rop hé cend gaisc*id* fer mbetha daréise an lochta lánchalma
dorochratar ann fora*n* togailsea antí Pirr mac Achíl díatá
furaithmet synn. IAr mbrise*d* do Phirr ind imdorais, 7 íar
1885 tafh*onn* na cumétaide robátar isin dorus, dochúaid isin rígthech
co romarbh a mac arbélaib Príaim. Roléci Príaim erchor do
gái fairseom co ndechaid sechai, fóbíth robo senóir díblide hé
ann. Rolá Pirr erchor for Príaim co ndechaid inn 7 co ro[s]-
sreng archind isind imdai, 7 tall a cend de ic altóir Menerbe.
1890 IN-óen chonair im*m*orro dochúaid Écvba 7 Poliuxina. Raráith
iar*um* Áenaes arcend Polivxína. Dorat im*m*orro Écvbv lándílsi
na hinghine dó darcend a anaicthe. Rofolaigh iarsin Áenáes

Poliuxinam fó chóim a athar Anáchis. Andromacho immórro, ben Hech*toir*, 7 Casandra ingen Príaim dochótar co rolaig- set *for* altóir Menerbe. Ní rabi *cumsanadh* ann, tra, co find na 1895 matne *for* indriud 7 orcain na cathrach. Roloisced an chathir coraibe tría chorthair tenedh 7 fo smúit dethcha. Robúrestar 7 robécestar [170ᵇ] Badb úasv. R[o]gáirset demna aéoir úasv chind, ar rop aitt léo martad mar sin do thabhairt *for* síl n-Ádhaim, fobíth rop fórmach muinntire dóib sin. Mór, trá, an 1900 t-anféth 7 in míchostadh robói 'sin Trói in n-aidchi sin. Robói crith ar détaib na lobar. Rotódáiled fuil nam-míled: roíacht- set na senóre: roscretsat na nóidein: roéighset na hingena macdacht. Romiimrit, trá, sochaide do mnáibh sáerv sochenívl andsin *ocus* rothaithmigit trílse na fedb, 7 romarbait na slúaigh. 1905 Robinred 7 rohaireedh 7 rodéláraighed an chathir.

[Dares c. 42.] O thánic iar*um* soillse lái arnabárach con- drancat*ar* ríg na úGréc i n-oenchomairle, 7 dorónsat altug*ud* buide día ndéibh 7 día n-arrachtaib. Romol Agm*emn*on na slúaghv, 7 roheschougrad úad íarsin crod na cathrach uile do 1910 thabairt co hóenbaile, 7 roraud cert fodla dona sluagaib íarná céimennaib 7 íarna ngrádaib córaib. Robai comairle íarum icna rígaibh dus ced dogentáis *fri* lucht an braith, in tibertha sóire dóib fó na tibertha. Rodívcarsat na slóig ule, 7 ise*d* roráidset: sóire 7 córai do thabairt don lucht rothréicset a 1915 n-atharda 7 a cathraig¹. Cech ní, thrá, rogab in slógh día ndóinib 7 innilib, dia sétaib 7 máinib, doratad dóib ulc, 7 dora- tad anacul dóib *cona* cairdib 7 chocélib 7 chomal*taib* 7 cósna huil[i]h rótechtsat. [171ª] IS annsin, tra, roattaig Antenóir inní Agm*emn*on, co roleicthe dó bec mbriathar do rádh fris. Rochét- 1920 aig Agm*emn*on dósum. Rotheraind Antenoir *for* a glúinib 7 ro- fíll fothrí íat i fiadnaisi Agm*emn*oin, 7 atbert fris: „Helena 7 Casandra" ar sé, „atat i ngábud 7 i ngúasacht ar imeclai. Cid is coir libse do dénvm fríu? Ba cóir chenai duibsi anacul dóib ar in degimpidhe 7 ar in degfastine dogniid Casandra duib 7 1925 ar in n-aslach doróne Helena im thiduacvl chuirp Achíl día

¹ Ms. cathraid.

adhnacul isna scoraib dar sár Alaxandir." Dorat íarum Agmemnon sóire don díis sin .i. do Chasandra 7 do Helena. IS and
sin, trá, rogaid Casandra itghe darcend a mathar .i. Écuba, 7
1930 darcenn mná Hectoir mac Priaim .i. Andromacho, 7 roinnis do
Agmemnon amal rod-carsat in días sin commór, 7 doberdís
dcgtheist fair 'na écmais. Rochomarlccestar Agmemnon anísin
frisna rígaib. ISs ed deissidh léo a soire don díis sin. Ana
fríth and íarun do dóinibh cenmóthá sin 7 do indmassaib foro-
1935 dáil Agmemnon don tslúag. Rugéne dano Agmemnon atlugud
búdi dona déib. ISsin choicatmadh lau íarum rothinolsat in
tslúaig uile i n-oendáil día chinniud ced lathe nógluaisfitís dochvm a tíre 7 a feraind fadeisin.

1940   [Dares c. 43.] Túarcabset anbtine fróv co nár'bó inimrama
dóib in muir. Roansat dino isin cathraigh tría illathibh.
IS andsin rofrecáir Calchas nábtar buidig na déi díb. IS andsin
[171ᵇ] dodechaid im-menmain Phirr
chuinchid Poliuxina fo
1945 ía na fochonn romarbha
ingnad leis íarum nach
isin rigthaigh. Téit d
chid co hAgmemnon. Tiagar
for a iarair sethnoin nac
1950 O na fuair docuas uadh
Antinoir. O taínic side
al-laim Aigmemnoin, adrubair
co roevinched dó Poliuxina
7 co tucad il-lamaib Pirr maic
1955 Dochuáid-side do acallaim Aen
innisin dó. Agme[m]non i cúinchid P
écin ois. dorat Áenács
inní Poliuxina. ar-ropo ecail l
robái do thabairt fo r
1960 7 fó ghin chlaidhib. Ocus dos-r
il-láim Agmemnon. Co tarat sid
Phirr. Rogab-side íarvm

eh dí for ligv a athar
Ba fercach íarvm Agmemnon fri h
Poliuxina. Ocus ised atrubairt fri   1965
bad tír na Troiandae 7 ara
for longais. al-loss an gn
dó. Dochuaidh íarsin
for longais cosin lín rolae
longaib a ndechaid Alaxa   1970
hinis Citherea. día tu
Helind. ut ante dictum. Robói
.uii. mbliadna for nvachommad
fut mara Torrén. ut in
O rochomlói, tra, Áenæ   1975
ais dochóidh Agmemnon di
cathbvadach cathch
mórslúagh 7 cona buidhnib
[172ª]   iar ndíghail a chneite
                               ide for firv Assia íar   1980
                               7 íar milliudh 7 iar slaitt
                        i]mna sétaib 7 imna máinib
                        na Troianda féisin a forneurt
                        aib cíana comaitche fo
                        ib in betha. Mór mbróin   1985
                        bái for gnuis Helena do
                        frisin Trói. Ba móo co
                        dvba-sin oldáas an duba ro
                        ri ie scaradh fri hinis Cith
                 Helenus immorro 7 Casandra inghen 1990
                 Andromacha ben Hectoir 7
          Ecub]v ben Príaim. ised rogabsat do
                 dá cét ar sé mílebh. al-lín
                 Antenóir cona fairaind hi
                 Troiandae cóic cét. ar dib mílibh 1995
                 é lín rolen Áenáes cethri
                 óra mílib. IS hé lín dano do
                 do Grécaib la Troiandu, amal

[Da]réit. só míle ar ochtmogait
ocht cétaib míle. IS hé

2000   do]rochair o Throi*andaib* la Grécv ria mbr
ca]thr*ach* .i. sé milo décc ar thrí
cotaib míle. Cét ar šecht
is hé lín dorochair do Grécaib
Hechtoir a ocnur. It íat

2005   [toisigh   *ll*   Diomenus
            Carpedon Lepodvm
            for mcis *ll*
            Amentivs *ll*
            Cleofinor

2010   righ . . . . . Arcomenus

                 .
                 .

[172ᵇ] Pullixinus, Minon, Antipus, Leontem, Polibétes, Clopenór.
Dá ardtóisech domarbh Áenæs .i. Anfimacrus, Neríus.

2015   IT hé tóisigh domarb Alax*ander* mac Priaim: Achíl, Palámid, Antilocus, Aíax Locr*us*, Aiax mac Telam*oin*, comthuitim do
sedo 7 do Alax*ander*.

Literal Translation.

The figures refer to the lines of the Irish text.

1. Jason did that by means of Medea's magic, to wit, bringing Vulcan's four oxen out of hell, and the other things, *ut ante dictum.*

3. Now after the completion of all that work, Aeetes said to Jason: „May it not be well (to her) that taught thee — Medea, my own daughter! She it is that hath done all that", saith he.

6. After this the golden fleece was given to Jason and to the champions of Greece.

8. So then Jason with his hosts began to leave the city and to travel to their own heritage and territory. Medea began to sue on her true covenants, which he had entered into[1] before the kings and heroes of Greece, and before the worthies of the isles of the Tyrrhene sea, to love her[2] always as[3] his one wife. Jason said to her that he would not bring her to his country if she brought her children with her. Thereafter Medea did a deed, sinful, fearful, brutal, to wit, killing her sons for the love and dearness of the beautiful youth and so that there might be no reason for leaving her and not bringing her with him to his country.

17. Thereafter the soldiers bid farewell to the king, and carried off the fleece, and went out of the city. Then they go on board their vessel and rowed along the same way, unto the estuary of the river Cius, past the districts of Troy, till they reached the harbour of Greece. After this they brought

---

[1] Lit. as he had bound.   [2] Lit. and to love her.   [3] lit. for.

their vessel on land and go to have speech of the king Peleas
who had set them to the embassage, and they tell their tidings
and their adventures from beginning to end; and the fleece
was displayed unto him. Peleas gave thanks to Jason and to
Hercules and to the crew besides. He bestowed treasures and
riches on every one according to his rank, and so forth.[1]

27. Mindful, now, was the hero and the war-soldier and
the battle-breacher of a hundred, — the mightiest that hath
come of Adam's seed, to wit, Hercules son of Amphitryon, —
of the disgrace and of the shame that had been brought upon
him by Laomedon, king of the Trojans, to wit, the not giving
him the hospitality of a harbour when he was sent along with
Jason to seek the golden fleece. Heavy was his heart after
this not to avenge himself on the folk that abode in the
neighbourhood of Greece, on the eastern border of Propontis,
in the east of Asia Minor, (and) that had got a little strip
of land in the western angle of Phrygia, overagainst the shore
of the Tyrrhene sea. For of the world's warrior-hosts there
was none that attained to equality with him. No warrior was
there here, who would go further than he to avenge his wrong
in far-off, neighbouring territories.

Now here are some of his valiant deeds.[2]

38. It is he, Hercules, that slew the mighty champion
with the three heads, in the isle Erythria, in the estuary of
the Tyrrhene sea, at the mere of Europe and Africa, right in
the west of the world, Geryon, to wit, his name: he withered
up the tribes and the races.

42. It is he, Hercules, moreover, that built the two pillars
at the Gaditanian Strait, and each of them looking at the
other, namely, the pillar of Europe looking at Africa and the
pillar of Africa looking at Europe.

45. It is he, moreover, that set his hand to the rock, if
perchance he might attain to slaying Cacus son of Vulcan, who

---

[1] Here a scribe's note: Mailechlann (has written) that little.
[2] This sentence is prefixed by L.

was biding in the middle of the rock, and he flung the rock into the river.

48. It is he that slew Busiris, who was playing the hero beside the river Nile. The latter used to offer up his guests to the river Nile.

50. It is he, moreover, that slew the cruel lion in the great glen [1] in the south-west of the world.

52. It is he that slew the execrable, merciless snake with seven heads, that abode in the Lernean swamp, (and) that withered up and destroyed the north of the world as to human beings and herds and cattle.

55. It is, he, moreover, that laid low Antaeus son of Terra by force of valour.

56. It is he, moreover, that scattered the haughty woman-folk of the Burnt-paps (Amazons), who swayed the Great Asia, the third of the world, with rapine and ransacking, [2] and incursion, so that they ruled the eastern half of the world for the space of thirty years, till Hercules carried off from them the Queen's armour, which he was sent to seek.

61. It is he that did innumerable deeds besides.

62. It is he that brought the golden fleece out of the country of the Colchians.

63. A man, now, that did these deeds, could not bear to refrain from abating [3] Laomedon's pride. Wherefore he went thereafter, to seek multitudes and hosts, to the lights and to the warriors of Greece. He went to beseech the kings and the leaders and the champions of the country to come along with him, to avenge his sigh and his groan.

68. This is (the side on which) he gave his goal and the beginning of his muster, the kings of Lacedaemon, to wit,

---

[1] The mountain-valley of Nemea is referred to. For *alt* meaning 'glen' see O'Don. Supp. to O'R.

[2] For *siniud*, I read *siriud*, 'searching', 'ransacking': cf. *rabai slat 7 siriud*, LL. 224b.

[3] Lit. 'did not endure to him without abating.'

Castor and Pollux, the two scions[1] (were) those and the two
darlings of the north of the world. He told them, then, what
he had come for, namely, to seek an army and a host, to
avenge on Laomedon the dishonour and the disgrace that had
been inflicted on himself and on Jason, son of Aeson, and on
the sons of the kings and princes of the whole of Greece; and
he said that the wrong to him, though on him it . . . . (?), was
not greater than to all the Greeks and to Castor and Pollux
themselves. Castor and Pollux declared that even if they
possessed the many races and many tribes of the whole of
Greece, and even if they were masters, in the north from the
end of the strand . . . . in the south, in the border of Greece
and Italy, they would fare with him to form an assembly and
a host and to avenge his wrong on every side throughout the
confines of the world. Hercules gave thanks for that declaration.

81. Thereafter he fared from them into Salamis, to Telamon
the king, and he said to him: „For this“, saith he, „have I come
to thee, to relate to thee the great shame and the great disgrace and the great insult that Laomedon hath put upon the
crew of the ship Argo, and on Jason's host, and on me myself.
Now,“ saith he, „unless that is . . . ., the Trojans will come on
raids to plunder and make inroads on Greece. So I desire
that thou, like every one, shouldst come with me on a hosting
unto Troy.“ „Not I“, saith Telamon, „shall be the first man
who will refuse to fight and to contend for the benefit of the
land of Greece. I will go with thee, (together with) those
that I shall have of friends and of comrades. With us, moreover, shall go the inhabitants of Salamis, whoso shall take
spear in his hand and is fit to know how to wield weapons.
We shall be ready, awaiting thy message.“

92. After this he (Hercules) left a blessing with Telamon.

93. So then Telamon held a meeting with the men of Salamis
after him (Hercules), and determined on peace and good will

---

[1] *cuchraid*, n. dual of *cochair* 'a young plant, a sprout' O'R , if
this be a genuine word.

towards him. He proceeded to the prince and emperor of Moesia, to Pelias, head of the valour and pride and haughtiness and kingliness of the men of the north of the world. This he then said to him: „I have come to thee to seek a host to fare into the Trojans' country, for if thou goest on this hosting thou wilt arouse[1] Greeks from the east of the land of Arabia to the shore of the Aegean sea, from the north of Thrace to the confines of Italy in the south. All will arise at thy going-forth, for thou art the chief of splendour and conspicuousness and the sun of the whole of Greece. Arise, then, for the profit of the tribes[2] and races of Greece! For a profit to all the Greeks is this hosting, if one escapes from it triumphant, battle-victorious." „Even if", saith Pelias, „I possessed the men of the earth in the south, from the land of Ethiopia in the north unto India, and from the victory-stones of Hercules and from the rising of the sun, to the eastern point[3] of the south of Europe which strikes against the estuary of the Tyrrhene sea and unto the setting of the sun, I would send them all with thee to mar and to assail the Trojans, to destroy and to burn Laomedon's city. However, all the host that I have shall work with thee. So when thou hast ships and galleys ready send me a messenger, and my host shall be ready then for thee." Hercules then bade him farewell.

114. Then Hercules went into Pylos, to Nestor. He was king therein. He asked tidings of Hercules, for what cause he had come? Hercules replied: „To ask for an army," saith he, „that thou mayst come along with me, with all thy army, in this hosting wherein go the worthies of Greece, to wit, Castor and Pollux and Telamon and Peleus, to avenge the wrong that hath been done to me. If it were on you that shame and disgrace had been inflicted, the men of the world, from the

---

[1] I read *dofhúsceba*, 3rd Sg. b-fut. act. of *diuscim*. In the Ms. the mark of length is over the *c*.

[2] *tuatha* should be the gen. pl. *tuath*.

[3] I pass over the meaningless 7 (*ocus*) of the Ms.: the whole passage is confused and corrupt.

rising of the sun to its setting, would know my power in re-
pelling it from you.[1] And even if ye had dealings and enmities
in India or Scythia or Persia, or in Arabia or in Egypt or in
Ethiopia or in Spain or in the Gauls or in Germany or in
Alania, I should not be slack to take vengeance for them
throughout those outer territories, besides the countries that
are nearest to us. Then Nestor answered: „A blessing on every
one who strengthens the nobleness and the army of Greece to
contend! As to me, however, I will go along with thee when
every thing is prepared." So Hercules was thankful unto him.

129. Now, when Hercules knew the will and wish of the
champions and the heroes, he chose right valiant soldiers of
his own country. By him, then, were collected all the ships
and vessels and barks that were lying in the country of Greece,
from the estuary of the Pontic sea in the north as far as the
Arabian sea in the south. He arranged his fleet on (the) sea,
and the soldiers and right valiant champions of the whole of
Greece he chose unto him, from every point, by means of
letters and envoys; and the kings who had promised came
unto him with thousands and hosts and armies. Now after the
armies and the hosts had come so that they were biding in
one stead, the kings took counsel as to whether they should
go at night or by day to the port of the Trojans. They settled
on this: they went at night into the port of Sigeum.

141. Now when they had entered that port, Hercules and
Telamon and Peleus, with a great battalion around them,
marched to destroy Troy. Castor and Pollux and Nestor remained with the ships. Thereafter Laomedon was told that a
great host of Greeks had seized the port of Sigeum. He arose
wrathfully and fearfully, mightily and manfully, with the proud,
indignant heroes of Troy around him, and proceeded towards
the sea. When they were near to the ships they raised banners(?)
of battle over their heads in opposition to the savage, terrible
wild beast, around whom had gathered the savage soldiery of

---

[1] Lit. them.

the north of the world. The Trojans began to fight for their country and their fatherland and their city. So when matters stood thus, Hercules marched to the city. Now they passed by each other, to wit, the road which the Trojans took to the ships was not the same as that which Hercules with his host took to Troy. As to Hercules, he reached Troy and found Troy open, without any one protecting or keeping it. So he set it under a mist and a fringe of fire, and slew all that was fit for slaughter therein, and he gathered the gold and silver, jewels and treasures and goods of the city. No one escaped out of the city but he who fled from point of spear and from mouth of sword.

160. So when they told Laomedon of the onfall on the city, he turned back to the city, and met Hercules, front to front, in the middle of the way. Then indeed did Hercules cast off weariness from his mind, and fulfilled his desire to pour forth the Trojans' blood, and he broke a battle-breach through might of men, on the choice of the worthies of the Trojans around their king: in such wise that Laomedon the king of the Trojans was slain there with his three sons and with his kings and soldiers. Thereafter Hercules went, with great victory, to his ships, unto Castor and Pollux and Nestor. Now after the hosts came together they divided the booty among them. Unto Telamon came Hesione, Laomedon's daughter because of the champions of valour of Greece he was the first hero who entered the city. So when all that came to a end each leader of them went to his land with victory and triumph.

173. Gloomy, uneasy, troubled was Priam son of Laomedon, crownprince of the Trojans and of Little Asia, at the great agony that had befallen him, namely, the burning of Troy and its ruin, its jewels and treasures and goods and booty carried away by Greeks, his own sister borne into bondage and given to Telamon in guerdon of his valour. Sorer than every grief he deemed his father's fall and the slaughter of the Trojans made in the battle and in the city. Disgrace and great shame he deemed the triumphing of the Greeks over the Trojans and

that Phrygia should suffer[1] mockery and honour-scathe. Sure
he was that, unless the vengeance should come speedily, it
would never come.[2] ⌊This is, what he desired, to renew the
walls and to make the city secure, and to array armies and
peoples. Thereafter he went to consider that to the city of
his fatherland, with his wife, namely Hecuba, with his sons,
namely 1) Hector, 2) Alexander, 3) Deiphobus, 4) Helenus,
5) Troilus; and Andromeda wife of Hector son of Priam, and
Priam's two daughters, namely Cassandra and Polyxena. Many
sons had Priam, besides these five of Hecuba's — sons of har-
lots and concubines. A hundred sons altogether were, it is
declared, borne to him, and none of them are reckoned in the
royal seed besides those five of Hecuba and other sons who
were born of lawful wives and of unions just and legal. The
sons, however, that were begotten in illegality and in adultery
are not reckoned in the royal race. So after Priam had reached
Troy great strong walls were built by him round Troy, so that
they were vaster greatly than the first walls. Casemates (?)
and mighty bastions were built around it first of all (?). Hosts
and mighty multitudes of those that had been scattered throughout Phrygia and Little Asia were gathered together that he
might have soldiers strong (and) active to keep and to fight
on behalf of the city. That he did in order that foemen might
not come upon him into his city without (his) knowledge and
without protection by the valiant soldiery, even as they had
come upon his father Laomedon. A wonderful royal pavilion
was erected by him amidst the city. Moreover, a fair, adorned
dwelling, and a mound were built by him on the acropolis and
the stronghold of the city, for ./. . and for outlooking, and for
hurling at foes over it outside. 'Priam's are', that is, fortress,
was its name. An altar was consecrated by him to Jove in
that royal pavilion, overagainst himself: The gates of the city
were carefully adorned by him. These are the names of the

---

[1] Lit. be under.
[2] I cannot translate the following sentence (*Arapaidhe* etc.).

gates: 1) Antenora, 2) Ilia, 3) Dardania, 4) Ebusea, 5) Thym-braca, 6) Trojana.

211. Now when Priam beheld Troy founded, and trusted the city's strength and firmness, and when he perceived hosts and multitudes ready by him, he felt [1] a longing to fight against the Greeks. Sad he deemed it then that the crowd of valiant heroes and the abundance of warlike soldiers should not be employed in avenging his father and his city. Because those warriors surpassed the warrior-hosts of all the world, both in swiftness and leaping, both in swimming and hurling and feat-performance, both in managing horse and chariot, both in plying spear and sword and in playing chess and draughts. They excelled, moreover, both in form and shape and raiment and splendour and dexterity. Idle it seemed to him, then, when his host was increasing in his city, not to employ them to advantage. He was awaiting what time he should go to avenge his woe, [2] wherefore to him was summúred Antenor, a leader and distinguished spokesman of the Trojans, in order to send him on an embassy into the lands of the Greeks, to have speech of the leaders who had come to him (Priam) with Hercules, to wreck Troy, (and) to complain to them of the great injury which they had wrought upon Priam, to wit, slaying his father, burning his city, bearing his sister into bondage, stealing his gold and his silver, attacking his city, (and) without compensation, without making good to him any one of these. Sorer than any thing to him seemed it, not to deliver his sister out of bondage; for if his sister were given to him out of the bondage they would make peace and order.

232. So Antenor fared forth on the embassage, as was enjoined on him: a single ship's crew was their number. First of all Antenor went into Moesia to Peleus. Three days and three nights was he a-guesting therein. But on the fourth day Peleus asked tidings of him, to know what his race was and who had sent him on an embassy. Antenor answered: „I have

---

[1] Lit. gave around him.　　[2] Lit. his groan.

come on an embassy", saith he, „from Priam son of Laomedon,
from the king of the Trojans. Of the Trojans is my race.
To declare and to set forth the vast vexation that Priam suffers
from the dishonour and from the disgrace that the Greeks have
put upon him, to wit, slaying his father, and burning his city
(and) enslaving his sister, without making (any) compensation
to him. Yet he would forgive every one of all those things if his
sister Hesione were delivered to him out of bondage." As soon as
Peleus heard that, anger and grief at that answer possessed
him, and he said: „It is audacity and it is great rashness for
Trojans to come unto Greeks without the guarantee, without
the safeguard of the country, because much of evil have they
done to the Greeks." So Peleus told Antenor to go forth out
of the country and out of the haven. So Antenor went to
his vessel, according to the king's commands. They set their
vessel on sea, and fared onwards, past Boeotia, to Salamis.
When he came to Telamon, king of Salamis, he set forth his
embassy to him, namely, to ask for Hesione of him particularly
— for unto him she had been given in guerdon of his valour
and war-service — and Antenor said that it was not meet for
a daughter of the royal race to abide in bondage and thral-
dom like a slavegirl. Then Telamon answered and said that
he had done no evil to Priam, that it was not he that had
caused the expedition to fare forth, and he declared that he
would not give to any one the payment that had been bestowed
on him in guerdon of his valour. He declared to him then
(that he should go) out of the country.

259. After that declaration, Antenor went on board his
vessel, and came to Achaia, to Castor and to Pollux. He told
them what he had come for, and said that peace and friendship with the Trojans and Priam were better than being at
variance with them. If Hesione were given back to him it
would be a cause of that peace and friendship. They replied
that they had not given occasion of dissension or disunion to the
Trojans, for they had not been present at the sacking nor at
the burning of the city, nor at carrying away the plunder

thereof. They said, moreover, that it was not they that had Hesione, and if they had her that they would <u>not</u> restore her to Priam. They said, moreover, to him that he should abide no longer in the country, for they supposed that he had come from the Trojans to beguile the Greeks. So then Antenor went forth to his vessel, with great grief and with heaviness. He declared to his people the disgrace and the great shame that had been inflicted upon him by Castor and by Pollux.

272. Thereafter he fared into Pylos, to Nestor, so that he might not err by omitting to go to any of the leaders of the hosting. Nestor asked tidings of him, what was the reason he had come? Antenor declared, „to ask for Hesione, daughter of Laomedon“, saith he. When Nestor heard that, wroth and bitterness against Antenor seized him, and he declared that it was audacity and great shamelessness for Trojans to come unto Greeks, for that Trojans had done evil to Greeks rather than Greeks to Trojans. Mournful was Antenor at the mockery that was made of[1] Priam and of himself and of all Trojans.

281. So when he embarked on board his vessel, he rowed straightway to Troy. After reaching the city he tells his tidings and his goings, from beginning to end, unto Priam. „It is as nothing, now, is to be measured by thee every evil that the Greeks have done to thee up to this time, as compared with the shame and the disgrace and the dishonour that on this occasion they have inflicted on thyself and on all the Trojans. Unless, now, thou repellest from thee that shame thy wealth will not abide till doomsday — unless thou upliftest thy valour over the valours of every one, so that the world's men may know of the vengeance which thou wilt take on the Greeks who have done evil to thee. Every one who shall raise on high the use of valour in the countries of the Greeks will think that there is no leader over you who practises valour and (wins) splendour and renown, unless a full-mighty soldiery shall arise to battle and prey upon Greece, and cause in Greece lamentation on every side.“

---

[1] Lit. set upon.

That is Antenor's embassy.

295. So all his sons were summoned to Priam, and all
his leaders, and all his kings and his soldiers. Moreover then
Antenor was called to him, and Anchises and Aeneas and
Ucalegon and Panthous and Lampades. So when all the leaders
had come to the assembly, Priam uttered a speech of admo-
nition to them after they arrived. „I sent“, saith Priam,
„Antenor from me on an embassy into the lands of the Greeks,
to bid my boon (?) from the Greeks after they had tormented
me. I sent (him) for this especially, to know whether my sister
would be delivered to me out of the bondage. Not only, however, was she not delivered out of her bondage, but they made
a mockery of me myself and of all the Trojans. This, then,
is what I desire — hosts and armies to march into Greece to
seek Hesione perforce since she cannot be got by consent or
for friendship (Or may be they might be thankful to cast her
from them in exchange for the booty that would be carried
out of Greece), so that the troops of the Trojans may no longer
be mocked by the Greeks.“ Then Priam urgently besought his
sons, and encouraged them to be chieftains in collecting everything, in completing [1] (?) the preparation of a host and an army.
Though much he encouraged every one, much more he encouraged Hector. Him answered Hector — he is the man who
(always) spoke first in the meeting and in the assembly of the
Trojans — and said. „I“, saith he, „am (that) one of the
Trojans who would be most faine to avenge my grandsire and
to do what Priam wishes, even though I should fall thereby.
Howbeit I dread that deed begun, unless ye carry it to the
end, and unless it is completed and brought into port; and
the greater is your shame if ye begin and do not complete it.
Because the Greeks are more numerous than ye are: multitu-
dinous are their hosts and their peoples and their armies from
every side throughout the whole of Europe. And even though
it were only a single folk or a single tribe of Greeks, ye have

---

[1] Lit. 'in putting an end (or head) on.'

neither number nor valour to abide them, besides the mighty
multitudes of the whole of Greece. For if the Greeks so
desire, Europe's men will arise with them from the sea of
Silarus (?) in the south of Italy to the north of the country
of the . . . in the outer fringe of Europe, which strikes against
the great ocean in the north. If they, the Greeks, desire,
there will go to them (and) will rise with them the men of
the isles of the Tyrrhene sea, from the point of Pithir (Pelorus?) in Sicily to Pacén (Pachynus?) and to Posfoir (Bosporus?)
to the estuary of the Pontic sea. I desire not, then, to challenge that people, because, of the world's warriors, there are
none whose valour is equal to theirs. For they live only in
battles and in conflicts and in fights, every tribe slaying and
raiding on the other, so that they are the more dexterous in
plying spear and shield and sword. Not so the folk of Little
Asia. They have not taught themselves (?) to bide in battles
or in fights, but in peace and good-will and quiet continually.
Ye have not an army like that, wherefore I have no desire to
challenge those heroes, to whom of the world's heroes, there
is no equal. I will not, however, forbid you (to fight) lest ye
say I am incapable of it. So far as concerns me, ye shall not
be opposed. [1]

339. Howbeit Alexander was encouraging warfare against
the folk of Greece, and said: Let me be leader of this hosting,
for ye shall find that I shall do Priam's will and bring victory
and triumph out of Greece beyond every one. I will rout my
foes: I will bring (home) jewels and treasures: I myself will
come safe back to my house. Hence it is that I think so;
because I was once a-hunting in Mount Ida. I saw (coming)
towards me Mercury son of Jove, and three exceeding fair
women behind him, namely, Juno and Venus and Minerva.
They tell their tales at once. „There hath been made", say
they, „a mighty (marriage-) feast, for all the goddesses and
gods, by Peleus son of Acacus; and to that wedding were in-

---

[1] Lit. 'It shall not be my share, however, that shall go against you.

vited all the deities, both male and female, with Jove son of
Saturn, with Apollo son of Jove, with Dardanus son of Jove,
with Mercury son of Jove, with Neptune, with Venus, with
Minerva, with Juno. Howbeit Discordia, was not brought there
at all. Now when there was great glee in the drinking-house,
Discordia went to the garden of the Hesperides, and brought
thence an apple of gold, and wrote thereon an inscription, to
wit, *hoc est donum pulcerrimae deae*, and flung it from her
over the window of the house in presence of them all. Thereat
the hosts marvelled, and what was on the apple was read out
before them. Now from that tale there groweth a great contest between the three goddesses who were the loveliest in the
world, to wit, Juno and Minerva and Venus. It seemed to
Juno that there was no contending against her, for she was
daughter of a king, namely Saturn, she was the sister and the
wife of another king, namely Jove son of Saturn. Comely, then,
was that woman, both as to hair and eye and tooth, both as
to size and fitness and evenness: hair on her, thin below, . . .
Two black, dark eyebrows had she, which used to cast a shadow
on each of her two cheeks. She did not think that any woman
of the world's women could surpass her in beauty. As to
Minerva, then, she did not think that anyone could equal her,
for the excellence of her form and her shape and her race
and her science; for every science that is practised in the world,
by her it hath been discovered. Then Venus raised on high
her form and her shape and her delightfulness; because from
her is every wooing and every love-intrigue that is found in
the world. For there was not in the world a woman resembling
her, so that all that time men's eyes were unable to behold her
because of her beauty and her . *f.* pleasantness. Then they
went for arbitration unto Jove. „I will not", saith he, „deliver
a judgment to you: but go to Alexander son of Priam, who is
on Mount Ida — and Mercury shall go before you — so that
he may deliver judgment to you." Then the four of them,
namely Venus and Juno and Minerva, and Mercury before
them, came unto me," saith Alexander, that I might deliver judg-

ment unto them, after each of the goddesses had promised a guerdon to me.[1] Juno then offers the realm of great Asia if I would distinguish her from the other goddesses.[2] Minerva, however, offers the knowledge of everything which man's two hands perform. Venus offers me the fairest wife who should bide in Greece, if she should be distinguished from the other goddess. Now this was my judgment, that Venus was the comeliest there. So Venus will bestow on me, as she promised, the most beautiful wife that abides in Greece."

385. Then said Deiphobus: „Good counsel doth Alexander give, that troops and armies should go into Greece to bring thereout booty and reprisal, so that the Greeks may be thankful to make an exchange."

388. Thereafter, then, Helenus prophecied unto them a prophecy, and said „Foes will come to the Trojans: they will overturn Troy: they will slay the men of Asia, if Alexander bring a wife out of Greece."

391. At the uttering of that declaration, Troilus spake against it[3] — the youngest of Priam's sons was that Troilus as regards age, mightier, however, than Hector in manslaying and splendour and exceeding strength. He almost became mad with encouraging the fighting. „Let Helenus' false prophecy," saith he, „in no wise prevent you." To go into Greece was with them the voice of a hundred out of the mouth of one.

397. Now when Priam knew everyone's wish and desire, and when he perceived that they were all fain to go on the hosting, he sent Alexander and Deiphobus into Paeonia to choose and to collect soldiers, mercenaries and warriors to wend on the hosting. Then was proclamation made by Priam to his people and to the folk of his country in general to come to assembly and counsel. He instructed his sons in that assembly that unto each junior of them his senior should be lord. After this he related to the people every insult which the

---

[1] more literally: 'after a promising of reward to me by each woman of them. [2] Lit. women. [3] Lit. prohibited.

Greeks had inflicted upon them, the Trojans. „Wherefore“, saith Priam, „I desire to send Alexander with a host into Greece, to avenge some of the great evils which they have done unto us. But indeed, why should not Antenor tell tidings to you, „for he it is that fared into Greece on an embassy.“ „Truly,“ saith Antenor, „I am acquainted with Greece. I beheld her heroes and her warriors, and there is no need for you [1] to fear them, since your champions and your men-at-arms and your soldiers are more splendid and more dexterous than the soldiers of the Greeks.“ „Question, then,“ saith Priam, „is there one of you who would be unwilling to fare on this hosting?“ Then answered Panthous, son of Euphorbus, a leading man of the Trojans and a wonderfully good counsellor, and said in a low voice: „My father,“ saith he, „declared to me that a man named Alexander would be, when he brought a wife out of Greece, the completion and end of Troy. Because they will come after him with a fierce, fearful host (and) the Trojans will be put under mouth of spear and sword. So that it is the better to bide in peace and in good-will, as is now the case, than to challenge an army and a host that would attack [2] Troy and destroy it.“ Now when the people heard the opinion of Panthous they uttered a cry and mockery and ridicule concerning him. And they said that what Priam should wish they would do for him. Then said Priam to them, „I desire indeed,“ saith he, „to prepare the vessels and to gather a host to go into Greece. For if ye act on your king's counsel neither good nor dignity shall be wanting to you.“ Priam then gave thanks to them all, and left them free to fare forth out of the assembly [3] and to go home. Hector was sent into northern Phrygia to seek a host and army.

430. When Cassandra, Priam's daughter, heard the counsel

---

[1] Lit. 'there is nothing for which it would be necessary for you.'

[2] *inrifed* is a scribe's mistake either for *inrised*, the s-fut. sec. sg. 3 of *indriuth*, or *inrithfed* the b-fut. sec. sg. 3 of the same verb.

[3] I here follow the reading of LL., *a sin dáil*.

which her father desired, she began to prophecy what would happen there in future, and she said: „Much evil will there be from that news! The heroes and warriors, kings and princes, chieftains and nobles of Asia will fall in consequence of that resolve."

435. Then came the time for going to sea, and the building of the vessels ended. Soldiers and hosts came from Poconia in the company of Alexander and Deiphobus. Hector son of Priam came with hosts and multitudes out of northern Phrygia. Then came the time of scanning the sea. And Priam entreated Alexander to rule [1] shrewdly the host that was sent along with him. Moreover other leaders were sent in his company, namely, Deiphobus and Aeneas and Polydamas. Then Priam announced to Alexander that he should fare forth on an embassy to make peace and good-will between Greeks and Trojans.

445. So when all these things came to an end, Alexander went with his fleet along the Tyrrhene sea, and Antenor before them, giving them guidance. [2] Now it was not long before that time when Alexander fared to the country of the Greeks, and before proceeding to the neighbourhood of Cythera, that Menelaus son of Atreus, a chief leader of the Greeks, was going to the island of Pylos, to converse with Nestor, and met Alexander son of Priam face to face. Great marvel had Menelaus to see the royal host a-rowing. Strange to him was the abundance of the vessels and the great number of the fleet. He was sure that they were accompanying a king's son or a crown-prince. So he did not venture to accost them; but each of them went past the other.

450. That was the season and time at which Castor and Pollux, with a host around them, came till they were biding in the neighbourhood of Framia (?), and on that occasion they took with them, to their own country, Laomedon's daughter Hesione.

---

[1] Lit. 'that he should do the ruling.'   [2] Lit. 'knowledge.'

459. In the same day, there was a great festival in the island of Cythera, namely, a festival of Juno. Now when Alexander drew nigh unto the port of Cythera (that Cythera, a great island is it, with a temple of Juno therein), then did fear seize the dwellers of the island at the vast fleet, and they asked who was in the fleet, and whence they came, and why they had come? Then Alexander answered them: „Priam, king of the Trojans, hath sent on an embassy, his son, namely Alexander, to go into the countries of the Greeks, to visit Castor and Pollux."

468. So when Helena, Leda's daughter, own sister of Castor and Pollux, and wife of Menelaus son of Atreus, heard of Alexander's arrival in the port, she came out of the middle of the island, till she was biding on the edge of the strand nigh to the port wherein lay Alexander. Because her mind went forth towards him, and she desired for her(self) the valiant boy, the light and beauty and darling of the whole of Asia, with the gift of shape and form and joyance of the men of earth: the point of battle and splendour and manslaying of the north of the world, from his splendour and his eminence; (him) that had no room in Asia, on the east of the Tyrrhene sea, so that he went westward into Greece and carried off victory and triumph in every game in the assembly of Greece; and no warrior nor lord nor crownprince of the folk of Greece could equal him, so that his fame and eminence spread throughout the whole of Europe in such wise that the ladies of the Athenians loved him for those reasons. Wherefore the queen Helena came to the strand that she might see with her own eyes[1] him whom she had heard of with ears. In that island stood a temple and idol-house of Diana and Apollo, and therein did Helena make her offerings to the idols at will, as was the custom of the heathen on the festivals of their gods and their images. Thereafter Alexander was told that Helen had come to the port. When he heard that, he went vehemently to behold

---

[1] Lit. with eyes of head.

her form. So when he beheld her, he loved her much, for of
the world's women there was not a woman who resembled her
as to shape and make, save only Priam's daughter Polyxena.
He found not her equal in dignity and in conspicuousness and
in loveliness; wherefore Alexander son of the king of Troy
loved her, so that every joint and every limb in him was full
of passion for her. Then Alexander came in front of the lady,
to shew forth his form and habit, his garment and vesture,
because it was an embroidered (?) vesture that he wore,[1] with
its adornment of ridged red gold, with its array of precious stones
around him on the outside, and against his skin a noticeable
tunic of the silken cloth, with its separate fringes of refined
gold. Stately and proud was the kind of pace with which he
came [2] to behold the women. When either saw the other of them,
they remained a long time, each of them a-gazing at the other.
Such was the greatness wherewith they each loved the other
that they had no desire to separate till death. Then Alexander enjoined on his people to be prepared and to be ready to
loose their vessels when night should have come. So when the
night fell, Alexander with his people went to attack the idol-
house and they lay hand over it. They took Helen with her
ladies with them to their vessels. Helen, truly, was fain of
that. Now when he had finished the raid on the idolhouse,
and the outraging of Venus and Apollo, and the bearing away
of Helen in elopement, the folk of the city heard of that.
They come from every point. They deliver a strong assault on [3]
Alexander, in order that their queen might not be taken from
them, in such wise that men were slain [4] contending with them.
Thereafter that was told to the crew of Trojans who were
biding in the vessels. These came out of their vessels stark
naked, and they took their arms on them, and they made an
onfall on that stead and seized all that was therein of booty
and of wealth. Then they embarked in their vessels and ran

---

[1] Lit. was about him.   [2] Lit. which he brought with him.
[3] Lit. conflict to.   [4] Lit. there were dead men.

G

round to the port of Tenedos. When they came to that port
Alexander began to soothe Helena, for she had fallen into gloom
and into great grief because of parting from her land and
from her country and from her own people. Then Alexander
sent envoys to Priam to tell him tidings of what had come
to pass there. Now when it was announced to Menelaus, who
was biding in the island of Pylos, that his wife had been
carried off in booty by Alexander, and that the island (of
Cythera) had been wrecked, he went at once to Sparta[1], and
his brother Agamemnon was summoned to him, and he told him
of Helen, namely, that she had been carried off by Alexander,
son of the king of the Trojans, in elopement and in flight.

524. For the present, he, Alexander, went with his wife and
with the great booty he had taken, to Troy unto Priam, and
he told his tidings in order, from the hour he went on (his)
way to the hour that he came back. So gladness and great
joy took Priam, at the tale which Alexander made; for it
seemed to him that the Greeks would be thankful to exchange
and barter the booty and the women, namely Hesione for
Helen. It happened that that was not so.

531. Now when Priam beheld grief and gloom and weariness (?) on Helen's countenance, he was consoling her and encouraging her and promising her that (every thing) should be
according to her will, and that it would not be worse for her
to abide in Troy than to abide in Lacedaemon wherein she had
been before.

535. Howbeit, as Cassandra Priam's daughter beheld this
Helen, she began to prophesy and foretell all that would be thereafter[2], the slaying of the host, and the cutting off of the leaders,
the fall of the kings, the destruction of the princes, the beheading of the battle-soldiers, the overthrowing of the champions, the plague-fall (?) of the old men, the destruction and
burning of the city, the devastation of the land and the country

---

[1] Lit. till he was in Sparta.
[2] Lit. 'ahead': archiunn (gl. ante) Z.[2] 611.

and the territory. „Verily," she saith, „heroes and warriors and battle-soldiers will be lying under hounds and ravens. The fields will be full of the bones of the heroes, of their heads, of their haunches, of their forks, in such wise that it is doubtful that any one will be able to pass over the plains of Troy from the abundance of the heaps of bones in every plain. Because of thee, O virgin," saith Cassandra, „men of Europe and Asia shall fall."

546. That is the prophecy of Cassandra to the Trojans.

547. So from that tale there came to Priam anger with Cassandra, and a palm was put against her mouth.

549. Now when Agamemnon came to Sparta he was consoling and encouraging his brother. „Let not weariness or grief bide on thee," saith he, „for thy honour-price will be exacted,[1] and thou shalt not be in disgrace. For the mighty men of the whole of Europe will arise to avenge thy sorrow,[2] and they will avenge it even as if it had been caused to each one of themselves." This then was settled by them, to send throughout the whole of Greece to muster the hosting of Greece, to proclaim war on the Trojans. This was announced by them, first, to Achilles and Patroclus, the two kings of the Myrmidons, and to Neoptolemus king of the island of Rhodes, and to Diomede king of the island of Argos. When they came unto Agamemnon and were biding in Sparta, their six[3] captains made a confederacy and an alliance and a bond (?) of league and union, and they declared that they would do no other business before going with hosts and armies to avenge on the Trojans the great dishonour which they had brought on the Greeks. Then they ordained Agamemnon as emperor and over-king above them all. They afterwards sent messengers to the Greeks, to collect and muster the whole of Greece from the eastern extremity of the Alps in the south unto the confine of Thrace

[1] Lit. made.
[2] Lit. sigh.
[3] Lit. their hexad of captains. The *ocus* seems an error.

and Alania in the north, from the east of the land of the
Macedonians in the west to the shore of the Aegean sea in
the east, in order that they might have frequent meetings and
assemblies and congregations in every district, that they might
have boats and barques and vessels ready, and that they might
be in their armies and in their battalions in the harbour of
Athens and then fare forth on one track to Troy, to take
vengeance for the outrage upon them.

572. Now Castor and Pollux, after hearing that their
sister was carried off in elopement and flight by Trojans, went
in their vessel to sea to voyage after their sister. They then
coasted by the Lesbian strand, till a storm forced them towards
land, and they put their vessel on shore. Then Castor and
Pollux passed away, and no one knows how they fared after
that. But the gentiles say that they were turned into two
stars, and that Gemini are their names in heaven. Apparently,
however, they were drowned a drowning in the storm. Howbeit,
the Lesbians were a-seeking them in boats and in vessels, and
searched minutely from the estuary of their land as far as
Troy, and they found not. Even though the Greeks had lost
from that expedition only those two champions and those two
points of battle, great were the loss unto them.

584. Now when this news had spread throughout Greece,
namely, that Helen was carried off in elopement, there was a
great commotion throughout the whole of Europe from the
lands of the Maeotici to the estuary of the river Rhine. That
news boiled up in the whole of Greece, forasmuch as every
tribe and every race therein felt the disgrace as if it had been
done to themselves. So there were frequent assemblies in
every tribe, and everyone's messages (?) went to the other
to know when it would be fitting for them to wend on their
way; and the implements of the way were gotten ready for
them, both vessels and sails and ropes, both food and raiment
and cattle (?). The Thessalians harnessed their steeds and
their studs to bring them to the border of the sea. The
hauberks and helmets of the Myrmidons were cleansed from

their rust and dirt. Their spears were armed so that they
might be keen for the spoiling of foes and foreigners. Their
swords were made sharppointed and their shields were ad-
justed (?) before wending on the way. The garments and weeds
and clothes of the Athenians were made ready. Now there was
one cry throughout the whole of Greece because they divided
themselves. Some of them in woods a-felling the timber, so that
no one heard another's voice by reason of the abundance of the
wrights and the serving-men a-cutting and hewing and chipping
the trees. Another party of them in forges making arms and
things of iron, namely, making swords and hauberks and shields,
pointing and shaping[1] their weapons. There was no one, now,
in the whole of Greece without a work in that kind. They
were full of leaguers and encampments from the eastern border
of Rhaetia in the south-east to the west of the land of Thrace
on Propontis in the north-east. The Athenians were biding
there in a leaguer. The Peloponnesians (?) and Mycenaeans and
Lacedaemonians were biding in one stead. Argives and Danai
and Pelasgi were (there also). Folk of Thrace and Arcadia
and Thessalia and Achaia and Boeotia were there. The Macedonians and the Myrmidons and the Ionians were there. There
were the Galatians and the . . . and the Aeolians. The gathering of Greece was nothing to the muster that was in the
islands of the Tyrrhene sea. Hardly (?) was an equal number
left[2] in them from the waves of the Adriatic sea to the
Maeotic marshes. These are the islands wherein was that
muster: namely, in Crete and in Cyprus and in Rhodes and
in Pylos and in Salamis and in the islands named . . . and
the isles . . . and the isle . . . There was, besides, a great
gathering in Corcyra and Ithaca . . . Cythera, Calaureia (?),
Carpathus . . . Aegina . . . Macris . . . Scyros and in Peparethus
and in Lemnos and in Thasos and in Imbros and in Scyros,
and in other islands besides, which win (?) fame and eminence.

---

[1] slaide: cf. du-slaid (gl. plasmantis) Ml. 140 [b].
[2] Perhaps the scribe has omitted ma: if an equal etc. Sic LL. 232 [a].

And it is related that hosts and multitudes came even out of [1]
the border-lands that are in the neighbourhood of the Greeks
south and north and west. Then came the terrible bands of
the Etruscans, who are in the north of Italy, whose valour
excels the world's children. Now when the people of Dalmatia
and Dardania and Istria and Pannonia and Rhaetia came,
there also came the valiant people who dwell in the northern
fringe of the world, to the north of the river Ister, namely the
champions of Dacia and Alania. Then too came Dromantauri (?)
who dwell at the estuaries of the Maeotic (marshes). Then
came . . . Then also came Melachli (?), noble . . . of those hosts.
There came, besides, Hippemolgi and . . . and Grunaci and
Neuri and Agathyrsi.

635. Now there was a gathering of a mighty host to the
harbour of the Athenians. Many troops and companies came
there. Many of the kings and the captains and the lords and
the mighty men and the champions of valour of Greece came
there. Many bands and hundreds and thousands came there.
It is hard to say [2] that the whole of Europe did not arise
there, with its hosts, with its kings, with its tribes, with its
races. If any one should behold the Tyrrhene sea, how it was
specked with ships and vessels and galleys, pleasant were his
view! To the folk who were biding on the hills and shores
of the Athenians, it was enough of the earth's delights to
observe the fleets and the hosts and the troops of sea and of
land, to wit, seeing every crownprince and every king and every
captain, in his royal march, seeing every soldier and every
champion under arms, and espying the side from the sea: the
oars at the rowing and the many-coloured sails of every land,
because there had been collected all that there was of ships
and vessels in the territory of the whole of Europe and in
the isles of the Tyrrhene sea. So that ranks of them were ·
made by the edge of the strand of the Athenians, to carry
the mighty host of the whole of Europe towards Troy.

[1] For isna we should probably read asna.
[2] Literally, It is a share of pain.

Now this is the number of ships that went [with] each captain of the Greeks in this fleet.

A hundred ships, this was the crew of Agamemnon son of Atreus, out of the lands of Mycenae.

Menelaus son of Atreus out of Sparta, sixty ships.

Arc[es]ilaus and Prothoenor, two kings of Bocotia, fifty ships.

Ascalaphus and Ialmenus ex Orchomeno, thirty ships.

Ajax, son of Telamon and Hesione daughter of Laomedon,

with six captains, namely Teucer his brother out of Buprasium, and Amphimachus and Diores and Teseus (leg. Thalpius) and Polyxenus, fifty ships their number.

Nestor out of Pylos, eighty ships.

Thoas from Aetolia, forty ships.

Ajax son of Oïleus out of Locris, thirty ships.

Nireus out of Syme, forty ships.

Antiphus, Phidippus and Thoas out of Calydna, thirty-six ships.

Ulysses, or Odysseus, out of Ithaca, twelve ships.

Protesilaus and Podarces out of Phylace, forty.

670. Eumeles out of Pherae, ten ships.

Podalirius and Machaon, two sons of Asclepius out of Tricca, thirty-nine.

Achilles and Patroclus, two kings of the Myrmidons, out of Phthia, fifty ships.

Tlepolemus out of Rhodes, nine ships.

675. Polypoetes and Leonteus out of Larissa [recte Argissa], forty ships.

Diomedes and Euryalus and Sthenelus out of Argos, forty ships.

Philoctetes out of Meliboea, seven ships.

Gyneus out of Cyphus, twenty-one ships.

Prothus out of Magnesia, forty ships.

680. Agapenor out of Arcadia, forty ships.

Mnestheus out of Athens, fifty ships.

Now, the number of overkings of the Greeks, that are here
enumerated is forty-nine kings in all.

684. Thereafter, then, all came to the harbour of the
Athenians, and all his captains were summoned to Agamemnon
to counsel him as to what they should do. So when the
captains had all come into one place, Agamemnon declared to
them that some of them should go to Apollo, to inquire of
him how the hosting would turn out, whether it would be
prosperous, or whether it would be passable at all. Every one
praised that counsel, and Achilles and Patroclus fared forth to
that end. So when they had come as far as Delphi, Apollo's
temple, they asked tidings of the image. Apollo replied to
them that the expedition would turn out well,[1] for they would
return to their home battle-victoriously at the end of ten years
after marching on Troy. Achilles offered great offerings to
Apollo in that stronghold. Now, when Achilles was making
the offerings in the temple, then came Calchas, son of Thestor,
with gifts and offerings from the Trojans to Apollo. He entered
the temple and asked tidings about the Trojans urgently, what
kind of end they would have of their warfare and contention
against the Greeks. Apollo answered that Troy would be
overturned at the end of ten years. When Calchas heard that,
he came to Achilles and made his union and friendship with
him, and they (both) went to the camp of the Greeks. They
related their tidings and their adventures. Now when all these
things had ended, Calchas told his people to put their ships
on sea and on ocean. The hosts did that for him. Ascalaphus
and Menelaus were put before them that they might be guides
to them straightway towards Troy, for they had been previously
in Jason's vessel.

708. First they fared to a certain island, which was under
Priam's yoke. They wreck that island. Thereafter, then, they
came to the island Tenedos, a place wherein were the treasures
and jewels, gold and silver of Priam and of the Trojans. All

---

[1] Lit. that meet would be the going of the expedition.

the human beings whom they found there the Greeks put under
mouth of spear and of sword. All the treasures and jewels
which they found they gather together. Thereafter, then, came
the kings of the Greeks into one place, to Agamemnon, to take
counsel as to what they should do.

715. This is the counsel they came to,[1] that envoys should
fare from them on an errand to Priam, to demand Helen and
the booty which Alexander had taken out of the island Cythera.
The messengers, namely Diomede and Ulysses, came to Priam
and declare their message to him diligently.

719. Now while they were about these matters, Achilles
and Telephus (a son of Hercules) were sent to harry Mysia.
Therein was Teuthras king. When they came to Mysia they
wreck the land, they gather the booty and the cattle of the
land to one stead. The hosts and multitudes of the land awaited
them round Teuthras, round their king. Teuthras challenged
them to single combat. When Achilles heard that, he cast his
travelling dress from him and donned his battleweed of battle
and combat. He donned, in sooth, his hauberk of twice-
melted iron and his crested, shapen helmet on his head. Then
he came throughout the host of the Mysians like a fierce-
woundful lion worried on account of (?) his cubs, or like a
furious bull to which an evil blow is given. He gave a cast
of a great broad-blue lance at Teuthras, in such wise that the
head went through him from the one side to the other, and
Telephus son of Hercules came to him and put his shield to
ward him just when the battle-soldier had begun to destroy
him. Because he had given a night's hospitality to Telephus
and to his father, namely Hercules, therefore he, Telephus,
came to him. So when Teuthras expected death he bequeathed
his realm to Telephus, because it was Hercules that had given
the kingdom to him and slain Diomede (*sic*), and given his
heritage to Teuthras. Therefore did Teuthras bestow his kingdom on Telephus. Then Achilles installed Telephus in the

---

[1] Lit. made.

kingdom that he might furnish a tribute of corn to the Greeks to support them so long as they were engaged in the destruction (of Troy). It was fulfilled even so. Then Telephus remained in Mysia and Achilles [1] went with booty and with great wealth unto the Greeks to the isle of Tenedos. He tells his tales and adventures from beginning to end to Agamemnon. He too was thankful.

744. Now as regards the envoys, namely Diomede and Ulysses, they declared their messages to Priam, namely, that they had been sent by the Greeks to demand Helen and the booty besides, to make peace and friendship between them, so that the Greeks might go back to their home. Hardly (?) then could (?) Priam answer these words; but he only said in his mind „Do ye take heed," saith he, „of what hath been done to me, namely, killing my father, burning my city, carrying off my sister into slavery?" „I will not make peace," saith Priam, „with them. They shall not take away women or booty." He ordered the envoys to go out of the country. „Truly," say the envoys, „we do not know whether the counsel which thou takest is meet. It will be hard for one small tribe in the world to slay and strike against the folk of the whole of Greece with its army." „The greater," saith Priam, „will be the fame and renown of the few that will carry on a noble warfare against that mighty host." „This warfare will turn out ill for thee," say the envoys. „Thou thyself wilt fall therein, and thy children and thy friends will fall." „Not much does that alarm me," [2] saith Hector. „It will be an uprising of soul and a foundation of my fame after me. I will slay hosts and multitudes. Heads and feet and bodies and necks and waists will be cut and carved by the point of my sword. Full will the whole of Greece be of gloom and of sorrow, for the sons of their kings and their captains and their nobles will fall at my hands." [3]

---

[1] The scribe has obviously omitted Achil after dochóid.
[2] Lit. on myself is that.
[3] Lit. from my deed.

„How wilt thou do that?" say the envoys, „for heroes of thy likeness and fashion will bide at the end of the drove (?) against thee? For heroes there will be in plenty to whom attacking thee will be a pleasure. There will be no seeking for heroes fit to forbid and overcome thee."

768. „Not thus shall it be," says Hector, „for I shall be a ⋏ . in combat against each man of them. Their weapons will not clash against me because of the excellence of the defence."

771. Then the envoys turned to the isle of Tenedos, to the camp of the Greeks. Agamemnon asked tidings of the envoys, what kind of country they had gone to, and what the gallantry of the heroes, what the strength of the walls, what the steadfastness of the city? „In truth," say they, „though there were seven tongues in the head of each of us, we could not set forth everything that we beheld. For the Trojans excel the men of the world in form and shape and raiment. Woe to him who shall destroy them, woe to him whom they shall slay (?), woe to him who shall slay them and shall be victorious over them and lay them low!"

780. Now when this gathering of Europe on a hosting towards Troy to devastate it, was announced [to the Trojans], they went to seek armies to their neighbours and to the over-kings of great Asia; and their kings and their captains came with hosts and multitudes to help the Trojans.

Then went Fundatus[1] and Amphicastus[2] two kings of Zelia.

Then went Carus and Amphimacus and Nestius[3] with hosts of Colophonia.

Then went Sarpedon and Glaucus with the host of Lycia.

Then came Hippothous and Cupesus, two kings of Larissa.

Then came Renus from Ciconia.

Then came Pirus and Acamas with warriors of Thrace.

---

[1] i. e. Pandarus.
[2] Made up of Amphius and Adrastus.
[3] i. e. de Caria Amphimachus Nastes.

Then came Ascanius and Antiphus and Phorcys with great hosts out of Phrygia.

Came Epistrophus and Boetius from . . . There came Pylacmenes with a great host out of Paphlagonia.

796. Then, too, came Perses (and) Memnon with innumerable hosts from Ethiopia, chief of consultation and captain of all Asia.

There came Rhesus and Archilochus with the host of Agrestia.

Then came Epistrophus with numerous troops from Alizonia.

800. Now when all these had arrived, Priam chose a single captain of manslaying over all these hosts, both in the middle and in the outside of them, to wit, Hector. Every man had authority after the other, that is to say, Deiphobus after Hector; Alexander after him; then Troilus; then Aeneas; lastly, Memnon. Then, moreover, proclamation was made by Agamemnon to the kings of the Greeks to come to take counsel concerning the answer which the envoys had brought with them from Priam. When they were at the council, there came Nauplius Palamedes, (i. e. son of Nauplius) from Zona (?) out of Cormum (?) with a crew of thirty ships. Great welcome is made to him. He was excusing himself for not having come at once to the port of Athens, (saying that this was) because he was in heavy sickness, and when it ceased upon him he came.

811. Thereafter he went into the council, and the Greeks said that this was the proper advice, to attack (?) Troy by night. Palamedes did not allow that, but (he said) that they should break upon the Trojans in the light of the day, and besiege[1] the city afterwards. Every one lauded that advice. Then at the end of their council they appointed Agamemnon as overking and chief captain of them all. Then they sent envoys and travellers (?) from them into Mysia and into other lands besides.

818. Agamemnon proclaimed to the kings and to the soldiers and to the whole host that they should set their ships

_____

[1] I take *saighe* to stand for *suidhe*: cf. ac iomsuide immon mbaile, 4 Masters A. D. 1527.

and barques on sea to row towards Troy. And he began to encourage the heroes and the champions of valour and the battlebreachers of hundreds to fight a fight edgeful, bloody, angry, truly severe, against the heroes of the terrible Asia.

823. Thereafter the host arose, and loosened their ships' cables, and left the island. They went straight towards Troy.

825. Now the earth, from sunrise to sunset, almost trembled, and the Tyrrhene sea almost came over its great plains, with the mighty rowing made by the crew of the thirty and eleven hundred ships and galleys. That was reasonable, for the folk that were on board this fleet were the points of conflict of the world's men, and the choice of the whole seed of Adam, and the greater part of the battle-soldiers of the men of earth. Because then was the world biding in the midst of its age and its indignation, its mobility and its haughtiness, its battles and its conflicts. Then its men were strongest and its soldiers were bravest, at the time this hosting fared forth. Wherefore there had been nothing equal to those heroes from the creation of the elements, as regards valour and prowess, save only that Hercules was not there, the hero who excelled every one.

836. With regard to Priam, however, he put messengers to espy and to survey the ships and the hosts themselves, what time they would come from the Tyrrhene sea to the port of Troy, so that battalions might be ready before them to safeguard the city.

840. Now when the look-out-man cast an eye over the sea, he beheld a marvel: the sea was specked with ships and galleys and pinnaces. He beheld the vast wood, over the ships and over the heroes' heads, of the lofty, magnificent (?) masts of the world. He beheld above the masts the varieties of the many-coloured sails of different colours of cloth of every country. Then he went with information to Priam. Priam asked tidings of him. Then he said:

847. „Meseemed as I looked," saith he, „that there appeared to me on the sea a heavy thickish mist and a gray

vapour dark and dim, that is spread to the clouds of heaven,
so that heaven over their heads was not near, and that sea
under the ships was not near, for darkness filled the void from
heaven to earth.

851. „Then there appeared to me the sound of a keen
tempestuous wind. Meseemed that it would cast down the
forests of the world, even as the blast of Doom.

853. „I heard the noise of a mighty thunder: meseemed
it was the heaven that fell, or the sea that ebbed away, or
the earth that split into many parts, or as if showers of stars
were falling on the face of the earth.“

856. „*Ali*! what is that?“ saith Priam.

857. „Not hard to say,“ saith the messenger. „The thickish
gray cloud, which I beheld over the sea, is the breaths of the
heroes and the champions of valour that filled the face of the
sea and the hollow (?) which is between heaven and earth,
because the steam and boiling of the keen-edged wrath arose
in the forebreasts of the valiant heroes, wherefore they turned
their wrath upon the rivalry of the rowing, so that it filled
(with their breath) the air above them.

863. „The noise of the rough wind which I heard is the
sighing and panting of those champions, with the fatigue of
the rowing and with mutual envy of a leader's contest.[1]

866. „Now this is the thunder which I heard, the gnashing
and grinding of the soldiers' teeth, and the . . . of the oars,
and the crashing of the sculls, and the falling of the benches,
and the breaking of the masts, the sound of the spears and
the swords, and the clashing of the shields, the bundling (?)
of the arrows, the clang of the helmets and the hauberks, at
the greatness of the rowing and of the . . . which the soldiers
. . . on the oars in the rowing. Such is the strength of the hands
that ply the oars that the barques and the galleys tremble
with their crews and their companies, with their barrels (?),
with their boards, with their arms.“[2]

---

[1] The meaning seems to be 'of a contest for leadership.'

[2] Here a scribe's note: 'Bad is that, O ink!'

876. „What else beheldest thou?" saith Priam.

877. „I beheld thereafter the diversity of the many-hued raiment, with the beauty of every colour that spread over the whole sea. It seemed to thee that the whole sea was specked with many-coloured awnings. I have not seen any colour in the world that was not there, both gray and blue and red and green and purple, both black and white and dun and yellow, both speckled and brown and motley (?) and red.

883. „I saw thereafter the rising of the sea on high in the semblance of lofty mountains.

885. „I saw each mountain after the other. This is my estimate, that each mountain and each wave of them would spread over all the Trojans.

887. „Then there appeared to me the prows of the barks and the galleys, and the beaks of the vessels, and the heads of the soldiers.

889. „There appeared to me the garments and dresses and brooches of the kings and the captains. I beheld the weapons (?) and the wood and the spear-forest of the lances and the pikes out of the prows and beaks of the ships.

892. „I beheld the crowd and shed of the hard shields, with their covering of plates of gold and silver around them, along the edges of the ships all about. The glittering of the arms would strike mine eye from me, and the brightness of the gold and the silver, and the ornaments of the lances and the ivory-hilted swords and of the green spears with their neck-rings and of the shields with their plates and their adornments of gold and silver. The diversity of the many-coloured raiment, this is the spread sails that were over the ships and the barques.

900. „The great storm which came into the sea so that the waves were like mountain-peaks, is the wave-roar of the . . . from the beaks and bows of the barques and from the blades of the oars and from the sides and the stems of the ships. This event will be cause of quarrel. Many will be the dead. Many will be the bodies defiled under hounds and birds and ravens on each of the two sides. Rough will be this

conflict which the men of Asia and Europe will fight. The breath of the Ethiopian will meet with the Thracian; in such wise that they will be ... Furious will be the mutual smiting which the foreigners will cause, the Persian from the east of the world, the Macedonian from the west thereof. Alas that there was not a 'honey-tongue' who would make peace with the Greeks in such wise that they would turn from the place wherein they stand!"

912. Even while they were so speaking,[1] the host came into the port of Troy. They filled the harbour with ships and galleys. Hector, however, held the harbour against them till Achilles came, of whom was said *is totum exercitum euertit*. The same man is sent to spy and to cast an eye over them, and he went and beheld the courses of the bands and the battalions, every battalion and every host round its king and round its captain, issuing forth out of the ships.

919. He then declared to Priam the form and shape and habit of every king and every captain, every warrior and every soldier of the Greeks.

This is a defect in[2] the book.

922. ... hunting Alexander, so that Aeneas put his shield behind him and saved him from the hands of Menelaus. Thereafter Alexander went to the city. *Nox praelium dirimit*.

925. On the morrow the champions of Europe and of the Greeks went before the battalion of the Trojans. Terrible, in sooth, was the kind of rage and wrath and conflict which they brought with them into the battle — Achilles and Diomede in the forefront of the battalion of the Greeks, Hector and Aeneas in the forefront of the battalion of the Trojans. This is what the captains of the Greeks brought with them (into the battle) — the overwhelming of Hector if they could. Bitter, in sooth, was the attack which they delivered. Furiously in that battle bellowed the valiant stags of Asia and Europe.

---

[1] Lit. on these words.
[2] Lit. on.

Then the mightiest heroes went according to (their) power[1] against their foes. Horrible were the signs that were there, namely, the shining of the swords and their sparks, a-cleaving the shields, the white cloud of the bucklers,[2] the smiting together of the glaives and spears and arrows against the hauberks and against the helmets, the crash, then, and dashing together of the bosses beaten by the swords and by the warlike battle-stones and by the broad green lances in the hands of the valiant heroes. The air above them was specked with the hurlings of the diverse weapons. Then there were jets of blood innumerably pouring out of the limbs and joints and members of the heroes, so that they filled the furrows and hollows of the battlefield. A close combat fought the four royal soldiers, namely Achilles and Diomede, Hector and Aeneas. They hewed the hosts between them. Achilles and Diomede were cutting off the Trojans from the forefront of the battalion of the Greeks: Hector, however, and Aeneas were cutting off the Greeks from the forefront of the battalion of the Trojans. They wrought upon the hosts so that many hundreds fell on each of the two lines of battle. What Hector alone on this day did of mighty deeds were much to be in tales and stories till Doomsday.

950. Exceeding much is it to count what kings and lords and champions he laid low; besides whatso fell by his hand of rabble and common folk, this is innumerable. Cruel, in sooth, were his deeds, as he went terribly through the crowds of his foes and left horseloads[3] of the corpses in front of the Greeks. He made a warlike fold (?) of the bodies of his foes all around him, so that he had a strong rampart overagainst the Greeks. On the other side Achilles was cutting down the hosts, slaying the troops, so that great multitudes of the nobles of the Trojans fell by him. Moreover Aeneas and Diomede killed many very valiant men on each of the two sides.

---

[1] *darcenn cumaing*, also in 1367, lit. pro potestate: cf. Lat. *pro virili parte.*   [2] which seem to have been chalked.

[3] *martlaige* seems a scribe's mistake for *marclaige*, acc. pl. of *marclach.*

960. Then came Archomenus, — a royal soldier, he, of the Greeks, — by virtue of sword against Hector, so that his lion's rage came to Hector and he gave him a blow of his sword, and made two divisions of him. Now when Palemon saw that, namely that Archomenus had fallen by Hector's deeds, he went furiously, martially after Hector. Hector turns against him and gives a terrible rush towards him, so that Palemon fell by him in that place. Then Epistrophus came to contend against Hector, and he gave a cast of his broad gray spear at Hector, but Hector put that past him. Then he directed the lance unto him, and it went into his shield and passed through himself after splitting the shield from bottom to top: so thereof did Epistrophus die at once.

972. Then Schedius went before Hector to seek his renown. He was sure that the world would be full of his name if it should happen to him that Hector fell by him. Howbeit Hector came against him terribly, fearfully, and left him without a soul. Elephenor came to contend against Hector, and cried a venomous execrable cry at him. „The man," saith he, „that comes before thee now will slay thee and separate thy soul from thy body. Glad of thee will be the beasts of the desert and the birds of the air." „Against thyself all that shall turn," saith Hector, raising the spear that lay in his hand, and giving a thrust at Elephenor in such wise that it passed through him into his gullet, and he fell to the ground. Hector runs to him and carried off his harness and his head. Thereat came Diores to him: „Thou shalt not," saith he, „bear away that harness without a contest. Thou wilt not find me the same [1] as the heroes who have done battle against thee hitherto." „Be it afterwards that thou boastest," [2] saith Hector. „We come to know it," saith he. Then they fight. Diores fell there by Hector after being wounded exceedingly.

987. After those people, then, Polyxenus began a contest with Hector and fell by Hector. Came Idomeneus in like manner. Hector parted not with him till he slew him.

---

[1] Lit. I shall not be the same to thee.   [2] a mere guess.

990. So Hector on that day slew in single combat eight of the mighty kings of the pure scions of Greece, besides what he slew of valiant soldiers, whose name wins fame and renown. On the same day Aeneas son of Anchises laid low in single combat two royal soldiers — Amphimachus and Nireus their names, — besides what he slew of the rabble. Howbeit, Achilles slew three captains of the Trojans by dint [1] of valour, to wit, Euphemus, Hippothous and Asteropaeus. Terrible, in sooth was Achilles' appearance on that day. Round his head (was) a crested helmet, from which spears and swords and stones would rebound. A hauberk well-braided, many-looped, strong- . . . protected him from ear to ham. A soldierly claymore in his hand, which hauberks and helmets could not resist, because of its keenness and its sharpness and its cutting-ness. On his left, a hard-keen curved buckler, wherein would fit a three years' boar or a couple in bed. Full from edge to edge was it of the forms of unshapely dragons, and of the forms of the beasts and wondrous monsters of the world, of the many portentous shapes of the earth. There was, moreover, in the inscribing of the shield an image of heaven and earth and hell, of sea and air and ether, of sun and moon and the planets besides that run in ether. In the world there was not a battle-weed of battle or conflict or combat like this weed of Achilles. Because it is Vulcan, the Smith of Hell, who wrought that armour of Achilles, after he had given his own armour to Pa-troclus, before fighting with Hector: so Hector slew him in the form of Achilles, and stript him of Achilles' raiment; wherefore Vulcan thereafter made this venomous armour for Achilles, in order to the slaying of Hector.

1014. Cruel, now, was the confusion which Achilles brought upon the hosts. Many kings, many princes, many heroes, many nobles, many lords, many champions were destroyed in the soldier's gap which Achilles wrought in [2] the battalion of the Trojans. Then Diomede slew a multitude of the hosts,

---

[1] Lit. in strength.   [2] Lit. brought into.

7*

together with twain of the royal soldiers of the Trojans who were slain by him, to wit Mesthles and . . .

1020. Now when Agamemnon beheld the kings of the Greeks and many captains of his people slain, and a slaughter of his army made, it was proclaimed to his people to retreat and to leave the line of battle. This, then, is done. The Trojans marched to their city with victory and triumph. But as to Agamemnon, the kings and chieftains of the Greeks were summoned unto him, and he began to hearten them so that they should not be dispirited though multitudes of them had fallen; for that hosts and great multitudes would come to them from Mysia on the morrow.

1029. Howbeit on the morrow Agamemnon comes with the Greeks, so that they were biding on the battle-field; and he began to hearten the heroes and the kings to march with all their soldiers and warriors to the battle on that day.

1033. On the other side came the Trojans. A furious battle is fought there at every point. Great in sooth was the duration of that battle, for the space of eighty days, without staying, without pausing, without ceasing, but each of them a-smiting the other. Sooth, many thousands of the heroes of Asia and Europe fell in that battling. Though each of the two hosts had no loss save what was slain at that season, great were the loss. As to the valiant deeds that Hector did at that time, if they were thoroughly known there would be enough of noble tales for the men of the world.

1041. Howbeit, as Agamemnon beheld many thousands of his people falling every day, and when he beheld the great overthrow that Hector inflicted upon them, and when he beheld the fields full of the bodies and of the entrails and of the bones, so that the great plain was not traversable, from the walls of Troy even to the camp of the Greeks, owing to the abundance of bodies and the clots of blood. — As to Little Asia, it was not inhabitable at all, from the bight of the Pontic sea in the north as far as Ephesus in the south, with the evil stench of the blood and of the bodies decaying, and

with the smoke of the entrails a-burning in the many fires, so
that therefrom fear and ... and cursing seized the whole country,
and slaughter was caused to human beings and cattle and beasts
and birds. — As, then, Agamemnon beheld all these things, he sent
to the Trojans two captains of his people, namely, Ulysses and
Diomede, to ask for a three years' truce. Now, when the envoys
entered the city they met with warriors of the Trojans. These
asked tidings of them. The envoys said: „to ask a truce," say
they, „we have come to Priam." So when they came to Priam's
palace they tell their tidings, namely, that they had come from
the Greeks to ask a truce, (in order) to bewail their comrades
and their friends and to bury their dead, to heal their sick,
to fortify their ships, to assemble their hosts, to repair the
camps. Now when Priam heard that answer, his hosts and his
multitudes were summoned to him, and he told them what the
envoys of the Greeks had come for, namely, to seek a three
years' truce. To grant the truce, however, seemed not good
to Hector. Nevertheless he granted it at the request of the
king of the Trojans, for they wished to strengthen the ramparts (and) to bury their (dead) friends.

1067. Now the fame and renown of Hector, son of Priam,
spread throughout the whole of Asia and the whole of Europe.
Every pair was whispering about him [1] among the chief cities
of the world. An unique battle-soldier, with terror, with fear,
with a lion's wrath, with a champion's hardness, with a soldier's
blow, with a leopard's storminess, fighting and arising and fen-
ding with the few of his city against the active, splendid heroes
of the west of the world.

1074. Thus, then, was that tale told:

1075. There stands a great awful man a-battling at Troy.
He alone hath slain a third of the hosts, and cast down the
strong soldiers, and sprung over the heroes and shaken the
lines of battle: he reprimanded the heroes, he overthrew the
kings, he burnt the ships. Their champions of valour and their

---

[1] Lit. He was a whisper of every pair of persons.

battle-breachers of hundreds, and their veterans of the battle-line, and their slaughterous leopards have fallen in fighting against him. He has filled with corpses the fields before Troy. Now there was one cry of wail and lamentation throughout Greece through dread of the same man, for their sons and their grandsons and their fosterchildren had fallen through dread of Hector's hand. As to the isles of the Tyrrhene sea, great is the cry of lamentation that was therein. They had the wail of every house from the sea of the headland of Pelorus to Pachynus and Bosphorus. Beautiful were the grown-up girls who were making songs and music . . . commemoration of Hector's name together with their dear ones and friends who had fallen by his hand. So greatly had the fame and renown of Hector run among the chief divisions of the world that the troops and assemblies of ladies and the joyous girls of the world, loved him for the noble tales about him, so that they would have proceeded (?) out of their lands to see and to contemplate Hector's form, had not the great wars taken [him] from them. As to the sons of the kings and nobles of Greece, they went as far as Troy, with one will, to see Hector, and they used to step on mounds and on enclosures to see Hector over the men's shoulders. When he was in his full equipment of armour and apparel, the Greeks, for fear of Hector, knew not what they should do. They knew not how they should go in order to slay him. Of the world's men there were none, whatever were the excellence of their prowess and their casting of darts, that could strike Hector because of the excellence of (his) defence and protection. During the seven years the Greeks were unable to overcome him, although they excelled the men of the world in knowledge and wisdom, in cunning and valour.

1112. Then came the end of the truce. Hector and Troilus went before the host of the Trojans against the Greeks. A battle, angry, savage, edged, was fought by them on the slaughterfield. Hector attacked the battalion of the Greeks, so that Phidippus fell by him in the first line of battle. He brought confusion on them all, and slew many thousands of them. By him, moreover, fell Antiphus, a wonderful captain of the Greeks was he. Then came Achilles from the side of the Greeks and cut up the Trojans, so that many hundreds of them fell by him. Then he killed two champions and two chief-warriors of the Trojans, namely Lycaon and Euphronius. There was no pause to the fighting every single day to the end of thirty days. There were layers, then, and great heaps of human bodies between the city and the camp at that season.

1115. Now when Priam saw that countless hosts of his people had fallen through the greater force that had come out of Greece and out of Mysia, he sent to seek a truce of six months. Agamemnon granted that, by advice of the worthies of the Greeks.

1119. The time of the battle came. A cruel conflict is fought on this side and that. Many most mighty captains fell in each of the two hosts. Multitudes were wounded. Abundant was the paean round a hero's head there. There, then, they ceased not fighting for the space of twelve days.

1123. Thereafter Agamemnon sent to seek a truce of thirty days. Priam granted that, by the advice of the Trojans and by the advice of Hector son of Priam.

1126. Now when the time of battle arrived, it came to pass that Andromache, Hector's wife, saw a grim, execrable vision concerning her husband. This was the vision. A great image had Hector in the archway that he held of the city, his own image there in sooth, and the image of his horse beneath him. Now Andromache saw its head fall from that image. Andromache after rising out of her sleep, kept silence as to that thing[1]; (but) she declares the vision to Hector, and began dissuading him from entering the battle on that day. When Hector heard that, he said that it was not good advice, and he began upbraiding his wife keenly and said: „I will in nowise give up my valour or my prowess for a woman's counsel."

1137. Now when Hector took his fighting-dress of battle

---

[1] Lit. put that into silence.

about him, and began to go to the battle-line, then did Andromache utter her three screams on high, so that horror and
fear thereat seized the folk of the whole of Troy, and she fared
forward to Priam and related her dream to him and declared
to him that he should constrain Hector that day not to enter
the battle. Then, too, his little son was brought before the
battle-soldier, so that this held him fast. When Hector was
held fast, Priam pressed on the hosts of the city to go boldly
to the battle. This is done.

1146. As to Agamemnon and Achilles and Diomede and
Locrian Ajax, when they saw that Hector had not entered the
fight they made nothing of the (Trojan) hosts. They were
furious in smiting the hosts, and they took not their hands
from them until they had forced them back into the city, and
shut it upon them.

1151. Now when the savage wild-beast and the glaring
fire-brand with which the west of the world was flaming, to
wit, Hector, heard the exceeding great noise of the Greeks and
the great danger in which the Trojans were biding, he gives
a furious, lively goal towards the conflict, so that multitudes
of the heroes of the Greeks fell by him. Idomeneus, in sooth,
fell by him in the first line of battle. Then he slew Iphinous,
a hero-soldier of the Greeks. He slew Leonteus moreover, at
the first rush. Then he wounded Sthenelus in his thigh. So
he . . . throughout the host in that wise and plied his rage
upon them like a stag in heat (?). Hector rested not from them
in that wise till [the field] was full of bodies and of heads from
one end to another of the battle. So it is that not more
numerous are sheaves of oats in autumn after a great reaping-
party, or icicles under feet of kings' herds in a ford between
two territories, than are the heads and feet and bodies and
waists cleft by the edge of his sword (or) point of spear and
cut by the swordlets and spears that were fitted out of his
own hauberk and the hauberks of his horses.

1167. Now when Achilles saw that the chief manslayers
of the whole of Greece had fallen by Hector, and (beheld) the

confusion that Hector brought on the hosts, he pondered in his
mind how he should set about slaying Hector, for the Greeks had
no hero a match for him save Achilles only. He was sure that
unless Hector should fall quickly not one of the nine and forty
kings who had come from Greece on this hosting, would escape,
and that he would deliver a sudden attack on the host besides,
so that no living man of them should escape from him. Now
while Achilles was thus pondering, a valiant battle-soldier of the
Greeks, namely Polyboetes, set shield against shield to Hector.
It was not long that he endured Hector, so that he fell by him.
This struck the Greeks dumb[1], the quickness with which the
hero had been slain in their presence. Then the Greeks betook
themselves to a lying, snaring stratagem behind his back, since
they could no nothing before his face, because of the constancy
of (his) valour. This was the stratagem: they cast their clothes
off them, and made thereof a mound in front of them, and
Achilles, with his spear in his hand, was set in the middle
of the mound. They then pretended to flee. The battle-soldier,
Hector, ran after them, and began cutting down and hewing
the soldiers and causing[2] the slaughter, and took to spoiling the
slain Idomeneus. Thereat Achilles comes to him. When the
hosts saw that, they gave one cry out of them, both Greeks
and Trojans and the people of the city in the middle; but it
was with a diverse intention: this was the intention of the
Trojans, to make known the wile to Hector: the intention of
the Greeks, however, was to shout at him so that he should
not hear (the Trojans). Then Hector started up, and turned
against Achilles, and gave a thrust of a lance at him, so that
it pierced his thigh, and began to go into the midst of his
own people. Him followed the terrible hero, the mightiest who
was in the west of the world, to wit, Achilles, when the valour
and fury and anger wrought by the wound had sprung into
him; and a blow of the great spear that lay in his hand he
dealt into Hector's back and broke the bone of his back before

---

[1] Lit. put the Greeks into silence.   [2] Lit. striking.

he had got into the midst of his people. The hosts of the
Greeks overtook and closed around him. Then in that wise
Hector sent forth his spirit. The Greeks uttered a shout of
victory and exultation, because of (?) [1] Hector the chief warrior
of the earth.

1199. Now when Achilles had completed this deed, he
drove the Trojans before him towards their city, and hurled
slaughter upon them as far as the doors. Howbeit Memnon
the Black gave a duel to him, and withstood him, although it
was a difficult combat, so that it was the night that separated
their combat. Achilles returns after the day was ended, bloody,
woundful, gore-streaming, to his tents after victory and triumph.

1205. Sad, in sooth, were the wailing and the lamentation that were that night in Troy. Much grief there was
therein, and sadness and lamentation and handsmiting, because
there was wanting unto them their goodly captain of prowess,
and their heart's nut, and the bush of their safeguard, and
their battle-gate of battle, their shield of protection, and
their bar of boundaries against foes. A city without fence
was their city after him. Guarding (?) round a king was guarding round him. Arising round a champion was arising round
him. He surpassed the heroes of all the world in splendour and
in dexterity, in wisdom and in valour, in dignity and in abundance. He was full of knowledge in every science. He surpassed
the world's champions of valour in plying spear and sword.
He excelled the men of the earth in winning battle and conflict. He surpassed the warriors of the earth in splendour and
in dexterity, in swiftness and springiness. Even great multitudes
of the Greeks lamented him because of the noble tales about
him. Greatly did the striplings lament, and the young youthful
folk who had come out of neighbouring districts to behold him.

1220. Great, however, was the joy that abode in the
leaguer of the Greeks on that night, so that the Greeks did

---

[1] *fo chenn* must be a nominal prep. like ar chenn, dar cenn, do
chinn, but I do not know its meaning.

not sleep, on that night, their sound sleep. They had put their great fear from them. They had avenged their sighs. They had cast their weariness from them after overwhelming the great soldier who had flung down their champions (and) laid their heroes low.

1225. Now while Memnon was on the morrow gathering the battle for the Greeks, Agamemnon sent messengers to Priam to ask a truce to the end of two months, for burying their dead, for tending their wounded. After this truce had been granted by Priam, Hector was buried by him before the gates of the city, and funeral games were held for him, according to[1] the rites and the customs of the Trojans.

1231. While the truces were lasting Palamedes was complaining greatly that Agamemnon had the kingship. So when Agamemnon heard that, he declared that he would part from his kingship if every one (so) wished. On the morrow, therefore, the people are summoned to a council. Then Agamemnon declared that he was not covetous about the kingship: he was willing though he should abide therein, he was willing not to abide. Enough for him only that the honourprice of the Trojans should be exacted. So when Palamedes was boasting of his wisdom and his knowledge, of his valour and of his princeliness, the Greeks then appointed him chief king over them all. So Palamedes assumed the kingship and gave thanks to the Greeks. Howbeit, Achilles was ill-pleased that a change of kings had been made by them.

1242. Howbeit, Palamedes took to fortifying the camp and enlarging the trenches (?). Then he urged on the soldiers to come boldly to fight against the Trojans and (especially) against Deiphobus, son of Priam. So on the morrow the Trojans and the Greeks meet on the battle-field. Then Sarpedon Lycius, a Trojan, routed the Greeks and inflicted great slaughter upon them. Tlepolemus Rhodius, a Greek, fights a fierce contest against Sarpedon, a Trojan. Now when Pheres son of Admetus, a royal captain of Greeks, saw that Tlepolemus had

---

[1] Lit. as was in.

fallen by Sarpedon, he comes angrily and manfully towards him, so that they were for a long while smiting each other. Then Pheres, a Greek, fell after (receiving) many wounds from Sarpedon. So Sarpedon returned, covered with blood and wounds, to his house.

1254. So while they were fighting, many leaders fell on each of the two sides; but of champions and heroes more fell of the Trojans. Now when the Trojans were sore pressed[1] they sent to seek a respite. While the truces lasted they buried their dead, they tended their wounded.

1259. It was safe then, for Trojans to wander about in the camp of the Greeks, while the truces were lasting duly; and it was safe for Greeks to go into Troy.

1262. Then Agamemnon and Demophoon were summoned into the council-house to Palamedes, the king of the Greeks, that they might go into Moesia to fetch thereout tribute of corn from Telephus son of Hercules, the steward of Moesia. „It is likely,“ saith Palamedes, „that Agamemnon will deem it irksome, after being on the throne, to be sent on an embassy.“ „I will not, however, deem it irksome“, saith Agamemnon, „to go at thy behest.“

1269. Now as to Palamedes, he fortified the camp and built lofty towers all round about it. Howbeit, the Trojans marvelled, what caused the Greeks to repair the camp, and renew the ramparts, and extend the forts and the palisades, and to prepare every thing.

1273. Now when Hector had been a full year in (his) grave, forth from their city fared outside Andromache Hector's wife, and Priam son of Laomedon, and Hecuba Priam's wife, and Polyxena Priam's daughter, and Alexander Priam's son, and Troilus Priam's son, and Deiphobus Priam's son, and hosts and multitudes along with them, to hold funeral games for Hector. Then it came to pass that Achilles was in the gate of the city before them. At once, as he beheld that most

---

[1] Lit. when it was heavy on the Trojans.

beautiful lady, to wit, Polyxena, he gave love and fondness and affection to her. Then began to be peace without fighting (as men were) awaiting the lady's betrothal to him.

1282. Now he felt sore that Agamemnon was put out of his kingship and that Palamedes was reigning, because there was nothing that Agamemnon would not do for him.

1284. Then Achilles sent a messenger, i. e. servus Trojanus, to speak with Hecuba, namely, that Polyxena should be given to him and that he would go to his country with his Myrmidons along with him; and he declared that if he went, every king and every leader of all the Greeks would go home. Hecuba said that that thing she would like, if Priam liked it. She asked Priam if it seemed good to him. „That cannot be," saith Priam — not, however, that he is bad of birth; for though he should go to his home with his Myrmidons, the leaders of the Greeks besides would not go." It seemed evil to him to give his daughter to an unknown stranger who would fare forthwith to his territory and his land. Then Achilles sent the same servant to ask of Hecuba what counsel she and Priam had given.[1] Hecuba declared to him Priam's counsel.

1297. Now when the messenger had related to Achilles his tidings and his goings, he (Achilles) was lamenting and bewailing greatly throughout the leaguer, and he said: „Great the folly", saith he, „that is done here, namely, to collect the valiant champions and hardy heroes of Asia and of Europe, so that they have been a-smiting and slaughtering each other because of one woman." Grievous it seemed to him, then, that the children of the kings and the captains and the nobles should perish and fade through that cause, and peasants and mean races should become great after them. Better were peace there, and friendship and good will, and that each should go to his own land.

1306. Thereafter, then, the truces expired. Palamedes came with his hosts and with his multitudes outside the camp so

---

[1] Lit. made.

that they were biding on the battlefield. The Trojans, however, came from the other side with Deiphobus son of Priam. Howbeit, on that day, Achilles, for wrath and bitterness, entered not the battle. The greater, then, was the fury and tempest of Palamedes thereat. He broke a breach of a hundred in the battle, till he came to the place wherein Deiphobus, son of Priam, was biding; and cut his head off him over shield.

1314. Thereafter arose a very mighty and savage contest. Woeful on this side and on that was that conflict.

1315. Many thousands fell on each of the two sides, so that the earth was crimson underfoot with the clots of the blood. Then came Sarpedon Lycius with great fury and great anger to fight against Palamedes. Palamedes awaited him, so that Sarpedon Lycius fell by him. So when Palamedes had done these deeds, he was biding joyfully before the line of battle. So when he was boasting that two royal battle-soldiers of the Trojans had fallen by his hands, Alexander loosed his bow, and sent a shot of an arrow at Palamedes, so that it entered him. When the Trojans saw that, they all cast their spears at him, so that of him was made a mill-sieve. Palamedes fell in that place. After the fall of the king of the Greeks, they were hunted as far as the camp, and they passed in their fleeing to the midst of it. The Trojans close round the fortress to destroy the camp, and they burn the ships. This is told to Achilles. „That is untrue!“ saith Achilles. „Defeat on the new king, and his falling by his foes!“ That was mockery on his part. Ajax son of Telamon was in the rear of the host, and he gave hard battle to the Trojans in such wise that it was the night that severed their fighting, so that each of them went to his stronghold at the end of the day. Now the Greeks that night bewailed Palamedes for the goodness of his form and his shape and his build; for the greatness of his wisdom and his lore and his knowledge; and for the greatness of his bounty and his deeds and his valour. The Trojans, moreover, lamented Sarpedon and Deiphobus, their royal leaders and their chief battle-soldiers.

1338. So that on night Nestor gathered together the kings and the captains into one assembly to counsel them to get one king over them. And it was Agamemnon in particular whom he urged them to get, forasmuch as the host had great prosperity and good fortune there while Agamemnon had been their king.

1343. In the morning on the morrow the Trojans marched to the battle. They were well-nigh mad and infuriated, and they shook the earth with the greatness of the vehemence (?) and the boiling of the anger which the heroes brought with them into the battle. Then from the other side marched Agamemnon with the battalion of the Greeks around him. Fell, then, was the fight which the soldiers fought. Each of them had harm for the other. They yearned to pour forth the blood without . . . That conflict was a rout on this side and on that.

1351. Now when noon had come, Troilus went towards the fight and gave a goal that was not unterrible, past the champions of the Trojans, in such wise that he was biding between them and their foes; and he began hewing at the heroes and severing the companies, and slaying the hosts from the breast of his own battalion, and he delivered a thunderfeat upon them, and drove them together before him to the camp as a hawk drives little birds.[1] And he stayed not from them, so that many thousands of them fell by him before the gates of the camp were shut behind them. Of the unreckonable things of this story was what fell of the heroes of Greece here by the rough play of Troilus.

1360. On the morrow betimes[2] forth from their city came outside the Trojans to the battle. Then Agamemnon comes on the other side with the heroes of the Greeks around him. A bloody, angry, deadly, venomous fight, full of mournful wailing, is fought on each side of the combat. Vast slaughter was inflicted on each of the two sides. The champions of valour of

---

[1] Cf. Iliad XVI 582, 583, XVII 757.
[2] Lit. in the early part of the day.

Europe and Asia were broken there. A cruel, mighty, woundful battle was there begun. Plenteous were the streams of
blood over the skins of tender youths a-going into danger
according to their power. Many were the heroes lying hacked
and cut by the fighting of foes. Many were the shields cloven
from edge to edge. Many were the swords worn down to their
hilts by the mutual smiting. Many were the spears and javelins
broken all round the battlefield. Many were the byrnies without . . . Full on that day were the slaughter-fields, glens, and
valleys and firths, of the streams of blood that were there
a-dropping out of bodies of valiant heroes. Of the deeds done
on this day — though none should be counted save those that
fell by the hand of Troilus (the youngest of Priam's children,
but the oldest of the men of the world from sunrise to sunset
as regards honour and prowess and valour) — though none but
those should be counted, it were enough of tidings of valour
and of loss of his enemies. For though the Greeks should not
find a lessening (?) of that host save only those of their strong
leaders that fell that day at the hands of Troilus, it was
enough of evil; besides what he laid low of the rest of the
host, — more was *that* than could be reckoned.

1382. Thereafter, then, they went on fighting every day till
the end of the week. Agamemnon sent to ask a truce till
the end of two months. Then each buried his friend and his
comrade and his companion. Then the Greeks, with Agamemnon, held funeral games, magnificently and honourably, for
Palamedes their king.

1387. Now while these truces were lasting, Agamemnon
sent envoys to invite Achilles into the battle. These were the
envoys, to wit, Ulysses and Nestor and Diomede. That was
in no wise gotten from Achilles, because of what Hecuba had
promised him; for so great was his love for Polyxena that he
was not at all fain to fight against the Trojans. He was
mightily enraged with the envoys because they had come at
all to him; and he said to them that it was better to make
peace and goodwill and friendship between the two countries

than unpeace and unfriendship, and to have the heroes of the two countries falling (in fight).

1396. When Agamemnon was told of Achilles' stern refusal of the fighting, unto him all the other leaders were invited to take counsel as to what they should do, whether it should be what Achilles had said, to wit, peace and friendship, or whether it should be warfare and quarrel as they had begun. He asked them in the assembly what the mind of each of them chose. Then, truly, his brother Menelaus besought him to hearten the soldiers to the fighting, and not to relinquish Troy. Menelaus also said that neither dread nor fear of the city was needful, for there was no hero like Hector guarding it then, as there had been before. Then said Ulysses and Diomede that Hector had not been mightier than Troilus (was) in deeds of valour and prowess. „However, it is not in order to refuse the fighting that we declare that," say they. Then did Calchas declare to them out of Apollo's prophecy, that they should not desert the land of Troy, for that the fall of Troy was nearer to them than anything.

1410. Now when the end of this truce arrived, Agamemnon and Menelaus, Diomede, Ulysses and Ajax fared towards the fight. The Trojans, too, went on the other side with Troilus, with Aeneas, with Helenus etc. The two battle-lines attacked (each other) mightily and passionately. As to Troilus, however, he went forward to the battalion of the Greeks. He began to deliver a savage, fearful attack on the hosts. He wounded Menelaus in the first line of battle. Then he mightily hunted the hosts until they came to the camp. On the morrow Troilus and Alexander went before the host of the Trojans. Agamemnon, however, and Diomede and Ulysses and Nestor and Ajax son of Telamon and Menelaus come before the battalions of the Greeks. It is doubtful, then, if they left any one in the camp save Achilles with his household and his host. Bitter, insooth, was the kind of slaughter that they both inflicted. No one there endured little (?) from another. Troilus was furious, and he gave a goal towards the Greeks, in such wise that he was in the middle of the host. A champion's site was

8

left for him in the midst of the battle, so that for a spearcast from him there was none of his foes upon it. That attack of his was not ⁄. , to make a sword-land and a warlike fold and a battle-wall of corpses around him amidst his foes in such wise that foes were between them and his own people. Then he attacked the band of the soldiers among whom was Diomede, and he put them to flight.[1] Thereafter he attacked the band of the kings with Agamemnon: he routed them and slew a king among them. He is mad then and falls[2] upon them like a wolf among sheep till he pressed them before him as far as the camp. In that wise, then, were they battling for the space of thirty days. Many thirties, many forties, many fifties, many hundreds, many thousands of them fell at that season.

1437. Now when Agamemnon saw that a vast host of his people had fallen, and that of (his) host there was not the material for battling against the Trojans by reason of the destruction of his people, he sent to ask of Priam a truce to the end of six months. So all his leaders were invited to Priam, and he told them that men had come from the Greeks to ask a half-year's truce. That, however, was not readily got from the Trojans and Troilus; nevertheless they granted it at Priam's entreaty. Thereafter the envoys of the Greeks came to the camp. After the granting of the truce every one buried his friend and his companion, and moreover the wounded folk, namely, Diomede and Menelaus, were tended by Agamemnon. Then the Trojans did the same, to wit, they buried their dead, they healed their wounded.

1499. Now the Grecian kings took counsel[3] as to how they should prevail on Achilles to come into the battle, because, except him, there was found no hero with them who could withstand Troilus. So they persuaded Agamemnon himself to come and invite Achilles. Then Achilles besought Agamemnon that he should not make war, but that it should be peace; for *,peace is better than lucky warfare.'* „If, however, ye fare

---

[1] Lit. so that D. was among them, and he put hunting on them. cf. 1416.

[2] Lit. plies himself.

[3] Lit. there was a counsel with (*apud*) the Grecian kings.

to fight [1], I will put my people to work along with you, so
that thou mayst not go with a complete refusal." Agamemnon
fares home thankful (and) joyous.

1457. Now when the time of the battle came the Trojans
arrayed their host. The Greeks also, on the other side, set
their battalion in order. Then Achilles began deligently to
encourage the Myrmidons, and he sent them in their knot of
battle to fight against the Trojans and against Troilus; and
he said to them also that they should bring him Troilus' head.
A conflict awful, unheard-of, arises [2] between the two ends (?)
of the battalions. The Myrmidons became mad. The earth almost
broke under their feet with the boiling of the wrath that
abode in their breasts. They deemed it much that they would
not get their fill of fighting and battle even till the end of
the world. They deemed it much that with every blow they
should cast the men down to the ground. They deemed it
much that they should hunt the Trojans as far as their city.
They deemed it much also that they should breach and shatter
the walls of Troy. Whatever (?) were the strength of the men
that happened to be against them, (those men) would not have
endured them had not Troilus helped. [3])

1471. Now when Troilus beheld the great fury and the
vehemence and the valour (?) that the Myrmidons displayed, and
when they had cast their spears on himself, fury and anger
filled him; and out of his forehead arose the hero's light, until
it was as long as the nose; and his two eyes came out of his
head till they were longer than an *artemh* [4] to the outside of
his head. Alike were his hair and the branches of a haw-
thorn. He attacked the hosts in that wise, like a lion active,
full of rending fury (?), who runs to . . . a herd of boars. So
he slew thrice fifty champions of valour of the Greeks and

---

[1] Lit. 'if it is battling that ye do.'

[2] Lit. unknown, grows.

[3] This is a mere guess. The original seems corrupt.

[4] said to be 'a fist with the thumb extended', ,a measure of six
inches,' Laws II 238, 240 n. *airtem* s. *ferdorn*, O'Dav. 53, s. v. Cletine.

Myrmidons at the first soldier's onrush which he gave against
them. He brought confusion then on all the hosts, and ruined
the Greeks, and slew the Myrmidons, as far as the entrances
of the camp. And he caused the slaughter of the hosts; and
of the unreckonable things of the 'Destruction (of Troy') is
what Troilus slew of the Greeks on that day only. And it is
hard to say[1] if any one of the whole host escaped from him,
that was not lame or blind or deaf or lefthanded, after being
cut and mutilated by the thrust of his spear, by the mouth
of his sword, by the edge of his shield, by the end of his fist,
by the crook of his elbow, by the thick of his knee; so that
at the same time he plied them with the rocks (?) of the stones,
the bodies of the chariots, the yokes of the oxen, the shares
of the ploughs. Then he used to take the shields and the
swords and the stakes and the lances, so that only their rem-
nants lay in his hand after being broken in smiting his foes.
So greatly did they flee that it is doubtful (whether even)
Ajax son of Telamon remained behind them. Troilus with his
Trojans returned with great victory and great triumph at the
hour of evening to their city. There was great grief on that
night in the leaguer of the Greeks through fear of Troilus' hand.
A marvel (?) to them was the youth of the lad and how little[2]
the choice of the champions and warriors of the west of the
world could maintain striking against him. Each of them said to
the other that if his (Troilus') score of years were complete, he
would kill the whole host and that not a man to tell tidings
of them would get back from him to the land of Greece. If
he were a man in the prime[3] of his age he would overtop
the heroes and champions of the earth, from the rising of the
sun to the setting thereof, and he would fill the world with
stories of him and of his valorous achievements and mighty
deeds, and would surpass even Hercules in strength and bravery. But if his life were lengthened[4] till he was thirty years

---

[1] Lit. a share (quota) of pain.
[2] Lit. the littleness.   [3] Lit. choice.
[4] Lit. if it were lengthened on him.

old, the Trojans' realm would rule over the men of the earth
from the bounds of Iuenes (Imaus?) unto the isles of the Bri-
tons, to the north-west of the world. Truly (then) there would
be a single king throughout the world's four quarters.

1507. In the morning on the morrow Agamemnon went
forth with his host. Then all the leaders of the Myrmidons
went like warriors, furiously, straight on before Troilus. Now
when the two battalions met, a rough combat was fought there.
Multitudes of each of the two sides fell. They were for a season
in that wise battling on every day. Troilus used to attack them
every day and hurled slaughter upon them as far as the camp.
And he took a troop of the Myrmidons especially, and cut their
hands off, so that they might go to Achilles in his fort.

1515. Now when Achilles saw that many thousands of
his people had fallen, and the crushing that Troilus brought
upon them, he sent to Priam to ask a truce of thirty days, in
order to bury his dead and to heal his wounded. Priam
granted the truce because (he wished) to do the same.

1520. Now when the time of battle arrived the Trojans
come forth out of their city. The Greeks gather on the other
side. Thereat then Troilus comes to the line of battle. He
drove the Greeks about. He hunted the Myrmidons in flight
before him to the camp. So then anger and rage seized Achilles,
seeing every day the rout (coming) towards him. Rough
he deemed the dressing which Troilus would inflict [1] every day
on his people. Sad he was that his good folk and good people
of manslaying, his comrades and his friends, had fallen before his
face in the battle-field. He deemed it a shame, too, that the
tender, beardless lad, whose hair or beard had not grown,
should be cutting and rending the champions of the west of
the world, whose equal, of Adam's seed, there had not been
up to that time. Then he himself went into the battle, and
he went right onward before Troilus. When Troilus saw that
he awaited him. Then they both fight [2] a duel. Troilus hurls

---

[1] Lit. take.   [2] Lit. meet.

on him a cast of a great spear, and wounded him. On men,
then, was Achilles carried from him to his camp. So the
hosts were in that wise smiting one another[1] till the end of
a week. Multitudes, however, fell among them at that season.

1538. Howbeit, on the sixth day after being wounded Achilles again entered the battle, and began urging the Myrmidons to
rout the Trojans. Now when the sun was rising into the height
of heaven and shone on glens and slopes, Troilus came to the
battle. The Greeks on seeing Troilus, utter a mighty shout.
The Myrmidons come before him and close[2] upon him, because
he was on a horse. Of the stately things of the world was
what he did of feats of valour before them, to wit, the excellence of the hurling, the cunning of the defence, the quickness of
the mighty blows. He plied his rage and his wrath on murdering
the troops, on slaying the soldiers, on smiting the hosts. Of
the unreckonable things of the 'Destruction (of Troy)' is (the
number) of Greeks that Troilus and his horse slew on that day
only. Now when the Greeks saw that great multitudes were
killed by Troilus, they all set their mind to compass the killing of him. So when Troilus was slaying (his foes), a cast
is made at the horse that was under him, and the spearhead
went through him, and the horse gave three bounds on high
and fell to the ground, and flung Troilus on the other side on
his back. Before he got up, Achilles comes towards him quickly
and rapidly, and gives a thrust of a huge spear at him, so
that it went through him to the earth, and Troilus died thereof.
Now when he (Achilles) made an attempt at bearing the body
to his camp, then did Memnon the Black come towards him,
and took from him the body by force, and wounded Achilles
himself. After his wound Achilles goes to his camp. Memnon
followed him to the camp with his hosts around him. Now when
the terrible hero, the mightiest that hath been of Adam's seed,
to wit, Achilles, saw (that), he could not bear not to turn

---

[1] I read *oc* [*imm*]*thiúarcain*, as in 1615.
[2] Lit. fold.

against Memnon. So, after battling for a long time, they fight a duel. Memnon fell, after many wounds were set upon him; and even Achilles was wounded, and he went to his camp with great victory and great triumph, and was long a-healing therein. Now from the time that Troilus and Memnon fell the Trojans were routed[1] to their city, and they left (behind them) a great slaughter of valiant men, and the gates were shut diligently. Now when the night came, the Greeks went to their camp with victory and triumph.

1571. On the morrow Priam sent to ask a truce to the end of thirty days. The Greeks accepted that. Then by Priam were buried Troilus and Memnon and multitudes of others besides. As regards the lamentation that was poured over Troilus and Memnon, it cannot be told how it was made. For there were the hosts of Asia, both man and woman, both boys and girls, both old and young, beating their hands and bewailing at one time and one hour. They cast forth showers of burning tears. They cut their hair from their heads, and they darkened (?) their faces at the affliction caused by the deed. Because that was the day whereon fell the cast of the world, to wit, the chief leader of the whole of Great Asia, to wit, the king of Persia and Egypt fell there, namely Memnon. As to the hero and battle-soldier and battle-valve of battle of the men of the world, and the noble, conspicuous stripling, around whom the youths of the Trojans used to go for games and assemblies, that *he* fell there was a great loss to the whole of Asia. This, in sooth, was the first destruction of Troy. The soldiers were afraid to go into battle now that Troilus was slain,[2] for their spirit was strong (only) when Troilus was before them, for neither fear nor dread used to seize them (when) with him in any battle and in any battle-field which he would enter. This was reasonable, for though he was a stripling as regards age, he

---

[1] Lit. it broke on the Trojans.
[2] Lit. there was fear with (*apud*) the soldiers to go into battle after Troilus.

was a battle-soldier as regards prowess, he was a chief (?) as regards bounty.

1590. Those, then, are the tidings and the goings and the violent death of the fifth mighty battle-soldier of the whole of Adam's seed, to wit, Troilus.

1592. Then did Hecuba, Priam's wife, form a crafty, guileful design. She was grieved that her two full-valiant sons had been slain by Achilles without her having taken vengeance upon him. Then Alexander was invited to visit her that he might prepare ambushes for Achilles. Because she would send messengers to Achilles to (invite) him to come to Apollo's temple for Polyxena, Priam's daughter, to be betrothed to him, and (also) in order to make peace with Priam. Alexander promised that he would fulfil that if Achilles should come into the meeting. On that night, then, Alexander himself chose the most valiant, most famous soldiers of the Trojans, and gathered them to the idol-house of Thymbraean Apollo.

1601. Now when these things ended, Hecuba sent a messenger to summon Achilles. The messenger declared to Achilles that for which he had been sent. That was welcome to Achilles, and it seemed long to him till morning, because of (his) love for the maiden. On the morrow, then, Achilles and Antilochus, son of Nestor, his fosterbrother, went together to the idol-house, even as the messenger had said to them. Then Alexander with his people rose out of their ambush and he began to encourage the soldiers. So when Achilles and Antilochus beheld that, they cast their garments from them on their left hand, and bared their swords. Thereafter Achilles was frenzied, and he inflicted upon the hosts his rage and his wrath, and attacked them angrily and manfully; and many thousands of them fell by him, so that of the unreckonable things of the 'Destruction' is what fell by him on that day with the short-sword that lay in his hand. So Alexander came to him, after slaying Antilochus, and set many wounds on Achilles. Then the Trojans smote him on this side and on that, so that at last he fell by Alexander, after having been long contending and smiting. Then Alexander ordered Achilles' body to be cast under dogs and birds and wild beasts. That would have been done had not Helena[1] forbidden it. So Achilles' body was given to the Greeks. Great, in sooth, the grief and the lamentation that were on that night in the leaguer of the Greeks. That unto them was not a grief without cause, because their valiant battle-soldier had fallen, and their hurdle(?) of contest against their foes, and he that had repelled from them Hector and Troilus, and the Trojan leaders, besides, who had laid low many thousands of their hosts. Repentance seized them for having come at all on the expedition, for their leaders and their champions and their kings had fallen. Harder than anything they deemed it that Achilles was slain; for if Achilles were at their head, they would endure every hurt of battle and conflict and combat[2] that would befall them.

1628. On that night the kings of the Greeks held a council in order to see unto whom they should give the succession to Achilles. This was their advice, to give it to Ajax son of Telamon, for he was nearest in friendship unto him. Then said Ajax son of Telamon that it was meeter for them to send to Pyrrhus, to his (Achilles') own son, who was biding in the isle of Scyros with Lycomedes, with his grandfather, that is, his mother's father. That was the will of all the Greeks. And they sent Menelaus on that embassy to Pyrrhus. Then Lycomedes on their behalf[3] allowed Pyrrhus to take his father's armour.

1637. Now when the end of the time came, Agamemnon arrayed his battalion and encouraged the soldiers. Then the Trojans come from the other side. A cruel battle is fought there and many thousands fall of the host on either side. A great[4] cry was uttered there on this side and on that. Then was Ajax biding stark-naked in the battle-line. Alexander

---

[1] Rectè Helenus: but cf. 1926.

[2] *achomlaind* seems a mistake for *comlaind*.

[3] *leosum*: or 'in favour of them', *la* here seems to have the meaning of *secundum* in such a phrase as *decernere secundum aliquem*.

[4] *móir* a scribe's mistake for *mór*.

also was shooting arrows at the hosts out of a battalion, and
laid low great multitudes of Greeks. Then he struck Ajax
with an arrow-shot when he was stark-naked in the battle-
line, and it pierced his side. Then when the fury and rage
wrought by the wound had entered Ajax, he charged through
the battalion to Alexander, and did not take hand from him
till he slew him and till he destroyed him. Howbeit, Ajax son
of Telamon went to his camp and plucked out his arrow, and
so died forthwith. Then Alexander's body is borne to the city.
Then, too, did Diomede rout the Trojans after Alexander had
fallen, and he inflicted slaughter upon them as far as the gates
of the city. Though there were no lessening (?) of the Trojans
save the furious attack which Diomede made that day upon them,
it was enough of slaughter and mortality: for never was there
anything more horrible than the swift hacking and the swift
hewing which he brought upon them up to the gates of the
city. Then Agamemnon, with Greeks around him, went and
sat down in the midst of the city, and watched around it until
the dawn on the morrow, for there was no one in Troy who
would give them battle after their good leader Alexander (had
fallen).

1658. Great, in sooth, was the grief and the gloom that
night in the city of the Trojans, because of the destruction of
their goodly king. Sad was the lamentation that men and
women, both old and young,[1] made there. It is then fell the
champion and last battle-soldier who upheld the warriors of
the east of the world. Truly it would be a sorrow to the
men of the earth, from sunrise to sunset, the hacking of his
body, if they had been acquainted with his appearance; because
there was no form like Alexander's form, both in size and
beauty and great dignity, both in shape and sense and speech,
both in teeth and build and raiment, both in hair and beard
and face, both in manner and wisdom and valour. To contemplate his shape hindered the hosts of the Greeks from

---

[1] Lit. age and youth.

fighting. Over far-off lands there was journeying to behold him. Yea, the ladies of Greece, who used to gaze upon him carrying off the prizes at the assembly of Elis, they cared not to look at their own husbands after seeing him in his as-sembly-raiment. So the fame and delightfulness and renown of Alexander spread throughout Asia and throughout the whole of Europe. The Trojans, insooth, despised their city, because their hope had perished, and their tress(?) of safeguard, and the darling of them all, both men and women. For when he used to go into battle[1], men and women would close hands upon him, lest he should go into danger at all[2] . . . Of his brethren, there was no crownprince who was better than he, both in form and sense and right(?) of valour.

1679. Howbeit, on the morning of the morrow, they, namely, Priam and Hecuba and Helen, went to bury Alexander's body, lest he should hate the Trojans, and love the Greeks, for the ruin of their (the Trojans') truth.

1682. On that day, however, Agamemnon gathered the Greeks to the gates of the city, and was challenging the Tro-jans to come forth from their city to fight against him. Priam, however, ordered his people to withstand boldly and to keep the city until Penthesilea, the queen of the Burnt-paps, should come with her hosts to work with them and to help them. Now when Penthesilea arrived, she set out the battalion on the morrow before Agamemnon. Dreadful, then, was the conflict, cruel the swording and the slaughtering which each gave the other on that stead. Angrily did the armed women deliver the combat. Most valiant champions of the men of Europe were defeated in battle.[4] Man there yielded his battle-breach to woman. Then did Penthesilea contend with the champions till she slew each man of them in turn. Almost as numerous(?) as drops from a porch in wet weather were the fierce battle-soldiers fallen to the ground through dread of fighting with them

---

[1] Lit. battling.
[2] I cannot translate the next sentence.
[3] Lit. 'the battle-lines were broken on most valiant' etc.

in a duel. The battle-soldiers of the Greeks endured not the
exceeding great vehemence and the fury which the woman-
champions brought upon them. So they fled as far as the
camp. Penthesilea with her women inflicted great slaughter
upon them, so that they came into the camp. Then the
woman-soldier spread her host all round about the camp. By
her was burnt a great portion of the ships. Battle was given
to them (the Greeks) every day in that wise, and they were
routed, so that they came into the middle of the camp fleeing;
and it is doubtful (if even) Diomede stood firm alone against
her, because the women were brisker than the men. For when
the Greeks would uplift their hands for delivering a blow or
a thrust, the women would raise their shields all round them
for protection. But when the Greeks carried their shields and
their bosses for protection and for defence, on the side at which
they were (thus) made naked, they were riddled by the women.
Now when the Greeks endured not the attacks of the full-
valiant women, whose equal or like was not found of the women
of the world, they went into their camp and closed the gates
diligently. And Agamemnon allowed them not to go forth from
the fortress till Menelaus should have come out of Greece.
Thereafter came Menelaus and Pyrrhus to the leaguer of the
Greeks; and his father's armour was given to Pyrrhus, and he
made wailing and handsmiting on his grave, and it was not
without ground that he did so.

1717. Howbeit, as regards Penthesilea, she came into the
battle, as she used to do every day, and went to the gates of
the camp. Pyrrhus, moreover, the king of the Myrmidons,
arrays his battalion on the other side. Then Agamemnon set
out the hosts of the rest of the Greeks. They both proceed
before Penthesilea. Then did Pyrrhus inflict an enormous
slaughter on the Burnt-paps, and he routed them till he came
to Penthisilea. Then when she came she fought a duel with
Pyrrhus. So they were biding till the end of the day, each
of them smiting the other's shield, and neither gave a thrust
on skin (?) to the other. Cruel was the woman's combat which

Penthesilea fought there, namely, a conflict with the hero who was mightiest in the east of the world and who had slain great multitudes of the hosts.

1729. One day (however) Penthesilea gave a thrust to Pyrrhus and wounded him roughly. Then the anger and fury wrought by the wound entered Pyrrhus so that, in attacking Penthesilea, he knew neither dread nor fear. They fight a duel. Manly, then, was this conflict. Howbeit Pyrrhus' valour was (the) mightier. Penthesilea fell in the duel.

1734. Now after the fall of the queen, the Burnt-paps and the Trojans were routed, and Pyrrhus and Diomede set a great slaughter upon them, so that they reached the gates of the city. After this, the Greeks close round the city, and the battle is fought all round about it.

1738. So when the kings and leaders of the Trojans beheld the hosts outside, and (saw) that they were around the city, they went to have speech of Priam. These were the leaders that came there, to wit, Antenor and Polydamas and Aeneas. To take counsel then they came, to know what they should do against the mighty hosts that had attacked (?) then. All his leaders were summoned to Priam, and he asked them what they wished to do. Then said Antenor to them. „It is a mockery for you," saith he, „to fight against the Greeks, for your soldiers have died, your heroes have been laid low, your leaders have fallen: Priam's sons have been slain, and every one who came out of the foreign lands to help you. Howbeit, the leaders of the Greeks remain, to wit, Menelaus and Pyrrhus son of Achilles, who is not weaker than his father, and Diomede, and Locrian Ajax and Nestor and Ulysses. Now ye have been forced into the city, and the gates of the city have been shut upon you. This, then, is good for you," saith he: „let Helen be given up by you to the Greeks, and the booty, besides, that Alexander brought from the island Cythera. Then the Greeks will go to their home with peace and good will."

1754. When they had been for a while proceeding to make peace, Amphimachus the son of Priam rose in the assembly: a very mighty youth was he; and he spake words there to Antenor and to those who were at one[1] with him. „It were meeter for you," saith he, „that you should spur on the host and go before them to fight against our foes on behalf of your country and your fatherland and your city." After Amphimachus had completed these words, Aeneas son of Anchises arose and uttered a gentle answer to Amphimachus. „My son," saith he, „better were peace and goodwill than unpeace and quarrelling."

1764. Then Priam himself arose and said: „Who are you, indeed," saith he, „a-seeking peace and quiet? It is through you hath come every evil that hath been done here. Ye were the leaders whom I sent to the Greeks. I sent one of the twain to demand my sister for me from the kings of the Greeks. When he came back with disgrace and refusal from all the kings of the Greeks he was persuading and pressing us (?) to deliver battle to the Greeks. Oh! comrades, moreover, it is he, together with Alexander, that wrecked the island Cythera, and brought thereout Helen and the booty besides. Therefore the peace is not to be sought for[2] by you. Let your mind, however, be towards this, that you may be[3] ready when the trumpet shall sound — going to the gates to give fierce, hard battle to the Greeks — to rout your enemies or to die yourselves!"

1777. Now when the utterance of these words had ended every one went home. So Priam entered the palace and his son was called to him, to wit, Amphimachus, and he said to him „I fear," saith he, „that the folk who are enjoining the peace will betray the city. Wherefore it is right to slay them before they finish that design." He was certain that unless the city was betrayed he would be victorious in battle over his enemies, and would put them to flight. This is the counsel that Priam formed: his most valiant soldiers were collected

---

[1] Lit. in his unity.

[2] *iarata* is obviously corrupt. read perhaps *iarrthi*.

[3] For *corbat* I read *corbad*.

by him to do the deed before the councillors should complete
the betrayal of the city. Then Amphimachus promised that
he would do what Priam had ordered him. „Let a great banquet
be made by us," saith he, „and let the leaders be summoned
to consume the feast. I will collect soldiers to . ∤ . upon them."

1789. Now as regards the leaders, to wit, Antenor and
Polydamas and Ucalegon and Amphidamas, when they had
dispersed out of the assembly they went on till they were
conversing together,[1] and each of them complained to the
other of his trouble. They were grieved at what Priam had
said, for he would rather have his own destruction and the
destruction of his city and the fatherland than peace with the
Greeks. Then said Antenor, „I had a counsel for you", saith
he, „and your profit would come therefrom unless I am afraid
to utter it." „Deliver it in sooth," say the other leaders, „and
'the end of the story will not go from us over a house'; and
whatever be the advice that thou shalt deliver we will fulfil
it for thee." „Let us send," said Antenor, „first to Aeneas, that
he may be along with us in the council." Then Aeneas came
to them and asked them, „what advice are you willing to give?"
saith Aeneas. „This is our counsel," saith Antenor, „if thou art
in union with us, that one of us should go to the Greeks to
have speech of Agamemnon and the worthies of the Greeks
besides, that securities and guarantees be given to us for the
complete protection of our people on account of betraying our
city, and forfeiting our fatherland, and making better known
to the Greeks the way to Priam's palace."[2] Every one praised
that counsel. Then Polydamas was sent from them to get
speech of Agamemnon, for he (Polydamas) it was whose lia-
bility to the Greeks was least; and he declared to Agamemnon
his embassage diligently. Then the kings of the Greeks were
summoned into one assembly to Agamemnon, and he declared
to them what Polydamas had come for, namely, to betray Troy
for the sake of peace and friendship to (the traitors) themselves.

---

[1] Lit. in one conversation.

[2] Lit. of strengthening knowledge to them of the royal palace.

1812. Thereafter, then, Agamemnon asked of the kings what they should do unto the traitors, whether they should give sureties to them or should not give. Ulysses and Nestor said there was no truth in Polydamas, but that he had come guilefully. As to Pyrrhus, however, he did not at all reject Polydamas' story.[1] So when Polydamas had certified them that he had not come to tell them a falsehood the Greeks asked him for a signal. Polydamas said: „Even though in this hour, before I go, ye shall fare unto Troy, Aeneas and Antenor will open the gates of the city before you." Then the leaders of the Greeks said that if they should see the signal, to wit, candles lit to make (things) manifest to them, and if they should hear the voice of Aeneas and Antenor, they would perform[2] their oath to the betrayers, that is, to protect Antenor and Ucalegon and Polydamas and Aeneas and Anchises, with their wives and sons and daughters, with their cousins and relatives by marriage and companions, and with their kinsfolk besides.

1827. Now when they had settled their pledges, Polydamas led them[3] to the city, that is, to the gate which is named Scaea. There, then, they found a signal of their signals, to wit, the head of a white horse in the border over the gate.

1831. Then came the betrayers, to wit, Aeneas son of Anchises and Antenor, to meet the Greeks. As to Priam, however, he had everything prepared and ready to slay the betrayers and to fight for the city. Then the chief traitors gathered their households and their comrades and their friends to the gate at which they had set a signal for the Greeks, so that there they were biding about the gate on this side and on that. Thereafter came the Greeks to the gate which is named Scaea. The betrayers opened the gate and lit the lights against the faces of their friends and their companions and let them into the city.

---

[1] This must be the meaning ('Neoptolemus hos refutat'). This meaningless *chucai* is a scribal error due to the *chucai* in line 1818.

[2] Lit. make true.

[3] Lit. took the van before them.

1840. These, then, are the leaders whom they let in, to wit, Pyrrhus son of Achilles in the van, and Diomede and Menelaus son of Atreus, and other leaders besides. Pyrrhus, however, it is he that was protecting all the household of the folk that betrayed the city. Now Antenor was leader before the troops and the hosting of the Greeks unto the citadel and the royal apartment and royal palace of Priam, a place wherein were biding the choice of all the leaders of the Trojans. It seemed to thee that the earth would fall under their feet because of the mightiness of the pride which they brought and the greatness of the wrath. Then, in sooth, did Pyrrhus son of Achilles wreak his fury and his wrath and his enmity on the Trojans. Multitudes of them fell that night by his hand. There, then, fell Panthus son of Euphorbus, chief speaker of all the Trojans after Antenor. There, also, fell Choroebus, the husband of Cassandra daughter of Priam. A stripling was he and a champion and a spearpoint of battle of the north-east of the world. It was not more than a week after the warrior came till Cassandra was betrothed to him. Cassandra did not at all desire to be defiled,[1] but she preferred to abide in maidenhood and in chastity. Then Pyrrhus son of Achilles, the battle-soldier, remained standing before Priam's citadel, with a two-edged axe in his hand, and then there was a gate that was the fairest and beautifullest in the world, from the various carving of every land, with a border of gold and silver and precious stone.

1860. Then the soldiers who were in Priam's palace divided themselves. A troop of them they put into the doorway of the court. These began to resist Pyrrhus and the rest of the heroes. The others, however, went on the palisades and mounds and sconces(?) of the citadel, and began to cast mightily at the hosts in such wise that they hurled together on them the spears and the swords and the shields and the arrows and the rocks of the stones under foot, and the beams and planks and roofs and poles of the balconies and the plank-houses. Then they broke

---

[1] Lit. her pollution.

the pinnacles of the archways and flung them against the Greeks,
so that in that wise they laid low many thousands of the
hosts. Moreover the people of the city arose, terribly and
fearfully, furiously and hastily. Now they had no way of flight,
for the Greeks had filled the streets and causeways and cross-
roads of the city. So there was one cry throughout Troy.
Alike were the soldiers crying and the champions howling and
the clowns bellowing and the women wailing and the children
screaming. Howbeit, as regards Priam's citadel, the valiant
heroes of the Trojans began to defend it and to protect it.
Because there lay the best of the gold and silver, the jewels
and treasures of the Trojans. Howbeit, Pyrrhus son of Achilles
began cutting and hewing the door-valve so that he himself
with his shield passed through the middle of it. Then he put
to flight[1] the Trojans who were fortifying their gateway.
Reasonable was this, for Pyrrhus son of Achilles, of whom
there is commemoration here, was, after the valiant folk that
had fallen at[2] this Destruction, chief of valour of the men of
the world.

1884. After the door (?) had been broken by Pyrrhus,
and after the defenders who were biding in the gateway had
been put to flight,[3] he entered the royal house and slew
Priam's son before his face. Priam made a cast of a spear
at him, in such wise that it went past him, because he
(Priam) was then a feeble old man. Pyrrhus hurled a cast
at Priam, so that it went into him, and he dragged him forward into the room and cut off his head at Minerva's altar.
On one road, however, fared Hecuba and Polyxena. Then Aeneas
ran to meet Polyxena. Howbeit Hecuba gave him full possession of the girl in return for protecting her. Aeneas then hid
her under the safeguard of his father Anchises. Howbeit Andromache, Hector's wife, and Cassandra, Priam's daughter, went
and laid themselves down on Minerva's altar.

---

[1] Lit. he gave pursuit on.
[2] Lit. on.   [3] Lit. after hunting the defenders.

1895. Now until the white of the morning, there was no pause to the devastation and the ruin of the city. The city was burnt, so that it was in (?) a fringe of fire and under vapour of smoke. Badb bellowed and roared above it. Demons of the air shouted above . . .; for pleasant it was to them that slaughter should befall Adam's seed, because that was an increase to their (the demons') household. Great then were the turmoil and the ./. . that were in Troy on that night. There ⌐ was trembling on the teeth of the weak. The blood of the soldiers was poured forth. The old men wailed, the infants cried, the grown-up girls lamented. Multitudes of noble, well-born women were misused there, and the widows' tresses were loosened, and the hosts were slain. The city was devastated and ruined and swept away.[1]

1907. Now when daylight came on the morrow the kings of the Greeks came together into one council, and gave thanks to their gods and to their idols. Agamemnon praised the hosts, and then it was proclaimed by him that all the prey of the city should be brought to one place; and he made a right division unto the hosts, according to their ranks and according to their just grades. Then the kings held a council to see what they should do to the betrayers, whether freedom should be given to them or should not be given. All the hosts shouted, and this is what they said, that freedom and peace be given to the folk that had forsaken their fatherland and their city. Whatever, then, the hosts had taken of their men and cattle, of their jewels and treasures, all was given (back) to them, and protection was granted to them together with their friends and comrades and foster-brothers and with all that they possessed.

1919. Then did Antenor beseech Agamemnon that he might be allowed to say a few words to him. Agamemnon gave permission to him (Antenor). Antenor fell on his knees and bent them thrice in presence of Agamemnon, and said to him:

---

[1] Lit. I think, 'was unsited', de-lathriged?

„Helena and Cassandra", saith he, „stand in danger and in
peril because of (their) great fear. What does it seem to you
just to do unto them? It would at this time be just for you
to protect them, because of the favourable intercession and
prophecy which Cassandra used to make for you, and because
of the persuasion which Helen made as to delivering the body
of Achilles to be buried in the camp, notwithstanding the outrage (proposed by) Alexander." Then Agamemnon granted freedom to those two, namely to Cassandra and to Helen. Then,
too, Cassandra begged a boon on behalf of her mother Hecuba
and on behalf of the wife of Hector son of Priam, to wit, Andromache, and related to Agamemnon how those two loved him
greatly and used to speak well[1] of him in his absence. Agamemnon left[2] that to the kings. This is what was settled[3]
by them, (to give) their freedom to those twain. Whatever
human beings besides those, and (whatever) riches, were found
there Agamemnon distributed to the host. Then Agamemnon
gave thanks to the gods.

1935. On the fifth day afterwards all the hosts assembled
in one meeting to determine what day they would set out to
their country and their own land.

1940. Storms arose against them, so that the sea was
not fit for voyaging by them. So for many days they stayed
in the city. Then Calchas answered that the gods were not
satisfied with them.[4] Then it came into the mind of Pyrrhus ...

[lines 1944 — 2013 are too defective to be translated.]

2015. Two chief leaders Aeneas slew, namely Amphimachus, Nereus.

These are the leaders whom Alexander son of Priam slew:
Antilochus, Palamedes, Locrian Ajax, Ajax son of Telamon.
He and Alexander fell together.

---

[1] Lit. to give good testimony.   [2] Lit. permitted.   [3] Lit. settled
itself.   [4] Lit. thankful of them.

Notes.

(The numbers refer to the lines of the text.)

4. *do-t-r'-inchoisc*, 3d sg. s-pret. act. of *tinchoscim* (*do-ind-co-sechim*) with infixed pron. of 2d sg. and infixed verbal particle *ro-* = *pro*. This particle is, in the text now published, generally prefixed to verbs, whether simple or compound. But in *at-ru-bairt* 3, 12, 1, 253, 1965, *do-ri-gne* 4, *do-ró-ni* 13, *do-ro-chair* 1850, *do-ru-ména-tar* 268, *im-ru-ráid* 1169, *fo-ro-dáil* 1935, *é-r-bairt* 1761, *é-r-lai* 158, *fo-r-úair* 256, it comes (as it does in Old and Early Middle Irish) between the verb and the prep. with which the verb is compounded. In *do-r-air-mesc* 391, *do-r-atni* (*do-ro-aith-tenni*) 1541, *fo-r-ácaib* (*fo-ro-ath-gaib*) 93, *fa-r-csat* (*fo-ro-ath-g.*) 1568, *con-r-ótacht* (*con-ro-ud-tacht*) 203 and *fris-r-ócaib* (*fris-ro-ud-gaib*) 859, as in *do-t-r-in-choisc*, it comes between the two preps. with which the verb is compounded. In *domárfás* 847, 851 (*do-m-ath-ro-bat-ta*) it comes between the second prep. and the verb. In *do-r-o-s-laigset* (*do-ro-fo-ass-laicset*) 1608 it comes between the first two of the three prepositions.

19. *iar* here, as often, means 'along', a meaning not given in Windisch's Wörterbuch. So *iar n-oraib na long*, 893.

20. *long* acc. sg. is probably a mistake for *luing* 249, 576, or *longai* (see infra at 707).

28. *cliath-bernaidh* (pl. nom. -*e* 1078, gen. 821) is, like *cliath-chomla* 1208, 1582, a comp. of *cliath* 'battle', O'R. Cognate is *cliathad* 'conflict-ing': *gan cliathad*, Cogad G. 38.

28. *tresium*, better *tresam* 1192, superl. of *trén*. So *nesam* 125 (*ocus*), *áillem* 383, 1859 (*álaind*) and *cáinemh* 1858 (*cáin*).

33. *allather* = *allathair*, Corm. s. v. mog-éime, *allathoir*, O'Don. Gr. 263.

36. *síu* (later *síre* 308) = O.Ir. *sía* 268, compar. of *sír* = W. *hir*.

57. *ro-rergatar* 3d pl. redupl. perf. of *rigim*. The 3d sg. *ro-reraig* occurs Brocc. h. 56, Saltair na Rann 7237 (and 2573, where the ms. is corrupt).

63. *ni rofodaim dó cen tairniudh*. Compare 1562: *ni rodam dó cen tinntud*.

73. *nár*, for *ná-r-b*, as *ráchar* 1352, 1203, for *nácha-r-b*.

77. *coimsidhe* pl. of *coimsid* SP. II 15.

89. note the omission of any prep. before *lín*. Should we read *cosin-lín?* or *Regat lat?*

91. *bía-r* 1st sg. fut. of *biu* with deponential ending. So in 3d pl. *bat-ir* 111, *bátir* 952, 1388, 1740. Other interesting forms of this verb are *bamm* 1795, *bas* 128, *bías* 383, *betit* 765.

112. *no-d-biu* 'he shall have' (ci erit). Note the change from the 2d to the 3d person, Rev. Celt. III 512.

130. *doróign* (*doróegu* 800), 3d sg. redupl. perf. of. *togaim*, 3d sg. s-pret. *ro-thogh* 1400. Root *gus*.

139. 554. *deisid léo*, *deissidh léo* 1933, lit. consedit apud eos: 'it was resolved by them', O'Don. Gr. 257.

147. 890. *idna* seems here to mean banners.

149. *rothecail* seems a corruption of *rotheclaim*, and this of *rothecmaill:* cf. *teclaimmit* 721, *teclomad* 780. The inf. *teclaim* 399.

151. 719. *ro-bá-s* 'fuit', = *robáss* 1566. This form of the 3d sg. pret. of *biu* is not in the grammars. It occurs with infixed pron. of 1st pl. in the Saltair na Rann 4059, *ro-n-bás bath* 'we have had (nobis fuit) death'.

151. *imna fíb-sa*, 198 *dona fíb-sa*, for Old-Irish *immna hí-sa*, *donaib hi-sa*. The nom. pl. *na hí-sea* 1601. acc. pl. *frisnahi* 1757.

155. *fónair*, better *fofuair*.

157. *in-échta*. Other instances of this prefix are *in-dola* 689 (*dola* 1305), *in-imthechta* 1014, *in-atrebtha* 1047, *in-imrama* 1940. So in Togail Troi (LL.) *in-marbtha* 'fit to be killed', *in-techta* 'fit to go'.

159. 1486. 1960. *fo gin chlaidib*. Here the mouth that drains is used for the point that pierces: cf. the metaphorical use of *haurire* for *perfodere* in Verg. Aen. II 600, X 304 etc.

170. *tairnic*, 3d pl. *tárnecatar* 1601, redupl. perf. of *tair-icim*.

175. 1351. *do-n-n-anic* 'which came to him'. Root *anc*, Skr. *aç*.

181. 182. *tarrastá* seems 3d sg. 2dy s-fut. pass. of the verb of which *tarraid* ('traf, überfiel, holte ein', Windisch) is the perf. The next sentence seems to mean that Priam had a successor's mind (i. e. a desire to improve the inheritance), although he had actually taken possession of it. *Ar-apai-dhe* 'on account of that', *apa*, *aba* Mr. Hennessy says that it also means 'nevertheless' (which is the meaning in Ir. Texte 99, line 11) and quotes LU. 60ª: *fanópair arapa*.

197. 1783. *Ro-tinólait*, 3d pl. pret. pass. of *tinólaim*. Other examples of this form (as to which see Windisch, Kuhn's Zeitschrift, XXVII 158, 159) are *ro-fóidit* 441, *ro-bádit* 579, *ro-herlaimigit* 590, 596, *ro-tóchnirit* 685, 1397 (-*et* 1024, 1061), *ro-othroit* 1446, *ro-hadnacit*

1572, *ro-mi-imrit* 1901, *ro-thaithmigit* (leg. -taith-) 1905, *ro-marbait* 1905, *ro-tascrait* 1746, *im-or-choraigit* 595 (leg. -coraigit?).

203. *conrótacht* 3 d sg. pret. pass. of *conutgim* (*con-ud-tegim*): 3 d pl. *conrotachta* 208.

205. *dálluc,* dat. sg. of *dál-loc,* a compound of *dál* 'meeting' (= W. *datl*) and *loc* from Lat. 'locus'. So in O.W. *datl-*(*l'ocou* (gl. fora), Z². 1055.

227. *loscain* inf. of *loscim* (the usual form is *loscud* 265, 750, corruptly *loscad* 175, 242).

233. *luide.* Here the *-e* is a suffixed pronoun indicating the subject. So *teit-e* 524.

257. *ro-dlomai,* 3 d sg. pret. of an ā-verb, to be compared with Welsh forms in *-odd, -aud* ex *-āya.* Corresponding forms of i-verbs are *dorósce* 626, *ro-fóidi* 1052, 1387, *ros-faide* 1460, *doratni* 1541, *ro-greisi* 1638, *ro-rádi* 1756, *ro-ráidhi* 1792, *ro-léci* 1886.

257. 269. 752. *astir* for *asin-tir.* So *costrath-sa* 284, 984 for *cosin-trath-sa.*

262. *eisith* for *es-sith.*

267. A negative seems omitted here.

268. *doruménatar* 3 d pl. redupl. perf. of *domoiniur* puto. Root *man.*

272. *árna* should be *arná* i. e. *aran-ná.*

281. *ro-im-rái,* 3 d sg. redupl. perf. *immráim.* 3 d pl. s-pret. *imraiset* 18.

283. *tomáite* seems for *tomaiti,* fut. part. pass. of *domidiur.*

293. *gol cecha leithe.* Here *leithe* is probably a mistake for *cléithe*: cf. 1084.

311. *mormó* compar. of *mórmór* 'specially great'.

316. *dofoithsaind-sac,* 1 sg. redupl. 2dy s-fut. of *tuitim* (= *do-fo-th-étim*). sg. 3 *dofóethsad* 1846, = *tóithsad* 1171. Of the s-future occur sg. 2 *dofóithais* 757, pl. 3 *dofoethset* 433, *dofáethsat* 544, 758, 763.

319. *ol-dáthe, dáthe* for *táthi* 2 d pl. (abs. form) of *táim* = Lat. *sto.*

341. *farctar* seems to stand for *forfetar,* where *fetar* is, according to Thurneysen, from *fedsar,* **videsar,* an aorist like *a-redisham,* εἰδέω, *videro* (Kuhn's Zeitschr. XXVII, 174 note 2). As to *t* from *ds* see Kuhn's Beitr. VIII. 350.

344. *tafhann: tafhonn* 1416, 1431, 1880, 1883 (root *srand*): here the *h* seems to show that the *f* (ex *sv*) is to be pronounced like *v.*

348. *fócurthe* (read *fochuirthe*) 3 d pl. pret. pass. of *fo-churim,* cogn. with *tóchuiriur* (= *do-fo-c.*) 'I invite'.

362. *fathmannach:* cf. *cach finna fathmainnech,* LU. 81ª.

371. *macca-samla,* usually *macc-samla.*

371. *infechtain* (also in 543, 1420, 1492, 1703) is = *inbheachtain .i.* contabbart, O'R. as *inbechtain raféd tadall an taige,* Three Fragments, p. 24, as *inbechtain má tearna an tres duine do Lochlonnaib,* ibid. 162.

374. *reuib* 'before you', not in the grammars.

389. *fochichret* seems 3 d pl. redupl. fut. act. of *fochuirim* cognate with

tochurim 'pono'. So in Saltair na Rann 8060: *fochichret gaire garga* 'they will cast forth savage cries', 8324: passive: *in-iffern..fochichritar forcúlu* 'they will be cast back into hell'. The 3d sg. active *fochicher* (leg. *fochichera* = *fochiuchra*, LU. 56ᵃ. 8) occurs in the same poem 8205, 3d sg. pass. *focicherthar*, LU. 88ᵃ. The 1st sg. *fochichur-sa*, LU. 70ᵃ. 4, and the t-pret. *fochairt* have been referred to *focherdaim*. They seem rather to belong to *fochuirim*, the 1st sg. *b*-future of which occurs in Saltair na Rann, 6121: *fochuriub uaim saigit* 'I will shoot forth from me an arrow'.

394. *ra-dechrad imbi*. So 1248, 1344, *rodechrad impu*, 1423 *rodechrad im Throd*. There is a similar construction with the verb *dásaim*, (Fr. *desver?*) Thus *dásthir imbi* 1432, *na rodásed 7 ná rodechrad impu*, 1344; *rodásed imna Mirmedondaib* 1463.

412. *cesc* = O'Clery's *ceasg*. Borrowed from *quaestio*, prob. through the medium of the British languages in which the change of *st* to *sc* is not uncommon: cf. W. *ascwrn* *δατέον*; *gwisc* vestis, and in the current language *gwasg* = Eng. *waist* and *trysglen* = Eng. *throstle*.

417. *dorostar* 3d sg. s-fut. pass. of *dorochim* 'I come'.

420. *atáthar*, deponential form of *atá* = Lat. *astat*.

426. *tesaba* 3d sg. redupl. fut. of *tessabanim.

435. *ro-scaich* (better *roscáich* 1277) 3d sg., *roscachitar* 445, 703 (better *roscachetar*) 1306, 3d pl. redupl. perf. of *scuchim*.

477. *cluichthi* corrupt spelling of *cluichi*.

487. 491. *ro-d-char* 'amavit eam'.

492. *ága* (pl. dat. *ágibh* 941), generally *áige*, means 'limb', 'member'.

499. *tarrasatar* 3d pl. perf. of *tairissim*. The 3d sg. *tarrasair* 1201. *ciuna* seems a sisterform of *cian* agreeing with *ed*. It reoccurs 1564.

513. *ro-inretar* (for *ind-rethatar*) 3d pl. perf. of *indriuth. in-a(n)* a combination of the article with the relative pron. With the common change of *i* to *a* it occurs as *ana(n)* 1358, 1612, 1934, 1544. [In LU. 36ᵇ 2, we also have *ana ndernai*.] With apocope: *'na(n)* 712. In the Tripartite Life it is *inna(n)*: *ni fil scribnid conised a scribend inna ndernai do fertaib* 'there is no writer who could write what he, Patrick, wrought of miracles', Rawl. B. 512, fo. 29ᵇ 1.

514. *ro-imretar* (for *imm-rethatar*), 3d pl. perf. of *immrethim*. But we should perhaps read *ro-im-rátar* 3d pl. of *ro-imrái* 281.

533. *no-bethe* seems secondary pres. pass. of the root *ba, ga(n)*. So according to Ascoli *bether*, Z². 501, should be rendered by 'veniatur' rather than by 'est'.

536. *aneich* for *in-neich*. So 518, 1390. *anneich* 431. So with *cech: aisneis cech neich* 775, and *nách* 229.

540. *beti*, if not an instance of a suffixed pronoun indicating the sub-

ject, (v. supra 233) is a scribe's mistake for *betit* 'erunt' 760. 765.
So *rágdait* (for *rágtait*) 'ibunt' 1743. See Kuhn's Beitr. VII 21,
VIII 455, and add to the forms there mentioned *géblait*, LU. 56ᵇ
= *gebdait* 'capient' LB. 70ᵇ 22, *rechtait* LB. 73ᵇ 3, *scerdait* LB.
32ʰ. A similar form, *gabtait*, in the present indicative, is in LU.
101ᵃ: *atafregat for lár tige, 7 gabtait a sciathu foraib*, 'they raise
themselves up on the house-floor, and take their shields upon them'.
So in the Saltair na Rann *segtait* 459, *ccstait* 953, *bertait* 2981.

544. *cüala* pl. gen. of *cüail* 'a heap', *cüail crinaig* Laud 610, fo. 93ᵇ 1,
    cognate with lat. *caulis, cu-mulus*.

513. *farétfa*, 3d sg. b-fut. of *for-étaim (*étaim* I find, *ro-étad* 1389).

576. *testátar* 'defuerunt'? like *testá* 'defuit'? 1207, seems a preterite.

579. *is bádud robádit*. Such expressions (common in Irish) where the
    noun is of cognate origin with the verb, remind one of Greek
    phrases like μάχην ἐμάχοντο, Latin like *pugnam pugnabant*.

580. *nóaib* = navibus: acc. pl. *nó-th-e* 568 where the *th* is inserted to
    show that the word is a dissyllable. So in *clóthib* 'clavis'.

581. *commin*, leg. *co min* 'minutely'?

595. *imorchoraigit* perhaps for *imm-ro-córaigit* 'they were greatly ar-
    ranged'? The metathesis of the *r* of *ro* is frequent.

601. *tarnaig* seems gen. sg. of a collective *tarnach*, which I have not met.

612. *forácaib*, seems to have a passive sense here.

622. *dochel clú 7 erdarcus = docheil clú 7 erdarcus* 992. So in LL. 232ᵃ,
    a indsib 7 ailénaib celes clú. pl. 3 *dochelit*, (*doccalat* B.) *mor
    námra*, Corm. s. v. Art. *Tóchell .i. buaid*, O'Cl. may be cognate.
    Perhaps the root is Fick's 2. kal, to which he refers κέλομαι and *colo*.

625. *ámna* for O.Ir. *ámman, acc. pl. of *ámm, ám* (= *agmen*), dat. sg.
    ammaim, Z². 269.

639. *cuit péne na* (cf. *cuit péne má* 1483) seems an idiomatic expression
    for 'scarcely not', 'hardly not'. So *is bec, trá; na* 393, *is beg, trá,ná* 825.

707. *longai* dat. sg. of *long*, as *lungai*, 281, is the acc. So *insi* 708,
    dat. sg. of *inis*, and *insi* 709, acc. sg. Can there have been origi-
    nally sisterforms in *ia, iā*, such as *longae, inse* (cf. *arbar* and *airbre,
    adaig* and *aidche, sétig* and *sétche*), and can these be their sur-
    viving datives and accusatives?

720. *Teophras, Teufras* 737, from *Teuthras*, with remarkable change of
    thr into *fr*. Have we here the explanation of *afraig, afridisi* from
    ath-raig, ath-rithisi?

722. *tarthetar, do-n-arthetar* 1195, *doruarthatar* 'remanserunt', Sg. 5ᵃ.

730. *arrindi* = *arrinde* 1552, said to be the 'head of a spear'.

748. *conánic* is possibly the regular perf. of *con-icim* 'possum' (the usual
    perfect is *coemnacair*): *dar menmain* lit. 'over mind', can it mean
    'contemptuously'?

749. *tabaerthi dobur n-oidh.* See other examples of this idiom in glossarial Index to Félire, s. v. oid.

762. *deis mo chloideb:* cf. *dias chloidimh,* O'Cl. s. v. *Ubh. dias* gl. spica.

765. *airge* 'armentum': here apparently used for battalion or some such body of soldiers.

768. *conganenes.* So in LU. 77ᵃ, 24: *ar ba conganchnes oc comruc fri fer bói la Lóch.* O'Clery explains the word by *cneas no cum cnámha.* With *congan, congna* (gl. cornu) is cognate.

776. *atchondcammar, atchondcatar* 1607, *o'tchonncatar* 1147, root *cas.* Windisch is doubtless right in holding that the first two syllables are due to the analogy of *atchondarc* (3d sg. *-dairc* 840), R. *darc.*

782. *comaithibh,* a scribe's mistake for *comaithchibh* 1219.

797. *athchomairc* gen. sg. of *athchomarc* 'interrogatio'.

810. *ro-oéthig* seems the 3d sg. pret. of the verb of which *óithigud,* 1035, is the infinitive. The meaning must be either 'diminished' or 'ceased', and the verb is possibly cognate with παύω, *paulus, furai, few,* with which Ir. *úathed* (dat. sg. *uathiud* 1072), has been connected.

817. *tóichléori,* cf. *tóichell* journey?

850. *cocái* leg. *cócai:* cf. *cúacca .i. fás no folamh* 'empty', O'Cl. Cognate with lat. *carus.*

879. *aca* (= *ad-ca*) 'vidi', root *cas.* s-pret. sg. 1 *acus* 849.

908. *ailithir* pl. n. of *ailither* ἀλλότριος, peregrinus.

✓ 960. *al-loss* 'by means of', 'by virtue of'.

962. *dá gabait,* n. pl. *dofuitet a cethri gábaiti for talmain,* LU. 70ᵃ, 26. n. dual: *dobert athbéim ina médi conid i n-oenfecht cond-ráncatar a da gabait chliss dochum talman,* LU. 109ᵃ. 'Division' or 'section' seems to be the meaning.

978. *dithrubaig* generally means 'hermits', but here it seems either 'birds of prey' (οἰωροί) or 'beasts of the desert' (Hennessy), cf. sanglier.

1013. *ar-ti,* like *for-ti* (*ti* 'design, intention', O'R.), is used to make a kind of future participle: *ar thi dul* (gl. iturus) O'Moll. Gr. 128, *for tii a marbtha,* LB. 144ᵃ. *for tii merli,* Fél. lxxxix, 17.

1044. *apaigib* dat. pl. *apaige* 1019, gen. pl. of *apach* 'entrails', declined (like so many neuter nouns in *-ach*) in the sg. like an a-stem, in the pl. like an s-stem. So *étach,* sg. gen. *étaig* 494, 844, dat. *étuch,* 496, nom. and acc. pl. *étaige* 596, 889, 1180, *timthach,* sg. dat. *timthuch* 1671, n. pl. *timthaige* 596. 889, *coblach* sg. dat. *cobluch* 446, gen. *coblaig* 453, acc. *coblach* 463, *gáethlach* pl. dat. *gáethlaigib* 614, *luchtlach* pl. dat. *luchtlaigib* 873, *airenach,* sg. dat. *airinnch* 929. Compare German nouns like *grab,* ex *graba-m, pl. *grabir* (ex *grabisa, *grabasä) now *gräber,* Schleicher Comp. § 230.

1048. *droch-thuth* seems a mistake for *droch-thút*, as *dethaig* (in the same line) for *detaig*. Cf. *tútt nan-edpart*, LB. 189ª, *tát* 'stink', O'R.

1071. *onchon* gen. sg., *onchoin*, 1079, n. pl. of *onchú* 1. a leopard, 2. a banner (Liebrecht compares the low-latin *draco* étendard de la cohorte), 3. some kind of warrior, 4. a proper name. If *onchú* be (as I conjecture) borrowed from fr. *onceau* (dim. of *once* = lyncem) the *h* is due to the analogy of compounds with *cú* 'hound'.

1085. *macdacht* here, as in 1904, is not declined.

1099. *ermaisi* 'hitting', 'striking': cf. dat. sg. *ho ermaissiu firinne*, Z². 1043. cf. also the verb *ni anad con-ermaised in uball*, LL. 125ª.

1129. 1868. *stúag-dorus* 'archway'. The *s* in *stúag* is prothetic (*túag* 'bow'), as in *s-tuigen* (toga), *s-targa* (targa), *s-cipar* (piper), *s-préidh* (praeda), and perhaps *s-naidm* 'nodus'.

1193. *álta* gen. sg. of *álad* 'wound': cf. *ferg na gona* 1645, 1730, 1199.

1199. *ro-forb*, also in 1760, 1784, for *roforba*, O. Ir. *fororbai*, redupl. perf. of *forbenim* = ὑπερβαίνω (Ascoli). Hence *forbantar* 317, *no-forbaitáis* 1784.

1221. *conatuilset*, 3 d pl. of *conatuil* = *contuil* with infixed relative: see Windisch's Wörterbuch s. v. *cotlaim*.

1235. *foi-leis* for *fó-les*, where *fó* seems = Skr. *rasu*.

1236. *enech* = *eineach* . i. *eneaclann*, O'Cl. honour-price, compensation for wounded honour. With the phrase *derntá enech* cf. the fut. pass. *dogéntar th' ainech* 551.

1238. *ro-ordnigset*, infin. *ordnugud*, Ir. Texte p. 40.

1241. *cloechlodh* from *coechlod, coimchlod*.

1243. *múr-chlodh* gen. pl. lit. wall-dykes, fosses.

1289. *-se* a scribe's error for *si*.

1322. *ro-throchlastair*: cf. *nos-trochlann saigit asiud fidbaicc*, Rawl. B. 502, fo. 48 a 1. *trochladh* a loosening, O'R.

1324. *criathar focha* (leg. *fotha*) 'sieve of the mill's feed'. cf. *fotha muilinn Maelodrain*, Félire May 21, note.

1357. *no-iadaitis* 3d pl. 2dy pres. passive. So *dogéntais* 231, *nocht-atáis, no-criuthraitis* 1709.

1372. *állta* pl. of *alt*, p. 65 note 1.

1379. 1651. *doimniudh* seems to mean, and be cognate with, the latin *diminuere*, Curtius G. E. No. 475.

1384. *ro-adnacht*, t-preterito of *adnaicim*, root *na(n)c, nac*. Other t-preterites not noticed by Windisch (Kuhn's Beitr. VIII. 442) are *ro-aslacht*, Rawl. B. 512, fo. 27 a. 2, and *ro-chet* (= W. *cant* Z². 524, root *can*), LU. 40ᵇ. 8 (*is disi rochet in senchaid na runnu-sa*) and Saltair na Rann 7533 (*Rí diar-rochet ... class aingel*).

1399. *debech* = *debach* 1763, from *debe* as *ainbthenach* 579, from *ainbthine*.

1460. *snadmuimm*, dat. sg. of *snaidm* 'knot', which (if the *s* be prothetic) may be cognate with *naidm* 1596.

1470. *fáilsaitis* (*nofailsaitis* 1626), = *fói[l]sitis*, Wb. 15 a 7, Z². 486, 634, 3 d pl. redupl. 2 dy s-fut. of *fulangim*. Of this verb the 3 d pl. perf. *fóelangatar* occurs 1696, *foelangtar* 1710.

1475. *sithithir* compar. of *sith*, W. *hyd*, Goth. *seithu-s*, A. S. *sid*.

1487. *báirne* (*bairne* 1866), pl. n. of *bairenn* = *boireand* a large rock, O'Don. Suppl.

1490. *terúarsena*, pl. n. of *tirúairse .i.* fuighleach, Corn. O'Flaherty's Glossary compiled at Rome 1653 (Mr. Hennessy). This is probably cognate with *ro-thirnarthestar*, LU. 35ᵇ, *dernarid* 'remansit' Ml. 31ᵃ 6, pl. *doruarthatar* supra 722, and may stand for *do-air-úa-rat-tion.*

1513. *eill* leg. *éill*, acc. sg. of *iall.*

1516. 1899. *martad* 'killing'? Br. *morza* engourdir, O.N. *myrða*, Mhg. *morden.*

1555. *tinnendsach*, for *tinnesnach? tinnisnach* (gl. festinosus) Ir. Gl. 615.

1589. *gart* 'head', Cormac.

1598. *forbthechfed*, 3d sg. 2 dy b-fut. of *foirbthigim*, of which *forbachaim*, Ir. Texte, p. 566, is a bad corruption: *forbachsat* = *forbthechsat.*

1600. *ro-chalma*, *ro-testamla.* Here *ro* gives the force of a superlative.

1623. *do-r-us-cratar* (sg. 3 *doroscair* 1642) seems a redupl. perfect. 3 d sg. redupl. 2 dy fut. *no-thascérad* 852, 3 d pl. *tascertais* 1466, s-pret. *rothascair* 1076, 3d pl. *rothascairset* 1859, pass. pret. pl. 3 *rotascrait* 1746. infin. *tascrad* 1223.

1647. 1889. *tall* (3d sg. s-pret. of *tallaim*), conjunct form without *ro* is curious. Other examples of this omission are in Saltair na Rann: *marb* 2021, *sacr* 7409, *cruthaig* 7879, for *romarb*, *rosaer*, *ro-chruthaig.*

1653. *gráinche* compar. of *gráinech*, whence the verb *gráinighim.*

1660. *do-ro-r'-chair.* The double *ro* here is perhaps not a mistake, as *dororcair* occurs in the R. I. A. copy of the Félire, $\frac{23}{P.3}$, Nov. 17. Cf. *ro-fo-ro-daim*, LU. 34ᵇ, *ro-fo-r-uaslig* ibid. 35ᵇ, *ro-r-laithea*, LII. (Francisc.) fo. 12ᵇ.

1694. *rescidir fri* a compar. of equality. Should we read *frescidir* and compare *friosg* 'nimble', O'R ?

1709. *no-criathraitis: criathar*, O.W. *cruitr* = Lat. *cribrum* ex **crétro*: cf. Eng. *riddle*, Fr. *cribler* 'percer de trous nombreux', 'se percer l'un l'autre de beaucoup de coups', Littré.

1747. *aili-thir* 'other-land'. Hence apparently *ailithre* 'peregrinatio' and *ailithrech* 'pilgrim'. But see *ailithir* 908.

1749. *é-trese* compar. of *é-trén*, as *for-threse* 1732, is the compar. of *for-trén* 145. The uncompounded compar. *trese* 832, *treisi* 392.

1750. *do-bar-timairced*, an example of the impersonal passive, with the infixed *-bar-* 'you'. In *dognéth sib* 1758 we have an example of the impersonal active. *Bátir sibh* 1786.

1766. *triuib* 'per vos', the usual form is *triib*.

1767. *ind-ara-de*: cf. the formulae *cechtar de*, 499, *nechtar de*, Z². 363. where *de* (for *te*) seems = the Goth. gen. pl. *thizë* (ex *tisäm*). Of *ind-ara* the O. Ir. form is *ind-ala*, Z². 360. The expression *ind-alasar* 'one of the two of you' occurs in the Trip. Life (Rawl. B. 512, fo. 18ᵇ 1) where *sar* seems for **sár*, **sathar* (*sethar*, Wb. 1ᵇ) = *fathar*, Ir. Texte, vii, Lat. *restrum*.

1801. *mád-at* 'if it is that thou art'.

1816. *ni thorlaic-side chucai*. For this idiomatic use of *chucai* after *léicim* cf. 1839, 1840.

1819. *dechastái*, 2 d pl. abs. form s-fut. *dechaid*.

1820. *reimhib* 'before you'.

1857. *indorus*, lit. 'in(the)gate', is here, as in Saltair na Rann, 2238, and Ir. Texte, p. 99, l. 9, a nominal prep. meaning 'before'.

1890. *ra-ráith* 3 d sg. redupl. perf. of *rithim*. This is one of the perfects with long *a* both in sg. and pl. (*fosráthatar*, LU. 59ᵇ): correct accordingly Kuhn's Zeitschrift XXIII, pp. 234, 236.

1892. *anaicthe* seems gen. sg. of *anacud* a sister-form of *anacul* 1918.

1895. *find na maitni* = *findmatin* 1566, cf. Fr. *aube*, Ital. *alba*, from *albus*. A similar phrase is *dub na haidche*.

1898. *Badb*, the Gaulish *bodua* in *Cathubodua*, a battle-goddess (Revue Celtique i. 32).

1908. *altugud* by metathesis for *at-tlugud*. So *fástine* 388, 395, 536, 546, 1925, for *fáithsine*.

1911. *cert-fodla* 'just divisions', a compound of *cert*.

1915. *ro-thréicset*, 3 d pl. s-pret. of *tréicim* (= tar-ancim, Ascoli, *Note Irlandesi* 37 note).

1921. *ro-theraind*, 3 d sg. s-pret. of *tairndim*, *tairnim*. The verbal noun *tairniudh* 63, is in O.Ir. *in tairinnud* (gl. dejectio), Cod. Bedae Carolisr. 33 b. 4.

2015. *domarb* = *domarbh* 48, for O. Ir. *romarb*.

Corrigenda.

a. Text.

Line 58 *for* siniud *read* síriud. 87 i cummai. 95 fri. 98 iarraid. 99 dofhúsceba. 341 far[r]etar. 344 co n-aca. 371 is infechtain nofetaitís. 543 is infechtain. 589 có chéle. 612 Ní. 698 forcind. 740 dochóid [Achíl]. 748 conánic. 782 comaith[ch]ibh. 850 note, *for* cócháin *read* cúcai. 923 corodsáer. 924 *for* post *read* íarsin. 964 gnímaib. 969 tarla 'na scíath. 1085 *omit* [a]. 1193 iud álta. 1121 conatvilset. 1399 in bad. 1420 IS infechtain. 1435 i[c]cathugud. 1492 is infechtain. 1517 *dele first comma.* 1703 is infechtain. 1780 *after* cathrach *insert a comma.* 1930 maic. P. 52, head line, *for* 140a *read* 165b. P. 53, head line, *for* 21 *read* 36.

b. Translation.

P. 64, line 21, *before* 'neighbouring' *insert* '(or in)'.

P. 65, note 2, *for* 'I read síriud' *read* 'the ms. has síriud'.

P. 70, line 5 from bottom, *read:* 'for a meeting-place and'. line 22, *for* 'active' *read* 'vehement'.

P. 71, line 7 from bottom, *for* 'they would make peace and order' *read* 'peace and order would be made'.

P. 73, line 8 from bottom, *for* 'ever' *read* 'over'.

P. 74, line 9 from bottom, *for* 'fainc' *read* 'fáin'.

P. 75, line 10 from bottom, *for* 'ye shall find' *read* 'I know'. line 5 from bottom, *before* 'I saw' *insert* 'And'.

P. 76, line 8 from bottom, *read:* 'so that it is doubtful that men's eyes would be able to', etc.

P. 81, line 4, *for* 'conspicuousness' *read* 'renown'.

P. 94, lines 2, 3, *for* 'was not near' *read* 'I saw not'.

P. 106, last line, P. 107, line 1, *for* 'did not sleep' *read* 'slept'.

P. 113, line 9, *read* 'Then, truly, he besought his brother Meuelaus to hearten the'. line 10, *for* 'Menelaus' *read* 'He'.

P. 126, line 13, *after* 'twain' *insert* 'of them'.

Die Altirischen Glossen

im

Carlsruher Codex der Soliloquia des S. Augustinus.

A. Holder hat sich ein neues Verdienst um die Celtologie
erworben, indem er zuerst die hier herausgegebenen Glossen in
einer Karlsruher Handschrift der Soliloquia des Augustinus ent-
deckte. Er hatte die Güte mir eine Abschrift zuzusenden, und
wenn man auch irische Glossen nicht auf Grund einer fremden Abschrift herausgeben kann, so gab mir die seinige doch
einen willkommenen Anhalt, als ich das werthvolle Ms. mit
Musse auf der Leipziger Universitätsbibliothek durchsuchen und
das für uns Werthvolle daraus abschreiben konnte. Wieder-
holte Vergleichungen haben mir bewiesen, dass ich Nichts über-
sehen habe. Auch Whitley Stokes, der den Codex in Leipzig
sah, konnte nicht mehr entdecken; doch verdanke ich ihm die
Ergänzung von *lanamnasa* in Gl. 34 und die richtige Lesung
von Gl. 58.

Der Codex hat die Nummer CXCV. Auf dem Deckel ist
ein Stückchen Pergament aufgeklebt mit der in Abkürzungen
geschriebenen Angabe:

       Tres libri Soliloquiorum Augustini
       Augustinus ad Dardanum de praesentia Dei.

Auf dem 1. Blatt des eigentlichen Codex steht unten unter
der ersten Columne: 'Liber Augie maioris', der Codex stammt
also aus Reichenau. Mehrere Blätter sind Palimpsest, so fo. 7,
auf dem man die frühere Uncialschrift noch besonders deutlich
sehen kann. Der Holzdeckel war im Innern vorn und ebenso
hinten mit einem theilweise beschriebenen Pergamentblatte be-
klebt. Diese beiden Blätter sind jetzt abgelöst und in der
Pagination mitgezählt worden. Das vorn befindliche derselben
ist stark verblichen, und enthielt ursprünglich nur Lateinisch,
aber auf der 1. Columne sind, wie mir scheint in der Hand

des Codex, 24 Zeilen neu darüber geschrieben, und diese enthalten im Text auch einige irische Worte. Das hinten abge-
löste Blatt (paginirt 47), ist zwar in sehr alter Hand, enthält
aber kein Irisch. Es beginnt (vgl. Mone, Lat. Hy. II p. 383):
    'Cantemus in omni die   concinnantes uariæ
    conclamantes deo dignum   ymnum Sanctæ Mariæ'.

Fast alle Glossen finden sich in dem Haupttexte des Codex,
den Soliloquia S. Augustini, deren 1. Buch fo. 2 mit den Worten
beginnt 'Uoluenti mihi multa et uaria mecum diu'. Das erste
Buch endet fo. 9^v, col. 1, das zweite Buch endet fo. 17^v, col. 1,*
das dritte Buch mit dem Specialtitel 'de quantitate animae'
endet fol. 39^v, col. 1. Ich gebe den lateinischen Text, wie er
im Ms. steht, benutzte aber die Ausgabe der Benedictiner (ac-
curante Migne): S. Aurelii Augustini Hipponensis Episcopi Opera
omnia, Tom. Primus, Parisiis 1841, Buch 1 und 2 pp. 869 bis
904, Buch 3 (in dieser Ausgabe besonders gestellt) pp. 1035
bis 1080. Der gedruckte Text von Buch 3 hat als Unterredner
E. (Evodius) und A. (Augustinus), unser Codex wie in den
beiden ersten Büchern A. (Augustinus) und R. (Ratio). Auf
fo. 39^v und 40^r stehen verschiedene Textstücke, zum Theil von
verschiedener Hand. Fo. 40^v beginnt 'Liber Sancti Augustini
Aurelii de presentia Dei ad Dardanum', in der Benedictiner
Ausgabe Tom. II p. 832 (als Epistola CLXXXVII). Fo. 42
geht bis 'cum corporea rés sit ac transitoria' (§ 19 der Ausgabe), dann fehlen die Worte 'surdus non capit, surdaster non
totum', aber mit 'capit atque in his qui audiunt' setzt das falsch
gebundene fo. 35 ein und der Text wird dann fortgeführt
fo. 36^r, col. 1 bis zu den Worten 'per patientiam expectamus.
multa itaque dicuntur' u. s. w., § 27 der Ausgabe, womit unser

* Zwischen dem 2. und 3. Buch steht, ungefähr eine Columne lang,
eine Art Nachwort zu den beiden ersten Büchern der Soliloquia, das ich
in Migne's Ausgabe nicht finde. Es beginnt 'Quaedam huius operis in
libro Retractationum quae ita sé habent correcta sunt', und endet '. . in
libro duodecimo de Trinitate deserui. Hoc opus sic incipit Uoluenti mihi
multa ac uaria mecum diu. Incipit .III. liber Soliloquiorum de Quantitate
animae.

Codex in diesem Texte abbricht. Auf fo. 36ʳ, col. 2, steht ein Stück Latein, dessen Schrift der auf dem letzten, vom Deckel abgelösten Blatte ähnlich ist, es beginnt 'Octo sunt principalia uitia'. Auf fo. 36ᵛ ist das erste Stück der ersten Columne leer, dann scheinen Excerpte aus verschiedenen Kirchenvätern zu folgen, der Anfang lautet: 'Ag. (= Augustinus) Nulli dubium est non secundum corpus neque secundum quamlibet partem animae sed secundum rationalem mentem ubi potest agnitio dei hominem factum ad imaginem eius qui creavit eum'. Fo. 43ʳ ist Fortsetzung von 36ᵛ, auf col. 2 sind nur 12 Zeilen geschrieben. Auf fo. 43ᵛ, col. 1 stehen vier Zeilen Latein, der Rest ist frei, ebenso das ganze fo. 44. Fo. 45 und 46 sind in kleinem Format, ohne Columnenabtheilung; die Schrift ist irisch, der Text lateinische Hymnen*, ein Credo und ein letztes Stück in Prosa, das mit den Worten beginnt: 'Maioris culpae manifeste quam occulte peccare'.

Die Glossen sind theils Marginal-, theils Interlinearglossen. Sie sind oft blässer als der Text, weil sie kleiner, also mit weniger Tinte geschrieben sind. Wahrscheinlich sind sie vom Schreiber des Textes selbst zugefügt worden, wenigstens lässt sich nicht der zwingende Beweis vom Gegentheil führen. Die meisten Glossen sind gut und scharf geschrieben. Einige scheinen gleichzeitig mit dem Texte, die meisten später eingetragen zu sein (vgl. z. B. fo. 18ᵛ, col. 1, lin. 16). Fo. 13ᵛ, col. 2, lin. 4 ist eine lateinische Glosse mit demselben Roth darüber geschrieben, mit welchem im Texte die Buchstaben A. und R.

---

* Diese Hymnen habe ich nur zum Theil bei Mone gefunden, der diese Handschrift bei dem letzten Hymnus erwähnt und sie daselbst dem 9. Jahrh. zuweist, Lat. Hy. I p. 390. Die Anfänge der Hymnen sind: Aurora lucis rutulat (Mone I p. 190); Martyr Dei qui unicus; Rex gloriose martyrum (Mone III p. 143); Aeterna Christi munera (Mone III p. 143, jedoch mit einigen Zeilen weniger); Sanctorum meritis inclita gaudia . pangamus socii gestaque fortia; Iesu corona uirginum . quem mater illa concepit; Uirginis proles opifexque matris; Summe confessor sacer et sacerdos (Mone III p. 330); Iam surgit hora tertia; Ad caeli clara . non sum dignus sidera . levare meos . infelices oculos (Mone I p. 387).

(s. oben) hervorgehoben sind. Andrerseits sehen bisweilen die
Correcturen wie von anderer Hand aus, z. B. fo. 15ʳ, col. 1,
lin. 10 v. u. Die Schrift des Textes ist sehr schön, sie ähnelt
von den beiden anderen Carlsruher Glossenhandschriften besonders der des Priscian und erinnert Stokes an die des Book of
Armagh. Die Abkürzungen sind wie in den anderen altirischen
Glossenhandschriften; die für ar, die schon in den älteren
mittelirischen Mss. üblich ist, kommt hier noch nicht vor. Die
Sprachformen sind altirisch. Ich glaube daher, dass Holder's
und Mone's Taxirung, der Codex stamme aus saec. IX, richtig
ist. Die Glossen sind theils lateinisch, theils irisch, nur die
letzteren werden hier veröffentlicht. Wo ich im Lateinischen die
Präposition mit dem folgenden Casus und andere Verbindungen
zusammengeschrieben habe, ist es sicher auch so im Ms. Im
Grundtext deute ich die Abkürzungen des Ms. nicht an, wohl
aber überall in den Glossen (durch Druck des Ergänzten in
anderen Typen).

I. Fo. 1, col. 1.

(Das vom Deckel abgelöste Blatt.)

De peccato .i. *opad* fidei trinitatis . inde Augustinus dicit.
hoc enim peccatum quasi solum sit prae cæterís posuit quia
hoc manente cætera detenentur 7 hoc discedente
cætera demittuntur.
De iustitia .i. aliena .i. *firinne* apostolorum 7
omnium iustorum *bith ingabál* mundo.
    Quopacto arguendus est
mundus de iustitia nisi de iustitia credentium
ipsa quippe fidelium comparatio infidelium est uituperatio . De iustitia ergo arguitur
aliena si arguuntur de lumine tenebræ
De iudicio .i. *in mess duchoaid fordiabul is*
hé rigas forru ut Augustinus dicit.
Die Abtheilung der Zeilen wie im Ms. Die weiteren elf
Zeilen enthalten kein Irisch mehr.

II. Die Glossen.

[Die meisten Seiten der Handschrift haben zwei Columnen, das Blatt
hat also deren vier, die hier mit ᵃ, ᵇ, ᶜ, ᵈ bezeichnet werden. Die
Citate hinter dem lateinischen Texte beziehen sich auf die Ausgabe. Die
lateinischen Worte, über denen die Glosse steht, sind gesperrt gedruckt.]

Fo. 2ᵈ Cuius (lin. 1:) legibus rotantur poli cursús
suos sidera peragunt (Lib. 1 § 4)　　Gl. 1 *inna rei file iter
na secht ̃uair ̃ndrecha ithé nime asbertar and*

Fo. 3ᵃ Recipe óro fugitiuum tuum domine clementissime:
(lin. 5:) iamiam satis poenas dederim (I 5)　　Gl. 2 *focoemal-
lagsa*

ibid. (lin. 40:) et pro eo quod ad tempus admonueris de-
precabor (I 6)　　Gl. 3 *ani*

Fo. 4ᵃ* perge modo uidea- (lin. 7:) mus quorsum ista
quaeris (I 9)　　Gl. 4 *.i. cair*

Fo. 4ᵇ (lin. 4:) Ita deus faxit ut dicis (I 9)　　Gl. 5 *.i.
doróna*

ibid. Itaque arbitrio tuo rogato et obiurgato grauius si
quicquam (lin. 7:) tale posthác (I 9)　　Gl. 6 *.i. iarsúnd.*
Ueber si quicquam die Gl. *.i. iusserit*

Fo. 4ᶜ Quid speram (= sphaeram, lin. 4:) ex una qua-
libet parte á medione duos quidem pares circulos habere pa-
riter lucet (I 10)　　Gl. 7 *.i. sechió óenrainn,* Gl. 8 *.i. hó*

Fo. 5ᵃ Immo sensum (lin. 1:) in hoc negotio quasi nauem
sum expertus (I 9)　　Gl. 9 *itargénsa*

ibid. (lin. 2:) Nam cum ipsi (Gl. *.i.* sensus) mé adlocum
quotendebam peruexerint (I 9)　　Gl. 10 *.i. dú adcosnainse*

ibid. Nullus hautem (lin. 36:) geometricus deum sé do-
cere professus est (I 11)　　Gl. 11 *.i. intan forcain* unam
lineam 7 unam speram non docet deum

---

* Fo. 4 besteht nur aus einem schmalen Streifen, auf welchem ein
Stück Text ('Non si Stoici sinant' Lib. I § 9, bis 'differentium rerum
scientia indifferens' ibid. 10) steht, das fo. 5ᵃ, lin. 11 weggelassen ist.

Fo. 5ᵇ (lin. 5:) Esto plus té ac multo plus quam de istís deo cognito gauisurum (I 11)   Gl. 12 .*i*. *doig*

Fo. 5ᶜ Quid enim adhúc ei demons- (lin. 2:) trari non potest uitiis inquinatae atque egrotanti quia uidere nequit nisi (lin. 3:) sana si non credat aliter sé non esse (lin. 4:) nisuram uondat operam suae sanitati (I 12)   Gl. 13 *íarna glanad*   Gl. 14 .*i*. *infrithgnam*

Fo. 5ᵈ et haec est uere perfecta uir- (lin. 4:) tus ratio peruoniens ad finem suum (I 13)   Gl. 15 .*i*. *doimcaisin dé*

ibid. Ipsa uero nisio intellectus est ille qui in anima est qui (lin. 7:) confidit (sic! zu lesen conficitur) ex intelligentia et eo quod intelliguitur (sic!) (I 13)   Gl. 16 uel ex intelligente (dies in der Schrift des Textes) .*i*. *ondí itargnin*. Dazu links am Rande Gl. 17 *dede híam bi** intelligentia ex noscente 7 intelligibili ré

ibid. Sed dum in hoc corpore est anima etiam sí ple- (lin. 5:) nissime uideat hoc est intelligat deum (I 14)   Gl. 18 .*i*. *meit** assochímacht*, mit punctum delens über dem ersten *t*, also *as sochmacht*.

ibid. tamen quia etiam corporis sensus utuntur opere proprio nihil quidem ualente ad (lin. 28:) fallendum non tamen nihil agente potest adhuc dici fides ea qua hís resistitur et illud putius (sic!) uerum esse creditur (I 14, die Fortsetz. der vorigen Nummer)   Am Rande links zu fallendum Gl. 19 .*i*. *nitartat* sénsus *breíc*** im anmin*   Gl. zu hís: .*i*. sensibus   Gl. zu illud: .*i*. summum bonum

Fo. 6ᵃ Sed res- (lin. 28:) ponde quomodo haec acciperis (sic!) ut probabilia an ut vera (I 15)   Gl. 20 .*i*. *inna dligeda anúas roráitsem†*

---

* Hinter *híam* ist die Zeile zu Ende.

** Ueber dem *t* von *meit* steht ein Abkürzungszeichen (τ̄), das hier keinen Sinn haben kann.

*** *breíc* ist geschrieben *bre* am Ende der einen und *íc* am Anfang der folgenden Zeile.

† Das *t* in *roráitsem* ist ganz deutlich. Zwischen *anúas* und *roráitsem* steht die Abkürzung für lat. inter, die nicht zu der irischen

ibid. Plane ut probabilia (lin. 30:) et in spem quod fatendum est maiorem surrexi (I 15, die Fortsetz. der vorigen Nummer) Gl. 21 .*i. is huilliude mo freiscsiu doneuch roradissu argaibim ceill for ctargna nach reta infecht sa*.

Fo. 6^b .R. Quid sí té repente saluo esse corpore sentias 7 probes tecumque omnes quos diligis concorditer liberali otio frui uideas, nonne aliquantum tibi etiam letitia gestiendum est? .A. Aliquantum; immo (lin. 32:) uero sí haec presertim ut dicis repente pro- (lin. 33:) uenerint quando mé capiam, quando id genus gaudii uel dissimilare permittar (I 16) Gl. 22 .*i. mo slántu fadéin 7 slántu* amicorum Gl. 23 .*i. cen failti*

Fo. 6^c Quid uxor nonne té interdum dilectat pulcra pudica (lin. 23:) morigera (I 17) Gl. 24 *bésgnethid*

ibid. (lin. 24:) adferens etiam dotis tantum ... quantum eam prorsus nihilo faciat onerosam (lin. 27:) otio tuo presertim sí speres certusque sís nihil ex ea té molestiae esse passurum (I 17) Gl. 25 *cid indfretussa* Gl. 26 *do immofoluṅg déesse duitsiu*

ibid. Itaque sí ad officium pertinet sapientis quod nondum comperi dare operam liberis. quis- (lin. 38:) quis rei huius tantum gratia concumbit. mirandus mihi uideri potest. at* uero imitandus nullo modo (I 17) Gl. 27 *cláinde*

ibid. Nam temptare hoc (lin. 41:) periculosius est quam posse felicius** (I 17, die Fortsetz. der vorigen Stelle) Dazu uuter der Zeile am Ende der Columne Gl. 28 *cid arthucait cláinde dagné uech. 7 niparétrud is mó*, unter den letzten Worten von *nip* an: is periculosius quam felicius

Fo. 7^a presertim sí generis nobilitate tanta polleat, ut honores illos (lin. 20:) quos esse posse necessarios iam dedisti per eam facile adipisci possis (I 18) Gl. 29 .*i. ithesidi adromarsu (ad romar su* in drei Zeilen)

Glosse gehören kann, sondern eine früher als diese geschriebene Bemerkung 'interrogatio' sein wird.

* Ueber das a von at ist ein u geschrieben.

** Ueber felicius ein Strich, und darunter facilius, wie es scheint, von anderer Hand.

ibid. non quaero quid negatum non delectet sed quid di-
lectet (lin. 27:) oblatum: aliud enim est excausta pestis
aliud consopita (I 19)   Gl. 30 *taudbartha*   Gl. 31 *fasigthe*

Fo. 7^d Quid ergo adhuc sus- (lin. 23:) pendor infelix
et cruciatu miserabili differor (I 22)   Gl. 32 *addomsuitersa*

ibid. Quem [ad ausgestrichen] modum hautem potest habere illius pulchritudinis amor in qua nonsolum (lin. 32:)
non inuideo caeteris sed etiam plurimos quaero qui mecum
appetant (I 22)   Gl. 33 .*i. ni nammá nádfoirmtigimse*

ibid. Prorsus tales esse amatores sapientiae decet quales
quaerit illa cuius uere casta est et sine ulla contaminatione
coniunctio sed non ad eam (lin. 41:) una uia peruenitur
(I 23) Darunter am Fusse der Columne Gl. 34 *nió ógai tantum*
acht* *is ó aithirgi 7 ó dligud lanamnasa*

Fo. 8^a (Fortsetz. der vorigen Stelle) quippe pro sua quisque (lin. 1:) sanitate ac firmitate comprehendit illud singulare ac uerissimum bonum (I 23)   Gl. 35 .*i. amal nibís
slántu cáich 7 ásonarte*   Ueber illud singulare die Gl. .*i.*
sapientiam

ibid. (lin. 38:) Tale aliquid sapi- (lin. 39:) entiae stu-
diosissimis. nec acute iam tamen uidentibus magistri optimi
faciunt.   Nam ordine quodam ad eam peruenire bonae dis-
ciplinae officium est (I 23)   Gl. 36 .*i. ius ordinis .i. fo-
chosmailius inna reta corptha órdd isnaib retaib in tucht sin***
Gl. 37 *dunaib acubarthib*

Fo. 8^c Nos hautem (lin. 6:) quantum emerserimus vide-
mur nobís uidere (I 25)   Gl. 38 .*i. dururgabsam*

ibid. Nonnó uides quae ueluti securi (lin. 12:) histerna
die pronuntiaueramus nulla nos iam peste detineri nihilque
amare nisi sapientiam (I 25)   Gl. 39 *deedi*

Fo. 8^d Sed quesso té síquid inmé uales ut me temptes per
aliqua compendia ducere ut uel uicinitate nonnulla lucis (lin. 16:)
istius quam si quid profeci tolerare iam non*** possum . pigeat

---

* Das Ms. hat 7 und darüber die Abkürzung für lat. sed.
** Gl. 36 beginnt über aliquid und geht dann rechts am Rande herunter.
*** In der Ausgabe fehlt dieses non.

me oculos refferre ad illas tenebras quas reliqui (I 26)   Gl. 40
ci forrásussa

ibid. lin. 36 Quasi uero possim haec nisi per illam cognoscere (I 27)   Gl. 41 *ate níchumgaim*   Zu haec die Gl. deum 7 animam

Fo. 9ᵃ .R. Concluditur ergo aliud (darüber 'uel aliquid') quod uerum sit interire .A. (lin. 36:) Non contrauenio (I 28) Gl. 42 .*i. ni frithtáigsa*

Fo. 10ᵃ Quid sí agnoscatis aliud (lin. 32:) uobis uideri. quam est . nunquinnam (zu lesen 'numquidnam') fallimini? (II 3)   Gl. 43 .*i. madfír in brithemnacht bess* inmente Gl. 44 .*i. issain donadbantar* sensibus 7 *amal bís iaru*m

Fo. 10ᶜ Sed amplius deliberandum censeo utrum (lin. 5:) superius concessa non nutent (II 5)   Gl. 45 .*i. dús innadnutmaligetar*

ibid. Sa- (lin. 8:) tisne considerasti ne quid temere dederis (II 5)   Gl. 46 *dús innárdamarsu*

ibid. lin. 36 Nihilominus enim manet illud quod me plurimum mouet nasci animas 7 interire atque ut non desint mundo non (lin. 36:) earum inmortalitate sed successione prouenire (II 5)   Gl. 47 .*i. cachanim·indegid úlaile*

Fo. 10ᵈ (lin. 6:) Quid illud dasne istum parietem sí uerus paries nonsit non esse parietem (II 6)   Gl. 48 *innatmaisu*

Fo. 11ᶜ Hoc hautem ge- (lin. 10:) nus partim est in eo quod anima patitur partim uero in hís rebus quae uidentur (II 11)   Gl. 49 .*i. lee fadeissne*

ibid. qualia uisu somniantium 7 for- (lin. 16:) tasse etiam furientium (II 11)   Gl. 50 .*i. dasachtaigte*

ibid. Porro illa quae in ipsís rebus quas uidemus apparent alia anatura caetera abanimantibus (lin. 19:) exprimuntur atque finguntur (II 11)   Gl. 51 *dufórndite*r   Gl. 52 *cruthigtir*

ibid. (lin. 20:) Natura . gignendo uel resultando similitudines deteriores facit (II 11)   Gl. 53 .*i. nótríathleim*

Fo. 11ᵈ Nam et in ipso (lin. 2:) auditu totidem fere genera enuntiant similitudinem uelut cum loquentis uocem quem

non uidemus audientes putamus alium quempiam cui voce similis est (II 12)   Gl. 54 . *i* . *fil*inuisu

    ibid. uel inore- (lin. 8:) logíis (zu lesen 'horologiis') me-
rulae (II 12)   Gl. 55 . *i* . *inna luiniche*

    ibid. Falsae hautem uoculae quae dicuntur amusicís . in-
credibile est quantum adtestantur ueritati; quod post apparebit.
(lin. 13:) Tamen etiam ipsae, quod nunc sat est, non absunt
abearum similitudine quas ueras vocant (II 12)   Gl. 56 *cit*

    ibid. Quid (lin. 23:) cum talia nos uel olfacere uel gus-
tare uel tangere somniamus (II 12)   Gl. 57 . *i* . *boltigme*

    ibid. Nam ego circuitum istum semel statui tollerare ne-
que (lin. 40:) in eo defetiscar spó tanta perueniendi quo nós
tendere sentio (II 13)   Gl. 58 *niconscithigfar*

    Fo. 12ª Ergo sí eo ueri essent quo ueri simillimi appare-
rent nihilque inter eos et ueros omnino distaret eoque falsi
quo per illas uel alias differentias (lin. 23:) disimiles conuin-
cerentur (II 13)   Gl. 59 *ócomteitarrestiss* ánobís

    ibid. ut rem bene inductam addiscutiendum inconditus
(lin. 40:) peruicaciae clamor explodat (II 14)   Gl. 60 *co-
frisdúna*

    Fo. 12ᵇ (lin. 16:) Non enim mihi facile quicquam uenit in-
mentem quod contrarís causís gignatur (II 15)   Dazu am
Rande links Gl. 61 *ni congainedar ní óthucidib écsamlib* nisi
falsu*m* tantu*m*

    Fo. 12ᶜ Restaret ut nihil aliud falsum esse dicerem nisi
quod aliter sé habere atque ui- (lin. 9:) deretur . ní uererer
illa tam monstra quae dudum enauigasse arbitrabar (II 15)
Gl. 62 . *i* . *amal asrubartmart inna clocha bíte inelluch intalman**

    ibid. (lin. 15:) ubi mihi naufragium in scopulís ocultis-
simís formidandum est (II 15)   Gl. 63 . *i* . *bíte immuir*

---

    * Dies bezieht sich auf II 7: R. Certe hic lapis est; et ita verus
est, si non se habet aliter ac videtur; et lapis non est, si verus non
est; et non nisi sensibus videri potest. A. Etiam. R. Non sunt igitur
lapides in abditissimo terrae gremio, nec omnino ubi non sunt qui sen-
tiant: nec iste lapis esset, nisi cum videremus; nec lapis erit cum dis-
cesserimus, nemoque alius eum praesens videbit (so nach der Ausgabe).

ibid. (lin. 39:) Nam et mimi et comediae et multa poemata mendaciorum plena sunt (II 16)   Gl. 64 .*i*. *cidnafuirsirechta*

Fo. 12ᵈ R. Iam ea quibus uel dormientes uel furentes falluntur concedis ut opinor in eo esse genere. A. Et nulla (lin. 23:) magis.* Nam nulla** magis tendunt talia esse qualia uel uigilantes uel sani cernunt: et eo tamen falsa sunt quod id quo tendunt esse nonpossunt (II 17)   Dazu am Rande einem Zeichen über magis entsprechend Gl. 65 .*i*. *ni moa adeosnat bete* in *secundo* genere *innahi frisairet* 7 sani *quam* dormientes .i. *est* furentes

Fo. 13ᵃ Itaque ipsa opera hominum uelut comedias aut traguedias (sic!) atque mimos et id genus alia possimus (lin. 1:) operibus pictorum fictorumque coniungere. (lin. 2:) Tam enim uerus esse pictus homo nonpotest, (lin. 3:) quamuís inspecie hominis tendat quam illa quae sunt scripta inlibris comicorum (II 18).   Oben rechts über der Columne wahrscheinlich auf die zweite Zeile bezüglich Gl. 66 *arunméitse nicuming*

ibid. At uero inscena Roscius (lin. 9:) uoluntate falsa Hecuba erat; natura uerus homo (II 18)   Dazu am Rande links unter Roscius Gl. 67 *fuirsire*

ibid. Non enim tamquam striones (sic!) aut despeculís quaeque relucentia (lin. 37:) aut tanquam minores (dazu unten die Note 'uel mironis uel mirionis') buculae ex aere ita etiam nós ut in nostro quodam habitu ueri simus adalienum habitum adumbrati atque simulati et ob hoc falsi esse debemus (II 18) Gl. 68 .*i*. *is uera pictura robaisin* 7 *robtarbai togaitigsidi*

Fo. 13ᵇ Est hautem grammatica uocis articulatae custos: et moderatrix disciplina, cuius professionis (lin. 25:) necessitate cogitur humanae linguae omnia etiam figmenta colligere, quae memoriae litterísque mandata sunt (II 19)   Gl. 69 .*i*. *iseen doneuch fosisedar dán inna grammatic continola innahuili doilbthi*

ibid. (lin. 30:) Nihil nunc curo . utrum abste ista bene

---

* Darüber die Gl. .i. concedo
** Darüber die Gl. .i. falsa

diffinita atque distincta sint (II 19)   Gl. 70 .i. duo .i. (sic!), dazu links am Rande .*i*. *herchoilud* fabulae 7 *grammaticae*

ibid. Nonne ego (sic! zu lesen Non nego) uim peritiamque difiniendi qua nunc ego ista separare (lin. 36:) conatus sum disputatoriae arti tribui (II 19)   Gl. 71 *dudialecticc*

Fo. 13ᶜ (lin. 8:) .R. Num aliquando instetit ut dedalum uolasse crederemus? .A. Hoc quidem numquam (II 20)   Gl. 72 .*i*. *nitarrastar aém*   Gl. 73 .*i*. *naic*

ibid. sí nihil inea diffinitum esset (lin. 31:) nihil ingenera 7 partes distributum atque distinctum (II 20)   Gl. 74 .i. inspecies *fodlide*

Fo. 13ᵈ Grammatica igitur eadem arte creata est . ut disciplina uera esset: quae est absté superius afalsitate defensa: quod (lin. 8:) non de una grammatica mihi licet concludere; sed prorsus de omnibus disciplinís (II 21).   Dazu links am Rande Gl. 75 *nigrammatic tantum astoisc do deimnigud as uera disciplina perdialecticam acht it na huili besgna ata fira perdialecticam*

ibid. (lin. 37:) Esse aliquid inaliquo non nós fugit duobus modis dici (II 22)   Gl. 76 *ninimgaibni*

Fo. 14ᵃ (lin. 5:) Ista quidem uetustissima nobis sunt: et ab iniunte aduliscentia studiosissime percepta et cognita (II 22) Gl. 77 *iscián mór húas etargnaid dunni ani sin*

ibid. (lin. 38:) nisi forte animum dicis etiam símoriatur animum esse (II 23)   Dazu am Rande rechts Gl. 78 *bés asberasu asnai*[n]*m dosom* animus *ciatbela*

ibid. sed eo ipso (lin. 41:) quod interit . fieri ut animus non sit dico (II 23)   Darunter am Rande Gl. 79 *Niba* animus *dia nérbala*

Fo. 14ᶜ (lin. 9:) Loquere iam qui enchicas (sic! zu lesen 'enecas', II 24)   Gl. 80 .i. praefocas .*i*. *formuchi*

ibid. Nam primum [me]* mouet quod circuitu tanto usi sumus nescio quam rationum catenam sequentes cum tam breuiter totum de quo agebatur demons- (lin. 27:) trari potuit . quam nunc demonstratum est (II 25)   Gl. 81 .*i*. *fiu*

---

* me aus dem gedruckten Texte ergänzt.

Fo. 15ᵃ Quare sí placet repetamus breuiter unde illa duo confecta sint aut semper manere ueritatem aut ueritatem esse disputandi ratio- (lin. 19) nem . Haec enim uacillare dixisti quo minus nós faciat totius rei securos (II 27)   Gl. 82 *ut-mallaigetar*

ibid. .R. ... Scio enim quid tibi eueniat adtendenti . dum nimis pendes inconclusionem . et ut iam ianque (sic!) inferantur expectas ea quae interrogantur non diligenter examinata concedis . .A. Uerum (lin. 36:) fortasse dicis . sed enitar contra hoc genus morbi quantum possum (II 27)   Gl. 83 .*i*. *frisbérsa*

Fo. 17ᵛᵉʳʰᵒ am obern Rande ohne Beziehung auf den Text die Bemerkung Gl. 84 *ismebul clud riy nafirinne* 7 *chairte fridemun*

Fo. 18ᶜ Simplex enim corpus est terra (lin. 16:) eo ipso quo terra est et ideo elimentum dicitur omnium istorum corporum quae fiunt ex IV elimentís (III 2)   Gl. 85 *adbar*

Fo. 19ᶜ quod in loco tranquilissimo et abomnibus uentís quietissimo uel breui (lin. 17:) flabello approbari potest (III 6) Dazu am Rande Gl. 86 flabellu*m cule bath*

Fo. 19ᵈ Intrinsecus tantum ut tanquam utrem impleat . án tantum (lin. 6:) forinsecus uelut tectorium . án et intrinsecus et extrinsecus eam (die Seele) esse arbitraris (III 7)   Gl. 87 .*i*. *slintech*

Fo. 23ᵈ Tumor enim non absorde (sic!) appellatur corporis magnitudo (lin. 11:) quae si magni pondenda esset plus nobís profecto elifanti saperent (III 24)   Am Rande links Gl. 88 .*i*. *mórmessi*

ibid. uel quod etiam deoculo dicebamus (lin. 20:) cui non liceat aquilae oculum multo quam noster est esse breuiorem (III 24)   Gl. 89 .*i*. *dinachfoll*us

Fo. 24ᵃ Minus enim ego de hís rebus dubito quam de hís quas istís oculís uidemus (lin. 28:) cum pituita bellum semper gerentibus (III 25)   Gl. 90 *fritodéri* no *frimeli*

Fo. 26ᵛᵉʳˢᵒ (ohne Columnencintheilung) Deinde inipsís luctatorum corporibus pales- (lin. 2:) tritae non molem ac mag-

nitudinem sed nodos quosdam lacertorum et descrip- (lin. 3:)
tos toros figuramque omnem corporis sibi congruentem peri-
tissime inspiciunt (III 36)   Gl. 91 *.i. indimthas carthithi*
Gl. 92 *.i. innan doat** Gl. 93 *.i. toirndithi* Gl. 94 *.i. iuna
sethnaga*

ibid. Nam sí maiore impetu minor uelut uchimenti aliquo
tormento emisus infligatur maiori uel laxius iaculato uel iam
langescenti quamuís abeodem resi- (lin. 41:) liat retardat illum
tamen aut etiam retro agit . pro modo ictuum atque ponde-
rum (III 37)   Gl. 95 *.i. niath sonairt*

Fo. 27ᵇ Quamobrem cum infanti puero solus adtrahendum
aliquid uel repellendum nutus sit intiger nerui hautem et propter recentem minusque perfectam conformationem inhabiles et
propter humorem qui illi actati exuberat marcidi et propter
nullam exercitationem languidi pundus (sic!) uero adeo sit exi-
guum ut né ab alio quidem (lin. 27:) inpactum grauiter ur-
geat oportuniusque sit quam** adinferendam accipiendamque
molestiam (III 39)   Gl. 96 *.i. insarta .i. inucht nachaili*

idid. ac post paululum sagittas iam ferro graues pennulís
uegi- (lin. 40:) tatas (sic!) neruo intentissimo emisas caelum
remotissimum petere (III 39)   Gl. 97 *.i. tét fidbaicc*

Fo. 28ʳᵉᶜᵗᵒ (ohne Columnencintheilung, lin. 9:) Quicquid
hautem uidens uidendo sentit id etiam uideat necesse est (III 42)
Dazu am Rande links Gl. 98 *.i. caisin sochmacht*

ibid. Sed hoc ultimum quod ex eís confectum est ita est
absordius (sic!) ut illorum potius (lin. 27:) aliquid temere me
dedisse quam hoc uerum esse consentiam (III 43)   Gl. 99
.i. adrodamar

ibid. (lin. 29:) Quid enim tandem incautius . sí ut paulo
ante uigelares tibi elaboretur*** (III 43)   Gl. 100 *.i. inrembic*

* Das c von lacertorum kommt dazwischen.
** Das quam ist hereincorrigirt. Die Ausgabe hat: opportuniusque
sit ad accipiendam, quam ad inferendam molestiam
*** Hinter tandem im Ms. eine leere Stelle; tibi elaboretur (sic!) steht
über uigelares und soll einem Zeichen entsprechend dahinter eingefügt
werden. Die Ausgabe hat: quid enim tibi tandem elaboretur incautius,
si ut paulo ante vigilares?

Ueber quid die Gl. .i. erroris, zu incautius links am Rande
.i. quam illa quae antea concessisti.

ibid. Is* enim sé (lin. 33:) foras porrigit . et per oculos
emicat longuius (sic!) quaquauersum potest lustrare quod
cernimus (III 43)   Gl. 101 .i. sechileth

Fo. 30ʳᵉᶜᵗᵒ (ohne Columnencintheilung, lin. 6:) .R. ... án
tú id negabis? .A. Nihil minus (III 49)   Gl. 102 .i. naice
.i. negabo

ibid. (lin. 38:) Quis hautem non nideat nihil sibi esse aduersi
quam ista duo sunt (III 51)   Ueber aduersi : uel sius, daneben
über quam Gl. 103 .i. fiu

Fo. 30ᵛᵉʳˢᵒ Itaque (lin. 1:) nosse cupio utrum horum de-
ligas (III 51)   Gl. 104 .i. in indalanai .i. interrogatio

ibid. (lin. 17:) nunquam tamen deterriar pudori huic re-
niti . et lapsum meum té presertim manum dante corrigere
(III 51)   Gl. 105 .i. frisaber (das a ist darüber geschrieben)

ibid. Neque enim (lin. 19:) ideo est suscipienda pertinacia quam optanda constantia (III 51)   Gl. 106 .i. sigide
imresin .i. uitium   Gl. 107 fiu   Ueber constantia die lat.
Gl. .i. uirtus, am Rande zu dieser Stelle die Gl. Cicero dicit
pertinacia est finitimum uitium constantiae

Fo. 31 ᵛᵉʳˢᵒ Quid aliud putas nisi diffinitionem illam sen-
sús (lin. 20:) ut antea quod nescio quid plus quam sensum
includebat ita nunc contrario uitio uacillare quod non omnem sensum potuit includere (III 56)   Gl. 108 .i. ol   Ueber
ut antea die lat. Gl. .i. uacillabat

Fo. 32ᵈ am unteren Rande Gl. 109 saurus .i. odur, darüber befindet sich ein Abschnitt (III 59), in welchem Augustin
die 'palpitantes lacertarum caudas amputatas a cetero corpore'
erwähnt, und dann 'reptantem bestiolam multipedem .. longum
dico quendam uermiculum'

Fo. 35ᵇ (lin. 20:) [A] cuius sacrificii humilitate longe abest
typhus [et] coturnus illorum (De praesentia Dei § 21, die
Ergänzungen nach der Ausgabe)   Gl. 110 sulbaire   Zu typhus die lat. Gl. .i. superbia .

_____
* Bezieht sich auf uisus.

Anmerkungen.

Anderweitige Belege für die irischen Wörter finden sich in den „Indices Glossarum et Vocabulorum Hibernicorum quae in Grammaticae Celticae editione altera explanantur" von B. Güterbock und R. Thurneysen (Lipsiae 1881) und in dem Wörterbuch zu meinen „Irischen Texten", worauf ich hier ein für allemal verweise.

I. Die Sätze auf Fo. 1.

Opad etc. „Das Zurückweisen des Glaubens an die Trinität". — *Firinne* etc. „Die Gerechtigkeit der Apostel und aller Gerechten ein fortwährender Tadel für die Welt (?)", vgl. im Folgenden: ipsa quippe fidelium comparatio infidelium est uituperatio. — *In mess* etc. „Das Gericht, das über den Teufel erging, dasselbe wird über sie ergehen."

II. Die Glossen.

Gl. 1. „Die Räume, die zwischen den sieben Planeten sind, das sind die Himmel, die hier genannt werden." Zu *inna rei* vgl. *.i. arnaib réib ilib* Gl. zu super omnes coelos Wb. 22ᵃ, 10 (Z.² 227); *airṅdrecha* steht für *airṅdrethcha*, vgl. Cr. Bed. 18ᵇ, 12: *isé* multiplex motus (so das Ms.) *inriuth rctae inna airndrethcha* in contrarium contra sé 7 *arriuth aicneta fedesin* „der Lauf, den die Planeten entgegengesetzt gegen sich laufen, und ihr eigner natürlicher Lauf." Beda, de rerum natura Cap. XII, sagt: Inter caelum terrasque septem sidera pendent, certis discreta spatiis, dazu Cr. Bed. 18ᶜ die Glosse: *hité* spatia *narrce fil á* terra usque ad XII signa ... „das sind die Räume der Himmel, die von der Erde bis zu den zwölf Zeichen sind ..." Der Nom. Pl. *rei* an unsrer Stelle scheint zu beweisen, dass *re* ein femininer Stamm auf *ia* ist. — Von der irischen Wurzel *ret* (*rethim* ich laufe) ist ein Decompositum **air-ind-riuth*, ich schweife umher, gebildet, dazu **air-ind-rethech* n. das umherschweifende Gestirn.

2. Dass *focoemallag-sa* als 1. Sing. Perf. zu *focoimlachtar* 'pertulerunt' Ml. 47ᶜ, 6 gehört, ist nicht zu bezweifeln. Vgl. die Indices von Güterbock und Thurneysen. Zu Grunde liegt die irische Wurzel *lang*, ohne Nasal *lag*, *lach*, hier zusammengesetzt mit den Präpositionen *fo-com-imm-*. Ueber *coim-*, *coem-* für *com-imm-* s. Gramm. Celt.³ p. 884. An *imm-* ist als Object das pronominale *a(n)* angefügt, für das ich im Wörterbuch, Irische Texte S. 515, Spalte 1, Beispiele angeführt habe. Also „ich habe es (oder „sie") erduldet".

3. Die Glosse *ani* „das was" ist zugefügt, um anzugeben, dass quod hier das Pronomen und nicht die Conjunction ist.

4. *cair* glossiert Wb, 5ᵇ, 11 numquid, und wird O'Dav. p. 64 durch *cinnas* „wie" erklärt, in O'Donovan's Supplement zu O'Reilly durch „quere", d. i. quaere, dazu ebenda die Glosse *cair* .*i*. comarcim (ich frage). — 5. „er thue", 3. Sg. Conj. Praes. — 6. „nach diesem". — 7. „von jedem beliebigen Theile aus", zu *sechi, sechib* vgl. Z.² 717.

8. Die Präp. *ó* „von .. aus" ist nochmals über a medio wiederholt. — 9. „ich habe erkannt", 1. Sg. Perf. Act. von *itar-gninim*, vgl. Gl. 16. — 10. „[nach dem] Ort, den ich erstrebte", 1. Sg. des Praes. sec. Act. von *ad-cosnaim*, W. *san*, skr. *sanoti* erwerben, gewinnen.

11. „Wenn er von einer Linie und einem Kreise lehrt, lehrt er nicht von Gott". — 12. „[Es ist] wahrscheinlich". — 13. „nachdem sie (die Seele) gereinigt ist". — 14. „[Sie trägt nicht] Fürsorge [für ihre Gesundheit]". — 15. „Gott zu schauen". — 16. „aus dem, der erkennt", vgl. Gl. 9. Das Präsens *itar-gninim* (s. den Index von Güt. und Thurn.) ist eine wichtige Form, denn es geht auf ein **gna-nā-mi* zurück, und hat somit die Wurzelsilbe besser bewahrt als skr. *jā-nā-mi*.

17. „Zweierlei woraus die Erkenntniss entsteht, aus dem Erkennenden und einem erkennbaren Dinge". — 18. „wie es am stärksten ist" (wörtlich: die Grösse welche stark ist), vgl. Gl. 98. — 19. „Die Sinne täuschen die Seele nicht", vgl. dieselbe Redensart in meinem Wörterbuch, s. v. dorat. Für die Worte nihil — agente hat die Ausgabe: si nihil quidem valent ad fallendum, non tamen nihil ad nonambigendum.

20. „Die Postulate oben, die wir angeführt haben". Voraus geht im lateinischen Texte: Ergo quomodo in hoc sole tria quaedam licet animadvertere, quod est, quod fulget, quod illuminat: ita in illo secretissimo Deo quem vis intelligere, tria quaedam sunt; quod est, quod intelligitur, et quod caetera facit intelligi.

21. „Meine Hoffnung ist desto grösser für das, was du gesagt hast, denn ich fasse Muth jede Sache zu verstehen". Vgl. *ar is andsain talsat a céill di sáire 7 di sochor, 7 ragabsat céill ara m-breith i tirib ciana comaidche* „for then they lost all hope of freedom and prosperity, and made up their minds to be taken into far-off borderlands", Tog. Troi, ed. Stokes, 675 fg.

22. „mein eigenes Wohlbefinden und das Wohlbefinden der Freunde"; *slántu* auch Gl. 35. — 23. „ohne Freude". — 24. *bésgnethid* sieht aus wie eine wörtliche Uebersetzung von morigera, denn *bés* bedeutet mos, und *gnéthid* ist Glosse zu operarium Wb. 30ᵇ, 15, Z.² 793.

25. *indfretussa* Gl. zu dotis, mir sonst nicht bekannt, doch könnte *fretus* zu *fristarat* gehören.

26. „dir Musse zu verschaffen": *deéss* findet sich Wb. 25ᵇ, 10 als Gegentheil von negotium agere in der Glosse zu 1 Thess. 4, 10; zu *do immofoluṅg* s. Z.² 883. — 27. „[um der] Nachkommenschaft [willen]". —

28. „Wenn es auch der Nachkommenschaft wegen ist, dass es Jemand thut, und nicht mehr aus Lust": *dagné* ist 3. Sg. Conj. Praes. mit Pron. infix. *a*; *is mó* steht im Sinne von magis oder potius. 29. „Es sind dies diejenigen, die du zugegeben hast": für *adromarsu* ist *adro*[*d*]*marsu* oder *adro*(*da*)*marsu* zu lesen, 2. Sg. Perf. Dep. zu *ad-damim*, zusammengezogen *atmaim* (vgl. Gl. 48) oder *ataimim*, s. mein Wtb. s. v. *ad-daimim*. — 30. „entgegengebracht", Part. Praet. Pass. von *do-aid-biur* exhibeo, offero, vgl. das Part. necess. *tedbarthi* offerenda (securitas) Ml. 259, Z.² 881. — 31. „erschöpft", Part. Praet. Pass. von *fásigim* ich mache leer. Die Ausgabe hat exhausta, und dies ist wohl auch mit dem excausta der Handschrift gemeint.

32. „ich werde gehemmt", 1. Sg. Praes. Pass. (gebildet durch die 3. Sg. mit Pron. infix. der 1. Person) von *ad-suidim*, vgl. *adsuidet* sibi defendunt SG. 4ᵇ, 15, „ritengono" Ascoli. — 33. „ich beneide nicht nur nicht", Denom. von *foirmtech* neidisch, *for-met*, *-mat* Neid. — 34. „Nicht nur von der Jungfräulichkeit aus, sondern auch von der Reue und vom gesetzmässigen Stande der Ehe aus". Vgl. Wb. 9ᵈ, wo der Gegensatz von *óge* (Jungfräulichkeit, Ehelosigkeit) und *lánamnas* mehrmals vorkommt.

35. „wie die Gesundheit eines jeden ist und seine Festigkeit"; *amal* ist hier voll geschrieben. — 36. „nach der Aehnlichkeit der körperlichen Dinge [ist] eine Ordnung in den Dingen auf diese Weise". — 37. „den [nach der Weisheit] begierigen", von einem Adjectiv *acubraid*, das von *accobor* Begierde in derselben Weise gebildet ist, wie *sercaid* amans von *serc* Liebe, Z.² 792. — 38. „wir haben uns erhoben", ebenso *co dururgaib* Gl. zu emerserit Ml., Goid.² p. 29. Ich habe in meinem Wörterbuch S. 853 *túar-gabim* als *do-fo-ar-gabim* erklärt, bestimmt durch mittelirische Formen wie *do-fúar-gaib*. Allein ich glaube jetzt mit Zeuss (p. 884), dass nur die zwei Präpositionen *do-for-* darin enthalten sind. Vielleicht liegt in *tuar-* für *do-for-* eine letzte Spur des einst zweisilbigen **upar* vor, dessen *u* in der Verbindung mit dem vocalischen Auslaut einer vorausgehenden Präposition nicht in *f* überzugehen brauchte. Das *f* in dem mittelirischen *do-fuar-* ist das secundäre prothetische.

39. „sorglos", Nom. Pl. zu dem Acc. Sing. *innáis déed* Wb. 25ᶜ, 14, Gen. Sg. *in geno deeid* Ml. 82ᶜ (Z.² 364. 1003, vgl. den Index von G. und Th.), aber *deedi* ist i-Declination, vgl. *maith* gut, Gen. Sg. *maith*, Nom. Pl. *mathi*. — 40. „obwohl ich einen Fortschritt gemacht habe". — 41. *ni chumgaim* „ich kann nicht", aber *ate?* — 42. „ich gehe nicht dagegen", vgl. *otáig* coco SG. 144ᵃ, 4, *otaeg* Cr. Pr. 56ᵇ. — 43. „wenn das Urtheil wahr ist, das im Verstande ist". — 44. „es ist verschieden, dass sie sich den Sinnen zeigen und wie es nachher ist". — 45. „ob sie nicht wanken", vgl. Gl. 82; *utmalligur* von *utmall* unstät; zu *innad* mit nachfolgendem relativen *n-* vgl. *innadnaccai* non[ne] vides Ml. 17ᵇ, 17 (Z.² 748).

46. „ob du nicht zugegeben hast", *inna* mit *ad-ro-damar-su* zusammengezogen, vgl. Gl. 99 und 48. — 47. „jede Seele hinter der andern". — 48. „giebst du zu?" 2. Sg. Praes. von *al-damim*, vgl. Gl. 46 und 99. — 49. „durch sich selbst". — 50. „[derer] welche wahnsinnig sind", 3. Pl. rel. von *dásachtaigim*, Den. von *dásachtach* insanus, *dásacht* insania.

51. „sie werden bezeichnet (gemalt)", 3. Pl. zu *dofoirndither* Tur. 55. — 52. „sie werden geformt". — 53. „oder durch Zurückspringen", *léimm* (springen, Sprung) mit der Präp. *aith-* zusammengesetzt. Was gemeint ist, zeigt die Fortsetzung des Textes: Gignendo, cum parentibus similes nascuntur; resultando, ut de speculis cujuscemodi. — 54. „[als] es beim Sehen giebt".

55. „der Amsel". — 56. *cit* „dass sie [es] sind"? vgl. Z.² 711. — 57. „wir riechen".

58. Ich habe hier noch während der Correctur mein ursprüngliches *-scithigfar* hergestellt. Stokes las *-soithigfar*, allein im Altirischen würde in letzterem Worte nicht *súith*, sondern *sáith* zu erwarten sein. Dagegen schliesst sich *niconscithigfar* „ich werde nicht ermüden" ohne Schwierigkeit an *scithech* „müde" an.

59. Die 3. Pl. Fut. sec. Pass. eines mit *com-do-itar* zusammengesetzten Verbs. Vgl. mein Wtb. unter *tetarracht*.

60. *frisdúnaim* ist sonst Glosse zu obstruo, obsero. — 61. „Nichts entsteht aus entgegengesetzten Ursachen ausser allein dem Falschen". — 62. „Wie wir gesagt haben, die Steine, die in der Verbindung mit der Erde (im Innern der Erde) sind"; zu lesen *asrubartmar*. — 63. „die im Meer sind". — 64. „auch die mimischen Spiele", von *fuirsire* Schauspieler Gl. 67, das wahrscheinlich von ital. *farsa*, franz. *farce* abgeleitet ist. Ueber die Weiterbildung auf *-echt* s. Z.² 780.

65. Die Zeilenabtheilung ist: *.i. ni moa | adcosnat | bete* in so ge nere *innahi | frisairet | 7 sani q. dor mientes i. est | furentes*. Diese Glosse ist im Zusammenhang unübersetzbar: *ni moa* entspricht dem „non magis", *adcosnat bete* ist wohl „tendunt esse" (vgl. *ni cumcat bete* non possunt esse Z.² 495), *innahi* könnte dem talia qualia entsprechen, *frisairet* „sie wachen" entspricht dem „vigilantes".

66. *ni cuming* „er kann nicht", *arinméitse* (so auch von Stokes gelesen) scheint dem tam des Textes zu entsprechen, vgl. *inméitse* Gl. zu tantum enim SG. 7ª, 9, *inméitso* Gl. zu tanto SG. 1ª, 3. — 67. „Schauspieler".

68. „Es war dies ein wahres Bild und es waren dies falsche Rinder", *togaitig* Nom. Pl. M., zu *dogáithaimm* illudo Z.² 434, und von dem Infinitiv *togáithad* in derselben Weise weiter gebildet wie *aitrebthach* possessivus von *aitrebad* u. a. m., vgl. Gr. Celt.² 810.

69. „Es ist die Nothwendigkeit für den, der die Kunst der Grammatiker bekennt, dass er alle Bildungen sammelt". — 70. „die Defini-

tion der Fabel und der Grammatik". — 71. „der Dialektik". — 72. „er bestand in Wahrheit nicht darauf". — 73. „nein". — 74. „getheilt", Part. Pract. Pass. von fo-dalim.

75. „Nicht die Grammatik allein ist es, von der man durch die Dialektik beweisen muss, dass sie eine wahre Wissenschaft ist, sondern alle Disciplinen sind wahr durch die Dialektik". Das Wort *besgna* glossiert vitae ratio: *isreid foglaim inbesgnai*, Glosse zu nitae autem ratio ad intellegendum prona Ml. 14ᶜ, 11. In O'Donovan's Supplement zu O'Reilly wird es durch .*i. dliged* und „peace, law, order" erklärt, doch findet sich hier auch die etymologisierende Glosse .*i. bafis gnae no aibind* (gutes oder schönes Wissen).

76. „es entgeht uns nicht". — 77. „seit langer Zeit ist uns dies bekannt". Neben *cian* „weit" giebt es ein Substantiv *cian* F. „Zeit", vgl. Stokes, Corm. Transl. p. X.

78. „Du müsstest denn behaupten, dass ihr der Name Seele ist, auch wenn sie stirbt". Die Bedeutung „gewiss" (vgl. mein Wtb. und Stokes, Remarks² p. 59) für *bés* passt hier nicht, es entspricht hier dem lat. forte. — 79. „Sie ist nicht Seele, wenn sie stirbt". — 80. „Du erstickst".

81. Vgl. *fiu i. cosmhail* (ähnlich) O'Cl., „like, alike" O'R., nicht verschieden von *fiu* dignus. Es wird hier, ebenso Gl. 103 und 107, durch dieses Wort angedeutet, dass das quam der Aehnlichkeit oder Gleichheit gemeint ist (tam . . . quam).

82. „sie schwanken", vgl. Gl. 45. — 83. „ich werde Widerstand leisten".

84. „Es ist eine Schande den König der Wahrheit zu verlassen und sich mit dem Teufel zu verbünden".

85. „Grundstoff (Material)". — 86. *culebath* „Wedel" ist mir nur aus dieser Stelle bekannt.

87. *slintech* für *slind-tech* „ein von aussen mit Platten (oder Schindeln) bekleidetes Haus". — 88. „hoch zu schätzen", Part. nec. von *midiur*. — 89. liccat steht für liquat und dem entspricht *follus* „klar", nach *follus* könnte bedeuten „dass nicht klar ist", aber *dinach* muss ein Fehler sein. Man erwartet *dianach*, oder noch vollständiger dem lateinischen cui non liquet entsprechend: *cia dianachfollus*.

90. „gegen Jammer und Kummer", zu *todére* F. vgl. *todiuir* „miserable", und zu *mele* F. vgl. *méla* Schimpf in meinem Wörterbuch, *meala .i. athais* O'Cl. O'R. hat zwei Artikel: *meala* reproach, und *méala* grief, sorrow. Aber es scheint dies ein und dasselbe Wort zu sein, wenigstens findet sich auch *méla* „Schimpf" mit dem Längezeichen: *méla no mebol d'immeirt dóib for Troianaib* „dass sie den Trojanern Schimpf und Schande anthun" Tog. Troi, ed. Stokes, 849, gleich darauf *a mebul 7 a athis* „die Schande und der Schimpf davon", also dasselbe

Wort, mit dem O'Clery *meala* erklärt. Das davon abgeleitete *melacht* „Schimpf" steht Ml. 27ᶜ, 10 ohne Längezeichen, findet sich aber im Mittelirischen auch mit demselben. Wenn diese Wörter mit gr. μέλει, μελέτη, μελέδημα (Bekümmerniss) zusammenhingen, so würde die Kürze das Ursprüngliche und die bis jetzt doch nur an wenigen Stellen nachgewiesene Länge vielleicht dem Einfluss des folgenden *l* zuzuschreiben sein.

91. Vermuthlich ist *ind- imthascarthithi* zu lesen und dies als Glosse zu palestritae zu betrachten. Ein Nom. Pl. von einer Ableitung auf *-tith*, *-tid* Z.² 793, „die sich gegenseitig niederwerfen", von *tascrad* (s. oben S. 140 zu lin. 1623), wofür später *trascrad* (s. mein Wtb.), wie *cloemchlód* für *coimmchloud*.

92. *innan-doat* ist Glosse zu lacertorum, ich kenne sonst nur *doit* Hand, Handgelenk.

93. *toirndithi*, Part. Praet. Pass. zu *tóirndim* ich bezeichne, markiere, steht über descriptos, wofür die Ausgabe destrictos hat. Vgl. Gl. 51.

94. *sethnaga* steht über toros. Dieses Wort ist mir unbekannt. O'Clery hat *seatnach i. corp*, „Körper".

95. „eines starken Mannes".

96. „angestossen, nämlich gegen einen andern", *insarta* glossiert inpactum (von impingo), und ist wohl ein Compositum der Wurzel *org*, *arg* mit den Präpositionen *ind-as-*, vgl. *timm-orte*, *timm-arte* correptus, Part. von *do-imm-urc* Z.² 979. Das Präsens *insorg* ich stosse fort, setze in Bewegung, ist in meinem Wörterbuch nachgewiesen. — 97. „die Sehne des Bogens". — 98. „mit gutem Auge", *caisin* ist wohl der Dativ von *cais . i . súil* bei O'Clery, und *sochmacht* ist eigentlich stark, kräftig, s. Gl. 18. — 99. „ich habe zugegeben", vgl. Gl. 46. — 100. „kurz zuvor", *inrembic* (im Ms. ein kleiner Zwischenraum zwischen *rem* und *bic*) ist ein ähnliches Adverb wie *indremdédenach* praepostero SG. 212ᵃ, 8.

101. „nach welcher Seite auch". — 102. „nein". — 103. wie Gl. 81. — 104. wörtlich „ob eines von den beiden", aber es soll dem lat. utrum entsprechen.

105. „dass ich dem Widerstand leiste". — 106. „die Hartnäckigkeit des Streitens", *sigide* ist Abstractum von *sigith* dauernd. — 107. Das Ms. hat die Abkürzung für quam, die Ausgabe hat quia: *fiu* kann sich nur auf quam beziehen, wie 81 und 103. — 108. „weil". — 109. *odur* in der Bedeutung saurus (σαῦρο;) ist sonst nicht bekannt. — 110. „Beredsamkeit".

Das Fest des Bricriu
und die Verbannung der Mac Duil Dermait.

Auf diese Sage habe ich schon Irische Texte S. 236 und
S. 311 aufmerksam gemacht. Nach H. d'Arbois de Jubainville's
Catalogue de la Littérature Épique de l'Irlande, p. 173, ist sie
bis jetzt in keiner andern Handschrift, als dem Gelben Buch
von Lecan (H. 2. 16, Trin. Coll. Dubl.), pp. 759—765, nachgewiesen. Der hier vollständig mitgetheilte Text beruht auf
meiner eigenen Collation der a. a. O. erwähnten Abschrift Atkinson's. Mein Streben war hauptsächlich darauf gerichtet,
genau das Manuscript wiederzugeben, abgesehen von der Trans-
scription, der Worttrennung und der durch den Druck bezeichneten Ergänzung der Abkürzungen.

In der Worttrennung bin ich dadurch bestärkt worden,
dass die altirischen Codices nicht nur im Irischen, sondern auch
im Lateinischen die Präposition mit dem Casus und andere
grammatische Verbindungen zusammen schreiben, wie man bei-
spielsweise in meiner Ausgabe der neuen Carlsruher Glossen,
oben S. 146 fg., sehen kann. Trennt man im Latein, so darf
man auch im Irischen trennen. Bei einer Collation der Würz-
burger und Carlsruher Glossen in Zimmer's Glossae Hibernicae
habe ich aber beobachtet, dass diese Codices auch im Irischen
keineswegs ganz consequent die grammatischen Verbindungen
zusammenschreiben. Ueberhaupt kam viel auf die Raumverhält-
nisse an: bei wenig Raum sind sogar ganze Sätze ohne Absatz
geschrieben, und oft hat andrerseits ein über oder unter die
Linie gehender Buchstabe des Textes sogar ein einfaches Wort

der Glosse zerrissen. Zu den Wörtern, welche zu dem folgenden Worte gezogen werden, gehört auch die Conjunction et,
und zwar sowohl im Lateinischen als auch im Irischen. Ich
aber trenne im Allgemeinen, wie bisher, und lasse die engzu-
sammengehörigen Elemente nur im Falle lautlicher Verquickung
und in anderen besonderen Fällen zusammen, z. B. in iarsin,
lasodain u. s. w., wie wir ja auch im Deutschen in „nachdem“,
„indem“, „dabei“ u. s. w. aus ursprünglich formal selbständigen
Elementen einheitliche Wörter gemacht haben.

In der Andeutung meiner Ergänzung der Abkürzungen
thue ich lieber des Guten zuviel, als zu wenig. Doch betrachte
ich die gewundene Linie für das m und den geraden Strich für
das n in bekannten Wörtern als so unzweideutige Zeichen, dass
ich sie nur in zweifelhaften Wörtern angedeutet habe. Die
einheimischen Gelehrten wie O'Donovan und O'Curry hatten
glatte Texte veröffentlicht, in denen sie die Abkürzungen der
Mss. stillschweigend ergänzt und Manches nach der Weise der
spätern Sprache, die sie besonders beherrschten, corrigiert und
umgeändert haben. Stokes, auch Hennessy in seiner Ausgabe
der Sage Fotha Catha Cnucha in Band II der Revue Celtique,
haben diesem Verfahren gegenüber zuerst den Hauptwerth darauf gelegt, genau zu geben, was wirklich in der Handschrift
steht, und alle Ergänzungen und Correcturen im Druck hervor-
treten zu lassen. Diesen Gelehrten schliesse ich mich in der
Hauptsache an.*

Meine Conjecturen und Correcturen setze ich in die Anmerkungen. Gegen die Aufnahme derselben in den Text hege ich
das Bedenken, dass dann ein Text entsteht, der nie eine Wirk-

---

* Ich ergänze jetzt mit Stokes und Zimmer, Gloss. Hib. p. LIV, die
Partikeln dī und dō der Mss. zu dino und dano oder dana. Meine irrige
Angabe, Irische Texte p. 67, dass im Buch von Leinster gewöhnlich pleno
„din“ geschrieben wäre, beruhte auf der stillschweigenden Ergänzung
von dī zu din in mir vorliegenden Transscripten. Ich habe nicht daran
gezweifelt, dass dano, dino die ursprünglicheren Formen seien, sondern
hielt nur für möglich, dass sie einsilbig geworden wären, etwa wie cor
aus coro. — Bei dieser Gelegenheit will ich bemerken, dass sich die

lichkeit gehabt hat, wenn er auch nach unseren Begriffen etwas
correcter wäre, als der überlieferte. Denn bei dem Schwanken
der irischen Schreibweise, bei der Freiheit, mit der die Schreiber ihre Texte theils abschrieben theils umschrieben, und bei
dem Einfluss, den die neben der schriftlichen einhergehende
mündliche Tradition auf erstere gehabt haben kann, wird sich
das Ursprüngliche immer nur ungefähr berechnen lassen, nie
aber werden wir für die Prosa ein verlornes Original Wort für
Wort so herstellen können, dass jede subjective Willkür aus-
geschlossen ist. Für die irischen Sagen erhebt sich aber überhaupt die Frage, was ein moderner Philologe herstellen könnte.
Wir wissen von keinem Verfasser und wir haben nur in Bezug
auf den Táin Bó Cúalnge sagenhafte Berichte über eine Sammlung der einzelnen Theile im 6. oder 7. Jahrh. (vgl. O'Curry,
Ms. Mat. p. 29 fg.). Von der Sprache und der Form dieser
ersten Stadien der Sagenüberlieferung besitzen wir keine sichere
Kenntniss. Also um den Urtext eines Verfassers, den man
nicht kennt, oder um die Grundform einer massgebenden Re-
daction kann es sich schwerlich handeln. Das Ideal einer sogenannten Textrecension könnte also höchstens sein ein in den
meisten Fällen unbekanntes älteres Manuscript, auf das die
älteste, oder einige oder alle vorhandenen Handschriften zurückgehen. Auch dieses Ziel halte ich aus den oben angedeuteten
Gründen für unerreichbar. Ich gebe daher immer eine Handschrift unverändert. In zweiter Linie wird dann als Ergänzung
dieses Verfahrens abgesondert die Correctur und Kritik des
Ueberlieferten in Betracht kommen, wobei man je nach den
Verhältnissen mehr oder weniger ausführlich sein kann. Wenn
ich in den von mir früher herausgegebenen Texten eine reich-
liche Varia lectio, einige Male sogar zwei Versionen derselben
Sage vollständig mitgetheilt habe, so sollte selbstverständlich
dabei Etwas für die Verbesserung corrupter oder das Ver-

verfehlte Ergänzung von cʒ zu *cacht*, die ich in meinem Wörterbuch
berichtigt habe, nicht nur in den „Contents of Leabhar Breac" p. 6
findet, sondern sogar im Texte des facsimilierten Manuscripts selbst,
p. 108ª, lin. 58, worauf mich Kuno Meyer aufmerksam macht.

ständniss schwieriger Stellen herauskommen*, aber ebensosehr war meine Absicht, die Variation der Texte als solche vorzuführen, und bei dieser Gelegenheit abweichende Wörter und Formen anderer Handschriften für Grammatik und Wörterbuch zugänglich zu machen. Diese Variation zu beobachten ist in meinen Augen wichtiger und interessanter als irgendwelche Reconstruction.

Das Bemerkte gilt zunächst nur für die Prosa der alten Sagen, dann aber auch für die der christlichen Legenden. Wenn ein Text mit Sicherheit als das Werk einer bestimmten Persönlichkeit bezeichnet wird, und wenn diese einer historischen oder gar der späteren Zeit angehört, dann kann man eher an die Aufgabe denken, den Text so herzustellen, wie ihn der Autor verfasst hat. In einem solchen Falle wird die Variation etwas weniger frei Platz gegriffen haben, doch muss man sich auch hier je nach den Verhältnissen überlegen, was möglich ist. Was z. B. die Fís Adamnáin anlangt, von der in meinen Irischen Texten zwei Versionen gedruckt vorliegen, so giebt uns der Name des Adamnán, der nach der Tradition um 700 herum gestorben ist, nur einen scheinbaren Anhalt, denn die Predigt des Adamnán scheint nur ihrem Inhalte nach von einem Andern aufgeschrieben zu sein, es könnte sich also nur um das Original dieser Niederschrift handeln. Auch bei der Zusammenstellung der beiden Versionen dieses Textes war die Variation für mich von besonderem Interesse: selbst bei solchen Texten mehr gelehrten Ursprungs, die bestimmt als geistiges Eigenthum eines Mannes bezeichnet werden, kam es den Schreibern und Lesern nicht darauf an, dieses unverändert bewahrt und fortgeführt zu sehen. Ganz und gar unstatthaft ist aber endlich nach meiner Ansicht eine Textrecension in dem Sinne, dass eine Gleichmässigkeit der Formen und der Orthographie in die Texte eingeführt würde. Die gesprochene Umgangs-

---

*) Bei schwierigen Stellen habe ich die Lesart anderer Mss. auch dann mitgetheilt, wenn sie nichts Besseres enthielt, um eben diese Thatsache zu constatieren.

sprache der Iren wird zu jeder Zeit, wie jede Umgangssprache,
die sich auf die jeweilige Gegenwart bezieht, eine einheitliche
gewesen sein, wir haben es aber hier mit der irischen Literatur
zu thun, deren Schreibweise nicht methodisch und reglements-
mässig fixiert war, und deren aus alter Zeit stammende Werke
die Formen und Ausdrücke verschiedener Zeiten in sich fortgeführt haben. In unsere Grammatiken und Wörterbücher
dürfen doch die von uns reconstruierten Formen nicht aufge-
nommen werden*, sondern nur die überlieferten Formen, deren
Fehler bekanntlich oft lehrreich sind. Der gesprochenen
Sprache ihrer Zeit stehen von allen Sprachresten die altirischen
Glossen am nächsten, denn diese dienten einem unmittelbaren
praktischen Bedürfniss und sollten gar nicht Literaturwerke
sein. Sie repräsentieren uns die Sprache, die von den Gelehrten des 8. oder 9. Jahrhunderts gesprochen wurde.

Anders liegen die Verhältnisse in den Versen. Diese
tragen allerdings in ihrer metrischen Form den Charakter eines
Kunstwerks an sich, das man gern, wo es verletzt ist, nach den
Forderungen der irischen Metrik wieder herstellen möchte. Das
metrische Schema giebt mannigfachen Anhalt für die Consti-
tuierung des Textes und kann in günstigen Fällen schlagende
Conjecturen hervorlocken, aber eine Panacee für schwere Schä-
den ist es in irischen Gedichten ebensowenig als in griechischen
Chorgesängen, und für das Verständniss der Wörter kann es
doch nur sehr mittelbar helfen. Der Text einer neuen Handschrift (Laud 610), den ich Kuno Meyer verdanke, die irischen
Glossen und die irische Metrik helfen z. B. erst zusammen, den
Vers Muc Mic Datho, Irische Texte S. 108, richtig zu lesen
und zu verstehen:

> Muc Mic Datho lactmuad torc
> no corbi indattruag imnoct
> co cenn secht m-bliadan cen brath
> sesca gamnach co a biathad.

*) Gegen die Aufstellung von Normalformen zu sprachwissenschaft-
licher Orientierung habe ich natürlich Nichts einzuwenden.

„Das Schwein des Mac Datho, ein durch Milch guter Eber,
nicht war er der _milch-elende, nackte: [denn] bis zum Ende
von sieben Jahren — ohne Lüge — [dienten] sechzig Milchkühe dazu es aufzuziehen." In der zweiten Zeile reimt at-truag
auf lact-muad, und at ist nach O'Clery's Glossar ein Wort für
Milch. Das Versmass ist in Ordnung, denn bi ind und co a
müssen mit Synizese gelesen werden. Ich mache diese Bemerkungen, weil mir R. Atkinson's Schrift On Irish Metric (Dublin
1884) in dem, was ihr Verfasser von einer metrischen und
sprachlichen Analyse der Gedichte im Buch von Leinster, von
Fland Manistrech und Anderen, erwartet, zu weit zu gehen
scheint. Ich hätte gewünscht, dass Atkinson selbst uns an
einem ganzen Gedichte gezeigt hätte, wie man verfahren muss,
freilich mit mehr Glück als an dem einen Verse, den er p. 20
und 21 behandelt. Gedruckt ist nach Atkinson's Mittheilung
in einem Gedichte der Sage Aided Chlainne Lir Folgendes:

Ba hiad ar g-cuilceadha cuanna
tonna sáile scarbh ruadha
ionar g-ceathrar caomh cloinne Lir
gan oidhche dhuinn d'á casbhuidh.

Diese Zeilen emendiert Atkinson folgendermassen:

Biait ar colcaida cuana
tonna sáile serbruada
in ar cethrur coem clainne
cen aidche dia-n esbaide.

Ich halte die gedruckte moderne Form des Verses für
nicht so corrupt, als Atkinson behauptet, jedenfalls für gram-
matisch und metrisch correcter als seine Reconstruction eines
älteren Wortlauts. Vor Allem theile ich Atkinson's Glauben
nicht, dass der Dichter nur siebensilbige Zeilen gedichtet habe:
das 1. und das 3. Viertel mit acht, das 2. und das 4. Viertel mit
sieben Silben ist eine bekannte metrische Form und diese liegt
hier vor. Ba hiad ist eine schon alte idiomatische Ausdrucksweise, die keinen Anstoss giebt, und das Lir hinter clainne weg-
zulassen empfiehlt sich auch sehr wenig. Durch diese Weg-
lassung kommt Atkinson dazu clainne und esbaide reimen zu

lassen, nn mit d, was ganz gewiss nicht correct ist. Das
Schlimmste ist aber dia-n esbaide („of their absence"), die
Dativpartikel mit der Genetivform des Nomens, geradezu eine
grammatische Unmöglichkeit. Auch bezweifele ich, dass colcaida
je eine correcte Form gewesen ist, sondern colcid (lat.
culcita) wurde in der alten Sprache als i-stamm flectiert, Nom. Pl.
coilcthi (vgl. coilcthe Corm. Gl. p. 34 lin. 15). Die Form
cuilccadha in dem gedruckten Texte ist Flexion nach Art der
femininen ā-stämme, und würde in ältere Lautverhältnisse übersetzt colccda lauten. Das Einzige, was mir in dem überlieferten
Texte metrisch anstössig erscheint, ist der Reim cuanna-ruadha.
Mit welchem Rechte Atkinson cuana schreibt, lasse ich dahin
gestellt. Aber ich bin weit davon entfernt, die metrischen Reconstructionen ganz verwerfen zu wollen, sondern ich will nur
vor dem allzueifrigen Conjecturenmachen warnen und betonen,
dass man sich sehr wohl das Ziel stecken kann, zunächst möglichst treu das vorzuführen, was überliefert ist. Metrische Unter-
suchungen und Reconstructionen mögen dann an zweiter Stelle
zu ihrem Rechte kommen. Dass sie mir nicht ganz fremd sind,
habe ich Revue Celtique V p. 389 und p. 478 gezeigt. Dagegen wird Atkinson Recht haben, wenn er mir p. 9 vorwirft,
dass ich die Eigenthümlichkeit der irischen Alliteration nicht
ganz richtig dargestellt habe (Irische Texte S. 156, S. 158
und S. 160). Ich nahm an, dass das durch Eclipse zu m assimi-
lierte b z. B. von inna m-beo mit dem m von mora und mac
alliterieren könne, weil sonst in einzelnen Versen keine Alliteration zu finden war. Aber ich gebe zu, dass dies gegen die
irische Theorie ist. Auf diese Punkte komme ich in einer Abhandlung über das Gedicht, an dessen 3. Verse Atkinson die
Eigenthümlichkeiten der irischen Metrik exemplificiert hat, nochmals besonders zu sprechen.

Den unten folgenden Text theile ich zunächst mit, weil
er einen gewissen Zusammenhang der Situation mit dem in den
Irischen Texten gedruckten Fled Bricrend hat, und weil er
sprachlich und sachlich manches Interessante bietet. O'Curry
rechnet ihn Ms. Mat. p. 319 zu den „Imaginative Tales of

ancient date", deren Werth nicht in der Erzählung geschicht-
licher Vorgänge, sondern in alten topographischen Angaben und
in der Erwähnung alter Verhältnisse und Sitten bestehe. Da
ich eine Uebersetzung beigebe, so ist hier eine Inhaltsangabe
unnöthig. Das Fest, mit dem die Erzählung beginnt, erinnert
nicht nur an die Sagen Fled Bricrend und Scél mucci Mic
Dáthó, die ich früher herausgegeben habe, sondern auch an die
interessanten Stellen über die oft mit blutigen Kämpfen ver-
bundenen δεῖπνα der Kelten bei Diodor und Athenaeus, die
H. d'Arbois de Jubainville, Introd. à l'étude de la Litt. Celt.
p. 298, zusammengestellt hat.* Die Uebereinstimmung zwischen
den alten Berichten und den Sagen lässt uns hier echtestes
Keltenthum erkennen. Der abenteuerliche Zug Cuchulinn's ist
von der Art der Thaten, deren sich die Helden im Scél mucci
Mic Dáthó rühmen. Aber Cuchulinn zieht aus unter dem Drucke
einer der merkwürdigen unter dem Namen „geis" bekannten
Verpflichtungen, über die ich in meinem Wörterbuche gehandelt habe. Cuchulinn erfährt zwar, was für eine Bewandtniss
es mit den Mac Duil Dermait gehabt hat, aber leider sagt er
es uns nicht, und aus der Erzählung selbst kann man nicht
viel errathen. Diese hat wieder ganz den alten volksthüm-
lichen Charakter, dass sie gewisse Dinge sehr genau schildert,
aber andrerseits sprunghaft erzählt und Vieles nur andeutet.
In dieser Beziehung besteht ein grosser Gegensatz zwischen ihr
und der aus gelehrten Quellen stammenden Erzählung von der

---

*) Diod. Sic. V 28: Τοὺς δ' ἀγαθοὺς ἄνδρας ταῖς καλλίσταις τῶν
κρεῶν μοίραις γεραίρουσι ... Καλοῦσι δὲ καὶ τοὺς ξένους ἐπὶ τὰς εὐω-
χίας, καὶ μετὰ τὸ δεῖπνον ἐπερωτῶσι, τίνες εἰσὶ καὶ τίνων χρείαν ἔχουσιν.
Εἰώθασι δὲ καὶ παρὰ τὸ δεῖπνον ἐκ τῶν τυχόντων πρὸς τὴν διὰ τῶν λόγων
ἅμιλλαν καταστάντες ἐκ προκλήσεως μονομαχεῖν πρὸς ἀλλήλους, παρ'
οὐδὲν τιθέμενοι τὴν τοῦ βίου τελευτήν. — Athen. IV p. 154 Κελτοί,
φησίν, ἐνίοτε παρὰ τὸ δεῖπνον μονομαχοῦσιν· ἐν γὰρ τοῖς ὅπλοις ἀγερ-
θέντες σκιαμαχοῦσι καὶ πρὸς ἀλλήλους ἀκροχειρίζονται, ποτὲ δὲ καὶ
μέχρι τραύματος προΐασι καὶ ἐκ τούτου ἐρεθισθέντες ἐὰν μὴ ὑπισχῶσιν
οἱ παρόντες καὶ ἕως ἀναιρέσεως ἔρχονται. Τὸ δὲ παλαιόν φησιν ὅτι παρα-
τεθέντων κωλήνων τὸ μηρίον ὁ κράτιστος ἐλάμβανεν· εἰ δέ τις ἕτερος
ἀντιποιήσαιτο, συνίσταντο μονομαχήσοντες μέχρι θανάτου.

Zerstörung Troja's. O'Curry citiert Ms. Mat. p. 468 die Stelle, in der das Ogam erwähnt wird (lin. 134 fg.), ferner Mann. and Cust. III p. 106 die Beschreibung der Kleidung und der Waffen des Eocho Rond (lin. 89 fg.), und ebendas. p. 360 die Stelle, in der das timpan vorkommt (lin. 145 fg.).

Von den sprachlich wichtigen Formen will ich hier nur die 2. Pl. Perf. deponentialer Flexion athgenair (lin. 68) hervorheben, für das altirische athgenaid und das später gewöhnliche athgenabair. Das Gelbe Buch von Lecan ist von einer späteren Hand durchcorrigiert worden. Ich kann nicht mit Sicherheit bestimmen, ob die von mir in den Text aufgenommene Aspiration der Mediae, im Ms. durch das Zeichen ⊢ ausgedrückt, überall erst von dieser spätern Hand herrührt. Sachlich kommt nicht so sehr viel darauf an, denn die Vertauschung von d und g, z. B. in dercaig für dercaid, beweist, dass beide Mediae zu der Zeit, als das Ms. geschrieben wurde, in der Aussprache schon zu demselben Spiranten geworden waren. Die Sprache des Textes ist Mittelirisch, dessen Abweichungen vom Altirischen weder hier noch in den Anmerkungen besonders hervorgehoben werden.

---

* Kuno Meyer hatte die Freundlichkeit den gedruckten Text nochmals mit dem Ms. zu vergleichen. Auch er sagt, dass nicht immer mit Sicherheit zu erkennen sei, ob das Aspirationszeichen erst von der späteren Hand zugefügt ist.

Fled Bricrend 7 Loinges Mac n-Duil n Dermait[1] annso.

Bai ri amra for Ultaib .i. Conchobar mac Nesa ainm in
rig. Doronad recht lais iar n-gabail rigi adaig cach errid do
biathad Ulad *secht* n-aidche *no* ceathra haidchi do rig .i. adaig
cach raithi *cethri* hoiethigernd imman aidchi. Ba si airigid[2]
ban Ulad[3] o mnai ind fir las n-denta ind fled .i. secht n-daim 5
7 *secht* tuire 7 *secht* n-dabcha 7 *secht* n-ena 7 *secht* tindi 7
secht tulchuba 7 *secht* muilt denma 7 *secht* n-glainini[4] 7 *secht*
me ochta cona fotha d'iasc 7 di enaib 7 lubib 7[5] ilmblasaib.
Dorochoir fecht n-and iarum do Bricriu Nemthenga denam na
fledi. Dofuctha adai[6] na fleidi 7 ro linad ind aradach Con- 10
chobar[7], ar ba de bui aradach fobith romboi arad friæ anechtur
7 medon[8] 7 is amlaid fodailte eisen. Ataregat randaire Conchobair do roind in bid 7 *dino* na dailemain da dail inna
corma. Dos n-eicce[9] Bricriu Nemthenga assa imdæ inchlaraith

---

[1] *Das* ṅ *vor* Dermait *ist zu streichen, denn* Duil Dermait *ist*
Gen. Sing., vgl. jedoch Zeile 170.

[2] *Im Ms.* in airighidh *corrigiert.*

[3] *Das* n *des Acc. Sg. und des Gen. Pl. ist in dieser Version nicht*
regelmässig gesetzt.

[4] *Die sieben Grundstriche, deren letzter einen schrägen Strich*
über sich hat, könnten auch anders als aniut *gelesen werden.*

[5] *Dieses* 7 *ist zu streichen.*

[6] *Unter das* i *von* adai *ist ein müssiges* g *gesetzt.*

[7] *Zu lesen* ind aradach dabach Conchobair, *wie FB. 72.*

[8] *Für* ammedon, *vgl. Tur. Gl. 1ª, Z.² 611.*

[9] *Im Ms. ist unter* ne *nachträglich ein* d *gesetzt, also* dosṅdeicce *ohne*
Ablösung der Präposition do; *vgl. altir.* donn-eicci *videt nos Wb. 9ª.*

15 dia leith chliu oc dul is tech. „Bimad[1] char scin aile“ or se
„is*ed* dogenta fri coirm n-genaide[2] 7 fri biad n-genaige.“ Ar-
sisctar na hoic 7 rethaid ina suidi 7 focherd in sluagh i socht.
Clobæ[3] argaid illaim Conchobar atcoimnaic[4] frisin n-uaitne n-uma-
idi ro bai fo[5] lethgualaind, co clos sin fo chetoirib[6] arde na
20 Croebruaidhi Concobair.[7] Imchomairc do Bricrend[8] cid rombai
con-cbert: „Cid natai a Bricr*iu*“ ar Conchobar „do thobairt doirbe
in airighidh di Ul- occo do duthrucht.“[9] „A popai*n* chain Chonchob*air*, ni terçe lenda na bid dam, ni bo choir mo fled-sa“
ol se „do thomailt cen noindin Uladh impe.“ Lasodhain atarre-
25 gat da cirrig[10] dec Ul*ad* issin maigin sin .i. Fergus m*ac* Roig 7
Conall Cernach m*ac* Aimirgi*ni* 7 Loegaire Buadach 7 Cuchul*aind*
m*ac* Soaltaim 7 Eogan m*ac* Durrthacht 7 Cealtchair m*ac* Uithe-
chair 7 Blai Brugaid 7 Dubthach Doel Uladh 7 Ail*ill* Miltenga 7
Conall Anglonnach 7 Munremar m*ac* Geirrgind 7 Cethern m*ac*
30 Findtain. Ro gob[11] cach lath gaili dib di*no* a erchomair do
chuindchid gona duine for cach cuicid. Dodechaid Cuchul*aind*
coecait loech i cuiced Olnecmacht for Duib 7 Drobais co Duib-
linn Chrichi[12] Ciarraighi. R*us* roinds*et* inde ar suidhiu: dodechaid cuicer ar fichit la habaind annair 7 cuicer ar fichit la
35 habaind aniar. Batir he dodechaid illeith fris Lugaid Reo
n-derc 7 Loeg m*ac* Riangabra a aræ. Dodechadar do co

---

[1] *Im Ms. über und unter dem* i *mit einem Punkt und mit der
Abkürzung für* m *(von späterer Hand) ein schräger Strich, die Stelle ist
corrupt.*

[2] *Die richtige Form wird* genaige *sein, denn so ist dieses Wort
LL. 111ᵃ, 33 geschrieben.*

[3] *FB. 21 steht dafür einfach* cló (*Nagel*), *an anderen Stellen wird
dasselbe Instrument* flesc (*Ruthe, Stab, z. B. LU. 121ᵃ, 43*) *oder* créb
sida (*Friedenszweig, z. B. LL. p. 111ᵃ, 45*) *genannt.*

[4] *Im Ms. das Zeichen für* m *über dem* o. *Vorher zu lesen* Conchobair.   [5] *fo steht hier für* foa.

[6] *Die feminine Form, correcter* fo chetheoirib ardib; *vgl. Zeile 91.*

[7] *Mit dem Artikel wie FB. 59, 91 isin* Crébrúaid Conchobair.

[8] *Zu lesen* Bricrind.   [9] *Die Stelle ist corrupt.*   [10] *Richtiger*
cirrid.   [11] *Besser* gab.   [12] *Wir erwarten* Crichi *ohne Aspiration
des Anlauts.*

torachtatar¹ im airenach inn Atha² Fert[h]ain fri Corra-for-
achud antuaith. Ba and batar icluichemnaig³ ar a cind se
choectaib imon (*p.* 760:) Duiblind Atha Ferthain .i. Mane mac
Ceit maic Magach 7 Findchoem ingen Echach Rond allanair 40
robuide. Batar he dorala cuice Lughaidh Reo n-derc 7 Loeg
mac Riangabra. Dothegat a n-ingena chuicesse huile .i. bu si
huasaib for Duma Tetaig. „Anmain inn anmain!“ „Cid ara
n-denam-ni on?“ or Lugaid. „Ar am ben fir“ or si. „Ar-da-
nesamar“, or ind oic, „cia saigi⁴?“ „Cuchulaind mac Soaltaim“ 45
or si, „ro charus ar a airscelaib.“ „Tathuth-sa failti fo a bith
in sidhe as ucut Cuchulaind allasiar.“ „Anmain inn anmain“
or si. Arsisetar⁵ Cuchulaind lasodain 7 angid na hocu 7 focheird
cor n-erreth de taris soir cuicisse. Ataraig-si ar a chend 7
focheirt di laim ima bragait 7 dober poic n-do. „*Ocus* indecht 50
sa?“ for ind oic. „A fecht sa *dino*“ or Cu „is lor glonn duinne
se choecait do anocul 7 *ingen* rig hOe Maine do breith linn co
hEmain Macha.“ Is iarsin dos cuiretar bede as fathuaid triasin
dub aichi⁶ co rangadar Fidh Manach co n-acatar tri tendti ar
a ciund isin choill 7 *nonbor* cacha tenead. Fos-robart Cuchu- 55
laind co ro marb triar cacha tenedh 7 na tri toisechu. Iarsin
dochuaid for Ath Moga i m-Mag n-Oi⁷ do Raith Cruachan.
Fochertad a n-ilacha uathu and, ro clas⁸ co Raith Cruachan.
Lasin dothoet in dercaid dia n-deicsin. Atchuaidh side a cruth
7 a n-ecosc 7 a n-indas do chach. „Nim tha a samail“ ar 60

¹ *Das Ms. hat* torachtar *mit daruntergesetztem* tat.
² *Im Ms. steht ein n mit einer Abkürzungslinie darüber und einem
i links darunter.*
³ *LL. Facs. 231ᵃ, 18 (Tog. Troi 1020) steht in cach* cluchenmaig.
Wir müssen wohl ein Infinitirnomen cluchemnach, *das sich an ein
Nomen actoris* cluchem *anschliesst, annehmen.*
⁴ *Das* gi *von* saigi *ist nicht ganz sicher. Nach K. Meyer ist* g *in*
d *corrigiert, oder umgekehrt.*
⁵ *Zu lesen* arsisethar *oder* arsisedar. ⁶ *Zu lesen* aidchi.
⁷ *Im Ms. im (Zeilenende)* magnói. *Ich habe angenommen, dass
die oft genannte Ebene* Mag Ai *bei* Roscommon *gemeint ist. Wir würd-
den oben den Dativ erwarten.*
⁸ *Besser* ro chlos, *vgl. Zeile 19.*

Meadb „acht massu e Cuchul*aind* mac Soaltaim 7 a dalta . i .
Lugaid Reo n-dere 7 Loeg *mac* Riangabra 7 madsu hi Findchoem *ingen* Ech*ach* Roud ri hOc Maine. Modgenair doss-ucc
mas a dein a mathar 7 a hathar! maire dos n-uc masu asa
65 timchell!“ Arsin dothegat coticci dor*us* in duine 7 fochertat
ilach and. „Noch immach“ or Meadb „dia fis cia ro marbsat
ind oicc!“ Docuas amach o Ail*ill* 7 o Meidb do chuindchidh
na cenn dia n-aithniug*ud*. Ructha innonn na cenda.¹ „In athgenair so?“ or Ail*ill* 7 Medb. „Nocho n-athgenamair“ ar in
70 teglach. „Atathgen-sa“ for Meadb „it e na tri foglaigi² ro
batar for ar fogail-ne. Berid na cindu amach forsin sondach!“
Atcuas iar*um* do Choinchul*aind* immach anni sin. „Tongu-sa
luigi toinges mo thuatha³, imb*er*-sa assondach for a cendaib-
som, maine thelether dam-sa mo chenda imach!“ Ructha doib
75 na cenna iarsin 7 dobretha hi tech n-oiged. Atraig Cuchul*aind*
isin maitin ria cach 7 b*ert* a armu lais huili 7 luid co tarat
a druim frisin coirthe. Am*al* ro bai in dercaig⁴ and isin
maitin co cuala a fothrand isamag andes meit torand do nim.
Atct do Meidb anni sin. „Cid frisi samlaid sin?“ or Meadb.
80 „Samailt-siu⁵ lat“ for*d*at ind oic „is tu rot fit*ir*.“ „Nim tha-sa
duib a samail“ or Meadb „acht masitat hUi Mane dodeacha-
dar isamag andes for lurg a n-*ingini*. Decha⁶ lat dorisi!“
Da-cicci-seom arisi. „Atchiu-sa em“ ol in dercaid: „ro lin ceo
in mag huaim fo dess (*p.* 761:) cona haici fer aigid aroile.“
85 „Atgen-sa sen“ or Medb: „Anala cach hUi Mane 7 a fer a
n-degaid a n-*ingini*. Deca dorisi!“ or Meadb. „Atchiu-sa em“
or se „cainlech tened otha Ath Moga co Sliab Badgnai.⁷ Sa-
mailte lat sin a Meadb!“ „Ni *insa* sin“ or Meadb: „Taidlech⁸

---

¹ *Diese Pluralform öfter in diesem Texte, Zeile 74, 108, 119.*
² *Richtiger* foglaidi.
³ *Richtiger* mo thuath, *der Schreiber scheint die alte relative Form*
toinges *für einen Plural gehalten zu haben.*
⁴ *Richtiger* dercaid.
⁵ *Für* samailte-siu, *2. Sg. Imperat. Act., vgl. Zeile 87.*
⁶ *Eine spätere Form für* deca, *wie Zeile 86 steht.*
⁷ *Richtiger* Badbgnai.   ⁸ *So corrigiert aus* tuiglech.

a n-arm 7 arrosc hU Maine for lorg a n-*ingini*!" Amal ro batar and iarsin co n-accatar[1] in sluag san mag[2] 7 *co n*-acatar   90
in loech remib 7 brat corcra cethardiabail immi cona ceotho-
raib[3] oraib oir fair. Sciath co n-ocht n-aislib findruine for a
muin. Lene cona clar argait immi o a glun co fodbrunn.[4]
Mong findruine[5] fair co m-bid for dib slesaib ind eich. Rond
oir eisse irroibe comthrom *secht* n-uingi. Ba de ro hainmnigh-   95
edh Eochu Rond fair. Gabair breeglasa[6] fo suidhiu cona
bellic oir frie. Da gai cona n-assnadaib findruine ina laim.
Cloideb orduirnn for a chris. Sleg innindell lasin loech. Amal
atconnairc Coinchul*aind* dos-leici fair in t-leig.[7] Focheird Cuchu-
l*aind* indell ina hagaid na sleigi, imsai in t-leig[7] fris co   100
n-dechaid tria bragait na gabra. Lingthi in gab*air* ind ardai
co ro laa in fer di. Ranicc Cuchul*aind* 7 atn-etha it*ir* a da
laim 7 berthi lais issin[8] leas. Ba bet la hU Mane anni sin.
Nis reilic Medb 7 Ail*ill* as conn dernsad chori a n-dis. O
dachuaid Cuchul*aind* do dul as asbert Eocho fris: „Nit raib   105
saim suidi na laigi a Chuchul*aind* co fesar cid ruc tri maccu
Duil Dermait asa tir!" Gabaid as iar*um* co ranic Emain Macha
7 a chenna lais 7 atiadhad a scelæ. Teit ina suidi n-airithi
arsin 7 ibid a dhig. Atar lais ro loisc a n-etach ro bui imme
7 a tech 7 in talam rombui fo a suidiu. Atgladastar a muint*ir*   110
n-imbi „Is doich lim a ocu" ol se „a n-adrobairt Echaid[9] Rond
frim-sa, ro sia ni dam. Atbelad mo beoil-sea[10] mana thias as."
Tig Cuchul*aind* 7 atraig ammach 7 tetlaithir a chranda do.

---

[1] *Nachträglich ist dem* accatar *im Ms. ein* f *vorgesetzt.*
[2] *Wir erwarten den Dativ* isin maig.
[3] *Richtiger* cethcoraib, *vgl. Zeile 19.*
[4] co *steht für* co a, *auch das* a *hinter* o *ist erst nachträglich dar-*
unter *gesetzt. Nach K. Meyer ist im Ms.* fodbrunn *in* fodhbrann *corrigiert.*
[5] *Vielleicht Versehen für* findbuide.
[6] *Da* gabair *Singular ist, muss es* breeglas *heissen.*
[7] *Beide Male im Ms. erst nachträglich zu* intsleig *corrigiert.*
Zeile 99 der Nom. des Artikels statt des Acc.
[8] *Das erste* s *ist nicht ganz sicher (nach K. Meyer ist es ausradiert).*
[9] *Die Form des Acc. für den Nom.*
[10] *Das* e *von* sea *erst später zugefügt.*

Teit Locg inn diaid 7 Lugaid Reo n-derg. Rombui *nonbur*
115 *rosa* cerd i n-dorus ind lis ar a chind. Ni thairnechtar [1] fodail
7 ni fes a m-bith imaig. Oc aicsin Chonchula*ind* [2] chucu [3]
iar*um* asb*er*tatar „Ba mithig em" ol seat „mas co m-biud 7 co
lind dothiagar dunni ond rig." „Fertigess dognith-se dim-sa"
or Cuchula*ind*. Lingid chucu 7 benaid a noi cenda dib. Gebid
120 as o Emain Macha soirdeas co ranic baili ita Ard Marcach *no*
Ard Macha indosa, ar ba caill in tan sin. Ba hand batar go-
baind Chonchobar [4] oc denam aicede don rig. Dorermartatar
ind adaig sin cen biadh 7 cen lind. Oc acsin [5] doib in trir
chucu „Ba mithig mas co m-biud 7 co linn dothecar duind on
125 rig" or seat. „Ferthaighis dognid-si dim-sa" or Cuchula*ind*.
Lingis chucu iar*um* 7 benaid na noi cind [6] dib. Dos cuirethar
as iarsin co t*r*aig in baile fri Dun Delca annair. Ba hand dodechaid (*p*. 762:) *mac* rig Alban anall lucht curaich co sroll
7 sirice 7 cornaib do Chonchob*ar*. Ro dalad ar a chend 7 ni
130 airnecht. Oc acsin doib Chonchula*ind* [7] chucu „Ba mithig masu
ar ar cend dodechas and. Amin torsich sund it*ir* toind 7
carraic." „Ferdaighes dognithi dim-sa" or Cuchula*ind*. Gaibid
side chucu isin churach 7 gebid in claideb doib co ranic *mac*
ind rig. „Anmain inn anmain a Cuchula*ind* is nach atad-gena-
135 mair" or se. „In fetar cid ruc tri *m*acu Duil Dermait asa tir?"
or Cucula*ind*. „Ni con fetar" ol in t-oclocch „acht ata murin-
dell [8] lim 7 focichertar doit-siu 7 rot bia in curach 7 ni foicbea
anfis de." Dob*er*t Cuchula*ind* a sleigin do 7 doforne ogum
n-ind 7 adb*er*t fris „Erich co ro bi im suidhi-se ind Emain
140 Macha corris." Bert lais a indili hi tir coticht ar a chend.
Gaibid Cuchula*ind* iar*um* iarsin isin churach. Dob*er* seol fair
7 gaibthi *for* a imram. Bui la co n-aidchi for imram 7 fo
seol. Fochert dochum n-insi more and. Ba hairegda ind inis
7 ba gratai. Furad n-aircdidi impe 7 sondach umaidi fuirri.

---

[1] *Nach K. Meyer ist* ⊢ *über dem* c *erst später zugefügt.*
[2] *Richtiger* Choncul., *ebenso Zeile 130.*
[3] *Nachträglich im Ms. ein* t *darunter geschrieben, also* chuctu.
[4] *Zu lesen* Chonchobair.   [5] *Im Ms. nachträglich zu* facsin *corrigiert.*
[6] *Der Nom. für den Acc.*   [7] S. Zeile 110.   [8] *Besser* muirindell.

Tigi co n-ochtachaib findruine indti. Gaibid Cuchulaind isin 145
n-innsi 7 isin dun co n-accai a tech cona uaitnib findruinib [1]
and confacai tri choccait imdæ isin tig. Fidchell 7 brandub 7
timpan huas cach imdai. Co n-accai in lanamuin findliath isin
tig cona da m-brataib [2] corcra impu. Donddeilgi [3] dondercor [4]
ina m-brataib. Co n-acai teora oemnai isin tig comæsaib [5] 150
comdelbæ 7 corthair orsnaith co n-dluth findruine ar belaib
cacha mna. Ferais ind ri failti fris „Fochen lind do Choinchu-
laind fodaig Luigdeach, fochen lind do Loegh daig a athar 7
a mathar." Asbertadar na mna a cetna friu. „Maith lind" ar
Cuchulaind „cosindniu [6] ni fuaramar a chomraichne." [7] „Fogeba-su 155
indiu" ol in loech. „In fetar-su" for Cuchulaind „cid ruce macu
Duil Dermait asa tir?" [8] „Ro essur" [9] ol in loech. „Ata a siur
7 a cliamain isin n-ailen sa [10] frind andes." Tri bruith iaraind
i cinn tened, focertaiter isin teni comdar dergæ 7 atafregat na
teora oemna 7 berid cech bean dib a bruth isin dabaig. Dochua- 160
tar a triur .i. Cuculaind 7 Lugaid 7 Loeg isin dabaig 7 foiligtir [11]
doib 7 dobreth dino tri cuirnn meda doib 7 dobreth coletach [12]
fo a toeb 7 brothrach tairrsi [13] 7 breccan tarsodain aunuas.

---

[1] Das b am Ende ist zu streichen.

[2] Im Ms. brat mit einem b über dem t. Im Altir. würde es cona
dib m-brataib heissen.

[3] Das i am Ende ist im Ms. erst dazu corrigiert, vgl. z. B. LU.
95 a, 3 delci findargit isna brataib.

[4] Für dond-derc-oir. [5] Falsch für comæsa.

[6] Des Guten zuviel für cosindiu, das cosinniu ausgesprochen wurde.

[7] O'Don. Suppl. hat comraithne .i. failte, ebenso O'Dav. p. 62.

[8] Vgl. Zeile 135 und 202. Nach K. Meyer ist ruce hier nachträglich durch untergesetztes i noch in ruice corrigiert.

[9] Ein f darüber corrigiert. [10] Das n des Acc. (im Ms. nailen),
wie schon mehrfach, wo wir den Dativ erwarten.

[11] Im Ms. foiligir mit einem t über dem g, richtiger foiligthir, altir. folethir.

[12] Im Ms. colcach mit einem t unter dem c, O'Cl. hat colcach no
colcaidh .i. leaba (Bett). Da lat. culcita zu Grunde liegt, so gehört
das t wohl hinein. Vielleicht ist colethach nur eine Anählichung an
das dem Sinne nach eng verbundene brothrach. Dagegen ist colgedach
„one having bed-clothes", Corm. Gl. Transl. p. 106 marc, die gewöhnliche Adjectivbildung. [13] An tairrsi (altir. tairsin) ist im Ms. nachträglich ein b angesetzt, also tairrsib.

Am*al* rombatar and co cualatar ni a n-airmgrith 7 na corn-
165 nairi 7 na druith. Co n-acatar *coecait* loech don lis 7 muc 7
ag cacha deisi 7 cuach co mid cuill. A m-batar and iarsin co
n-acadar in *coecait* læch amaig. A m-batar afrisi [1] co n-accatar [2] in *coecait* læch lasin fer n-aili amaig 7 ascland chonnaid
for muin cach fir dib *acht* ind oenfer ro (p. 763:) bui remib namaa.
170 Brat corcra coicdiabail im suidhi. Dele n-oir n-and. [3] Leno
glegel culp*atach* co n-dercintliud imbi. Sleg 7 sleigin lais 7
claideb orduirn ina laim. Tanic istech riana muint*ir*. Feraid
failti re Coincul*aind* „Fochen linn do Choinchul*aind* daig Luig-
dech, fochen lind do Loeg daig a athar 7 a mathar!“ Feraid
175 in *cocca* lath n̄-gaili ind failti cetna. Iarsin dobretha na mucca
7 na haighi co m-batar isin choiri corbdar bruithi. Dobreth
proind chet do Choinchul*aind* a triur anni n-aill fogailter [4] don
t-luagh [5] archena. Dobreth linn doib comtar mensctha. Tanic
doib colaigi. „Cind*us* fibas Cuchul*aind*?“ „Inad lim roga?“ or
180 Cuchul*aind*. „Bid lat“ or in loech. „Atat sund ncut teora
ingena Riangabra .i. Eithne 7 Etan 7 Etain. Atat sund ucut
a tri braithri .i. Eochaid 7 Aed 7 Oeng*us*. Ata sund ocut
a mathair 7 a n-athair .i. Rian 7 [6] gabar 7 Finnabair riside a
n-athar Riangabra. Ataat na tri braithir .i. Loeg 7 Id 7 Seg-
185 lang“ [7]. Conid asbert Cuchul*aind*:

     „Ni fetar   cia lasa fifea Etan
     acht ro fetar Etan ban   nochon fifea enaran.“ [8]

Faid lais in bean 7 dobert di arabarach ornuisc n-oir iroibe

---

[1] *Im Ms. ein* d *nachträglich über das* s *gesetzt, also* afridisi.

[2] *Im Ms. ein* f *hineincorrigiert, also* confaccatar.

[3] *Eine weitgehende Uebertragung des neutralen* n.

[4] *Richtiger* fodailter.   [5] *Im Ms. ein* s *nachträglich darunter gesetzt.*

[6] *So im Ms., vermutlich ist* Riangabar *zu lesen, ein unnützes* 7 *schon*
Zeile 8.   [7] *Im Lebor na h-Uidre lautet der Name* Sedlang, *s. FB. 14.*

[8] *Dieser Vers wird als Beispiel der* Debidi cenelach *genannten Vers-
art in einem metrischen Tractat einer Oxforder Handschrift citiert, den
ich durch Stokes' Güte in acht Seiten photographischer Wiedergabe besitze. Die Stelle lautet:* „Ocus debidi cenelach ut est Ni fetar cia rissi
fáibea Etan et rl.“ — *Im Ms. ist* fifea *beide Male durch untergesetztes*
a *in* faifea, *enaran in* aenaran *corrigiert.*

leath unga oir. Dochuas lais arabarach co n-dercachœ huath [1] 190
in n-inis iroba Condla Coel Corrbacc 7 Achtland *ingen* Duil
Dermait. Rais [2] dochum na hindsi cach band dobcread forsin
curach co m-bo comard ria rind na hindsi. Boi Conlai Coel
Corrbacc isinn ailen 7 a chend frisin coirthi rombai inn iarthar
na hindsi 7 a chosa frisin coirthi rombai ina hairt*her* 7 ben 195
ic aiscid a chind. Oc cloistin fuama in churaig frisin tir atraig
ina saidhi 7 scitigh [3] huad cona anail co n-deachaid murchreich [4]
for muir. Immasai a anail arisi. Atuglœdar [5] in loech iar*um*,
asbert fris „Cid mor a bara fort a laich thall nit aghamar, ni-
con-deit ata hi tairrngire in t-ailen sa do cruth. Tairr isan 200
oilen chena, ro bia failtiu.“ [6] Dothœt Cuch*ulaind* iarum isin
n-indsi. Ferais in ben failti fris 7 tommaid .i. smctid [7] for a
suile „In fetarais [8] cid ruc maccu Duil Dermait asa tir?“ „Ro
fetar“ or in ben „7 raga lat co n-darlaithir 7 is deit ita hi
tairrngiri a n-icc.“ Ataracht [9] in ben 7 teit isin curach chucu. 205

„Ciad rem sempla sein a ben“ or se [10]

„segar iar fairrgi

„arni comrar glangesu

„cem i curach co cuana fosad.“

---

[1] *Vielleicht* co n-dercachœ [fota] huath (= uad), *vgl.* A m-batár iarom
ciana *for* imluad forsna tonnaib atconnarcatar fota uadib insi, *Als sie
ange auf den Wellen herumgefahren waren, sahen sie weit von sich eine
Insel, LU. 25b, 25.*

[2] *Im Ms.* rais *mit darunter gesetztem zweiten* a.

[3] *Richtiger* seitidh. [4] *Besser* muirchreich.

[5] *Ist schwerlich eine ganz correcte Form. Es könnte eine 3. Sg.
Praes. Dep. sein für* atugladathar.

[6] *Dieser Satz (von* Tairr *u. s. w.) sticht von dem Vorausgehenden
durch seine moderne oder corrupte Sprachform ab, der Schluss sollte rot
bia failte lauten.*

[7] *Hier ist eine Glosse in den Text gerathen, vgl. Zeile 213.*

[8] *Die spätere Umgestaltung der 2. Sg. Praet. Dep.* fotar *nach dem
Muster des S-praeteritum. Vgl. Zeile 156.* [9] *Richtiger* Ataracht.

[10] *Diese zwei Strophen, deren Abtheilung nur von mir herrührt, bil-
den ein „Retoric“. Von derartigen metrischen Stücken habe ich Rev.
Celt. V p. 389 und p. 478 gehandelt. Das erste Stück oben ist dem
Condla Coel Corrbacc in den Mund gelegt, das zweite der Frau. Leider
ist das erste Stück corrupt.*

„A Chondla Chail Corrbaicc
210　　„a chond fri more foimrim
　　　　„toccair mo chride n-derbdichra
　　　　„dia n-icc mac n-Duil Dermait diandermain.“

Arsin dothoed in ben isin churach arisi 7 tommaid *for* a suili
7 munis col*us* doib „Decca a fureth[1] find n-ucut“ *for* si „is and
215 ata Coirp*re* (p. 764:) Cundail.“ „Brathair a n-athar“ ar siad. Iar
suidiu conu acadar a fureth find 7 co tarla di mnai doib ic buain
luachra. Atagladad[2] na mna 7 iarfaidid[3] dib: „Cia hainm in
tiri i tudchad?“ ar 7 itracht[4] in beau n-aile 7 asber[4] friu anni seo:

.L.　　A tir i tuadchuad-su[5] ille　　co sluag rincchredos[6] blai
220　　fuil [*secht*] riga for a mruig[7]　　fuil *secht* m-buada la cach n-ai.

Fuil *secht* flaithi for a bru　　*ocus* nochon-cad namma
fuil *secht* mna cach enfir[8] dib　　fuil rig fo thraig cacha mna.

Secht n-g*r*aidi[9] *secht* sluaig cach[10] fir　　*secht* m-buada[11] leo
　　　　　　　　　　　　　　　　　　for a mbruig
225　　tria chert chatha formna gil　　*secht* catha remib for muir.

Cenmotha cath maigi mor　　*secht* catha cach enfir[8] dib
as ni ric ba[12] theol na len　　don sceol ro canad a tir.

　　　　　　　　　　　　　　　　　　　　Λ.

_____

[1] *Vgl.* furad *Zeile 144.*
[2] *Zu lesen* Atagladadar.　[3] *Richtiger* iarfaigid.
[4] itudchad *steht im Ms. am Zeilenende. Dann ist vielleicht* ar *sc.*
Atracht *zu lesen. Das* n *vor* aile *beruht auf der späteren Verwischung
des Unterschieds von Nom. und Acc. Das* asber *(sic!) des Ms. zu* asbert
zu ergänzen, s. Zeile 228.
[5] *Besser* tudchad-su.
[6] *Hinten ist os abzuziehen: os* blai, *vgl. os* bla *Salt. na Rann 6063.
In dem übrigen Theil lässt sich* cchred *erkennen, aber* rin *ist corrupt,
vielleicht für* ria n-?
[7] *Im Ms. später ein* b *darüber corrigirt, also* forambruig.
[8] *Besser* œnfir, *Zeile 222 und 226.*
[9] *Besser* graigi.
[10] *Im Ms. ein kleines* a *darunter gesetzt, also* cacha, *was gegen das
Versmass verstösst.*
[11] *Im Ms.* buaga *mit darüber gesetztem* d.
[12] *Im Ms. ist* ricba *zusammengeschrieben.*

Gaibthi Cuch*ulaind* cuici iarsin 7 dober[1] builli dia durnd inna
cend comm*eb*aid a hinchind for a cluasaib. „Olegnim dorighnis“
or in ben aili, „acht ro bui i tarúgaire dait drochecht do denam 230
sund. Dirsan na bo messe adrogailser.“ „Is tusu adgladur-sa
i fecht sa“ or Cuch*ulaind*. „Cia hainm na n-duine [2]sea filead sund?“
„Ni *insa*: Dian mac Lugdach, Leo mac Iachtain, Eogan Findeach,
Fiachnai Fuath, Coirp*re* Cundail,[3] Cond Sidi, Senach Salderec.

          Saigit chath ruad ruinit flan*n* druba fichdib toebtholl 235
          almaib loech linib conrruma.[4]

Lasin dochuatar dochum in duine 7 ro gab Loeg brat na mna
for a muin co rancadar inn aurlaind. Teit in ben uadib isin
less 7 adfet thall a n-dorandad[5] friu. „Ni liach on“ for Cairp*re*
Cundail „iss*ed* dogentais fri muntir meraigi.“ Fofuabair amach. 240
Fonuabair Cuchul*aind* 7 ro batar oc comruc o maitin co diaidh
lói[6] 7 ni tharat neachtar de fuil furail for a chele. Immo ra chlui
dia claidbib 7 immo ro bris dia sciathaib. „Fir on“ or Cuchu-
l*aind*. Gaibid Cuchul*aind* in gai m-boilge lasodain. „Anmain
an anmain a Chuchul*aind*!“ or Cairp*re* Cundail 7 fochert a 245
ghaisced n-uadh 7 gaibthi it*ir* a di laim 7 dofuargaib lais isin
less 7 doghni fothrug*ud* do 7 foid ingen ind righ lais ind
aidchi sin. Iarfaighis do iarsin „Cid ruc macu Duil Dermait
asa tir?“ Atet[7] Coirp*re* do uili o thossuch co diaid in sceoil·
Forfuaccrad iarum arabarach o Eochaid Glas cath for Cairp*re* 250
Chundail. Dothoegat dochum in glindi ar cend in trenfir.
„Neach isi*n n*glinn“[8] or se „a fiandu truagu?“   „Atathar and“

---

[1] *Entweder für* dobeir *oder für* dobert, *s. Zeile 218.*
[2] *Richtiger* dóine.
[3] *Hinter* Fiachnai *ist im Ms. ein Punkt, dagegen nicht hinter* Cundail. Condsidi *ist im Ms. zusammengeschrieben. Es müssen sieben Personen sein.*
[4] *Im Ms. ist in diesen schwierigen Worten hinter* ruad *und* ruinit
ein Punkt.   [5] *Wohl corrupt für* a n-dorónad.
[6] *Im Ms. scheint aus dem o ein a corrigiert zu sein, also* lái.
[7] *Im Ms. ist* f *hineincorrigiert, also* atfet. *Vgl. Zeile 269.*
[8] *Im Ms. ist der Strich für* n *über das* g *gesetzt, ebenso Zeile 263
und in* forling *Zeile 251. ist* gliñ *ist getrennt geschrieben, aber* dlnaithis
Zeile 265 zusammen.

or Cuchul*aind*. „Nip inmain guth on" or se „guth in r̳iastarthi
a hErind." Immo fobair doib isin glinn. F̳orling̳ Cuchul*aind*
255 corraba for bil in sceith. Seidiscom huad cona anail co m-bui
isin muir. Liṅgid Cuchul*aind* atherrach co m-bui for l̳ainu in
sceith. Scitisom arisi isin muir.[1] Liṅgid co m-bui for a b̳roin.
Scitisom iar*um* co *n*-darala isin muir. „Fe amœ!" or Cuc*ulaind*.
Doleig s*ide* in gœ bulgœ ind ardai hi siudiu[2] co toch̳- (p. 765:)
260 rastar annuass for a̳ chathbarr ̳na luirighe ina mullach co
n-dechaid trit co talmain. Imsui ima chuairt iar*um* 7 dothuit
ina ligi. Ranic Cuchul*aind* 7 gataid sidi in luirich tar a chend
7 gaibid in claideb do. F̳orlengait isi*n* *n*glinn anair 7 anniar
na sidhaighi for a tarat a̳thoisi co rus fothaircs*et* ina f̳uil. Iar-
265 sin roptar slana huile di*n*u aithis. Dotheagait iar*um* meic Duil
Dermait dia tir. Teit Cuchul*aind* la Cairp*re* dia dun. F̳oith
and ind aidchi sin et dothœd arabarach 7 tuc aisceda mora
inganta o Chairp*ri*. Teit iar*um* don indsi iroibi Condla 7 a
ben 7 a̳tet[3] a scela doib. Teit ass fothuaid iarsin, corranic
270 ind n-indsi irroibi Riangabra[4] 7 f̳oith la mnai[5] and 7 d̳achuaid[6]
a scela assuidiu.[7]   Et tet as arabarach co ta̳nig crich n-Ulad·
Teit do Emain Macha. R̳o m̳arastar a chuit corma 7 bid dó
ar a chind. Atfet doib a scela 7 a imthe*ach*ta iarsin do Chonchobar 7 da[8] lathaib gaile fer Ulad[9] isin Chroebruaidh. Do-
275 dechaid iarsuidiu co Raith Cruachan co hAil*ill* 7 co Meidb 7
Fergus 7 dofet a scela doib. *C*ongairther do iar*um* Eocho Rond
7 ro gab laidh:

[1] *Wohl auch hier zu lesen* co m-bui isin muir.
[2] *Zu lesen* hi suidiu, *vgl. Zeile 297.*
[3] *Im Ms. ist ein f über das t gesetzt, also* atfet. *Vgl. Zeile 249.*
[4] *Zu lesen* Riangabar. *Die Genetivform hat sich eingedrängt, weil der Name gewöhnlich in der Formel* mac Riangabra *vorkommt.*
[5] *Entweder ist* lia mnai *zu lesen, oder hinter* mnai *ist ein Genetiv ausgefallen.*
[6] *So in der späteren Sprache für das ältere* adcuaid, atchuaid; *so auch Zeile 276* dofet *für* adfet, atet.
[7] *Dies könnte für* issuidiu *stehen, oder es ist* arsuidiu = iarsuidiu *zu lesen. Das darauffolgende lat.* Et *ist natürlich eine Abkürzung für* ir. ocus *wie Zeile 267.*
[8] da *kommt gelegentlich für* do *vor.*   [9] *Wir erwarten* fer n-Ulad·

Findchocm *ingen* Eacbach Rond   isi dorat fordul form
iar comrac rc hEochaid n-Glass   am aithrcach in lanamuass.

Noi n-gruadaire noi n-gabaind   con chin *acht* cin a n-adhaill   280
noi condaigi truagh anfos   ro da marb*us* fo baraind.

Ranic airer tiri Dúil   ranic suidi Chairp*ri* Cluin
fom chomruc tonn treglas treu   cai*n* formlus [1] mo claidcb
                                        n-ger.

Comrocc fri debaid nithaig   Cairbri huas fairrgi iathaich   285
ima ro chlui diar claidbib   immo ro brui dia [2] sciathaib.

Comruc fri [3] Cairp*re* Cundail   nimoruc dris dilumain [4]
ba sid ba suan slicht nad bras   co rangamar Eochaid n-Glas.

Mo claidcb derg tinbi cet   immum ro chlai ciar bo bet
taraill mo chorp co soillsi   imo*m* berad [5] fo thorsi.   290

As demin lim ciatfesar [6] duit   iar n-acallaim m*ac* Duil Der-
                                        mait
iar n-anacol [7] dam Chairp*ri* Chlain   rob aithrch ccin co
                                        Findchaim.
                                        F.   295

Is iarsin di*no* dogensad cairdes 7 Eocho Rond 7 anaid Findchocm la Coinculai*nd*. Dodcachaid iarsiudiu [8] do Emain Macha
co morcoscor. Is desin ata Fled Bricrcnn ar in sccol sa. Ainm
aili do di*no* Loiñgcs m*ac* Duil Dearmait.
                            Finit.   300

---

[1] formlus *reimt auf* chomruc; *ähnliche Reime 281, 286.*

[2] *Ohne Frage muss es* diar *heissen.*

[3] *Unter* fri *später ein a gesetzt, also* fria.

[4] *Die zweite Halbzeile* (nimoruc *u. s. w.*) *könnte corrupt sein, wenigstens verstehe ich sie nicht:* dris *ist im Ms.* ds *mit einem kleinen i über
dem d geschrieben.*

[5] ..omberad *ist ganz sicher, aber davor sind fünf Grundstriche
unterscheidbar, einer zuviel für* imom-. *K. Meyer liest* ninom-.

[6] *Im Ms. ist später noch ein a unter* ciat *gesetzt, also* cia atfesar:
jedenfalls zählt ciat *nur als eine Silbe für den Vers.*

[7] *Das zweite a erst später darunter gesetzt.*

[8] *Verschrieben für* iarsuidiu, *vgl. Zeile 259.*

Uebersetzung.

Das Fest des Bricriu und die Verbannung der Mac Duil Dermait.

Es war ein berühmter König über Ulster, Conchobar Mac
Nessa der Name des Königs. Nach Antritt der Herrschaft war
von ihm ein Gesetz erlassen worden: jeder Held[1] solle Ulster
eine Nacht bewirthen, der König sieben Nächte oder vier Nächte,
nämlich die Nacht jedes Vierteljahrs, vier Junker[2] auf die Nacht.
Der Beitrag der Frauen von Ulster von Seiten der Frau des
Mannes, von dem das Fest veranstaltet wurde, war: sieben
Ochsen, und sieben Schweine und sieben Fässer und sieben
Tonnen und sieben Kannen und sieben Mischkessel und sieben
. . . und sieben . . . und sieben . . .[3] mit ihrem Zubehör von Fisch,
Geflügel und Kräutern von verschiedenem Geschmack.

---

[1] So zu übersetzen habe ich mich entschlossen mit Rücksicht auf
die Stelle, die in den Bemerkungen hinter der Uebersetzung mitgetheilt
ist. Ich hielt es anfangs nicht für unmöglich, dass 'errid' für 'errig'
stehe, von 'errach', Frühling. — Vgl. 'biathadh aidhchi' („a night's refection") Leabh. na g-Ceart, ed. O'Don., p. 218, ähnlich 'biathadh dá
raithi' („refection . . . for two quarters of a year") und 'biathadh mís'
ibid. p. 30, p. 34, 'biathadh ré mís' ibid. p. 32. Die Zeitangabe ist
vorausgesetzt: 'sechtmain do biathad in teglaich' LL. p. 106ᵇ, 29.

[2] Die 'óichtigernd', hier von mir frei mit „Junker" übersetzt, scheinen hier, wie FB. 6 ('rí', 'tóisech', 'lath gaile', 'óchtigernd') und FB. 12
('rí', 'rígdomna', 'aire', 'óchtigernd', 'maccóem'), eine weniger vornehme,
weil weniger begüterte Klasse des Adels zu bezeichnen.

[3] Vgl. LU. p. 22ᵃ, 11 'eter ór 7 airget 7 curnu 7 copana 7 báiglenna 7 ena 7 dabcha', ferner LL. p. 54ᵃ, 33 (aus dem Anfang des Táin
Bó Cúalnge): 'Tucad chucu n-ena 7 a n-dabcha 7 a n-iarnlestair, a
mílain 7 a lóthommair 7 a n-drolmacha' es wurden zu ihnen gebracht
ihre Töpfe und ihre Fässer und ihre eisernen Gefässe, ihre Urnen
(O'Don. Suppl.) und ihre Knetetröge (? vgl. 'lóthor' und 'ammor') und

(9.) Darnach fiel es da einmal auf Bricriu Nemthenga (Gift-
zunge) das Fest zu veranstalten. Die Materialien des Festes
wurden gebracht und aradach, das Fass Conchobar's, wurde
gefüllt; es hiess nämlich deswegen aradach, weil arad, eine
Leiter, von aussen und von innen an dasselbe [angelehnt] war,
und so wurde es ausgeschenkt. Es erhoben sich die Vertheiler
Conchobar's, um die Speise zu vertheilen, und ebenso die Schenken um das Bier zu schenken. Bricriu Nemthenga sieht sie
von seinem Lager in dem Bretterhause[1] aus auf seiner linken
Seite in das Haus gehen. „......" sagte er, „das würde gethan
werden für lächerliches Bier und für lächerliche Speise." Die
jungen Leute halten an und rennen nach ihren Sitzen und die
Menge wird still. Der silberne Stab in Conchobar's Hand war
an den ehernen Pfeiler gekommen,[2] der sich an seiner einen
Schulter befand, so dass dies in den vier Ecken von Conchobar's Croebruad gehört wurde. Er fragt Bricriu, was gewesen
sei, indem er sagte: „Was hast du, o Bricriu," sagte Conchobar,
„Schwierigkeit zu machen ......"[3] „O liebes Väterchen Concho-

---

ihre Kessel. — Die folgenden Ausdrücke sind mir unklar: 'muilt' ist
Nom. Pl. von 'molt' Hammel (vervex) oder Widder, 'denma' sieht aus
wie Gen. Sing. von 'denam' machen; 'glainine', maxilla, Z.[2] 274, giebt
hier keinen Sinn und alle anderen Vermuthungen sind unsicher; 'mac
ochta' (Gen. Sing. von ucht) kenne ich nur in der Bedeutung „Liebling":
'rob mac ochta aireachta cach mac buan dod bhroind fine' Leabh. na
g-Ceart p. 194 („the darling of the assembly").

[1] Bricriu scheint sich ausserhalb des Hauses zu befinden, und dies
erinnert an den Söller ('grianán'), den er FB. 3 für sich baut. Vgl. oben
S. 58, Tog. Troi[2] 1868 'ochtaige na n-grianán 7 na taige cláraidh', ferner
LL. 268[a], 26 'Teg iarnaidi 7 da thech claraid immi', ibid. 268[b], 21 'Is
esede in tech iarnaide immárrabatar in da thech claraid' (die zwei Häuser
von Bretterwerk), beide Stellen in der Sage Mesca Ulad.

[2] Ein anderes Instrument, um sich Ruhe zu verschaffen, war bascrand, wahrscheinlich eine Klapper: 'O' raptar mesca benais Sencha
bascrand con túasisct fris uli' (Als sie trunken waren, schlug Sencha eine
Klapper, so dass sie alle auf ihn hörten) LU. 19[a], 26 (Mesca Ulad).

[3] Vielleicht ist zu lesen: 'in airighidh di *mnaib* Ulad occo do
duthrucht', sie haben den Proviant von den Ulterfrauen [ihn] zu begehren? Befriedigend ist dies noch nicht.

bar, ich habe keinen Mangel an Trank oder Speise, [aber] es
ist nicht angemessen, mein Fest" sagte er „zu geniessen ohne
eine tapfere That der Ulter dafür." (24.) Darauf erheben sich an
dieser Stelle die zwölf Helden von Ulster, nämlich Fergus Mac
Roig und Conall Cernach (der Siegreiche), der Sohn des Amer-
gin, und Loegare Buadach (der Siegreiche), und Cuchulinn der
Sohn des Soaltam, und Eogan der Sohn des Durrthacht, und
Celtchar der Sohn des Uthechar, und Blai Brugaid (der Wirth),
und Dubthach Doel Ulad (der Schwerzungige von Ulster), und
Ailill Miltenga (Honigzunge), und Conall Anglonnach und Munremar der Sohn des Gerrgend, und Cethern der Sohn des
Findtan. Jeder dieser tapferen Helden ging nun geraden Wegs[1]
Menschenmord zu suchen in jeder Provinz. Cuchulinn ging
mit fünfzig Männern in die Provinz Connacht, über Dub und
Drobais bis zum Dublinn im Gebiete der Ciarraige. Sie theil-
ten sich darauf in zwei Theile, fünfundzwanzig gingen mit
dem Flusse ostwärts, und fünfundzwanzig mit dem Flusse
westwärts. Die auf seiner Seite mitgingen, waren Lugid Reo
n-derc (mit den rothen Streifen) und Loeg mac Riangabra, sein
Wagenlenker. Sie gingen zu, bis sie vor Ath Ferthain nördlich von Corra-for-achud ankamen. (38.) Sie waren da vor
ihnen beim Spiele, mit sechsmal Fünfzig, um den Dublinn von
Ath Ferthain, nämlich Mane der Sohn des Cet mac Magach und
Findchoem die Tochter des Eocho Rond, ostwärts war diese.[2]
Die mit ihr zusammenkamen, waren Lugid Reo n-derc und Loeg

---

[1] Der Sinn der Redensart 'ro gob (sic!) . . . a erchomair' ist nur
ungefähr getroffen. Vgl. 'i n-aurchomair a imdái' FB. 25; ferner LL.
p. 27ᵃ, 9 fg.: 'Dobeired se ba slicht fír   snechta nemi co nertbríg   ar
lár a thíri co tend   tan tictis Tuath De Danand.   Craind 7 clocha in
domain   dachur ind na urchomair   ra loisced lór a chruade   re haid-
briud oenuaire'.
[2] Ich habe 'allanair robuide' als ein Sätzchen für sich genommen,
und 'buide' als eine Zusammenziehung von 'bui' und dem Pronomen 'ade'.
Cuchulinn befindet sich westlich von ihr, wie wir weiterhin lesen, und
springt dann nach Osten zu ihr hin. Diese Eigenthümlichkeit, auch den
Standpunkt von einzelnen Personen nach der Himmelsgegend zu bestimmen, hat für uns etwas Fremdartiges.

mac Riangabra. Ihre Mädchen gehen alle zu ihr, sie stand nämlich über ihnen auf Tetach's Grabhügel.[1] „Gnade!"[2] [sagte sie]. „Warum sollen wir das thun?" sagte Lugid. „Denn ich bin das Weib eines Mannes" sagte sie. „Wir wollen sie unterstützen" sagten die jungen Männer. „Wer ist es, den du suchst?" „Cuchulinn, der Sohn des Soaltam," sagte sie, „ich habe [ihn] geliebt auf Grund der Geschichten von ihm."[3] „Willkommen ist dir um dieses willen, der dort ist, Cuchulinn, westlich von hier." „Gnade!" sagte sie. Cuchulinn bleibt stehen und nimmt die jungen Männer in seinen Schutz,[4] und thut einen Heldensprung[5] von sich querüber nach Osten zu ihr. Sie erhebt sich ihm entgegen und wirft beide Hände um seinen Hals und giebt ihm einen Kuss. „Und jetzt?" sagten die jungen Männer. „Jetzt[6] nun?" sagte Cu, „wir haben genug der Thaten, sechsmal fünfzig zu schützen und die Tochter des Königs der UiMane mit uns nach Emain Macha zu nehmen." (53.) Darauf thaten sie einen Sprung fort nordwärts durch die dunkle Nacht, bis sie nach Fid Manach kamen. Da sahen sie drei Feuer vor sich im Walde und neun Mann an jedem Feuer. Cuchulinn griff sie an, so dass er drei Mann von jedem Feuer tödtete und die drei Anführer. Darauf ging er über Ath Moga in Mag Ai nach Rath Cruachan. Sie stossen da ihre Siegesrufe aus, so dass es bis Rath Cruachan gehört wurde. Daraufhin ging der Wächter sie sich anzusehen. Derselbe beschrieb einem jeden ihre Gestalt und ihr Aussehen und ihre Art und Weise. „Dem Entsprechendes ist mir nur," sagte Medb, „wenn es Cuchulinn der Sohn des Soaltam ist und sein Pflegesohn, nämlich Lugid Reo n-dere, und Loeg mac Rian-

---

[1] 'Duma Tetaig', mir sonst nicht vorgekommen.

[2] Dies ist nur eine Uebersetzung nach dem Sinne, indem der Ausruf 'anmain inn anmain' in den Sagen gebraucht ist, wenn Jemand um Gnade bittet. O'Curry, Ms. Mat. 469, übersetzte „Grant me life for life", indem er offenbar 'anmain' für den Acc. Sing. von 'anim' (Seele) hielt.

[3] Dies ist eine beliebte Wendung, vgl. z. B. Tochmarc Etáine Cap. 5.

[4] Siehe den Anhang.   [5] Siehe den Anhang.

[6] 'Fecht' ist im Mittelirischen oft Neutrum: 'a fecht sa' enthält den Nom. oder Acc. des Artikels, während 'indecht sa' für 'ind fecht sa' steht und den adverbiellen Casus des Artikels enthält.

gabra, und wenn sie es ist, Findchoem, die Tochter des Eocho
Rond des Königs der UiMane. Wohl dem,[1] der sie genommen
hat, wenn es nach dem Willen[2] ihrer Mutter und ihres Vaters
ist; Wehe dem, der sie genommen hat, wenn es mit Umgehung[3]
derselben ist." (67.) Darauf gehen sie [Cuchulinn und seine Ge-
fährten] bis an das Thor der Stadt und stossen dort einen
Siegesruf aus. „[Es gehe] Jemand hinaus," sagte Medb, „um zu
erfahren, wen die jungen Männer getödtet haben."[4] Man ging
hinaus[5] von Seiten Ailill's und Medb's, die Köpfe zu verlangen,
um sie aufzustellen. Die Köpfe wurden herein[6] gebracht. „Erkennt ihr[7] diese?" sagten Ailill und Medb. „Wir erkennen sie
nicht," sagte das Gesinde. „Ich erkenne sie," sagte Medb, „es
sind dies die drei Räuber, die uns immer beraubten. Traget
die Köpfe hinaus auf die Pallisade." Diese Sache wird darauf
dem Cuchulinn hinaus berichtet. „Ich schwöre den Schwur, den
mein Volk schwört, ich werde die Palisade auf ihren Köpfen

---

[1] ‘Modgenair' ist offenbar ein Ausdruck, der das Gegentheil von
‘maire' bezeichnet. Vgl. O'Reilly's ‘mo-ghénar' „happy born". Das ‘mo',
‘mod' ist mir nicht klar, ‘génair' „ist geboren".

[2] In ‘masadein' habe ich O'Reilly's ‘deoin' „will, consent" vermuthet,
vgl. ‘ní dom dheoin táinig sí liom', „it is not of my will, that she has
come with me", Tor. Dhiarm., ed. O'Grady, p. 70, p. 134, p. 192.

[3] Zu dieser Bedeutung von ‘asa timchell' vgl. ‘timcheall na macraidhe .i. a n-écmais na macraidhe' O'Cl.

[4] S. die Bemerkungen hinter der Uebersetzung.

[5] ‘Doc[h]uas' ist Praet. Pass. von ‘dochoad', also wörtlich „es wurde
gegangen".

[6] Zu ‘innonn' vgl. ‘do rug each leis tarsan áth anonn', „over across
the ford", Tor. Dhiarm., ed. O'Grady, p. 62; ‘tug trí léimeanna luthmhara
tarsan eas anonn agus anall', „he gave three nimble leaps across the
fall hither and thither", ibid. p. 184. So ist auch das ‘innund' Lg. 15 zu
verstehen: ‘rucad si innund co Conchobar'. O'Donovan, Suppl. zu O'R.,
bemerkt: „‘anonn', connected with a verb of motion, means into." Auf
die Frage wo? bedeutet es drinnen: ‘Amal ro chualatar Ulaid innund
in andord', Als die Ulter drinnen die Stimme hörten, Lg. 9.

[7] ‘Athgenair' ist 2. Pl. deponentialer Flexion des Perf. athgén. Die
Form ‘atathgen' ist aus ‘ath-da-athgen' entstanden, wobei ‘da' Pron. infix.
ist, und die Präposition noch einmal vorgetreten ist, s. die Anmerk. zu
‘dos n-eicce' Z. 13.

herum tanzen lassen, wenn mir meine Köpfe nicht ausgeliefert
werden." Darauf wurden ihnen die Köpfe gegeben, und sie
[Cuchulinn und seine Gefährten] wurden in das Gästehaus gebracht. (75.) Am Morgen erhob sich Cuchulinn vor jedem, nahm
seine Waffen alle mit sich und ging, bis er sich mit seinem
Rücken an einen Steinpfeiler stellte.[1] Als der Späher am Morgen da war, hörte er ein Getöse draussen von Osten her wie
Donner vom Himmel. Dies wurde Medb berichtet. „Womit ver-
gleicht ihr es?" sagte Medb. „Vergleiche du es bei dir," sagten
die jungen Männer, „du weisst es." „Ich habe euch Nichts Aehn-
liches," sagte Medb, „ausser wenn es die UiMane sind, die draussen
von Osten her kommen auf der Spur ihrer Tochter. Ueberlege
dir es noch einmal!" Er sieht noch einmal darnach. „Wahrlich
ich sehe," sagte der Späher, „ein Nebel hat die Ebene rechts
von mir angefüllt, so dass einer nicht das Gesicht des andern
sieht." „Ich erkenne das," sagte Medb, „der Dampf der Pferde
der UiMane und ihrer Männer hinter ihrer Tochter her! Sieh noch
einmal hin!" „Wahrlich ich sehe" sagte er „einen Feuerschein
von Ath Moga bis Sliab Badbgnai, vergleiche dies bei dir, o Medb!"
„Nicht schwer," sagte Medb, „das Funkeln der Waffen und der
Augen[2] der UiMane auf der Spur ihrer Tochter!" (89.) Wie
sie da waren, da sahen sie eine Schaar auf der Ebene, und da
sahen sie einen Helden an ihrer Spitze, und ein purpurner vier-
facher Mantel[3] um ihn mit vier Rändern von Gold darauf, ein
Schild mit acht Kanten[4] von weisser Bronce auf seinem Rücken,

---

[1] Diese Situation kehrt in den Sagen öfter wieder, z. B. Rev. Celt.
III 181, ferner Sergl. Conc. Cap. 8: 'Dotháet Cuculainn iarsin, co tard a
druim frisin liic'. Der bestimmte Artikel steht im Irischen, wo wir den
unbestimmten setzen, wenn eine Person oder Sache gemeint ist, die in
der Erzählung eine gewisse Rolle spielt, s. mein Wtb., S. 631.

[2] Der pleonastische Gebrauch des Pron. possessivum ('a n-arm',
'arrosc'), der auch in der dann folgenden Beschreibung des Eocho noch
mehrmals wiederkehrt, ist für uns nicht nachahmbar.

[3] Ueber 'brat' s. die Bemerkungen hinter der Uebersetzung.

[4] Vgl. 'aisli .i. faobhar' O'Dav. p. 49. Ausserdem giebt es 'aisil'
Gelenk, Glied (Corm. p. 16 'deach'), wovon 'aisleán' articulus, und an
dieses Wort hat O'Curry gedacht, wenn er Mann. and Cust. III p. 106

ein Rock um ihn mit einem Rand von Silber von seinem Knie
bis zu seinem Knöchel,[1] hellblondes langes Haar[2] auf ihm, so
dass es auf beiden Seiten des Pferdes war, eine Kette ('rond')
von Gold daran,[3] die ein Gewicht von sieben Unzen hatte. Davon war er Eocho Rond genannt. Ein graugeflecktes Pferd[4] unter ihm mit einem Gebiss von Gold an sich. Zwei Speere mit
ihren Rippen[5] von weisser Bronce in seiner Hand. Ein Schwert
mit goldenem Griff an seinem Gürtel. Eine Lanze mit einem

übersetzt „a shield with eight joints of Findruine at his back". Was
soll man sich unter den „joints" eines Schildes vorstellen? Auch 'aisil
.i. rann' O'Dav. p. 50 ist bekannt, s. 'assil' Stück in meinem Wtb. Allein vom Schilde pflegt immer der Rand besonders erwähnt zu werden,
derselbe wird sogar gelegentlich 'fœbur' (Schneide, Schärfe) genannt, und
diente wohl mit als Waffe; vgl. ausser den Stellen in meinem Wtb. und
O'Curry, Mann. and Cust. III 318 z. B. noch: 'crommscíath go fœbur
chondualach fair' LL. 89ᵇ, 37 (TBC.) und 'a garbscíath odor iarnaide fair
co m-bil chaladargit ina imthimchiull' LL. 92ᵇ, 4 (TBC). Daher vermuthe
ich, dass oben ein achtkantiger Schild gemeint ist. S. die Bemerkungen
hinter der Uebersetzung.

[1] „Von seinem Knie bis zu seinem Knöchel" kann sich nur auf den
Rand des 'lene' beziehen. O'Curry's Uebersetzung a. a. O. „a Leinidh
reaching from his knees to his hips" ist unvollständig und ungenau. O'Curry
war der Ansicht, dass man unter einem 'lene', das einen Rand hat und
bis an die Knie geht, immer einen „kilt" oder „petticoat" verstehen
müsse. Ich denke jedoch hier an einen langen Leibrock (χιτών), der
sonst ganz fehlen würde.

[2] 'Mong' ist eigentlich die Mähne der Pferde. Ebenso heisst es
LU. 25ᵃ, 1 von einer Frau 'mong orda furri', goldiges langes Haar auf
ihr. Diod. Sic. V 28 bemerkt von den Galliern: παχύνονται γὰρ αἱ
τρίχες ἀπὸ τῆς κατεργασίας ὥστε μηδὲν τῆς τῶν ἵππων χαίτης διαφέρειν.

[3] Wie die Kette am Haar befestigt war, weiss ich nicht zu sagen.
O'Curry, Mann. and Cust. III 106, übersetzt: „a bunch of thread of gold
depending from it of the weight of seven ounces."

[4] Ueber 'gabar' oder 'gabair' F. Pferd s. die Bemerk. hinter der
Uebersetzung.

[5] 'Gae' entspricht dem gallischen 'gaesum'. Diese leichten Speere
werden paarweise getragen, so auch von den Galli bei Vergil, Aen. VIII 661
'duo quisque Alpina coruscant Gaesa manu scutis protecti corpora longis'.
Unter den Rippen hat man Ringe oder Metallstäbe zu verstehen, die in
den Schaft eingelegt wurden, vgl. O'Curry, Mann. and Cust. II, 241.

Zauber[1] im Besitz des Helden. (98.) Sowie er Cuchulinn erblickte, schleudert er die Lanze auf ihn. Cuchulinn setzt einen
Zauber gegen die Lanze. Die Lanze dreht sich gegen ihn (Eocho)
um, so dass sie dem Pferde durch den Hals fuhr. Das Pferd
sprang in die Höhe, so dass es den Mann abwarf. Cuchulinn
kam und nahm ihn zwischen seine zwei Hände und trug ihn[2] in
die Burg. Das war den Ui Mane eine Schande. Medb und Ailill
liessen sie nicht heraus, als bis die zwei Frieden geschlossen
hatten. Als Cuchulinn sich anschickte fortzugehen, sagte Eocho
zu ihm „Nicht sei dir Ruhe des Sitzens oder Liegens, o Cuchulinn, bis du weisst, was die drei Söhne des Docl Dermait aus
ihrem Lande gebracht hat." Darauf macht er (Cuchulinn) sich
davon, bis er nach Emain Macha kam, seine Köpfe mit ihm,
und sie (seine Begleiter) erzählen seine Geschichten. Er begiebt
sich dann auf seinen Sitz . . .[3] und trinkt seinen Trunk. Es
schien ihm, als ob das Gewand, das er anhatte, brännte, und
das Haus, und die Erde, die unter seinem Sitze war. Er sprach
zu seinen Leuten um ihn: „Mich dünket, ihr Männer," sagte er,
„was Eocho Rond zu mir gesagt hat, [davon] wird mir Etwas
zustossen. Meine Lippen werden ersterben,[4] wenn ich nicht

---

[1] Ich halte 'inn-indell' für ein Compositum wie 'in-leigis' heilbar,
'in-mesca' berauschend in meinem Wtb., wörtlich „in dem ein Zauber
ist" u. s. w. Die Bedeutung „Zauber" für 'indell' ist nur ungefähr zutreffend, vgl. 'muir-indell' Zeile 136.

[2] Die Form 'berthi' könnte 3. Sg. Praes. 'berid' mit Pron. suffixum
sein, allein 'lingthi' Zeile 101, das ebenso FB. 86 steht, lässt sich nicht
so erklären. Vielleicht liegt doch hier eine besondere Bildung vor, von
der noch 'cingthi', 'budigthe', 'cartho' in meinem Wtb. belegt sind. Vgl.
noch 'gaibthi' Zeile 246, eine Form, die ich Wtb. S. 584 als 3. Sg. Praes.
mit Pron. suff. erklärt habe, aber Zeile 142 und 228 steht sie intran-
sitiv.

[3] Vgl. FB. 83 'luid Cuculainn isi sudi fari' ('isi' vielleicht für 'isa',
d. h. die Präposition 'i n-' mit dem Neutrum des Artikels), Cuchulinn
ging auf seinen Wachtsitz. Ein ähnlicher Ausdruck liegt an obiger Stelle
vor, aber was ist 'airithi'? Nach K. Meyer ist das t von 'airithi' im
Ms. nachträglich in g oder d corrigirt und ebenso der Strich über dem
i erst nachträglich zugesetzt.

[4] Dieselbe Redensart 'atbélat a beóil' LU. 19ᵃ, 31 (Mesca Ulad).

hinausgehe." (113.) Cuchulinn geht und begiebt sich hinaus, und
...[1] Loeg geht ihm nach und Lugaid Reo n-derg. Vor der Burg
traf er auf neun Handwerker,[2] sie hatten nicht für Austheilung
[von Speise und Trank] gesorgt,[3] und man wusste nicht, dass
sie draussen waren. Als sie Cuchulinn auf sich zukommen sahen,
sprachen sie: „Wahrlich es ist geziemend" sagten sie, „wenn man
mit Speise und Trank zu uns vom Könige kommt." „Einen Verwalter macht ihr aus mir!" sagte Cuchulinn. Er springt auf sie
zu und schlägt ihnen ihre neun Köpfe ab. Er macht sich fort

---

[1] Der Sinn von 'tetlaithir a chranda do' ist vermuthlich: seine Speere
werden für ihn weggeholt, nämlich aus der Halle, in der die Waffen der
Helden aufbewahrt zu werden pflegten, vgl. Mann. and Cust. II p. 332.
Die Form 'tetlaithir' hängt mit 'tlethar .i. foxal (forttragen)' und 'doetlo',
'tetlo' (für 'do-aith-tlo'?) bei O'Davoren zusammen, s. mein Wtb. Die
3. Sing. Praes. Pass. bei einem Subject im Plural wie Zeile 74. 'Crand'
bezeichnet eigentlich nur den Schaft, aber es kann der gemeinsame Name
für 'gae' und 'sleg' sein.

[2] Vgl. Lg. 19: 'Ro bái ail chloche mór ar a cind'. Das pronominale Element in 'Ro-m-bai' kann nicht das Relativum sein, sondern wird
proleptisch dem 'ar a chind' entsprechen, also wörtlich: es waren ihm
neun Handwerker ... vor ihm.

[3] 'Ni thairuechtar fodail', dieselbe Verbalform aber mit Pron. infix.
steht FB. 55: 'Tosn-airnechtár fleda mora'. In meinem Wtb. habe ich
sie zu 'tairicim', ich komme, gestellt, allein mit der 3. Pl. Perf. 'tarnactar',
wie sie sich z. B. Salt. na Rann 6939 findet, kann sie nicht identisch
sein. Wenn man auf die Lesart 'Tosn-airnechtatar' des Egerton Ms. Gewicht legen darf, so würde es die 3. Pl. eines T-praeteritum sein, wobei
dann das '-tar' von 'tairnechtar' aus '-tatar' zusammengezogen wäre. Ich
beschränke mich auf die Vermuthung, dass diese Form zu 'tairec', 'imm-
thairec' zubereiten, vorbereiten, gehört, vgl. die ähnliche Wendung ScM. 15
'ar cuit do thairiuc', unser Theil zu bereiten. Allerdings ist die Bildung
eines T-pract. 'tairnecht' von 'tairec' abnorm (des 'n' wegen, abgesehen
davon vgl. 'inchoisecht' neben 'inchosc' anzeigen), aber ich verweise auf
'airnecht' Zeile 130 und die Anmerkung dazu. Das Verbum 'táircim',
Inf. 'táreud', bereiten, bewirken, möchte ich zunächst fern halten, obgleich es ziemlich dieselbe Bedeutung hat. Zu diesem ist in der Gramm.
Celt. des S-pract. 'doráirec' nachgewiesen, mittelirisch 'táraig' Salt. na
Rann 1524: 'issinn rosárig in flaith, cia rontáraig dia bithmaith', wir sind
es, die gegen den Herrn gefehlt haben, so viel uns auch Gott als ewiges
Gut bereitet hatte.

von Emain Macha in südöstlicher Richtung, bis er dahin kam,
wo jetzt Ard Marcach oder Ard Macha ist, denn damals war
es Wald. Dort waren die Schmiede Conchobar's beschäftigt ein
Werk[1] für den König auszuführen. Sie erwägten,[2] [dass] diese
Nacht ohne Speise und ohne Trank [sein würde]. Als sie die
drei auf sich zukommen sahen, sagten sie „Es ist geziemend,
wenn Jemand mit Speise und mit Trank zu uns vom König
kommt." „Einen Verwalter macht ihr aus mir!" sagte Cuchulinn.
Darauf sprang er auf sie zu und schlägt ihnen die neun Köpfe
ab. Darauf macht er sich fort[3] nach dem Strande in der
Gegend östlich von Dún Delca.[4] (127.) Da kam grade der Sohn
des Königs von Alba herüber mit Schiffsmannschaft[5] mit Atlass
und Seide[6] und Hörnern für Conchobar. Man kam zusammen ihn
zu treffen, und er wurde nicht gefunden.[7] Als sie (die Leute

[1] Nach den Mittheilungen von Stokes, Corm. Transl. p. 14, bedeutet
'aiccde' aedificium, aber auch „Werk" im Allgemeinen.

[2] 'Dorermartatar' ist die 3. Pl. zu O'Clery's 'tarmairt .i. do mhea-
dhaigh no do fhóbair' (er erwägte oder er ging daran). Vgl. Stokes' Indices zu Saltair na Rann, und Togail Troi, wo 'tarmairt' an vielen Stellen
in der Bedeutung „gedachte", „drohte" nachgewiesen wird.

[3] Für den Begriff „sich fort begeben" neben 'dos cuirethar as' in
diesem Texte 'gabaid as' Zeile 107, 119.

[4] 'Dún Delca', jetzt Dundalk, an der Ostküste, war die Stadt Cuchulinn's, in der Nähe die Ebene 'Mag Murthemni', die oft in den Sagen als
sein heimatliches Gebiet bezeichnet wird.

[5] Ich halte 'lucht' für den Dativ, der hier und in ähnlichen Wendungen den alten comitativen Casus vertritt, vgl. 'coccait ingen' u. s. w.
in meinem Wtb., S. 436 s. v. cóica.

[6] 'Sirice' ist das entlehnte lat. sericum, bezeichnet aber vielleicht
ebensowenig als franz. 'serge' einen reinseidenen Stoff. Der Ursprung von
'sroll' ist mir unbekannt.

[7] Die Ausdrucksweise ist hier sehr kurz, der Sinn ist nach meiner
Meinung, dass von Seiten Conchobars Leute entgegengeschickt worden
waren, die den Sohn des Königs von Alba mit seinem Tribut in Empfang
nehmen sollten, dass diese aber die Stelle nicht trafen, wo er landete.
Ich halte 'ro dalad' und 'ni airnecht' für Praet. Pass. Letzteres, von
'air-icim' ich finde, steht z. B. noch Salt. na Rann 2705: 'Lais cetna-
airnecht insain ar thús do chlannaib Adaim', von ihm wurde dies zuerst
erfunden, im Anfang, für die Nachkommenschaft Adams. Vgl. mein
Wtb. s. v.

13*

im Schiff) Cuchulinn auf sich zukommen sahen, [sagten sie] „Es ist geziemend, wenn man um unseretwillen herkommt. Wir sind müde hier, durch Welle und Klippe."[1] „Einen Verwalter macht ihr aus mir!" sagte Cuchulinn. Er stürzt sich auf sie in das Boot und schlägt mit dem Schwert auf sie, bis er zu dem Sohn des Königs kam. „Gnade, o Cuchulinn! Wir erkannten dich nicht" sagte er. „Weisst du, was die drei Söhne des Doel Dermait aus ihrem Lande getrieben hat?" sagte Cuchulinn. „Ich weiss es nicht," sagte der junge Krieger, „aber ich habe einen Seezauber,[2] und der soll für dich gesetzt werden, und du sollst das Boot haben, und du wirst in Folge davon dich nicht in Unwissenheit befinden."[3] Cuchulinn gab ihm seinen kleinen Speer und ritzte ein Ogam hinein und sagte zu ihm „Mach dich auf, bis dass es an meinem Sitze in Emain Macha ist, dass du ankommst." Er nahm seine Sachen mit sich aus Land, bis man kam ihn zu holen.[4] (141.) Cuchulinn begiebt sich darauf in das Boot. Er setzt Segel auf und begab sich auf seine Fahrt. Einen Tag mit der Nacht war er auf der Fahrt und unter Segel. Er fährt da auf eine grosse Insel los. Die Insel war stattlich und sie war schön.[5] Ein silberner Wall um sie herum, und eine eherne Palisade auf ihr.[6]

---

[1] Ueber den idiomatischen Gebrauch von 'itir ... ocus' s. Gramm. Celt.[2] p. 656 nnd mein Wtb.

[2] So nach O'Curry, der Ms. Mat. p. 469 übersetzt: „but I have a sea-charm, and I will set it for you, and you shall not act in ignorance by it."

[3] Anstatt 'foicbea' wäre 'foigeba' zu erwarten, die 2. Sg. Fut. Act. von 'fo-gabim', fagbaim' ich finde, erlange, doch halte ich foicbea nicht bloss für schlechte Schreibweise.

[4] Wörtlich „bis gekommen wurde um seinetwillen". Ich halte 'ticht' für 3. Sg. Praet. Pass. von 'ticim', vgl. 'con richt les inna allslige Ml. 2ᵃ, 6, Z.[2] 478. Dieselbe passive Construction öfter in diesem Text, z. B. kurz zuvor 'ro dalad', 'dodechas'.

[5] Vgl. 'inis mor grata' Tog. Tr.[1] 1002.

[6] Zu 'furad' s. oben S. 9 (Tog. Tr.[2] 204), wo Stokes es mit „mound" übersetzt. In der Sage Aided Chonchobair übersetzt es O'Curry, Ms. Mat. p. 637, mit „shelf". O'R. hat 'fora', 'foradha' a seat, a bench. S. mein Wtb. unter 'forud'. Nach der einen in meinem Wtb. unter 'sonnach' aus LU. mitgetheilten Stelle 'sonnach iarnaide for cach mur' (eine eiserne

Häuser mit Dachstangen[1] von weisser Bronce in ihr. Cuchulinn begiebt sich auf die Insel und in die Stadt. Da sah er daselbst ein Haus mit seinen Pfeilern von weisser Bronce. Da sah er dreimal fünfzig Lager in dem Hause, ein Schachbrett und ein Brandub und ein Tympanon[2] über jedem Lager. Da sah er ein weissgraues Paar in dem Hause mit zwei purpurnen Mänteln um sie, dunkle Nadeln von dunkelrothem Golde[3] in ihren Mänteln. Da sah er drei junge Frauen in dem Hause, von gleichem Alter, von gleicher Gestalt, und eine Kante von Goldfaden mit einem Aufzug von weisser Bronce vor jeder Frau. (152.) Der König entbot ihm freundlichen Gruss: „Willkommen von uns dem Cuchulinn um Lugid's willen, willkommen von uns dem Loeg um seines Vaters und seiner Mutter willen!" Die Frauen sagten dasselbe zu ihnen. „Das ist uns lieb," sagte Cuchulinn, „bis heute haben wir solche Freundlichkeit nicht gefunden." „Du

---

Palisade auf jeder Mauer) könnte man vermuthen, dass hier unter 'furad' eine niedrige Mauer zu verstehen sei, auf welcher die Palisade angebracht war. Aber 'fuirri' (mit fem. Pron.) kann sich schwerlich auf 'sondach', sondern nur auf 'inis' beziehen.

[1] Nach der in meinem Wtb. aus der Sage Táin Bó Fraich citierten Stelle hätte man unter 'ochtach' gewisse aufrecht stehende Stangen oder Balken zu verstehen.

[2] O'Curry, Mann. and Cust. III 360, übersetzt „with a chessboard, a. draughtboard, and a Timpan hung up over each of them". Darnach würde 'brandub' ein von 'fidchell' verschiedenes Brettspiel bedeuten, dagegen übersetzt O'Donovan im Suppl. zu O'R. 'brandub' mit „chessmen". An der von O'Donovan daselbst citierten Stelle „Ogygia p. 311" steht „duas scacchias cum latrunculis suis maculis distinctis" zwei Schachbretter ('fidchell') mit ihren durch Flecken unterschiedenen Steinen. 'Fidchell' und 'brandub' gehören zusammen wie bei der Festversammlung eines Fürstensohnes Nahrung und kostbare Kleidung, Federn und Kissen, Bier und Fleisch, Pferde und Wagen ('biad 7 étach logmar, clúm 7 coilcthe, cuirm 7 cárna, brandub 7 fidchell, eich 7 carpait' Corm. p. 34 Orc tréith). Vgl. die Anmerk. hinter der Uebersetzung. — Nach O'Curry a. a. O. war das irische 'timpán' ein Saiteninstrument, was durch Salt. na Rann 6060 bestätigt wird.

[3] Die Doppelsetzung von 'dond' wie die von 'find' in 'delg find findárgit', eine weisse Nadel von weissem Silber, s. mein Wtb. unter 'intlasse'.

wirst [sie] heute finden," sagte der Held. „Weisst du," sagte
Cuchulinn, „was die Söhne des Dul Dermat aus ihrem Lande
getrieben hat?" „Ich werde [es] erfahren," sagte der Held,
„ihre Schwester und ihr Schwager sind auf der Insel dort südlich von uns." Drei Stücke Eisen vor dem Feuer, sie werden
in das Feuer geworfen, bis sie roth waren, und es erheben sich
die drei jungen Frauen, und eine jede von ihnen trägt ihr Stück
in das Fass.[1] Die drei, nämlich Cuchulinn und Lugid und Loeg,
gingen in das Fass, und sie werden gebadet, und es wurden
ihnen auch drei Hörner mit Meth gebracht, und es wurde
ein Bett unter ihre Seite gebracht und eine Decke über sie
und ein gestreiftes Plaid oben darüber. (164.) Wie sie da so
waren, da hörten sie Etwas: Waffenlärm und Hornbläser und
Gaukler. Da sahen sie fünfzig Krieger auf das Haus zu [kom-
men], und je zwei ein Schwein und einen Ochsen, und [jeder]
einen Becher mit Meth von Haselnuss.[2] Dann, als sie da
waren, da sahen sie die fünfzig Krieger draussen [vor dem
Hause]. Wiederum, als sie [da so] waren, da sahen sie die
fünfzig Krieger mit einem anderen Manne draussen, und eine
Ladung Brennholz auf dem Rücken eines jeden von ihnen,
mit Ausnahme nur des einen Mannes, der an ihrer Spitze war.
Ein purpurner fünffältiger[3] Mantel um denselben, eine Nadel von
Gold darin, ein glänzendweiser mit Kapuze versehener Leibrock
mit rother Stickerei um ihn. Ein [grosser] Speer und ein kleiner Speer bei ihm, und ein Schwert mit goldenem Griff in seiner
Hand. Er kam in das Haus vor seinen Leuten. Er heisst

---

[1] Auf dieser eigenthümlichen Art das Wasser zu erhitzen beruht,
was im Serglige Conculaind 36 (vgl. Fled Bricr. 54) erzählt wird: Fässer
mit kaltem Wasser werden für Cuchulinn herbeigeschafft, um seine Gluth
('bruth') zu dämpfen; das erste Fass, in das er geht, siedet über, u. s. w.
'Bruth' bezeichnet nicht nur „Gluth, Hitze", sondern auch einen glühen-
den, oder, wie an unserer Stelle, einen zum Glühendmachen bestimmten
Gegenstand.

[2] In welcher Weise 'coll' Haselnuss (der Strauch oder die Frucht)
beim Meth verwandt wurde, ist unbekannt. Wahrscheinlich handelt es
sich um eine aromatische Zuthat, vgl. Sullivan, Mann. and Cust. I
p. CCCLXXVII.   [3] Vergl. Zeile 91.

Cuchulinn willkommen: „Willkommen von uns dem Cuchulinn um Lugid's willen, willkommen von uns dem Loeg um seines Vaters und seiner Mutter willen!" (174.) Die fünfzig Helden der Tapferkeit geben dieselbe Begrüssung. Darauf wurden die Schweine und die Ochsen gebracht, so dass sie im Kessel waren, bis sie gekocht waren. Eine Mahlzeit für Hunderte[1] wurde für Cuchulinn, für die drei, gebracht, das Andere wird unter die Schaar ausserdem vertheilt. Es wurde ihnen Bier gebracht, bis sie trunken waren. Es kam ihnen Begierde. „Wie wird Cuchulinn schlafen?"[2] „Habe ich die Wahl?" sagte Cuchulinn. „Du hast sie," sagte der Held. „Dort sind die drei Töchter des Riangabar, nämlich Eithne und Etan und Etain. Dort sind ihre drei Brüder, nämlich Eochaid und Aed und Oengus. Dort ist ihre Mutter und ihr Vater, nämlich Riangabar und Finnabair, die Erzählerin ihres Vaters Riangabar."[3] (Die drei Brüder sind Loeg und Id und Sedlang.[4]) Da sagte Cuchulinn:

[1] Vgl. 'Ra doirtea airigthi bid 7 lenna dóib cu riacht praind cét de biud 7 de lind cach nonbair dib' (Vorräthe von Speise und Trank wurden ihnen gespendet, so dass eine Mahlzeit für Hunderte von Speise und von Trank auf je neun von ihnen kam), LL. p. 263ª, 43 (Mesca Ulad). An beiden Stellen steht 'cét', also der Gen. Pluralis.

[2] Wer diese Frage aufwirft, wird nicht gesagt. Im Ms. ist von 'Dobreth' bis 'or Cuchulaind' keine Interpunction.

[3] Ob hier Alles in Ordnung ist, ist die Frage. Nach dem Zusammenhang der Erzählung erwarten wir nur die Namen von weiblichen Wesen, aus denen Cuchulinn auswählen soll. Statt dessen folgt die Aufzählung der ganzen Familie. Im Ms. ist 'rian 7 gabar' geschrieben, als ob 'Rian' der Name der Mutter und 'Gabar' der des Vaters wäre, oder umgekehrt. Allein Riangabar ist nach den Worten 'a n-athar Riangabra' der Name des Vaters. Dann würde der Name der Mutter nicht genannt sein, wenn diese nicht Finnabair ist, nach meiner Uebersetzung zugleich die Erzählerin des Riangabar. O'R. hat 'risidhe' an historian, und führt dafür einen Vers an ('risidhe ainm do scéalaidhe'), vgl. 'riss .i. cach scél 7 faisnés' Corm. p. 39, ähnlich Amra Chol. Ch., ed. Crowe p. 24, Goid.² p. 159. Nach Analogie von 'ban-chainte', Satiristin, dürfte man freilich 'ban-riside' erwarten. Ebenso ist die feminine Genetivform 'Riangabra' auffallend, s. S. 214 die Bemerkung über 'gabar'.

[4] Dieses Sätzchen sieht wie eine Interpolation aus, denn weshalb sollte der Mann dem Cuchulinn diese Angabe machen, da doch Cuchu-

„Ich weiss nicht, mit wem Etan schlafen wird,
aber ich weiss, Etan die Weisse, nicht wird sie allein
schlafen.“

Das Weib schlief bei ihm, und er gab ihr am Morgen einen
Daumenring[1] von Gold, in dem eine halbe Unze Gold war.
Man ging mit ihm am andern Morgen, so dass er in der Ferne[2]
die Insel erblickte, auf welcher sich Condla Coel Corrbacc und
Achtland, die Tochter des Doel Dermait befand. Mit jeder Bewegung, die er dem Boote gab, ruderte er auf die Insel zu, so dass
es immer auf die Spitze der Insel gerichtet war.[3] (193.) Condla
Coel Corrbacc befand sich auf der Insel, und zwar sein Kopf
gegen einen Pfeiler, der im westlichen Theil der Insel war, und
seine Füsse gegen einen Pfeiler, der im östlichen Theil derselben war, und seine[4] Frau dabei, ihm den Kopf abzusuchen.[5]
Als er das Geräusch des Bootes gegen das Land hörte, setzt
er sich in die Höhe und bläst mit seinem Athem von sich, so
dass eine Welle[6] über das Meer ging. Sein Athem kehrte
wieder um. Darauf sprach der Held ihn an. Er sagte zu
ihm: „Wie gross auch der Zorn darüber bei dir ist, du Held
dort, wir fürchten dich nicht, nicht von dir ist prophezeit, dass

---

linn den Loeg selbst bei sich hat. Ein Schreiber wusste wahrscheinlich, dass in anderen Texten, z. B. im Fled Bricrend des Leb. na
h-Uidre Cap. 14, Sedlang, Id und Loeg, die Wagenlenker von Loegaire,
Conall Cernach und Cuchulinn, ‘mac Riangabra’ genannt werden. Ebenso
ist LL. p. 65ᵃ, 18 (Macguimrada Conculaind) Ibar, der Wagenlenker
Conchobar's, ein ‘mac Riangabra’.

[1] Die ältere Form für ‘ornuisc’ ist ‘ordnaisc’, s. mein Wtb.

[2] So nach meiner Conjectur, wörtlich „weit von sich“.

[3] Diese Stelle, die mich viel beschäftigt hat, glaube ich in der
obigen Weise richtig verstanden zu haben. Wir lernen hier die Wir-
kung des Seezaubers kennen, den C. von dem Sohn des Königs von
Alba erhalten hatte. Zu ‘band’ vgl. banu .i. gach cumhsgugadh’ (jede
Bewegung) O'Cl., ich habe es hier als instrumentalen Dativ genommen.
Der letzte Satz heisst wörtlich „so dass es gleichhoch mit der Spitze
der Insel war.

[4] Wahrscheinlich ist ‘a ben’ zu lesen.

[5] Zu aiscid vgl. ‘aisce’ to cleanse, ‘gan aisce coise na cinn’ without
cleansing of foot or head, O'Don. Suppl.

[6] Zu ‘muirchreich’ vgl. ‘muirbreach .i. tonn’ O'Cl.

diese Insel verwüstet werden wird.[1] Komm nur auf die Insel, es wird dir Willkommen werden!" (201.) Cuchulinn ging darauf auf die Insel. Die Frau gab ihm Willkommen und winkt mit ihren Augen.[2] „Weisst du, was die Söhne des Doel Dermait aus ihrem Lande getrieben hat?" „Ich weiss [es]," sagte die Frau, „und ich werde mit dir gehen, dass du sie triffst, und von dir ist ihre Heilung prophezeit." Die Frau erhob sich und geht in das Boot zu ihnen.

„Was für eine Fahrt von Thorheit[3] ist dies, o Weib,"

sagte er,

„die über das Meer erstrebt wird?

„denn nicht . . . . . .[4]

„schön fest in das Schiff zu schreiten."[5]

---

[1] O'R. hat unter 'cruth' auch die Bedeutung „destruction". Vgl. Salt. na Rann 6435 'fúair a dún ñ-donn iarna crod' (nach 1 Sam. 30, 1).

[2] Das Verbum 'tummud' bedeutet eigentlich eintauchen. Eine andere idiomatische Wendung findet sich Tog. Troi[1] 284: 'Amal athchonnairc fochetóir inuf Iasón, tummis rind ruisc a menman ind'. Sobald als sie Jason sah, tauchte sie die Spitze des Auges ihres Sinnes in ihn ein."

[3] In 'ciad' steckt ohne Zweifel das Fragepronomen 'cia'. Man könnte nun geneigt sein, das d zu dem folgenden rem zu ziehen: 'drem' könnte für 'dréimm' stehen, wie 'rem' gelegentlich für 'réimm' (s. rem n-aga, Scrgl. Concul. 30, 6), und 'dreim' hat O'Reilly in der Bedeutung „endeavour, attempt", während 'dremm' „Menge" hier nicht in den Zusammenhang passen würde. Von dem 'rem' des Textes hängt ab der Genetiv 'sempla'. Dieses Wort muss eine ähnliche Bedeutung wie 'báes' haben, beide Wörter stehen zusammen Ml. 44c, 12: in mactad i n-deutar cech semplac 7 cech báis', „der Kindheit, in welcher alle Art Unsinn und Thorheit gemacht wird" (Glosse zu: post actatis primae crepundia). Ich möchte aber die Lesung 'reim sempla' vorziehen, da ähnliche Verbindungen öfter vorkommen, z. B. das oben erwähnte réim n-ága, ferner 'réim séolta', „sailing course, career", Tog. Troi[1] 1342. Darnach habe ich oben vermuthungsweise übersetzt.

[4] Mit 'comrar glangesu' weiss ich Nichts anzufangen.

[5] Da 'fossad' öfter als Adjectiv zu 'céim' oder 'tochim' vorkommt, so werden auch hier diese beiden Wörter zusammengehören, denn 'cem' steht wohl sicher für 'céim', wie vorher 'rem' für 'réim'. Das vorausgehende 'cuana' kann aber weder zu 'cúan' Hafen gehören, da dessen

O Condla Cocl Corrbacc,

sein Sinn [steht] auf Befahren des Meeres,

es begehrt[1] mein wahres warmes Herz

sie zu heilen, die Söhne des Doel Dermait . . .“[2]

(213.) Darauf ging die Frau wieder in das Boot und winkt mit den Augen, und gab ihnen Kunde. „Siehe den weissen Wall dort,“ sagte sie, „dort ist Coirpre Cundail.“ „Der Bruder ihres Vaters,“ sagten sie.[3] Darauf sahen sie den weissen Wall, und trafen sie auf zwei Frauen, die dabei waren Binsen zu schneiden. Er spricht die Frauen an und fragt sie: „Was ist der Name des Landes, in das ich gekommen bin?“ sagte er.[4] Es erhob sich die eine Frau und sprach zu ihnen das Folgende[5]:

Genetiv 'cñain' lautet (Tog. Troi[1] Index), noch zu O'Clery's 'cúana . i . buidhne', da dies hier keinen Sinn giebt. Ich vermuthe daher, dass O'Reilly's 'cuanna' „neat, fine, elegant“ gemeint ist (vgl. 'o ró Adhaimh chuanna chain', „from time of Adam, virtuous, fair“, Keating (ed. 1811) p. 162, Atkinson, On Irish Metric, p. 20): 'co cuanafosad' würde dann als Adverb mit dem Infinitiv 'cem' zu verbinden sein.

[1] Zu 'toccair' vgl. O'Reilly's 'tograim' „I desire“, 'ro thógair Sgathán an chnumh do mharbhadh' Tor. Dhiarm. ed. O'Grady, p. 128.

[2] 'Dian-dermain' (des schnellen Vergessens?) ist wohl ein etymologisierendes Epitheton zu 'Dermait', vgl. dearmen . i . dermat O'Dav. p. 73 und p. 79.

[3] Im Ms. ist weder vor 'brathair' noch hinter 'ar siad' eine Interpunktion.

[4] Anstatt des von mir vermutheten 'ar se' könnte auch 'arsin (für iarsin') atracht', Darauf erhob sich, vermuthet werden.

[5] In diesem Gedichte will die Frau dem Cuchulinn Angst machen vor dem Lande, indem sie ausführt, wie es vertheidigt wird. Es werden unterschieden Könige im Innern des Landes und Fürsten am Gestade. Das sonst unbedeutende Gedicht scheint kunstvoll so angelegt zu sein, dass diese erst in zwei Versen nach einander gepriesen werden, dann in zwei Halbversen, zuletzt in zwei Viertelversen: der 1. Vers bezieht sich auf die Könige im Lande, der 2. Vers auf die Fürsten am Gestade, die erste Hälfte des 3. Verses auf die Könige im Lande, die zweite Hälfte auf die Fürsten am Gestade, das erste Viertel des 4. Verses auf die Könige im Lande, das zweite Viertel auf die Fürsten am Gestade. Die zweite Hälfte des 4. Verses scheint dann, wenn meine Auffassung richtig ist, eine Beleidigung Cuchulinn's zu enthalten, auf welche hin dieser,

„Das Land, in das du hierher gekommen:
mit einer Schaar zu ihren(?) Rossen auf der Ebene [1]
sind sieben Könige auf seinem Gebiet,
sieben Siege sind bei jedem von ihnen. [2]

Sieben Fürsten sind auf seinem Gestade,
und nicht ist es dies allein,
es sind da sieben Frauen eines jeden von ihnen,
ein König ist unter dem Fuss jeder Frau.

Sieben Truppe von Pferden, sieben Heere eines jeden,
sieben Siege bei ihnen auf seinem [3] Gebiet;
nach Recht der Schlachten — weisse Schaaren [4] —
sieben Schlachten vor ihnen auf dem Meere. [5]

Ausser der grossen Schlacht der Ebene [6]
sieben Schlachten eines jeden von ihnen, [7]
heraus kommt nicht, der ein Dieb ist, gehe nicht nach
der Erzählung, [8] besungen ist [9] das Land!“

---

der auch schon durch die kriegerische Schilderung gereizt sein kann,
die Frau tödtet.

[1] Vgl. Zeile 224.

[2] Sie pflegen stets zu siegen.

[3] Wie Zeile 220 auf 'tír' bezüglich.

[4] 'Formna gil' ist blosse Flickformel.

[5] Die Schlachten der sieben Fürsten am Gestade, während in der
ersten Hälfte des Verses die Siege der Könige im Lande gemeint sind.
Die irische Redensart ist, dass Schlachten „vor“ Jemandem gebrochen
werden, s. z. B. Hymn. 4, 4.

[6] Gemeint ist der Kampf mit den Königen im Lande, vgl. 'os blai'
Zeile 219.

[7] Gemeint sind die Kämpfe mit den Fürsten am Gestade.

[8] Ich habe 'na len don sceol' als Sätzchen für sich genommen,
'lenim' wird mit 'di' construirt, das hier in der Weise der späteren
Sprache durch 'do' ersetzt ist.

[9] In der alten Sprache müssten wir 'ro chét' als Praet. Pass. erwarten, 'ro canad' würde die in der modernen Sprache übliche Bildung sein.

(228.) Cuchulinn stürzte sich darauf auf sie und gab ihr mit
seiner Faust einen Schlag an den Kopf, dass das Gehirn ihr
zu den Ohren herausbrach. „Eine böse That, die du gethan
hast!" sagte die andere Frau, „aber es war von dir prophezeit,
dass du hier Böses thun würdest. Wehe, dass ich es nicht
war, die du anredetest!" „Dich rede ich jetzt an," sagte Cuchulinn. „Was ist der Name dieser Personen, die dort sind?"
„Nicht schwer: Dian Sohn des Lugid, Leo Sohn des Iachtan,
Eogan Findech (Weisspferd), Fiachna Fuath, Coirpre Cundail,
Cond Sidi, Senach Saldere.[1]

> „Sie suchen rothen Kampf[2]
> sie brechen blutiges Schlagen[3]
> mit Zwanzigen von Seitenwunden[4]
> mit Heerden von Helden[5]
> mit Mengen von Wettkämpfen."[6]

(237.) Darauf gingen sie nach der Stadt, und Loeg nahm
den Mantel der Frau auf seinen Rücken, bis sie nach dem Vor-

---

[1] Das sind wahrscheinlich die sieben Könige oder die sieben Fürsten, die in dem vorhergehenden Gedichte erwähnt werden. Genaue
Uebereinstimmung der eingelegten Gedichte mit der Prosaerzählung darf
man übrigens nicht immer erwarten, wie man auch an dem Gedichte
Zeile 278 fg. beobachten kann.

[2] Vgl. 'saigthech do c[h]ath' Sergl. Concul. 18 (Ir. T. p. 211).

[3] Ich habe 'ruinit' als 3. Pl. Praes. von 'roenaim' genommen, vgl.
'cluin' Zeile 282. Gen. von 'clóen'. Dann vermuthe ich, dass es 'fland-
ruba' heissen muss, denn O'Clery's 'drubh .i. carbad (Wagen)' passt hier
nicht. Die Wörter 'fland' (roth, Blut) und 'ruba' (Verwundten, Tödten)
sind in meinem Wtb. belegt, vgl. O'Clery's 'rubha .i. guin'. H. 4, 4
hat 'ro roena' das Object 'catha' (richtiger 'cathu').

[4] Zu 'fiche' in der Bedeutung einer grossen Zahl vgl. 'fichtib glond'
und 'fichtib drong' in meinem Wtb. Zu 'toebtholl' vgl. di ráiniud 7
d'imrubad a chéile, comtar tretholla táib trenfer din tres sain', sich einander zu besiegen und zu schlagen, so dass die Seiten starker Männer
durchbohrt wurden in Folge dieser Schlacht, Tog. Troi[1] 1714. Vgl. auch
créchtach a thóeb' Sergl. Concul. 18, FB. 24.

[5] Vgl. 'almaib tor' in meinem Wtb.

[6] Vgl. 'líu comram' FB. 89.

platz[1] kamen. Die Frau geht von ihnen in die Burg und verkündet dort, was ihnen angethan worden ist. „Nicht schlimm das," sagte Cairpre Cundail, „das ist, was sie den Leuten eines Narren anthun würden." Er stürmt hinaus. Cuchulinn greift ihn an und sie waren im Kampf vom Morgen bis zum Ende des Tages, und keiner von ihnen gab, was ein Vortheil über den andern ist.[2] Ihre Schwerter siegten wechselseitig und ihre Schilde zerbrachen wechselseitig.[3] „Das ist wahr,"[4] sagte Cuchulinn. Damit nimmt Cuchulinn den Gae bolge. „Gnade, o Cuchulinn!" sagte Cairbre Cundail, und wirft seine Waffen von sich und nimmt ihn zwischen seine zwei Hände und trägt ihn in die Burg und macht ihm ein Bad, und die Tochter des Königs schläft diese Nacht bei ihm. Er fragte ihn darauf: „Was hat die Söhne des Doel Dermait aus ihrem Lande getrieben?" Cairbre erzählt ihm Alles von Anfang bis

---

[1] Vgl. 'issind aurlaind in dúine', „in the lawn of the dun", Táin Bó Fraich, ed. Crowe, p. 138.

[2] Der Sinn dieser wörtlichen Uebersetzung ist, dass keiner einen Vortheil über den andern erlangte. Das hier gebrauchte 'furail' ist das altir. 'foróil', 'furóil' abundantia. Vgl. 'furail' .i. imurcra (Ueberfluss, Ueberschuss, s. 'immforcraid' und 'forcraid' in meinem Wtb.) O'Dav. p. 94. Die daselbst citierte Stelle findet sich im Betha Phatraic, Three Middle-Irish Hom. ed. Stokes p. 32: '7 ni biad furail nách cóicid forru céin no betís do réir Patraic', „and that no province would prevail against them so long as they should obey Patrick". O'Reilly hat 'urail' „over much", s. auch 'erail' in meinem Wtb., als ob es eine Zusammensetzung mit der Präposition 'ar' wäre. Die Präpositionen 'for' und 'ar' werden in der spätern Sprache nicht mehr streng geschieden, und so ist 'foróil', 'furail' in 'urail', 'erail' äusserlich mit 'cráil' 'iráil', 'uráil' Auftragen, Befehlen, zusammen gefallen.

[3] Ich habe in obiger Stelle nicht das Compositum 'immchlóud' invertere (s. Zeile 289) angenommen, sondern das einfache 'cloud' besiegen mit dem reciproken 'imma' in der unpersönlichen Construction, über welche ich Wtb. S. 515, Col. 1 gehandelt habe. Das Subject steht dabei im Dativ. Dieselbe Construction dann in dem Gedicht, Zeile 286. Vgl. 'ri tulguba na sciath ic scoltud 7 ri glondbeimnig na claideb icá clód' Tog. Troi[1] 662.

[4] Es fällt ihm ein, wie man aus dem Folgenden sieht, dass er den Gae bolge nehmen muss. Ueber diese Waffe s. Zeile 259.

zum Ende der Geschichte. (250.) Am andern Morgen wird darauf dem Cairbre Cundail von Eocho Glas Kampf angesagt. Sie
gehen nach dem Thale dem starken Manne entgegen. „Jemand
in das Thal [gekommen]," sagte er, „ihr elenden Fianns?"[1] „Es
ist Jemand da,"[2] sagte Cuchulinn. „Das ist keine angenehme
Stimme," sagte er, „die Stimme des Verzerrten[3] aus Irland!"
Sie greifen sich gegenseitig in dem Thale an. Cuchulinn springt,
dass er auf dem Rande des Schildes war. Jener bliess [ihn]
von sich mit seinem Athem, so dass er im Meer war. Cuchulinn springt wieder, dass er auf der Wölbung[4] des Schildes
war. Jener bliess [ihn] wieder in das Meer. Er springt, dass
er auf seinem Leibe war. Jener bliess [ihn] darauf, dass
er ins Meer fiel. „Wehe!" sagte Cuchulinn. Dabei warf er
den Gae bulgae in die Höhe, so dass er jenem von oben
auf den Panzerhelm auf dem Kopfe fiel, und durch ihn hindurch in die Erde fuhr. Er drehte sich darauf um sich herum
und stürzte nieder. (262.) Cuchulinn kam und zieht ihm den
Panzer über den Kopf und haut ihn mit dem Schwert.[5] Von
Osten und von Westen springen die Side in das Thal, denen er
Schimpf angethan hatte, so dass sie sich in jenes Blut badeten.
Darauf waren alle heil von dem Schimpfe. Die Söhne des Doel
Dermait gehen dann nach ihrem Lande. Cuchulinn geht mit
Cairpre nach dessen Stadt. Er schläft dort die Nacht und
ging am Morgen fort und nahm grosse wunderbare Geschenke

---

[1] Zeile 66 ist der mit 'Nech' anhebende Satz ein Ausruf, hier ist
er wohl eine kurze Frage. Die Form 'fiandu' ist mir auffällig, da sie
weder von 'fian' m., noch von 'fianu' f. abgeleitet werden kann.

[2] 'Atathar' ist die 3. Sg. Pass. von 'atá', s. Stokes, Corm. Gl. Transl.
p. 112 not. c.

[3] Die Verzerrungen, die über Cuchulinn kamen, wenn er in Wuth
gerieth, werden LU. Facs. p. 79b, 22 fg. (T. Bó Cúalnge) geschildert.

[4] Eigentlich bedeutet 'lann' soviel als „lamina", s. mein Wtb.
Vgl. Conid and atá otharlige a chind 7 a láime dói, 7 lán lainne a
scéith di úir', „there is the Sickbed (das Grab?) of his head and his
right hand, and the full of the cover of his shield of mould", Rev.
Celt. III p. 182 (Cuchulainn's Death).

[5] Dieselbe Redensart Zeile 133.

von Cairbre mit. Er geht darauf nach der Insel, auf der
Condla war und seine Frau, und erzählt ihnen seine Geschichten. Darauf geht er fort nordwärts, bis er die Insel erreichte,
auf der Riangabar war, und schläft dort bei dessen Frau und
erzählt dabei seine Geschichten. Und am Morgen geht er fort,
bis er das Land der Ulter erreichte. Er geht nach Emain
Macha. Sein Theil Bier und Essen war für ihn geblieben. Er
erzählt ihnen darauf seine Geschichten und seine Fahrten, dem
Conchobar und den Helden der Männer von Ulster im Croebruad.
(274.) Darauf begab er sich nach Rath Cruachan zu Ailill
und zu Medb und Fergus, und erzählt ihnen seine Geschichten.
Darauf wird Eocho Rond zu ihm gerufen, und er sang ein Lied:

„Finnchoem die Tochter des Eocho Rond,
sie ist es, die mir Irrfahrt[1] auferlegte:
nach dem Kampfe mit Eochaid Glass
— ich bin reuig — die Hochzeit!

Neun . . . .,[2] neun Schmiede
ohne Schuld, nur die Schuld sie zu treffen,
neun Kaufleute[3] — traurige Unstetigkeit —
ich tödtete sie im Zorn!

Ich erreichte den Hafen[4] von Doel's Land,
ich erreichte den Sitz des bösen Cairpre,
bei meinem Zusammenstoss[5] — eine sehr grüne,[6]

                                starke Woge —
setzte ich[7] schön mein scharfes Schwert.

---

[1] Zu ʻfordul' vgl. ʻfordal .i. do éol .i. seachrán (Umherirren)' O'Cl.

[2] Oben Zeile 115 heisst es allgemein ʻaes cerd', ʻgruadaire' ist vielleicht O'Reilly's ʻgrúdaire' „a brewer".

[3] Gemeint sind die Leute des Königs von Alba, s. Zeile 128 fg.

[4] Vgl. ʻairer .i. cuan (Hafen)' O'Cl., und Tog Troi¹ Index.

[5] Zu ergänzen „mit Cairpre".

[6] In ʻtre-glas' scheint das ʻtre-' nur den Sinn unseres „sehr" zu
haben. Dasselbe Wort LL. 96ᵃ, 11 ʻco n-derna tromchiaich treglaiss de
innélaib 7 i n-aéraib'. Die Uebersetzung der ganzen Zeile ist unsicher.

[7] Zu ʻformlus' vgl. ʻfuirmeal .i. cur' O'Cl., wenn hier nicht ein
Fehler für ʻfuirmead' vorliegt. Auch ehe ich die Glosse bemerkte, hatte
ich an ʻformlus' (s. ʻfuirmim' in meinem Wtb.) für ʻformlus' gedacht.

Zusammenstoss zu tödtlichem[1] Streit
von Cairbre[2] über dem länderreichen[3] Meer:
wechselseitig siegten unsere Schwerter,
wechselseitig barsten unsere Schilde.

Zusammenkommen mit Cairpre dem Ehrbaren,
. . . . . .[4]
es war Frieden, es war Schlaf — ein Stück,[5] das nicht
                                        gross war —,
bis wir zu Eochaid Glass kamen.[6]

Mein rothes Schwert, das hundert schlug,[7]
hat mich verwandelt, obwohl es eine Thorheit[8] war:
zu Glanz kam mein Körper,
der mich in Betrübniss umhergetragen hatte.

---

[1] Vgl. 'gleo fuleach fercach nithach neimnech', „a bloody, angry, deadly, venomous fight", Tog. Troi[1] 2224.

[2] Zu ergänzen „mit mir". Der Genetiv 'Cairbri' hängt ab von comroce', vgl. 'comrac oenfir' und 'comrac fri óenfer' in meinem Wtb. unter 'comrac'.

[3] Vielleicht befremdet das Epitheton 'iathach', das doch hier nur von 'iath .i. fearann' (O'Cl., vgl. Amr. Chol. Ch. ed. Stokes, Goid.[2] p. 159, = LU. 7b, 35 und 38) herkommen kann. LL. 12b, 3 v. u. steht 'iascach muir', fischreich das Meer, aber 'iathach' ist an unserer Stelle des Reimes wegen gewählt.

[4] Die Form 'lumain' ist durch den Reim mit 'Cundail' gesichert. In Betracht könnten kommen die Wörter 'lomain .i. sgiath (Schild)', und 'lomain .i. brat (Mantel)' bei O'Clery. Zu ersterem vgl. 'Lumman aium do cach scíath, .i. leoman, ar ni bíd scíath cen deilb leomain and' LL. 193b, 1. Zu letzterem vgl. 'Lommand .i. lomm fand' Corm. p. 27.

[5] Dss Wort 'slicht' kommt oft in Versformeln vor, s. den Index zum Salt. na Rann, und die S. 188, Anm. 1, citierte Stelle.

[6] Vgl. Zeile 245 fg.

[7] Vgl. 'Laimt[h]ech a des tindben cet', Kühn seine Hand, die hundert schlägt, Sergl. Concul. 31, 1.

[8] O'Clery's 'béd .i. gniomh' ist dahin zu ergänzen, dass 'béd' immer eine unverständige oder unrechte That bezeichnet. Die obige Versformel 'ciar bo béd' passt insofern, als Cuchulinn seinem Thun in diesem Gedicht keineswegs erfreut gegenübersteht.

Obwohl ich dir mittheilen werde, was ich sicher weiss, [1]
nach dem Gespräch mit den Söhnen des Doel Dermait,
nachdem ich den bösen Cairpre geschont,
war ich selbst [doch] reuig in Bezug auf Findchaem." [2]

Darauf nun schlossen er und Eocho Rond Frieden, und
Findchoem bleibt bei Cuchulinn. Er ging dann mit grossem
Triumph nach Emain Macha. Davon hat diese Geschichte [den
Namen] „Fest des Bicriu". Ein anderer Name für sie ist auch
„Die Verbannung der Söhne des Doel Dermait".

Ende.

[1] Wörtlich: was bei mir gewiss ist. Der durch 'as' eingeleitete
Relativsatz geht hier voraus, was in einem solchen künstlichen Gedichte
möglich ist.

[2] Durch diese letzte Strophe sucht Cuchulinn den Eocho zu gewinnen: er kann die Bedingung erfüllen, unter der er wieder Ruhe finden soll (vgl. Zeile 105), und gesteht dem Eocho zu, dass er die Ent-
führung der Findchoem bereut, wie schon in der 1. Strophe. In der
Prosaerzählung steht Nichts von einem Gespräch Cuchulinn's mit den
Söhnen des Doel Dermait, sondern erfährt Cuchulinn die ganze Geschichte
von Cairpre, s. Zeile 249.

14

Anhang.

1. Der von Conchobar eingeführte Brauch der Bewirthung wird auch im Buch von Leinster erwähnt, woselbst sich Facs. p. 106 ein Abschnitt über Conchobar, seine Geburt, seine Herrlichkeit und seine Helden findet (beginnt: 'Ro po fer amra airegda inti Conchobar mac Nessa', Ness war der Name seiner Mutter, s. die Sage Coimpert Conchobuir, ed. K. Meyer, Rev. Celt VI No. 2). Daselbst heisst es p. 106^b, 12 fg.: 'Cech fer do Ultaib dobered aidchi n-oegidechta, fess dó lia mnái side inn aidchi sin. Cóiciur ar trib fichtib ar ccc ina thegluch Conchobuir .i. allín laa bís issin bliadain issé lín fer no bid hi tegluch Conchobuir. Commaid immorro no bid eturru, .i. fer cech n-aidchi dia m-biathad. Is and immorro ticed in fer toesech in biatta inn aidchi sin hi cind bliadna doridisi. Nir bo bec immorro in biathad .i. mucc 7 ag 7 dabach do cach fir. No bítis fir istaig immorro nach ferad sain .i. Fergus mac Roig amal adfiadar. Masu fír ba huáis a méit .i. in t-sechta Fergusa, ni bu comthig la nech n-aile, .i. Secht traiged eter a ó 7 a boolo et secht n-artim eter a da šúil et secht n-artim na sróin et secht n-artim inna bélaib. Lán coid méich fliuchad a chind co a foleud. Secht n-artim na luirg. Bolg meich ina thistu. Secht mna dia ergaire mani thairsed Flidais. Secht mucca 7 secht n-dabcha 7 secht n-aige do chathim dó, 7 nert DCC and. Ba becen do-sum dino sechtmain do biathad in teglaich sech cach. Conchobar immorro fessin no gaibed in samuin dóib fodagin terchomraic in t-šluaíg moír. Ba becen in t-sochaide mór do airichill, fobith cech fer do Ultaib na tairchebad aidchi samna dochum n-Emna no gatta ciall de 7 focherte a fert 7 a lecht 7 a lie arnabarach. Airichill mór dino for Conchobar, no noisigthe leis na tri lae ria samain, 7 na tri laa iar samain fri tomailt i tig Conchobuir'. — Jeder Mann der Ulter, der die Nacht der Bewirthung gab, bei dessen Frau schlief er (Conchobar) diese Nacht. Dreihundert fünf und sechzig Mann in Conchobar's Haushalt, d. i. die Zahl der Tage, die im Jahre ist, sie ist die Zahl der Männer, die in Conchobar's Haushalt war. Eine Genossenschaft aber bestand zwischen ihnen, nämlich dass jede Nacht einer sie (die andern) speiste. Dabei kam aber der Mann, der den Anfang der Speisung machte, dieselbe Nacht nach Verlauf eines Jahres wieder daran. Die Speisung war aber nicht gering, nämlich ein Schwein, ein Ochse und ein Fass für jeden Mann. Es waren aber Männer im Hause, [denen] das nicht gegeben wurde (?), nämlich Fergus mac Roig, wie berichtet wird. Wenn es wahr ist, so war dessen Grösse ausserordentlich,

d. i. die Siebenzahl des Fergus, er war nicht gleichdick mit irgend
einem Andern, nämlich: Sieben Fuss zwischen seinem Ohr und seinem
Munde, und sieben Fäuste zwischen seinen zwei Augen, und sieben
Fäuste seine Nase (wörtlich: in seiner Nase), und sieben Fäuste sein
Mund. Ein Gefäss (von der Grösse) eines Scheffels voll das Benetzen
seines Kopfes ihn zu waschen (?). Sieben Fäuste *. . Ein Scheffel-
sack . *. Sieben Frauen ihn zu hüten, wenn Flidais nicht kam. Sieben
Schweine und sieben Fässer und sieben Ochsen als seine Speise, und die
Kraft von 700 darin. Er musste daher den Haushalt eine Woche extra
speisen. Was aber Conchobar selbst anlangt, so übernahm er das Samuin-
fest für sie wegen des Zusammenströmens der grossen Menge. Es war
nothwendig für eine grosse Menge vorzusorgen, denn jeder Mann von
Ulster, der die Nacht des Samuin nicht nach Emain kam, der verlor
die Besinnung, und am Morgen darauf wurde seine Grube und sein Grab
und sein Stein gesetzt. Grosse Vorbereitung [lag] daher dem Conchobar
ob, die er gewohnt war die drei Tage vor dem Samuin, und die drei
Tage nach dem Samuin [waren] zum Genuss in dem Hause Conchobar's.‟

6. Genauer übersetzt ist 'adai na fleidi' das zum Feste Gehörige.

24. Im Ms. 'cen noin' mit untergesetztem 'din', dann '7 Ulach
impe': das 7 ist zu streichen, oder es ist dahinter ein Wort ausgefallen.
Ich habe für meine Uebersetzung nur O'Clery's Glosse 'naindean na naoin-
dean . i . gaisgeadh'. Stokes sieht diese Glosse mit Misstrauen an, und
erblickt an unserer Stelle eine Anspielung auf die Sage 'Noinden Ulad',
in welcher 'noinden' der Name einer in Folge eines Fluches eintreten-
den neuntägigen Schwäche ist.

30. Genauer als die angeführten Stellen entspricht LL. 64ª, 13
(worauf mich K. Meyer aufmerksam macht): 'Atragatar inn oenfecht uli
Ulaid ollbladacha, ciar bo oebela oslaicthi dorus na cathrach dochuaid
cách na irchomair dar sond abdaine (?) in dunaid immach', Alle hochbe-
rühmten Ulter erheben sich auf einmal: obwohl das Thor des Gehöftes
sperrangelweit offen war, ging doch jeder gerade gegenüber über die
Mauer . . . der Befestigung hinaus.

31. Ueber die hier folgenden geographischen Angaben ins Reine
zu kommen, gelingt mir nur theilweise. Wir haben es hier mit einer
weitausgreifenden Tour zu thun, wie solche in den irischen Sagen öfter
vorkommen. Die Flüsse Dub und Drobais werden mehrfach erwähnt,
da sie in den alten Grenzbestimmungen der Provinz Ulster eine Rolle
spielten. So LL. 262ᵇ, 34 (Mesca Ulad), wo der Wohlstand der Provinz
Ulster unter Conchobar beschrieben wird: conna rabi aithles fás falam
otá Rind Semni 7 Latharnai co Cnocc Uachtair Forcha, 7 co Duib 7 co
Drobais' (so dass kein Hof öde und leer war von Rind Semne und La-
tharna bis Cnocc Uachtair Forcha, und bis Dub und bis Drobais). La-
tharna ist das heutige Larne an der Nordküste in Antrim, und Rinn

Seimne finde ich auf der Karte, welche den Notes on Irish Architecture des Earl of Dunraven beigegeben ist, neben der Halbinsel Inis Magee, welche den Larne Lough (Black's Picturesque Tourist of Ireland, 16th ed., p. 394) bildet. Semhue oder Magh Semhne wird auch im Leabhar na g-Ceart (ed. O'Donovan, s. den Index) als Gebiet von Ulster, in Dal Araidhe, bezeichnet. Ueber Cnocc Uachtair Forcha habe ich Nichts gefunden. Der Dub, jetzt Duff, ist ein kleiner Fluss auf der Westseite Irlands, auf der Grenze zwischen Sligo und Leitrim. Nördlich vom Dub fliesst der Drobais, jetzt Drowes oder Drowis, der von Loch Melvin herkommt, vgl. Todd, Cog. Gaedh. re Gall. p. CLVII. In ähnlicher Weise wird Conchobar's Provinz bestimmt Cath Muighe Rath, ed. O'Donovan, p. 220: 'O Indber cháid caem Colptha co Drobáis, co Dubrothair'. Indber Colptha ist die Mündung des Flusses Boind, jetzt Boyne, auf der Ostseite; Dubrothair betrachtet O'Donovan als identisch mit Dub. Aehnlich bei Keating (ed. [Halliday], Dublin 1811), p. 132: 'Coigeadh Uladh ó Dhrobhaois go hInnbhear Colpa'. — Die Zusammenstellung der Flüsse Dub und Drobais spricht dafür, dass auch an unserer Stelle dieselben gemeint sind. Cuchulinn tritt hier auf das Gebiet von Connacht über, denn der Fluss Drobais wird bei Keating zur Grenzbestimmung verwendet, a. a. O. p. 130: 'Coigheadh Chonnacht o Luimneach go Drobhaois'. Nur ist es sonderbar, dass sich Cuchulinn vom Craebruad in Emain aus so weit nach dem Westen hinüber begiebt, um auf das Gebiet von Connacht, das hier mit dem alten Namen Olnecmacht bezeichnet ist, zu kommen, aber vielleicht war dies ein üblicher Weg. Cuchulinn geht bis zum Dublind im Lande der Ciarraige. Die Ciarraige darf man für unsere Sage nicht da suchen, wo jetzt die Landschaft dieses Namens ist, im Südwesten von Irland, in Munster. Nach O'Donovan, Leabhar na g-Ceart p. 100, waren die Ciarraige zur Zeit des achten christlichen Königs von Connacht, Namens Aed, Sohn des Eochaid Tirmcharna, nach Connacht gekommen, wo sie Theile der Landschaften Mayo und Roscommon bewohnten. Dieses Gebiet der Ciarraige ist in unserer Sage gemeint. Aber den Fluss oder das Wasser Dublinn in diesem Gebiete mit seiner Furt Ath Ferthain weiss ich nicht zu bestimmen, es muss ein Fluss sein, der in der Hauptsache von Osten nach Westen fliesst. Ebenso ist mir Corra for Achud nicht bekannt. Eine weitere Bestimmung liegt darin, dass Cuchulinn in das Gebiet der Ui Mane kommt: dasselbe lag zum Theil in Roscommon, zum Theil in Galway. Vgl. O'Donovan, Leabh. na g-Ceart, p. 106; O'Curry, Mann. and Cust. II p. 336 u. ö. Von Ath Ferthain, nördlich von Corra for Achud, wendet sich Cuchulinn nordwärts nach Fidmanach, und gelangt von da über Ath Moga nach Mag Ái, das ist die grosse Ebene von Connacht, jetzt Machaire Chonnacht, in der Rath Cruachan gelegen war.

33. Das 'ar' vor 'suidhiu' ist unter der Linie nachgetragen.

36. Cuchulinn hat zwar seinen Wagenlenker bei sich, aber sie scheinen nicht zu Wagen zu sein, wie sonst in der Sage, und wie alte keltische Sitte war, vgl. Diod. Sic. V 29: Ἐν δὲ ταῖς ὁδοιπορίαις καὶ ταῖς μάχαις χρῶνται σννωρίσιν, ἔχοντος τοῦ ἅρματος ἡνίοχον καὶ παραβάτην. Auch Eocho Rond ist nicht zu Wagen, sondern reitet.

38. An Stelle von 'buaid cach cluchi in cach cluchenmaig', Tog. Tr.[1] 1020, findet sich in der in diesem Buche veröffentlichten Version von H. 2. 17 'buaidh 7 choscur cecha cluichthi i n-óenach na Greci', s. oben S. 17, Z. 477. Auch dies scheint mir dagegen zu sprechen, dass in 'cluchenmag' das Compositum mit 'mag' enthalten ist, abgesehen von der sonderbaren Form 'cluchen'. Mir ist jetzt wahrscheinlich, dass 'cluchemnach' als die Versammlung der cluchem, Pl. Nom. cluchemain, zu fassen ist. Das Compositum 'cluche-mag' liegt vor FB. 91 u. LU. 122ᵃ, 12.

47. Der Vorgang ist aus kurzen Andeutungen zu errathen. Findchoem ruft zum zweiten Mal 'Anmain inn anmain'. Wahrscheinlich richtet sie den Ruf dies Mal an Cuchulinn, der sich angeschickt haben mag, die Männer anzugreifen. Auf diesen Ruf hin hält Cuchulinn ein ('arsisedar'), und anstatt sie zu tödten nimmt er die Männer in seinen Schutz, d. h. thut er ihnen Nichts zu Leide. In ähnlicher Weise ist 'angim' gebraucht LU. 20ᵃ, 36 (Mesca Ulad): 'Orgit Ulaid iarsin a n-dún n-uli 7 aingit Ailill 7 a secht maccu, ar nad bátár hi cath friu', die Ulter verwüsten darauf die ganze Stadt, und sie schützen (= schonen) Ailill und seine sieben Söhne, denn sie waren nicht in Kampf mit ihnen.

48. Dies ist eines der Kunststücke Cuchulinn's (s. mein Wtb. unter 'cless'), dass FB. 87 deutlicher bezeichnet ist: 'Focheird Cuculainn cor n-íach n-eirred de', Cuchulinn schnellte sich den Lachssprung eines Helden.

58. Zu den in diesem Abschnitt uns entgegentretenden Sitten (Kopfabschneiden, Pään u. s. w.) stimmt zum Theil, was Diodor V 29 berichtet: Τῶν δὲ πεσόντων πολεμίων τὰς κεφαλὰς ἀφαιροῦντες περιάπτουσι τοῖς αὐχέσι τῶν ἵππων· τὰ δὲ σκῦλα τοῖς θεράπουσι παραδόντες ᾑμαγμένα, λαφραγωγοῦσιν ἐπιπαιανίζοντες καὶ ᾄδοντες ὕμνον ἐπινίκιον, καὶ τὰ ἀκροθίνια ταῦτα ταῖς οἰκίαις προσηλοῦσιν ὥσπερ ἐν κυνηγίαις τισὶ κεχειρωμένοι θηρία. Τῶν δὲ ἐπιφανεστάτων πολεμίων κεδρώσαντες τὰς κεφαλὰς ἐπιμελῶς τηροῦσιν ἐν λάρνακι, καὶ τοῖς ξένοις ἐπιδεικνύουσι σεμνυνόμενοι διότι τῆσδε τῆς κεφαλῆς τῶν προγόνων τις ἢ πατὴρ ἢ καὶ αὐτὸς πολλὰ χρήματα διδόμενα οὐκ ἔλαβε. Im 'Scél mucci Mic Dáthó', Cap. 16, hat Conall den Kopf eines Feindes bei sich. Noch barbarischer ist die in der Sage 'Aided Chonchobair' erwähnte Sitte, das Gehirn der getödteten Feinde mit Kalk ('ael') zu mischen und daraus Schleuderkugeln zu machen, O'Curry, Ms. Mat. p. 637 fg.

63. 'Mod-genair' ist nach Stokes schlechte Schreibweise für 'madgenair', s. 'mad' in meinem Wtb.

64. Das 'as' von 'asa timchell' ist blass darüber geschrieben.

82. Das letzte i nach K. Meyer erst von späterer Hand hinter die Abkürzung . i . gesetzt.

91. Der Mantel ('brat') der Iren entspricht offenbar dem σάγος (lat. sagum und sagus) der gallischen Tracht. Vgl. Diod. Sic. V 30: Ἐσθῆσι δὲ χρῶνται καταπληκτικαῖς, χιτῶσι μὲν βαπτοῖς χρώμασι παντοδαποῖς διηνθισμένοις καὶ ἀναξυρίσιν, ἃς ἐκεῖνοι βράκας προσαγορεύουσιν· ἐπιπορποῦνται δὲ σάγος ῥαβδωτοὺς ἐν μὲν τοῖς χειμῶσι δασεῖς, κατὰ δὲ τὸ θέρος ψιλούς, πλινθίοις πολυανθέσι καὶ πυκνοῖς διειλημμένους. Diese Beschreibung des σάγος erinnert an die Plaids der Hochschotten. Strabo IV Cap. 4 beschreibt die keltische Tracht ähnlich: Σαγηφοροῦσι δὲ καὶ κομοτροφοῦσι, καὶ ἀναξυρίσι χρῶνται περιτεταμέναις· ἀντὶ δὲ χιτώνων, σχιστοὺς χειριδωτοὺς φέρουσι μέχρι αἰδοίων καὶ γλουτῶν. ἡ δ' ἐρέα, τραχεῖα μὲν ἀκρόμαλλος δέ· ἀφ' ἧς τοὺς δασεῖς σάγους ἐξυφαίνουσιν, οὓς λαίνας καλοῦσιν. Das hier als gleichbedeutend mit σάγος gebrauchte Wort λαῖνα, lat. laena, ist das ir. 'lenn', das im Irischen mit 'brat' wechselnd gebraucht wird (s. mein Wtb. s. v.) und nicht mit 'léne' zusammengestellt werden darf. Das Wb. 30ᵈ als Glosse zu lacerna auftretende altir. 'sái' habe ich noch nie in einem irischen Sagentexte wiedergefunden: wenn es dem in sagum und σάγος enthaltenen gallischen Worte entspricht, kann es kein echtirisches Wort sein (s. Zeuss, Gr. Celt.² p. 63), wird es vielmehr aus der spätlateinischen Form saia entstanden sein, vgl. Diefenbach, Origines S. 414, Diez Wtb. I³ S. 363, wo man sieht, dass dieses Wort auch in alle romanischen Sprachen, in das Germanische und in das Cymrische eingedrungen ist. — Der 'brat' wird an unserer Stelle 'cethardiabail' genannt, dies entspricht dem quadratum oder quadruplex bei Isid. Hisp. Orig. XIX 24 (ed. Lindem.): Sagum autem Gallicum nomen est; dictum autem sagum quadrum, eo quod apud eos primum quadratum vel quadruplex esset.

92. Es sei noch auf die von O'Curry, Mann. and Cust. III p. 158 citierte Stelle aufmerksam gemacht: „Sceith co fethluib conndualae 7 co n-imlib findruini roailtnigib (g für d) for a muinib', Schilde mit erhabenen Emblemen und mit sehr scharfen Rändern von weisser Bronce auf ihren Rücken. Vgl. LU. 79ᵇ, 10. Ueber die Embleme auf den Schilden der Gallier s. Diod. Sic. V 30: Ὅπλοις δὲ χρῶνται θυρεοῖς μὲν ἀνδρομήκεσι, πεποικιλμένοις ἰδιοτρόπως· τινὲς δὲ καὶ ζῴων χαλκῶν ἐξοχὰς ἔχουσιν, οὐ μόνον πρὸς κόσμον, ἀλλὰ καὶ πρὸς ἀσφάλειαν εὖ δεδημιουργημένας.

96. In Bezug auf das Geschlecht von 'gabar' theilt mir S. H. O'Grady einen Vers mit, aus dem hervorgeht, dass es Femininum ist, auch wenn es generell das Pferd bedeutet:

Is í an ghabbar gidh é an t-each,
is í an chaora madh meidhleach,
is í an chorr madh ciobhradh cionn,
is é an meannán madh boinionn.

Gabar' ist „sie", obwohl 'each' „er" ist; 'caora' (Schaf) ist „sie", wenn es [auch] blökend ist; 'corr' (Kranich) ist „sie", wenn [auch] der Kopf einen Kamm hat; 'meannán' (kid) ist „er", wenn es [auch] weiblich ist.

145. Das Ms. hat cononochtachaib.

147. Im Leabhar Breac, p. 187b des Facs., findet sich die Beschreibung eines 'fidchell' genannten Spieles, aus der man freilich über die Art und Weise des Spielens nicht klug wird. Ich theile das Stück in Text und Uebersetzung mit.

Don t-samain beos.

Feria omnium sanctorum. Is e *fath* ara n-abar feria omnium sanctorum frisin samain. Pantcón . i . domus omnium hídgulorum (sic!) fuit in Romai. Co tarla Bonifatius comorba Petair in araile ló fair co n-epert frisin imp*eir* co m-ba pudar tegdais do hidlaib do beith isin Roim iar forbairt na cristaide*achta*. Co ro coisecrad iar*um* la toil an imp*ire*(?) in Pantcón ut do Muire 7 do uli noemu in domain con*nói* n-gradaib nime. *Co* n-aire sin atberair feria omnium sanctorum fria, ar ro coisecrad omnibus sanctis iu tegdais boi oc na hídlaib remi.

Fáth aile beos and . i . cluiche no gnáthaigtis gille na Romanach cec*ha* bl*iadna* isiu ló sin . i . fidchell co n-delb* challige isindala cind 7 delb ingine óige isin chind aile. Colléced in chaillech uathi *draice* d'indsaigid na hingine tria thogairm ñ-demna doib-sium, 7 con léced an ingen uan uathi don leth aile *for* amus na *draicce* con*us* fortamlaiged in t-u*um* *for*sin *draice*. Doléced in chaille*ch* iar*um* leoman do saigid na hingine 7 nos léced an ingen rethe *for* amus in leomain 7 uincebat aries leonem. Co tarla* in Bonifatius cetna cusin* cluiche con-ep*ert* friu co m-ba hecoir dóib in fuirseora*cht* 7 cor iarfaid (*lies* — faig) dib, canas a fuaratar* a cluiche. Atbertsat na gille: „Sibill . i . banfáid togaide bói sund o chéin mair" ol iat, „isí ro fácaib occaind in cluiche si tria rath fáitsine oc tairchetul Cr*ist* 7 diabuil". „Deo gratias" ol e-sium. „Tanic chena inti ro t*er*chanad ann" ol se „7 ro fortamlaiged *for* diabul. Beridsiu bend*achtu*" ol se „7 na denaid hó ní b*us* mó." Tairmiscther andsin in cluiche si dognítis homnes pueri Romanorum isin samain cec*ha* bl*iadna*.

Mehr vom Samuin.

Feria omnium Sanctorum. Dies ist der Grund, weshalb das Samain (der 1. Nov.) „Feria omnium Sanctorum" genannt wird. Das Pantheon, d. i. ein Haus aller Götter, das in Rom war. Eines Tages kam Bonifacius, der Nachfolger Petri, zufällig darauf und sagte da zum Kaiser, es sei eine Schande, dass das Haus den Göttern gehöre in Rom nach

---

* In den mit dem Sternchen versehenen Wörtern ist die Eklipse durch einen Punkt über dem Consonanten bezeichnet, ebenso 'cusin' für 'gusin'.

dem Wachsen des Christenthums. Darauf wurde durch den Willen des Kaisers das Pantheon der Maria und allen Heiligen der Welt mit den neun Rangstufen des Himmels geweiht. Deshalb heisst es (Samuin) „Feria omnium Sanctorum", denn das Haus wurde allen Heiligen geweiht, das vorher allen Göttern gehört hatte.

Noch ein anderer Grund hierbei, nämlich ein Spiel, das die Knaben der Römer jedes Jahr an diesem Tage gewohnt waren, nämlich ein Brettspiel mit der Figur einer Hexe an dem einen Ende und der Figur einer Jungfrau an dem andern Ende. Die Hexe liess einen Drachen von sich auf die Jungfrau los, indem sie dabei Dämonen anriefen, und die Jungfrau liess von der anderen Seite ein Lamm gegen den Drachen los, so dass das Lamm den Drachen überwältigte. Die Hexe liess darauf einen Löwen auf die Jungfrau los, und die Jungfrau liess gegen den Löwen einen Widder los, und der Widder besiegte den Löwen. Der nämliche Bonifacius kam zufällig zu dem Spiele, und sagte da zu ihnen, dass dieses Possenspiel unpassend für sie sei, und er fragte sie, wo sie ihr Spiel gefunden hätten. Die Knaben sagten: „Die Sibylle, d. i. eine ausgezeichnete Prophetin, die hier vor langer Zeit war," sagten sie, „die hat uns dieses Spiel hinterlassen durch die Gnade einer Prophetie, indem sie Christus und den Teufel prophezeite." „Deo gratias," sagte jener, „der da prophezeit wurde, ist schon gekommen, und der Teufel ist überwältigt. Gebt (euren) Segen," sagte er, „und macht es (das Spiel) nicht mehr." Da wird dieses Spiel verboten, das alle Knaben der Römer am Samain jedes Jahr zu spielen pflegten.

282. Hier reimt 'Dúil' mit 'Clúin', und daraus geht hervor, dass es der Gen. von 'Dóel' ist.

Als erst später unter der Linie zugefügt bezeichnet K. Meyer: 195 das letzte a von 'fuama', 249 das zweite i von 'diaid', 261 das a von 'imachuairt', 287 das a von diluṁain.

Die Partikel 'di' (Zeile 13, 30, 162, 296) scheint nicht zur Ruhe kommen zu können. Thurneysen hat in seiner trefflichen Abhandlung „L'Accentuation de l'ancien verbe irlandais", Rev. Celt VI p. 150, not. 2, behauptet, dass nicht dino, sondern didiu zu ergänzen sei. Andererseits theilt mir K. Meyer mit, dass er diese Partikel im Edinburger Ms. XL mehrmals 'dio' geschrieben gefunden hat: p. 70 'Bai dío Laogaire Buadach hi fus ind adaig sin. . . . Tig dío iarnamarac 7 fonaisg ar Conall . . . Tic dío an . IV. hadaig' (Cennach ind Ruanado).

www.ingramcontent.com/pod-product-compliance
Lightning Source LLC
Chambersburg PA
CBHW052330110726
47901CB00005B/1192